JULIA KELLY

Weil du meine Tochter bist

AF198224

Weitere Titel der Autorin:

Das Geheimnis des Wintergartens
Der letzte Tanz der Debütantin

Über die Autorin:

Julia Kelly war lange Jahre als Producerin und Journalistin tätig, bevor sie sich als Autorin selbstständig machte. Sie lebte in Los Angeles, Iowa und New York City. Inzwischen ist sie in London heimisch. Neben ihrer schriftstellerischen Tätigkeit engagiert sie sich bei *Romance Writers of America*, der britischen *Romantic Novelists Association* sowie der *Historical Novel Society*.

JULIA KELLY

WEIL
DU MEINE
TOCHTER
BIST

ROMAN

Übersetzung aus dem Englischen
von Barbara Röhl

Lübbe

Vollständige Taschenbuchausgabe

Deutsche Erstausgabe

Für die Originalausgabe:
Copyright © 2023 by Julia Kelly
Titel der amerikanischen Originalausgabe:
»The Lost English Girl«
Originalverlag: Gallery Books, an Imprint of
Simon & Schuster, Inc., New York

Für die deutschsprachige Ausgabe:
Copyright © 2024 by
Bastei Lübbe AG, Schanzenstraße 6–20, 51063 Köln

Vervielfältigungen dieses Werkes für das
Text- und Data-Mining bleiben vorbehalten.

Textredaktion: Anne Schünemann, Schönberg
Umschlaggestaltung: Manuela Städele-Monverde
Umschlagmotiv: Jacket design by Lisa Litwack
© Shelley A. Richmond/Arcangel | © Oliver Henze
Satz: two-up, Düsseldorf
Gesetzt aus der Bembo
Druck und Verarbeitung: GGP Media GmbH, Pößneck
Printed in Germany
ISBN 978-3-404-19272-4

3   5   4   2

Sie finden uns im Internet unter luebbe.de
Bitte beachten Sie auch: lesejury.de

Viv

Am Morgen ihrer Hochzeit weinte Viv Byrne.

Es hätte so einfach sein sollen. Sie bräuchte bloß den Kopf einzuziehen, ins Standesamt zu marschieren und die Worte zu sagen, die aus ihr Mrs. Joshua Levinson machen würden. Dann wäre alles gut, genau wie Joshua versprochen hatte.

Doch als sie nun in ihrem perlgrauen Kleid hier saß, fühlte sich nichts davon einfach an.

Ihre Zimmertür wurde geöffnet, und im Spiegel begegnete ihr Blick dem ihrer Schwester.

»Alles gut bei dir?«, fragte Kate.

Viv betrachtete ihr eigenes Spiegelbild. Sie erkannte die Achtzehnjährige kaum wieder, die ihr entgegensah und auf deren roten Wangen nasse Tränenspuren glänzten. Sie hatte sich noch nie für besonders hübsch gehalten – nicht so hübsch wie Kate, deren strahlendes Lächeln halb Liverpool erleuchten konnte –, doch jetzt fühlte sie sich aufgedunsen, unansehnlich und erschöpft. Langsam rannen ihr die Tränen wieder übers Gesicht.

»Ach Vivie.« Kate seufzte und schloss die Tür hinter sich. »Nicht weinen. Denk daran, dass das eine gute Sache ist.«

Unglücklich nickte Viv. Ja, diese Hochzeit war gut – und sie wünschte sie sich –, aber andererseits blieb ihr auch nicht viel anderes übrig.

Kate legte ihr eine Hand auf die Schulter. »Überleg doch nur, bald hast du dein eigenes Heim. Du kannst entscheiden, mit wem du einkaufen gehst. Du kannst dir aussuchen, wann dein Waschtag ist.« Ihre Schwester beugte sich schelmisch lächelnd vor. »Du kannst Radio hören, wann du willst.«

Viv lachte unter Tränen auf.

»Das ist meine Vivie«, murmelte Kate. »Komm, setzen wir dir den Hut auf.«

Ihre Schwester bürstete ihr das dichte, hellbraune Lockenhaar, drückte ihr dann vorsichtig das graue Hütchen auf den Scheitel und steckte es fest.

»So«, verkündete Kate. »Du siehst perfekt aus.«

»Ich fühle mich aber nicht so.«

Kate schnalzte missbilligend mit der Zunge. »War dir schlecht?«

Sie schüttelte den Kopf.

»Du hast Glück. Bei Colin und William ging es mir hundeelend«, erklärte ihre Schwester.

»Aber nicht bei Cora«, sagte Viv, während Kate in ihrer guten schwarzen Lederhandtasche herumwühlte und einen Lippenstift hervorzog.

Sie trug die rote Farbe auf ihre Oberlippe auf. »Cora war immer schon ein Schatz.«

Bei dem Gedanken an ihre goldblonde Nichte musste Viv unwillkürlich lächeln. »Vielleicht trage ich ja Lippenstift, wenn ich verheiratet bin.«

Grinsend steckte Kate die Kappe wieder auf den Stift. »So ist es richtig. Du brauchst nur den heutigen Tag zu überstehen, und dann bist du Mums Regeln los.«

Ganz gleich, wie sehr ihre Mutter diese Hochzeit missbilligte – eine verheiratete Tochter, die nicht mehr unter ihrem Dach lebte, würde Edith Byrne nicht kontrollieren können.

»Hoffst du auf einen Jungen oder ein Mädchen?«, fragte Kate.

Viv, die aufgestanden war, um ihre Sachen zusammenzusuchen, erstarrte, einen Arm im Ärmel ihres marineblauen Mantels.

»Vivie …?«

»Das hat mich noch nie jemand gefragt«, flüsterte sie schließlich.

Kate verzog die Lippen. »Wir haben dir das alle schrecklich schwer gemacht, stimmt's?«

»Mum und Dad wären niemals einverstanden gewesen. Vor allem Mum nicht.«

In ihrem Elternhaus hatten stets strenge Regeln geherrscht: *Geh zur Kirche. Rede nur mit Leuten, die Mum billigt. Tue nie etwas, das »gewöhnlich« ist.*

Viv war es immer schwergefallen, diese Regeln bis ins Kleinste zu befolgen. Sie besuchten jeden Sonntag die Kirche, aber selten verging ein Gottesdienst, ohne dass Mum sie in die Seite stieß, damit sie zu träumen aufhörte. Mit sechzehn hatte Viv eine Arbeit aufgenommen, aber nicht wie Kate als Krankenschwester, sondern beim Postamt, wo sie allen möglichen Mädchen begegnen konnte. Sie würde heiraten, aber nur, weil sie schwanger geworden war.

»Mum und Dad werden sich schon beruhigen, sobald sie noch ein Enkelkind kriegen.« Kate umarmte sie. »Du wirst eine wunderbare Mutter.«

»Danke«, flüsterte sie am Hals ihrer Schwester.

»So, fertig?«, fragte Kate.

Viv schaute sich in dem Kinderzimmer um, das sie bis zu Kates Hochzeit gemeinsam bewohnt hatten. Es würde nie wieder ihr Zuhause sein. Joshua und sie würden in der Wohnung über dem Laden seiner Eltern leben, sobald die Mieter dort auszogen. Sie würde sich für all ihre Einkäufe einen neuen Gemüsehändler suchen müssen, einen Metzger und einen Bäcker. Sie fragte sich, ob Joshua koscher leben wollte, so wie seine Eltern.

Panik schnürte ihr die Kehle zu. So etwas hätte sie eigentlich wissen sollen, aber sie hatte ihre zukünftigen Schwiegereltern noch nicht einmal kennengelernt.

»Was immer du gerade denkst, hör damit auf«, sagte Kate. So bestimmt hatte sie den ganzen Tag noch nicht mit Viv gesprochen. »Das hilft dir überhaupt nichts.«

»Du hast ja recht. Du hast recht.« Mit einer Zuversicht, die sie nicht empfand, reckte sie das Kinn. »Ich bin bereit«, erklärte sie.

Über die knarrende Treppe gingen die Schwestern in die Diele ihres Elternhauses hinunter. Im Wohnzimmer, das fast nie benutzt wurde, saß Dad in einem dunklen Anzug und hatte die Hände auf die Knie gestützt. Mum, die klein und stämmig war, hockte auf dem Rand des geblümten Sofas, das ihr ganzer Stolz war. Keiner der Anwesenden lächelte.

Sam, Kates Mann, löste sich von der Wand in der Diele, an der er gelehnt hatte, und streckte, sobald Kate an ihm vorbeiging, die Hand nach seiner Frau aus. Kate schmiegte sich an ihn, und Viv wünschte sich, sie hätte auch jemanden zum Anlehnen.

»Schön.« Dad stand auf, durchquerte das Wohnzimmer und gesellte sich zu ihnen. »Bringen wir es hinter uns.«

Daraufhin erhob sich auch Mum und strich den Saum ihrer dunkelgrauen Kostümjacke glatt. Viv dachte, sie würde dem scharfen Blick ihrer Mutter vielleicht entrinnen, doch der wanderte umgehend zu ihrem Bauch, ehe sie ihn rasch abwandte. Im nächsten Moment führte Mum wie auf Knopfdruck ein Taschentuch an die Augen.

»Eine meiner Töchter heiratet, und nicht einmal in Weiß. Nach Flora hätte ich nie gedacht …«

Viv umklammerte den Henkel ihrer Handtasche ein wenig fester. Ihre Tante Flora diente in der Familie als abschreckendes Beispiel. Mums geliebte Schwester hatte sich in einen Protestanten verliebt, der sich, sobald Flora ihm von ihrer Schwangerschaft erzählte, aus dem Staub gemacht hatte. Damit hatte er sie zu einem harten Leben verurteilt und ihrer Familie eine Tochter aufgebürdet, die Schande über sich gebracht hatte.

»Mum, heute ist nicht der richtige Tag dafür«, meinte Kate warnend.

»Soll ich mich etwa freuen? Er ist Jude«, erklärte ihre Mutter und schniefte.

Sam stieß seine Frau an, woraufhin diese seufzte. »Lasst uns einfach fahren. Wir kommen noch zu spät.«

Viv wünschte, der Boden würde sich auftun und sie mit Haut und Haaren verschlingen.

Auf dem Rücksitz des Autos, das Sam sich von einem Arbeitskollegen geliehen hatte, zog Viv die Schultern ein und gab sich die größte Mühe, Abstand zu ihrer Mum zu halten.

Sie kannte die Regeln, solange sie denken konnte: Unzucht war eine Sünde, aber wenn sie sie schon beging, dann wenigstens mit einem katholischen Jungen, der so vernünftig sein würde, sie zu heiraten, oder wenigstens eine Familie hatte, die ihn zum Traualtar schleppte. Alles, um Viv und ihrem Kind eine Fassade von Ehrenhaftigkeit zu verleihen.

In den Augen ihrer Mutter fiel Joshua in allen diesen Punkten durch. Er hatte ihre Tochter nicht nur in Schwierigkeiten gebracht, sondern gehörte darüber hinaus nicht der katholischen Kirche an. Er war Jude, und für ihre Mutter war er damit genauso schlimm wie ein Protestant.

Während der ganzen quälenden Fahrt von der Ripon Street zur St. George's Hall in der Stadtmitte steckte Viv ein Schrei in der Kehle. Am liebsten hätte sie die Autotür aufgerissen und wäre davongelaufen, so schnell und so weit sie konnte. Alles, um der Scham und der Reue zu entfliehen.

Als Sam vor dem wuchtigen Steingebäude hielt, in dem sich

das Standesamt von Liverpool befand, kletterte Kate hinaus aufs Straßenpflaster, während Mum darauf wartete, dass Dad ihr die Tür aufhielt.

Als Viv endlich kurz allein war, rang sie nach Luft. Sie konnte das. Sie war in der Lage, diese Treppe hinaufzugehen und als verheiratete Frau wieder herauszukommen. Sie würde nicht weglaufen, denn sie hatte keine andere Wahl.

Vom Straßenpflaster aus schaute sie die lange Freitreppe hinauf, die zur Vorderfront der St. George's Hall führte. Im feuchten Nebel des Januartags erkannte sie die Levinsons, die sich vor einer der gewaltigen gelben Sandsteinsäulen des Gebäudes scharten. Mrs. Levinson trug einen hellblauen taillierten Mantel und schwarze Lederhandschuhe und knete nervös ihre Finger. Eine junge Frau – Joshuas Schwester Rebecca – war in einem tiefroten Wollmantel im Militärstil erschienen, dessen Vorderseite mit zwei Reihen Messingknöpfen besetzt war. Mr. Levinson zog sich die Krempe seines breiten Filzhuts tiefer in die Stirn, um sich vor dem Wind zu schützen, der von der Irischen See den Mersey herauf pfiff.

Und dann sah sie Joshua.

Er wirkte nervös und nestelte mit seinen langen Musikerfingern an der Krempe seines hellgrauen Wollhuts. Sein Anzug hatte einen bemerkenswert stilvollen Schnitt – das war ihr als Erstes an ihm aufgefallen, als sie einander an dem Abend im Musikpavillon begegnet waren. Und nach dem Tag, an dem sie ihm erzählt hatte, dass sie schwanger war, und er sie sofort gebeten hatte, seine Frau zu werden, hatte er sich das Haar schneiden lassen. Hoffnung flackerte in ihr auf. Auch er hatte versucht, zu ihrer Hochzeit besonders gut auszusehen.

Sie wollte zu den Levinsons gehen, doch eine Hand legte sich auf ihren rechten Unterarm und hielt sie zurück.

»Lass deinen Vater zuerst gehen«, befahl Mum.

»Ich bin Mr. und Mrs. Levinson noch gar nicht vorgestellt worden«, protestierte sie.

»Deine Mutter weiß, was das Beste ist, Vivian«, sagte ihr Vater.

Sie schob ihre Frustration beiseite und sah zu, wie ihre Mutter sich bei Dad unterhakte und beide auf ihre neue Familie zusteuerten.

Als ihre Eltern näher kamen, streckte Mr. Levinson die behandschuhte Hand aus. »Mr. und Mrs. Byrne.«

Mum starrte Mr. Levinsons Hand so lange an, dass Dad ihr »Edith« zuflüsterte.

Sichtlich widerstrebend umfasste sie seine Finger. Falls dem Mann ihre frostige Reaktion auffiel, ließ er es sich nicht anmerken. Stattdessen wandte er sich mit ausgestreckten Armen an Viv und küsste sie auf beide Wangen. »Meine Schwiegertochter.«

Hinter ihm stieß Joshua einen erstickten Laut aus. »Noch nicht ganz, Dad.«

»Aber sehr bald«, sagte Mr. Levinson. »Meine Frau Anne.«

»Joshua hat schon erzählt, dass du hübsch bist«, sagte Mrs. Levinson.

Viv errötete. »Danke.«

»Das ist Joshuas Schwester Rebecca«, erklärte Mr. Levinson und strahlte den trotzigen Teenager, der Viv fest in die Augen schaute, stolz an.

»Schön, dich kennenzulernen, Rebecca«, sagte sie.

Doch Rebecca rückte nur näher an ihre Mutter heran.

»Ich möchte zum Ausdruck bringen, wie glücklich wir über die Verbindung unserer beiden Familien sind«, sagte Mr. Levinson.

»Dad«, raunte Joshua sanft.

»Ich weiß, dass sich das wahrscheinlich keiner von uns für Vivian oder Joshua so vorgestellt hat, aber eine Hochzeit und die Geburt eines Kindes sind freudige Anlässe«, erklärte Mr. Le-vinson.

»Wohl kaum«, murmelte Mum.

»Mum, Joshua und ich waren uns einig –«

»Ihr hättet in einer Kirche heiraten sollen«, zischte ihre Mut-ter, während sich Mrs. Levinson an der Hand ihrer Tochter fest-klammerte wie an einer Rettungsboje.

Schließlich räusperte Joshua sich. »Der Standesbeamte war-tet bestimmt schon.«

Viv ließ sich von ihm die Treppe hinauf und zur Tür ziehen, bevor alle anderen ihnen folgten. Auf der Schwelle lehnte sie sich an ihn. »Danke«, flüsterte sie.

Ein gehetzter Ausdruck flackerte in seinem Blick auf, doch dann drückte er ihre Hand, und das war alles, was sie zu ihrer Beruhigung brauchte.

Joshua

Er bekam keine Luft.

Joshua wusste, dass es nicht an seinem Hemdkragen lag. Sein Vater nähte sie ihm schon, solange er denken konnte, und sie passten immer perfekt.

Es war diese verdammte Hochzeit.

Steif stand er neben Viv vor dem Standesbeamten, der einen dunklen, schlecht sitzenden Anzug und eine Krawatte trug und einen Monolog über die Verantwortung der Ehe, die sie eingingen, herunterleierte. Alles in seinem Leben drehte sich jetzt um Verantwortung. Selbst mit neunzehn konnte er ihr nicht entrinnen.

Er war schon vorher der Ansicht gewesen, eine schwere Last zu tragen, als sein Dad ihm erklärt hatte, wenn er nicht zur Universität gehen wolle, müsse er im Familiengeschäft arbeiten. Er sollte seine Lehre absolvieren, assistieren und schließlich die Schneiderei übernehmen, dank der seine Familie von der Wohnung über dem Laden in ihr Haus in Wavertree ziehen konnte, als er erst fünf gewesen war. Joshua hatte genickt und war jeden Tag zur Arbeit gegangen, denn was hätte er sonst tun sollen? Die schwere Last des Ganzen drückte ihn nieder und gab ihm das Gefühl, in der Falle zu sitzen, sodass er sich kaum rühren konnte.

Das Einzige, was sich wie eine Flucht anfühlte, war die Musik. Seine Liebe zum Saxofon wurde nur noch von der unglaublichen Empfindung übertroffen, vor Publikum zu spielen, wenn sich alle Blicke auf ihn richteten. Er hatte Talent, er hatte Antrieb, und er hatte Ehrgeiz.

Er stellte sich vor, wie in einem anderen Leben – und mit einer anderen Familie – alles anders gekommen wäre. Ein Manager hätte ihn in einem Orchester entdeckt und ihm die Chance gegeben, eine eigene Band zu gründen. Nachdem er die Sensation in einem berühmten Club geworden wäre, hätte er eine Platte aufgenommen. Sie wäre ein Hit geworden. Menschen auf der ganzen Welt hätten seine Musik gehört. Sie hätten mehr gewollt.

Es hatte sich angefühlt, als müsste das unweigerlich eintreffen, bis Viv ihn vor Dads Laden abgefangen hatte, um ihm zu sagen, dass sie schwanger war.

»Haben Sie den Ring?«

Joshua zuckte zusammen, konzentrierte sich wieder und stellte fest, dass der Standesbeamte ihn erwartungsvoll ansah. Er kramte in seiner Jackentasche und zog den einfachen Goldring hervor, der ihn fast seine ganzen Ersparnisse gekostet hatte. Viv hielt die Hand hoch, während er mechanisch sein Gelübde sprach und ihr den Ring an den vierten Finger ihrer Hand steckte.

Er fragte sich, ob sich das unvertraute Goldband für sie so schwer anfühlte, wie es aussah.

»Ich erkläre Sie zu Mann und Frau«, sagte der Standesbeamte und schlug mit einem Knall sein Buch zu.

Es war vollbracht. In den Augen des Gesetzes waren sie ein Ehepaar.

Joshua warf Viv einen Blick zu. Ihre Miene war undeutbar. Erinnerte sie sich an ihre erste Verabredung, nach dem Konzert, als er mit ihr zu der Teestube gegangen war? Wusste sie noch, wie er sie im Eingang eines geschlossenen Ladens geküsst hatte? Er erinnerte sich an jeden Augenblick.

War es das wert?

»Willst du deine Braut nicht küssen?«, fragte sein Dad.

Joshua gab sich große Mühe zu schlucken. Er sollte Viv küssen, nicht wahr? Das pflegten Ehemänner bei Hochzeiten zu tun.

Er beugte sich vor, und Viv hielt ihm ihr Gesicht entgegen, doch im letzten Moment verließ ihn der Mut, und er streifte nur mit den Lippen ihre Wange.

Viv stieß den Atem aus und errötete beschämt.

Dad trat vor. Sein breites Lächeln zeigte, wie sehr er sich bemühte, das Beste aus diesem grässlichen Tag zu machen.

»In unserer Religion ist es Brauch, während der Hochzeitszeremonie die *Sheva Brachot* zu rezitieren«, erklärte sein Vater Viv.

»Tut mir leid, ich weiß nicht, was das ist«, sagte sie.

»Dad«, bat Joshua leise.

Doch der ignorierte ihn. »Das sind die sieben Segnungen. Darf ich?«

»Ist das wirklich nötig? Wir haben keinen Becher Wein«, protestierte Joshua.

»Fall deinem Vater nicht ins Wort«, tadelte seine Mum ihn.

Er klappte den Mund wieder zu.

»*Baruch ata Ado-nai Elo-heinu melech ha'olam, bo'rei p'ri ha'gafen*«, begann Dad.

»John, ich bin mir sicher, dass das Standesamt den Raum wieder braucht«, sagte Mrs. Byrne und zupfte Mr. Byrne am Ärmel. »Wir sollten hinausgehen.«

Dad wirkte angesichts der Unhöflichkeit von Vivs Eltern ein wenig überrumpelt, und Joshua war sich nicht sicher, ob ihm sein Vater oder seine neuen Schwiegereltern peinlicher waren.

»Mum«, zischte Viv und legte dann seinem Vater die Hand auf den Unterarm. »Bitte sprechen Sie weiter. Ich würde das sehr gern lernen.«

»Schon gut, Vivian«, sagte Dad nachsichtig. »Vielleicht hat deine Mutter recht. Wir sollten das Zimmer frei machen.«

Schweigend verließen sie der Reihe nach den Raum und blieben oben an der Treppe der St. George's Hall stehen. Der Wind hatte aufgefrischt, fuhr den Frauen ins Haar und wehte die Enden des Schals von Vivs Schwager hoch, der in den blau-weißen Streifen des Everton-Fußballclubs gestrickt war.

»Tja, herzlichen Glückwunsch, Vivie«, sagte Vivs Schwester Kate. »Und dir auch, Joshua.«

»Danke«, erwiderte er.

»Sam und ich wollen euch alle zu uns einladen, um zu feiern. Es fühlt sich nicht richtig an, keinen Hochzeitsempfang zu haben«, erklärte Kate.

»Das ist sehr aufmerksam«, sagte seine Mum, bevor Joshua die Einladung ablehnen konnte. Er wollte nur noch flüchten.

»Es ist zu kalt, um durch die ganze Stadt zu rennen«, widersprach Mrs. Byrne und schlug ihren Mantelkragen hoch.

»Nur auf einen Drink, Mum«, drängte Kate.

»Ein Hochzeitsfrühstück klingt wunderbar«, meinte Viv mit flehendem Blick. »Findest du nicht, Joshua?«

Mrs. Byrne funkelte ihre Tochter warnend an. Dann zeigte sie auf Joshua. »Ich muss mit Ihnen reden.«

Viv klammerte sich ein wenig fester an seinen Arm.

»Keine Sorge«, sagte er und löste ihre Hand. »Ich bin gleich wieder da.«

Er folgte Mrs. Byrne, die ein paar Schritte beiseitetrat. Über ihren Kopf hinweg konnte er erkennen, wie Kate zu Viv ging und die Schwestern leise und hastig miteinander sprachen.

»Nachdem die Hochzeit jetzt erledigt ist, muss ich wissen, wie viel«, erklärte Mrs. Byrne.

Er riss den Blick von seiner Braut los und runzelte die Stirn. »Wie viel?«

»Wie viel Geld, damit Sie verschwinden?«

Ihm wurde plötzlich übel. »Verschwinden?«

»Sie haben Ihre Pflicht getan. Das Kind wird einen Vater haben. Mehr haben Sie meiner Tochter nicht zu bieten.«

»Mrs. Byrne −«

»Was für ein Leben hätte Vivian bei Ihnen?«, wollte ihre Mutter in scharfem Ton wissen. »Sie sind Jude. Sie ist katholisch. Ganz gleich, wo Sie beide hingehen, die Leute werden wissen, warum ihr heiraten musstet. Sie werden Sie hassen oder meiden. Ich habe das bei meiner eigenen Schwester miterlebt.«

»Aber wir sind verheiratet.«

Mrs. Byrne nickte. »Das Kind wird ehelich geboren, aber glauben Sie wirklich, Sie könnten eine Frau versorgen, und erst recht eine Familie? Lassen Sie ihren Vater und mich für sie sorgen.«

»Ich kann sie nicht verlassen. Ich habe ihr ein Versprechen gegeben«, protestierte er schwach. Seine Schwiegermutter hatte recht. Er hatte keine Ahnung, wie er jemandem ein Ehemann sein sollte, und schon gar nicht Viv. Und ein Vater? Nicht die geringste Vorstellung.

Aber es war mehr als nur der Gedanke, Frau und Kind zu haben, der ihm furchtbare Angst einflößte. Es ging um seine Musik. Er wusste, dass er für mehr bestimmt war als die Zweizimmerwohnung über dem Laden seines Vaters. Er war dazu ausersehen, Jazz zu spielen, und nicht dazu, sich Gedanken darüber zu machen, ob einem Kunden ein ein- oder zweireihiges Sakko besser stand.

Wenn er nur die Chance hätte − nur eine einzige Chance −, dann könnte er es als Musiker schaffen.

Seine Schwiegermutter öffnete ihre Handtasche und zog ein Bündel Geldscheine hervor. »Sie sind ein Mann von neunzehn Jahren. Was bedeuten Ihnen schon Versprechungen?«

Er starrte das Geld an. Es war so viel, mehr als er sich je vorgestellt hatte, einmal in der Hand zu halten. Was, wenn er Viv nachholen würde, sobald das Baby auf der Welt war? Er könnte eine hübsche kleine Wohnung für sie mieten, vielleicht in der Bronx, wo, wie er gehört hatte, irische Katholiken und Juden Seite an Seite lebten. Viv könnte den Haushalt führen und ihr gemeinsames Kind großziehen, und er würde Arbeit suchen. Wenn er ein festes Engagement bei einer Band fände, könnte er für ihren Unterhalt sorgen und bräuchte nie wieder ein Schnittmuster für ein Jackett zu sehen.

Er spürte, wie Viv neben ihn trat. An dem kalten Tag wirkte ihre Körperwärme tröstlich. »Joshua?«

»Ich muss allein mit dir reden«, sagte er.

»Nein«, widersprach Mrs. Byrne.

»Was ist los, Mum?«, fragte Viv, den Blick auf die Geldscheine in der Hand ihrer Mutter gerichtet.

»Könnten wir bitte nur ein paar Minuten für uns haben?«, flehte er.

»Was ist los, Joshua?«, wollte sein Vater wissen, während der Rest der Gruppe zu ihnen trat.

»Ihr Sohn reist ab«, erklärte Mrs. Byrne.

Viv fuhr zusammen. »Was?«

Er fasste ihre Hände. »Deine Mutter hat uns Geld angeboten.«

»Das ist kein Angebot«, gab Mrs. Byrne zurück.

Er wandte seiner Schwiegermutter den Rücken zu. Er wollte Viv unbedingt alles erklären. Wenn sie nur kurz beiseitetreten könnten. Wenn er ihr das nur verständlich machen könnte.

»Hör zu, es ist genug, um mir eine Passage nach New York zu kaufen. Ich werde Arbeit finden. Eine Wohnung«, sagte er schnell.

»Und was ist mit mir? Mit unserem Kind?«, fragte Viv und legte unter ihrem offenen Mantel die Hand um ihren Bauch.

»Ich lasse dich nachkommen, sobald das Baby da ist. Versprochen.« Jetzt bettelte er beinahe.

Viv schüttelte den Kopf. »Überleg doch, was du sagst. Nach Amerika ziehen? Das ist verrückt.«

»Dieses Geld – das ist meine Chance, Viv. Das, was ich mir immer gewünscht habe. Wenn ich eine Anstellung in einem Orchester finden kann –«

»Hör dir doch selbst zu. Falls du Arbeit finden kannst. Du hast doch keine Ahnung, ob das überhaupt möglich ist, Joshua.«

Er trat einen Schritt zurück. Sie glaubte nicht, dass er es schaffen würde. Trotz ihrer Gespräche und des verträumten Blicks, mit dem sie ihm gelauscht hatte, als er ihr von seinen großen Ambitionen erzählt hatte, hielt sie ihn letzten Endes nicht für gut genug.

»Wir sind verheiratet. Wir bekommen ein Kind.« Vivs Blick huschte zu ihren Eltern. »Du hast mir versprochen, dass wir das gemeinsam durchstehen.«

»Und jetzt verspreche ich dir, dich nachzuholen. Bis dahin schicke ich dir Geld …«

»Nein«, ergriff Mr. Byrne endlich das Wort. Als der sonst so ruhige Mann sprach, erstarrte Joshua. »Wenn Sie unser Geld nehmen, verschwinden Sie und kommen nicht wieder. Sie werden nicht schreiben. Sie werden meine Tochter in Ruhe lassen.«

Das ging alles zu schnell. »Ich muss überlegen.«

Sofort wurde ihm klar, dass er einen Fehler begangen hatte. Einen großen.

Viv taumelte rückwärts. »Du denkst wirklich darüber nach.«

Fast hätte er auf der Stelle alles zurückgenommen, doch sein Vater schaltete sich ein. »Das ist lächerlich, Joshua. Du hast jetzt eine Frau, und ihr erwartet ein Kind. Du hast eine gute Arbeit. Du musst vernünftig sein.«

Ein Schneider ist nie arbeitslos. Kannst du dasselbe von einem Musiker behaupten?

Du solltest einen ehrlichen Beruf ergreifen.

Irgendwann langweilt es dich, deine kleinen Lieder zu spielen, und dann wird es dir leidtun, das alles aufgegeben zu haben.

Seit Jahren nagten all die kleinen Bemerkungen seines Dads an ihm und untergruben seine Entschlossenheit. Es waren gut gemeinte Ratschläge, aber er ertrug es nicht mehr.

»Das ist meine Chance, Dad. Es würde schrecklich lange dauern, genug zusammenzusparen … Ich habe mir das immer gewünscht. Das weißt du genau.«

Sein Vater erbleichte. »Wie kannst du auch nur denken −«

»Das reicht. Nehmen Sie das Geld, sonst ist es fort«, sagte Mrs. Byrne.

In diesem Moment hasste Joshua seine Schwiegermutter wie noch nie einen Menschen zuvor.

»Viv«, sagte er und streckte die Hand aus, um ihr die Tränen wegzuwischen. »Es ist das Beste so.«

Ihre Unterlippe zitterte. »Und wo bleibe ich? Wie soll ich unser Kind großziehen? Das kann ich nicht allein.«

Er versuchte zu lächeln. »Verstehst du denn nicht? Das brauchst du nicht.«

»Aber genau das willst du doch von mir. Was, wenn du nie genug Geld verdienst, um mich nachzuholen?«, fragte sie.

Was, wenn du es nicht schaffst?

Das war genug.

Er nahm seinen ganzen Mut zusammen und streckte Mrs. Byrne die Hand entgegen. Mit triumphierender Miene reichte sie ihm die Geldscheine. Sie lagen schwer in seiner Hand.

»Bitte, Joshua …«, begann Viv.

»Es ist auch mein Leben!«, brach es aus ihm heraus. »Ich habe nicht vor, es aufzugeben.«

Sie trat einen Schritt zurück. »Wenn du heute gehst, will ich dich nie wiedersehen. Ich will dein Geld nicht. Ich will nicht, dass du uns besuchst. Ich will nicht, dass du schreibst. Dieses Kind wird mein Kind sein, ganz allein meins.«

Ihre Worte trafen ihn wie Schläge, und fast hätte er aufgegeben. Vivs Kind. Nicht ihr gemeinsames.

»Viv …«

Sie schüttelte den Kopf. »Geh. Du hast genug angerichtet. Das Baby wird deinen Namen haben. Das ist ohnehin alles, was ich von dir brauche.«

Mehr bist du nicht wert.

Tja, wenn sie so empfand, dann würde er nicht bleiben und sie zwingen, diese Farce einer Ehe zu leben. Er würde seine Freiheit wählen und nach New York fahren, wie er es sich immer gewünscht hatte.

Er wollte sich abwenden, doch sein Vater vertrat ihm den Weg.

»Tu das nicht, Joshua«, sagte Dad.

»Lass mich gehen«, murmelte er.

»Denk doch darüber nach, was du tust. Deine Mutter und ich –«

»Er wollte immer schon fortgehen.« Alle drehten sich um und sahen Rebecca an, die ein kleines Stück entfernt von den anderen stand. Sie starrte ihn durchdringend an, als könnte sie seine geheimsten Gedanken lesen. »Er redet seit Jahren davon. Wir haben bloß nicht zugehört.«

Mum stieß einen kehligen Klagelaut aus und sank in die Arme seines Vaters, während Mrs. Byrne mit triumphierender Miene einen Arm um ihre Tochter schlang.

»Komm. Zeit, nach Hause zu gehen«, sagte seine Schwiegermutter.

Er sah zu, wie seine Braut und ihre Familie langsam wieder die Treppe der St. George's Hall hinuntergingen und in das Auto stiegen, in dem sie gekommen waren.

Er spürte, wie seine Schwester neben ihn trat. »Sie ist weg.«

»Das war ihre Entscheidung«, erklärte er.

»Bist du dir sicher?«, fragte Rebecca.

Er warf seiner Schwester einen Blick zu. »Pass gut auf Mum und Dad auf.«

Sie zuckte mit den Schultern. »Was bleibt mir anderes übrig?«

»Ich komme zurück«, sagte er.

Sie neigte den Kopf zur Seite. »Ach ja?«

Sogar seine eigene Schwester glaubte nicht an ihn. Nun würde er nach New York gehen und es ihnen zeigen. Er würde beweisen, dass er Talent hatte.

Ohne ein weiteres Wort stopfte er die Hände in die Taschen und ging davon. Die Geldscheine der Byrnes zogen ihn hinunter wie Blei.

1. TEIL

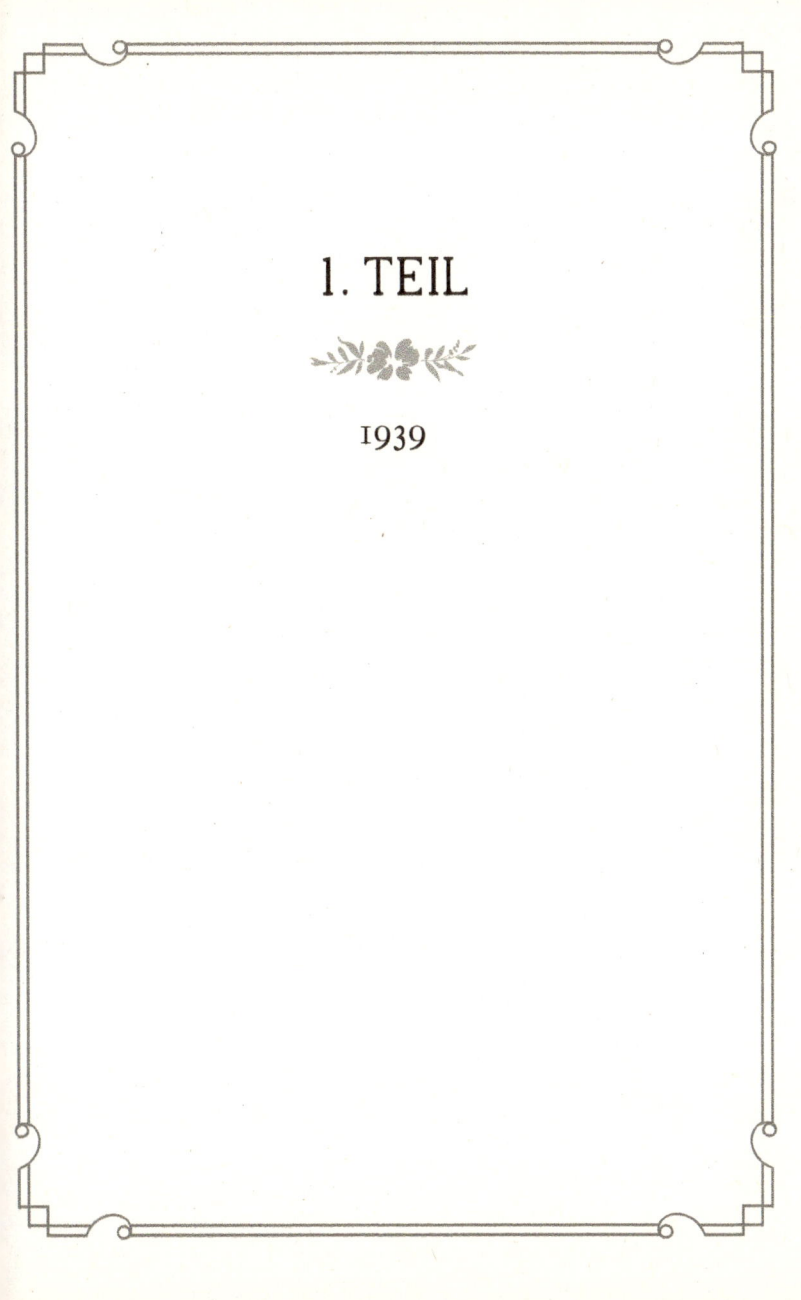

1939

Viv

W arte mal, Bärchen.«
Viv zog Maggie behutsam einen Schritt zurück, damit sie aufhörte, ständig gegen die hölzerne Fußleiste von Mrs. Lloyds Ladentheke zu treten, obwohl ihr klar war, dass es unmöglich war, eine gelangweilte Vierjährige zu etwas zu überreden, was sie nicht wollte.

»Sie wird noch das Holz zerkratzen«, meinte Mrs. Lloyd missbilligend, während sie das Mehl für Vivs Bestellung abwog. »Und ihre Schuhe.«

»Tut mir leid«, sagte Viv und griff wieder nach der Hand ihrer Tochter.

Maggie kreischte widerspenstig, und sofort ließ Viv sie los. Ein Anstoß zu viel in die falsche Richtung und Maggie würde einen Trotzanfall bekommen, der Mrs. Lloyd noch mehr missfallen würde.

»Sie ist doch noch ein kleines Mädchen«, meinte Mr. Lloyd und blickte über die Theke, um Maggie nachsichtig zuzulächeln. »Ich wette, du hattest heute schon einen langen Tag, weil du deiner Mummy beim Einkaufen geholfen hast.«

Maggie hörte auf, gegen die Theke zu treten, und spähte zu dem älteren Mann hoch, der eine Brille mit Drahtgestell trug und sich das schüttere graue Haar sorgfältig über seinem glänzenden Kahlkopf zurechtgekämmt hatte.

»Haben Sie Bonbons?«, fragte Maggie und setzte bewusst ihre Unschuldsmiene auf, die sie wie eine dunkelhaarige Shirley Temple aussehen ließen.

Mr. Lloyd lachte. »Willst du dir selbst eins aussuchen?«

Maggie sprang auf. »Ja, bitte!«

Viv lächelte, als der Ladenbesitzer den Deckel von dem großen Glas nahm, das neben der Kasse stand. Dann bückte er sich, um Maggie hochzuheben, damit sie sich ein Bonbon herausangeln konnte, genau wie er es damals bei Viv getan hatte, als sie ein kleines Mädchen gewesen war. Sie sah zu, wie ihre Tochter sich ein grünes nahm, dann das Zellophan abwickelte und die Süßigkeit in den Mund steckte.

»Die meisten Kinder nehmen Rot oder Lila«, bemerkte Mr. Lloyd.

»Maggie tut Dinge gern auf ihre eigene Art«, sagte sie.

Mrs. Lloyd zog die Augenbrauen hoch, schwieg aber glücklicherweise.

»Was darf es sonst noch sein, Mrs. Levinson?«, fragte Mr. Lloyd.

Viv zog die zerknitterte Einkaufsliste hervor, die ihre Mutter mit Bleistift notiert hatte. Eigentlich brauchte sie keine – sie erledigte die Einkäufe für ihre Familie, seit sie sechzehn war –, aber Mum traute ihr immer noch nicht.

»Nur noch zwei Dosen Bohnen, bitte«, sagte sie.

Mr. Lloyd griff hinter die Theke und nahm die Dosen herunter, runzelte dann aber die Stirn. »Die hier hat eine Beule. Ich gehe nach hinten und hole Ihnen eine andere.«

»Oh, machen Sie sich bitte keine Mühe«, wandte sie ein.

Doch er winkte ab. »Macht gar nichts. Bin sofort wieder da.«

Der ältere Herr schlurfte ins Lager davon und summte dabei vor sich hin. Viv wusste seine zuvorkommende Art zu schätzen, aber er hatte ihr ein größeres Problem hinterlassen. Seine Frau.

Die hatte schon die Hände in die Hüften gestemmt, als Viv sich zu ihr umdrehte.

»Und, glauben Sie, es gibt wieder Krieg?«, fragte Mrs. Lloyd.

»Ich hoffe nicht«, erwiderte sie.

Mrs. Lloyd schnaubte verächtlich. »Niemand hofft auf einen Krieg. Mr. Lloyd und all seine Brüder haben im letzten gekämpft. Er ist als Einziger zurückgekommen. Drei junge Männer, alle tot. Es hat ihre Mutter fast umgebracht.«

Schicksale wie diese hatte es überall in ihrer Gegend gegeben. In Liverpool waren die Männer ganzer Stadtviertel geschlossen zur Armee gegangen. Brüder und Cousins. Onkel und Neffen. Väter und Söhne. Arm und Reich. Sie waren in einen Krieg gezogen, von dem man ihnen erzählt hatte, er würde bis Weihnachten vorbei sein, nur um herauszufinden, wie sehr sich alle geirrt hatten. Die Soldaten hoben Schützengräben aus. Schlachtfelder erstreckten sich über Meilen. So viele waren gefallen. Nur wenige waren heimgekehrt.

»Das wird nicht passieren. Das ist unmöglich«, sagte Viv, obwohl sie vorhin, als sie an einem Zeitungsladen vorbeigekommen war, einen Blick auf das *Liverpool Echo* geworfen hatte. Die Schlagzeilen waren seit Tagen die gleichen.

Deutschland stellte eine Bedrohung dar.

Großbritannien würde sich und seine Verbündeten verteidigen.

Der Krieg stand kurz bevor.

»Und was haben Sie vor, falls es doch passiert?«, fragte Mrs. Lloyd.

»Ich habe überlegt, mich freiwillig zum Luftschutz zu melden.«

Mrs. Lloyd schüttelte den Kopf. »Ich meine, mit ihr hier.«

Viv folgte ihrem Blick zur Mitte des Ladens, wo Maggie sich ausgelassen auf der Stelle drehte, sodass sich das blau-weiß karierte Sommerkleid, das Viv für sie genäht hatte, um sie bauschte.

»Was ich mit meiner Tochter anfangen will?«, fragte sie.

»Die Regierung hat schließlich Listen aufgestellt, richtig? Um die Kinder zu evakuieren.«

Ihre Brust zog sich zusammen, während sie Mrs. Lloyd in einer Mischung aus Entsetzen und Schock anstarrte. Wie konnte sie es wagen, ihr nahezulegen, sie solle Maggie wegschicken! Wie konnte sie es wagen!

»Maggie bleibt zu Hause bei mir. Wo sie hingehört«, erklärte Viv und bemühte sich um einen gleichmütigen Ton.

Mrs. Lloyd amtete betont ein. »Sie ist so kurz nach Ihrer Hochzeit auf die Welt gekommen. Schwer zu sagen, was eine Frau für so ein Kind empfindet.«

Jeder Nerv in ihr sprühte Funken angesichts der Dreistigkeit dieser Frau. »Ich liebe meine Tochter«, stieß sie hervor.

Mrs. Lloyd stützte sich auf die Theke. »Es muss schwierig für Sie sein ohne Ihren Mann. Aber andererseits, was kann man von denen schon erwarten?«

Viv kniff die Augen zusammen. »Wofür genau halten Sie meinen Mann, Mrs. Lloyd?«

Die Frau des Ladenbesitzers zuckte mit den Schultern. »Na ja, er ist Jude. Sie können sich vorstellen, wie schockiert ich darüber war, dass Mrs. Byrnes Tochter sich mit einem Juden eingelassen hat. Ihre Eltern sind gute Menschen. Es muss Ihrer Mutter das Herz gebrochen haben.«

Viv trat einen Schritt vor. Sie hatte keine Ahnung, was sie vorhatte – die elende Frau schütteln? Sie ohrfeigen? –, als Mr. Lloyd mit einer Dose Bohnen in der Hand wieder zu ihnen kam. Er sah von seiner Frau zu Viv und schob sich rasch zwischen sie.

»Bill braucht dich im Hinterzimmer, Marjorie«, sagte er.

Viv dachte schon, Mrs. Lloyd würde protestieren, doch nach einigem Zögern ging sie ohne ein weiteres Wort.

»Tut mir leid«, sagte Mr. Lloyd, sobald seine Frau außer Hörweite war. »Mrs. Lloyd arbeitet jetzt öfter im Laden, weil meine

Jungs beide ihren Wehrdienst machen, und wir können es uns kaum leisten, Bill im Lagerraum zu behalten, und schon gar nicht, einen anderen Verkäufer einzustellen, der sowieso fort sein wird, sobald der Krieg erklärt wird.«

Viv strich den Saum ihres hellblauen Tuchmantels glatt und versuchte, den Ärger herunterzuschlucken, der ihr noch im Hals steckte. »Mr. Lloyd, meine Familie hat schon bei Ihnen eingekauft, bevor ich geboren wurde. Mein Vater und Sie waren zusammen Messdiener in der Blessed Sacrament Church.«

Mr. Lloyd nestelte am Rand der großen braunen Papierbögen, in die er Päckchen einschlug. »Bitte haben Sie Verständnis, Mrs. Levinson. Meine Frau ist eine gute Katholikin, aber ich habe sie überredet, Sie weiter hier einkaufen zu lassen, als Sie …« Mit einer Handbewegung wies er auf ihren Bauch.

Viv schoss das Blut in die Wangen. Die meisten Ladenbetreiber in Walton, ihrem eng verbundenen katholischen Viertel, hatten sie weiter bedient, aber alle außer Mr. Lloyd hatten ihr das Gefühl vermittelt, sie zu verurteilen. Sie war sich nicht ganz sicher, ob es daran lag, dass sie offensichtlich vor ihrem Hochzeitstag schwanger geworden war, oder daran, dass ihr Mann nicht katholisch war. Aber in Anbetracht dessen, wie viele junge Frauen, mit denen sie zur Schule gegangen war, schnell geheiratet und sechs Monate später gesunde Babys mit kräftigen Lungen zur Welt gebracht hatten, vermutete sie Letzteres.

Maggie zupfte am Saum von Vivs hellbraunem Rock. »Ich will nach Hause, Mummy.«

Viv öffnete ihre Geldbörse, ohne Mr. Lloyd anzusehen. »Was schulde ich Ihnen?«

Sie zählte die Münzen ab und beeilte sich, all ihre Einkäufe in ihr Netz zu packen. Dann nahm sie Maggie bei der Hand und ging heim.

Es waren vier Straßen bis zu ihrem Elternhaus, in dem sie

alle lebten – das zweite Bett in dem Zimmer, das sie früher mit Kate geteilt hatte, war inzwischen durch Maggies Bettchen ersetzt worden. Sobald sie in die Ripon Street einbogen, rannte Maggie voraus. Viv lächelte matt, als sie sah, wie ihre Tochter auf der Türschwelle herumhüpfte. Zweifellos konnte sie es nicht abwarten, ihren Großeltern von dem Bonbon zu erzählen, das Mr. Lloyd ihr geschenkt hatte. An einem guten Tag würde Mum mit halbem Ohr zuhören und die Lippen zusammenpressen. Wenn sie einen schlechten hatte, würde Viv ihr Bestes geben, Maggie davonzuziehen, bevor ihre Mutter anfing, ihr Vorhaltungen zu machen.

Es hätte nicht so zu kommen brauchen …

Viv balancierte ihr Einkaufsnetz und die Handtasche auf ihrem Arm, während sie versuchte, den Haustürschlüssel zu finden.

»Mummy! Beeil dich, Mummy!« Maggie sprang von einem Fuß auf den anderen.

»Einen Moment noch, Bärchen«, murmelte sie.

Die Haustür schwang auf. Ihre Mutter, die selbst mit ihren hochtoupierten braunen Locken kleiner war als Viv, brachte es trotzdem fertig, den Rahmen der Haustür vollständig auszufüllen.

»Was habe ich dir übers Schreien gesagt, Maggie? Wir sind hier nicht auf dem Schulhof«, begrüßte Mum sie tadelnd.

»Ich habe nicht geschrien, Nan«, beharrte Maggie und schlang die Arme um Mums Beine.

Sie erstarrte und machte das kleine Mädchen von sich los. »Geh nach oben in dein Zimmer.«

Viv wollte schon protestieren und einwenden, dass nur sie als Maggies Mutter ihr zu sagen hatte, was sie zu tun hatte und wann, doch Mums Miene ließ sie innehalten.

»Was ist?«, fragte sie.

»Geh, Maggie«, wiederholte Mum, drehte ihre Enkeltochter an den Schultern um und versetzte ihr einen kleinen Schubs in Richtung Treppe.

Maggie hüpfte widerstandslos davon.

Sobald Maggie den Treppenabsatz überquert hatte, senkte Mum die Stimme. »Pater Monaghan ist hier. Er möchte mit dir reden.«

Grauen breitete sich in Viv aus wie Farbe, die in Wasser tropfte.

»Ich muss die Einkäufe wegräumen«, erklärte sie und umklammerte das Netz. Alles, um nicht mit Pater Monaghan reden zu müssen.

Mum ergriff die Tasche und nahm sie ihr weg. »Er ist mit deinem Vater im Wohnzimmer.«

Vorsichtig setzte Viv ihren Strohhut ab, um sich im Spiegel das hellbraune Haar glattzustreichen. Die Luft war feucht, doch ihr Haar, das sie sich jede Nacht mit Nadeln eindrehte, hatte noch ein paar Wellen bewahrt. Sie wünschte, sie hätte ihr Gesicht mit ein wenig Lippenstift auffrischen können, doch auch wenn sie verheiratet war, lebte sie weiter unter dem Dach ihrer Eltern, wo sich die Regeln nicht geändert hatten. Schminken verboten.

Es würde nicht besser werden, wenn sie es hinausschob. Sie holte tief Luft, klopfte an die Wohnzimmertür und schob sie auf.

»Da bist du ja, Viv«, sagte Dad in seinem sanften Ton. Er war schon halb aufgestanden, schien es sich dann aber anders zu überlegen.

»Ich war gerade in Mr. Lloyds Laden, um die letzten Einkäufe zu erledigen.« Sie nickte Pater Monaghan zu, der dasaß und eine Tasse aus dem besten Teeservice ihrer Familie in der rechten Hand hielt. »Guten Tag, Pater.«

»Guten Tag, Mrs. Levinson. Ich hoffe, es geht Ihnen gut«, sagte er. Er hatte die Hände auf die Lehnen des Sessels gelegt, der normalerweise Dad vorbehalten war.

»Ja. Danke«, erwiderte sie.

»Ihr Vater und ich haben uns gerade über eine Angelegenheit unterhalten, die Sie betrifft. Wollen Sie sich nicht zu uns setzen?«, fragte Pater Monaghan und wies mit einer Kopfbewegung auf den Platz ihm gegenüber, als wäre er hier zu Hause.

Viv setzte sich auf den Rand des Sessels, faltete die Hände und wappnete sich.

»Ich bin gekommen, um mit Ihrem Vater darüber zu reden, dass es Krieg geben könnte …«, begann der Priester.

»Ich bin mir der Schlagzeilen bewusst, Pater«, sagte sie und achtete darauf, dass ihre Stimme gerade noch respektvoll klang. Worum es hier auch gehen mochte, sie wünschte sich, der Geistliche würde das Haus so schnell wie möglich verlassen.

»Dann wissen Sie ja, dass die sehr reale Möglichkeit besteht, dass wir alle bald schwere Entscheidungen treffen müssen. Opfer bringen, wie sie Jesus Christus für uns alle auf sich genommen hat«, erklärte Pater Monaghan.

Als er Gott erwähnte, rutschte Viv unruhig auf ihrem Platz herum. Ihrer Erfahrung nach folgten darauf selten gute Nachrichten.

»Pater Monaghan macht sich Sorgen um Maggie. Und deine Mutter und ich ebenfalls«, setzte ihr Vater hinzu.

Dad machte sich Sorgen um Maggie? Unwahrscheinlich, denn das hätte erfordert, dass er ihrer Tochter überhaupt Beachtung schenkte. Es schmerzte sie zu sehen, wie er Kates drei Kinder bei jedem Besuch mit Aufmerksamkeit überhäufte – nur um dann Maggie zu ignorieren, wenn sie versuchte, ihm eine Geschichte zu erzählen oder ihn aufzufordern, mit ihrem Stofftiger Tig zu spielen.

»Danke für Ihre Sorge, Pater, aber Maggie ist bei mir gut aufgehoben«, erklärte sie.

Der Priester schüttelte ernst den Kopf. »Ich wünschte, wir wären uns alle so sicher wie Sie, Mrs. Levinson, aber die Wahrheit ist, dass nur Gott weiß, was passieren wird, wenn Krieg ausbricht.«

»Ich kümmere mich um meine Tochter«, sagte sie, und ein harter Unterton schlich sich in ihre Stimme.

»Und wie willst du ein kleines Mädchen vor einer Bombe schützen, Viv?«, fragte Dad.

»Wir verstecken uns im Keller. Oder wir gehen in einen der öffentlichen Bunker, die gerade gebaut werden«, erklärte sie wie jedes Mal, wenn das Thema zur Sprache kam.

»Du hast keine Ahnung, wie das ist«, entgegnete Dad, und sein Blick wirkte hohl wie immer, wenn er über den letzten Krieg redete. »Du hast nicht gesehen, was ich gesehen habe.«

Pater Monaghan hob eine Hand, um sie beide zum Schweigen zu bringen. »Ihre Eltern machen sich Sorgen um Maggies Sicherheit. Liverpool wird zum Angriffsziel werden. Es ist eine große Hafenstadt und hat Fabrikanlagen«, sagte er. »Ich habe in der ganzen Gemeinde mit vielen Familien mit kleinen Kindern gesprochen. Natürlich will keine Mutter ihre Kinder fortschicken, aber sie verstehen, welch große Risiken sie eingehen, wenn sie so egoistisch sind, ihre Kinder zu Hause zu behalten.«

Maggie war noch so jung. Wenn Viv sie umarmte, spürte sie unwillkürlich, wie zart und zerbrechlich der kleine Körper ihrer Tochter war. Maggie musste in Sicherheit sein, und niemand hatte den Instinkt, ihre Tochter so zu beschützen, wie Viv es tun würde.

»Ich habe die Leitlinien der Regierung gesehen. Wenn es Krieg gibt, werden Kinder über fünf evakuiert. Maggie ist letzten Monat erst vier geworden«, erklärte sie.

»Die Kirche hilft Familien, Vorkehrungen für Kinder zu treffen, die zu jung für die Regierungspläne sind. Ich stehe bereits in Kontakt zu mehreren respektablen katholischen Ehepaaren, die auf dem Land leben und gern ein kluges, fröhliches kleines Mädchen in Maggies Alter aufnehmen würden.«

Sie schoss von ihrem Platz hoch. »Nein!«

»Ich weiß, es ist vielleicht schmerzlich für Sie«, begann Pater Monaghan.

»Ich lasse nicht zu, dass meine Tochter und ich getrennt werden.«

Seit Maggie schreiend zur Welt gekommen war, waren sie zu zweit gewesen. Maggie war ihre beste Freundin und ihr Grund zu leben. Sie war das Einzige, was diese elende Existenz unter dem Dach ihrer Eltern lebenswert machte.

»Deine Mutter findet, du musst tun, was das Beste für das Mädchen ist«, warf ihr Vater ein.

»Und was denkst du, Dad?«, schoss Viv zurück.

Er presste die Lippen zusammen. »Was deine Mutter sagt, ist das Beste.«

Entrüstet schüttelte sie den Kopf.

»Mrs. Levinson«, sagte Pater Monaghan in strengem Ton, »Sie stellen Ihren eigenen Egoismus über die Sicherheit Ihrer Tochter.«

»Es ist nicht egoistisch, der Meinung zu sein, dass ein Kind zu seiner Mutter gehört«, erwiderte sie.

»Doch, wenn die Folge der Tod des Kindes sein könnte.«

Bei den Worten des Geistlichen gefror Viv das Blut.

»Was, wenn Maggie bei einem Bombenangriff umkommt, obwohl sie auf dem Land sicher gewesen wäre?«, legte der Priester nach.

»Das Risiko von Luftangriffen besteht überall«, flüsterte sie und versuchte, sich selbst davon zu überzeugen.

»Sind Sie bereit, das Leben Ihrer Tochter darauf zu verwetten?«, wollte Pater Monaghan wissen.

Schweigen senkte sich über den Raum. Das einzige Geräusch war das leise Klirren von Metall, das aus der Küche zu ihnen drang, in der Mum das Abendessen kochte.

Schließlich erhob sich der Priester aus seinem Sessel. »Ich muss mich um Gemeindeangelegenheiten kümmern. Denken Sie über mein Angebot nach, Mrs. Levinson, aber lassen Sie sich nicht zu viel Zeit. Wir arbeiten nur mit respektablen Familien zusammen, und die werden als Pflegeeltern sehr gefragt sein.«

Dad geleitete Pater Monaghan hinaus, und Viv blieb bei geöffneter Tür allein im Wohnzimmer zurück.

»Ich muss mich für die Sturheit meiner Tochter entschuldigen, Pater«, hörte sie ihn in der Diele sagen.

»Wir dürfen nicht vergessen, wie schwierig es für eine Mutter sein muss, ihr Kind fortzuschicken, Mr. Byrne«, gab der Priester zurück.

Vivs Schultern entspannten sich ein wenig, doch dann sprach Pater Monaghan weiter. »Sie sollten Ihre Tochter bitten, an Jesaja 49, Vers 15 zu denken. ›Kann eine Mutter ihren Säugling vergessen? Bringt sie es übers Herz, das Neugeborene seinem Schicksal zu überlassen? Und selbst wenn sie es vergessen würde – ich vergesse dich niemals!‹«

Sie erstarrte angesichts der unausgesprochenen Folgerung, dass die Liebe einer Mutter versagen könne, die Liebe Gottes jedoch nie. Hatte sie nicht schon bewiesen, dass sie für Maggie alles tun würde?

Als sie auf der Treppe der St. George's Hall gestanden und zugesehen hatte, wie ihr frischgebackener Ehemann sie zurückließ, hatte sie sich entschieden, ihr Schicksal in die Hände ihrer Eltern zu legen, damit ihr Ungeborenes und sie ein Dach über dem Kopf und Geld für Essen haben würden. Die gesamte

Schwangerschaft hindurch hatte sie Mums Anspielungen und Sticheleien ertragen. Wenn Maggie Koliken gehabt hatte, hatte sie ihre Tochter allein beruhigt, weil ihre Mutter sich weigerte, ihr zu helfen. Als Maggie zu einem lebhaften kleinen Mädchen herangewachsen war, hatte Viv versucht, das Leben ihrer Tochter mit all der Liebe zu erfüllen, die ihre Großeltern ihr nicht zeigten. Maggie hatte Kleidung, Essen und ein Dach über dem Kopf, weil Viv die beste Wahl getroffen hatte, die sie hatte treffen können.

»Bitte danken Sie Mrs. Byrne für den Tee. Ihrer ist immer besonders köstlich«, hörte sie Pater Monaghan noch sagen, dann wurde die Tür geöffnet und wieder geschlossen.

Viv trat an die Spitzengardinen, die Mum pflichtbewusst alle sechs Monate wusch, und sah der schwarz gekleideten Gestalt des Priesters nach, der über den Gehsteig in Richtung der Church of Our Lady of Angels davonging.

Nein.

Sie würde ihre Tochter nicht wegschicken.

Mein lieber Sohn,

ich weiß, dass du sehr beschäftigt bist und verstehe, dass du keine Zeit hast, mir zurückzuschreiben. In New York erlebst du sicher so viel, dass du einen ganzen Schiffsbauch mit Briefen füllen könntest.

Normalerweise würde ich erzählen, dass sich in Liverpool nicht viel verändert. Doch das ist nicht mehr so. Allein diesen Monat haben zwei weitere Flüchtlingsfamilien Schutz bei der Synagoge gesucht. Wir haben unser Bestes getan, um sie freundlich aufzunehmen, aber sie sind so schüchtern, und sie haben diesen fürchterlichen gehetzten Blick, den so viele der Menschen haben, die aus Deutschland hergekommen sind. Sie scheinen niemandem zu trauen, und ich kann es ihnen nicht verübeln. Wie könnten sie auch angesichts dessen, was man aus Deutschland und Österreich hört?

Dein Vater glaubt nicht, dass Chamberlains Appeasement-Abkommen Hitler aufhalten wird. Aber was können wir tun, außer zu hoffen? Die Schlagzeilen in den Zeitungen und die Sendungen im Radio erklären uns alle, dass wir uns auf einen Krieg vorbereiten, ohne ausdrücklich zu sagen, dass er unvermeidlich ist.

Ich bin sehr froh darüber, dass du in New York sicher bist. Bitte bleib dort und versprich mir, auf dich aufzupassen.

Mit all meiner Liebe
Deine Mutter

Joshua

31. August 1939

Joshua und die anderen Insassen des vollgepackten U-Bahn-Waggons stießen leicht gegeneinander, als der Zug der Linie 1 hin und her schwankte, während er rumpelnd die Station Christopher Street/Sheridan Square verließ. Sie lag nur ein paar Häuserblocks von seinem schäbigen kleinen Apartment entfernt. Mit einer Hand hielt er seinen Saxofonkasten und den Kleidersack, die ihm leicht gegen das Bein schlugen, doch er bemerkte es kaum. Sein Blick ruhte starr auf dem neusten Brief seiner Mutter.

Bitte bleib dort, und versprich mir, auf dich aufzupassen.

Er schüttelte den Kopf und steckte den Umschlag vorsichtig in die Innentasche seines Jacketts. Dann entfaltete er die *New York Times* vom Vortag an der Stelle, an der er zu lesen aufgehört hatte. Die Schlagzeile prangte groß auf Seite vier.

**NOTFALLPLAN – AMERIKANER IN LONDON
ÜBER NOTFALLPLAN UNTERRICHTET**
Vier Zonen für U.S.-Bürger eingerichtet,
die nicht heimreisen können
ZUSÄTZLICHE SCHIFFE GECHARTERT
Druck in Schottland spürbar – 2000 »Flüchtlinge«
noch in Paris gestrandet

Es lag seit Wochen in der Luft. Hitler schien entschlossen zu sein, das Münchner Abkommen zu ignorieren, das Chamberlain im vergangenen Jahr ausgehandelt hatte. Wie ein Schwachkopf hatte er es angepriesen und »Frieden für unsere Zeit« versprochen.

»Verdammt unwahrscheinlich«, murmelte Joshua halblaut und erntete einen scharfen Blick von einer Frau, die einen mit Blumen geschmückten Strohhut trug. Er lächelte ihr verkniffen zu, zog ein Taschentuch hervor, um sich die Stirn abzutupfen, und richtete seine Aufmerksamkeit dann wieder auf die Zeitung.

Es sah aus, als steuerte Großbritannien geradewegs auf einen neuen Krieg mit Deutschland zu.

Am liebsten hätte er jetzt einen Drink gehabt.

Das war das Problem daran, ein Brite im Ausland zu sein. Ganz gleich, wie lange er in New York lebte, Liverpool würde immer sein Zuhause bleiben.

Er war so von sich überzeugt gewesen, als er sein Saxofon zu seinem ersten Vorspielen geschleppt hatte – nur wenige Tage, nachdem er in New York vom Ozeandampfer gestiegen war. Er hatte so viel aufgegeben, um herzukommen, da konnte er unmöglich scheitern. Doch nachdem er sich einen Monat lang erfolglos um einen Platz in einer Band beworben hatte, war es immer schwerer geworden, den Strudel aus Schuldgefühlen, Heimweh und Erleichterung zu beherrschen, der ihn befiel, sobald er an England dachte. Selbst vier Jahre später gab es keine Nacht, in der er nicht im Bett lag und sich daran erinnerte, wie er sich auf der Treppe der St. George's Hall für dieses Leben entschieden hatte, während über ihnen Möwen kreischten und der Schock sich langsam auf den Gesichtern seiner Familienmitglieder abzeichnete.

Die Abende verbrachte er meist in den Jazzclubs in der Zweiundfünfzigsten Straße – der »Swing Street« –, wo er bei Kelly's Stables, The Famous Door und im 21 Club zu den regelmäßigen Ersatzspielern für die Hausbands gehörte. Tagsüber hatte er eine Handvoll Schüler. Ab und zu bot sein Freund Lonnie ihm Studioarbeit an. Es reichte aus, um gerade so über die Runden zu kommen, aber nicht für viel mehr.

Sein Leben hätte so viel größer sein sollen, doch er war in die Stadt gekommen und hatte herausgefunden, was bereits viele vor ihm hatten erkennen müssen: New York scherte sich einen Dreck um jemandes Träume.

Die Bremsen des Zugs kreischten, als er in die Station an der Fünfzigsten Straße einfuhr. Der Waggon kam ruckelnd zum Halten, und die Fahrgäste rempelten einander an, während sie darauf warteten, dass die Türen sich öffneten. Joshua faltete die Zeitung zusammen, klemmte sie sich unter den Arm und schloss sich den hinausströmenden Passagieren an.

Sobald er die U-Bahn-Treppe hinter sich gelassen hatte, schlug er automatisch seinen üblichen Weg zum Famous-Door-Club ein – östlich die Fünfzigste Straße entlang, dann auf der Sechsten nach Norden und direkt zur Zweiundfünfzigsten. Er huschte durch die Seitentür, die wie immer von Sid, dem Inspizienten des Clubs, bewacht wurde.

»Hey, English«, sagte Sid mit der dünnen schwarzen Zigarre im Mund, die immer zwischen seinen Lippen steckte. Der Bühnenmeister hatte einen Ventilator neben seinem kleinen Schreibtisch aufgestellt, der ihm das geölte, zusammenklebende Haar in einem Stück aus der Stirn blies.

»Schon jemand da?«, fragte er.

»Root und McKinley«, brummte der Inspizient. »Sieht aus, als wäre Root nach gestern Nacht noch nicht wieder nüchtern. Riecht auch so.«

Die beiden Trompetenspieler waren, anders als Joshua, feste Mitglieder der Hausband des Famous Door. Er vertrat einen Saxofonspieler, der rückfällig geworden war und im Gefängnis saß, nachdem er im betrunkenen Zustand versucht hatte, einen U-Bahn-Zug zu stehlen.

»Danke«, sagte er und schob sich an Sids Schreibtisch vorbei.

»Willst du nicht fragen, warum Root immer noch besoffen ist? Weißt du, ich glaube, es ist diese Carol —«

»Geht mich nichts an.« Joshua konnte sich nicht erlauben, es sich mit jemandem zu verderben. Musiker wechselten in der Stadt so häufig die Clubs und Bands, dass er nie wusste, wen er vielleicht irgendwann um einen Job bitten müsste.

Sid runzelte die Stirn. »Hast du heute Morgen die Schlagzeilen gelesen?«

»Ich arbeite mich noch durch die Zeitung von gestern.«

»Glaubst du, dein Land gibt Hitler eins auf die Mütze?«, wollte Sid wissen.

»Weiß nicht«, entgegnete er und spürte wieder dieses beklemmende Gefühl in der Brust.

»Gut, dass du hier drüben bist, was?«, meinte Sid grinsend.

»Ich muss Collins nach den neuen Arrangements fragen«, erklärte Joshua und schickte sich, dieses Mal energischer, an, den Flur entlangzugehen.

»Collins ist noch nicht da!«, rief Sid ihm nach.

Joshua hob die Hand, um ihm zu danken, blickte aber nicht zurück.

Als er die Garderobe erreichte, stellte er fest, dass die Tür einen Spaltbreit offen stand. Mit seinem Saxofonkasten schob er sie auf und sah, dass Root mit dem Kopf auf einem der Frisiertische lag. McKinley hatte sich so weit auf seinem Stuhl zurückgelehnt, dass zwei Stuhlbeine in der Luft schwebten. Dabei fuhr er mit den Fingern geschickt über die Ventile seiner Trompete, um ihre Funktion zu überprüfen.

»Du bist ja wieder da, English«, sagte McKinley und lehnte sich auf dem Stuhl vor, sodass der mit allen vier Beinen wieder auf dem Boden stand. »Wann wird Dorey dir endlich einen Job geben?«

»Das musst du ihn fragen«, entgegnete Joshua und warf seinen hellgrauen Filzhut auf eine freie Stelle vor dem hohen Spiegel. Dann zog er seinen Anzug aus dem Kleidersack. Er hielt inne und wies mit dem Kopf auf Root. »Fällt er heute aus?«

McKinley stieß den anderen Trompetenspieler mit dem Schuh an. »Stirbst du, Root?«

»Verdammt, ja«, antwortete dieser stöhnend.

»Zu schade, dass du nicht Trompete spielst, English«, meinte McKinley schulterzuckend. »Du könntest seinen Job haben.«

Joshua stieß ein Schnauben aus.

»Fahr doch zum Teufel«, brummte Root in seine verschränkten Arme hinein.

»Gib mir nicht die Schuld. Du bist doch der Idiot, der es für eine gute Idee hielt, sich die ganze Nacht an einer Bourbon-Flasche festzuhalten«, sagte McKinley.

»Was ist passiert?«, erkundigte sich Joshua, während er den Schoß des Hemds, das er auf dem Weg zum Club getragen hatte, aus seinen Hosen zog, um es gegen ein sauberes Smokinghemd auszutauschen.

»Seine Frau hat ihn verlassen«, erklärte McKinley.

»Josie.« Root schluchzte beinahe.

»Du bist verheiratet?«, fragte Joshua.

»Jetzt nicht mehr«, murmelte McKinley.

Root fuhr hoch, um halbherzig nach seinem Freund zu schlagen.

Lachend wich McKinley ihm aus. »Im Moment würdest du nicht mal ein Scheunentor treffen.«

Root fuhr sich durch das ungekämmte Haar. »Warum musst du auf 'nen Mann eintreten, der schon am Boden liegt?«

»Du hast wirklich geglaubt, die Frau würde bei dir bleiben, nachdem du Ohio verlassen und ihr gesagt hast, du wärst in vier Wochen zurück?«, fragte McKinley.

»Wie lange ist das her?«, erkundigte sich Joshua.

»Sechs Jahre«, sagte McKinley.

»Ich habe Geld nach Hause geschickt!«, beteuerte Root.

»Darauf kommt's nicht an, oder? Du warst nicht da. Ich wette mit dir um alles, was du willst, dass sie irgendwann jemanden gefunden hat, der da ist«, meinte McKinley. »Wenigstens hattet ihr keine Kinder.«

Wenigstens bist du kein vollkommener Versager.

Joshua nestelte am Verschluss seiner Hosen und streifte sie eilig ab. Er musste aus dieser stickigen, feuchten Garderobe raus.

Hastig zog er sich um, steckte sein Hemd in die Hosen und hängte sich seine Fliege offen um den Hals. Dann ging er zur Tür.

»Wohin willst du?«, rief McKinley.

»Dorey suchen und ihn nach einem Job fragen«, sagte er. Schon wieder.

»Viel Glück, English. Wirst es brauchen«, meinte McKinley lachend.

Joshua verzog das Gesicht und versuchte nicht daran zu denken, dass ihn das Glück anscheinend schon vor Jahren verlassen hatte.

Joshua fand Dorey nicht mehr, bevor sie alle auf die Bühne mussten. Es gelang ihm allerdings, Collins, den Manager der Band, abzufangen, als er gerade hereinkam. Damit hatte er genug Zeit, seine Einsätze in den neuen Arrangements von *Moonlight Serenade* und *Body and Soul* zu überfliegen.

Der Club füllte sich rasch, und die Tanzfläche war brechend voll, während sie eine Nummer nach der anderen spielten. Als Joshua und die Jungs um zwei Uhr morgens von der Bühne wankten, war er todmüde.

»Wir gehen noch zu Sonny Fowler. Was meinst du, English?« McKinley klopfte ihm auf die Schulter. »Heiße Musik und genug Bourbon und Kokain, um ein Schiff zu versenken. Sind bestimmt auch ein paar hübsche Dinger dabei. Du kannst sie mit deinem britischen Akzent umgarnen, bis sie die Höschen fallen lassen.«

Die Aussicht auf Frauen war nicht besonders verlockend, der Gedanke, seine Gedanken mit billigem Schnaps zu betäuben, dafür schon. Trotzdem schüttelte Joshua den Kopf.

»Geht schon ohne mich vor. Ich muss zuerst noch Dorey finden«, erklärte er.

Das trug ihm einen weiteren Schulterklopfer und ein Nicken ein. »Du weißt ja, wo es ist, falls du es dir anders überlegst.«

»Ecke Neunte und First Avenue«, sagte er.

»Genau da. Viel Glück«, meinte McKinley.

»Danke«, gab Joshua zurück.

Er sah dem Trompetenspieler nach, der über den Flur davonschlenderte und dabei die ersten Zeilen von *Wacky Dust* sang. Dann drehte er sich auf dem Absatz um und ging den Bandleader suchen.

Wie sich herausstellte, hockte Dorey mit dem Clubbesitzer, Mr. Robbins, in dessen Büro zusammen. Die beiden saßen entspannt in zwei Sesseln, rauchten Zigarren und tranken aus identischen Gläsern etwas, das nach Brandy roch.

Joshua klopfte an den Rahmen der offenen Tür. »N'Abend, Sir.«

»Immer so höflich, Levinson«, sagte Dorey und drehte sich dann zu Robbins um. »Sie kennen Joshua Levinson?«

»Sie spielen Saxofon in der Band?«, fragte Robbins.

Joshua hob seinen Instrumentenkasten. »Als Ersatzmann.«

»Levinson vertritt Randall, solange der auf Rikers Island über seine Sünden nachdenkt«, erklärte Dorey.

»Aha«, meinte Robbins.

»Genau deswegen bin ich hier, Mr. Dorey. Ich glaube, ich habe bisher gut mit den anderen zusammengespielt. Ich präge mir die Arrangements schnell ein. Sie haben mir in letzter Zeit mehr Solos gegeben. Ich hatte gehofft, unsere Abmachung könnte dauerhafter werden«, erklärte Joshua.

Dorey und Robbins wechselten einen Blick. Joshua spürte, wie seine Handflächen am harten Ledergriff des Saxofonkastens feucht wurden.

»Ich würde Ihnen gern helfen, Levinson«, sagte Dorey schließlich. »Wirklich. Die Sache ist die, dass ich schon lange mit Randall befreundet bin.«

Joshuas Hoffnungen schwanden.

»Ich habe ihm versprochen, ihm seinen Job freizuhalten, solange er ihn braucht«, fuhr Dorey fort. »Das lässt ihn durchhalten, während er auf seinen Prozess wartet.«

»Verstehe, Sir«, sagte Joshua und versuchte, seine Frustration nicht zu zeigen.

»Wissen Sie, was ich mache?«, fragte Dorey und beugte sich vor, um die Asche von seiner Zigarre zu klopfen. »Ich lege für Sie ein gutes Wort bei Murray Rabinowitz ein. Er hat nächsten Monat mit seiner Band einen Gig im Downbeat Club. Vielleicht sucht er ja ein Saxofon. Und er ist Jude wie Sie.«

Joshua nickte ohne viel Begeisterung. Er hatte letztes Jahr bei Rabinowitz angefragt, aber daraus war nichts geworden.

Seit vier Jahren versuchte er es jetzt schon, und jedes einzelne Mal erhielt er dieselbe Antwort. Er sei gut, aber immer wurde ihm ein anderer Musiker vorgezogen – ein Freund, ein Cousin oder irgendein Bekannter. Die Bandleader wollten die großen Musiker engagieren, aber großartige Musiker gab es in New York wie Sand am Meer, besonders um die Swing Street herum. Das hieß, dass sie die Leute einstellten, die sie kannten. Er war »English«, ein Ausländer und Jude.

»Danke, Sir«, sagte er und verabschiedete sich dann mit einem Nicken von Dorey und Robbins.

Als er auf die Straße trat, stellte er fest, dass die Nacht immer noch heiß war, aber es hatte geregnet, seit er hineingegangen war, und die dicke, feuchte Luft, die im Sommer meist über der Stadt hing, war weggespült worden.

Überall um ihn herum drang Jazz aus den Türen der Clubs, und Menschen, die halb betrunken oder high waren, stolperten um ihn herum. Kurz überlegte er, in einen anderen Club zu gehen, aber die Chance, jemanden zu sehen, zu dessen Gunsten er als Saxofonspieler übergangen worden war, war zu groß. Stattdessen nahm er seinen Instrumentenkasten unter den Arm und ging zum Zug der Linie 6. Er würde zu Sonny Fowlers Laden fahren, wo bestimmt schon eine Flasche Bourbon auf ihn wartete.

Viv

31. August 1939

Viv hasste Donnerstage.

Früher, als sie bei der Post in der Sortieranlage gearbeitet hatte, hatte Viv sie geliebt, denn sie bargen die Verheißung auf die Freiheit und Hoffnung des Wochenendes.

Doch nach ihrer Hochzeit mit Joshua hatte das Arbeitsverbot für verheiratete Frauen bei der Post sie gezwungen, ihren Job aufzugeben, und jetzt war Donnerstag ihr Waschtag: eine mühsame Angelegenheit, die sie verabscheute.

An diesem Morgen zog sie ein altes Baumwollkleid an, das einmal rot gewesen, inzwischen aber zu einem bräunlichen Rostton verblichen war, steckte sich das Haar hoch und band ein bedrucktes Tuch darum. Mum und sie schleppten die hohen Zinkbottiche hinaus in den gepflasterten Garten und füllten große Töpfe mit Wasser, die sie zum Heißwerden auf den Herd stellten. Maggie saß in einer Ecke auf dem Hof, spielte mit Tig und ließ die Beine baumeln, während Viv und ihre Mum heißes Wasser und Seifenflocken in Kübel mit der Kleidung der Familie kippten. Dann nahmen die beiden Frauen einander gegenüber Aufstellung und bearbeiteten ihre Wannen mit einem hölzernen Wäschestampfer, um die Kleidungsstücke durchzuwalken und das Seifenwasser in Bewegung zu halten.

Einmal hatte Viv den Fehler gemacht und vorgeschlagen, es sei vielleicht angenehmer, das Radio vom Wohnzimmer in die Küche zu stellen, damit sie durch die geöffnete Hintertür bei der Arbeit Musik hören konnten. Doch Mum hatte sie in scharfem Ton daran erinnert, dass das Waschen Arbeit sein sollte und kein Tanztee. Nachdem sie die Wäsche gestampft hatten, kippten sie den Zuber aus, um das schmutzige Wasser ablaufen zu lassen und ihn mit frischem zu füllen. Viv brachte das nie fertig, ohne ihre Schürze, ihren Rock oder ihre Schuhe wenigstens teilweise zu durchnässen – manchmal alles auf einmal. Wenigstens hatten sie jetzt Spätsommer, und Vivs Hände wurden nicht spröde, wenn das Wasser darüberlief.

Sie drehte die Kleidungsstücke durch die handbetriebene Mangel, während Mum Klammern von der Wäscheleine nahm, um sie anschließend zum Trocknen aufzuhängen. Viv bückte sich gerade, um die Beine einer Hose ihres Vaters zu entwirren, als Maggie an ihrem Rock zupfte. Ruckartig richtete sie sich auf und zog ihre Tochter von der Mangel fort.

»Ich habe dir doch gesagt, du sollst von der Maschine wegbleiben, Maggie!«

Maggies volle Unterlippe bebte.

Viv ließ die Hosen wieder in den Bottich fallen und bückte sich, um Maggie hochzunehmen. Sie setzte sich ihre Tochter auf die Hüfte und strich dem kleinen Mädchen über das weiche Haar. »Nicht weinen, Bärchen.«

»Du hast mich ausgeschimpft, Mummy«, schluchzte Maggie an ihrer Schulter und durchfeuchtete den einzigen Teil von Viv, der nicht schon nass vom Waschen war.

»Tut mir leid, aber du darfst nicht an der Mangel spielen.«

Maggie vergrub das kleine Gesicht noch tiefer an Vivs Halsbeuge, und Vivs Herz, das ganz und gar Maggie gehörte, zog sich zusammen.

»Du willst doch keine flachen Finger haben, oder?«, fragte sie.

Maggie schniefte und drehte ihr Gesicht ein wenig zur Seite. »Bären haben keine flachen Finger.«

»Nein.« Sie nahm Maggies Hand, steckte sich ihren Daumen

in den Mund und tat, als würde sie daran knabbern. Das trug ihr ein entzücktes Quietschen ein.

»Warum singst du Tig nicht ein Lied vor? Ich glaube, das würde ihn freuen, oder?«, fragte Viv, setzte sie ab und wies mit einer Kopfbewegung auf den Stofftiger.

»Tig! Tig! Wir singen ein Lied!«, rief Maggie aus, hob das Stofftier hoch und wirbelte es im Kreis.

Viv lächelte und sah zu, wie ihre Tochter *Funkel, funkel, kleiner Stern* sang und Tig mit sich tanzen ließ.

Als Viv sich umdrehte, stellte sie fest, dass ihre Mutter sie mit missbilligend gerunzelter Stirn betrachtete.

»Du verwöhnst sie«, erklärte Mum.

Sie hatte keine Ahnung, wie das hätte gehen sollen. Viv bereute nicht, Joshua gesagt zu haben, dass sie nichts mit ihm oder seinem Geld zu tun haben wollte, wenn er sein Versprechen brach, in Liverpool bei ihr zu bleiben. Doch Jahre später war die Folge ihrer spontanen Entscheidung an ihrem verunglückten Hochzeitstag, dass sie nicht über das geringste Einkommen verfügte – ausgenommen das kleine Taschengeld, das ihre Eltern ihr zahlten, um Stoff für Kleider und das einzige Paar Schuhe zu kaufen, das sie sich jährlich für Maggie und sich selbst leisten konnte. Kate unterstützte sie mit abgelegten Sachen ihrer Tochter Cora, doch auch diese kleine Hilfe bedeutete noch lange nicht, dass sie wie die Made im Speck lebten.

»Sie ist glücklich und gesund, Mum«, sagte sie und beugte sich erneut vor, um mit den Hosen ihres Vaters zu kämpfen.

Ihre Mutter räusperte sich. »Ich habe gestern Pater Monaghan gesehen«, erklärte sie.

»Bei der Mittwochsmesse, ich weiß«, erwiderte Viv und richtete den Blick auf die Mangel. In der Schule war sie Mitte der Woche zum Gottesdienst gegangen, weil es Pflicht gewesen war, aber seit ihrem Abschluss nicht mehr, obwohl sie wusste, dass ihre Mutter das wollte. Es war der einzige Akt der Rebellion, den sie sich leisten konnte, weil ihr Vater auch nie hinging.

»Ich habe ihn am Nachmittag noch einmal aufgesucht«, sagte Mum. »Ich wollte mit ihm über Maggie reden.«

Vivs Hand verharrte auf der Kurbel der Mangel. »Warum?«

»Du musst Pater Monaghans Angebot annehmen und dich darauf einrichten, Maggie wegzuschicken, wenn es so weit ist«, erklärte Mum.

»*Falls* es je so weit kommt«, sagte sie.

»Das wird es, Vivian. Hör auf meine Worte. Du hast den letzten Krieg nicht erlebt. Ich schon.« Ihre Mutter kam über den Hof auf sie zu. »Denk doch nur, wie gut es für Maggie wäre, wenn Pater Monaghan für sie ein Zuhause bei einer respektablen katholischen Familie finden könnte.«

»Wenn das so eine gute Idee ist, warum führt Kate dann nicht die gleichen Gespräche mit Pater Monaghan?«, wollte Viv wissen.

»Colin, William und Cora besuchen alle Schulen, die für ihre Unterbringung sorgen werden. Maggie nicht«, erklärte Mum. »Wenn du Pater Monaghans Angebot nicht annimmst, weißt du nicht, wo sie landet. Es könnten Protestanten sein.«

»Oder Juden«, gab sie ironisch zurück.

Ihre Mutter warf ihr einen warnenden Blick zu.

»Es kommt sowieso nicht drauf an. Ich will Maggie nicht wegschicken«, sagte Viv.

»Es geht darum, Maggies Wohlergehen über deine Wünsche zu stellen, Vivian. Das bedeutet es, Mutter zu sein.«

Seit wann interessierte sich ihre Mum für Maggies Wohlergehen? Und was hatte Mum für Opfer gebracht, als Viv in Not gewesen war? Wo blieb die Vergebung, die im Mittelpunkt so vieler von Pater Monaghans Predigten stand? Ihre Eltern waren beide nicht bereit gewesen, ihrer jüngsten Tochter zu verzeihen, dass sie einmal kurz der Versuchung nachgegeben hatte.

Den Tag, an dem Viv ihren Eltern erklärt hatte, dass sie schwanger war, würde sie nie vergessen. Ihre Mutter hatte sie eine Hure und Sünderin genannt. Viv hatte schnell versichert, der Vater des Kindes werde sie heiraten, und sie hatte gesehen, wie Erleichterung über Mums Miene huschte. Doch dann kam die unvermeidliche Frage nach seinem Namen. In dem Moment, in dem Viv sagte, er heiße Levinson, stand Mum auf, ging in die Küche und schloss die Tür hinter sich.

Schlussendlich war an der Situation nichts zu ändern gewesen. Ihre Eltern mochten den Umstand verabscheuen, dass Joshua Jude war, aber sie hatten alle gewusst, dass Viv heiraten musste, wenn sie ein Kind bekam, denn die Alternative wäre zu grauenhaft gewesen, um darüber nachzudenken.

»Mum, ich denke ausschließlich an Maggies Wohlergehen. Ich lasse nicht zu, dass du etwas anderes behauptest«, sagte Viv vorsichtig.

Ihre Mutter schniefte, drehte sich wieder zur Wäscheleine um und hängte die Kleidungsstücke auf, während die Vormittagssonne auf den Garten und die frische Wäsche schien.

Auch wenn ihre Mum einen Rückzieher gemacht hatte, war Viv alt genug, um zu wissen, dass dieser Kampf alles andere als vorbei war, und bei dem Gedanken wurde ihr mulmig. Mum setzte zwei mächtige Waffen ein: ihre Kälte und ihr Schweigen. Es wäre eine Sache gewesen, wenn nur Viv darunter gelitten hätte. Doch ihre Mutter würde auch Maggie ignorieren – ein Kind, das sich nichts zuschulden hatte kommen lassen und nicht begriff, warum es gestraft wurde.

Viv hatte sich bis zu den letzten paar Laken in ihrem Holzzuber vorgearbeitet, als eine Tür lautstark gegen eine Wand schlug und Geschrei durchs Haus hallte.

»Was macht denn Kate hier?«, fragte Viv, die den Radau, den ihre Nichte und ihre Neffen für gewöhnlich veranstalteten, gut kannte.

»Warum sind die Kinder nicht in der Schule?«, setzte Mum hinzu.

Ihre Blicke trafen sich, und blitzschnell band Viv die Schürze ab und eilte hinter ihrer Mutter durchs Haus.

In der Diele trafen sie auf Kate. An ihrer linken Hand hielt sie Cora, während sie versuchte, die Jungen zu trennen, die anscheinend dabei waren, sich zu prügeln.

»Cora!«, rief Maggie entzückt.

»Hört auf, euch zu schlagen, Colin und William!«, brüllte Kate, und sofort gingen die Jungen auseinander, obwohl sie einander weiter finstere Blicke zuwarfen. Kate stieß den Atem aus. »Cora, geh und spiel mit deiner Cousine.«

Sobald die Kinder fort waren, fuhr Kate herum. »Ich bin gekommen, so schnell ich konnte.«

»Was ist passiert?«, fragte Viv.

Kate schob ihr eine gefaltete Ausgabe des *Liverpool Echo* zu. »Die Evakuierung. Es geht los.«

Über Seite zehn prangte eine Schlagzeile:

KINDER SOLLEN VORSICHTSHALBER EVAKUIERT WERDEN – OFFIZIELL
Regierung entscheidet, vorläufige Pläne umzusetzen
Drei Millionen Personen betroffen

Viv zitterten die Hände, als sie den ersten Absatz überflog. Als ihr das Wort »Schulkinder« ins Auge fiel, stieß sie unwillkürlich einen Seufzer der Erleichterung aus. Maggie bräuchte nicht evakuiert zu werden.

Doch ihr ganzes egoistisches Glück verflog, als sie die niedergeschmetterte Miene ihrer Schwester sah. Colin, William und Cora gingen alle zur Schule. Sie würden fortgeschickt werden.

Sie reichte die Zeitung an ihre Mutter weiter und zog Kate in die Arme. »Das tut mir so leid.«

Kate brach in Schluchzen aus. »Was soll ich nur tun? Sam ist zur Arbeit gegangen, weil wir uns nicht leisten können, seinen Lohn für die Schicht zu verlieren, aber ich konnte die Kinder einfach nicht zur Schule schicken. Nicht, wenn das im Gang ist.«

»Natürlich, Schatz«, redete Mum ihr gut zu. »Das hast du richtig gemacht. Vivian, setz Teewasser für deine Schwester auf.«

Viv biss sich auf die Lippen und fragte sich, ob Mum unter anderen Umständen jemals Kate anweisen würde, dasselbe für sie zu tun. Trotzdem folgte sie ihrer Mutter und Schwester in die Küche und kochte Tee. Durch das Fenster über dem Spülbecken konnte sie die Kinder beobachten, die zwischen der Wäsche, die auf dem Hof aufgehängt war, hin und her rannten.

»Sie sollen durch ihre Schulen evakuiert werden, aber das könnte bedeuten, dass die Jungs und Cora getrennt werden, und Cora ist noch so klein«, erklärte Kate ihrer Mutter.

»Das wird schon gutgehen. Sie sind brave, vernünftige Kinder«, erwiderte Mum.

»Sam hat davon geredet, sich freiwillig zu melden. Ich weiß nicht, was ich tun soll, wenn er und die Kinder fort sind«, sagte Kate, deren Stimme unverkennbar verzweifelt klang. »Vielleicht werden sie nicht allzu weit weggeschickt, und ich kann sie besuchen.«

Colin, Kates Ältester, steckte den Kopf in den Raum, als wollte er etwas fragen, hielt dann aber inne, sobald er seine Mutter sah.

»Nicht weinen, Mummy«, sagte er.

»Mache ich doch gar nicht, Schatz«, entgegnete Kate und schniefte heftig, was Viv dazu brachte, ihr ein Taschentuch aus ihrer Tasche zu reichen. »Nein. Und jetzt sei ein guter Junge und sorg dafür, dass die Kleinen nicht hinfallen, wenn sie so herumrennen. Du willst doch nicht, dass sich jemand ein Knie aufschlägt, oder?«

Colin sprang auf. Den Grund, aus dem er hereingekommen war, hatte er offenbar vergessen, und er flitzte wieder nach draußen.

»Vielleicht beruhigt sich das Ganze ja noch«, meinte Viv, sobald die Cousins und Cousinen wieder in ihr Spiel versunken waren. »Die Regierung verhandelt noch mit Hitler. Möglich, dass wir uns alle umsonst Sorgen machen.«

»Ach, hör schon auf, Vivie!«, schrie Kate und knetete das Taschentuch zwischen den Fingern. »Sie evakuieren die Städte. Natürlich ziehen wir in den Krieg!«

»Liverpool ist im Großen Krieg auch nicht bombardiert worden«, wandte Viv ein.

»Mädchen«, stieß ihre Mutter hervor.

Kate holte tief Luft. »Sam sagt, die Flugzeuge hätten heute eine sehr viel größere Reichweite. Er glaubt, dass die Gefahr so groß ist, wie die Regierung behauptet, weil wir die Hafenanlagen haben und von hier aus so viele Frachtschiffe auslaufen.«

»Aber –«

»Ich weiß, dass du das nicht hören willst, Vivie, aber du musst«, sagte Kate und sah sie so mitleidig an, dass Viv sich zu dem pfeifenden Kessel umdrehte, um sich zu fassen.

Unmöglich. Es durfte keinen Krieg geben.

Es war unvorstellbar, dass Sam und alle Männer, die sie kannte, bald einberufen und zum Kämpfen fortgeschickt würden. Jeder in ihrem Viertel kannte jemanden, der beim letzten Mal, als Großbritannien Krieg gegen Deutschland geführt hatte, einen Bruder oder einen Sohn verloren hatte. Jeder kannte einen Mann, der nach seiner Rückkehr nie wieder der Alte geworden war.

Und was würde aus Maggie werden? Sie sollte nächstes Jahr in die Schule gehen. Würde der Krieg bis dahin vorbei sein? Was würde passieren, wenn die Regierung die Schulen schloss?

Bis Viv Milch in den Tee gegeben und die Tassen vor ihre Schwester und ihre Mutter hingestellt hatte, ging ihr Atem flach. Es hätte sie nicht überraschen sollen, dass Mum sich diesen Moment für ihren Kommentar aussuchte. »Du solltest Pater Monaghans Angebot annehmen, Vivian.«

»Nein«, entgegnete sie ausdruckslos und setzte sich neben Kate.

»Gute Menschen würden sich um Maggie kümmern –«

»Nein«, wiederholte Viv, dieses Mal lauter.

»Worüber redet ihr?«, fragte Kate und blickte zwischen den beiden hin und her.

Viv verschränkte die Arme. »Mum und Dad wollen, dass ich Maggie evakuiere, aber sie ist noch zu klein. Sie sollte bei mir bleiben.«

»Du solltest ein Mal in deinem Leben vernünftig sein und das Richtige tun«, sagte ihre Mutter.

»Und du solltest aufhören, dich in Dinge einzumischen, von denen du keine Ahnung hast!«, fauchte Viv zurück.

Kate wirkte schockiert, und Mum verstummte und erstarrte.

»Tut mir leid, Mum«, begann Viv.

»Ich versuche nur, meiner undankbaren Tochter zu helfen«, erklärte ihre Mutter und schniefte.

Viv starrte auf das zerkratzte Holz des Esstischs und fühlte sich plötzlich winzig klein.

»Wir dürfen uns nicht streiten. Nicht jetzt, da wir an so viel Wichtigeres denken müssen.« Kate wandte sich ihr zu. »Vivie«, sagte sie behutsam, »ich finde, du solltest in Betracht ziehen, dass das, was du willst, nicht das Beste für deine Tochter ist. Erzähl mir von Pater Monaghans Angebot.«

Viv schüttelte den Kopf. Sie hatte das Gefühl, als rückten die Wände des Raums auf sie zu und ließen ihr keinen Ausweg.

»Pater Monaghan wird in die Wege leiten, dass Maggie aufs Land zu einer respektablen katholischen Familie evakuiert wird. Einer, in der sie erwünscht ist«, erklärte Mum und faltete die Hände vor dem Bauch.

»Nein«, sagte Viv noch einmal, doch dieses Mal brachte sie nur ein Flüstern heraus.

Kate nahm ihre Hand. »Wenn wir Glück haben, dauert es nicht sehr lange.«

»Wie kannst du auch nur daran denken …?«

Ihre Schwester ließ augenblicklich ihre Hand fallen. »Wie ich daran denken kann, meine Kinder wegzuschicken? Ist das deine Frage?«

Katies harter Ton schockierte Viv. Sie hatten sich immer gut verstanden. Noch vor Vivs spektakulärem Sündenfall hatte Mum sie deutlich spüren lassen, dass Kate ihr Lieblingskind war, aber Viv hatte immer das Gefühl gehabt, dass ihre Schwester auf ihrer Seite stand – ihre einzige Verbündete in einem Haus, in das sie nie wirklich hineingepasst hatte.

»Ich werde tun, was das Beste für meine Kinder ist, Vivie, selbst wenn es mir zuwider ist. Ich muss dafür sorgen, dass sie in Sicherheit sind.«

Viv schlug die Hände vors Gesicht. Sie wollte es nicht glauben. Hier oben im Norden, so weit entfernt von London, waren sie sicher. Wie könnte Deutschland ihnen hier etwas anhaben?

»Du hast vier Jahre so gut für Maggie gesorgt, aber du musst einsehen, dass es jetzt nicht das Beste für sie ist, sie bei dir zu behalten«, sagte Kate, deren Stimme wieder sanfter klang.

»Das Beste für sie bin ich. Ich bin ihre Mutter«, murmelte Viv.

»Wenn wir Krieg bekommen, wirst selbst du die Deutschen nicht von hier fernhalten können«, meinte Kate.

Viv drehte sich der Kopf. Das passierte alles zu schnell. Sie konnte nicht denken. Sie brauchte einen Moment für sich.

»Hör auf deine Schwester«, bekräftigte ihre Mutter.

»Mum«, sagte Kate warnend und drückte dann Vivs Arm. »Überleg doch nur, Vivie. Wirst du dir je verzeihen können, falls Maggie etwas zustößt, weil du sie nicht wegschicken wolltest?« Dasselbe Argument hatte Pater Monaghan ihr gegenüber gebraucht, aber es jetzt von Kate zu hören, machte sie hilflos. Sie konnte sich nicht vorstellen, dass ihre Tochter bei Fremden leben sollte, aber sie konnte sie auch nicht wissentlich in Gefahr bringen.

Das war unmöglich. Ein Rätsel, für das es keine gute Lösung gab.

»Ich … ich …«

»Was, wenn deine Sturheit Maggie das Leben kostet?«, fragte Kate. »Willst du dieses Risiko wirklich eingehen, nach allem, was ihr durchgemacht habt?«

»Kate …«

»Ich hasse es auch, aber dass die Kinder in Sicherheit sind, ist all das wert. Du weißt, was du tun musst«, erklärte ihre Schwester.

Kate hatte recht, das wusste Viv tief im Herzen, aber sie konnte sich einfach nicht überwinden, die Worte auszusprechen.

»Ich kann nicht«, flüsterte sie.

»Du kannst, und solange du unter diesem Dach lebst, wirst du«, erklärte ihre Mutter.

»Mum …«, begann Kate.

»Wenn du Maggie fortschickst, kannst du hierbleiben, oder du kannst deine Sachen packen.«

»Das ist nicht fair«, meinte Kate.

»Nein, Katherine. Es ist Zeit, dass sie lernt, dass ihre Handlungen Konsequenzen haben«, erwiderte Mum.

Ein säuerliches Übelkeitsgefühl breitete sich in Vivs Magen aus, als ihr klar wurde, dass die Entscheidung darüber, Maggie fortzuschicken, nie bei ihr gelegen hatte. Sie war ihren Eltern auf Gedeih und Verderb ausgeliefert. Ihretwegen hatte sie ein Bett, Nahrung und Geld. Alles. Wenn sie sie auf die Ripon Street setzten, wo sollte sie dann hin?

Nach Maggies Geburt hatte sie gehofft, entkommen zu können. Sie hatte an Joshuas Familie geschrieben, um ihnen mitzuteilen, dass sie eine Enkelin hatten, denn sie hatte Mr. Levinsons Freundlichkeit an ihrem Hochzeitstag nie vergessen. Ihre ganze Schwangerschaft hindurch hatte sie davon geträumt, dass die Levinsons sie und ihr erstes Enkelkind mit offenen Armen in ihrem Heim aufnehmen würden. Doch Joshuas Familie hatte ihren Brief nie beantwortet.

Sie nahm es ihnen nicht übel – schließlich war sie der Grund dafür, dass Joshua Liverpool verlassen hatte –, doch als ihr klar wurde, dass sie nicht zurückschreiben würden, hatte es sich angefühlt, als wäre ihre letzte Rettungsleine durchschnitten worden.

»Du könntest zu mir ziehen«, sagte Kate, aber Viv nahm das Zögern in den Worten ihrer Schwester wahr. Wenn Kate ihr half, würde das für sie bedeuten, sich zwischen ihr und ihren Eltern entscheiden zu müssen. Das konnte Viv ihrer Schwester nicht antun. Nicht nach allem, was Kate während ihrer Schwangerschaft für sie getan hatte. Nicht, nachdem Kate, als sie in den Wehen gelegen hatte, sechsunddreißig Stunden ihre Hand gehalten hatte und sogar bereit gewesen war, ihren Brief an die Levinsons aufzugeben, ohne sie zu kritisieren. Viv hatte jahrelange Erfahrung darin, mit Mums und Dads Kälte zurechtzukommen, Kate aber nicht. Sie würde ihre Schwester nicht zwingen, ihre Eltern in einem Moment vor den Kopf zu stoßen, in dem sie kurz davorstand, ihre Kinder und ihren Mann zu verlieren.

»Ich will mehr über dieses Ehepaar wissen, zu dem Pater Monaghan Maggie schicken will«, stieß Viv krächzend hervor.

Ein zufriedenes Lächeln legte sich über Mums Züge.

»Und ich will sie besuchen können«, setzte sie hinzu und krallte die Finger in den Stoff ihres Waschtagkleids.

»Na schön. Ich sorge dafür, dass dein Vater dir das Fahrgeld gibt, um sie zu besuchen«, erklärte Mum. »Einmal.«

»Ich weiß, dass es schwer ist, Vivie, aber es ist das Beste«, sagte Kate. »Du wirst sehen.«

Viv nickte ihrer Schwester kaum wahrnehmbar zu, dann legte sie den Kopf auf die kühle Holzplatte des Küchentisches ihrer Mutter und weinte.

Joshua

1. September 1939

Stöhnend wälzte Joshua sich herum und zuckte zusammen, als der dröhnende Schmerz ihm mit voller Kraft in den Kopf fuhr. Er schlug ein Auge auf und bereute es sofort. Als er vor ein paar Stunden betrunken ins Bett getaumelt war, hatte er die Jalousien nicht geschlossen, und jetzt fiel helles Licht in sein schmuddeliges kleines Schlafzimmer.

Er erinnerte sich nur verschwommen daran, wie er in diesen Zustand geraten war. Er wusste noch, dass er schließlich doch zu Sonny Fowler gegangen war, wobei Doreys wegwerfende Zurückweisung ihm noch nachgehangen hatte. Vage erinnerte er sich auch daran, dass er sich vor eine Flasche King of Kentucky Straight Bourbon gesetzt hatte.

Noch einmal stöhnte Joshua auf und sackte zurück in die Kissen.

Es dauerte ein paar Minuten, bis er langsam einen klaren Gedanken fassen konnte. Gestern war Donnerstag gewesen, was hieß, dass heute Freitag war. Freitags fuhr er nach Morningside Heights in Upper Manhattan, um einen Studenten von der Columbia University zu unterrichten, der glaubte, wenn er Saxofon spielen könnte, würde das die Defizite in seiner Persönlichkeit ausgleichen und ihm helfen, Frauen kennenzulernen.

Es war verlockend, im Bett zu bleiben, doch er brauchte das Geld dringender. Also setzte er sich auf, streifte die Hosen vom vorigen Abend über und schlurfte die paar Schritte hinüber in die Küche seiner Wohnung. Sein Kopf dröhnte wie ein Presslufthammer auf Beton, und sein Mund war trocken vom Alkohol und zu vielen Zigaretten.

Gott, er brauchte einen Drink!

Stattdessen setzte er den Kessel auf den Herd, maß aus einem Einweckglas mit gemahlenem Kaffee, das auf der Arbeitsplatte stand, die richtige Menge ab und betete, das Wasser möge schnell kochen.

Er rieb sich die Stirn und spähte aus dem Fenster seines Erdgeschoss-Apartments. Zwischen den Lamellen seiner Jalousien konnte er erkennen, dass der Junge, der an der Ecke die Morgenausgabe der *New York Times* feilbot, gute Geschäfte machte.

Joshua zog die Jalousien hoch, öffnete das Fenster und streckte den Kopf nach draußen. Feuchte Luft schlug ihm entgegen.

»Hey, Junge!«, schrie er. »Was ist passiert?«

»Sie haben's noch nicht gehört?«, fragte der Zeitungsjunge, als wäre er der größte Trottel der Welt. »Deutschland ist in Polen einmarschiert.«

Verdammt.

»Gib mir mal eine, ja?« Joshua kramte in seiner Hosentasche und hielt ein Fünfcentstück hoch. Der Bursche kam an sein Fenster geflitzt und reichte ihm eine Zeitung.

Da stand es, groß und breit auf der Titelseite:

**DEUTSCHE ARMEE GREIFT POLEN AN
STÄDTE BOMBARDIERT, HAFENBLOCKADE**

Dann, darunter:

MOBILMACHUNG IN GROSSBRITANNIEN

Joshua starrte auf die Zeitung. Es passierte.

»Hey, Mister, alles gut bei Ihnen?«, fragte der Junge.

Abrupt blickte Joshua auf, als ihm klar wurde, dass er immer noch halb aus dem Fenster hing. Hinter ihm pfiff der Wasserkessel auf dem Herd.

»Ja, danke. Geht schon«, sagte er.

»Sind Sie Engländer?«

»Ja«, erwiderte er. »Ja, das bin ich.«

»Gehen Sie zurück?«, wollte der Bursche daraufhin wissen.

»Was?«

»Fahren Sie nach Hause, um zu kämpfen? Mein Dad sagt, dass er kämpft, wenn wir in den Krieg ziehen.«

Aus jedem Brief, den Joshua im letzten Jahr von seiner Familie erhalten hatte, war die Anspannung deutlich herauszulesen gewesen. Rebecca befürchtete, das Land werde in den Krieg eintreten und sie nie zur Universität gehen können. Dad schrieb von den Gerüchten, die in der Synagoge umgingen, dass Juden in Deutschland furchtbare Dinge zustießen. Mum erklärte ihm jedes Mal, wie froh sie darüber sei, dass er in Sicherheit war.

Sicher, obwohl er das nicht verdient hatte.

»Du hast Kundschaft«, sagte Joshua und wies mit einer Kopfbewegung auf den Stand des Zeitungsjungen.

Der Bursche rannte zu seinem Zeitungsstapel zurück, wo drei Männer von einem Fuß auf den anderen traten und darauf warteten, eine zu kaufen.

»Mist«, murmelte Joshua. »Mist, Mist, Mist.«

Doch selbst während er abgelenkt herumwerkelte, duschte und sich anzog, um zu seiner Unterrichtsstunde nach Uptown zu fahren, ging ihm der Gedanke an zu Hause nicht aus dem Kopf.

Als er Morningside Heights verließ, wusste er, was er zu tun hatte.

Viv

1. September 1939

Viv hielt Maggies Hand umklammert und blickte sich unter den Menschen in dem frühmorgendlichen Bus zum Bahnhof Liverpool Lime Street um. Die Kinder wirkten größtenteils verschlafen und still und ihre Mütter besorgt und hektisch. Unter den Fahrgästen befanden sich auch ein paar Männer, doch wie sie jetzt erfuhr, war die Evakuierung Aufgabe der Frauen und Kinder.

Es ist nur eine Vorsichtsmaßnahme, sagte sie sich, obwohl ihr Instinkt ihr zuschrie, dass sich alles daran verkehrt anfühlte. Was dachte sie sich dabei, ihre Tochter fortzuschicken? Wie sollte sie Maggie beschützen, wenn sie nicht bei ihr war?

Wirst du dir je verzeihen können, falls Maggie etwas zustößt? Kates Worte hallten in ihrem Kopf wider, während der Bus dahinrumpelte und sie weiter dem Unvermeidlichen entgegentrug – Maggies Evakuierung. Am Tag nach der Bekanntmachung war Deutschland in Polen einmarschiert. Jetzt hielt das ganze Land den Atem an und wartete darauf, ob Hitler sich der Forderung des Premierministers, sich am folgenden Tag zurückzuziehen, beugen würde oder ob es Krieg geben würde.

Schlussendlich war es bemerkenswert einfach gewesen, Maggies Evakuierung zu bewerkstelligen. Pater Monaghan war zu ihnen nach Hause gekommen und hatte ihr erklärt, Sarah und Matthew Thompson aus Wootton Green, einem Dorf in der Nähe von Solihull in Warwickshire, würden ihr Mädchen aufnehmen. Mr. Thompson war Ingenieur, und Mrs. Thompson kümmerte sich um ihr Haus, Beam Cottage. Sie waren nicht mit eigenen Kindern gesegnet und konnten es kaum erwarten, Maggie kennenzulernen.

Ruckelnd kam der Bus in der Lime Street zum Halten, und der Fahrer ließ die klappernden Metalltüren aufschwingen. Nacheinander standen Mütter und Väter auf, setzten sich ihre kleinen Kinder auf die Hüften und nahmen die älteren an der Hand, um sie zu den Zügen zu bringen, die sie aufs Land hinausfahren würden. Auf ihrem Platz wandte Viv sich Maggie zu, die mit Tig spielte und ihre Füße baumeln ließ, an denen sie heute ihre besten Schuhe trug.

»Zeit zu gehen, Bärchen«, sagte sie.

Mit ihren großen dunkelbraunen Augen blickte Maggie vertrauensvoll zu ihr auf. Viv brach es zum hundertsten Mal an diesem Morgen das Herz.

»Bereit für eine Abenteuerreise?«, fragte sie und zwang sich, fröhlich zu klingen. Sie half Maggie von ihrem Sitz herunter und bückte sich nach dem kleinen braunen Koffer, den sie gestern Abend für ihre Tochter dreimal ein- und wieder ausgepackt hatte.

»Gibt's da Süßigkeiten?«

»Vielleicht, wenn du ein ganz braves Mädchen bist«, erwiderte Viv und hängte sich Maggies Gasmaske über die Schulter. Sie war eine Miniaturausgabe ihrer eigenen Maske, die sie bereits über der Schulter trug. Eine Schnur war durch den oberen Teil des von der Regierung ausgegebenen Kartons gezogen.

Maggie zog ihre Stupsnase kraus. »Ich bin ein braves Mädchen!«

»Das bist du, Bärchen. Das bist du.« Viv drückte die Hand ihrer Tochter und führte sie aus dem Bus. Tig hing nur ein paar Zentimeter über dem Boden.

Pater Monaghan hatte sie angewiesen, ihn am Eingang des North Western Hotels in der Lime Street zu treffen, einem großen, imposanten Gebäude. Viv hatte immer davon geträumt, einmal als Gast dort abzusteigen. Jetzt hasste sie den monströsen viktorianischen Klotz, der drohend über ihnen aufragte.

Im *Liverpool Echo* hatte gestanden, dass an diesem zweiten Tag der Evakuierungen die ersten Züge um acht fahren würden, und sogar zu dieser frühen Stunde wogten um Viv und Maggie herum schon dichte Menschenmassen mit finsteren Mienen. Doch es war nicht schwierig, den Priester zu finden. Er war ungewöhnlich groß und hager und wäre auch ohne seinen blitzweißen Kragen aufgefallen. Als sie auf ihn zutrat, nahm er den Hut ab.

»Mrs. Levinson.«

Viv nickte ihm grüßend zu. Es war unmöglich, diesen Mann anzusehen und sich nicht an den Tag vor fast fünf Jahren zu erinnern, an dem sie vor Angst zitternd auf der harten Holzbank des Beichtstuhls gesessen hatte.

»Im Namen des Vaters, des Sohnes und des Heiligen Geistes. Amen. Vergib mir, Vater, denn ich habe gesündigt. Meine letzte Beichte ist eine Woche her. Ich bin unverheiratet.« Ihre Brust zog sich zusammen, und Tränen quollen aus ihren Augenwinkeln. »Aber ich fürchte, ich erwarte ein Kind.«

Zwischen ihnen trat ein langes Schweigen ein. Schließlich ergriff Pater Monaghan das Wort. »Sie wissen doch sicher, dass es eine Sünde ist, der Unzucht zu frönen, bevor Sie das Sakrament der Ehe empfangen haben, mein Kind.«

»Ich … ich weiß, Vater.«

»Warum haben Sie es dann getan?«

Weil Joshua der erste Junge war, der ihr wirklich zugehört hatte.

Weil er sie gefragt hatte, was sie sich von ihrem Leben wünsche, statt davon auszugehen, dass sie in Walton bleiben und einen Stall voll Kinder großziehen würde.

Weil er ihr das Gefühl gegeben hatte, das einzige Mädchen auf der Welt zu sein, das ihm wichtig war.

Weil sie wissen wollte, wie Sex war, obwohl sie wusste, dass sie das nicht sollte.

Dummes Mädchen. Dummes, dummes Mädchen!

»Ich weiß nicht, Pater«, sagte sie.

»Was Sie getan haben, ist inakzeptabel. Wissen Sie noch, was im Ersten Korintherbrief steht? ›Der Leib ist aber nicht für die Unzucht da, sondern für den Herrn, und der Herr für den Leib‹«, zitierte Pater Monaghan.

Ein leises Wimmern kam über ihre Lippen, und sie schlang die Arme um ihren noch flachen Bauch.

»Bitte vergeben Sie mir, Pater«, flüsterte sie.

Als sie Pater Monaghan das nächste Mal in der Kirche begegnet war, hatte er sie keines Blickes mehr gewürdigt, und sie hatte gewusst, warum. Ihr Leben würde nie wieder dasselbe sein.

Als Viv jetzt vor dem Hotel stand, straffte sie die Schultern.

»Hallo, Pater! Mummy sagt, wir fahren an einen Ort, wo es Kühe und Pferde gibt und Schafe und Hühner und …« Maggie zog die Nase kraus und versuchte zweifellos, sich auf ein weiteres Nutztier zu besinnen.

Pater Monaghan sah auf die Kleine hinunter. »Du wirst in einem Dorf leben. Dort gibt es kein Vieh.«

Maggie wirkte zutiefst enttäuscht, und Viv beugte sich eilig zu ihr. »Bestimmt werden Mr. und Mrs. Thompson dir gern die Tiere auf den Weiden zeigen.«

»Ich mag Tiere«, erklärte Maggie.

Viv zog sie in die Arme. »Ich weiß, Bärchen.«

Als Viv wieder aufstand, bemerkte sie eine hochgewachsene, kräftige, in Schwarz und Weiß gekleidete Nonne, die sich ein paar Schritte abseits hielt. Pater Monaghan wies auf die Frau. »Das ist Schwester Mary Margaret vom Heiligen Sakrament. Sie wird Margaret nach Wootton Green begleiten.«

Warmherzig lächelnd trat Schwester Mary Margaret vor. »Ihre Tochter ist bei mir sicher, Mrs. Levinson.« Dann beugte sich die Nonne vor, bis sie auf Augenhöhe mit Maggie war. »Hallo. Wie heißt du?«

Maggie versteckte ihr Gesicht hinter Tig und klammerte sich an Vivs Rock.

»Ist schon in Ordnung, Maggie«, sagte Viv und legte ihrem kleinen Mädchen eine Hand auf den Kopf. »Du darfst der Schwester antworten.«

»Ich bin Maggie«, flüsterte ihre Tochter.

»Na, dann haben wir etwas gemeinsam, denn mein Name ist Schwester Mary Margaret«, erklärte die Nonne.

»Mögen Sie Süßigkeiten?«, fragte Maggie.

»Jetzt esse ich nicht mehr oft welche« – die Nonne warf Pater Monaghan einen Blick zu –, »aber früher mochte ich Limettenbonbons mit Schokoladenfüllung gern.«

»Ich mag am liebsten Zuckermäuse«, verkündete Maggie und wurde sofort munter. »Und am zweitliebsten Jelly Babies.«

Während Maggie weiter ihre Süßigkeitenrangliste herunterrasselte, beugte sich Pater Monaghan zu Viv. »Gestern hat Schwester Mary Margaret vier Kinder nach Nordwales begleitet, um sie zu ihren Pflegeeltern zu bringen«, sagte er leise. »Sie ist sehr zuverlässig.«

Ihr wurde klar, dass er versuchte, freundlich zu sein.

»Danke«, gab sie zurück.

»Sie sollten aufbrechen, Schwester«, meinte er dann.

Schwester Mary Margaret richtete sich zu ihrer vollen, eindrucksvollen Größe auf. »Ja, Pater. Wollen Sie uns verabschieden, Mrs. Levinson?«

Tränen traten Viv in die Augen. Sie biss sich hart auf die Unterlippe, um sich durch den Schmerz abzulenken, und nickte. Sie würde nicht weinen. Für Maggie sollte das ein Abenteuer werden, bei dem sie Tiere kennenlernen und einen richtigen Garten zum Spielen haben würde und sich nicht vor lauter Angst, ihre Großmutter zu verärgern, mucksmäuschenstill zu verhalten brauchte.

»Ja, gern«, brachte Vivian heraus.

Die Nonne tätschelte Vivs Unterarm. »Ich passe gut auf Ihr kleines Mädchen auf. Versprochen.«

»Dann verlasse ich Sie jetzt«, erklärte Pater Monaghan. Er sah auf Maggie hinunter. »Gott sei mit dir, Margaret, und denk daran, jeden Abend zu beten.«

Maggie spähte zu ihm hoch, und kurz fürchtete Viv, ihre Tochter könnte hervorsprudeln, dass sie nur manchmal an ihr Nachtgebet dachten. Doch stattdessen winkte Maggie dem Geistlichen zu. »Tschüss!«

Schwester Mary Margaret unterdrückte ein Lachen, und Pater Monaghan wandte sich ohne ein weiteres Wort ab.

»Schön«, sagte die Nonne, als er fort war. »Wir sollten uns beeilen, damit die Kleine ihren Zug nicht verpasst. Hier entlang.«

Viv nahm Maggies Hand und folgte der Schwester in den Bahnhof. Überall um sie herum wichen die Menschenmassen auseinander, um der Nonne Platz zu machen, deren lange schwarze Gewänder hinter ihr herflatterten, als sie sich einen Weg zum Fahrkartenschalter bahnte.

Chaos umgab sie. Kleine Kinder weinten, während ältere ihre Koffer hinter sich her zerrten, die fast zu groß für sie waren, und ihre jüngeren Geschwister mitschleppten. Schulkinder gingen in ordentlichen Zweierreihen hinter Lehrern und Schwestern mit Klemmbrettern her. Riesige Dampfwolken stiegen von den Zügen auf, die wartend im Bahnhof standen, und waberten unter dem Glasdach des Bahnhofs. Menschen stürmten voran, um sicherzugehen, dass ihre Kinder den richtigen Zug bestiegen, der zum richtigen Ziel fuhr. Alles fühlte sich hektisch und tieftraurig zugleich an.

Doch Schwester Mary Margaret war entschlossen, und es dauerte nicht lange, bis sie auf dem Bahnsteig vor einem Zug in Richtung Süden standen. Zuerst würde er an einigen Bahnhöfen auf dem Weg nach Birmingham halten, dann die Fahrt nach Coventry fortsetzen und schließlich in London enden.

»Ich fürchte, hier müssen wir uns verabschieden, Mrs. Levinson«, erklärte die Nonne. »Ich lasse Ihnen einen Moment Zeit.«

Viv ging auf die Knie, ohne einen Gedanken an ihre Strümpfe zu verschwenden, und drückte Maggie an sich. Das Pappschild mit Maggies Namen und persönlichen Angaben, das Viv heute Morgen mit Schnur am Mantelknopf ihrer Tochter befestigt hatte, schnitt ihr in die Wange. Sie sog die Luft ein und versuchte, sich das warme Gefühl von Maggies weichem, kleinem Körper einzuprägen, der sich an sie presste. Sogar inmitten des Gedränges und des Kohlengeruchs im Bahnhof konnte sie den einzigartigen Duft ihrer Tochter wahrnehmen. Am liebsten hätte sie diese Erinnerung in eine Flasche gefüllt, um sie nie wieder zu vergessen.

Als Maggie in der festen Umarmung zu zappeln begann, löste Viv ihre Arme.

»Ich habe etwas für dich«, erklärte sie, öffnete den Clip ihrer Handtasche und zog ein Foto hervor. Als Maggie neun Monate alt gewesen war, war Kate mit ihr in ein Atelier gegangen und hatte teure Porträts von Maggie anfertigen lassen. Zum Schluss hatte Kate sogar darauf bestanden, eine Aufnahme zu machen, auf der Viv ihre Tochter auf dem Arm hielt.

»Wenn du es nicht machst, wird es dir später leidtun«, hatte Kate mit einem wissenden Lächeln gemeint. »Ich habe eins mit William und eins mit Cora. Als Colin geboren wurde, hatten wir nicht genug Geld.«

Seitdem hatte Viv jedes Jahr auf einen der seltenen Tage gewartet, an denen Mum und Dad beide außer Haus waren. Dann pflegte sie Maggie und sich mit ihren besten Sachen herauszuputzen und in die Stadtmitte von Liverpool zu fahren, um in demselben Fotostudio ein Porträt von ihnen beiden aufnehmen zu lassen.

Jetzt reichte Viv ihrer Tochter das neueste Foto, das im März gemacht worden war. »Weißt du, was das ist?«

»Das bin ich, und das bist du!«, krähte Maggie entzückt und wies mit ihren dicken Fingerchen nacheinander auf sie beide.

Viv lächelte, obwohl sie mit den Tränen kämpfte. »Richtig. Ich möchte, dass ihr für mich darauf aufpasst, Tig und du. Wenn du mich vermisst, kannst du das Foto anschauen und daran denken, dass ich es auch jeden Abend ansehe.«

Maggie starrte das Foto an. »Aber wo bist du dann, Mummy?«

Ihr Schluchzen, dass sie die letzten zwei Tage so mühsam unterdrückt hatte, brach sich Bahn. Sie zog ihre Tochter an sich und drückte das Gesicht an ihren Hals. »Denk daran, du wirst bei einer netten Frau namens Mrs. Thompson und einem netten Mann namens Mr. Thompson wohnen. Du musst bei ihnen an deine Manieren denken und alles tun, was sie sagen.«

»Ich will nicht weg!«, schrie Maggie und schlang die Arme um Vivs Hals.

Sie spürte das krampfhafte Schluchzen ihrer Tochter an ihrer Brust, das sie von innen heraus zerriss. »Ich habe dich sehr lieb, Bärchen«, sagte sie. Tränen strömten ihr übers Gesicht, obwohl sie zu lächeln versuchte. »Du kannst Mrs. Thompson erzählen, was sie mir sagen soll, und sie wird mir alles in einem Brief schreiben. Und ich werde dir Briefe schicken, die sie dir vorlesen kann. Das wäre doch schön, oder?«

Maggie nickte kaum wahrnehmbar.

Viv umarmte sie noch einmal. »Und jetzt musst du ganz tapfer sein und mit Schwester Mary Margaret gehen. Aber ich verspreche dir, dass wir eines Tages wieder zusammen sein werden.«

»Versprochen?«, fragte Maggie.

»Ich verspreche es dir«, erklärte Viv aus tiefstem Herzen heraus. »Ich habe dich so lieb. Vergiss das niemals.«

Eine Hand legte sich auf ihre Schulter.

»Tut mir leid, Mrs. Levinson«, sagte Schwester Mary Margaret.

Viv nickte zu der Nonne hoch und küsste dann ihre Tochter. »Ich hab dich sehr lieb, Bärchen.«

Dann stand Viv langsam auf und trat zurück. Die Nonne nahm Maggie an der Hand und hob mit der anderen ihren kleinen Koffer hoch. Viv sah zu, wie die beiden in den Zug stiegen, und dann waren sie fort, einfach so.

Der Pfiff ertönte, und Bahnangestellte schlugen die Waggontüren zu. Dampfwolken stiegen auf und stürzten das Gleis kurz in Nebelschwaden. Sie sah zu den Zugfenstern auf und wurde plötzlich von Angst ergriffen. Sie musste Maggie noch einmal sehen.

Langsam setzten sich die gewaltigen Kolbenstangen der Lokomotive in Bewegung. Hektisch suchte sie die Fenster ab und rannte den dicht bevölkerten Bahnstein entlang. Der Zug legte rasch an Tempo zu, und sie gab sich Mühe, schneller zu laufen. Und dann, mit einem Mal, waren sie da. Maggie drückte ihr kleines Gesicht ans Fenster und winkte, während Schwester Mary Margaret Viv betrübt zulächelte.

Überall um sie herum riefen Frauen nach ihren Kindern. Viv fiel in den traurigen Chor ein.

»Auf Wiedersehen! Auf Wiedersehen, Bärchen!«, schrie sie. »Ich hab dich lieb!«

Und dann war der Zug fort und nahm ihr kleines Mädchen mit.

Maggie

2. September 1939

Maggie drehte das Gesicht zum Zugfenster und drückte Tig ein wenig fester an sich. Neben ihr schnarchte Schwester Mary Margaret.

Maggie war traurig. Sie wusste noch, wie ihre Mutter auf dem Bahnsteig geweint, sie umarmt und ihr gesagt hatte, sie solle brav sein. Dann hatte sie ihr eins der Fotos geschenkt, die sie sonst nur anschauen, aber nicht anfassen durfte.

Jetzt zog sie es aus der Jackentasche. Sie wusste, dass sie die Finger von dem Bild lassen sollte, doch sie streckte sie aus und berührte das hübsche Haar ihrer Mutter.

Ja, Maggie war traurig, obwohl sie nicht ganz begriff, warum.

Ruckelnd kam der Zug zum Halten und weckte Maggie. Sie rieb sich die Augen. Um sie herum standen Menschen auf, um ihr Gepäck zusammenzusuchen.

»Fertig?«, fragte Schwester Mary Margaret.

Sie nickte.

»Gut. Nimm deinen Koffer und komm mit.«

Der Koffer war schwer, und Maggie kämpfte sich ab, während Schwester Mary Margaret durch den Wagen und hinunter auf den Bahnsteig voranging.

Der Bahnhof war voller Menschen, die herumstanden und sich laut unterhielten. Vor allem sah Maggie Beine. Beine in Strümpfen. Beine in Hosen. Sie heftete den Blick an Schwester Mary Margarets lange schwarze Gewänder und hielt ihren Koffer mit beiden Händen fest.

Mit einem Mal blieb sie wie angewurzelt stehen.

»Tig!«

Die Nonne warf einen Blick zurück. »Margaret? Was ist los?«

»Tig!«, jammerte Maggie noch einmal.

»Was ist ein Tig?«, fragte die Schwester.

Tränen strömten Maggie übers Gesicht. Sie hatte ihren Stofftiger verloren, dabei hatte sie ihrer Mutter versprochen, auf ihn aufzupassen.

»Ach, Margaret. Bitte nicht weinen«, meinte die Nonne besorgt. »Ich verstehe nicht, was du meinst.«

»Was ist passiert?«

Ein gut gekleideter Mann in einem dunkelgrauen Anzug und mit passendem Hut war zu ihnen getreten. Neben ihm stand eine Frau, die in ihren rosafarbenen und weißen Kleidern wie ein Bonbon wirkte und sich das helle Haar unter einem modischen Hut aufgesteckt hatte.

»Mr. und Mrs. Thompson?«, fragte Schwester Mary Margaret und verzog bekümmert den Mund.

»Ja«, gab Mr. Thompson mit bedrückter Miene zurück.

»Ich fürchte, Margaret ist etwas durcheinander. Ich glaube, sie hat ihr Spielzeug im Zug vergessen«, erklärte die Nonne.

Maggie weinte lauter. Mr. Thompson flüsterte seiner Frau etwas zu und huschte dann in die Menge davon, die sich um sie herum verdichtete.

»Beruhige dich doch, Margaret«, sagte die Schwester. »Du machst dich noch krank.«

»Ich weiß etwas. Wir gehen einkaufen, und du kannst dir ein neues Spielzeug aussuchen!«, schlug Mrs. Thompson fröhlich und munter vor, obwohl sie ihre behandschuhten Hände knetete.

»Ich will Tig!«, schrie Maggie, stampfte mit dem Fuß auf und bekam Schluckauf.

»Sie war auf der Fahrt so brav«, sagte Schwester Mary Margaret.

»Ganz bestimmt«, meinte Mrs. Thompson.

»Also so etwas, schaut euch das an.« Mr. Thompson tauchte aus der Menschenmenge auf und wedelte mit einem schlaffen Stofftiger. »Ich glaube, du gehörst diesem kleinen Mädchen.«

Maggie öffnete die Augen. »Tig!«

Sie breitete die Arme aus, sprang hoch, entriss Mr. Thompson den Tiger und vergrub die Nase in dem abgeschabten Fell am Hals des Stofftiers.

»Wo hast du es gefunden?«, fragte Mrs. Thompson und schaute zu ihrem Mann auf – dem Helden der Stunde.

»Es war unter einen Sitz gerutscht. Gut, dass der Zug durch die vielen Kinder, die aussteigen, aufgehalten wurde, sonst hätte ich vielleicht nicht genug Zeit gehabt, es zu finden.«

»Margaret«, sagte Schwester Mary Margaret, »kannst du dich bei Mr. Thompson bedanken?«

»Danke«, flüsterte Maggie.

»Ich glaube, sie ist ein wenig schüchtern«, meinte Mrs. Thompson. »Margaret, ich bin Mrs. Thompson, und das ist Mr. Thompson. Du wirst eine Weile bei uns leben.«

Maggie begriff nicht. Sie hatte doch ein Zuhause.

Bevor sie etwas sagen konnte, beugte sich Mrs. Thompson zu ihr herunter. »Magst du Eis?«, fragte sie.

»Am liebsten Erdbeer«, antwortete Maggie leise.

»Sehr gute Wahl. Ich mag Schokolade, und Mr. Thompson isst am liebsten Vanille«, erklärte Mrs. Thompson. »Wie wär's, wenn wir nach Solihull fahren und uns ein Eis gönnen, um deine Ankunft in Wootton Green zu feiern? Hättest du Lust dazu?«

»Kann ich zwei Kugeln Eis haben?«

Die Erwachsenen lachten. »Ich finde, wenn es einen Anlass

für zwei Kugeln Eis gibt, dann diesen«, meinte Mrs. Thompson. »Findest du nicht, Matthew?«

Der Mann lächelte Mrs. Thompson ungezwungen an. »Ich denke schon.«

Sie verabschiedeten sich von Schwester Mary Margaret, und Mrs. Thompson nahm Maggies Hand. Als die beiden sie zu ihrem Auto führten, erinnerte sich Maggie vage daran, dass sie eigentlich traurig sein sollte.

Sie war sich nicht ganz sicher, warum.

Viv

6. Oktober 1934

Die Geräuschkulisse schlug Viv in dem Moment entgegen, in dem sie in das in Lachsrosa und Gold gehaltene Foyer des Locarno Ballroom trat. Ihr gefiel, wie die Klänge durch ihren Körper liefen, ihre Knochen erbeben ließen und die Gegend um ihr Herz erwärmten.

»Ich kann nicht glauben, dass du noch nie in einem Tanzlokal warst, Viv«, meinte Sylvie, als sie dem gehetzt wirkenden Mann, der hinter der Glasscheibe der Abendkasse saß, Geld für ihre Eintrittskarten gaben.

»Mum und Dad halten nicht wirklich etwas davon«, erklärte sie, blickte sich um und gab sich die größte Mühe, sich jedes Detail des Goldfiligrans einzuprägen, mit dem die Wände und Decken des Tanzlokals abgesetzt waren. Es war schwer genug gewesen, ihre Eltern davon zu überzeugen, dass Sylvie und Mary, die in der Sortieranlage rechts und links von ihr saßen, nette junge Frauen waren. Dann hatte Kate sich für das Locarno verbürgt und geschworen, es sei ein respektables Lokal. Schließlich hatte Viv die beiden mit dem Versprechen erweicht, dass sie keinen Pub besuchen, nichts trinken und nicht mit Männern reden würden. Sie würde um zehn Uhr zu Hause sein, um am nächsten Morgen früh für die Messe aufstehen zu können. Erst dann hatte ihre Mum ihrem Dad zugenickt, und der hatte Ja gesagt.

»Meine waren zuerst auch so«, meinte Mary und wedelte mit der Hand, »aber dann habe ich sie darauf aufmerksam gemacht, dass ein Mädchen nur eine begrenzte Anzahl an Tanztees in der Kirche besuchen kann, bis ihm klar wird, dass es praktisch jeden katholischen Jungen in Walton schon kennt.«

Sylvie hakte sich bei Viv unter, wobei die glatte Kunstseide ihres pflaumenblauen Kleides flüsternd über Vivs himmelblaues Kleid strich, das sie extra für diese Gelegenheit auf Mums Singer-Maschine genäht hatte. »Und, sind wir mutig?«

Viv musterte die Türflügel zu ihrer Linken, die sich öffneten und schlossen, als lachende Gäste, gefolgt von aufbrandender Musik, in den Ballsaal hinein- und herausströmten. Sie straffte die Schultern und nickte. »Ich bin bereit.«

Sylvie und Mary jauchzten und stürzten sich auf ihren hochhackigen silbernen Tanzschuhen hinein.

Sie hatten kaum zwei Schritte in die Menge getan, als aus dem Nichts heraus ein Mann auftauchte und mit einem simplen »Willst du tanzen?« Sylvies Hand nahm.

Sylvie warf ihr Haar zurück und ließ sich auf die Tanzfläche ziehen.

»Tja, was sagt man dazu?«, meinte Mary und sah ihrer Freundin nach. »Sie hat uns einfach stehen lassen.«

»Sie amüsiert sich nur ein wenig«, sagte Viv.

»Ladys!«, brüllte jemand hinter Vivs Schulter. Mary und sie drehen sich gleichzeitig um – Viv verwirrt und Mary verärgert. Ein kleiner rothaariger Mann, der wirkte, als wäre er gerade einen Marathon gelaufen, schob sich durch die Menge auf sie zu.

»Was machst du denn hier, Kieran?«, fragte Mary forsch, eine Hand in die Hüfte gestemmt.

»Hallo, mein Schatz«, sagte er, beugte sich vor und küsste Mary auf die Wange.

Sie stieß ihn weg. »Nenn mich nicht Schatz.«

»Ach, sei doch nicht so.«

»Ich werde so sein, wie ich will, Kieran Cagney. Wo warst du letzten Freitag?«, verlangte Mary zu wissen.

Viv trat einen Schritt von dem streitenden Paar zurück, doch plötzlich versperrte ihr die Brust eines Mannes den Weg. Er fing sie auf, indem er eine Hand um ihre Taille legte und sie mit der anderen in Tanzhaltung festhielt. »Möchtest du tanzen?«

Sie lachte. »Aber ich habe dich fast umgerannt.«

Er lächelte ihr zu. »Ich bin klein, aber nicht so klein.«

»Oh, ich wollte nicht –«

»Ich weiß«, unterbrach er ihre gestammelte Entschuldigung. »Lass uns ein wenig von einem Fuß auf den anderen treten.«

Sie warf einen Blick zurück zu Mary, die tief in einen Streit mit dem pflichtvergessenen Kieran versunken war, warf ihrem Partner einen Blick zu und nickte.

»Gut.« Er führte sie auf die Tanzfläche. »Wie heißt du?«

»Vivian Byrne, aber alle nennen mich Viv«, sagte sie.

»Ich bin Nathan Hoffman.« Behutsam zog er sie in eine Drehung. »Magst du die Band?«

»Ja«, erwiderte sie.

»Mein Freund Joshua spielt das Saxofon.« Mit einer Kopfbewegung wies er auf die Blechbläser, die aufgestanden waren, um dem Refrain zusätzlichen Schwung zu verleihen. »Er ist der ganz außen.«

Viv reckte den Hals, um seinen Freund besser erkennen zu können. Er trug die gleiche dunkle Smokingjacke wie der Rest des Orchesters, aber sogar aus der Entfernung fiel ihr auf, dass sie bei ihm besser saß als bei einigen der Trompetenspieler. Er war auch größer als der Saxofonist neben ihm, und sogar von hier aus sah sie sein dunkles, tief gescheiteltes Haar.

»Was sagtest du noch, wie er heißt?«, fragte sie.

»Joshua. Wir sind zusammen aufgewachsen. Die Levinsons sind Schneider, und mein Vater ist im Stoffgroßhandel tätig«, erklärte Nathan, als der Song zu Ende ging. »Sie haben gleich Pause. Komm, ich stelle dich vor.«

»Oh, ich weiß nicht –«

»Josh!«, schrie Nathan und zog Viv hinter sich her.

Josh blickte auf und registrierte zuerst seinen Freund und dann Viv. Kurz sah er ihr in die Augen – aber lange genug, dass sie von ihrem eckigen Halsausschnitt aufwärts errötete.

Er wandte den Blick ab und streckte seinem Freund die Hand entgegen. »Freut mich, dass du es geschafft hast«, erklärte Joshua und schüttelte Nathan kräftig die Hand.

»Hätte ich mir etwa den größten Saxofonisten entgehen lassen sollen, den Liverpool je gesehen hat?«, fragte der.

»Er schmeichelt mir«, sagte Joshua zu Viv. »Ich wette, dir fällt noch ein anderer Saxofonspieler aus Liverpool ein.«

»Nein«, gestand sie.

»Joshua hat große Pläne. Er will nach New York, um dort zu spielen«, prahlte Nathan.

»Ich würde schrecklich gern nach Amerika gehen«, platzte Viv heraus, obwohl sie bisher kaum einen Gedanken daran verschwendet hatte.

Wieder sah Joshua sie an, und etwas flackerte in seinen dunkelbraunen Augen auf. »Ist das so?«

Mit einem Mal schien Vivs Atem schneller zu gehen. Sie verschränkte die Hände hinter dem Rücken und barg sie in ihrem langen Rock. Ihr wurde klar, dass er sie nervös machte und vielleicht auch ein wenig verwirrte. Es lag an der Art, wie er ihr lange und tief in die Augen sah, als versuchte er zu lesen, was in ihrer Seele geschrieben stand.

Aus dem Augenwinkel sah sie, wie Nathan zwischen ihnen beiden hin- und herblickte und dann die Stirn runzelte.

»Du hast nicht besonders lange Pause, was, Josh?«, fragte er.

»Eine Viertelstunde. Mehr geben sie uns nicht.« Joshua wies mit einem Nicken auf jemanden hinter Nathan. »Ist das nicht Esther?«

Nathan fuhr herum. »Oh nein. Wo?«

»Da, an der Treppe«, sagte Joshua.

»Ich muss los. Wir tanzen später noch einmal, Viv«, erklärte Nathan.

Joshua und sie schauten zu, wie er davoneilte.

»Wer ist Esther?«, fragte sie.

Joshua sprang von der Bühne zu ihr herunter. »Seine Freundin.«

»Oh«, meinte Viv und zog es in die Länge.

»Das läuft immer so. Irgendein Kerl fordert Esther auf, also kriegt Nathan einen Anfall. Er stürmt davon und tanzt mit einem hübschen Mädchen, und damit bringt er Esther auf die Palme.«

»Was für ein Paar«, meinte sie.

»Und was ist mit dir? Hast du einen eins achtzig großen Freund, der hier herumlungert und darauf wartet, mich zu verdreschen?«

Sie lachte. »Wohl kaum. Ich hatte noch nie einen Freund.«

»Wie kann das denn sein?«, fragte er. Einer seiner Bandkollegen trat auf ihn zu, gab ihm ein Bier und warf Viv einen flüchtigen Blick zu.

Sie senkte den Kopf und sah auf ihre Tanzschuhe hinunter, die keinen einzigen Kratzer aufwiesen. Sie hatten sie fast vier Wochenlöhne gekostet. Zusammen mit dem Stoff für ihr Kleid und den Nylonstrümpfen, die sie extra für diesen Abend aufgespart hatte, war ihr heutiges Outfit das Kostspieligste, was sie je getragen hatte. Aber sie mochte das Gefühl, das es ihr vermittelte. Sie kam sich schön vor. Verführerisch. Begehrenswert.

»Wahrscheinlich habe ich nie jemanden getroffen, den ich gern genug mochte.«

»Und was ist mit Verabredungen?«, fragte Joshua.

Verabredungen. Enttäuschende Ausflüge mit jungen Männern, die einander sehr ähnelten. Sie hatten alle die Schule abgeschlossen wie sie, waren bei ihren Vätern, Brüdern oder Onkeln in die Lehre gegangen und tranken freitag- und samstagabends im Pub gern ein oder vier Bier. Irgendwann würden sie ein eigenes Haus kaufen, das innerhalb derselben paar Quadratmeilen lag, auf denen ihre Eltern und Großeltern schon immer gelebt hatten. Ihre ehrgeizigsten Wünsche waren ein Auto und die Möglichkeit, jedes Jahr den Urlaub in Blackpool zu verbringen.

Nichts davon war verkehrt – sie wünschte sich auch einiges davon –, aber ihr widerstrebte das Gefühl zutiefst, schon mit achtzehn zu wissen, wie sich ihr Leben vor ihr erstreckte. Falls einer dieser Männer ihr einen Heiratsantrag machte, müsste sie beim Postamt kündigen. Ihr Leben würde sich fortan um Kinder, Wäsche und Einkaufen drehen und um die Sonntagsmesse und ab und zu einen Samstagabend im Pub um die Ecke. Sie konnte darin nichts Aufregendes erkennen. Kein Abenteuer.

»Ich würde dich gern ausführen«, erklärte Joshua und holte sie zurück in das Licht und das Prickeln des Ballsaals.

»Wie bitte?«, fragte sie ein wenig überrumpelt.

»Am nächsten Samstag findet ein Konzert statt. Möchtest du mich begleiten?«, fragte er.

Sie zögerte, doch dann fing sie seinen Blick auf, in dem sich Unsicherheit und Hoffnung mischten. Alles an ihr wollte plötzlich Ja sagen. »Also gut.«

Sein Erröten und die Art, wie er auf seine Schuhe hinuntersah, als sie einwilligte, entzückten sie.

»Gut. Gut, gut, gut. Ich hole dich dann um zwei ab«, erklärte er.

»Oh nein. Besser, wir treffen uns dort. Ich habe vorher noch etwas in der Stadt zu tun.«

Sie wollte Joshua nicht Mums kritischer Musterung aussetzen. Schlimm genug, dass ihre Eltern ihn nicht kannten, aber wenn sie herausfanden, dass er Musiker war, würde ihre Mutter bestimmt Einwände erheben, und Dad würde sich wie immer auf Mums Seite schlagen.

»Gut.« Er schnappte sich einen Zettel und einen Bleistift aus seinem Instrumentenkasten und kritzelte Adresse und Uhrzeit darauf. »Hier.«

»Danke«, sagte sie.

»Ich sollte lieber zurückgehen«, erklärte er und warf einen Blick zu den anderen Bandmitgliedern, die wieder nach ihren Instrumente griffen und in ihren Noten blätterten.

»Ach, eins noch«, sagte Joshua, während er nach seinem Saxofon griff und es sich mit dem schwarzen Band um den Hals hängte.

»Ja?«, fragte Viv.

Er warf ihr einen verlegenen Bick zu. »Wie heißt du eigentlich?«

Sie lachte. »Viv Byrne.«

»Joshua Levinson. Bis Samstag dann, Viv Byrne«, sagte er.

Sie nickte und zog das Kinn ein, als Mary neben ihr stehen blieb. Vivs Freundin sah zwischen Joshua und ihr hin und her und wandte sich dann an ihren Tanzpartner. »Ich glaube, Viv und ich könnten einen Drink gebrauchen.«

Der Mann beugte den Kopf und huschte davon. Mary zerrte Viv praktisch von der Bühne weg. »Bis Samstag?«, fragte ihre Freundin, als sie schließlich stehen blieben.

»Er hat mich auf ein Konzert eingeladen«, erklärte sie.

»Du bist mir ja ein stilles Wasser«, quietschte Mary vergnügt. »Er sieht gut aus.«

Vivs Magen überschlug sich ein wenig. »Ja.«

»Wer ist er?«

»Sein Name ist Joshua Levinson«, sagte sie.

Mary runzelte die Stirn. »Levinson? Ist er Jude?«

»Wir haben uns nicht so lange unterhalten, dass ich hätte fragen können«, gab sie zurück.

Mary musterte sie von oben bis unten, und Viv spürte, wie die Stimmung zwischen ihnen ein wenig frostiger wurde. »Du bist mutiger als ich.«

»Es ist doch bloß eine Verabredung«, sagte sie, doch sie konnte das nervöse Flattern nicht ignorieren, das sie durchlief.

Liebe Mum, Dad und Rebecca,

ich habe jetzt dreimal versucht, euch diesen Brief zu schreiben.
Jedes Mal habe ich es nicht fertiggebracht, weil ich weiß, dass
ihr es grauenvoll finden werdet, was ich euch zu sagen habe.
Vielleicht schaffe ich es dieses Mal.

Chamberlains Ultimatum an Deutschland, seine Truppen zurückzuziehen, lief hier heute Morgen um sechs Uhr aus. Ein
paar der Jungs, die ich von Auftritten in verschiedenen Clubs
kenne, sind aufgeblieben, um Radio zu hören. Ein paar von
ihnen sind auch Juden und haben Familie in der alten Heimat. Wir hatten alle auf eine Art Aufschub in letzter Minute
gehofft, aber wir und der Rest der Welt wurden enttäuscht.

Als ich dort vor dem Radio saß, schien Liverpool so weit weg
zu sein. New York ist großartig, aber es ist mir nie ein Zuhause geworden, und ich weiß, wenn Männer wie ich nicht
nach England zurückkehren, um zu kämpfen, gibt es später
vielleicht nichts mehr, zu dem man heimkehren könnte.

Ich melde mich freiwillig – zu jedem Truppenteil, der mich
nimmt. Ich kann nicht tatenlos zusehen, wenn ich weiß, was
passieren wird.

Ich habe Dinge getan, für die ich mich schäme. Ich kann nur
hoffen, dass ihr, wenn ich in diesen Krieg ziehe, wieder stolz
auf mich sein könnt.

Euer euch liebender Sohn
Joshua

Beam Cottage
Wootton Green

Liebe Mrs. Levinson,
bestimmt sind Sie inzwischen außer sich vor Sorge um Margaret. Ich kann mir nicht vorstellen, wie schwierig es sein muss,
ein Kind fortzuschicken, besonders ein so entzückendes kleines
Mädchen wie sie. Seien Sie versichert, dass sie in Sicherheit ist
und es ihr bei uns gut geht.
Mr. Thompson und ich haben Margaret gleich nach ihrer Ankunft ein Eis spendiert. Das schien sie aufzuheitern, denn ich
bin mir sicher, dass sie Sie vermisst hat.
Sie werden froh sein zu hören, dass sie ein hübsches Zimmer mit Aussicht auf den Garten hat, und jeden Abend rollt
unsere Katze Misty sich neben ihr zum Schlafen ein. Tagsüber ist sie mit mir oder unserer Haushälterin Mrs. Reed
zusammen, und wir spielen mit dem Puppengeschirr oder dem
Puppenhaus in ihrem Spielzimmer. Es wird Sie amüsieren,
dass sie enttäuscht war, als ich ihr erzählt habe, unsere Wäsche
werde von einer Frau aus dem Dorf abgeholt, denn sie bestand
darauf, dass wir donnerstags zu Hause waschen.
Ich weiß, es muss eine besondere Herausforderung für Sie sein,
dass Margaret nicht selbst Briefe schreiben oder die, die Sie
schicken, lesen kann. Doch ich versichere Ihnen, dass ich ihr
gern jede Nachricht von Ihnen übermittele.
Margaret ist ein braves Mädchen, und ich zweifle nicht daran,
dass sie in Beam Cottage sehr glücklich sein wird.

Hochachtungsvoll
Mrs. Matthew Thompson

Liebe Mrs. Thompson,

danke für Ihren freundlichen Brief. Es ist so beruhigend zu
wissen, dass Maggie sicher in Wootton Green angekommen
ist. Sie ist ein wundervolles kleines Mädchen, sehr klug und
neugierig. Ich habe ihr schon das Alphabet beigebracht, und sie
kennt den größten Teil der Buchstaben. Bitte erinnern Sie sie
daran, dass das Üben wichtig ist, und ich hoffe, dass sie bald
die Briefe lesen kann, die ich ihr schreibe.

Könnten Sie ihr unterdessen den nächsten Teil vorlesen?
Maggie, es tut mir schrecklich leid, dass wir im Moment nicht
zusammen sein können. Zu Hause ist alles ganz anders
geworden. Grandad hat einen neuen Job und arbeitet im
Littlewoods-Gebäude, wo er Flügel für Flugzeuge zusammen-
schweißt. Deine Nan strickt Schals, Handschuhe und Ähn-
liches für die Soldaten. Jetzt ist es zwar noch schön, aber bald
müssen sie es so warm haben wie Du, wenn ich Dich in die
Handschuhe stecke, die ich Dir letztes Jahr zu Weihnachten
gestrickt habe.

Ich habe Dich sehr lieb, Bärchen, und ich weiß, dass wir uns
bald wiedersehen werden.

Mrs. Thompson, ich würde sehr gern wissen, wann ich zu Be-
such kommen darf. Es wäre mir eine Erleichterung zu sehen,
wo Maggie lebt, und Sie und Ihren Mann kennenzulernen.
Bitte teilen Sie mir mit, wann es Ihnen am besten passt.
Nochmals vielen Dank dafür, dass Sie sich um mein kleines
Mädchen kümmern.

Hochachtungsvoll
Vivian Levinson

9. September 1939

Liebe Mrs. Thompson,

ich dachte, Maggie hätte vielleicht Spaß an ein paar Neuigkeiten aus der Nachbarschaft. Könnten Sie ihr bitte das Folgende vorlesen?

Mein Bärchen, Du wirst dich freuen zu hören, dass es aussieht, als würde Moggy, unsere Nachbarskatze, im Herbst Junge bekommen. Ich weiß, wie sehr Du Moggy liebst, und ich weiß, dass Du fragen wirst, ob wir eins der Kätzchen behalten können. Ich werde mir die größte Mühe geben, um Deinen Grandad und Deine Nan davon zu überzeugen, dass das eine gute Idee ist.

Ich hoffe, Du bist glücklich und genießt Deine Zeit in Beam Cottage. Vergiss nicht, Du kannst Mrs. Thompson alles sagen, was Du mir erzählen willst, und sie wird es aufschreiben. Sei ein braves Mädchen, und wir sehen uns bald. Ich hab Dich lieb.

Bitte geben Sie meinem kleinen Mädchen einen Kuss von mir, und sagen Sie ihr, dass ich sie nach Hause holen werde, sobald wir wissen, dass es sicher ist.

Hochachtungsvoll
Vivian Levinson

14. September 1939

Liebe Mrs. Thompson,

ich dachte, Maggie möchte vielleicht wissen, dass ihre Tante
Kate sie heute ganz lieb grüßen lässt. Meine Schwester, deren
drei Kinder ebenfalls evakuiert worden sind, hat mich begleitet,
um Verbände für die Kriegsanstrengungen zu rollen. Bitte
erzählen Sie Maggie, dass Kate überlegt, sich freiwillig als
Lastwagenfahrerin zu melden, weil Onkel Sam ihr in seinem
Lieferwagen das Fahren beigebracht hat. Vielleicht kann Maggie auch irgendwann Autofahren lernen.
Bitte geben Sie Maggie einen Kuss von mir, und teilen Sie mir
mit, wann ich zu Besuch kommen kann.

Hochachtungsvoll
Vivian Levinson

Joshua

8. September 1939

Joshua stolperte die Gangway des Schiffs hinunter und verkroch sich tief in seine Jacke, um sich vor dem Nieselregen und dem kühlen Wind zu schützen, der vom Mersey heranwehte. Ihm stieg der Geruch von Benzin, Salz und Feuchtigkeit in die Nase, und um ihn herum kam ein Stimmengewirr auf, als Menschen unter Tränen ihre Verwandten umarmten. Er brauchte einen Moment, um zu erkennen, warum sie so eigenartig klangen: Fast alle hatten einen englischen Akzent.

Verdammt. Er war so lange fortgewesen, dass er vergessen hatte, wie sich seine Heimat anhörte.

Joshua nahm seinen Koffer in die eine und den Saxofonkasten in die andere Hand. Ihn erwartete keine Willkommensgesellschaft. Zwar war er froh, an seine Familie geschrieben zu haben, um ihnen von seinen Plänen zu erzählen, sich freiwillig zu melden. Er hatte ihnen allerdings nicht mitgeteilt, wann sein Schiff eintreffen würde. Noch war er nicht bereit, ihnen zum ersten Mal, seit er fortgegangen war, gegenüberzutreten.

Er drängte sich durch die Menge, um die Waterloo Road zu erreichen. Seine Schultern entspannten sich ein wenig, als er das Liver Building erblickte, das sich vertraut wie immer mit seinen zwei Vogelstatuen, die über Stadt und Meer wachten, über den Hafenanlagen erhob. Doch als er in die Water Street einbog und in Richtung St. George's Quarter ging, sah es schon anders aus. Die handgemalten Schilder, die hoch oben an den Gebäuden hingen, waren andere. Läden hatten eröffnet und wieder geschlossen. Sogar in den Gesprächsfetzen, die er auffing, ging es um Filme, Bücher und Bands, von denen er nie gehört hatte.

Ein Stück die Straße hinunter entdeckte er ein Rekrutierungsbüro. Er stellte sich mit den anderen Männern an, die ganz unterschiedlichen Alters und verschieden gut gekleidet waren. Soweit er erkennen konnte, war er der Einzige, der ein Saxofon dabeihatte.

Schließlich wurde er an die Spitze der Schlange gerufen.

»Name?«, fragte ein Rekrutierungsoffizier, ohne aufzublicken.

»Joshua Levinson.«

Der Mann kritzelte etwas in sein Formular. »Geburtsdatum.«

»13. Mai 1915«, sagte er.

Sie gingen eine Liste von Fragen durch, die sich unter anderem auf seine Staatsangehörigkeit, seine Schulbildung und seine Religion bezogen. Seine Antwort »jüdisch« hatte ihm leicht hochgezogene Augenbrauen eingetragen.

»Na schön.« Zum ersten Mal, seit Joshua auf ihn zugetreten war, blickte der Rekrutierungsoffizier auf. »An welchen Truppenteil hatten Sie denn gedacht?«

Nicht die Royal Navy, so viel war sicher. Nicht, nachdem er vier Tage auf einem Ozeandampfer eingesperrt gewesen war und sich Sorgen gemacht hatte, von einem U-Boot torpediert zu werden.

»Die Royal Air Force«, erklärte er spontan.

Ein Rekrutierungsoffizier musterte ihn. »Viele Männer wollen bei der Air Force fliegen. Möglich, dass es nicht dazu kommt.«

Joshua neigte den Kopf, um zu zeigen, dass er verstanden hatte. Der Rekrutierungsbeamte seufzte und notierte seine Antwort.

»Was ist das?«, fragte der Mann und deutete mit dem Bleistift auf Joshuas Instrumentenkasten.

»Ein Saxofon«, erwiderte er.

Der Rekrutierungsoffizier lehnte sich auf seinem Stuhl zurück und rümpfte die Nase. »Dann sollten Sie der neuen Band beitreten. Den Squadronaires.«

Es wäre leicht gewesen, einzuwilligen und sich als Musiker registrieren zu lassen, doch irgendwie fühlte sich das nicht richtig an. Er wollte kämpfen. Er musste.

»Ich möchte zu den Fliegern«, gab er zurück.

Die Missbilligung des Rekrutierungsoffiziers verschwand, und er nickte Joshua zu. »Guter Mann.«

Joshuas Marschbefehl kam acht Tage, nachdem er sich im Rekrutierungsbüro vorgestellt hatte. Er sollte sich am 20. September im Trainingslager RAF Padgate and Blackpool zur Grundausbildung melden.

Die Anweisungen ließen ihm noch reichlich Zeit, seine Familie zu besuchen. Er tat es nicht. Stattdessen unternahm er lange Spaziergänge an der Küste, über Formby bis nach Southport. Manchmal lag er in dem billigen Zimmer, das er gemietet hatte, auf dem Bett, rauchte und las Krimis, die er für einen Shilling im Antiquariat gekauft hatte. Seine Mahlzeiten nahm er in einem Café um die Ecke ein. Er spielte nicht auf seinem Saxofon, und als schließlich der Zwanzigste kam, ging er zum Bahnhof Lime Street und lagerte das Instrument in der Gepäckaufbewahrung ein.

Er steckte seinen Schließfachschlüssel ein und bahnte sich einen Weg durch die Massen von Fahrgästen zu dem ihm zugewiesenen Zug. Als er den Bahnsteig erreichte, fand er sich am Rand einer Gruppe von Männern wieder. Alle trugen Zivilkleidung, und in ihren Mienen spiegelten sich Nervosität und Aufgeregtheit. Zweifellos waren sie mit den Geschichten ihrer Väter und Onkel über den letzten Krieg aufgewachsen und konnten es jetzt kaum erwarten, ihre Uniformen anzuziehen, ein Gewehr zu ergreifen und sich wie Männer in den Kampf zu stürzen.

Der Pfiff zur Abfahrt ertönte, und die Männer um ihn herum drängten sich zum Einsteigen. Joshua ließ sich von der Menge mitziehen und von der unentrinnbaren Macht des Krieges an Bord spülen.

Drei Waggons weiter gelang es ihm, einen freien Platz neben einem schmalen Kerl zu finden.

»Ist hier frei?«

Der Mann zuckte zusammen, sah den Platz an und drückte sich dann ans Fenster, als könnte seine magere Gestalt bis auf den leeren Sitz herüberragen. »Er ist leer, und wenn du möchtest, kannst du ihn gern haben.«

»Danke«, sagte Joshua, verstaute seinen Koffer in der Gepäckablage und ließ sich nieder. Er zog eine Zeitung hervor, doch sobald er saß, wurde sein Begleiter redselig.

»Fährst du nach Padgate? Ich habe gehört, dass viele von uns mit diesem Zug fahren. Sie müssen Dutzende einberufen haben. Aber ich kenne niemanden. Merkwürdig. Dad hat erzählt, im letzten Krieg ist er zusammen mit dem halben Viertel eingerückt. Aber sieh dir an, was daraus geworden ist. Ganze Straßenzüge sind ausgelöscht worden«, sagte sein Sitznachbar.

Joshua unterdrückte einen Seufzer, warf einen Blick über den Rand der Zeitung und stellte fest, dass der Mann ihm die Hand entgegenstreckte, um sie zu schütteln.

»Jonathan Gibson, aber alle nennen mich Johnny.«

»Joshua Levinson«, gab er zurück und nahm zögernd Johnnys Hand.

»Was willst du denn werden? Pilot? Du bist nicht allzu groß, da könntest du Pilot werden.«

Joshua legte die Zeitung in den Schoß. »Ich mache alles, was gebraucht wird.«

»Ich werde bestimmt Funker. Vor dem Krieg habe ich in einer Radio-Reparaturwerkstatt gearbeitet. Deswegen. Ich bin mir sicher, dass sie mich dorthin schicken«, schwatzte Johnny weiter.

»Du willst nichts anderes machen?«, erkundigte sich Joshua.

Johnny lächelte ihm fröhlich zu. »Ich war noch nie gut in etwas anderem. Frag meine Mum, sie wird es dir bestätigen. Alles, was ich kann, ist, Dinge auseinanderzunehmen und sie wieder zusammenzusetzen. Ich mag auch Autos. Was hast du vor dem Krieg gemacht?«

Das würde offensichtlich eine lange Zugfahrt werden.

»Ich war Musiker«, erklärte er.

»In einer der Tanzbands?«, fragte Johnny, hob eine Hand, hielt sich die andere vor den Bauch und wackelte auf seinem Platz herum, als würde er einen Charleston hinlegen. »In welchem Lokal?«

»In New York«, sagte er.

Johnny riss die Augen auf. »In New York?«

»Ja«, erwiderte Joshua.

»Und du bist zurückgekommen, um zu kämpfen?«, fragte Johnny.

Die Heldenverehrung, die Joshua in seinem Blick wahrnahm, fühlte sich vollkommen verkehrt an.

»Es ist nicht so, wie du denkst«, sagte er.

»Für mich klingt es aber, als wärst du nach England zurückgekommen, um für König und Vaterland zu kämpfen, obwohl du in Amerika hättest bleiben können. Die USA werden nicht in den Krieg eintreten. Nicht so wie beim letzten«, meinte Johnny.

»Es ist komplizierter«, entgegnete Joshua.

Das schien Johnny Stoff zum Nachdenken zu geben, denn es dauerte volle zwei Minuten, bis er sich wieder zu Wort meldete. »Was glaubst du, wie die Grundausbildung aussehen wird?«, fragte er.

Joshua, der wieder nach seiner Zeitung gegriffen hatte, blickte nicht auf. »Keine Ahnung.«

»Mein Bruder ist '38 zur Armee gegangen. Er hat gesagt, wir würden exerzieren und schießen lernen und so«, erklärte Johnny. »Er hat auch gesagt, wir bekämen nur drei Shilling pro Tag. Damit kommt man nicht allzu weit.«

»Außerdem wird es bald Winter«, warf Joshua ein.

»Winter in Blackpool. Frage mich, wie das sein wird«, meinte Johnny nachdenklich.

Trostlos wahrscheinlich, wenn Joshua hätte raten sollen. Bald würde es um vier dunkel werden, und der Wind, der von der Irischen See heranwehte, würde vermutlich kalt genug sein, um jede Uniform, die man ihnen ausgab, zu durchschneiden. Er rechnete damit, dass die Grundausbildung eine elende Zeit werden würden, aber andererseits waren sie dort, um zu dienen, und nicht, um Ferien zu machen.

»Weißt du, was mein Bruder noch gesagt hat?«, fragte Johnny. Als Joshua nicht reagierte, sprach er leiser und drängend weiter: »Er hat gesagt, wir sollen uns vor den Piloten in Acht nehmen. Sie könnten richtige Mistkerle sein.«

»Dann solltest du ihnen besser aus dem Weg gehen«, erwiderte Joshua.

»Aber wie soll ich das machen? Sie fliegen schließlich die Maschinen.«

»Gute Frage, Johnny«, sagte er und schlug seine Zeitung wieder auf. Er war entschlossen, sie durchgelesen zu haben, bis sie in Blackpool ankamen, und wenn es ihn umbringen würde. »Gute Frage.«

20. September 1939

Beam Cottage
Wootton Green

Liebe Mrs. Levinson,

Margaret hat sich sehr gefreut, ihre vielen Briefe zu erhalten, obwohl es manchmal schwierig ist, sie lange genug zum Still-sitzen zu bewegen, um sie alle vorzulesen. Sie schreiben in so vielen Einzelheiten über Ihr Leben in Walton, dass ich mich frage, wie Sie sich die Briefmarken leisten können!
Sie werden sich freuen zu hören, dass Margaret wie immer glücklich und gesund ist und es ihr gutgeht hier in Beam Cottage. Ein Mädchen namens Marion, das ungefähr in ihrem Alter ist, lebt in unserer Straße, und die beiden haben sich schnell angefreundet. Margaret hat gestern eine Teeparty bei Marion besucht, obwohl das ein wenig Umstände gemacht hat, da eigentlich nichts von Margarets Kleidung angemessen war. Wir sind in Solihull einkaufen gegangen, und sie hat sich das entzückendste weiße Kleid mit kleinen rosafarbenen Rosetten darauf ausgesucht. Ich habe ihr auch ein neues Stofftier ge-kauft, da ihr Tiger Tig ziemlich schäbig aussieht!

Hochachtungsvoll
Mrs. Matthew Thompson

Liebe Mrs. Thompson,

danke für Ihren Brief. Wie Sie sich vorstellen können, warte ich gespannt auf jegliche Nachricht von Maggie. Es bereitet mir Kummer, an all das zu denken, was ich vielleicht verpasse, während sie fort ist.

Tut mir sehr leid, dass unter der Kleidung, die ich ihr mitgegeben habe, nichts Passendes für die Teeparty war. Der Platz in ihrem Koffer war so begrenzt, dass ich dachte, praktische Pullover und Alltagskleider wären am hilfreichsten. Bitte teilen Sie mir mit, was das Kleid gekostet hat, und ich schicke Ihnen das Geld.

Es war nett von Ihnen, Maggie ein neues Spielzeug zu schenken. Aber Tig ist sehr wichtig, da sie ihn zur Geburt von ihrer Tante Kate bekommen hat. Maggie hat ihn also, seit sie ein Baby war. Ich mag sie mir gar nicht ohne ihn vorstellen. Er würde ihr so schrecklich fehlen.

Bitte teilen Sie mir mit, wann ich Wootton Green besuchen kommen könnte. Ich kann es kaum abwarten, meine Tochter zu sehen.

Hochachtungsvoll
Vivian Levinson

Liebe Mrs. Thompson,

könnten Sie Maggie das Folgende vorlesen?
Bärchen, Du wirst nie erraten, was für eine Überraschung ich
gestern erlebt habe! Ich war dabei, mich bettfertig zu machen,
als ich die Schranktür geöffnet und etwas Eigenartiges gesehen
habe. Moggy hatte sich auf dem Schrankboden, direkt unter
meinem Mantel, zusammengerollt. Es sieht aus, als hätte sie
sich auch einen Deiner alten Pullover geholt, um darauf zu
schlafen. Ich frage mich, ob sie sich ein kleines Nest für ihre
Jungen baut.
Ich hab Dich lieb, Bärchen, und bis bald.
Mrs. Thompson, ich muss wirklich darauf bestehen, dass Sie
mir ein Datum und eine Uhrzeit für einen Besuch bei meiner
Tochter nennen. Sie können sich vorstellen, wie sehr ich sie
vermisse und wie wichtig es mir ist zu sehen, wo sie lebt.

Hochachtungsvoll
Vivian Levinson

Beam Cottage
Wootton Green

Liebe Mrs. Levinson,

danke für Ihre Briefe. Sie werden sicher Verständnis dafür
haben, dass es mir angesichts der vielen Ereignisse auf der
Welt schwergefallen ist, mit der Korrespondenz mitzuhalten.
Immerhin habe ich das Glück, dass Mr. Thompson zu alt ist,
um eingezogen zu werden, aber auch Ingenieur ist und daher
eine kriegswichtige Tätigkeit ausübt. Man kann nie zu vor-
sichtig sein.
Margaret hat sich hier in Beam Cottage gut eingelebt. Mr.
Thompson hat mit einem Nachbarn arrangiert, dass sie sich
um ein Pony kümmern darf, das er im hiesigen Reitstall hält.
Wir gehen dreimal die Woche zum Reiten – keine Sorge,
das Pony ist sehr gutmütig. Ich habe mit Margaret weiter das
Alphabet geübt, sodass sie hoffentlich lesen kann, bevor sie die
Schule besucht. Sie hat sich so gut eingefügt, dass man meinen
könnte, sie hätte ihr ganzes Leben in Beam Cottage verbracht!
Sie haben erwähnt, Sie wollten Margaret besuchen. Ich finde
das eine ausgezeichnete Idee, aber ich würde Vorsicht walten
lassen und bis dahin vielleicht noch ein wenig abwarten. Es
ist nur so, dass Margaret sich hier so gut eingefunden hat. Ich
würde nicht wollen, dass sie sich aufregt, weil sie an ihr altes
Leben in Liverpool erinnert wird.

Hochachtungsvoll
Mrs. Matthew Thompson

Liebe Mrs. Thompson,

danke, dass Sie sich darum sorgen, ob Maggie sich in Beam Cottage einlebt. Doch als ihre Mutter muss ich darauf bestehen, sie besuchen zu dürfen. Das war eine Bedingung, über die ich mit Pater Monaghan gesprochen hatte, unserem Gemeindegeistlichen, der sich dafür eingesetzt hat, sie bei Ihnen unterzubringen.

Ich komme am Dienstag. Ich nehme den Zug nach Birmingham, dann den Bus nach Solihull und einen weiteren nach Wootton Green. Hoffentlich treffe ich gegen Mittag ein, obwohl ich weiß, dass in diesen unsicheren Zeiten alle Verkehrsmittel unzuverlässig sein können. So oder so, teilen Sie Maggie bitte mit, dass sie mich erwarten kann.

Danke für Ihr Verständnis.

Hochachtungsvoll
Vivian Levinson

7. Oktober 1939

Beam Cottage
Wootton Green

Liebe Mrs. Levinson,

es tut mir leid, dass Sie das Gefühl hatten, in Ihrem letzten
Brief so nachdrücklich Ihre Stellung verteidigen zu müssen.
Hätten Sie deutlich zum Ausdruck gebracht, dass Sie Ihre
Tochter besuchen wollen, hätte ich gern ein Datum und eine
Uhrzeit vorgeschlagen, die passend gewesen wären. Doch da
Sie die Zeit Ihres Eintreffens bereits festgesetzt haben, muss
ich es wohl einrichten, dass ich Zeit für Sie finde.

Hochachtungsvoll
Mrs. Matthew Thompson

Viv

10. Oktober 1939

Mit einem Seufzer der Erleichterung stieg Viv in Wootton Green aus dem Bus. Die Fahrt von Liverpool hierher war ein Albtraum gewesen. Sie war früh am Morgen aufgebrochen und hatte, wie sie glaubte, genug Zeit eingeplant, da es mit den Zügen in diesen Zeiten so schwierig war. Zusammengestrichene Fahrpläne, um Truppen durchs Land zu transportieren, und die Benzinrationierung bedeuteten, dass zu viele Menschen versuchten, sich in jeden Zug hineinzuquetschen, der fuhr und sie wenigstens in die Nähe ihres Ziels brachte. Trotzdem hatte sie nicht mit den Massen gerechnet, die sich im Zug von Liverpool nach Birmingham drängten. Dann hatte in Solihull der Bus aus keinem ersichtlichen Grund vierzig Minuten im Betriebshof gestanden, bis er losgefahren war.

Als sie den Dorfladen entdeckte, ging sie hinein, um sich nach der Straße der Thompsons zu erkundigen, und war froh, als sie feststellte, dass sie von der Bushaltestelle nur zweimal nach rechts und einmal nach links abbiegen musste.

Sie musste sich zwingen, nicht zu rennen, als sie die gepflegten, gepflasterten Straßen entlanghastete. Für diesen Besuch hatte sie sich extra herausgeputzt und das hübsche cremefarbene Kleid mit den dunkelblauen Paspeln angezogen, in dem Maggie sie immer gern sah. Dazu trug sie ihren marineblauen Mantel, die gestrickten Spitzenhandschuhe und den grauen Hut, wie an ihrem Hochzeitstag. Sie wusste, dass Maggie diese Details – abgesehen von dem Kleid – nicht bemerken würde, aber Mrs. Thompson schon, wie sie vermutete.

Viv bog um die letzte Ecke und erreichte eine entzückende Reihe von zwei- und dreistöckigen Häusern aus Backstein und weiß getünchtem Putz. Jedes hatte eine kleine Tür, die wirkte, als könnte Viv trotz ihrer geringen Körpergröße gerade mit Hut hindurchpassen. Vor mehreren Häusern waren die Türen mit bunten Blumenkästen eingerahmt, und an allen hingen Plaketten mit den Namen der Häuser.

Viv überflog sie und entdeckte Beam Cottage auf halber Höhe der Straße. Es erhob sich groß und stolz unter seinen Nachbarn – kaum das, was sie sich unter einem Cottage vorgestellt hatte. Die Haustür war in einem einladenden Kirschrot gestrichen, und der Gehweg davor war sauber gefegt.

Sie holte tief Luft und griff nach dem schweren eisernen Türklopfer.

Maggie hatte es immer geliebt, wenn jemand an die Tür des Hauses in der Ripon Street kam. Dann quietschte und kicherte sie und stürmte die Treppe hinunter, um die Tür aufzureißen. Jedes Mal hatte Mum dann mit der Zunge zu schnalzen gepflegt und eine abfällige Bemerkung über unerzogene Kinder gemacht, doch Viv hatte es nicht übers Herz gebracht, die Freude ihrer Tochter zu dämpfen.

An diesem Nachmittag rechnete sie damit, dieselben Geräusche von der anderen Seite der Tür zu hören. Doch stattdessen herrschte Stille, bis schließlich die schwere Tür aufschwang und eine zierliche blonde Frau vor ihr stand, die eine Strickjacke in sonnigem Gelb, einen Tweedrock und Perlen trug.

»Mrs. Thompson?«, fragte Viv.

»Sie müssen Mrs. Levinson sein«, sagte die andere und musterte sie von Kopf bis Fuß.

»Ich freue mich, Sie kennenzulernen«, erklärte Viv.

»Wie geht es Ihnen?«, fragte Mrs. Thompson daraufhin. Ihre weiche, feminine Stimme hatte dieselbe Klangmelodie wie die der Moderatoren des Unterhaltungsprogramms der BBC, das Mum so liebte. »Kommen Sie doch bitte herein.«

Viv trat durch die Tür. Die langgestreckte Diele war mit Kacheln in einem komplizierten Muster aus Schwarz-, Orangetönen und Weiß ausgelegt, das nur von einem langen burgunderroten Läufer durchbrochen wurde, der von Grün-, Blau- und Cremenuancen durchzogen war. An der Wand hingen Gemälde – Landschaften, deren Details so verschwommen wirkten, als betrachtete man sie durch einen Nebel. Eine Standuhr, deren Pendel in einem Gehäuse mit Glasfront hin- und herschwang, tickte.

»Sollen wir uns in den Salon setzen?«, schlug Mrs. Thompson in einem Ton vor, der Viv verriet, dass das nicht wirklich eine Frage war.

Viv folgte ihr durch eine weiße Tür in einen sonnenüberfluteten Raum. Er war in einem weichen Gelb gestrichen und besaß eine filigrane weiße Bilderleiste, die parallel zu einem komplexen Stucksims verlief. In der Mitte des Raums hing eine Lampe aus Messing und Glas von einer zarten Deckenrosette und zog den Blick auf sich, um ihn dann loszulassen, damit man den ganz in Blauschattierungen gekachelten Kamin betrachten konnte. Selbst das eiserne Gitter war mit den Figuren zweier Ritter geschmückt, die zu beiden Seiten von etwas standen, was wie die Zinnen einer Burg wirkte.

Diese fremdartige Welt voll schöner Dinge, die keinem anderen Zweck zu dienen schienen, als hübsch auszusehen, lag so weit außerhalb der Reichweite ihrer Familie, dass es sich lächerlich anfühlte. Und in der Mitte von allem stand Mrs. Thompson, eine Frau, die genauso dekorativ wirkte wie ihre Umgebung.

»Bitte, setzen Sie sich doch«, sagte Mrs. Thompson und bedeutete Viv, auf dem blassgrün und weiß gestreiften Sofa ihr gegenüber Platz zu nehmen.

Viv umklammerte die Henkel ihrer einzigen guten Handtasche. »Ich würde gern zuerst Maggie sehen. Das verstehen Sie sicher.«

Mrs. Thompson lächelte. »Sie müssen krank vor Sorge um sie sein. Leider ist Margaret noch nicht von ihrer Freundin Marion zurück.«

Sie würde ihre Tochter zum ersten Mal seit fast sechs Wochen sehen, und Maggie war nicht hier?

»Wir waren uns wegen der schlechten Zugverbindungen nicht sicher, wann Sie ankommen würden, und Margaret war so aufgeregt wegen ihres Besuchs bei Marion. Die beiden reiten auf dem Gestüt zusammen, verstehen Sie. Marions Vater Charles ist ein sehr talentierter Reiter, und er hat seine Tochter von klein auf ebenfalls dazu ermuntert. Es war seine Idee, dass Margaret es auch probieren sollte, und es hat sich herausgestellt, dass sie ganz ausgezeichnet und wie selbstverständlich im Sattel sitzt«, erklärte Mrs. Thompson.

Viv presste die Lippen zusammen. Eigentlich hätte sie als Erste davon erfahren sollen, dass Maggie ein besonderes Reittalent besaß – obwohl sie keine Ahnung hatte, wie in aller Welt sie das hätte wissen sollen. Bisher war sie einem Pferd nie näher gekommen als den Zugtieren, die immer noch eine Handvoll alter Karren durch das Viertel zogen.

»Tut mir leid, wenn Sie enttäuscht sind«, meinte Mrs. Thompson und wirkte ein wenig zerknirscht. »Ich kann mir nur vorstellen, wie Margaret Ihnen fehlt.«

»Maggie«, sagte sie.

»Wie bitte?«

»Sie heißt Maggie.«

Mrs. Thompson runzelte die Stirn. »Ich hatte den Eindruck, dass sie auf den Namen Margaret getauft ist.«

»Ja, aber wir nennen sie alle Maggie«, erklärte sie.

»Verstehe«, entgegnete Mrs. Thompson.

Bevor Viv noch etwas sagen konnte, trat ein hochgewachsener, athletischer Mann über die Schwelle des Salons.

»Hallo, Liebling. Das ist Mrs. Levinson«, erklärte Mrs. Thompson, ohne aufzustehen.

Ihr Mann kam auf Viv zu und streckte ihr die Hand entgegen, bevor er sie überhaupt erreichte. »Wie geht es Ihnen? Sie haben ein großartiges Mädchen aufgezogen. Margaret ist entzückend.«

»Danke«, sagte sie und nahm sich einen Moment Zeit, um Mr. Thompson genauer in Augenschein zu nehmen. Er war ein wenig älter als seine Frau, hatte braunes, von silbernen Strähnen durchzogenes Haar und trug eine bräunliche Schaljacke mit Lederflicken an den Ellbogen.

»Hat Sarah Ihnen Tee angeboten?«, erkundigte er sich.

»Ja, aber ich würde gern zuerst *Maggie* sehen«, erklärte sie.

»Ich habe gerade Charles und Joan angerufen, um ihnen Bescheid zu geben, dass es Zeit ist, Margaret nach Hause zu schicken. Sie haben nach dem Reiten noch Sandwiches gegessen. Anscheinend hat Margaret sich sehr gut geschlagen«, sagte Mr. Thompson.

Viv spürte, wie sich immer stärkere Besorgnis in ihrer Brust breitmachte. »Ist sie nicht ein wenig zu jung, um auf einem Pferd zu sitzen? Sie ist erst vier.«

Mr. Thompson lachte. »Ich hatte mit drei ein Pony. Das ist gut für Kinder. Es lehrt sie, keine Angst vor Pferden zu haben.«

»Wenn es Ihnen lieber ist, dass Margaret nicht reitet, würden wir uns natürlich nach Ihren Wünschen richten«, erklärte Mrs. Thompson und blickte zwischen Viv und ihrem Mann hin und her. »Das wäre allerdings solch ein Jammer. Sie reitet so gern.«

»Es ist bestimmt in Ordnung, wenn sie Freude daran hat«, sagte Viv vorsichtig.

Maggie war ihre Tochter, warum fühlte es sich an, als würde sie bei diesem Gespräch wie auf Eiern gehen?

Mrs. Thompsons Miene hellte sich auf, und sie klatschte freudig in die Hände. »Ich bin so froh, dass Sie das sagen.«

Mr. Thompson beugte sich vor, als würde er auf etwas lauschen. »Ich glaube, das sind jetzt die Kinder.«

Es läutete, und sie standen alle auf, während Mr. Thompson den Raum verließ, um zu öffnen. Lautes Getrappel hallte kurz darauf durch die Diele, und dann stürzte Maggie herein, dicht gefolgt von einem kleinen Mädchen, dessen Haar zu zwei Zöpfen geflochten war, und einem älteren Mann.

»Mummy!«, schrie Maggie und umklammerte Vivs Beine.

Tränen brannten in Vivs Augenwinkeln, als ihr kleines Mädchen sie festhielt. Sie hatte vergessen, wie heftig Maggies Umarmungen ausfallen konnten, ganz so, als wäre Viv ein Rettungsfloß, an das Maggie sich festhalten musste. Sie legte die Hand auf das Haar ihrer Tochter, das zu einem französischen Zopf geflochten und mit der gleichen Schleife geschmückt war wie das Haar des blonden Mädchens. Sie hatte Maggie nie das Haar geflochten, da sie es vorzog, ihren weichen schwarzen Locken ihre Freiheit zu lassen.

»Mein Bärchen«, murmelte sie.

Maggie hob das Gesicht und schaute mit ihren offenen, strahlenden Augen zu ihr hoch. »Mummy, Mummy, ich habe ein Pony!«

»Habe ich gehört«, sagte sie mit einem Blick zu den Thompsons.

»Denk daran, Margaret, dass Puffball Mr. Stourtons Pony ist, du es aber ausleihen darfst«, erinnerte Mr. Thompson sie.

»Danke, dass Sie sie zurückgebracht haben, Charles«, sagte Mrs. Thompson. »Du musst einmal wiederkommen und Teeparty bei uns spielen, Marion.«

Sobald die Stourtons fort waren, meldete sich Mr. Thompson zu Wort. »Tja, ich vermute, Sie möchten jetzt gern mit Ihrer Tochter zusammen sein.«

»Ja. Danke«, erwiderte Viv. Es fühlte sich eigenartig an, um Erlaubnis zu bitten, sein eigenes Kind zu besuchen.

Mrs. Thompsons verkniffene Lippen schienen gar nicht zu ihrem Überschwang von eben zu passen. »Vielleicht würdest du deiner Mutter gern dein Puppenhaus zeigen, Margaret«, sagte sie dennoch.

Viv fragte sich, ob Mrs. Thompson ihre Bitte, Maggie mit ihrem Spitznamen anzusprechen, absichtlich ignorierte. Doch bevor sie dazu etwas sagen konnte, richtete sich Maggie, die sich auf dem Sofa an Vivs Bein geschmiegt hatte, auf. »Komm, Mummy!«

Viv ließ sich von ihrer Tochter aus dem wunderschönen Salon ziehen und eine Treppe hinaufführen, die mit einem hochflorigen grauen Teppich ausgelegt war, der so weich war, dass ihre Füße darin einsanken. Sie passierten mehrere Türen, bevor Maggie sie durch eine davon zog.

»Das ist mein Spielzimmer«, verkündete Maggie.

Viv sog scharf den Atem ein. Bis auf die Wand, an der zwei von zarten Spitzenvorhängen umrahmte Fenster das Licht einfallen ließen, war der ganze Raum mit Regalen ausgestattet. Darauf reihten sich Dutzende Bücher aneinander, aber auch Puppen, Spielzeugtrommeln, Bälle und alle möglichen Spielsachen. In der Mitte des Raums stand ein riesiges Puppenhaus mit einladend geöffneten Türen. Im ganzen Haus saßen die Puppen auf aufwändig gearbeiteten Miniaturmöbeln. Genau das, wonach sich Viv als Kind gesehnt hatte.

»Und das gehört alles dir?«, fragte sie.

Maggie nickte. »Die hier mag ich am liebsten«, erklärte sie und griff nach einer Puppe, die ein dunkelblaues Kostüm trug.

Der Puppenmacher hatte sich Mühe gegeben, das hellbraune Haar der Puppe zu einer Pagenfrisur zu formen und ein Lächeln auf die kleinen roten Lippen zu zeichnen.

»Warum denn das?«, fragte Viv und versuchte, ihre Stimme nicht zittern zu lassen.

»Sie sieht aus wie du, Mummy«, sagte Maggie.

Viv stieß ein Keuchen aus. Selbst inmitten all dieses Überflusses, den Viv ihrer Tochter nicht in tausend Jahren hätte bieten können, dachte Maggie noch an sie.

»Wo steckt denn Tig?«, brachte sie heraus.

»Hier!« Maggie zog an ihrer Hand und führte sie aus dem Spielzimmer in den Raum nebenan. Das war offensichtlich Maggies Zimmer, denn auf dem kleinen eisernen Bett lag eine rosafarbene Daunendecke, und ein weißer, mit Lochstickereien geschmückter Bettvolant reichte elegant bis zum Boden. Auf dem Ehrenplatz mitten auf dem Bett saß Tig.

»Tig gefällt es hier«, erklärte Maggie, kletterte aufs Bett und zerwühlte dabei die Daunendecke.

»Ach, ist das so?«, fragte Viv.

»Ja. Tig kann auch Marion gut leiden«, sagte Maggie.

Viv ließ sich neben sie auf das Bett sinken. Sie betrachtete all die Dinge, die sie ihrer Tochter nie würde bieten können. Alles, was sie ihr geben konnte, war ihre Liebe, mit der es die Thompsons nie würden aufnehmen können – aber war das auch genug?

»Hat Tig manchmal Heimweh?«, erkundigte sie sich.

Maggie verstummte. »Ja«, sagte sie schließlich.

In Viv stieg der Drang auf, sich ihre Tochter zu schnappen und aus dem Haus zu flüchten. Maggie aus dem schönen Kleid zu zerren und ihr die Sachen anzuziehen, die sie selbst genäht hatte. Sie zurück in die Ripon Street zu bringen, obwohl das bedeutete, sich dem Tadel ihrer Eltern, ihrer Schwester und ihres Geistlichen auszusetzen.

Doch obwohl ihr der Gedanke Qualen bereitete, dass Maggie unter dem Dach einer anderen Frau lebte und ihre Tage in einem wunderschönen Haus und mit Freunden verbrachte, die Viv nie kennengelernt hatte, war das Schuldgefühl zu stark, das sie ergreifen würde, falls ihrer Tochter etwas zustieße.

Heftig wischte sie die Tränen weg, die ihre Wangen benetzten. »Du fehlst mir auch, Bärchen. Aber ich weiß, dass du hier sicher bist, und das ist das Wichtigste. Ich hoffe, du verstehst das.«

Maggie nickte schwach. »Ja, Mummy.«

»Gut«, sagte Viv, streckte eine Hand aus und strich ihrer Tochter übers Haar. »Wie wär's, wenn du mir jetzt zeigst, wie du Teeparty spielst?«

Es war fast fünf Uhr, als Viv sich endlich von Maggie losriss. Die Vorstellung, noch zu bleiben und Mrs. Thompson dadurch dazu zu bringen, ihr ein Gästezimmer für die Nacht anzubieten, war verlockend. Viv war überzeugt, dass die Thompsons eins hatten. Doch ihr war klar, dass das den Schmerz, ihre Tochter wieder verlassen zu müssen, nur verlängern würde.

Mrs. Thompson steckte den Kopf durch Maggies Zimmertür. »Zeit für dein Dinner, Margaret, Liebes.«

Maggie sah zu Viv auf. »Wir nennen das Abendessen ›Dinner‹«, erklärte ihr kleines Mädchen.

»Ist das so?«, fragte Viv, obwohl sie sich durchaus bewusst war, dass ihre Familie die abendliche Mahlzeit immer Abendessen genannt hatte, es aber bei einem wohlhabenden Paar wie den Thompsons immer Dinner heißen würde.

»Warum wäschst du dir nicht die Hände, Margaret?«, schlug Mrs. Thompson vor.

Maggie rutschte von dem Stuhl, den sie an den Tisch herangezogen hatte, auf dem sie Teeparty spielten, und flitzte ins Badezimmer.

»Margaret ist so ein liebes Kind«, meinte Mrs. Thompson voller Zuneigung.

»Ja.« Viv zögerte. »Ich muss aber wirklich darauf bestehen, dass Sie sie Maggie rufen.«

Mrs. Thompson schlug eine Hand vor den Mund. »Oh, tut mir leid. Habe ich es wieder getan?«

»Ja«, sagte sie. »Mehrmals.«

»Die Macht der Gewohnheit. Margaret klingt so viel eleganter, finden Sie nicht auch?«, fragte Mrs. Thompson.

»Ich habe vor, Maggie jeden Monat besuchen zu kommen«, erklärte sie und ignorierte Mrs. Thompsons letzte Bemerkung.

»Jeden Monat? Tja, da wird Margaret sich sicher freuen«, sagte Mrs. Thompson, und ihr ewiges Lächeln wurde schmaler.

»Es ist wichtig, dass sie mich sieht und sich daran erinnert, woher sie kommt«, gab Viv zurück.

»Tja, wenn es keine zu große Belastung ist. Ich weiß, wie teuer so etwas werden kann«, sagte Mrs. Thompson.

Vivs Wangen brannten bei der Andeutung, sie könne sich vielleicht die Fahrkarten für den Zug und Bus nicht leisten. Die Wahrheit war, dass das Geld, das ihr Vater ihr gegeben hatte, nicht für alles ausgereicht und sie ihre schmalen Ersparnisse hatte angreifen müssen, doch sie hatte nicht vor, das Mrs. Thompson gegenüber zuzugeben.

»Ich schreibe Ihnen und gebe Bescheid, wann ich komme«, sagte sie.

»Nun gut«, sagte Mrs. Thompson, während Maggie zurück ins Zimmer gehüpft kam.

Viv ging auf die Knie und breitete die Arme aus. »Ich muss jetzt fahren, Bärchen.«

Tränen ließen Maggies Augen glänzen. »Nein, Mummy!«

Viv zog ihre Tochter enger an sich und drückte den Kopf des kleinen Mädchens an ihre Brust. So hatte sie Maggie so oft als

Baby in den Armen gehalten, in diesen kostbaren Momenten, in denen sie das Gefühl gehabt hatte, sie wären die letzten Menschen auf der ganzen Welt.

»Ich komme bald wieder. Wir können wieder eine Teeparty veranstalten, und vielleicht kannst du mir zeigen, wie gut du dein Pony reitest«, sagte sie.

Maggie schniefte. »Versprochen?«

Sie wischte der Kleinen eine Träne ab. »Versprochen, Bärchen.«

Viv brachte es fertig, ihre Tränen zurückzuhalten, bis sie im Bus nach Solihull saß. Dann zog sie ihr Taschentuch hervor und weinte hinein. Ihr Schluchzen zog die Aufmerksamkeit einiger der älteren Frauen auf sich, die mit ihr eingestiegen waren. Doch es war ihr gleichgültig. Das einzig Bedeutende war, dass sie den besten, unverzichtbaren Teil von sich in Wootton Green zurückließ.

Wenn sie ihre Tochter nicht sehen konnte, würde sie diesen Krieg nicht überleben. Sie hatte keine Ahnung, wie in aller Welt Kate, deren Kinder nach Nordwales evakuiert worden waren, das bewältigte. Aber mit Maggie war sie in einer anderen Lage. Sie würde einen Weg finden, sie jeden Monat zu besuchen.

Von Mum und Dad konnte sie keine finanzielle Unterstützung erwarten. Als sie heute Morgen aus dem Haus gegangen war, hatten sie kaum ein Wort mit ihr geredet – fast, als wären sie vollkommen zufrieden damit, ihre Enkelin ganz zu vergessen.

Nein, sie würde einen anderen Weg finden müssen, der sie niemandem gegenüber verpflichtete.

Während der Bus sich vom Straßenrand löste, betrachtete Viv durch das Fenster die vorbeiziehende Landschaft und überlegte.

Joshua

Johnnys Bruder hatte nicht unrecht gehabt. Piloten konnten Mistkerle sein, aber schlimmer waren die Unteroffiziere, die ihr Training durchführten.

Als sie am Stützpunkt Padgate eingetroffen waren, hatte man Johnny und ihn zusammen mit achtundzwanzig anderen Männern, die Corporal Johnson unterstanden, in derselben Baracke einquartiert. Johnson war ein hochgewachsener Mann mit gesträubtem Schnurrbart, an dem er zupfte, wenn er verärgert war, und soweit es Joshua betraf, war der Kerl ein Sadist.

Das mochte daher rühren, dass Corporal Johnson Sportler und bei den British Empire Games als Läufer angetreten war.

»Sie wissen nicht, was Schmerz ist, bis Sie gegen die Besten gerannt sind und das Gefühl hatten, Ihnen würde die Lunge platzen«, brüllte Corporal Johnson gegen den eiskalten Wind an, der Joshua und den anderen Rekruten Sand ins Gesicht blies. Sie standen um sechs Uhr morgens am Rand eines Strandes. »Und jetzt drei Meilen in zügigem Tempo, Männer. Los!«

Joshua, dessen körperliche Ertüchtigung in New York größtenteils daraus bestanden hatte, es bei Jam-Sessions mit anderen Musikern nach Dienstschluss lange Zeit auf unbequemen Stühlen auszuhalten, erbrach sich nach der zweiten Meile.

»Komm schon.« Johnny, der mehr aus Mitleid mit Joshua zurückgeblieben war, zog an seinem Arm. »Steh auf, sonst sieht dich Corporal Johnson.«

»Er ist so weit voraus, wie soll er das erkennen?«, keuchte Joshua.

»Er wird davon hören«, erklärte Johnny. »Mein Bruder hat gesagt, nur körperlich fitte Männer dürfen fliegen. Ansonsten sitzt du am Boden fest.«

Joshua stöhnte und hievte sich vom Sand hoch.

Doch erstaunlicherweise wurde alles besser. Er hasste die Läufe am frühen Morgen und das Training bei jedem Wetter immer noch, doch nach drei Wochen wich ein Teil des Muskelkaters, der ihn seit seiner Ankunft auf der Basis gequält hatte. Und wenn sie nicht von Corporal Johnson und seinesgleichen gegängelt wurden, stellte er fest, dass er ein ganz ordentlicher Schütze war und seine Treffsicherheit schneller verbessern konnte als einige der anderen Männer.

Seine Paradedisziplin aber waren die Prüfungen, die sie in anonymen kleinen Räumen an verschrammten Holzpulten schrieben. Seine Eltern hatten darauf bestanden, dass er zur Schule ging, bis er achtzehn war, und all seine Prüfungen ablegte. Als er an allem außer Musik wenig Interesse gezeigt hatte, hatte Dad entrüstet die Hände zum Himmel gereckt.

Als er jetzt vor den Eignungstests saß, stellte er jedoch fest, dass er die Disziplin genoss, die die Fragen von ihm erforderten. Es gab eine richtige und eine falsche Antwort, und er schien die Regeln instinktiv zu verstehen. Es war fast wie in der Musik.

»Du wirst Navigator«, behauptete Johnny jedes Mal, wenn das Thema zur Sprache kam.

»Ich weiß nicht«, meinte Joshua dann, obwohl er insgeheim das Gleiche dachte.

»Ich weiß es. Vielleicht landen wir ja im selben Flieger. Wahrscheinlich einem Blenheim-Bomber.«

»Was weißt du sonst noch so genau? Eine Ahnung, was Hitler vorhat?«, fragte er grinsend.

»Wenn ich das wüsste, glaubst du, ich wäre dann hier bei dir? Dann würde ich hier den Laden schmeißen«, meinte Johnny.

Joshua hatte beinahe wider Willen gelernt, die Gesellschaft des unbezwingbar redseligen Möchtegern-Funkers zu genießen. Johnny passte auf seine eigene unauffällige Art auf ihn auf, und Joshua hatte festgestellt, dass er es genauso hielt. Sie trainierten zusammen, sie aßen zusammen, sie schrubbten sogar gemeinsam die verdammten Böden. Doch jedes Mal, wenn Johnny versuchte, Joshua zu viele Fragen über sein Leben vor dem Krieg zu stellen, gab er ihm keine Antwort. Er wollte nicht über Liverpool reden. Er erzählte niemandem, dass er eine Frau hatte, und schon gar nicht mochte er zugeben, dass er ein Kind hatte.

Doch der Umstand, dass Joshua nicht redete, bedeutete nicht, dass er nicht nachdachte. Für gewöhnlich holte es ihn ein, wenn abends seine Gedanken zu schweifen begannen. Er konnte sich nicht mehr mit den langen, anstrengenden Nächten im Club ablenken, um die Gedanken an Viv und ihr Kind auf Abstand zu halten. Sie tauchten ungebeten auf wie Gespenster, die in einem verlassenen Haus umgingen.

Das Schlimmste war die Scham, sich einzugestehen, dass er nichts über sein Kind wusste. Er wusste, dass Viv es zur Welt gebracht hatte, weil seine Schwester ihm geschrieben hatte. Ein paar Monate nach dem Geburtstermin hatte Rebecca vor dem Haus der Byrnes gewartet und Viv mit einem einfachen, alten Kinderwagen erspäht, der aussah, als wären darin schon einige Babys umhergeschoben worden.

Als er den Brief in der Hand gehalten hatte, war Zorn glühend wie Lava in ihm aufgestiegen. Er hatte den Brief in seiner Faust zusammengeknüllt, Rebecca zurückgeschrieben und ihr befohlen, sich verdammt noch mal aus der Sache herauszuhalten.

Später am selben Abend, nachdem er eine halbe Flasche Bourbon getrunken hatte, war ihm aufgegangen, dass er nicht einmal wusste, ob das Kind ein Junge oder ein Mädchen war.

Jetzt fehlte ihm der Trost durch den Alkohol, doch er konnte sein Bestes tun, um seinen Körper bis zur Erschöpfung zu beanspruchen. Alles, um nachts leichter Schlaf zu finden.

»Und rechtsum!«, brüllte Corporal Johnson von der Spitze der Männergruppe aus, die zu ihrem üblichen Morgentraining über den Strand rannte.

Vor Joshua bog der Trupp nach rechts ab, sprintete eine Sanddüne hoch und dann durch ein Stück Sumpfland. Er biss die Zähne zusammen. Der Lauf war fast vorbei, aber er hasste es, ihn auf nassem, schlammigem Boden abzuschließen. An diesem hässlichen, trostlosen Ort mit seinem scharfen Wind und dem unerbittlichen Regen hatte man immer feuchten Matsch unter den Füßen.

»Fast vorbei«, keuchte Johnny neben ihm, als hätte er seine Gedanken gelesen. »Denk einfach an die heiße Dusche und den Eintopf in der Messe.«

»In der Reihe bleiben!«, schrie hinter ihnen jemand in dem präzisen, geradlinigen Akzent der Oberklasse.

Joshua warf einen Blick über die Schulter zu Moss, der die Anweisung erteilt hatte, und brachte es dabei fertig, das Gleichgewicht zu halten, während er die Düne hinaufstampfte. Johnny hatte nicht so viel Glück. Ihm rutschten die Füße weg, und der kleine Mann fiel zu Boden, rollte auf die Seite und riss Moss mit.

»Du Mistkerl!«, brüllte Moss.

»Hey, hey.« Joshua blieb stehen und lief zu den beiden zurück.

Ein anderer, dunkelhaariger Mann, den er schon gesehen hatte, kauerte sich neben Moss, also hockte Joshua sich zu Johnny.

»Geht es dir gut?«, fragte er.

Johnnys Wangen liefen hochrot an. »Wunderbar. Ganz ausgezeichnet. Bin schließlich bloß im Schlamm ausgerutscht, nicht wahr?«

»Gut«, sagte Joshua und wandte sich dann an Moss. »Was ist mit dir?«

»Er hätte mir den Arm brechen können!«, schimpfte der aufgebracht.

»Tut mir wirklich leid«, murmelte Johnny und wischte sich Schlamm von der Wange.

»Ich werde Pilot! Er hätte meine ganze Karriere ruinieren können!«, schrie Moss.

»Das war nicht meine –«

»Johnny hat einen harmlosen Fehler gemacht, und nur weil du versucht hast, ihn zu überholen, obwohl es nicht sicher war«, sagte Joshua mit leiser, gelassener Stimme, ohne sich anmerken zu lassen, dass er Moss am liebsten einen Schlag auf die Nase verpasst hätte.

»Er hat recht. Du solltest dich bei ihm entschuldigen«, sagte der vierte Mann.

Moss, der sich mit beiden Händen hinter dem Rücken im Schlamm aufstützte, starrte seinen Kompagnon aufgebracht an. »Niemand hat dich gefragt, Schwartz.« Dann hievte er sich hoch, aber nur, um sich drohend über Johnny zu beugen. »Bleib mir verflucht noch mal aus dem Weg, sonst sorge ich dafür, dass du den Rest des Krieges in der Messe Töpfe schrubbst.«

Johnny hielt die Hände hoch, und Joshua wollte schon auf ihn zutreten. »Verdammte *yids*« brummte Moss da und lief davon.

Joshua sog scharf die Luft ein. Natürlich hatte man ihn schon einen *yid* genannt. In dem Viertel, in dem er aufgewachsen war, waren die meisten Kinder katholisch gewesen, und es hatte sie fasziniert, dass eine Familie in die Synagoge statt in die Kirche ging und die Hohen Feiertage und Passah beging statt Weihnachten und Ostern. Ein paar Kinder hatten versucht, ihm auf dem Bürgersteig oder im Park den Weg zu versperren, ihm alle möglichen beleidigenden Worte an den Kopf geworfen und ihn herausgefordert, sich zu prügeln. Ein paarmal hatte er sich Schlägereien mit ihnen geliefert, die größtenteils unentschieden ausgegangen waren und nach denen sein Gegner und er dreckverschmiert und mit blauen Augen heimgekehrt waren. Seine Mutter hatte das gehasst, aber es war genug gewesen, um sich ein gewisses Maß an Respekt zu verdienen, und als er älter geworden war, hatten sie ihn meist in Ruhe gelassen.

»Du auch?«, fragte Schwartz.

Er nickte.

Schwartz streckte die Hand aus. »Adam Schwartz. Immer gut, jemanden vom selben Stamm zu treffen.«

Der Stamm. So hatte er seit Jahren nicht von sich selbst gedacht. Schon bevor er Liverpool verlassen hatte, war er nicht mehr in die Synagoge gegangen und hatte aufgehört, koscher zu essen. Er wusste, dass seine Abkehr vom Glauben seine Eltern störte, aber er hatte sich ihre Überzeugung zunutze gemacht, dass er nur weniger geneigt sein würde, irgendwann zu ihm zurückzukehren, wenn sie ihn zwängen, die Gebote einzuhalten. Trotzdem war er ein Mann, der wusste, wer er war und wo er herkam.

»Joshua Levinson«, sagte er.

»Geht's dir auch gut?«, fragte Adam an Johnny gewandt und legte ihm eine Hand auf die Schulter.

»Kommt schon«, meinte Joshua. »Bringen wir das zu Ende.«

Alle drei Männer rannten wieder los. Sie waren so weit zurückgefallen, dass sie das Ende der Trainingsgruppe erst erkennen konnten, als sie den Hügelkamm erreicht hatten. »Habt ihr gehört, wie Moss euch beide genannt hat?«, fragte Johnny, als sie ihn überquerten.

»Ja, ich hab's gehört«, gab Joshua zurück.

»Dafür sollte man ihn dem Corporal melden«, meinte Johnny.

Joshua sah hoch und fing Adams Blick auf.

»Du bist ein guter Freund, aber was würde das nützen? Glaubst du, das wird irgendjemanden interessieren?«, fragte Adam.

»Selbst wenn wir ihn melden, wird Moss wahrscheinlich Pilot«, sagte Joshua. »Das passiert meistens mit solchen Mistkerlen.«

»Das ist nicht richtig«, murmelte Johnny.

»Nein, das ist es nicht«, stimmte Adam zu, als Corporal Johnson in Sicht kam. Er wirkte fuchsteufelswild.

»Mist«, schimpfte Joshua.

»Auf geht's«, brummte Adam.

»Wir waren alle schuld. Verstanden?«, sagte Joshua schnell.

»Was?«, fragte Johnny.

»Du nimmst nicht die Schuld auf dich«, erklärte er.

»Soll er doch schreien«, pflichtete Adam ihm bei. »Gebt keine Widerworte.«

»Wenn er fertig ist, kriegst du die Dusche, von der du geträumt hast«, sagte Joshua.

Die drei zogen die Köpfe ein und rannten so schnell, wie sie konnten, auf ihren wütenden Corporal zu.

Viv

15. Oktober 1939

Fast eine Woche nach ihrem Besuch in Beam Cottage saß Viv mit aufgeschlagenem Gebetbuch in der Church of Our Lady of Angels und sah abwesend zum verschnörkelten Altar, während Pater Monaghan vor sich hin leierte, als sich eine Idee in ihrem Kopf manifestierte.

Sie würde wieder arbeiten.

Während die Gemeinde die Köpfe zum Gebet senkte, nahm sie die Idee genauer unter die Lupe. Überall in der Hauptstraße und in den Zeitschriften, die sie durchblätterte, sah sie Anzeigen, die Frauen dazu aufforderten, ihren Teil zu den Kriegsanstrengungen beizutragen. *Tritt dem weiblichen Marinekorps bei und mach einen Mann für die Front frei!*, schrie ihr ein Plakat entgegen, jedes Mal, wenn sie zum Metzger ging. *Regierungsaufruf an die Frauen: 20.000 in der Frauenabteilung des Heers gebraucht. Jetzt!*, drängte eine Anzeige in einer Zeitschrift. Sie hatte eine oder zwei Geschichten darüber gelesen, dass kinderlose Frauen bei den Hilfstruppen willkommen waren. Es kam auf jede kleine Hilfe an.

Wenn sie einen Job finden könnte, würde sie sich die Fahrtkosten leisten können, um Maggie einmal im Monat zu besuchen. Mit Geld in der Tasche bräuchte sie nicht die Scham angesichts von Mrs. Thompsons Briefen zu ertragen, in denen sie ihr schrieb, dass die Kleidung ihrer Tochter für den Ausflug, die Party oder sonst eine Gelegenheit, die die Thompsons besuchten, nicht akzeptabel sei. Sie könnte ihrer Tochter einige der schönen Dinge kaufen, die Viv in diesem Spielzimmer gesehen hatte.

Am Montagmorgen, während Mum ehrenamtlich in der Kantine arbeitete, die die Kirche für die Soldaten von Liverpool eingerichtet hatte, stieg Viv in den Bus, der ihren alten Arbeitsweg zum Postamt Nord abfuhr. Als sie an ihrer ehemaligen Haltestelle ausstieg, klopfte ihr Herz schnell, doch sie holte tief Luft, um sich zu beruhigen. Sie würde sich nicht abweisen lassen.

Durch die aus Glas und Metall gefertigte Eingangstür gelangte sie in den Vorraum. Eine gelangweilt wirkende Frau, die hinter der Rezeption saß, blickte kaum auf, als Viv sich vorstellte.

»Das hier ist keine Poststelle, sondern ein Zustellpostamt«, gab die Sekretärin gelangweilt zurück. »Wenn Sie Briefe aufgeben wollen –«

»Ich bin wegen eines Jobs hier und würde gern mit Miss Taylor sprechen«, erklärte Viv.

Die Frau taxierte sie. »Miss Taylor ist kürzlich in Pension gegangen. Für Einstellungen ist jetzt Miss Davies zuständig.«

Viv verließ ein wenig der Mut. Sie hatte ihre alte Chefin immer gemocht und gehofft, Miss Taylor würde ihr gegenüber aufgeschlossen sein und ihr eine Chance geben. Aber sie war jetzt so weit gekommen, da wollte sie die Gelegenheit nicht vergeuden.

»Dann würde ich bitte gern mit Miss Davies reden«, sagte sie.

Die Sekretärin zog die Augenbrauen hoch, griff aber nach dem Telefon, das rechts neben ihr stand, drückte auf einen Knopf und vollführte eine Vierteldrehung auf ihrem Stuhl.

»Hier ist jemand für Miss Davies, wegen eines Jobs. Ja ... ja ...« Die Sekretärin warf einen Blick über die Schulter und musterte Viv von oben bis unten. »Ich würde sagen, ja. Gut. Danke.«

Die Sekretärin legte auf. »Sie ist gleich bei Ihnen.«

Viv setzte sich auf einen der harten Holzstühle im Vorraum. Nicht besonders bequem, aber im Sitzen konnte sie ihre Handtasche auf dem Schoß halten und das leichte Zittern ihrer Hände verbergen, indem sie den Griff festhielt.

Gut zehn Minuten vergingen ohne eine Spur von Miss Davies. Die Sekretärin ging gelegentlich ans Telefon, aber die junge Frau schien sich mehr für ein Fan-Magazin zu interessieren, das offen vor ihr auf dem Schreibtisch lag, als für alles andere. Dann, gerade als Viv sich dazu durchgerungen hatte, noch einmal auf die Sekretärin zuzugehen, wurde die Tür hinter der Empfangstheke geöffnet, und die unverkennbare Gestalt von Sylvie Davies, ihrer Freundin aus der Sortieranlage mit den blonden Locken und der Wespentaille, tauchte auf.

»Also, wenn das nicht Viv Byrne ist!«, rief Sylvie lachend aus.

»Du bis Miss Davies?«, fragte sie.

»Höchstpersönlich«, erklärte Sylvie.

»Was ist aus Miss Taylor geworden?«, erkundigte sich Viv.

»Sie hat uns ohne Umstände sitzengelassen, um zu den weiblichen Hilfskräften der Luftwaffe zu gehen, ist das zu glauben? Sagte, sie hätte immer schon vom Fliegen geträumt, und im Krieg könnten sie vielleicht eine Frau wie sie gebrauchen.« Mit einer Kopfbewegung wies Sylvie zur Tür. »Komm doch mit mir nach hinten, da können wir reden«, sagte sie.

Viv folgte ihrer alten Freundin aus der Empfangshalle hinaus und durch einen nüchtern wirkenden, von grellen Neonröhren erhellten Flur. An den Wänden hingen Poster, die die Frauen, die hier arbeiteten, daran erinnerten, dass im Krieg die Regel galt: *Reden ist Silber, Schweigen ist Gold.*

»Es ist genauso glamourös wie in deiner Erinnerung, aber wir begnügen uns halt«, meinte Sylvie lachend. »Sollen wir uns

122

aus der Kantine eine Tasse Tee holen und uns richtig unterhalten?«

»Sehr gern«, sagte Viv.

»Du wirst nicht glauben, wie viel Arbeit wir in den letzten Wochen hatten, seit der Krieg erklärt wurde«, sagte Sylvie, stieß die Flügel einer Schwingtür auf und trat in die Kantine. Es war erst elf, sodass sich kaum jemand dort aufhielt, aber der vertraute Geruch von Cottage-Pie hing bereits in der Luft.

»Die Regierung dachte, sie hätte alles im Griff, aber dann haben sie all unsere Jungs eingezogen, die nicht schon ihren Wehrdienst geleistet haben, und peng! Das war's«, fuhr Sylvie fort. »Ich schaffe es gerade noch, die Sortieranlage zu besetzen, aber die Zustellung leidet. Ein paar der alten Knaben, die schon dachten, ihre letzte Runde gedreht zu haben, haben die Uniformen wieder angezogen, um dafür zu sorgen, dass die Post ausgetragen wird. Und seit die Zensoren im Littlewoods-Gebäude alles lesen, dauert das Ganze noch doppelt so lange.«

Das war gut. Wenn das Postamt Mitarbeiter brauchte, sah eine Frau mit einem entfremdeten Ehemann und einer evakuierten Tochter vielleicht nach einer etwas besseren Wahl aus.

»Trinkst du ihn immer noch mit Zucker?«, fragte Sylvie, während sie auf eine Frau zutraten, die eine Station mit großen Teespendern besetzte.

»Inzwischen nur mit Milch«, sagte sie.

»Ich kriege ihn immer noch nur herunter, wenn er so süß ist, dass der Löffel von allein darin steht. Ich hoffe nur, dass Zucker nicht rationiert wird. Danke«, sagte Sylvie, nahm ihre Tasse von der Teefrau entgegen und wies auf einen Tisch in einer entfernten Ecke. »Warum setzen wir uns nicht dorthin? Da stört uns niemand.«

Als Viv bei der Post gearbeitet hatte, waren Sylvie und Mary ihre Freundinnen gewesen. Die gemeinsame Erfahrung hatte sie einander nähergebracht. Sie wussten, wie es war, knochentrockene Haut zu haben, nachdem man in einer Schicht Hunderte Briefe angefasst und sie in beschriftete Fächer gesteckt hatte, damit die Briefträger sie ausliefern konnten. Am Ende des Tages pflegten sie sich aus ihren Stühlen hochzustemmen, und ihre Rücken und Knie ächzten und knackten, wenn sie die Steifheit abzuschütteln versuchten, die sogar so junge Knochen wie ihre plagte.

Und an einem Tisch wie diesem hatte Viv Sylvie und Mary erzählt, dass sie heiraten würde. Sie hatte ihnen nicht alles gestanden – dass sie schwanger war und schreckliche Angst hatte –, aber sie war sich sicher, dass die beiden auch den Teil der Wahrheit erraten hatten, den sie für sich behalten hatte.

Als sie jetzt mit ihrer alten Freundin zusammensaß, versuchte sie, sich nicht durch die Gedanken an das Leben, das sie einst geführt hatte, von ihren Plänen abbringen zu lassen.

»Du suchst also einen Job«, sagte Sylvie, sobald sie Platz genommen hatten.

»Ja.« Spontan beschloss Viv, dass Ehrlichkeit der beste Weg zum Ziel war. »Ich brauche das Geld, um meine Tochter zu besuchen. Sie ist evakuiert worden.«

Sylvie schlang einen Finger um den Henkel ihrer Teetasse. Ihre Nägel waren kirschrot lackiert – Viv war sich sicher, dass dies zu den Dingen zählte, die nicht akzeptabel gewesen wären, als Miss Taylor noch das Sagen hatte.

»Ich habe gehört, dass du ein Mädchen bekommen hast«, sagte Sylvie.

»Von wem?«, fragte sie.

Sylvie zögerte. »Von Mary«, sagte sie dann.

Viv hatte Mary nicht mehr gesehen, seit diese einen Tischler geheiratet hatte und nach Everton gezogen war, doch ihre Freundschaft war schon vorher abgekühlt. Sobald Mary erfahren hatte, dass aus Viv Mrs. Levinson werden würde, hatte sie aufgehört, ihr in der Kirche zu winken oder auf der Hauptstraße zum Plaudern stehen zu bleiben. Viv hatte gedacht, dass die hörbar geflüsterten Worte »Schlampe« und »Hure« sie am stärksten verletzen würden, aber Marys Verrat hatte sie wirklich geschmerzt.

»Verstehe«, erwiderte Viv vorsichtig. Wenn Sylvie auf Mary hörte, war ihre Bewerbung wahrscheinlich jetzt schon zum Scheitern verurteilt.

»Natürlich haben einige von uns ein besseres Gedächtnis als andere. Und sind nachsichtiger als sie. Erzähl mir von deinem kleinen Mädchen«, sagte Sylvie lächelnd.

Bei dem plötzlichen Schmerz, der jeden Gedanken an Maggie begleitete, sah Viv auf ihre Teetasse hinunter. Sie fragte sich, ob das Gefühl, dass ein Teil von ihr aus ihr herausgerissen worden war, jemals nachlassen würde.

»Sie heißt Margaret, aber wir nennen sie alle Maggie. Sie ist wunderschön, hat dunkle Locken und die längsten Wimpern, die man je gesehen hat. Wenn es kalt ist, werden ihre Wangen so rosig, dass sie wie Äpfel wirken. Sie singt gern. Sie ist erst vier, deswegen kann man ihre Lieder meist nicht verstehen, aber sie hat eine hübsche Stimme. Ihr bester Freund ist ein Stofftier namens Tig, und …« Die Emotionen, die ihr im Hals steckten, waren so heftig geworden, dass sie nicht mehr sprechen konnte. Stattdessen zog sie ein Taschentuch hervor und faltete es sorgfältig, um die Tränen aufzufangen, die ihr aus den Augen zu stürzen drohten.

Sylvie streckte eine Hand über den Tisch und umfasste Vivs freie Hand. »Ich kann mir nur vorstellen, wie schwer das ist.«

Sie nickte und schniefte. »Man sollte denken, ich hätte mich inzwischen daran gewöhnt. Sie ist vor über einem Monat weggefahren. Ich … ich habe sie letzte Woche gesehen. Sie lebt bei einem Ehepaar in einem Dorf in den Midlands.«

»Ich bin froh, dass du sie besuchen konntest«, meinte Sylvie.

Sie schüttelte den Kopf. »Es war schrecklich. Die Thompsons haben keine eigenen Kinder, also verhätscheln sie sie, wogegen ich gar nichts einzuwenden hätte. Aber sie wohnt jetzt in diesem wunderschönen Haus, wo sie ihr eigenes Zimmer und ein Spielzimmer nur für sich hat. Sie hat neue Kleider und neues Spielzeug, und die Familie hat sogar einen Freund mit einem Pony, der ihr das Reiten beibringt. Ein vierjähriges Mädchen aus Walton. Wer wäre auf so eine Idee gekommen?«

Sie schaute auf ihre Hände hinunter und knetete ihr Taschentuch im Schoß. »Ich habe furchtbare Angst, dass sie vielleicht nicht wieder nach Hause will, wenn das alles vorbei ist.«

Oder vielleicht vergisst sie mich ganz. Das konnte sie nicht aussprechen, denn dann könnte es wahr werden, und sie glaubte nicht, dass sie in der Lage wäre, das zu überleben.

»Ich bin vollkommen von meinen Eltern abhängig«, erklärte sie. »Ich brauche mein eigenes Geld.«

Sylvia musterte sie einen Moment lang und legte dann den Kopf schräg. »Ich fand schon immer, dass es eine Schande ist, dass dein Mann so früh gestorben ist.«

Viv fuhr zusammen. »Mein Mann?«

»Ich habe mir immer Gedanken gemacht, dass es nicht genug war, eine Karte zu schicken. Ich hätte dich besuchen und dir mein Beileid aussprechen sollen«, fuhr ihre Freundin fort.

»Sylvie, ich –«

»Natürlich suchst du Arbeit, nachdem deine Tochter evakuiert ist und du keinen Mann zu Hause hast. Das muss unglaublich schwierig sein«, fuhr Sylvie fort. »Glücklicherweise hat sich hier angesichts des Krieges einiges verändert. Wir brauchen alle arbeitsfähigen Frauen, die wir finden können, um die Post auszutragen. Auch Witwen.«

Viv riss den Mund zu einem »Oh« auf, als sie begriff. »Das ist sehr großzügig von der Post.«

»Nicht wahr?« Sylvie lachte. »Ich weiß, dass Postboten überall in Liverpool verzweifelt gesucht werden. Die Oberen jammern seit Wochen darüber. Macht es dir etwas aus, wenn es nicht hier ist?«

»Das macht es vielleicht sogar einfacher«, meinte sie, denn sie wusste, dass die Menschen in Walton die Geschichte von Edith und John Byrnes Tochter nur zu gut kennen würden.

»Gut. Kannst du dir dich auf einem Fahrrad vorstellen?«, fragte Sylvie.

Viv war seit Jahren nicht mehr Rad gefahren, aber das würde sie nicht aufhalten.

»Die frische Luft wird mir bestimmt guttun«, meinte sie.

Sylvie lachte. »Schreib mir deine Telefonnummer auf, und ich höre mich um. Sobald ich etwas weiß, rufe ich dich an.«

»Danke«, hauchte Viv und nahm das kleine Notizbuch und den Bleistift entgegen, die Sylvie aus ihrer Rocktasche gezogen hatte.

»Nicht nötig, mir zu danken. Betrachte es einfach als Entschuldigung«, erklärte Sylvie.

»Entschuldigung wofür?«, fragte sie.

»Dafür, dass ich mir nicht mehr Mühe gegeben habe, mit dir in Verbindung zu bleiben.«

»Die Lage war für alle schwierig«, sagte sie.

Sylvies Blick wurde traurig. »Erinnerst du dich an meine jüngere Schwester Ellen?«

Viv hatte eine vage Erinnerung an eine jüngere Version von Sylvie, die sich einmal nach der Arbeit am Tor des Postamts Nord mit ihnen getroffen hatte.

»Ellen hat sich in Schwierigkeiten gebracht, als sie erst sechzehn war. Sie hatte einen Freund – er hat in einem der Stahlwerke gearbeitet –, und in dem Moment, als ihm klar wurde, was los war, hat er sich verdrückt. Nun ja, Mum und Dad haben sie in eins dieser Heime geschickt, um das Baby zu bekommen. Es wurde adoptiert, und seitdem geht es Ellen nicht gut. Sie weint ständig. Sie schafft es nicht, einen Job zu behalten. An manchen Tagen kommt sie kaum aus dem Bett. Es hat ihr Leben zerstört. Niemand hat meiner Schwester geholfen, aber wenn du bei deiner Geschichte bleibst, dass du Witwe bist, verspreche ich dir zu tun, was ich kann«, schloss Sylvie.

»Danke«, flüsterte Viv, überwältigt von Sylvies Freundlichkeit. »Tausend Dank.«

Sylvie schüttelte den Kopf. »Arbeite hart, und tu das Richtige für dein kleines Mädchen. Lass sie nicht vergessen, wie sehr ihre Mutter sie liebt.«

Liebe Mum, Dad und Rebecca,

als ich mich freiwillig gemeldet habe, dachte ich, ich würde in der Luft sein, sobald meine Grundausbildung abgeschlossen ist. Seitdem habe ich gelernt, dass zum Training bei der Royal Air Force mehr gehört, als ich dachte.

Meine Freunde in der Kaserne und ich haben gerade unsere Befehle erhalten.

In dieser ersten Runde findet die grundsätzliche Aufteilung zwischen den Männern statt, die zum Bodenpersonal degradiert worden sind, und denen, die fliegen werden – wobei keiner von uns davon ausgehen darf, dass wir je an Bord gelangen, weil wir weiterhin eine lange Ausbildung vor uns haben und immer noch herausfallen können. Viele der Jungs sind unglücklich über die ihnen zugewiesene Aufgabe, aber ich bin nicht allzu unzufrieden.

Wir sind eingeteilt worden, und die von uns, die zusätzliches Training brauchen, werden an spezielle Standorte geschickt. Mein Freund Johnny, von dem ich euch erzählt habe, wird Funker, daher wird er zur Ausbildung an den Royal-Air-Force-Stützpunkt Yatesbury gehen. Mein Freund Adam und ich sind beide als Navigatoren ausgewählt worden, daher werden wir an der Uni Cambridge trainiert.

Ich freue mich, dass Adam mit mir kommt. Er ist auch Jude, kommt aus Manchester. (Bevor Du fragst, Mum: Seine Familie besucht die South Manchester Synagogue in Fallowfield, daher glaube ich nicht, dass sie Deine Eltern gekannt haben.) Ich wünschte, Johnny könnte uns begleiten. Er braucht jemanden, der auf ihn aufpasst.

Ich hoffe, mit der Schneiderei läuft alles gut. Rebecca hat ge-

schrieben, dass Mum ihre Stricknadeln wieder hervorgeholt hat und Socken für die Soldaten strickt. Ich weiß, dass ich froh wäre, ein Paar davon in einem Care-Paket zu bekommen.

Euer euch liebender Sohn
Joshua

Joshua

Joshua wusste, dass er feige war, doch als man ihm achtundvierzig Stunden Urlaub gewährte, bevor er sich in Cambridge einfinden musste, war er in Panik geraten. Er wollte nicht nach Hause fahren, aber er konnte auch nicht auf dem Stützpunkt Padgate bleiben, und die Vorstellung von Blackpool im Herbst war zu finster, um es zu ertragen.

Schlussendlich war es Johnny, der die Entscheidung für ihn traf. »Ich fahre mit dem Zug nach Hause zu meiner Mum, bevor ich nach Yatesbury weiterreise. Sollen wir zusammen fahren?«, hatte er gefragt.

Adam, der in der Messe mit ihnen zusammengesessen hatte, hatte Joshua aus seinen durchdringenden dunkelbraunen Augen angeschaut, die alles zu sehen schienen. »Du solltest mit ihm fahren. Deine Familie besuchen«, meinte er.

Joshua hatte nie über seine Familie gesprochen, aber vielleicht wusste Adam Bescheid, weil er so häufig das Gespräch von allem, was mit Liverpool zu tun hatte, weglenkte.

»Hast du das auch vor?«, erkundigte sich Johnny.

Adam nickte. »Meine Frau zählt schon die Stunden.«

Joshuas Frau wusste nicht einmal, dass er in England war.

»Gut, na schön«, sagte er. »Ich komme mit.«

Am Tag selbst begann Joshua sich Sorgen zu machen, als der Zug sich Liverpool näherte. Er hatte seine Familie hinter sich gelassen. Er hatte sie verletzt. Sorgfältig bedachte Worte in einem Brief waren eine Sache. Aber an der Türschwelle seiner Eltern aufzutauchen war etwas ganz anderes.

Als sie in den Bahnhof Lime Street einfuhren, sprang Joshua aus dem Zug und entschuldigte sich fadenscheinig bei Johnny, er müsse seinen Dad noch bei der Arbeit erwischen. Als er an der Gepäckaufbewahrung vorbeiging, spürte er das Gewicht des Schlüssels zu dem Schließfach, in dem sein Saxofon jetzt seit Wochen eingesperrt war. Er hatte seit seiner Ankunft in England nicht mehr gespielt. Als Kind und Jugendlicher war das Instrument Gegenstand aller seiner Träume gewesen, aber jetzt, zurück auf britischem Boden, brachte er es kaum fertig, es anzusehen.

Als er den Bahnhof verließ, regnete es, doch nach dem nasskalten Wetter am Stützpunkt Padgate fiel ihm das kaum auf. Menschen nickten ihm auf der Straße zu, denn die Uniform, die er trug, brachte ihm Lob und Bewunderung ein, die er sich noch nicht verdient hatte. Er überquerte den St. George's Square, weg von dem imposanten Gebäude, in dem er getraut worden war. Ziellos schlenderte er an den Docks vorbei und nach Everton, bis er sich schließlich auf der Scotland Road im Zentrum von Walton wiederfand.

Viv hatte ihm alles über das Haus ihrer Eltern erzählt. Er wusste, dass er davorstehen würde, wenn er von der Scotland Road auf die Lind Street abbog und dann links die Goodison Road einschlug.

Sie würde nicht mit ihm reden – dessen war er sich vollkommen sicher –, und das konnte er ihr nicht übelnehmen. Nicht nach dem, was er getan hatte – nachdem er naiv geglaubt hatte, er könne sein Versprechen ihr gegenüber einhalten und gleichzeitig seinem Traum nachjagen. Sie hatte gewusst, was er damals nicht hatte begreifen können: dass aus ihm nie mehr werden würde als ein Ersatzspieler.

Es dämmerte, und das Licht nahm einen dunstigen Lilaton an, als er an der Ecke Goodison Road und Ripon Street stehen blieb. Seine Hände suchten unruhig nach einer Beschäftigung, und er wünschte – nicht zum ersten Mal, seit er in die Air Force eingetreten war –, er hätte das Rauchen nicht aufgegeben, um in der Grundausbildung mit den Jungs mithalten zu können.

Als er harte Absätze über das Pflaster klappern hörte, hob er ruckartig den Kopf. Da war sie. Sie schaute nach unten, um nach etwas in ihrer Handtasche zu kramen, während sie vor ihm um die Ecke kam.

Ohne nachzudenken, sprang er hinter ein parkendes Auto. Zusammengekauert sah er zu, wie sie zum Himmel aufblickte, als die ersten Regentropfen fielen. Sie zog sich den Mantelkragen fester um den Hals, legte eine Hand an den Schal, den sie über ihr hellbraunes Haar gebunden hatte, und eilte weiter.

Sie war immer noch hübsch mit ihrem herzförmigen Gesicht, das in einem spitzen Kinn zulief. Damals waren ihm ihre Lippen zuerst aufgefallen – leuchtend rot geschminkt und mit diesem ungezwungenen Lächeln. An dem ersten Abend, an dem sie einander begegnet waren, hatte sie ihm zugelächelt, und er wäre fast von seinem Platz auf der Bühne im Locarno Ballroom gefallen.

Jetzt lächelte sie nicht, aber das war nicht die einzige Veränderung. Sie konnte noch nicht älter als dreiundzwanzig oder vierundzwanzig sein, doch sie hatte einen Teil ihres inneren Strahlens verloren. Stattdessen wirkte sie besorgt, müde.

Sie zog einen Brief aus ihrer Handtasche und klappte sie wieder zu. Wahrscheinlich wollte sie ihn in den roten, säulenförmigen Briefkasten werfen, an dem er auf der Hauptstraße vorbeigekommen war. Er hätte gern gewusst, was darin stand. War es ein Brief an einen Freund? Einen Liebhaber?

Ein bitteres Gefühl von Ungerechtigkeit regte sich in seiner Brust. Sie mochten verheiratet sein, doch er hatte kein Recht, Loyalität von ihr zu erwarten. Es war Jahre her, und heutzutage konnten Frauen wegen böswilligen Verlassens die Scheidung gegen ihre Männer einreichen.

Langsam richtete er sich auf, und seine Knie protestierten knackend. Er hätte nicht herkommen sollen. Irgendwie war ihm klar, dass alles einfacher gewesen wäre, hätte er sie nicht gesehen.

Zögernd warf er sich seinen Seesack über die Schulter und trat den langen Rückweg an, der ihn im Regen durch die verdunkelte Stadt führen würde.

Fast eineinhalb Stunden später stand Joshua vor einem hübschen Haus aus rotem Backstein mit weißen Fensterbänken. Inzwischen war es dunkel, und er wusste, dass in normalen Zeiten warmes, einladendes Licht hinter den Fenstern geleuchtet hätte. Stattdessen waren die Verdunklungsvorhänge zugezogen, damit kein Licht nach draußen drang und den Bombern der Luftwaffe half, ihre Ziele zu finden.

Er stieß das kleine schmiedeeiserne Gartentor auf, das den postkartengroßen Vorgarten vom Gehsteig trennte, und vor Rührung schnürte sich ihm die Kehle zu. Dennoch musste er, als er die Haustür erreichte, sich zwingen, die Hand zu heben und zu klopfen, bevor ihn der Mut verließ.

Fast sofort hörte er gedämpfte Schritte.

Das war ein Fehler. Was machte er hier?

Die Tür schwang auf, und Licht fiel auf die pechschwarze Straße.

»Dad.« Ihm brach die Stimme.

Sein Vater musterte ihn von Kopf bis Fuß und ließ alles, von seiner dunkelblauen Uniform über seine Jacke mit dem Gürtel bis hinunter zu seinen polierten Schuhen, auf sich wirken. Dann verzerrte sich sein Gesicht.

Joshua ließ den Seesack fallen und zog seinen Vater in eine

Umarmung. Sein Herz schmerzte so sehr, dass er die Augen zusammenkniff. Es war so lange her, dass er ein Familienmitglied umarmt hatte.

Gott, wie sie ihm gefehlt hatten!

»Mr. Levinson! Die Verdunklung!«, schrie jemand hinter ihnen.

Joshuas Dad hob den Kopf, sodass in dem Licht, das aus der Diele fiel, seine tränenerfüllten Augen schimmerten. »Es ist mein Sohn, Mr. Harris. Joshua ist nach Hause gekommen.«

»Das freut mich zu hören, Mr. Levinson, aber als Ihr Luftschutzwart muss ich darauf bestehen, dass Sie hineingehen!«, rief Mr. Harris.

»Komm herein. Komm«, sagte sein Vater.

Joshua brachte kein Wort heraus, daher nickte er und trat zum ersten Mal seit fast fünf Jahren über die Schwelle des Hauses, in dem er aufgewachsen war.

»Wer war an der Tür, Seth?«, rief seine Mutter, die aus der Küche kam. Als sie Joshua erblickte, schlug sie die Hände vor den Mund.

»Mum«, krächzte er.

»Rebecca!«, rief Dad, während Joshua seine Mutter umarmte und an sich drückte, sodass sich ihre Füße fast vom Boden hoben.

»Du bist zu Hause. Du bist zu Hause«, wiederholte Mum ein ums andere Mal. »Du hast uns gar nicht gesagt, dass du kommst.«

»Ich wusste nicht, ob ich Urlaub bekomme«, sagte er, eine Notlüge.

»Rebecca, komm und sieh dir das an!«, rief sein Vater noch einmal.

»Komme schon, bin ja unterwegs! Ich wollte gerade Schluss mit der Buchhal-«

Als Joshua aufblickte, sah er seine Schwester wie erstarrt oben auf der Treppe stehen. Ihre Miene wirkte ausdruckslos, und sie hatte die roten Lippen zusammengepresst.

»Er ist zu Hause, Rebecca«, schluchzte Mum, der die Tränen übers Gesicht liefen.

Langsam kam Rebecca die Treppe hinunter und ließ ihn dabei keinen Moment aus den Augen.

Mit einem Mal fühlte sein Magen sich hohl an.

»Du bist zurück«, sagte sie schließlich, als sie einander Auge in Auge gegenüberstanden, wobei sie auf der drittletzten Stufe stehen blieb.

»Nur für einen kurzen Besuch. Ich habe ein wenig Urlaub bekommen, bevor ich in den Süden fahre«, erklärte er.

»Nach Cambridge«, sagte sie.

»Ins Grundausbildungsgebäude Nummer zwei, nicht an die richtige Uni. Du weißt, dass ich das nicht könnte.« Im Gegensatz zu ihr. Er erinnerte sich noch an den Tag, an dem sie mit dreizehn am Tisch das Besteck abgelegt und erklärt hatte, sie wolle studieren. Ihr Vater hatte sich sorgfältig den Mund mit der Serviette abgetupft und den Blick seiner warmen dunklen Augen auf sein jüngstes Kind gerichtet.

»Wenn Gott will, wird es wahr werden«, hatte Dad erklärt.

Später am selben Abend, als sie wie immer vor dem Schlafengehen in Rebeccas Zimmer geplaudert hatten, hatte sie die Nase gerümpft. »Wenn ich mich anstrenge, wird es wahr werden«, hatte sie gesagt.

Dagegen hatte Joshua nichts einwenden können. Rebecca bestand aus purer Entschlossenheit und war klug wie eine Katze und stur dazu.

Daher schockierten ihn ihre nächsten Worte. »Tja, anscheinend ist keiner von uns für Cambridge geschaffen. Oder überhaupt eine Uni«, erklärte sie.

»Rebecca«, schalt Mum.

»Deine Schwester arbeitet jetzt in Vollzeit im Laden. Sie erledigt die Buchhaltung und hilft bei den Kunden«, sagte Dad. »Sie ist gut im Maßnehmen. Und auch bei Änderungen.«

Das schlechte Gewissen stieg in ihm auf. Das waren alles Aufgaben, die eigentlich er hätte übernehmen sollen.

»Sie arbeitet auch ehrenamtlich beim Zivilschutz, nicht wahr, Rebecca? Du hast Glück, dass du nicht gestern gekommen bist, sonst wäre sie bei ihrer Schicht gewesen«, sagte seine Mutter lächelnd.

»Tut mir leid, Rebecca«, erwiderte er.

»Wir haben alle etwas, was wir bereuen«, meinte Dad, »aber ich freue mich, dass du hier bist.«

»Hast du schon gegessen? Ich mache dir etwas zurecht«, sagte Mum und schob ihn in Richtung Küche.

Rebecca blieb auf der Treppe stehen.

Seine Eltern hielten ihn stundenlang beschäftigt. Sie saßen zusammen am Küchentisch, und während er ihnen Geschichten aus New York erzählte, beobachtete Rebecca ihn von ihrem Platz gegenüber. Kein einziges Mal forderten sie ihn auf, sich zu erklären. Doch so wie Mum sich an seine Hand klammerte und Dad ihm immer wieder Blicke zuwarf, als wäre er überzeugt davon, dass er wieder verschwinden würde, wurde ihm klar, dass es weit mehr als einen einzigen Besuch zu Hause brauchen würde, um den Schaden wiedergutzumachen, den er angerichtet hatte.

Es war fast Mitternacht, als Dad erklärte, es sei Zeit, dass sie alle zu Bett gingen.

»Dein Zimmer hat sich ein wenig verändert, aber ich sorge immer dafür, dass das Bett frisch bezogen ist«, sagte Mum, als sie die Treppe hinaufstiegen.

»Ich war so lange fort«, meinte er.

Auf dem Treppenabsatz tätschelte sie ihm die Wange. »Ich habe immer gewusst, dass du zurückkommen würdest.«

Er senkte den Kopf. »Danke, Mum.«

In seinem alten Zimmer setzte sich Joshua auf die Bettkante und starrte die Wand an, die seit seinem Fortgang nicht neu gestrichen worden war. Es war beengter als in seiner Erinnerung, da jetzt Kisten mit Etiketten wie *Kurzwaren* und *Wattierung* an der Wand gegenüber seinem Bett standen. Das Bücherregal aus seiner Kindheit war voll mit alten Katalogen und den großen gebundenen Musterbüchern, mit denen Dad den Kunden früher unterschiedliche Anzugsstoffe zu zeigen pflegte. Doch die Schallplatten, für die er jeden Penny zusammengekratzt hatte, standen ordentlich in ihrem Kasten neben dem Grammophon, das er zur Bar-Mizwa bekommen hatte. Er zog Duke Ellingtons *Black and Tan Fantasy* heraus, legte sie auf und stellte die Lautstärke leise.

Dann legte er sich aufs Bett und ließ sich von der Musik hinforttragen. Als ihm das wiederholte Klicken und Kratzen der Platte mitteilte, dass die Seite zu Ende war, rührte er sich nicht. Stattdessen hörte er zu, wie das Haus schlafen ging, Wasser ächzend durch die Leitungen floss und Zimmertüren geschlossen wurden.

Es musste fast halb eins gewesen sein, als er schließlich aufstand, seine Tür öffnete, über den Flur ging und klopfte. Seine Schwester öffnete die Tür nur ein paar Sekunden später, als hätte sie auf ihn gewartet.

»Was willst du?«, fragte sie im Flüsterton.

»Kann ich reinkommen?«, fragte er. Es fühlte sich merkwürdig an, um Erlaubnis bitten zu müssen. Als sie jünger waren, pflegte sie die Tür angelehnt zu lassen, damit er ihr von dem Gig, von dem er gerade nach Hause gekommen war, erzählen konnte. Dann leuchteten ihre Augen auf, wenn er die Tänzerinnen beschrieb, die sich in ihren Kleidern auf den Tanzflächen der Ballsäle drehten.

Doch jetzt biss Rebecca sich auf die Unterlippe. Kurz dachte er schon, sie werde Nein sagen, aber dann riss sie die Tür weit auf.

Er setzte sich auf den kleinen, knarrenden Stuhl, der immer sein Platz gewesen war, wenn er sie besuchte. Rebecca blieb stehen.

»Was willst du?«, fragte sie noch einmal leise, um ihre Eltern nicht zu wecken, aber sie stemmte die Hände in die Hüften, um ihren Ärger deutlich zu machen.

»Tut mir leid«, murmelte er.

»Das hast du schon gesagt.«

Er rang um die richtigen Worte, doch schließlich breitete er nur die flachen Hände aus. »Ich weiß nicht, wie ich alles zwischen uns wieder in Ordnung bringen soll«, gestand er.

Sie schnaubte wegwerfend. »Du versuchst es ja nicht einmal.«

»Doch. Wirklich«, beharrte er.

Rebecca sah zur Decke auf, als müsste sie sich sammeln. »Hast du es denn versucht, als du in New York warst und für vier Briefe, die wir dir geschickt haben, einen zurückgeschickt hast? Oder vielleicht, als du nach Hause gekommen bist, um zu kämpfen, aber dir nicht die Mühe gemacht hast, uns zu besuchen, bevor du dich freiwillig gemeldet hast?«

Er zuckte zusammen. Genau das hatte er getan. Angesichts der Reaktion seiner Eltern auf seine Heimkehr war ihm klar, dass er vom Schiff aus direkt nach Wavertree hätte gehen sollen, aber er hatte sich nicht dazu überwinden können. Nicht, bevor er ihnen gezeigt hatte … Aber was? Dass er sich mit New York geirrt hatte? Dass er bezüglich seines Talents im Irrtum gewesen war? Dass England immer seine Heimat sein würde und es wert war, für sie zu kämpfen?

»Du bist jetzt schon seit Wochen im Land, Joshua«, fuhr Rebecca fort.

»Ich weiß«, sagte er leise.

»Hast du dich je gefragt, was ich in all den Briefen, die ich dir geschrieben habe, ausgelassen habe?«, wollte seine Schwester wissen. »Als du fortgegangen bist, hat Mum zwei Wochen lang jeden Tag geweint. Ich bin jeden Tag in den Laden gegangen, weil sie das Bett nicht verlassen konnte. Und Dad hat sich die Schuld gegeben. Er dachte, er hätte dir zu sehr zugesetzt. Hätte dir nicht gut genug zugehört. Dad, der sich nie für etwas entschuldigt.«

Er schlug die Hände vors Gesicht. »Warum hast du mir in deinen Briefen nichts davon erzählt, Rebecca?«

»Weil es nichts geändert hätte, oder? Du wärst nicht zurückgekommen, weil du es nicht wolltest«, sagte sie leise, denn selbst in ihrem Zorn versuchte sie noch, ihre Eltern zu schützen.

Er konnte nichts gegen ihre Argumente einwenden. Er hatte das Geld der Byrnes genommen, weil er Angst hatte, das eine zu verlieren, das ihm am wichtigsten war. Er hatte sich schrecklich gefürchtet, als Ehemann und Vater seine Musik aufgeben und das sichere, gefahrlose Leben antreten zu müssen, das seine Eltern sich für ihn wünschten. Er hatte seine Freiheit gewollt, und diese Flucht war der einfachste Weg gewesen, sie zu bekommen.

Und jetzt sehe man sich an, wohin ihn das gebracht hatte: Er trieb dahin.

»Was ist mit Viv?«, wollte Rebecca wissen.

Er hob ruckartig den Kopf. »Was soll mit ihr sein?«

»Denkst du je an sie oder das Kind?«

Jeden verdammten Tag, aber er gab sich die größte Mühe, es nicht zu tun.

Er stieß den Atem aus. »Heute Abend war ich in ihrer Straße. Ich habe sie gesehen.«

»Was?«, fragte Rebecca.

»Aus der Entfernung. Ich habe nicht mit ihr geredet. Das Kind hatte sie nicht bei sich.«

Einen Moment lang sagte seine Schwester nichts, doch dann schüttelte sie den Kopf. »Weißt du, dass Mum und Dad ihr Enkelkind nie kennengelernt haben? Wir wissen seinen Namen nicht. Wir haben nicht einmal eine Ahnung, ob es ein Junge oder ein Mädchen ist. Ich habe überlegt, ob ich es um Mums und Dads willen herausfinden soll, aber was würde das bringen, außer ihnen alles noch schmerzhafter zu machen? Sie wünschen sich so sehr, ihr Enkelkind zu sehen. Es ist so verdammt grausam, dass sie es nicht können.«

Er rieb sich mit einer Hand durchs Gesicht. Sie hatte recht. Es war grausam, und er hatte den Byrnes direkt in die Hände gespielt und ihnen gegeben, was sie wollten: die Legitimität einer Heirat ohne die Notwendigkeit, sich mit seiner jüdischen Familie abzugeben.

»Ich habe einen Fehler gemacht, Rebecca. Ich versuche, ihn auf meine Art wiedergutzumachen«, erklärte er.

»Indem du dich unter Beschuss begibst«, murmelte sie und ließ sich auf die Bettkante sinken.

»Noch nicht. Vorher muss ich die Ausbildung hinter mich bringen«, sagte er mit einem ironischen Lächeln, das wirkungslos blieb.

»Warum bist du zurückgekommen? In New York warst du sicher.«

Er schüttelte den Kopf. »Ich konnte mich nicht fernhalten. Nicht, da ich wusste, dass ihr alle mitten in einem Krieg steckt.«

»Wenn du dich erschießen lässt, bringe ich dich um«, sagte Rebecca.

»Das ist völlig unsinnig.«

»Ist mir egal«, gab seine Schwester stur zurück. »Wo steckt dein blödes Saxofon? Bevor du nach Amerika gegangen bist, hast du es überall mit hingeschleppt.«

»In der Gepäckaufbewahrung in der Lime Street. Ich wusste nicht, was ich sonst damit anfangen soll. Seit ich wieder in England bin, konnte ich noch nicht spielen«, gestand er.

»Dein Ernst?«, schrie seine Schwester.

»Psst, du weckst noch Mum und Dad.«

»Wegen dieses dummen Instruments hast du deinen Eltern das Herz gebrochen. Wenn du nicht bald wieder zu spielen anfängst, bringe ich dich um«, fauchte sie.

»Schon wieder diese Morddrohungen«, meinte er.

»Das ist mein Ernst, Joshua. Du bist ein guter Musiker. Du musst spielen.«

»Tja, ich wünschte, die Bandleader in der Swing Street hätten das auch gedacht. Ich habe es nie geschafft, in Vollzeit bei einer Band zu spielen. Ich habe immer nur gelegentlich in Hausbands ausgeholfen.«

Rebecca verdrehte die Augen. »Soll ich jetzt ernsthaft Mitleid mit dir haben? Du tust, was du liebst, und ich sitze hier und kann die Trümmer auflesen. Spiel das blöde Ding für mich.«

Sie hatte recht – natürlich. Er erlaubte seinen Schuldgefühlen, seine Leidenschaft für die Musik zu ersticken. Dabei hatte er sein ganzes Leben dafür verändert und seiner Familie den Rücken gekehrt. Viv. Ihrem Kind.

»Ich nehme es mit nach Cambridge«, versprach er leise.

»Gut.« Rebecca lehnte sich zurück. »Jetzt will ich Geschichten hören. Hast du mal Billie Holiday getroffen?«

Unwillkürlich lächelte er. »Soll ich dir erzählen, wie ich im Café Society war, als sie zum ersten Mal *Strange Fruit* gesungen hat?«

Rebecca beugte sich vor und verschränkte die Hände im Schoß, wie sie es als Kind immer getan hatte. »Ja.«

»Also, ich hatte einen freien Abend und war für keinen Gig gebucht, und da sind mein Freund Sonny und ich nach Greenwich Village gefahren ...«

Joshua

13. Oktober 1934

Joshua wurde klar, dass er zappelig war, als er sich dabei erwischte, wie er zum vierten Mal innerhalb von zwei Minuten an den Ärmelaufschlägen seiner Jacke zupfte. Er straffte die Schultern und neigte den Hals vor und zurück.

Es war nur ein Date. Er hatte doch schon Verabredungen gehabt. Nicht nötig, nervös zu sein.

Aber er war es. Er konnte es nicht erklären, doch Viv Byrne hatte etwas an sich, das ihm gefiel.

Da entdeckte er sie. In dem langen grünen Mantel und mit dem braunen Hut sah sie sehr adrett und hübsch aus. Sofort hob er den Arm, um zu winken. »Viv!«

Sie reagierte mit einem leisen Lächeln und erwiderte sein Winken. Er stieß sich von dem Gebäude ab, an dem er gelehnt hatte, und die Ledersohlen seiner Schuhe knirschten auf dem Pflaster, als er zu ihr eilte.

»Tut mir leid, dass ich spät dran bin«, sagte sie. »Der Bus hat länger gebraucht, als ich dachte.«

»Ich hätte dich abholen sollen«, gab er zurück.

»Oh, aber das ging nicht.«

»Wieso denn nicht?«, zog er sie auf.

Sie sah ihn an, als wäre das offensichtlich. »Ich bin katholisch.«

Jetzt begriff er.

»Ich vermute mal, deine Eltern würden nichts davon halten, dass du dich mit einem Juden triffst.«

Langsam musterte Viv ihn von seinem Hut bis zur Schuhspitze. Dann schüttelte sie den Kopf. »Nein.«

Er war sich sicher, dass sie ihm jetzt erklären würde, sie dürfe gar nicht hier sein, und er hatte nicht vor, sie aufzuhalten. Doch sie überraschte ihn, indem sie lächelte. »Sollen wir hineingehen?«, fragte sie.

Joshuas Herz setzte einen Schlag aus, als er ihr seinen Arm anbot.

Viv

Als das Streichquartett zu den Bögen griff, um das letzte Stück des Konzerts zu spielen, warf Viv einen verstohlenen Blick zu Joshua herüber. Er neigte sich mit dem Programm in der Hand zu ihr und fuhr mit dem Finger über den Namen des Stücks: *Streichquartett in vier Sätzen* von Tschaikowsky.

Sie lächelte, als er ein wenig näher an sie heranrückte und den Arm so hielt, dass er ihren streifte.

Irgendwann während des zweiten Satzes legte er die Hand auf sein Knie. Sie war sich seiner Nähe jetzt deutlich bewusst und spürte, dass es sie in den Fingern juckte, ihn zu berühren.

Während des vierten Satzes schloss er den Abstand zwischen ihnen und hakte den kleinen Finger um ihren. Ein warmes Gefühl stieg in ihrer Brust auf, doch sie rührte sich kaum, denn sie befürchtete, den Moment zu zerstören, und dann würde sich dieses Gefühl zwischen ihnen auflösen.

Erst als Applaus im Saal aufbrandete, hob Joshua die Hände und ließ sie mit einem eigenartigen Verlustgefühl zurück.

Beim Verlassen des Konzertsaals bot er ihr erneut den Arm an. Ihr gefiel, wie fest er sich anfühlte und dass sie in den Augen der Frauen, die ihn ansahen, Neid aufblitzen sah. Er war ein gut aussehender Mann, interessant und begeistert und ganz anders als jeder Mensch, dem sie je begegnet war. Sie wünschte sich nur eins – mehr Zeit mit ihm.

Sobald sie nach draußen kamen, ging sie langsamer und blieb schließlich stehen.

»Das war wundervoll«, sagte sie.

»Möchtest du noch etwas trinken? Ich habe später einen Auftritt, daher darf ich nicht allzu lange bleiben, aber vielleicht eine Tasse Tee?«

»Eine Tasse Tee wäre sehr nett«, sagte sie.

»Hier entlang«, gab er zurück und wies nach rechts.

Sie gingen ein Stück. »Wie hat dir die Musik gefallen?«, fragte er dann.

»Sie war wunderschön«, sagte sie, denn sie konnte nicht zugeben, dass sie sich seiner Nähe so bewusst gewesen war, dass es sie von den Stücken abgelenkt hatte. »Einen Teil davon habe ich aus dem Radio wiedererkannt. Hat es dir gefallen?«

Er lachte. »Ja, aber erzähl das bloß nicht meiner Mum. Bevor ich zum Saxofon gefunden habe, hatte ich ein paar Geigenstunden, und ich glaube, ihr wäre lieber gewesen, wenn ich dabei geblieben wäre.«

»Warum hat du gewechselt?«, fragte sie.

»Sidney Bechet. Ich war bei einem Freund und habe eine seiner Aufnahmen gehört, und das war es für mich. Ich habe gespart, bis ich mir ein Saxofon leihen konnte, und habe zu spielen angefangen. Sidney spielt auch Klarinette, aber mir gefällt, wie das Saxofon klingt.«

Sie lächelte. »Und jetzt willst du Musiker werden.«

»Ich bin Musiker«, erklärte er. »Ich will nichts anderes sein.«

»Was gibt es denn sonst noch?«, fragte sie.

»Schneider. Dad ist Schneider. Grandad war ein Schneider aus Manchester.«

»Das erklärt deine Anzüge«, meinte sie. »Sie sehen immer so schick aus.«

Er berührte seinen Krawattenknoten. »Als ich vierzehn war, habe ich begonnen, jeden Tag nach der Schule dort zu arbeiten. Jetzt ist es mein Job«, sagte er und klang ausgesprochen unglücklich.

»Außer, wenn du in der Band spielst«, ergänzte Viv.

»Ich weiß, dass ich gut genug bin, um es zu schaffen. Ich spiele gut genug, um nach London, Paris oder New York zu gehen. Das weiß ich einfach«, sagte er, und Aufregung machte sich in seiner Stimme breit.

»Warum machst du es dann nicht?«, fragte sie.

Er zog einen Mundwinkel hoch. »Versuchst du, mich jetzt schon loszuwerden?«

»Das ist mein Ernst. Wieso gehst du nicht?«

»Geld. Meine Eltern. Der Familienbetrieb. Es gibt vieles, was mich hier hält. Und, was ist mit dir?«, fragte er.

Sie sah zu ihm hoch und fing den Blick seiner dunklen Augen auf. »Was soll mit mir sein?«

Er wedelte mit den Händen vor ihrem Gesicht. »Du musst dir doch mehr wünschen als das hier.«

Sie öffnete den Mund, war sich aber nicht ganz sicher, was sie antworten sollte.

»Das weiß ich nicht wirklich«, sagte sie schließlich.

»Komm schon. Etwas muss es doch geben.«

»Das hat mich noch niemand wirklich gefragt. Im Moment arbeite ich bei der Post, aber wenn ich heirate, muss ich aufhören.«

»Dann willst du heiraten und Kinder kriegen?«

»Ich schätze schon«, sagte sie bedächtig. Das wurde von ihr erwartet, aber wenn er das so einfach ausdrückte, konnte sie sich des Gefühls nicht erwehren, dass es nicht genug war.

»Ich hätte nichts dagegen, etwas von der Welt zu sehen«, setzte sie hinzu.

»Dann solltest du die Welt sehen, Viv Byrne. Marokko, Los Angeles, die Wildnis von Alaska!«

»Jetzt machst du dich über mich lustig.« Grinsend zupfte sie an seinem Ellbogen, an dem sie sich bei ihm untergehakt hatte.

Joshua wandte sich ihr zu. Ihre Blicke trafen sich, und etwas veränderte sich zwischen ihnen.

»Komm mit mir«, sagte er leise.

Sie ließ sich von ihm in den Eingang eines geschlossenen Ladens ziehen, wo er sie mit seinem Körper von der Straße abschirmte. Sein Geruch nach warmer Wolle und Bergamotte hüllte sie ein wie eine Umarmung.

»Was würdest du sagen, wenn ich dir erkläre, dass ich dich küssen werde, Viv Byrne?«, fragte er.

Etwas daran, wie er ihren Namen aussprach und die Worte zärtlich über seine Lippen rollen ließ, machte sie kühn. »Ich würde fragen, warum du so lange gebraucht hast.«

Er lächelte. »Nun denn.«

Sie stellte sich auf die Zehenspitzen, um ihm entgegenzukommen. Ihre Lippen berührten sich, und Funken schienen zwischen ihnen zu fliegen. Das war etwas vollkommen anderes als die paar gestohlenen Küsse ungeschickter Jungs, die ihr kaum in die Augen hatten sehen können. Dies war ein richtiger, entschlossener Kuss eines leidenschaftlichen Mannes. Er hätte ihr Angst machen sollen – vielleicht klammerte sie sich deswegen dabei am Revers seiner Jacke fest –, doch dann schloss sie die Finger und zog ihn enger an sich.

Irgendwo auf der Straße hupte jemand. Sie ließ los und taumelte nach hinten gegen die Ladentür. Joshua trat einen halben Schritt zurück, stützte sich schwer atmend mit einer Hand am Türrahmen ab und fuhr sich mit der anderen durchs Haar. Sein Hut war zwischen ihnen auf den Boden gefallen und lag umgedreht da wie eine Schildkröte, die auf dem Rücken liegt.

»Triff dich noch einmal mit mir.«

»Ja«, sagte sie, bevor sie überhaupt an die vielen Gründe denken konnte, aus denen das eine schlechte Idee war.

Viv

Der Anruf kam eine Woche später.

Viv stand in der Küche und schrubbte die Kartoffeln, die sie für das Abendessen der Familie schälen und stampfen würde. Der scharfe Geruch nach Zwiebeln, die sie für die Bratensauce geschnitten hatte, und der Duft der Würste, die sie vorhin bei Mr. Jones, dem Metzger, geholt hatte, erfüllten den Raum. In den ersten Kriegstagen waren alle möglichen Gerüchte über Rationierungen umgegangen, aber bisher stand offiziell nichts außer Benzin auf der Liste. Trotzdem waren einige Waren schwieriger aufzutreiben als früher, und die dicken Würste in der Auslage hatten zu verlockend ausgesehen, um sie sich entgehen zu lassen.

»Ich sehe nach, wer es ist«, sagte sie zu ihrer Mutter, die in einer Anleitung zum Einmachen von Roter Bete las. Kate, die einen kleinen Garten besaß, hatte früher am Tag einen Sack davon abgeliefert, und Mum wollte sie unbedingt für den Fall konservieren, dass es im Winter zu Engpässen kommen würde.

Als ihre Mutter nicht aufblickte, wischte Viv sich die Hände an ihrer Schürze ab, um ans Telefon zu gehen, aber Dad kam ihr wie immer zuvor. Das Telefon – der einzige Apparat in der Straße – war angeschlossen worden, als er Vorarbeiter geworden war und erreichbar sein musste, und es war sein ganzer Stolz.

»Viv!«, rief ihr Vater. »Für dich.«

Sie war schon aus der Küche gestürzt, bevor ihre Mutter sie fragen konnte, wer in aller Welt ausgerechnet sie anrufen sollte. Viv eilte zum Telefon, quetschte sich an ihrem Vater vorbei und nahm den Hörer. Dad drückte sich weiter herum, daher drehte sie sich so, dass sie ihm den Rücken zuwandte. Sie presste den Hörer fest ans Ohr. »Hier ist Mrs. Levinson«, sagte sie.

»Viv, hier ist Sylvie«, klang die muntere Stimme ihrer alten Freundin durch die Leitung.

Ihr stockte der Atem. »Sylvie.«

»Gute Nachrichten. Ein Mr. Rowan im Zustellpostamt Südwest in Wavertree ist bereit, dich als Postbotin einzustellen – unter der Bedingung, dass du die Arbeit schaffst.«

»Oh, das ist wundervoll«, stieß sie hervor.

»Sei morgen früh um Punkt neun dort. Ich kenne Mr. Rowan ein wenig, und er mag es nicht, wenn man ihn warten lässt«, warnte Sylvie sie.

»Wird gemacht. Danke. Ich kann dir nicht genug danken«, sagte sie hastig.

»Zeig Mr. Rowan einfach, was wir ehemaligen Sortiererinnen können«, sagte Sylvie.

»Das werde ich«, gelobte sie. »Danke.«

Der Hörer klapperte ein wenig, als sie ihn mit zitternden Händen wieder auf die Gabel lebte.

»Was war das denn?«, fragte Dad.

»Ich habe ein Vorstellungsgespräch für eine Stelle bei der Post«, erklärte sie und konnte es selbst noch nicht glauben.

»Aber du bist eine verheiratete Frau«, sagte Mum von der Küchentür aus.

»Wir haben Krieg, deswegen werden Ausnahmen gemacht. Die Post braucht jede Hilfe, die sie finden kann«, erklärte sie.

»Du bist verheiratet«, wiederholte Mum stirnrunzelnd. »Dein Platz ist zu Hause.«

»Bei meinem Mann?«, gab sie zurück, bevor sie sich Einhalt gebieten konnte.

»Vivian«, schalt ihre Mutter sie.

»Da Maggie jetzt auf dem Land ist, hält mich nichts mehr zu Hause«, wandte sie ein.

»Tja, wenn du meinst, dass es ›nichts‹ ist, dich um den Haushalt zu kümmern.« Mum schnaubte.

»Das meine ich nicht«, sagte sie und versuchte, ihre Mutter zu beruhigen, ohne klein beizugeben. »Sogar Pater Monaghan hat letzten Sonntag in der Kirche davon gesprochen, dass jeder seinen Beitrag leisten soll.«

»Du hast Verbände aufgewickelt«, sagte Dad.

»Ich will mehr tun. Ich werde dazu beitragen, dass sich mehr Männer finden, die dienen und unseren Sam unterstützen können«, erklärte sie. Sie sprach von ihrem Schwager. »Du musst doch auf der Arbeit auch erleben, dass man versucht, Leute einzustellen, Dad.«

»Schweißen ist nichts für Frauen«, erklärte er und plapperte damit nach, was sie bereits von ihrer Mutter gehört hatte, als er nach Hause gekommen war und berichtet hatte, dass jetzt sechs Frauen an dem Fließband arbeiteten, an dem im Littlewoods-Gebäude Flügel für Flugzeuge produziert wurden.

»Aber ich würde gar keine Fabrikarbeit machen«, erklärte sie und sah ihre Gelegenheit. »Ich würde die Post austragen, sonst nichts.«

»Du wärst Briefträger?«, fragte Mum. »Wer hat so etwas je gehört?«

»Briefträgerin. Es ist eine wichtige Arbeit, und zudem respektabel.« Sie wandte sich an ihren Vater. »Bitte, Dad.«

Er zögerte, und sie dachte schon, dass er vielleicht dieses Mal etwas sagen würde. Dass er sich dieses Mal für sie einsetzen und sich gegen seine Frau behaupten würde.

Doch er schüttelte den Kopf. »Deine Mutter braucht zu Hause deine Hilfe.«

»Ich kann beides«, gab sie schnell zurück. »Es wird so sein

wie damals, als ich in der Sortieranlage gearbeitet habe. Die Post wird morgens und nachmittags ausgetragen, sodass ich immer noch putzen und das Abendessen kochen kann. Und ich bekomme ein Fahrrad. Da kann ich die Einkäufe am Ende meiner Runde erledigen, Mum.«

»Es ist nicht richtig«, entgegnete ihre Mutter.

Viv sog den Atem ein. »Ich hatte auch daran gedacht, einer der weiblichen Hilfstruppen wie dem Armeekorps für Frauen beizutreten. Ich weiß, dass sie rekrutieren, und da Maggie evakuiert worden ist, vermute ich, dass sie mich gern aufnehmen würden. Ich habe gehört, dass jeden Tag Mädchen aus Liverpool zur Grundausbildung geschickt werden.«

Sie würde in keine Organisation eintreten, die sie irgendwo hinschicken und daran hindern könnte, Maggie zu besuchen, aber das wussten Mum und Dad nicht. Für sie war sie die schwierige Tochter, unberechenbar und unlogisch – eine Quelle der Schande, die man schikanieren und zu einem kleinen Leben verurteilen konnte, das sie in ihrem kleinen Haus gefangen hielt, wo es immer etwas zu waschen, zu kochen oder zu putzen gab.

Sie fing den Blick auf, den ihre Eltern wechselten.

»Du wirst deiner Mutter weiterhin helfen, und du gehst zur Kirche wie immer«, verkündete Dad, als wäre das alles seine Idee gewesen.

»Natürlich«, sagte sie, denn sie wusste, dass sonntags keine Post ausgetragen wurde.

»Was wirst du verdienen?«, fragte Dad

»Weiß ich noch nicht«, sagte sie.

»Du wirst deiner Mutter deine Lohntüte geben wie früher. Wenn du arbeitest, trägst du auch zum Haushalt bei«, erklärte Dad.

Viv würde ihre Lohntüte abgeben, aber wenn die beiden

glaubten, dass sie alles enthalten würde, was sie in dieser Woche verdient hatte, irrten sie sich gründlich. Sie kannte ein paar Tricks, die sie in ihrer Zeit in der Sortieranlage gelernt hatte. Mit ein paar Federstrichen konnte man eine Zahl wie eine andere aussehen lassen. Ihre Eltern würden es nie erfahren, wenn ein paar Shilling aus ihrer Lohntüte in ihre eigene Geldbörse wandern würden.

»Ja, Dad«, sagte sie.

»Ich glaube wirklich, John –«

Mit einem Kopfschütteln brachte er Mum zum Schweigen. »Pater Monaghan sagt, dass jeder, der einen Beitrag leisten kann, das auch tun soll. Lass sie arbeiten. Schließlich ist es nur die Post.«

Angesichts des Widerstands ihres Mannes presste Mum die Lippen zusammen, bis sie fast nicht mehr zu sehen waren. Viv war sich sicher, dass sie Einwände erheben würde. Doch stattdessen griff Mum sich hinter den Rücken und zerrte an ihren Schürzenbändern, um das Kleidungsstück abzunehmen. »Ich gehe nach oben. Ich habe Kopfschmerzen. Du kannst mich rufen, wenn das Abendessen fertig ist.«

Mums Zorn strahlte geradezu von ihr ab, als sie sich an Viv vorbeischob. Früher einmal hätte Viv sich vor den Folgen gefürchtet. Aber sie führte ein viel zu eingeengtes, kleines Leben, das ihre Eltern ihr aufgezwungen hatten. Sie war entschlossen, sich davon zu befreien.

Viv traf adrett und akkurat in einen einfachen grauen Rock und eine weiße Bluse gekleidet am Postamt Südost in Wavertree ein. Ihre alten Schnürschuhe hatte sie poliert, bis sie glänzten. Sie wusste, dass Postangestellte mit einer Uniform ausgestattet wurden, aber sie wollte nichts dem Zufall überlassen. Sie würde hier mit einem Job wieder herauskommen, koste es, was es wolle.

Sie hatte kaum zwei Schritte auf die Tür zugetan, als ein beleibter Mann mit einem gezwirbelten grauen Schnurrbart heraustrat und ihr entgegenkam.

»Miss Levinson?«, fragte er.

»Mrs. Levinson«, stellte sie klar und straffte die Schultern.

»Ach, richtig. Die Witwe. Komische Sache, dieser Krieg«, murmelte er.

Er sah sie von oben bis unten an und musterte sie von der Hutspitze bis zu den Schuhen. »Wenigstens haben Sie gute Schuhe angezogen. Sie würden nicht glauben, was manche dieser Frauen an den Füßen tragen. Na schön. Ich bin Mr. Rowan. Ich habe hier das Sagen. Folgen Sie mir.«

Sie musste sich beeilen, um mit Mr. Rowans langen Beinen mitzuhalten, während er die Eingangstür des Gebäudes umging und durch die offene Tür einer Halle trat. Ein paar ältere Männer und Jugendliche in Uniform schleppten Postsäcke herum, doch sie war überrascht, wie leer der Raum wirkte.

»Die meisten unserer Postboten sind gerade auf ihrer Morgenrunde«, erklärte Mr. Rowan, als hätte er ihre Gedanken gelesen. »Sie kommen in der Frühe, um ihre Taschen zu holen und einzusortieren, bevor die Morgenpost ausgeliefert wird. Die Nachmittagsschicht trägt nach dem Mittagessen aus, sodass sie immer bis zur nächsten Auslieferung vorausdenken müssen. Für manche Familien sind wir die einzige Verbindung zu ihren Jungs, die im Krieg sind. Sie verlassen sich auf uns.«

Sie dachte an Kate und daran, dass sie krank vor Sorge darauf warten musste, dass Sams Briefe die Militärzensur und das Postsystem durchliefen, bis sie im Postamt vor Ort ankamen und ausgetragen wurden, und wie sie sich wahrscheinlich fragte, was für Nachrichten jeder neue Brief bringen würde.

»Also, wenn ich Sie einstelle, bekommen Sie eine Karte Ihrer Route, mit der Sie Ihre Briefe abgleichen müssen, genau wie die Männer. Erwarten Sie bloß keine Sonderbehandlung. Man erzählt mir ständig, dass die Frauen die Jobs unserer Jungs übernehmen sollen. Dazu gehört auch …«, Mr. Rowan wandte sich einem einzelnen Fahrrad zu, das in einem Gestell stand, als wartete es auf sie, »eins von denen zu fahren.«

Viv musterte das riesige rote Ungeheuer vor ihr mit zweifelnder Miene. Es war zwar ein Fahrrad, aber mit dem schwarzen Gepäckträger aus Metall, den Schutzblechen und dem roten Licht über dem Vorderrad hatte es wenig Ähnlichkeit mit dem Rad des Nachbarn, auf dem sie mit zehn Fahren gelernt hatte.

»Ist es nicht eine Schönheit?«, fragte Mr. Rowan, hakte die Finger in die schräg eingesetzten Taschen seiner Tweedweste und betrachtete das Fahrrad.

»Auf jeden Fall«, sagte sie. Sie war sich nicht sicher, was an diesem Gefährt schön sein sollte, wollte den Mann aber nicht beleidigen.

»Das Federal lässt Sie nicht im Stich. Wenn es sein muss, fährt es durch Regen und Schnee wie ein Traum«, erklärte er und warf Viv einen Blick zu, als rechnete er damit, dass sie bei der Aussicht auf schlechtes Wetter zusammenzucken würde. »Glauben Sie nicht, dass Ihnen das zu viel werden wird?«

Sie hätte fast gelacht. Nachdem sie die letzten fünf Jahre überlebt hatte, würde ein wenig raues Wetter sie nicht abschrecken.

»Das wird schon«, sagte sie.

»Gibt wahrscheinlich nur einen Weg, das herauszufinden«, meinte Mr. Rowan. »Sie müssen auch lernen, das Rad zu warten. Sie können ein paar der anderen Postboten bitten, es Ihnen zu zeigen. Ihren Lohn bekommen Sie freitags von mir.«

Eine Klingel ging, und als sie sich umdrehten, sahen sie eine Frau in Uniform, die auf ihrem Rad durch die offene Hallentür hereinfuhr.

»Miss Sharpe!«, rief Mr. Rowan, als sie anhielt.

»Morgen, Mr. Rowan«, grüßte Miss Sharpe mit einem kecken Lächeln und kletterte vom Rad. Entweder bemerkte sie nicht, wie die Männer in der Halle zusahen, wie ihr wadenlanger Rock hochrutschte, als sie das Bein über die Stange des Rads schwang, oder es war ihr gleichgültig.

»Ein Neuzugang für Sie. Das ist Mrs. Levinson«, erklärte Mr. Rowan.

Miss Sharpe hievte ihr Rad in das Gestell, damit es nicht umfiel, und eilte dann heran, um Viv die Hand zu schütteln. »Ich bin Vanessa Sharpe. Freut mich, dich kennenzulernen. Keine Sorge. Wir bringen dir schon alles bei, ehe du dichs versiehst.«

»Danke«, sagte Viv und schüttelte verwirrt den Kopf. »Heißt das, ich habe den Job?«

»Wenn Sie die erste Woche überstehen, gehört er Ihnen«, sagte Mr. Rowan.

Vor Erleichterung liefen Vivs Wangen heiß an. »Danke, Mr. Rowan. Vielen, vielen Dank.«

»Sorgen Sie nur dafür, dass es mir nicht leidtut«, sagte er. »Miss Sharpe, suchen Sie ihr eine Uniform heraus, und zeigen Sie ihr, wie man eine Posttasche packt. Sie soll Ihnen bei der Nachmittagspost und den Rest der Woche über die Schulter schauen. Dann geben wir ihr Bernards alte Runde und sehen, wie sie sich schlägt.«

»Ja, Mr. Rowan«, erwiderte Miss Sharpe und nickte.

Sie schauten Mr. Rowan nach, doch als Viv sich wieder umdrehte, sah sie, dass Vanessa Sharpe von einem Ohr bis zum anderen grinste.

»Er ist ein alter Polterkopf, aber mach dir keine Gedanken. Arbeite einfach fleißig, dann wird er tun, als wäre das Ganze seine Idee gewesen.«

»Das Ganze?«, fragte Viv.

»Briefträgerinnen. Willkommen in der Schwesternschaft vom Postamt Südost. Und sag Vanessa zu mir.«

»Vivian, aber alle nennen mich Viv«, entgegnete sie lächelnd.

»Noch jemand mit V. Ich sehe schon, dass wir uns schnell anfreunden werden. Und jetzt suchen wir dir eine Uniform. Wir dürfen sie eigentlich nicht ändern, aber glaub mir, du wirst das wollen. Schreckliche sackartige Teile«, erklärte Vanessa und zupfte an ihrer Uniformjacke. »Ich habe meine enger gemacht und Abnäher angebracht, und trotzdem kommt es mir vor, als hätte ich einen Kartoffelsack an.«

»Besonders hübsch sind sie nicht, was?«, bestätigte Viv.

Vanessa taxierte sie ganz ähnlich wie Mr. Rowan vorhin. »Du solltest auch deinen Rock ein paar Zoll kürzer machen. Das ist gegen die Vorschriften, aber du bist klein, so wie ich, und du solltest verhindern, dass sich der Saum in der Kette verfängt. Jetzt zeige ich dir, wie du deine Tasche packst, und dann fahren wir die Nachmittagspost zusammen aus.«

Mein liebstes Bärchen,

ich wünschte, Du wärst hier bei mir, denn ich könnte eine
Deiner großartigen Umarmungen brauchen. Die, bei denen Du
mich ganz fest drückst, denn so weiß man, dass die Liebe auch
ankommt. Das sind die allerbesten Umarmungen.

Weißt Du noch, dass ich Dir erzählt habe, dass ich einen
neuen Job als Postfrau habe? Morgen fahre ich zum ersten
Mal allein. Ich bin ein wenig nervös deswegen, denn bisher bin ich mit meiner Freundin Vanessa unterwegs gewesen,
damit sie mir beibringen kann, was ich zu tun habe. Ich darf
ein knallrotes Rad überall durch ein Viertel namens Wavertree fahren und bin verantwortlich dafür, dass morgens und
nachmittags die Post ausgetragen wird. Vanessa fährt in einem
anderen Teil von Wavertree, aber die Häuser sind alle ein
wenig so wie unseres. Einige sind auch größer und würden Dir
gefallen. Manche Leute bleiben stehen und grüßen Vanessa.
Es gibt sogar einen Hund mit Namen Milo, der sie mag, weil
sie immer Hundekuchen in der Jackentasche hat. Ich hoffe,
dass die Menschen in meinem neuen Viertel genauso freundlich sein werden und ich vielleicht auch eine Katze oder einen
Hund wie Milo kennenlerne. Dann erzähle ich Dir auf jeden
Fall davon.

Vielen Dank dafür, dass Du Mrs. Thompson gebeten hast,
mir die wunderschöne Zeichnung zu schicken, die Du von deinem Freund Puffball, dem Pony, angefertigt hast. Ich werde sie
in unserem Zimmer an die Wand hängen, damit ich sie jeden
Abend beim Einschlafen ansehen kann.

Ich werde Mr. und Mrs. Thompson schreiben, dass ich gern
nächsten Monat kommen möchte, um Dich zu besuchen.

Dann wird es schon kalt sein, aber vielleicht kannst Du mir Puffball vorstellen.

Decke Tig nachts gut zu. Ich weiß, dass er gut auf Dich aufpasst, und wir wollen doch dafür sorgen, dass er gut schläft, damit er für mich über Dich wacht.

Ich hab Dich lieb, mein Bärchen, und kann es kaum abwarten, Dich bald zu sehen.

Mit all meiner Liebe, Umarmungen und Küssen
Deine Mummy

Maggie

2. November 1939

Und dann gehst du nächstes Jahr mit mir zur Schule«, erklärte Marion, während sie ihrer hübschen blonden Puppe das Haar bürstete.

Maggie blickte von der braunhaarigen Puppe auf, mit der Marion sie spielen ließ. Ihre Freundin war fünf, nicht vier wie Maggie, und ging schon zur Schule, was Maggie sehr beeindruckend fand.

»Können wir da nebeneinandersitzen?«, fragte sie.

»Du wirst in eine andere Klasse gehen, mit den Babys«, erklärte Marion.

»Ich bin kein Baby«, protestierte sie.

»Nein«, sagte Marion, »aber du kommst mit den Babys in eine Klasse. Aber keine Sorge. Ich werde immer noch deine Freundin sein. Wir können den Schulweg zusammen gehen.«

»Ich will mit dir zur Schule laufen«, sagte sie.

»Tja, bis dahin ist es aber noch lange hin«, sagte Marion gewichtig und begann wieder, ihrer Puppe das Haar zu bürsten. »Noch ein Jahr.«

Für Maggie klang das wie eine Ewigkeit.

»Margaret!«, rief Mrs. Stourton von unten. »Mrs. Thompson wird jede Minute hier sein.«

Sofort legte Maggie ihre Puppe beiseite und stand auf.

»Du brauchst nicht hinunterzugehen«, sagte Marion.

Doch Maggie wusste es besser. Bevor sie allerdings erklären konnte, dass brave Mädchen taten, was man ihnen sagte, klingelte es an der Tür.

Marion zog einen Schmollmund. »Versprich, dass wir morgen Teeparty spielen.«

»Ja, wir können morgen spielen«, versicherte sie.

Die Tür zu Marions Zimmer wurde geöffnet, und Mrs. Stourton steckte lächelnd den Kopf hinein. »Fertig, Margaret?«, fragte sie.

»Ja, Mrs. Stourton«, sagte sie.

Die Mädchen folgten Marions Mutter die mit Teppich ausgelegte Treppe hinunter und in den Salon, wo Mrs. Thompson mit einer Tasse Tee in der Hand auf dem Sofa saß.

»Hast du dich gut unterhalten, Margaret?«, fragte Mrs. Thompson.

Maggie nickte.

»Margaret möchte nächstes Jahr mit mir zur Schule gehen«, verkündete Marion.

Ein Lächeln breitete sich auf Mrs. Thompsons Gesicht aus. »Also, ich bin sicher, dafür können wir sorgen. Komm jetzt. Zeit, nach Hause zu gehen.«

Maggie verabschiedete sich von Mrs. Stourton und Marion und ließ sich dann auf dem Heimweg von Mrs. Thompson an die Hand nehmen.

»Du magst Marion gern, nicht wahr?«, erkundigte sich Mrs. Thompson.

»Ja«, sagte sie.

Mrs. Thompson runzelte die Stirn. »Denk daran, dass du auf Fragen mit ganzen Sätzen antworten musst, Margaret. Was hast du mit Marion gemacht?«

Maggie schluckte. »Wir haben mit Marions Puppen Teeparty gespielt.«

»Marion hat viele hübsche Dinge, nicht wahr?«, fragte Mrs. Thompson.

Sie nickte.

»Hättest du gern selbst eine schöne neue Puppe?«, wollte Mrs. Thompson wissen.

»Ja, bitte!«, rief sie und hüpfte neben Mrs. Thompson her, als sie das Gartentor von Beam Cottage erreichten.

»Vielleicht bringt dir der Weihnachtsmann eine, wenn du ganz brav bist«, sagte Mrs. Thompson.

»Marions Lieblingspuppe hat blonde Haare und blaue Augen, aber ich will eine mit braunem Haar und braunen Augen«, erklärte Maggie.

»Aber du hast schon eine braunhaarige Puppe. Willst du keine mit blondem Haar? Ich bin blond«, sagte Mrs. Thompson, während sie ihnen die Haustür öffnete, die nie abgeschlossen wurde.

»Mummy hat braunes Haar und braune Augen«, sagte Maggie.

Mrs. Thompson stieß einen leisen, erstickten Aufschrei aus und wandte den Blick ab. »Manchmal, Margaret, glaube ich, dir gefällt es hier nicht.«

»Es tut mir leid!«, rief Maggie und umarmte Mrs. Thompsons Beine.

Mrs. Thompson schlang die Arme um die Taille, ohne Maggie zu berühren. »Mr. Thompson und ich geben uns große Mühe, Margaret. Ich habe jeden Tag für einen kleinen Jungen oder ein kleines Mädchen gebetet, und dann hat Gott meine Gebete erhört und dich zu mir geschickt. Schon der Gedanke, dass du hier vielleicht nicht glücklich bist –«

»Ich bin glücklich«, sagte sie hastig.

»Wenn du zurück nach Liverpool möchtest, kannst du das. Ich kann jetzt gleich deine Mutter anrufen und ihr sagen, dass sie dich abholen soll.«

»Ich will hierbleiben«, erwiderte Maggie leise und unsicher.

Mrs. Thompson schniefte, zog ein mit Spitze abgesetztes

Stofftuch aus ihrer Tasche und betupfte sich die Augen. »Ist das wirklich ehrlich?«

Maggie nickte so, wie sie wusste, dass Mrs. Thompson das wollte.

»Dann ist es also abgemacht. Du bleibst hier, und nächstes Jahr kannst du mit Marion zur Schule gehen«, erklärte Mrs. Thompson, und ihre ebenmäßigen Züge hellten sich wieder auf. »Jetzt lauf nach oben, und wasch dir die Hände. Dein Abendessen ist in zehn Minuten fertig.«

Maggie rannte die Treppe zu dem Badezimmer mit der geblümten Tapete und den Wasserhähnen aus Porzellan und Messing hinauf. Gehorsam wusch sie sich die Hände und trocknete sie an einem der flauschigen Handtücher ab. Sie wusste noch, wie Mrs. Thompson gelacht hatte, als sie beim ersten Mal mit nassen Händen aus dem Bad gekommen war, weil sie geglaubt hatte, die schönen Handtücher seien nur für Gäste.

Doch statt nach unten zu gehen, schlich sich Maggie in ihr Zimmer. Auf dem Bett, das Mrs. Reed, die Haushälterin der Thompsons, heute Morgen gemacht hatte, wartete Tig. Sie schnappte sich Tig und vergrub die Nase in dem Plüsch an seinem Hals. Dann trat sie an den Nachttisch und zog die Schublade auf, in der sie ihre kostbarsten Besitztümer aufbewahrte. Eine Haarschleife, die Marion ihr geschenkt hatte. Eine kleine Pferdefigur, die Mr. Thompson einmal mit nach Hause gebracht hatte. Eine Kastanie von einem Spaziergang, den sie beim letzten Besuch ihrer Mutter mit ihr gemacht hatte.

Behutsam nahm Maggie das Foto heraus, das Mummy ihr geschenkt hatte. Eine Zeit lang hatte sie es in der Tasche bei sich getragen, aber eines Tages hatte sie die untere rechte Ecke umgeknickt. Seitdem hatte sie es hier aufbewahrt, wo ihm nichts passieren konnte, aber sie nahm es gern heraus, um es anzusehen. Um sich zu erinnern.

»Margaret!«, rief Mrs. Thompson die Treppe herauf.

Maggie schoss hoch und steckte das Foto wieder in den Nachttisch. Dann drückte sie Tig noch einmal an sich. »Du fehlst mir, Mummy«, flüsterte sie, obwohl niemand sie hören konnte.

Liebe Rebecca,

ich schreibe Dir einen separaten Brief, obwohl ich weiß, dass
Mum wahrscheinlich verlangen wird, dass Du ihn vorliest.
Du kannst, wenn Du magst, aber ich glaube, es steht einiges
darin, was Du für Dich behalten wollen wirst.
Hier in Cambridge ist es eigenartig. Adam sagt, es ist, als
wäre man wieder an der Uni, aber das kann ich natürlich
nicht nachvollziehen. Offensichtlich ist, dass die Männer hier
alle intelligent sind, obwohl ich glaube, dass Du einige davon
gründlich in den Schatten stellen würdest.
Wir lernen alles, was mit Navigieren zu tun hat. Zu viel darf
ich nicht erzählen, um nicht zu riskieren, dass die Zensur
den größten Teil dieses Briefs schwärzt, aber ich weiß, dass ich
gründlich ausgebildet werde, ganz gleich, bei welchem Geschwader ich später lande. Dank der Grundausbildung kann
ich inzwischen nicht nur marschieren und salutieren, sondern
auch alle Instrumente mehrerer Flugzeugmodelle im Schlaf
bedienen. Ich kann auch an einem bewölkten Tag eine langsam
fliegende Heinkel He 111 erkennen.
Wir hatten besonderen Unterricht im Morsen. Das müssen wir
alle lernen, obwohl ich kein Funker werde. Es fiel mir leichter,
als ich dachte. Vielleicht haben sich doch die vielen Jahre aus-
gezahlt, die ich Notenblätter angestarrt habe.
Ich habe keine Ahnung, wie lange man uns hierbehalten und
trainieren wird, bis wir unsere Abschlussprüfungen ablegen.
Dann werden wir entweder zu unseren Staffeln geschickt oder
aussortiert und zum Bodenpersonal versetzt. Niemand, der so
weit gekommen ist, will das.
(Lies das Folgende nicht Mum und Dad vor.)

Abgesehen von Katastrophenmalereien darüber, wer nach alldem am Ende von uns fliegen wird, schmieden die meisten Männer Pläne, wie sie an Weihnachten nach Hause kommen wollen. Adam und ich sind uns sicher, dass wir keinen Heimaturlaub bekommen, aber ich hoffe, dass ich irgendwann im Januar nach Hause fahren kann. Noch einmal: Erwähne das Mum und Dad gegenüber nicht. Ich will niemanden enttäuschen.

Dein Dich liebender Bruder
Joshua

Viv

30. Oktober 1939

Viv lernte eine Menge, indem sie Vanessa über die Schulter sah. Zuerst einmal war ihre neue Kollegin der redseligste Mensch, dem sie je begegnet war. Vanessa behauptete, das liege daran, dass sie das mittlere Kind von sieben Geschwistern war und pausenlos plappern musste, um überhaupt zu Wort zu kommen. Doch das Beeindruckendste an Vanessa war ihre fröhliche Art. Ihr Optimismus kannte keine Grenzen, obwohl sie drei Brüder hatte, die alle eingezogen worden waren.

»Ich mache mir jeden Tag Sorgen um meine Brüder, aber es ist sinnlos, traurig über Dinge zu sein, die noch nicht passiert sind und hoffentlich nie wahr werden«, hatte sie einmal gesagt. »Außerdem ist jetzt, da sie aus dem Haus sind, Jessie in Michaels Zimmer gezogen, und ich habe das ganze Zimmer für mich. Ich habe so viel Platz, dass ich mir wie eine Prinzessin vorkomme.«

Viv, die erst ihr eigenes Zimmer bekommen hatte, als Kate nach ihrer Hochzeit mit Sam ausgezogen war, konnte das verstehen, doch der Anblick von Maggies leerem Bett in ihrem gemeinsamen Zimmer machte sie immer noch unglücklich. Es hatte eine Zeit gegeben, da hatte sie sich davon losreißen müssen, ihre schlafende Tochter zu betrachten, so kostbar und zart hatte Maggie gewirkt. Jetzt wachte sie jeden Morgen auf und kniff die Augen zu, um die schreckliche Bestätigung dafür, dass ihre Tochter nicht mehr da war, hinauszuschieben.

Das Einzige, was sie abzulenken schien, war die Erschöpfung, die die Arbeit als Briefträgerin mit sich brachte. Nachdem sie an jenem ersten Tag ihre Uniform angezogen hatte, war sie wie wild hinter Vanessa hergestrampelt, als diese ihre Route auf der Westseite von Wavertree zurückgelegt hatte. Bei jedem Halt war Viv spät herangerollt und hatte nach Luft geschnappt, während ihre Lehrerin kaum ins Schwitzen geraten war. Auf der Busfahrt zurück nach Walton hatte ihr ganzer Körper geschmerzt, und als sie am nächsten Tag aufgewacht war, hatten sich ihre Beine bleischwer angefühlt.

Doch die Sache war all das wert – nicht nur wegen des Lohns, den sie am Ende ihrer ersten vollen Woche mit nach Hause nahm. Ihr gefiel die Kameradschaft im Auslieferungszentrum. Betty, eine athletische junge Frau mit einem fröhlichen Lächeln, hatte eine laufende Wette mit der zierlichen, aber erstaunlich starken Peg, wer es schaffte, in der Morgen- und der Nachmittagsschicht zusammen die meisten Briefe zuzustellen. Vanessa war immer am schnellsten mit ihrer Schicht fertig, weil sie am schnellsten radeln konnte, sodass es sinnlos war, es mit ihr aufnehmen zu wollen. Jeden Nachmittag, nachdem sie in der Kantine einen Happen gegessen hatten, zog Rose, eine Rothaarige, die zur Eitelkeit neigte, aber trotzdem lustig war, die silberne Stoppuhr hervor, von der sie behauptete, ihr Vater habe damit vor zwanzig Jahren für Rennen trainiert, und stoppte, wer seine Tasche am schnellsten packen konnte.

Doch am stärksten hatte es Viv berührt, dass am Ende ihres ersten Samstags auf der Arbeit Betty, Peg und Rose gewartet hatten, bis Vanessa und sie zurückkamen, um ihr ein kleines Glas der berühmten Rhabarbermarmelade von Pegs Mutter zu überreichen und damit den Abschluss ihrer ersten Woche würdig zu begehen.

Nachdem sie so viele Jahre halb isoliert in der eigenartigen Zwischenwelt gelebt hatte, die das Haus ihrer Eltern darstellte, war es ein gutes Gefühl, Frauen um sich zu haben, unter denen sie vielleicht wieder Freundinnen finden würde.

Am Montagmorgen traf Viv ein paar Minuten bevor die anderen Briefträger mit müden Augen hereinstolperten, um ihre Taschen zu packen, in der Auslieferungsstelle ein. Sie wollte beim ersten Mal, bei dem sie ihre Route allein fuhr, keinen Fehler machen.

»Der erste Tag, an dem du auf dich gestellt bist, Viv!«, rief Betty, sobald sie durch die Tür trat. »Bereit?«

Sie hielt die kleine Straßenkarte hoch, die Vanessa gezeichnet hatte, als man ihr offiziell ihre Runde zugewiesen hatte. Nach der Kirche hatte Viv den ganzen Sonntag damit verbracht, sie zu studieren, damit sie auf ihrem Rad nicht vergessen würde, dass sie an der Cranborne Road rechts und nicht links abbiegen musste und dass die Lawrence Road ihre längste ununterbrochene Strecke war.

»Ich habe alles hier«, erklärte sie.

»Vergiss nur nicht, deine Tasche immer wieder zu überprüfen, wenn du Post austrägst. Du willst schließlich nicht zurückfahren, weil ein Brief verrutscht ist«, sagte Betty.

Viv nickte, machte sich an die Arbeit und packte die Briefe, die die Frauen im Sortierraum für sie in die Fächer gesteckt hatten, in ihre Tasche.

Als sie die volle Tasche auf ihr Rad hievte, wimmelte es in der Halle von Briefträgern. Vorsichtig zog sie es aus dem Gestell und dachte daran, wie oft Vanessa ihr warnend eingeschärft hatte, dass die Federal-Räder dazu neigten, umzufallen, sobald man ihnen den Rücken zukehrte. Dann schwang sie ihr Bein über die Stange, wobei sie darauf achtete, ihren umgesäumten Rock vom Zahnrad und der Kette fernzuhalten, und brach unter den Anfeuerungsrufen der anderen Briefträgerinnen auf, während die männlichen Postboten verwirrt zusahen.

Die Sonne kletterte gerade zögernd über die Häuserdächer, als sie in der Wellington Road losfuhr und dann nach rechts in die Lawrence Road einbog. Die Luft war kühl, und das Licht der Straßenlaternen waberte im Nebel wie Sternenschein in der Morgendämmerung. Beim Strampeln atmete Viv tief ein. Jetzt kämpfte sie sich nicht mehr ab wie noch vor ein paar Tagen. Es fühlte sich gut an, am Morgen unterwegs zu sein, bevor die Kohlenfeuer brannten, mit denen überall in der Stadt die Häuser geheizt wurden. Die Luft roch frischer, und wenn sie ihre Gedanken schweifen ließ, hätte sie sich beinahe einbilden können, dass kein Krieg herrschte, ihre Tochter sicher zugedeckt in ihrem Bett lag und sie kaum eine Sorge auf der Welt hatte.

Sie bog nach rechts in die Spofforth Road ein, bremste ab, hielt an und lehnte ihr Rad an. Dann griff sie nach ihrem ersten Bündel Briefe. Sie überprüfte sie noch einmal und trat auf die Tür des ersten massiven weißen Hauses zu. Sie stieß die schwarze Klappe des Briefkastens auf und steckte die Briefe hinein, die auf den Boden schepperten. Die Klappe fiel mit einem zufriedenstellenden Knall zu.

Rasch arbeitete Viv die oberste Hälfte der Straße ab. Zuerst war es ihr unglaublich erschienen, dass jeder täglich Post zugestellt bekam, und dann auch noch am Vor- und am Nachmittag. Doch bald hatte sie miterlebt, wie Vanessa mit präzisen, zügigen Bewegungen arbeitete, die ihr halfen, eine so große Strecke so schnell zu bewältigen.

Viv trug die Post in der Spofforth Road aus und wandte sich dann in die Cadogan Street. Um sie herum erwachte die Welt, und aus den Häusern, die sie besuchte, kam ihr der köstliche Duft von Speck entgegen, wenn ihre Bewohner das Glück gehabt hatten, beim Metzger welchen zu bekommen.

»Guten Morgen, junge Frau!«, rief ihr, während sie zum oberen Ende der Cecil Street fuhr, ein älterer Herr mit schottischem Akzent aus einem Haus zu, das sie gerade beliefert hatte.

»Guten Morgen, Sir!«, gab sie zurück und winkte.

»Dann sind Sie die neue Postbotin?«, fragte er, wobei er sich bückte, um die Post und die vollen Milchflaschen vor seiner Türschwelle aufzuheben.

»Richtig. Ich habe gerade erst angefangen«, erklärte sie.

»Gut, dass ihr jungen Frauen zur Arbeit geht. Ich kann meine Violet nur mühsam davon abhalten, selbst mitzumachen, aber ich habe ihr gesagt, die wollen keine Fünfundfünfzigjährige. Sie wollen junges Blut«, meinte er.

»Vielleicht könnte sie ja Luftschutzwärterin werden«, sagte sie.

Er lachte. »Bringen Sie sie bloß nicht auf Ideen. Wenn dadurch unser Charlie schneller nach Hause kommt, übernimmt sie den gesamten Zivilschutz in Wavertree.«

»Charlie ist Ihr Sohn?«, fragte sie.

»Charlie Campbell. Sie halten die Augen nach seinen Briefen offen, ja?«, bat er lächelnd.

»Ich sorge dafür, dass sie immer oben auf dem Stapel liegen, Mr. Campbell«, erklärte sie.

Er winkte ihr zu und ging dann mit den Milchflaschen zurück ins Haus.

Grinsend fuhr sie in die Salisbury Road. Wenn sie so weitermachte, würde sie reichlich Zeit haben, um sich aus der Kantine im Zustellungszentrum eine Tasse Tee und einen Happen zu essen zu holen, bevor sie für die Nachmittagspost erneut ihre Tasche packte.

Hier waren die Häuser ein wenig größer und besaßen an der Straßenfront Bogenfenster. Sie konnte sich vorstellen, Maggie in einem solchen Haus großzuziehen. Das Wohnzimmer würde nicht nur besonderen Besuchern oder dem Weihnachtsfest vorbehalten bleiben. Stattdessen würden Maggie und sie sich auf viel genutzten, bequemen Sofas ausstrecken, einen Stapel Bücher und Zeitschriften um sich ausgebreitet. In diesem Traumhaus würde es keine Waschzuber geben, denn sie würde es sich leisten können, ihre Wäsche jede Woche in die Reinigung zu geben. Im ersten Stock würden sie jede ein Zimmer haben und sich ein neues Badezimmer mit einer glänzenden großen Emaillewanne teilen. Überall würden Bücherregale stehen, und Maggie hätte jede Menge Platz für ein Puppenhaus und ihr eigenes Teeservice. Samstags würde Viv mit ihr in den Botanischen Garten von Wavertree oder in die Kunstgalerie Walker gehen.

In einem solchen Haus könnten sie gemeinsam ein glückliches Leben führen. Nun, da sie ein wenig Geld verdiente, fühlte es sich an, als könnte das eines Tages wirklich möglich sein.

Sie träumte von der Zukunft und gab kaum acht, während sie nach dem nächsten Packen Briefe griff und durch das niedrige schmiedeeiserne Gartentor des entsprechenden Hauses trat. Sie hatte die Briefe gerade durch die Tür gesteckt und wandte sich zum Gehen, als diese sich öffnete.

»Danke!«, rief eine Frau.

Viv lächelte, drehte sich um und erstarrte. Im Türrahmen, mit den Briefen in der Hand stand Joshuas Mutter.

Die Levinsons wohnten hier.

»Was machst du hier?«, keuchte Mrs. Levinson.

Viv wäre am liebsten auf ihr Federal-Rad gesprungen und so schnell sie konnte zurück zur Auslieferungszentrale gestrampelt, doch etwas an Mrs. Levinsons Miene ließ sie innehalten. Darauf zeichnete sich nicht nur Schock, sondern auch Kummer ab.

»Ich bin Ihre neue Postbotin«, erklärte Viv unglücklich.

Mrs. Levinsons Brust hob sich, als würde ein tiefer Atemzug ihr die Kraft schenken, das Gespräch fortzusetzen. Hinter ihr hörte Viv eine Frauenstimme rufen: »Etwas von Joshua?«

»Wie geht es dem Kind?«, fragte Mrs. Levinson schnell.

»Was?«, gab Viv zurück.

»Ist es in Sicherheit? Bitte sag mir, dass es in Sicherheit ist«, sprudelte Mrs. Levinson hervor.

»Maggie?«, fragte Viv.

Mrs. Levinson keuchte lautlos auf. »Maggie. So heißt meine Enkelin?«

»Sie kennen doch ihren Namen«, sagte Viv verwirrt.

»Ich …« Mrs. Levinson schüttelte den Kopf. »Wie geht es ihr?«

»Sie ist evakuiert worden«, erklärte sie.

Die Briefe rutschten Mrs. Levinson aus den Fingern, und sie schlug sich die Hände vors Gesicht. »Ich dachte, sie wäre zu jung. Ich habe mir Sorgen gemacht, weil sie noch so klein ist.«

Viv war von dieser Reaktion wie vor den Kopf geschlagen. Sie hatte Joshuas Familie doch geschrieben, als Maggie erst ein paar Tage alt gewesen war, den Brief hatte sie an die Adresse von Mr. Levinsons Schneiderei geschickt. Darin hatte sie ihnen berichtet, dass sie eine Enkeltochter hatten. Ihnen versichert, dass sie Maggie, wenn sie sie sehen wollten, zu ihnen bringen würde. Sie hatte ihre Adresse und ihre Telefonnummer angegeben, und dann hatte sie gewartet.

Sie hatte nichts von ihnen gehört.

»Das verstehe ich nicht …«, begann Viv.

»Warum lässt du die Tür offen stehen, Mum? Du lässt ja die ganze Wärme hinaus.«

Viv entdeckte Joshuas Schwester, die hinter ihrer Mutter auftauchte. Seit Vivs Hochzeitstag war Rebecca gewachsen, und ihr Gesicht war schmaler geworden, sie hatte hohe Wangenknochen und ein spitzes Kinn. Ihr Haar – das so dunkel wie das von Maggie war – hatte sie eingerollt und am Hinterkopf mit einer Spange festgesteckt, und ihr rotes Kleid war mit kleinen weißen Blumen gemustert.

»Was hast du hier zu suchen?«, verlangte Rebecca zu wissen.

»Hör auf, Rebecca«, sagte Mrs. Levinson und wandte Viv dann erneut ihren betrübten Blick zu. »Bitte, erzähle mir von Maggie. Wie ist sie?«

Jetzt sah Viv, dass Mrs. Levinson sich ebenfalls verändert hatte. Silberne Strähnen durchzogen ihr dunkles Haar, und genau wie ihre Tochter war sie magerer als vor fünf Jahren. Viv erinnerte sich daran, wie Joshua davon erzählt hatte, wie er als Kind neben seinem Vater gesessen und seiner Mutter beim Nähen zugesehen hatte. Sie besitze ganz schmale Finger, hatte er ihr erklärt, und könne damit magische Dinge erschaffen.

»Das verstehe ich nicht. Jetzt wollen Sie etwas über Maggie wissen? Nach all dieser Zeit?«, fragte sie und klammerte sich an die Worte, die keinen Sinn ergaben.

Mrs. Levinson griff sich an die Kehle, als versuchte sie, all die Emotionen, die sich dort aufstauten, zurückzuhalten. »Sie ist meine Enkelin.«

Rebecca trat um ihre Mutter herum und baute sich zwischen Viv und Mrs. Levinson auf. »Du solltest gehen.«

»Rebecca …«

»Nein, Mum. Sie und ihre Familie haben uns schlimm genug verletzt. Warum gehst du nicht wieder hinein? Ich kümmere mich darum.«

Hinter Rebeccas schmaler, aber gebieterischer Gestalt konnte Viv erkennen, dass Mrs. Levinson zu protestieren ansetzte. Doch mit einem Mal schien ihr der Wind aus den Segeln genommen worden zu sein. Mrs. Levinson nickte und wandte sich mit hängendem Kopf ab.

Sobald ihre Mutter außer Hörweite war, verschränkte Rebecca die Arme vor der Brust und durchbohrte Viv mit einem harten Blick. »Nach allem, was du getan hast, ist es ziemlich dreist von dir hierherzukommen.«

»Nach allem, was ich getan habe?«, fragte sie ungläubig zurück.

»Du hast meinem Bruder nachgestellt. Ihn gezwungen, dich zu heiraten. Hast du einen Blick auf ihn geworfen und gedacht, er wäre dein Ausweg?«, wollte Rebecca höhnisch wissen.

»Ich habe deinem Bruder nicht nachgestellt.« Sie hatten ihren Fehler gemeinsam begangen. Sie waren naiv, töricht und viel zu jung gewesen und hatten nicht begriffen, mit welch schwerwiegenden Dingen sie herumspielten. Dazu waren sie zu sehr in der Aufregung von etwas Neuem aufgegangen und zu sehr von purer Lust angetrieben, um vernünftig zu denken.

»Wir haben einen Fehler begangen«, gab Viv vorsichtig zurück, »aber wenn du glaubst, ich bereue es, dann irrst du dich. Dieser Fehler hat mir Maggie geschenkt.«

In Rebeccas Blick blitzte etwas Verletzliches auf, doch es war verschwunden, bevor Viv sich darüber schlüssig werden konnte, ob es Bedauern, Trauer oder etwas anderes war.

»Du bist hier nicht erwünscht. Komm nie wieder her«, erklärte Rebecca und stemmte eine Hand gegen die Tür, als wollte sie diese schließen.

»Euer Haus liegt auf meiner Zustellroute«, erklärte Viv.

»Deine Familie hat meinen Bruder dafür bezahlt zu verschwinden, und weißt du was? Das hat er getan. Er hat zu seinem Wort gestanden«, sagte Rebecca.

»Dein Bruder ist aus eigenem Antrieb fortgegangen. Er hätte das Angebot meiner Mutter ablehnen können«, wandte sie ein. »Ich wollte auch nicht, dass das alles passiert.«

»Es fällt mir sehr schwer, das zu glauben«, sagte Rebecca.

»Ich lebe bei meinen Eltern, die nichts von mir wissen wollen und sich trotzdem weigern, mich ausziehen zu lassen, weil ich nur dem Namen nach verheiratet bin und ihnen Schande machen würde. Als ich deinen Bruder geheiratet habe, habe ich meinen Job verloren, und es musste ein Krieg kommen, damit ich einen anderen finden konnte. Ich kann nicht mal von vorn anfangen, weil ich katholisch bin.«

Eine Scheidung war unmöglich. Die Folgen für ihre Familie – für sie selbst – waren nicht auszudenken.

Rebeccas Lippen zuckten, und kurz hatte Viv den Eindruck, sie vielleicht für sich gewonnen zu haben. Doch stattdessen reckte Rebecca das Kinn. »Und was ist mit dem Mann, dessen Leben du ruiniert hast?«

Viv schnaubte verächtlich. »Ruiniert? Er hat doch bekommen, was er sich immer gewünscht hat, oder? Er ist nach New York gegangen.«

»Na ja, das ist jetzt vorbei«, erklärte Rebecca.

»Was meinst du?«

»Er ist am Anfang des Krieges von dort weggegangen und in die Royal Air Force eingetreten«, sagte Rebecca.

Vivs Magen überschlug sich. Wenn er bei der Armee war, könnte das bedeuten, dass Joshua Ausgang beantragen konnte. Es könnte heißen, dass er nach Liverpool zurückkehren würde, um seine Familie zu besuchen.

Sie würde es nicht ertragen, ihn wiederzusehen. Sein Traum hatte sich erfüllt. Jetzt verdiente sie es, ihren zu verwirklichen: endlich frei von ihren Eltern zu sein und ihre Tochter wieder zu sich zu holen.

Sie konnte nicht weiter ihre Post in der Salisbury Road austragen. Das Risiko, dass sie eines Tages dem Mann über den Weg laufen würde, der ihr Vertrauen so furchtbar verraten hatte, war zu groß.

Viv drehte sich auf dem Absatz um und lief zu ihrem Federal-Rad.

»Wo willst du hin?«, rief Rebecca.

»Meine Runde beenden. Mit der Nachmittagspost komme

ich wieder, aber danach werdet ihr mich nicht mehr sehen. Das schwöre ich dir!«, rief Viv zurück.

Sie stieg auf ihr Rad und trat kräftig in die Pedale. Das Blut dröhnte ihr in den Ohren.

Tränen, von denen sie nicht genau wusste, wo sie herkamen, brannten ihr im Hals und in den Nasenhöhlen. Am Ende der Straße schwenkte sie scharf nach links und kam rutschend zum Halten. Sie glitt vom Sitz, stützte sich auf dem Lenker ab, sog krampfartig den Atem ein. Wenn sie die Lenkstange des Federal-Rads losließ, würde sie es vielleicht nicht schaffen, wieder auf ihr Fahrrad zu klettern.

Aber so benahmen sich Postbotinnen nicht. Sie konnte nicht mit einer halbvollen Tasche Briefe zur Auslieferungsstation zurückkehren. Sie würde den Rest ihrer Route absolvieren und dann in die Salisbury Road zurückkehren, aber zuerst musste sie kurz nachdenken.

Sie nahm sich zusammen, wischte sich die Tränen ab, umfasste die Lenkstange und brach erneut auf, um diese schreckliche Runde zu beenden.

Viv rollte ins Zustellbüro, bremste scharf ab und sog die Luft ein. Sie war so schnell gefahren, wie sie konnte, denn sie hatte unbedingt vor den anderen Frauen zurück sein wollen. Auf ihrer ganzen Runde hatte sie darüber nachgedacht, was sie tun sollte. Ein paar Straßen vor ihrem Ziel hatte sie sich einen Plan überlegt.

So rasch sie konnte, stellte sie ihr Rad ab. Dann klopfte sie sich die Uniform ab, zog den Saum ihrer Jacke gerade und marschierte ins Hauptgebäude.

Sie traf Mr. Rowan in seinem Büro an. Die Tür stand halb offen, und Viv sah, dass er sich über einen Stapel Papiere beugte. Auf seinem Schreibtisch entdeckte sie ein gerahmtes Foto, auf dem sie eine Frau in einem Hochzeitskleid erkennen konnte, die Arm in Arm mit einem Offizier dastand. Beide lächelten strahlend und sahen einander so voller Liebe an, dass Viv diese beiden Menschen, denen sie noch nie begegnet war, beinahe beneidete. Das Foto war anscheinend der einzige persönliche Gegenstand in dem Büro.

Sie holte tief Luft und klopfte an die offene Tür.

Mr. Rowan blickte auf. »Ah, Mrs. Levinson. Wie war Ihre erste Solo-Zustellung?«

Sie schloss die Tür hinter sich und sperrte das Stimmengewirr in der Sortierhalle aus. »Genau darüber wollte ich mit Ihnen reden, Mr. Rowan.«

Er runzelte die Stirn. »Ist etwas passiert?«

»Könnte ich die Route mit einem der anderen Zusteller tauschen?«

»Die Route tauschen? Aber Sie haben die Post doch erst ein Mal ausgetragen. Sie haben noch nicht einmal einen ganzen Tag hinter sich«, sagte er.

Sie ertappte sich dabei, wie sie die Hände vor dem Körper knetete, und zwang sich, die Arme an ihren Flanken herabhängen zu lassen. »Ja, ich weiß.«

»Ist unterwegs etwas vorgefallen? Hat ein Mann Sie belästigt? Ich habe denen auf der Hauptpost ja gesagt, dass es nie funktionieren wird, junge Frauen die Post ausliefern zu lassen«, brummte er.

»Nein, nichts dergleichen«, gab sie schnell zurück.

Seine Miene wurde streng. »Wir sind hier keine Wohltätigkeitsorganisation, Mrs. Levinson. Wenn Sie für mich arbeiten, erwarte ich, dass Sie die Arbeit auch erledigen.«

»Ich will ja arbeiten.«

»Und die Tätigkeit als Briefträgerin ist auch keine Gelegenheit, Ihre Freundinnen zu besuchen. Ich werde Ihnen keine neue Route zuweisen, nur weil Sie nicht glücklich darüber sind, Ihre Jugendfreundinnen unterwegs nicht sehen zu können«, erklärte er.

Sie ballte die Fäuste. »So ist das nicht, ganz und gar nicht.«

»Warum sollte ich Sie dann anderswo einsetzen?«, wollte er wissen.

Sie hätte ihn anlügen können. Sich eine Ausrede dafür einfallen lassen, warum die ihr zugeteilte Runde für sie nicht passte, aber sie log ja jetzt schon, indem sie behauptete, ihr Mann wäre verstorben. Wie viele Lügen konnte sie noch erzählen, bis sie sich so anhäuften, dass sie sie nicht mehr beherrschen konnte?

»Die Mutter meines Mannes lebt in der Salisbury Road«, erklärte sie vorsichtig. »Sie ist aus der Tür getreten, als ich die Post ausgeliefert habe, und das war … schwierig für uns beide.«

Mr. Rowan presste die Lippen zusammen, doch als er nichts sagte, sprach sie hastig weiter: »Wir haben uns nie gut verstanden. Ich glaube, sie ist der Meinung, ich hätte ihn ihr weggenommen. Und ich glaube, dass es sie schmerzen wird, mich zweimal täglich an ihrer Tür zu sehen. Ich hoffe, ihr das ersparen zu können – um meines verstorbenen Mannes willen.«

Mr. Rowan nahm seine Brille ab und rieb sich mit einer Hand übers Gesicht. »Es ist nie einfach, nicht wahr?«

»Es tut mir leid, falls ich Ihnen Unannehmlichkeiten bereite«, erklärte sie und breitete die flachen Hände vor sich aus.

»Gerade, wenn man denkt, alle Zustellungen wären abgedeckt und alles wäre endlich geregelt, muss einem jemand einen Strich durch die Rechnung machen«, murmelte er und hob dann den Kopf. »Sie dürfen diesen Teil Ihrer Route überspringen –«

»Oh, danke, Mr. Rowan!«, rief sie.

»Falls«, er warf ihr einen strengen Blick zu, »Sie eine Ihrer

Kolleginnen dazu überreden können, diese Straße zu übernehmen.«

Sie nickte energisch. Sie würde betteln, flehen, alles tun, was sie musste, um eine der Frauen davon zu überzeugen, dass sie die Salisbury Road mit ihr tauschte.

Als sie in die Halle zurückkehrte, waren die meisten ihrer Kolleginnen schon wieder da.

»Teepause, Viv?«, fragte Vanessa.

»Ja, das wäre sehr nett«, sagte sie.

»Geht's dir auch gut?«, erkundigte sich ihre Kollegin.

Viv wurde klar, dass Vanessa auf ihre Finger sah, mit denen sie nervös am Saum ihrer Jacke nestelte. Sie strich den Stoff glatt.

»Absolut«, erwiderte sie.

Als sie in die Kantine gingen, ließ Viv ihr Geplauder an sich vorbeiziehen. Sie würde auf den richtigen Moment warten, um in der Runde um einen Tausch zu bitten. Wenn alle sich mit einer Tasse Tee gesetzt hatten.

»Ich schaffe es einfach nicht, dass meine Frisur länger als einen Arbeitstag hält«, jammerte Rose und fuhr sich schützend mit der Hand über das rote Haar, während sie für den Tee anstanden.

»Du solltest es mit einem Haarnetz versuchen«, meinte Peg und zupfte an ihrem. »Das hält alles an seinem Platz.«

»Ach, die hasse ich«, sagte Betty, während sie die Kantine betraten.

Rose rümpfte die Nase und nickte. »Ich komme mir damit so altbacken vor. Wie machst du das, Viv? Dein Haar ist immer ordentlich, und du trägst es so lang.«

»Liegt daran, dass sie noch keine Runde im Regen gefahren ist. Wartet's nur ab. Sie wird genauso aussehen wie wir, wie eine ersoffene Ratte nämlich«, meinte Vanessa.

»Wieso machst du dir überhaupt so viele Gedanken?«, fragte Betty, als sie endlich die Spitze der Schlange erreichten und ihre Teetassen entgegennehmen konnten.

»Ich habe am Donnerstag ein Date«, erklärte Rose stolz.

Peg lachte. »Ein Date? Ist er vierundsechzig?«

»Nein«, gab Rose abwehrend zurück, während sie sich setzten. »Er ist Soldat und in Burtonwood stationiert. Wir kennen einander aus dem Viertel, aber er hat gesagt, bevor der Krieg ausgebrochen ist, hätte er nie den Mut aufgebracht, mich einzuladen.«

»Er braucht eine Invasion, um den Mumm zusammenzukratzen, dich anzusprechen?«, fragte Betty.

»Sollte er nicht irgendwo kämpfen oder so?«, wollte Peg wissen.

»Was für ein Kampf?« Betty schnaubte. »Dieses ganze Theater von wegen Kinder evakuieren und uns zu zwingen, Gasmasken überallhin mitzunehmen, dabei hatten wir bisher nicht mal einen Luftangriff.«

Viv sah in ihren Schoß. Das ganze Theater, und wofür? Hatte sie ihre Tochter weggeschickt, nur um festzustellen, dass es nicht nötig gewesen war?

»Meine Schwester Ruthie holt ihre Jungs zurück. Sie dachte, in Wales wären sie gut aufgehoben. Jede Menge frische Luft und all das. Wie sich herausgestellt hat, hat der Bauer, bei dem sie gewohnt haben, sie überhaupt nicht zur Schule geschickt, sondern sie als Hilfsarbeiter ausgenutzt. Ich glaube, ich habe Ruthie noch nie so wütend erlebt. Sie hat das ganze Haushaltsgeld für die Woche genommen und sie abgeholt. Sie hat gesagt, vielleicht müssten sie nun eine Woche lang nur Brot essen, aber wenigstens wären die Kinder bei ihr«, erzählte Peg.

»Geht's dir gut, Viv?«, fragte Vanessa und legte ihr eine Hand auf den Arm.

Viv blickte auf, und ihr wurde klar, dass die anderen sie anstarrten. Sie lachte verlegen und schüttelte den Kopf. »Tut mir leid. Ich hatte nur gerade an meine – an die Jungs meiner Schwester Kate und ihr kleines Mädchen gedacht. Sie vermisst sie so schrecklich.«

»Ich kann mir gar nicht ausmalen, wie schlimm das sein muss«, meinte Rose.

»Lasst uns über etwas anderes reden«, sagte Betty und warf Peg einen finsteren Blick zu.

»Eigentlich wollte ich euch alle um etwas bitten. Heute Morgen auf meiner Runde habe ich einen kleinen Schreck bekommen.«

»Tritt ihnen kräftig auf den Fuß und hau sie dann auf die Nase«, erklärte Peg gebieterisch.

Sie blinzelte. »Was?«

»So wird man mit Männern fertig, die gern ein wenig handgreiflich werden. Gegen die, die bloß glotzen, kannst du allerdings nichts tun. In der Rokesmith Avenue ist einer, der immer an seinem Fenster steht, weißt du noch, Betty?«

»Wie könnte ich das vergessen?«, murmelte Betty in ihre Tasse hinein. »Jedes Mal, wenn ich vorbeikomme, starrt er und schwitzt. Wenn es trocken ist, werfe ich seine Post bloß übers Gartentor.«

»Was sagtest du noch, Viv?«, hakte Vanessa mit einem strengen Blick zu den anderen nach.

»Das klingt grauenhaft, aber es ist nichts in dieser Art. Ihr wisst alle, dass ich Witwe bin?«, fragte sie.

Die Art, wie die anderen Mädchen einander verstohlene Blicke zuwarfen, verriet ihr, dass sie sich ausgiebig darüber unterhalten hatten. Es hätte ihr vielleicht etwas ausgemacht, wäre sie nicht schon daran gewöhnt, dass ihre ganze Nachbarschaft über sie klatschte.

»Also«, fuhr sie fort, »heute habe ich die Post ausgetragen, und mir ist klar geworden, dass die Familie meines Mannes in der Salisbury Road lebt. Auf meiner Route.«

Vanessa sog scharf den Atem ein. »Himmel«, meinte Peg.

»Was ist passiert?«, erkundigte Rose sich atemlos.

»Seine Mutter und Schwester sind herausgekommen. Es war …« Peinlich? Grauenhaft? »Schwierig.«

»Du Arme«, tröstete Betty.

»Ich glaube nicht, dass ich den Gedanken ertragen kann, die beiden jeden Tag zu treffen«, gestand sie. »Es ist zu schmerzhaft.«

»Du willst die Routen tauschen?«, fragte Vanessa.

Sie nickte. »Ich weiß, das ist viel verlangt, aber vielleicht könnte eine andere diese Straße übernehmen?«

»Ich mache es«, erklärte Peg. »Ich gewinne sowieso gegen Betty, also könnte ich eine neue Herausforderung gebrauchen.«

»Das ist nicht wahr! Ich habe letzte Woche genauso viele Briefe zugestellt wie du«, protestierte Betty.

»Aber diese Woche liege ich vorn, und nur darauf kommt es an«, gab Peg zurück. »Außerdem grenzt meine Route direkt an Vivs Runde. Es wird das Einfachste auf der Welt sein, einen kleinen Abstecher in die Salisbury Road zu machen und schnell die Post auszutragen.«

Viv stieß einen langen Atemzug aus. »Danke. Vielen, vielen Dank.«

Vanessa stupste sie mit der Schulter an. »So etwas tun Postler eben füreinander.«

Betty schnaubte. »Die Männer nicht. Mr. Harlow grüßt mich ja kaum.«

»Liegt daran, dass du in deiner ersten Woche mit deinem Rad in seins hineingefahren bist«, meinte Rose.

»Das war ein winziger Unfall. Man sollte meinen, er wäre

Gentleman genug, um Gnade vor Recht ergehen zu lassen«, sagte Betty.

»Also, können wir jetzt wieder zu den wichtigen Themen kommen?«, fragte Rose. »Was soll ich zu meinem Date anziehen?«

Peg verdrehte die Augen. »Das ist ein wichtiges Thema? Wirklich?«

Betty beugte sich über den Tisch. »Warum erzählst du uns nicht allen, was du in deiner Garderobe hast, und dann helfen wir dir, etwas auszusuchen?«

Während die Frauen Roses Optionen für ihr Date genauso aufgeregt wie ihre Freundin durchgingen, lehnte sich Vanessa zu Viv herüber. »Wie geht's dir wirklich?«

»Das wird schon wieder«, erklärte sie.

Vanessa schaute ihr forschend ins Gesicht, nickte aber dann. »Du sollst nur wissen, dass wir hier sind, wenn du uns brauchst.«

Viv hätte ihr gern so vieles anvertraut, doch ihre alten Instinkte hemmten sie. Zu oft hatte sie erlebt, wie Menschen plötzlich ihre Meinung geändert hatten, sobald sie etwas Anstößiges über jemanden erfuhren. Sie war noch nicht so weit, anderen Vertrauen zu schenken, obwohl es sich gut anfühlte, eine Gruppe von Frauen zu haben, an die sie sich wenden konnte.

»Danke«, sagte sie und lauschte dann wieder der Debatte darüber, ob Rose zu ihrem Date einen schwarzen Serge-Rock oder ein grünes Wollkleid tragen sollte.

2. TEIL

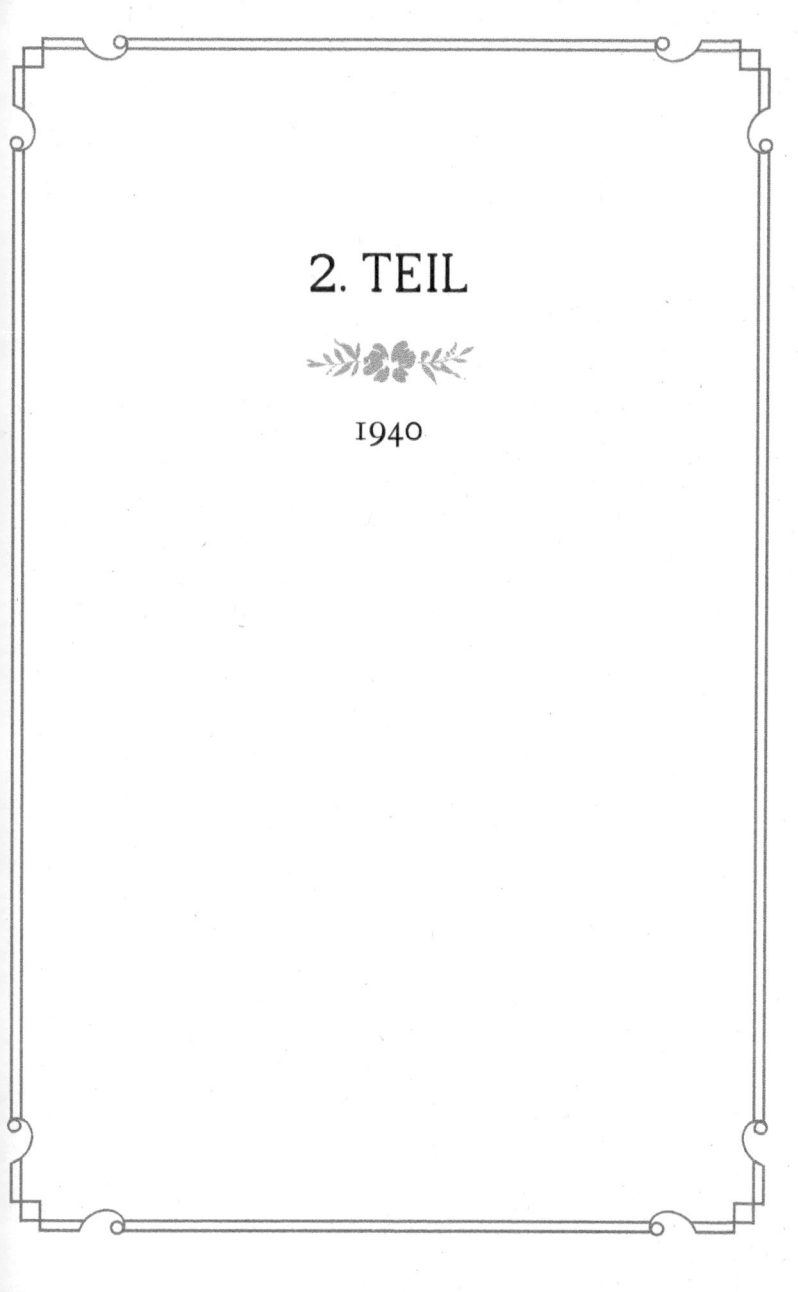

1940

Viv

Schau doch, Mummy!«

Viv stützte sich auf den Zaun der Pferdekoppel und sah zu, wie ihre Tochter ihr Pony im Galopp ritt. Die Freude in Maggies Miene war unverkennbar. Viv wusste, dass sie eigentlich froh darüber sein sollte, dass ihre Tochter so großen Spaß hatte, doch sie stellte fest, dass sie mit Eifersucht kämpfte. Nicht auf Maggie, sondern auf die steif gekleidete Frau, die unbewegt neben ihr stand.

Mrs. Thompson trug einen Tweedrock und eine gewachste Jacke und hatte sich einen Seidenschal über das elegant in Locken gelegte Haar gebunden. Ihre Lippen waren perfekt mit korallenroter Schminke nachgezogen und ihre Wimpern mit dunklem Mascara getuscht, doch abgesehen von diesen kleinen Hilfen schien ihre pfirsichzarte, helle Haut natürlich zu sein.

Viv hasste sie.

Sie wusste, dass sie das zu einem Ungeheuer machte. Mrs. Thompson war immer nur mehr als freundlich zu ihrer Tochter gewesen, aber trotzdem konnte sie sich des Grolls gegen die Frau nicht erwehren.

Angefangen hatte es mit den Briefen, in denen sie Viv geschrieben hatte, wie viele von Maggies Sachen nicht angemessen seien oder auseinanderfielen, als hätte Viv ihre Tochter in Lumpen zu ihr geschickt. Bei jedem Besuch pflegte Maggie ein Kleid zu tragen, das Viv noch nie gesehen hatte, und in dem überladenen Spielzimmer tauchte noch mehr Spielzeug auf. Dann waren da die Einladungen zum Tee, Ausflüge in die

Eisdiele und die »Ausfahrten«, um Mrs. Thompsons endlosen Strom von Freundinnen zu besuchen.

Und dieses verdammte Pferd.

Doch was Viv ihr wirklich neidete, war die Zeit. Mrs. Thompson erlebte mit, wie ihre Tochter aufwuchs, und Viv konnte rein gar nichts dagegen tun. Ein Besuch pro Monat war nicht genug.

Eher alle sechs Wochen.

In ihrem Job als Postbotin verdiente sie zwar das Geld, das sie für die Fahrtkosten für die Besuche bei Maggie brauchte, aber sie hatte nicht vorhergesehen, wie sehr die Schichtarbeit ihre Pläne beeinträchtigen würde. Schon zweimal hatte sie den Thompsons schreiben müssen, dass sie an dem Tag, an dem sie vorgehabt hatte, sie zu besuchen, arbeiten würde. Jedes Mal machte sie ein neues Datum aus, doch manchmal bedeutete das, dass zwischen den Besuchen mehr Zeit verging, als sie gehofft hatte. Zum Beispiel an Weihnachten, als die Flut von Geschenken, Karten und Briefen, die in das Zustellungszentrum schwappte, bedeutete, dass sie erst am 28. Dezember hatte fahren können. An dem Abend, an dem sie Maggie diesen Brief hatte schreiben müssen, hatte Viv sich in den Schlaf geweint.

»Margaret ist ein richtiges Mädchen vom Lande geworden«, meinte Mrs. Thompson.

Viv gab einen unverbindlichen Laut von sich, winkte aber, als Maggie wieder vorbeiritt und kicherte.

»Wir haben sie zu einer Farm in der Gegend mitgenommen, um die Geburt der Lämmer zu erleben. Als es Zeit war, nach Hause zu fahren, konnten wir sie kaum losreißen«, erzählte Mrs. Thompson lachend. »Ich kann mir nicht vorstellen, dass es in Liverpool viele Lämmer gibt.«

»Nicht viele, nein«, sagte Viv.

»Finden Sie nicht auch, dass Kinder auf dem Land so gut

gedeihen? Das liegt an der ganzen frischen Luft und der Bewegung.«

»Bestimmt«, gab Viv zähneknirschend zurück.

»Margaret ist wirklich so ein braves Mädchen. Wir lesen jeden Abend zusammen, und sie kann schon aus *Babar* vorlesen. Und dabei ist sie noch keine fünf«, erklärte Mrs. Thompson sichtlich stolz.

Viv hatte das Gefühl, ihr würde schmerzhaft die Luft aus den Lungen gepresst. Sie hatte Maggie das Alphabet gelehrt. Sie sollte Maggie das Lesen beibringen und sie ermuntern, zu dem Menschen heranzuwachsen, der zu sein ihr bestimmt war.

Sanft legte Mrs. Thompson Viv eine Hand auf den Arm. »Das muss sehr schwierig für Sie sein, Mrs. Levinson.«

Viv reckte das Kinn. »Wir tun alle, was wir für das Beste für Maggie halten.«

Mrs. Thompson tätschelte ihr den Arm. »Natürlich tun wir das.«

Maggie beendete eine weitere Runde um die Koppel und hielt vor ihrer Mutter an. »Willst du Puffball füttern, Mummy?«

Vivs Groll löste sich auf. Hier war ihre Tochter, ihr wunderschönes, großzügiges, intelligentes kleines Mädchen. Sie hatte jeden Monat nur eine begrenzte Zeit mit ihr und war entschlossen, sie zu genießen.

»Ja, Bärchen. Zeigst du mir, wie das geht?«

Maggie kletterte mithilfe eines Holzblocks, der ihr half, den Boden zu erreichen, von ihrem Pony. Viv hielt den Atem an, denn sie machte sich Sorgen, ihre Tochter könnte herunterfallen.

»Kann ich Puffball bitte eine Möhre zu fressen geben, Mrs. Thompson?«, fragte Maggie höflich.

»Normalerweise würde ich sagen, dass wir Mr. Stourton fragen sollten, da Puffball ihm gehört, aber ich glaube, für dieses eine Mal wird er nichts dagegen haben. Warum bringst du Puff-ball nicht zurück in seine Box und zeigst Mrs. Levinson, wie du ihn striegelst?«

Viv sträubte sich dagegen, wie die Frau sie »Mrs. Levinson« nannte statt »deine Mutter«, wenn sie mit Maggie redete.

Maggie schien das allerdings nicht aufzufallen. »Komm, Mummy!«, rief sie und nahm die Zügel des Ponys.

»In dieser Richtung finden Sie ein Tor«, erklärte Mrs. Thompson und wies zur schlammigen Seite der Koppel.

Viv suchte sich am Zaun der Koppel entlang einen Weg zum Tor. Ihre Schuhe sanken in den Matsch ein. Es würde ein Alb-traum werden, sie wieder sauber zu bekommen, und erst recht, sie zu ersetzen. Sie sollte sich glücklich schätzen, dass Kleidung nicht unter die Rationierung fiel, die mit dem neuen Jahr ein-gesetzt hatte. Erst letzten Monat hatte die Regierung Fleisch zur Liste hinzugefügt, zusammen mit Butter, Speck und Zu-cker, was ihre Mutter und alle anderen Hausfrauen in Walton in helle Aufregung versetzt hatte. Selbst ihre Kolleginnen bei der Post – die genau wie sie alle noch bei ihren Eltern wohnten und im Haushalt halfen – nörgelten über die Veränderungen.

Viv trat durch das Tor und folgte ihrer Tochter zu den Stäl-len. Am Ende des Pfads stand ein älterer Mann, der einen Ove-rall, eine gewachste Jacke, Gummistiefel und eine Schirmmütze trug. Er winkte Maggie grüßend zu.

»Hatten Sie einen guten Ritt, Miss Levinson?«, fragte er.

»Ja, danke, Mr. Warner«, gab Maggie höflich zurück. Viv bemerkte unwillkürlich, dass Maggies Akzent den melodischen Klang des Liverpooler Dialekts verlor, den sie und ihre Eltern sprachen, und weicher wirkte.

»Hallo«, sagte Mr. Warner lächelnd. »Sie müssen Miss Levin-sons Mutter sein.«

»Sehr erfreut«, sagte sie und streckte die Hand aus.

Er lachte und hielt die schlammverschmierten Hände in die Höhe. »Will eine Lady wie Sie nicht schmutzig machen. Ihre Tochter hat mir erzählt, Sie seien zu Besuch aus Liverpool?«

»Richtig«, gab sie vorsichtig zurück.

»Ich mochte Liverpool schon immer. Die Familie meiner Mutter kam von dort. Keine Ahnung, was sie sich dabei gedacht hat, einen Farmer in Warwickshire zu heiraten, aber so ist das Leben, nicht wahr?«, sagte er und lachte noch einmal.

Viv konnte sich eines Grinsens nicht erwehren. Der Mann war ihr sympathisch. Er war herzlich und ungezwungen und vollkommen anders als die glatten, höflichen Thompsons. »Aus welchem Viertel stammen Sie?«

»Aus der Gegend von Crosby. Meine Mum hätte die kleine Miss hier gemocht«, meinte er.

»Wir wollen Puffball striegeln, Mr. Warner«, sagte Maggie und wippte auf ihren Zehen.

»Das ist aber eine große Verantwortung für so ein kleines Mädchen«, sagte er in gespieltem Ernst.

»Ich bin nicht klein!«, rief Maggie vergnügt aus.

»Wie dumm von mir«, meinte der Stallknecht. »Glaubst du, du kannst dich an alles erinnern, was ich dir beigebracht habe?«

»Ja!«, sagte Maggie.

»Tja, fang doch ruhig an, und ich sehe in ein paar Minuten nach, wie du zurechtkommst.«

Maggie zog das Pony mit entschlossener Miene in Richtung Stallungen. Viv wollte ihr nachgehen, blieb jedoch stehen, als Mr. Warner sich räusperte.

»Mrs. Levinson, gleich hinter der Tür finden Sie Gummistiefel. Am Haken hängt auch eine Jacke«, erklärte er.

Viv lächelte ihm zu, bedankte sich bei ihm und folgte ihrer Tochter in den Stall.

Der warme, erdige Geruch von Heu und Pferdemist schlug

ihr entgegen, und sie zog die Nase kraus. Maggie schien es kaum zu bemerken. Viv schnappte sich die Gummistiefel und die Jacke, die Mr. Warner erwähnt hatte, und eilte ihrer Tochter nach.

Als sie die Box des Ponys erreichten, sah Viv zu, wie ihr kleines Mädchen das Tier mit routinierter Leichtigkeit hineinführte. »Hilf mir, Mummy«, verlangte Maggie, als Viv zuschaute, wie sie den Gurt löste, der den Sattel des Pferds hielt.

»Was soll ich tun?«, fragte sie.

»Heb den Sattel hoch«, erklärte Maggie und klang sehr erwachsen.

Viv tat wie ihr geheißen und half Maggie ungeschickt, das Pony von Zaumzeug und Sattel zu befreien. Es war schwerer, als sie dachte, die Lederausrüstung herumzuschleppen, und bald schwitzte sie. Aber Maggie wirkte glücklich, daher konnte sie sich wohl kaum beklagen.

»Du kannst Puffball seinen Hafer geben, Mummy«, sagte Maggie, sobald die Arbeit zu ihrer Zufriedenheit erledigt war.

Viv blickte sich nach etwas um, das Pferdefutter sein könnte. »Wo ist er, Bärchen?«

Maggie flitzte aus Puffballs Box und ließ Viv mit dem Pony allein. Argwöhnisch musterte sie es. Sie war schon Pferden begegnet, obwohl sie nie mehr getan hatte, als einem die Nase zu tätscheln. Auf jeden Fall konnte sie sich nicht vorstellen, so furchtlos wie ihre Tochter auf so ein Tier zu klettern.

Maggie kam mit einem Eimer zurück, den sie mit beiden Händen festhielt. Ihre Tochter zeigte ihr, wie man Puffball fütterte und sich vergewisserte, dass er genug Wasser hatte. Dann machten sie sich daran, das Pferd zu striegeln.

»Du nimmst diese Bürste und machst damit kleine Kreise«, erklärte Maggie.

»Wo hast du das alles gelernt, Bärchen?«, fragte Viv.

»Mr. Warner hat es mir beigebracht. Er sagt, ich habe ein Händchen für Pferde«, gab Maggie zurück.

»Das hast du, nicht wahr?« Viv unterbrach sich. »Denkst du auch manchmal an zu Hause?«

Maggie wirkte verwirrt, und Viv tat es im Herzen weh.

»Ich meine Nans und Grandads Haus«, setzte Viv hinzu.

»Cora fehlt mir«, sagte Maggie.

Erleichtert schloss Viv die Augen. »Bestimmt vermisst deine Cousine dich auch. Sie ist auch auf dem Land, weißt du.«

»Glaubst du, sie hat auch ein Pferd zum Reiten?«, fragte Maggie.

»Ich weiß nicht.« Kate hatte ihr nicht allzu viel darüber erzählt, wo die Kinder untergebracht waren. Sie hatte nur gesagt, es sehe so aus, als wäre es eine respektable Bauernfamilie. Vielleicht sollten sie mehr über ihre Kinder und die schmerzhafte Trennung reden, doch manchmal hatte Viv den Verdacht, dass sie die Traurigkeit nicht wieder abschütteln könnte, wenn sie sich erlauben würde, sich zu lange damit zu beschäftigen.

»Gefällt es dir hier?«, wollte sie wissen.

Maggies Lächeln hellte sich auf. »Ich habe Puffball und meine Puppen und hübsche Kleider, und sonntags kriege ich manchmal Eis.«

Das war alles so verkehrt. Es war falsch, dass sie von Maggie getrennt war. Es war nicht richtig, dass die Thompsons miterlebten, wie ihre Tochter groß wurde. Es war unrecht, dass sie sich spätabends, wenn sie sich am verletzlichsten fühlte, fragte, ob Maggie hier ein besseres Leben hatte, als Viv ihr jemals bieten könnte.

»Aber weißt du, was mir am meisten fehlt, Mummy?«, fragte Maggie.

Viv blinzelte heftig, obwohl sie gezwungen lächelte. »Was denn, Bärchen?«

»Du fehlst mir.«

Viv ließ den Striegel fallen, zog ihre Tochter in die Arme und drückte das Gesicht an Maggies Haar. Auch wenn sie jetzt wahrscheinlich anderes Shampoo und andere Seife benutzte, hatte Maggie immer noch diesen wunderbaren kindlichen Geruch, der nicht abzuwaschen war.

»Du fehlst mir auch, Bärchen.«

»Nicht weinen, Mummy«, sagte Maggie.

Sie lachte. »Manchmal weinen Menschen, weil sie glücklich sind, und ich bin gerade so froh, hier bei dir zu sein.«

Maggie schniefte ebenfalls. »Darf ich auch weinen, weil ich glücklich bin?«

»Natürlich, Bärchen.«

»Margaret?« Mrs. Thompsons Ruf hallte durch den Stall.

Viv richtete sich auf und klopfte sich Heu vom Rock. »Wir sind hier drinnen.«

Mrs. Thompson tauchte vor der Tür der Ponybox auf. »Überlass den Rest Mr. Warner. Zeit, zu gehen.«

Maggie nahm die Hand ihrer Mutter. »Komm, Mummy. Ich will dir mein neues Teeservice zeigen.«

»Lauf nur vor, Margaret. Ich würde gern kurz mit deiner Mutter sprechen«, erklärte Mrs. Thompson.

Ihre Kleine rannte um sie herum und aus dem Stall, während die beiden Frauen ihr hinterhersahen. Dann drehte Mrs. Thompson sich zu Viv um.

»Ich hoffe doch, Margaret hat nicht geweint«, sagte Mrs. Thompson.

»Wir hatten von zu Hause geredet«, gab sie zurück.

»Zu Hause?«

»Liverpool. Wo sie herkommt«, erklärte Viv betont.

Mrs. Thompson schürzte die Lippen. »Verstehe. Ich wollte etwas Wichtiges mit Ihnen besprechen. Ich weiß, es kommt vielleicht ein wenig früh, aber im Dorf gibt es eine sehr gute Schule, die Margarets Freundin Marion besucht. Es wäre das Beste, Margaret so bald wie möglich dort anzumelden.«

»Aber Maggie fängt erst im Herbst mit der Schule an«, sagte Viv.

»Es kann schwierig sein, sich einen Platz zu sichern. Ich habe aber mit der Direktorin gesprochen, und sie hat gesagt –«

»Sie haben schon mit der Direktorin geredet?«

Ihr scharfer Ton schien Mrs. Thompson ein wenig aus der Fassung zu bringen. »Also, ja. Es erschien das einzig Vernünftige zu sein. Ich dachte, es könnte nicht schaden zu fragen.«

»Im Herbst ist Maggie vielleicht nicht mehr hier.«

Mrs. Thompson führte ihre zarte Hand an die Lippen. »Sie können doch nicht vorhaben, mit ihr nach Liverpool zurückzukehren? Mr. Thompson liest jeden Morgen die Zeitung. Die deutschen Truppen marschieren. Schauen Sie sich an, was in Norwegen und Dänemark passiert ist.«

Viv wusste, dass sie recht hatte. Seit Monaten schrieben die Zeitungen von einem »Sitzkrieg«. Auf dem Kontinent hatten die Truppen bisher kaum Feindberührung gehabt – obwohl auf dem Meer gekämpft wurde –, und die Bedrohung durch Luftangriffe, die ihnen allen zu Beginn des Krieges solche Angst eingejagt hatte, war verblasst. Alle Frauen auf der Post hatten jedes Mal gemurrt, wenn Mr. Rowan sie daran erinnerte, dass sie auf ihrer Runde ihre Gasmasken mitführen mussten, sogar Mum fiel es schwer, angesichts der Rationierung ihre stoische Haltung, alle Regeln und Leitlinien zu befolgen, zu wahren.

Dann hatten Hitlers Truppen in weniger als sechs Stunden Dänemark eingenommen und kämpften sich durch Norwegen vor. Die Lage war so düster wie noch nie seit Kriegsbeginn.

»Bitte treffen Sie keine Entscheidungen über Maggies Schulbesuch, ohne zuerst mit mir zu reden«, sagte Viv so gleichmütig, wie sie konnte.

Mrs. Thompson nickte knapp. »Wann können wir Sie wieder erwarten?«

»Nächsten Monat, wie immer.«

»Ich frage nur, weil Margaret immer so enttäuscht ist, wenn Sie schreiben, um Ihre Besuche zu verschieben.«

»Ich …« Wie brachte diese Frau es bloß fertig, ihr jedes Mal Schuldgefühle einzureden, die sie wie ein Messerstich zwischen die Rippen trafen?

Mit einem Mal gab sich Mrs. Thompson wieder betont rücksichtsvoll. »Ich mache mir nur Sorgen um Margaret, Mrs. Levinson«, sagte sie.

Vivs Blick fiel auf ihre Tochter, die eine der gefleckten Katzen streichelte, die im Stall zu leben schienen. Wenn diese Frau glaubte, Viv mit ein paar sorgfältig eingestreuten Worten beschämen oder schikanieren zu können, dann irrte sie sich. Viv hatte es ertragen, als ihre Eltern, ihr Priester, ihre Nachbarn sie mit Schande überzogen hatten. Dabei hatte sie gelernt, hoch erhobenen Kopfes zu leben und für Maggie weiterzumachen.

Sie wünschte sich mehr für ihre Tochter, doch inzwischen wollte sie auch mehr für sich. Noch hatte sie keine Ahnung, wie sie das erreichen sollte, aber sie war entschlossen.

»Ich weiß zu schätzen, wie gut Sie in den vergangenen Monaten für Maggie gesorgt haben, Mrs. Thompson«, begann Viv.

»Ich tue nur, was die Kirche uns lehrt, und –«

»Ich bin noch nicht fertig.« Viv sah ihr fest in die Augen. »Ich habe Ihnen schon gesagt, dass ich meine Tochter Maggie rufe und nicht Margaret. Ich bitte Sie, das ebenfalls zu tun.«

»Ich glaube wirklich nicht, Mrs. Levinson –«

»Ganz egal, wie lange dieser Krieg noch dauert, ich werde

nicht zulassen, dass Maggie vergisst, wer sie ist oder wo sie her-kommt«, erklärte sie.

»Wie Sie wünschen.«

Die Art, wie Mrs. Thompson beim Sprechen den Mund verzog, verriet Viv, dass diese sich nur einverstanden erklärt hatte, weil ihre guten Manieren ihr das geboten.

Viv

15. Mai 1940

Als Viv drei Wochen später die Auslieferungsstelle betrat, gab es nur ein Gesprächsthema: die Niederlande, Belgien, Frankreich und Luxemburg. Die Zeitungen und die Radiosendungen der BBC berichteten alle hektisch über die Überraschungsangriffe der Luftwaffe auf holländische Flugplätze, obwohl Deutschland den Niederlanden nicht offiziell den Krieg erklärt hatte. Furcht einflößende Meldungen sprachen davon, dass deutsche Fallschirmjäger und Kampfverbände unglaublich schnell in die Niederlande vormarschierten.

»Aber die Niederlande liegen so dicht an England«, meinte Betty besorgt zu Rose, während sie die Vormittagspost vorbereiteten. »Und Frankreich auch.«

»Die Maginot-Linie sollte sie aufhalten«, sagte Rose.

»Die ganze deutsche Armee?«, fragte Betty.

»Zerbrecht euch nicht eure hübschen Köpfchen«, warf Mr. Archer ein, ein älterer Mann, der trotz seiner Angewohnheit, sie »hübsch« oder »entzückend« zu nennen, nichts gegen Frauen bei der Post zu haben schien. »Mein Sohn ist bei der dreiunddreißigsten westlichen Flugabwehrbrigade. Wenn ein deutscher Flieger es bis hierher nach Liverpool schafft, sind sie bereit.«

»Ach, daran mag ich nicht mal denken«, sagte Betty und erschauderte.

»Waren Sie im letzten Krieg?«, fragte Rose ihn, während Viv wie immer überprüfte, ob alles an ihrem Federal-Rad funktionierte.

Mr. Archer vollführte einen zackigen Salut. »Lance Corporal Ronald Archer vom 9. Bataillon im King's Liverpool Regiment, Ihnen zu Diensten, Miss.«

Rose und Betty kicherten. »Sie könnten meinen Brüdern etwas übers Salutieren beibringen«, meinte Betty. »Dad findet, sie sind viel zu nachlässig.«

Mr. Archer lächelte. »Sie lernen es bestimmt noch.«

»Wie wär's, wenn du mich einem deiner Brüder vorstellst?«, fragte Rose mit einem Funkeln im Blick.

Betty zog eine Grimasse. »Du würdest mir sehr leidtun. Wie wär's, wenn du einen besseren Männergeschmack hättest?«

Rose schüttelte sich das Haar auf. »Mein Männergeschmack ist vollkommen in Ordnung.«

»Ach du meine Güte«, brummte Mr. Archer und wandte seine Aufmerksamkeit entschlossen wieder seiner Tasche zu.

»Und was ist heute Morgen dein ›Was wäre, wenn?‹, Viv?«, rief Betty.

Es war ein Spiel, das sie inzwischen manchmal spielten. Dabei fragte man »Was wäre, wenn?« und gab die entsprechende Antwort. Die älteren Männer fanden das albern, was die Frauen nur dazu anstachelte, es öfter zu spielen.

»Was wäre, wenn wir alle unsere Taschen packen und unsere Runden heute pünktlich beenden würden?«, fragte sie.

»Hört, hört«, murmelte Mr. Archer.

»Guten Morgen, guten Morgen!«, rief Vanessa, die mit leicht schief sitzender Uniform hereinstürmte. Viv zog eine Augenbraue hoch, und ihre Freundin setzte eine finstere Miene auf. »Ich war lange auf, weil ich gestern Abend eine Schicht als Luftschutzwärterin hatte. Und bevor du etwas anmerkst, es wird mich nicht umbringen.«

Viv hielt die Hände hoch. »Ich habe doch gar nichts gesagt.«

»Aber du hast es gedacht«, erwiderte Vanessa. Ihre Freundin, die immer darauf brannte, dort zu sein, wo etwas los war, hatte sich im Februar freiwillig zum Luftschutz gemeldet. Soweit Viv sehen konnte, hieß das, oft nachts mit einem Blechhelm durch die Straßen zu patrouillieren, an Türen zu klopfen und Leuten zu drohen, wenn ihre Verdunklungsvorhänge Licht durchließen, aber Vanessa versicherte ihr, dass sie für jeden möglichen Fall trainierten und auf alles vorbereitet waren.

»Hat schon jemand Peg gesehen?«, fragte Betty.

»Ich wette mit dir um Sixpence, dass sie wieder sagt, ihr Bus hätte Verspätung gehabt«, meinte Rose.

»Mrs. Levinson?« Viv drehte sich um und sah, dass Mr. Rowan den Kopf durch die Tür steckte. »Könnten Sie bitte …?«

»Oh«, meinten die Frauen alle wie aus einem Mund, als Mr. Rowan verschwand.

»Ach, hört doch auf«, sagte Viv lachend.

»Was hast du angestellt?«, fragte Vanessa und knuffte sie in die Rippen.

»Keine Ahnung.«

Viv hastete zu der Tür, aus der Mr. Rowan gekommen war. Sie traf ihn kurz dahinter auf dem Gang.

»Mrs. Levinson. Sie haben auf Ihrer Route ausgezeichnete Arbeit geleistet.« Er räusperte sich einmal, zweimal. Vivs Magen überschlug sich nervös. »Gewisse Umstände sind aufgetreten, und wir müssen einige Veränderungen an den Routen mehrerer Zusteller vornehmen«, erklärte er.

Sie stieß den Atem aus. »Ist das alles?«

Er rieb sich den Nacken und konnte ihr nicht in die Augen sehen.

»Was ist passiert? Verlangt das Hauptpostamt, dass wir ein größeres Gebiet abdecken?«, erkundigte sie sich.

»Nein, nein. Nichts in der Art«, sagte er und verzog das Gesicht. »Tatsache ist, dass Miss O'Sullivan nicht mehr in der Zustellung arbeiten wird.«

»Peg ist weg? Wieso?«, fragte sie verblüfft. Sie hatten sich erst gestern gesehen. Peg war ein wenig später als sonst von ihrer Route zurückgekommen, aber Viv hatte angenommen, dass die Magenverstimmung, an der sie gelitten hatte, schuld daran war.

»Ich muss diejenigen von Ihnen, deren Routen an ihr Gebiet angrenzen, bitten, einige ihrer Straßen zu übernehmen, bis ich Ersatz für sie gefunden habe.« Er legte eine Pause ein. »Ich muss Sie auch bitten, den Teil Ihrer Runde, den Miss O'Sullivan Ihnen abgenommen hatte, wieder zu übernehmen.«

Ein mulmiges Gefühl machte sich in ihrer Magengrube breit. Er wollte, dass sie wieder die Salisbury Road fuhr und die Post an die Levinsons auslieferte.

»Mr. Rowan, bestimmt kann ich jemand anderen finden, der –«

»Ich hätte das erst gar nicht erlauben sollen. Zustellrouten sind dazu geschaffen, wirtschaftlich zu sein. Eine ganze Straße einer anderen Postbotin zu überlassen, macht keinen Sinn.«

»Aber Peg hat das monatelang gemacht, und sie hat sich nie beklagt«, protestierte sie.

»Sie übernehmen die Salisbury Road wieder, ebenso wie die anderen Teile von Pegs Route, bis ich eine neue Briefträgerin finde, und das ist mein letztes Wort.«

Lange Sekunden starrte sie ihn an, doch seinen zusammengebissenen Zähnen und verschränkten Armen nach zu urteilen, bezweifelte sie, dass sie mit Einwänden etwas erreichen würde.

»Na schön«, stieß sie hervor.

»Gut«, sagte Mr. Rowan.

Langsam trat er den Rückzug in sein Büro an.

»Mr. Rowan«, rief sie ihm nach, »was ist wirklich mit Peg?«

Er blieb stehen, schien einen Moment mit sich zu ringen und seufzte dann. »Sie sind doch eine verheiratete Frau, nicht wahr?«

Sofort wusste sie Bescheid. Peg – die liebe, sportliche, charmante junge Frau, die nie ein einziges Wort über ihr Liebesleben verloren hatte – hatte sich in Schwierigkeiten gebracht.

»Verstehe. Keine weiteren Erklärungen nötig«, sagte sie.

Er warf ihr einen dankbaren Blick zu. »Bitte erzählen Sie den anderen jungen Damen nichts davon. Die Post hält nicht viel von Frauen, die unverheiratet schwanger werden, und wir wollen auf keinen Fall, dass einige der Mädchen, die ein zarteres Gemüt haben, durch diese Neuigkeit bestürzt werden.«

Angesichts dieser Ironie unterdrückte sie ein Lachen und setzte einen, wie sie hoffte, düsteren, besorgten Blick auf. »Verstehe.«

Außerdem hatte sie wichtigere Sorgen – zum Beispiel, wie sie zweimal täglich, an jedem einzelnen Tag, den Levinsons die Post bringen sollte.

Nach dem Gespräch mit Mr. Rowan packte Viv langsam, aber bewusst ihre Posttasche fertig. Ein stetiges, auf- und abschwellendes Angstgefühl summte in ihrem Inneren, und jeder Instinkt gebot ihr, zu flüchten und einer weiteren Begegnung mit den Levinsons aus dem Weg zu gehen.

Das Gefühl verließ sie nicht, bis sie die Salisbury Road erreichte. Ihre Hände zitterten, während sie von Haus zu Haus ging und Post durch die Briefschlitze schob. Als sie die Haustür der Levinsons erreichte, umklammerte sie die vier Umschläge und zerknitterte das Papier, obwohl Vanessa sie gelehrt hatte, genau das nicht zu tun.

Sie schob die Briefe durch den Einwurfschlitz, blieb stehen und hielt sich bereit, die Flucht anzutreten, während sie leise raschelnd zu Boden fielen. Keine Schritte, und die Gardinen im Wohnzimmer bewegten sich nicht. Im Hausinneren rührte sich nichts.

So schnell wie sie konnte, ohne zu rennen, eilte sie über den Gartenweg zu ihrem Rad.

Als sie davonstrampelte, war ihr leichter ums Herz.

Viv beendete den Rest ihrer eigenen Route und die zusätzlichen Straßen aus Pegs Runde ohne Zwischenfälle und kehrte zur Nachmittagsschicht wieder zurück.

Wenn sie sich Mühe gab, könnte es vielleicht funktionieren. Vielleicht hatte sie sich mehr als nötig über die Postzustellung an die Levinsons gesorgt. Wahrscheinlich hielten sie sich meist im Laden auf. Möglich, dass sie und die Levinsons einander einfach aus dem Weg gehen konnten.

Am nächsten Morgen verhielt sich Viv unauffällig, während die anderen Frauen das »Was wäre, wenn?«-Spiel spielten. Sie fuhr los, brachte ihre Runde so schnell wie möglich hinter sich und legte nur eine kurze Pause ein, um in der Kantine einen Happen zu essen.

Als es Zeit war, ihre Tasche für die Nachmittagspost vorzubereiten, gab sich Viv die größte Mühe, nicht innezuhalten und die Briefe für die Levinsons anzustarren. Allerdings trug einer davon den unverwechselbaren schwarzen Stempel *Zensur passiert* auf der Vorderseite, ein untrügliches Zeichen dafür, dass er von einem Soldaten stammte. Sie hielt einen Brief in der Hand, den Joshua geschrieben hatte.

So schnell wie möglich blätterte sie daran vorbei.

Doch als sie an diesem Nachmittag die Post austrug, konnte sie nicht anders, als an diesen Brief zu denken. Ihr hatte er nie geschrieben. Sie hatte seine Handschrift zum ersten Mal auf ihrer Heiratsurkunde gesehen, aber was hatte sie auch erwartet? Sie hatte ihm schließlich gesagt, er solle sich von ihr fernhalten.

Sie war keine Närrin. Als sie damals in diesem Auto ungeschickt herumgemacht hatten, war ihr klar gewesen, dass er nicht ihre große Liebe war. Sie hatten sich kurz zueinander hingezogen gefühlt – etwas Neues für sie beide –, doch mehr hatte sie nicht verbunden. Hätte sich Maggie nicht angekündigt, wären sie beide ihrer Wege gegangen. Stattdessen steckten sie in einer Ehe, die auf nichts als Verpflichtung beruhte.

So in ihre Gedanken versunken, sah sie kaum auf, als ihr in der Cecil Street Mr. Campbell sein übliches dröhnendes »Hallo!« zurief, während sie wieder aufs Rad stieg. Sie winkte und warf dann einen Blick auf ihre Armbanduhr. Kurz nach halb zwei – die zusätzlichen Straßen, die Mr. Rowan ihr zugewiesen hatte, verlängerten ihre Schicht beträchtlich. Sie würde mindestens eine Stunde später als üblich zu Hause sein. Sie mochte gar nicht daran denken, Mum erklären zu müssen, warum sie den zweiten Tag hintereinander das Abendessen zu spät kochte.

Was, wenn sie nicht mehr zu Hause wohnen würde?

Sie schüttelte den Kopf. Das war etwas für Frauen, die keinen Ehemann hatten.

Aber Viv hatte einen Mann.

Die Erkenntnis ließ sie erstarren. Wenn sie es geschafft hatte, alle im Zustellungszentrum Südost glauben zu lassen, sie wäre Witwe, wer wollte wissen, ob sie das nicht noch einmal schaffte, vielleicht als Mieterin. Dann würde sie zwar für ihre Unterkunft zahlen müssen, aber das restliche Geld würde ihr gehören. Sie bräuchte ihrer Mutter nicht mehr ihre ganze Lohntüte, bis auf das, was sie heimlich beiseitelegen konnte, zu übergeben.

Darüber dachte sie nach, während sie in die Salisbury Road einbog. Als Joshua fortgegangen war, hatte sie Zuflucht bei ihren Eltern gesucht, weil sie das Gefühl gehabt hatte, es bliebe ihr nichts anderes übrig. Sie war schwanger gewesen und hatte kein Geld, keine eigenen Mittel gehabt. Sie war zu Tode verängstigt gewesen.

Aber jetzt hatte sie einen Job. Sie war entschlossen. Sie hatte nicht mehr ganz so viel Angst.

Zwei Häuser vor der Tür der Levinsons hielt Viv an und kaute auf ihrer Unterlippe, während sie die Post für die nächsten Häuser heraussuchte. Vielleicht könnte sie ja etwas finden, wo man Maggie und sie gern aufnehmen würde. Vielleicht könnte sie sogar einen Weg finden, sich eine Katze anzuschaffen, wenn ihr Vermieter es erlaubte. Darüber würde Maggie sich so freuen.

Zu ihrer Rechten höre Viv Türangeln knarren. Ihr stockte der Atem, als Rebecca aus der Haustür der Levinsons trat. Sie hatte die Hände so in die Hüften gestemmt, dass ihr jadegrünes Hemdblusenkleid sich an den Seiten bauschte.

Nein. Sie würde sich weder von Rebecca Levinson noch von ihren Eltern oder dem Gedanken an Joshua verschrecken lassen. Sie hatte einen Job zu erledigen.

Viv zwang sich, die Gartenwege der Nachbarhäuser hinaufzugehen und die Post einzuwerfen wie immer. Dann blieb sie vor dem Tor der Levinsons stehen.

»Du bist wieder da«, sagte Rebecca.

»Ich war nie fort. Ich hatte einen Teil meiner Runde mit einer der anderen Frauen getauscht.«

»Ich weiß, mit Miss O'Sullivan. Wir mochten sie gern«, erwiderte Rebecca.

»Ich auch.« Als sie aufblickte, sah sie den besorgten Ausdruck in Rebeccas Blick. »Ihr geht es gut. Sie kann nur nicht mehr arbeiten.«

Rebecca nickte steif. »Hast du unsere Post?«

Viv nahm die an die Levinsons adressierten Briefe, die oben auf ihrem Stapel lagen. Sie zögerte, aber Rebecca trat nicht von der Haustür weg.

»Ich beiße nicht«, sagte sie spöttisch.

»Das kann ich ja nicht wissen«, murmelte Viv, öffnete das

Tor und ging mit den Briefen in der ausgestreckten Hand auf sie zu.

Kurz dachte sie, Rebecca könnte sie anfahren, doch stattdessen zuckten deren Mundwinkel amüsiert, als sie die Post annahm. »Das habe ich wahrscheinlich verdient. Wieso trägst du überhaupt Post aus?«

»Ich brauche das Geld.«

»Das Geld?« Rebecca lachte, verstummte dann aber. »Oh, du meinst das ernst.«

»Ja«, sagte sie.

»Deine Familie hatte Geld genug, als sie meinen Bruder dafür bezahlt hat fortzugehen«, erklärte Rebecca.

»Das war nicht meine Idee«, sagte sie, was ihr ein weiteres spöttisches Schnauben eintrug. »Dad hat gerade genug verdient, um zurechtzukommen, und Mum hat ihre ganzen Ersparnisse geopfert, um Joshua zu bezahlen.«

»Dann hat Joshua das ganze Geld deiner Familie genommen?«, fragte Rebecca.

Viv nickte und rechnete damit, dass Joshuas Schwester eine weitere spitze Bemerkung anbringen würde. Stattdessen seufzte Rebecca. »Also, das ist mein Bruder, wie er leibt und lebt.«

»Was meinst du?«

Rebecca sah sie aus zusammengekniffenen Augen an. »Wie gut kanntest du meinen Bruder, bevor …«

»Nicht gut genug, wie es scheint«, sagte sie.

»Joshua kriegt eigentlich immer, was er will. Mit ungefähr vierzehn hat er Ausflüchte gefunden, damit er nicht mehr die Synagoge besuchen muss. Als er siebzehn war, hat er verkündet, er werde anfangen, in Bands in der Stadt zu spielen, weil er sich in der Schule langweile. Es hat ein paar Streitigkeiten gegeben, aber am Ende haben meine Eltern ihn gelassen. Du kannst dir nicht vorstellen, was meine Eltern zu sagen gehabt hätten, wenn ich das probiert hätte. Joshua wollte Musiker werden. Er wollte nach New York ziehen. Ich vermute, er hätte auf die eine oder andere Art einen Weg gefunden. Aber glaub bloß nicht, das heißt, dass ich dir verziehen hätte«, setzte Rebecca schnell hinzu.

»Dafür, dass ich ihm einen Grund zum Fortgehen geliefert habe? Oder weil ich schwanger geworden bin?«, fragte sie.

Rebecca fuhr zurück. »Du und das Kind wart nie das Problem.«

Jetzt war Viv an der Reihe zu lachen. »Tu doch nicht so, als hätte jemand von euch etwas mit mir zu tun haben wollen.«

Sie erinnerte sich nur zu gut an jene ersten Wochen. Sie hatte gewartet und sich verzweifelt an die Hoffnung geklammert, die Levinsons würden sie und die neugeborene Maggie sehen wollen. Dass sie Mitleid mit ihr haben und sie aus der kalten Isolation herausholen würden, die sie im Haus ihrer Eltern erlebte, obwohl Joshua diese Entscheidung getroffen und sie ihn abgewiesen hatte.

Rebecca schürzte die Lippen. »Ich gebe zu, wir waren schockiert, als wir erfuhren, dass Joshua dich in Schwierigkeiten gebracht hatte – erst recht, als wir gehört haben, dass du katholisch bist –, aber meine Eltern hätten dich in der Familie willkommen geheißen, ohne eine Sekunde zu zögern.«

»Wovon redest du?«

»Sie haben nur ein einziges Enkelkind, verstehst du? Es ist grausam, sie fernzuhalten. Und was ist mit deiner Tochter? Sie hat mit niemandem Streit angefangen, und trotzdem werden ihr ihre Großeltern vorenthalten.«

Viv war wie vor den Kopf geschlagen. »Das verstehe ich nicht. Nach Maggies Geburt habe ich euren Eltern geschrieben. Ich habe ihnen mitgeteilt, dass sie eine Enkeltochter haben. Ein wunderschönes kleines Mädchen. Margaret Anne.«

Rebecca schien die Luft aus den Segeln genommen zu sein, und sie riss die Augen auf. »Meine Mutter heißt Anne.«

Vivs Atem ging flach. Dunkle Punkte tanzten vor ihren Augen. »Das wisst ihr doch längst. Es stand in dem Brief.«

»Es gab nie einen Brief«, beharrte Rebecca.

»Doch. Ich habe ihn selbst geschrieben.«

Das wusste sie genau. Die Erinnerung an die Schmerzen, die sie während der zwei Tage andauernden Wehen empfunden hatte, war mit der Zeit ein wenig verblasst, doch alles andere stand ihr noch klar und deutlich vor Augen. Die Art, wie Mum und Dad ihrer Enkelin kaum einen Blick geschenkt hatten, als die Hebamme ihnen Maggie gezeigt hatte. Wie Kate ins Haus gestürmt war wie ein Schutzengel. Wie Maggie sich drei Tage nicht richtig an die Brust hatte legen lassen. Wie Viv, obwohl sie bis in die Knochen erschöpft war, Kate um Briefpapier gebeten und mit größter Sorgfalt an die Großeltern ihrer Tochter geschrieben hatte. Sie hatte Kate sogar gebeten, den Brief für sie aufzugeben.

Kate hatte es getan. Bestimmt. Kate war schließlich ihre Schwester, die sie liebte und beschützte.

Außer …

»Es tut mir leid«, sagte Viv abrupt. »Ich muss weiter.«

»Warte!«, rief Rebecca, während Viv zum zweiten Mal vom Haus der Levinsons flüchtete.

Joshua

6. Mai 1940

Joshua überquerte gerade die Rasenfläche vor dem College und hatte den Kragen hochgeschlagen, um sich vor dem Frühlingsregen zu schützen, der schon den ganzen Morgen fiel, als er Adam erblickte, der auf ihn zurannte.

»Levinson!«, schrie er. »Sie sind da!«

»Endlich!«, stieß er hervor.

Er stürmte hinter Adam in das Gebäude, in dem sie die letzten sechs Monate in der hohen Kunst der Navigation unterrichtet worden waren. Dafür, dass ihr Job sich hoch in den Lüften abspielen würde, hatten sie unfassbar viel Zeit in Hörsälen verbracht, denen sie nur für die praktischen Trainingseinheiten entkamen. An diesen Tagen waren sie mit einem Piloten in die Lüfte gestiegen, um jede Menge Szenarien zu simulieren. Die Momente, in denen sie von Wolken und dem beruhigenden Dröhnen des Motors umgeben waren, waren die ganze Ausbildung wert gewesen.

»Die Zuweisungen sind da, Männer. Wartet, bis ihr dran seid, dann kriegt ihr alle eure Marschbefehle«, erklärte Wing Commander Crusoe, der den Grundausbildungsflügel Nummer zwei leitete.

Warten, das hatte Joshua seit seinem Eintritt in die Air Force gelernt, konnte fünf Minuten oder fünf Tage dauern. Doch er war angenehm überrascht, als er eine halbe Stunde später in einen Raum gerufen wurde.

In strammer Haltung stand er vor einem Tisch, an dem drei Männer, einschließlich Wing Commander Crusoe, saßen, während man ihm erklärte, er habe bestanden. Er war jetzt Navigator im Rang eines Sergeants, was er der neuen Regel der Air Force zu verdanken hatte, dass alle Flieger mindestens diesen Rang bekleiden mussten. Er hatte sich am folgenden Tag um 16 Uhr beim 78. Geschwader auf dem Air-Force-Stützpunkt in Linton-on-Ouse einzufinden.

Adam lehnte gleich hinter der Tür an der cremeweißen Wand des Korridors und wartete auf ihn. »Hast du es geschafft?«

»Bestanden«, erklärte Joshua.

Adam grinste und reckte die Hand in die Luft. »Glückwunsch, Levinson. Wo wirst du stationiert?«

»Linton-on-Ouse«, sagte er.

»Nie davon gehört.« Adam drehte sich zu dem dicht bevölkerten Flur um. »Schon mal jemand von Linton-on-Ouse gehört?«

»*Aye!*«, rief jemand. »Du kommst nach Nord-Yorkshire, Kumpel.«

»Nicht ich, sondern mein Freund hier«, sagte Adam und klopfte Joshua auf den Rücken.

Er nickte. Noch immer fühlte er sich ein wenig fassungslos angesichts der Tatsache, dass all die Arbeit, die er in die letzten paar Monate gesteckt hatte, endlich vorbei war.

So oder so, er war auf dem Weg, aktive Missionen zu fliegen.

Die Zugfahrt war wegen der Verspätungen, einiger langer Zwischenhalte und der unbequemen Sitze zermürbend, doch schließlich erreichte Joshua am folgenden Tag Yorkshire.

Steifbeinig verließ er den Bahnhof und entdeckte einen Air-Force-Truck und eine Angehörige der weiblichen Hilfstruppe, die am Straßenrand wartete. Er zog seine Mütze. »Fährt dieser Laster zum Air-Force-Stützpunkt Linton-on-Ouse?«

Die WAAF-Helferin, die ihre blaue Uniformmütze in einem kecken Winkel aufgesetzt trug, musterte ihn von oben bis unten. »Sie können zu den anderen auf die Ladefläche klettern, Sergeant.«

Joshua nickte und gesellte sich auf den harten Bänken zu drei anderen Fliegern. Einer, der einen Brief las, blickte kaum auf, und ein anderer schien, die Arme vor der Brust verschränkt und mit einer Zigarette im Mundwinkel, fest zu schlafen. Doch der dritte Mann, der gepflegt und schlank war, betrachtete Joshua von Kopf bis Fuß.

»Pilot?«, fragte der Mann.

»Navigator«, entgegnete Joshua.

Der Mann griff in seine Tasche, zog ein silbernes Etui hervor und bot Joshua eine Zigarette an, als wären sie bei einer Cocktail-Party.

»Nein, danke«, sagte Joshua, während der Motor des Lasters rumpelnd zum Leben erwachte und das Fahrzeug einen Ruck nach vorn tat, was ihren schlafenden Kameraden weckte, der schnaubte, sich umsah und dann wieder zurücklehnte.

»Wie du willst. Ich bin Flight Lieutenant Alan Smythe«, erklärte der Mann mit den Zigaretten und zog ein poliertes Silberfeuerzeug hervor.

»Sergeant Joshua Levinson«, gab er zurück. Er sah zu, wie Smythe mit dem Truck schwankte, als er seine Zigarette anzündete und Etui und Feuerzeug wieder wegsteckte. Er hätte einen Fünfer darauf gewettet, dass Smythe ein zweites, vergoldetes Set sicher zu Hause aufbewahrte.

»Was ist da drin?«, fragte Smythe und wies mit einer Kopfbewegung auf Joshuas Instrumentenkoffer.

»Ein Saxofon.«

»Du spielst?«, fragte Smythe, der sichtlich nur auf eine Plauderei aus war.

»Ja«, erwiderte Joshua. Auf den strikten Befehl seiner

Schwester hatte er das Saxofon mit nach Cambridge genommen. Er hatte sich bemüht, darauf zu spielen, wenn er dienstfrei hatte, und hatte sein Instrument mit auf die Felder ein wenig weiter weg von der Universität genommen, wo ihn niemand hören konnte. Er hatte den Kühen Ständchen gebracht, die ihn kauend gemustert hatten. Es hatte sich albern angefühlt, aber wenigstens hielt es seine Finger geschmeidig.

»Hast du gesehen, dass sie eine Frau diesen Laster fahren lassen?«, fragte Smythe. »Ebenso wahrscheinlich, dass sie uns in den Graben fährt, statt uns sicher zur Basis zu bringen.«

Joshua hatte auf dem Stützpunkt Padgate und in Cambridge genug Mitglieder der weiblichen Hilfstruppen kennengelernt, um zu wissen, dass die Frauen zwar nicht an Kampfhandlungen teilnehmen durften, aber härter sein konnten als ein Corporal bei einem Trainingslauf am frühen Morgen. »Unsere Fahrerin schlägt sich doch großartig«, meinte er.

Die WAAF-Helferin gab ihm recht. Die Männer hüpften auf ihren Sitzen und purzelten durcheinander, während sie den mit einer Plane bedeckten Truck meisterhaft durch die winzigen, kurvenreichen Straßen der alten Stadt York und hinaus in die offene Landschaft manövrierte. Ein paarmal musste sie kräftig hupen, um die Straße freizumachen – einmal wegen einer Gruppe kichernder Mädchen auf Fahrrädern, die auf die Männer zeigten, die sie durch die offene Klappe des Lasters erkennen konnten, und einmal wegen einer Herde verirrter Schafe, die im Weg standen.

Die Fahrt war nicht gerade bequem, aber in Yorkshire war der Frühling angebrochen, und das bedeutete, dass die Luft frisch und sauber war. Schafe grasten auf den Weiden, und die Pflanzen auf den Feldern wuchsen grün und üppig. In der Ferne brach die Sonne durch flaumige Wolken. Hätte er nicht auf der Ladefläche eines Lasters gesessen und die dunkelblaue

Air-Force-Uniform mit den spitzen Winkeln, den Abzeichen eines Sergeants, auf dem Ärmel getragen, hätte er fast vergessen können, dass Krieg herrschte.

Das leise Brummen von zwei Flugzeugmotoren brachte ihn in die Realität zurück, und alle Männer auf der Ladefläche des Trucks lehnten sich zurück und versuchten, einen Blick auf die Flieger zu erhaschen.

»Das sind Whitleys«, erklärte der Mann, der den größten Teil der Fahrt fest geschlafen hatte.

»Bald sitzen auch wir darin«, meinte Smythe.

Der Laster fuhr auf das Tor der Basis zu und passierte es. Sobald die WAAF-Helferin geparkt hatte, trat sie um den Truck und ließ die Heckklappe herunter. Joshua hievte sich den See-sack auf die Schulter, schnappte sich sein Saxofon und sprang hinunter.

Linton-on-Ouse sah genauso aus wie die anderen Stütz-punkte, die er schon gesehen hatte. Beton erstreckte sich vor ihm, umgeben von einem Zaun. Es gab Wachtürme und nied-rige Gebäude, in denen sich Büros, Besprechungszimmer und andere Räume befinden würden. Die Tore großer Hangars standen offen, und in ihnen und auf der Piste warteten start-bereite Flugzeuge. Der schwache, aber unverkennbare Geruch von Treibstoff lag in der Luft.

Nach Monaten des Wartens wollte er erfahren, was seine Aufgabe war, seine Crew kennenlernen und sehen, in welcher Maschine er fliegen würde. Aber zuerst musste er Meldung ma-chen.

Nachdem er sein Zeug in der Kaserne verstaut hatte, stand Joshua vor Staffelkapitän Fitzwilliam stramm, einem hochge-wachsenen, eleganten Mann mit einem roten, gezwirbelten Schnurrbart, der ihn aussehen ließ, als gehörte er eher in den letzten Krieg als in diesen.

»Sie sind auf einem Blenheim-Bomber eingesetzt, Sergeant. Sie fliegen mit Sergeant Gibson«, erklärte Fitzwilliam und konsultierte ein Klemmbrett.

»Sie meinen doch nicht Johnny Gibson, oder, Sir?«, fragte Joshua lächelnd.

Fitzwilliam blickte auf, und sein Schnurrbart zuckte. »Aus dem Norden wie Sie. Brillant. Redet wie ein Buch?«

»Genau der. Wir waren zusammen in der Grundausbildung in Padgate, Sir«, erklärte er.

»Tja, das ist mal ein glücklicher Zufall, Sergeant. Hier ist er«, sagte Fitzwilliam und wies mit einer Kopfbewegung über Joshuas Schulter.

In dem Moment, als Johnny ihn sah, leuchteten seine Augen auf. »Levinson! Wie zum Teufel geht's dir?«

»Achten Sie auf Ihre Sprache, Sergeant«, warf Fitzwilliam warnend ein.

»Tut mir leid, Sir«, sagte Johnny und salutierte schnell. »Es ist nur so, dass Levinson und ich uns schon lange kennen. Eine halbe Ewigkeit. Er war in Cambridge, und ich habe ihn seit letztem Herbst nicht mehr gesehen.«

»Tja, jetzt werden Sie viel mehr Zeit miteinander verbringen. Er ist Ihr neuer Navigator. Ich überlasse es Ihnen, ihn Russell vorzustellen. Hoffentlich ergeht es Ihnen besser als Ihrem Vorgänger, Levinson«, erklärte der Staffelkapitän, bevor er zum nächsten Mann überging.

Joshua klopfte Johnny auf die Schulter. »Dein Anblick ist Balsam für meine müden Augen, Johnny. Wie ist es dir ergangen?«

»Gut. Gut. Gut«, sagte Johnny und nickte bei jedem Wort mit dem Kopf. »Hab dir doch gesagt, dass ich Funker werde und du Navigator, oder?«

»Ja«, erwiderte Joshua und dachte an die Zugfahrt, auf der

sie einander kennengelernt hatten. »Was ist aus deinem letzten Navigator geworden?«

Johnny kratzte sich am Hinterkopf. »Soweit ich weiß, hatte er vierundzwanzig Stunden Urlaub und ist mit einer zerschmetterten Hand, drei gebrochenen Rippen und einem Beinbruch wiedergekommen. Ein paar Jungs meinen, er hätte es auf eine Schlägerei angelegt, während andere behaupten, er hätte sich mit dem Motorrad eines Meldefahrers angelegt. Wie wäre es, wenn ich dich herumführe und sehe, ob wir Russell erwischen? Er ist unser Pilot.«

Joshua folgte Johnny, während der kleinere Mann seinen üblichen laufenden Monolog abspulte. Früher hätte Joshua das vielleicht gestört, doch jetzt stellte er fest, dass er sich der tröstlichen Vertrautheit der ständigen Kommentare seines Freunds hingab.

»Du hättest Yatesbury sehen sollen, wo ich zur Ausbildung war. Wusstest du, dass wir jeden Sonntag zur Kirche antreten mussten? Die meisten Männer sind in die anglikanische Kirche gegangen, aber ein paar von uns in die katholische in der Nähe. Natürlich war es hart, Weihnachten nicht zu Hause bei meiner Mum zu sein«, fuhr Johnny fort. »Im Januar hatte ich achtundvierzig Stunden Urlaub, um hinauf nach Bootle zu fahren und sie zu besuchen, und ich glaube, sie hat noch nie so viel geweint wie in dem Moment, als ich den Zug zurück nehmen musste. Ich schwöre, sie hat mit ihren Tränen fast den Bahnsteig unter Wasser gesetzt. Bist du zu deiner Familie gefahren? Nein, warte. An Weihnachten wohl nicht. Ich weiß ja, dass du Jude bist. Ich dachte nur –«

»Ich habe sie besucht, bevor ich nach Cambridge gegangen bin«, erklärte Joshua.

Johnny stieß einen Pfiff aus. »So lange ist das schon her? Mum hätte mich umgebracht, wenn ich mich so lange nicht hätte blicken lassen, aber ich habe ihr erklärt, es könnte jetzt schwieriger werden, nachdem ich meine Ausbildung vollständig abgeschlossen habe. Wer weiß, wohin wir in den Einsatz geschickt werden.«

»Ich versuche, nach Hause zu fahren, wenn ich zum ersten Mal einen langen Urlaub bekomme«, erklärte Joshua, der entschlossen war, seiner Schwester und seinen Eltern zu beweisen, dass er Wiedergutmachung für seine Abwesenheit leistete. »Und ich habe öfter geschrieben.«

Seit er sie im Oktober gesehen hatte, fiel es ihm leichter, nach Hause zu schreiben. Viel von dem, was er täglich tat, konnte er ihnen immer noch nicht erzählen, damit die Zensur es nicht strich. Stattdessen berichtete er in seinen Briefen von Kleinigkeiten wie dem Essen in der Messe, oder dass er inzwischen die morgendlichen Übungsläufe genoss. Er erzählte vom Gefühl des Fliegens – eine Schwerelosigkeit, die auf merkwürdige Art durch das Grollen und Brüllen der Motoren geerdet wurde – und die Atemlosigkeit, die ihn bei der Landung immer überkam.

Zu zwei Themen äußerte er sich nie: Viv und ihr Kind.

In New York war es ihm gelungen, seine Gedanken und jegliche Neugier auf die beiden zu verdrängen. Doch als er Viv im Oktober gesehen hatte, hatte seine Haltung einen Riss bekommen.

Er wusste, dass er eine einzige kurze Erinnerung zu etwas Größerem aufbauschte, doch er konnte nicht anders. Er dachte daran, wie sie zum Himmel aufgeblickt hatte und das blaue Licht der späten Dämmerung auf ihr Gesicht gefallen war. Hatte er da Bedauern aus ihrer Miene gelesen?

»Da ist ja Russell«, sagte Johnny und unterbrach seinen Gedankengang.

Ein gepflegter Mann, der die Hände hinter dem Rücken

zusammengelegt hatte, stand in einer kleinen Gruppe anderer Männer, die alle die Winkel von Flight Lieutenants an den Ärmeln trugen, und blickte auf, als sie näher kamen. Sein Blick huschte zu Johnny, dann zu Joshua, und er nickte.

»Sergeant Gibson«, sagte Russell.

»Ich dachte, Sie möchten Ihren neuen Navigator kennenlernen, Sir«, erklärte Johnny.

Russell streckte eine Hand aus. »Flight Lieutenant James Russell. Ich hatte damit gerechnet, Sie später bei unserem Briefing kennenzulernen, aber es ist gut, Sie schon eher zu treffen.«

»Sergeant Joshua Levinson«, sagte er und schüttelte dem Mann energisch die Hand.

»Levinson und ich haben in Padgate zusammen die Grundausbildung gemacht«, erklärte Johnny stolz.

»Dann werden Sie ja Flight Lieutenant Moss kennen«, meinte Russell und nickte.

Als sich die anderen Männer in Russells Gruppe umdrehten, wurde Joshua flau im Magen. Neben Smythe, dem Raucher, mit dem er hergefahren war, stand Moss. Sein Gesicht war so tomatenrot wie in dem Moment, in dem er Johnny bei dem Trainingslauf in Padgate zusammengebrüllt hatte.

Joshua hörte, wie Johnny neben ihm scharf den Atem einsog.

»Wir kennen uns schon«, sagte Joshua knapp.

Moss stieß ein bellendes Gelächter aus, das ihm durch Mark und Bein ging. »Levinson, wie nett, dich hier zu sehen. Ich war immer erstaunt, dass du überhaupt die Ausbildung geschafft hast. Wo steckt dein Kumpel Schwartz? Ich dachte, ihr rottet euch gern zusammen.«

»Ihr?«, fragte Joshua und kniff die Augen zusammen.

»Juden«, gab Moss höhnisch zurück.

»Moss«, sagte Russell und trat zwischen Joshua und Moss.

»Ich schlage vor, Sie machen sich Gedanken um Ihre eigene Crew.«

»Und ich hätte gedacht, Sie würden wissen wollen, mit was für einem Mann Sie fliegen, Russell. Im Einsatz ist kein Platz für Fehler«, sagte Moss.

»Ganz richtig«, murmelte Smythe.

Russell wandte sich an Joshua und sah ihn aus seinen kühlen blauen Augen noch einmal forschend an. »Haben Sie Ihre Prüfung zum Navigator bestanden?«

»Deswegen bin ich hier«, erklärte Joshua und konnte seinen Zorn auf diesen Mistkerl Moss kaum bezähmen.

»Und gibt es irgendeinen Grund, aus dem ich mir Sorgen machen müsste, wenn ich mit Ihnen fliege?«, fragte Russell.

»Levinson ist äußerst zuverlässig«, warf Johnny schnell ein.

»Sergeant Gibson, Sie können mir gern Ihre Meinung mitteilen, wenn ich darum bitte«, sagte Russell und warf Johnny einen Blick zu. »Sergeant Levinson?«

Joshua richtete sich ein wenig gerader auf. »Absolut keinen Grund, Sir.«

»Gut«, entgegnete Russell. »Dann gehe ich davon aus, dass wir dieses Gespräch nicht noch einmal führen müssen.«

»Nein, Sir«, sagte Joshua.

Smythe sah aus, als wollte er protestieren, doch Moss trat seine Zigarette aus. »Komm. Ich will sehen, mit wem sie mich zusammengesteckt haben.«

Joshua sah den beiden nach. Das Adrenalin, das durch seinen Körper gerauscht war, zog sich langsam zurück und hinterließ eine dumpfe Müdigkeit. In Cambridge hatten ein paar der Männer fragend die Augenbrauen hochgezogen, als Adam in einem Carepaket von seiner Frau eine Menora erhalten hatte, und ein paar hatten sogar höfliches Interesse zum Ausdruck gebracht, als sie in ihrer Baracke an jedem Chanukka-Abend die

Kerzen angezündet hatten. Noch mehr Fragen hatten die anderen Männer gehabt, als Adam sie einige Monate später zu einer abgekürzten Version der Mahlzeit zur Eröffnung des Pessach-Fests eingeladen hatte. Doch Joshua hatte eher aus einer Sehnsucht nach vertrauten Ritualen denn aus Glaubensgründen an diesen Zeremonien teilgenommen. Die Glaubensgebote befolgte er schon lange nicht mehr.

»Die Air Force mag ja ihre Offiziere aus Oxford und Cambridge rekrutieren, aber ich habe selten feststellen können, dass damit auch gute Manieren verbunden sind«, meinte Russell, als Moss und Smythe außer Hörweite waren.

»Sir«, sagte Joshua verhalten lächelnd.

»Tun Sie Ihre Arbeit, und sehen Sie zu, dass Sie nicht wegen einer Motorradfahrt im Suff aus medizinischen Gründen entlassen werden, und wir kommen ausgezeichnet zurecht, Levinson«, sagte Russell und nickte.

»Er ist ein wenig steif, aber ein guter Kerl«, sagte Johnny leise, als Russell davonging. »Ein großartiger Pilot ist er auch. Und ich glaube, er ist ein wenig verständnisvoller als manch anderer.«

»Was meinst du?«, fragte er.

Johnny hielt seine Erkennungsmarke hoch und zeigte Joshua, wo »Katholisch« eingeprägt stand.

»Ich habe mal die Hundemarke von Russell gesehen«, erklärte Johnny. »Wer hätte das gedacht, er ist auch Katholik.«

Viv

17. Oktober 1934

Zu ihrer zweiten Verabredung holte Joshua Viv mit einem Auto bei Kate und Sam ab.

Kate, die Viv geholfen hatte, sich das Haar zu frisieren, stieß einen beifälligen Laut aus, als sie ihn durchs Schlafzimmerfenster entdeckte. »Ein Auto, und gut sieht er auch aus. Das muss ich dir lassen.«

»Komm da weg, sonst sieht er dich noch«, sagte Viv.

»Besser mich als Mum«, meinte Kate, als es unten an der Haustür klopfte.

Viv stand von dem winzigen Frisiertisch ihrer Schwester auf und griff nach ihrer Handtasche. »Es ist doch nur ein Date.«

»Und deswegen holt er dich hier ab statt zu Hause?«, fragte Kate mit hochgezogener Augenbraue, während Sam die Tür öffnete. »Du weißt, dass Mum und Dad das nicht billigen würden. Und außerdem sind es schon zwei Dates, Vivie.«

»Das verstehst du natürlich nicht. Du kennst Sam schon dein halbes Leben lang«, gab Viv zurück.

»Du brauchst ja nicht mit einem Typen aus der Kirche auszugehen, aber du musst wissen, dass es Folgen hat, stur seinen eigenen Weg zu wählen. Geh mit deinem Joshua aus, und amüsier dich, aber sieh zu, dass du alles mit offenen Augen angehst.«

»Ich weiß, was ich tue«, sagte Viv starrköpfig.

Sie versuchte, ihre Aufregung im Zaum zu halten, als sie zu Joshua hinunterlief. Bei ihrem Anblick leuchtete sein Gesicht auf.

»Du siehst wunderschön aus.« Hinter seinem Rücken zog er einen kleinen Blumenstrauß hervor. »Für dich.«

»Wie nett, danke«, sagte sie und drehte sich zu Kate um, damit diese ihm half, das Ansteckträußchen an ihr bordeauxrotes Wollkleid zu heften.

Sie verabschiedeten sich von Kate und Sam, und Joshua führte sie nach draußen zu dem Morris. Es fühlte sich glamourös an, in ein Auto zu steigen, um zu einem Date chauffiert zu werden, und es gefiel ihr, wie er den Arm um sie legte.

Er führte sie ins Kino aus, um einen romantischen Film zu sehen, dem sie nicht viel Aufmerksamkeit schenkte. Dazu war sie viel zu sehr mit Joshua beschäftigt. Sie unterhielt sich gern mit ihm. Er mochte Dinge, an denen die anderen jungen Männer, die sie kannte, kein Interesse zeigten, und er hatte größere Träume als alle anderen, die sie je kennengelernt hatte. Jetzt ließen diese Träume sie darüber nachdenken, warum sie selbst nie solche Gedanken gehegt hatte.

»Wie fandest du den Film?«, fragte er, als sie neunzig Minuten später das Kino verließen.

»Ich weiß nicht«, meinte sie. »Ich finde, der Funke ist nicht richtig übergesprungen.«

Er grinste. »Funke? Nennen Mädchen das so?«

Sie errötete. »Ich finde ja nur, man hätte überzeugender darstellen sollen, dass er bereit war, alles für sie aufzugeben.«

»Glaubst du, zwischen uns ist so ein Funke?«, fragte er.

Überrascht über die vorwitzige, neckende Frage fuhr sie zusammen, doch es gefiel ihr, wie ihr dabei innerlich ganz warm wurde.

»Kann schon sein«, sagte sie.

Er lachte, nahm ihre Hand und zog sie an sich. Sie schmiegte sich an seine Seite.

»Musst du schon nach Hause?«, fragte er.

»Meine Eltern denken, dass ich heute Abend meiner Schwester helfe, auf meine Nichte und meine Neffen aufzupassen«, erklärte sie.

»Gut. Ich will dir nämlich etwas zeigen.«

Er kutschierte sie durch die Stadt, vorbei an Bootle und den Küstenstädten, bis sie Formby Beach erreichten. Die Dämmerung warf violette und blaue Schatten, als er an einer ruhigen Stelle parkte.

»Es ist wunderschön hier draußen«, sagte sie.

»Mum und Dad sind häufig mit uns hergefahren, bevor wir nach Wavertree gezogen sind. Seit wir auf der anderen Seite der Stadt leben, habe ich nicht mehr oft Gelegenheit, hierherzukommen.«

Sie wandte sich ihm zu, und ihr stockte der Atem. Er war wunderschön, und sein dichtes Haar glänzte im Mondschein. Am liebsten wäre sie mit den Händen hindurchgefahren und hätte die leichte elektrische Spannung zwischen ihnen gespürt.

»Viv …«, begann er, doch sie brachte ihn mit einem Kuss zum Schweigen.

Er erstarrte und sank dann in ihre Arme.

»Du bist so schön«, flüsterte er ihr ins Ohr, als er sich von ihr löste und eine Spur von Küssen an ihrem Hals hinaufzog.

Das hier war etwas, das anständige Mädchen nicht taten, doch dass er sie schön nannte, entfachte etwas in ihrem Inneren. Sie ließ die Hände unter die Revers seines Jacketts gleiten und spürte die Wärme, die durch den dicken Baumwollstoff seines Hemds drang.

»Viv«, stöhnte er, doch sie konnte sich nicht bremsen. Sie wollte ihn berühren. Das bereitete ihr solch ein gutes Gefühl, und daran konnte doch bestimmt nichts verkehrt sein.

Er ließ seine Hände über ihre Taille gleiten, ihre Brüste, durch ihr Haar, sie spürte sie überall. Während sie sich küssten, drückte er sie auf der Sitzbank zurück, sodass er sie mit seinem Körper bedeckte. Sie liebte das Gefühl seines heißen Atems an ihrem Hals und seines schweren Körpers auf sich.

»Wir sollten langsamer machen«, sagte er, doch er klang keinen Moment so, als glaubte er daran.

»Ich will aber nicht«, sagte sie und ignorierte sämtliche inneren Stimmen, die in ihrem Kopf kreischten, dass sie aufhören solle. Sie hätte nicht einmal bei dieser Verabredung sein dürfen, was kam es also darauf an, ob sie aufhörte? Sie wollte es. Sie tat immer, was man ihr sagte. Nie beging sie einen Fehler. Nur dieses eine Mal wollte sie etwas tun, weil es sich gut anfühlte.

Es langsam angehen zu lassen war das Letzte, was sie tun sollten.

Joshua

Hätte Joshua klar denken können, wäre es ihm peinlich gewesen, wie schnell alles vorbei war, doch dazu war er zu durcheinander. Er hatte aufs Meer hinausgeschaut, und im nächsten Moment küsste Viv ihn, und dann war alles in einem Strudel aus nackter Haut und Sex verschwommen.

Ihr Atem ging wieder langsamer, als sie sich schließlich von ihm löste, ihre Kleidung richtete und sich bedeckte. Sie sah ihn nicht an.

»Alles gut bei dir?«, fragte er.

»Ich ... ich glaube schon«, sagte sie.

Blitzschnell stieg Reue in ihm auf. »Ich hätte dafür sorgen sollen, dass wir aufhören.«

»Nein, es ist meine Schuld. Tut mir leid«, erwiderte sie und sah starr vor sich hin.

»Ich glaube, es sollte gutgegangen sein«, sagte er und betastete den feuchten Fleck an seinem Hosenbein. Wenigstens hatte sein Hirn noch so weit gearbeitet, dass er sich im letzten Moment aus ihr zurückgezogen hatte. Er konnte nur hoffen, dass es früh genug gewesen war.

Schweigen erfüllte den Wagen, es wirkte eindeutig drückend.

»Wir gehen wieder miteinander aus«, erklärte er mit ausdrucksloser Stimme.

»Das wäre nett«, sagte sie, doch ohne Begeisterung. Es war, als hätte das, was sie getan hatten, eine Wand zwischen ihnen errichtet, und jetzt stand sie unerreichbar auf der anderen Seite.

»Soll ich dich zurück zu deiner Schwester fahren?«, fragte er.

Viv biss sich auf die Unterlippe und sah immer noch nach vorn. »Ich glaube, das wäre eine gute Idee.«

Viv

So leise sie konnte, schloss Viv mit dem Schlüssel, den ihre Schwester ihr geliehen hatte, die Haustür auf. Sie hatte es fast bis in Coras Zimmer geschafft, in dem Kate ihr ein Klappbett aufgestellt hatte, als die Schlafzimmertür geöffnet wurde. Ihre Schwester, die sich das Haar mit Nadeln eingedreht hatte und einen Morgenmantel trug, den sie am Hals zusammenhielt, steckte den Kopf heraus.

»Wie war deine Verabredung?«, fragte Kate.

Viv schluckte und nickte. »Gut. Wir waren im Kino.«

»Du bist spät zurück.«

»Wir sind anschließend noch ausgefahren und haben geredet.«

Kate zog eine Augenbraue hoch. »Geredet?«

Viv versuchte, nicht an ihre zitternden Knie oder die klebrige Feuchtigkeit zwischen ihren Schenkeln zu denken. »Geh wieder ins Bett. Morgen früh erzähle ich dir mehr.«

Kate wirkte, als wollte sie etwas sagen, doch stattdessen nickte sie knapp. »Na schön. Gute Nacht, Vivie.«

Viv schleppte sich in Coras Zimmer, doch Kates leise Bemerkung entging ihr nicht. »Ich hoffe, du weißt, was du tust«, sagte ihre Schwester und schloss dann die Tür hinter sich.

Viv kniff die Augen zu. Gott, das hoffte sie auch.

Viv

6. Mai 1940

Viv atmete schnell, als sie hektisch den eisernen Türklopfer am Haus ihrer Schwester betätigte. Sie konnte nicht aufhören, an Rebeccas Behauptung zu denken, die Levinsons hätten ihren Brief nie bekommen. Dass sie die ganze Zeit gedacht hatten, sie halte Maggie von ihnen fern.

Das Klappern von harten Schuhsohlen auf den Bodenbrettern der Diele kündigte ihre Schwester an, und dann riss Kate schwungvoll die Tür auf. Sie hatte sich das Haar mit einem dreieckigen Tuch zurückgebunden. An den Seiten kräuselten sich ein paar Löckchen, und ihre Wangen waren ein wenig gerötet. Viv fiel auf, dass ihre Schwester die blau-weiß karierte Schürze trug, die sie ihr letztes Jahr zu Weihnachten genäht hatte.

»Komm rein, Vivie. Du hast mich vor der Mangel gerettet. Heute ist Waschtag.«

»Ich muss mir dir reden«, erklärte Viv und stürzte ins Haus.

»Ach herrje, dass klingt ernst. Ich setze Wasser für eine Tasse Tee auf«, sagte Kate.

Viv gab sich die größte Mühe, ihren aufsteigenden Zorn hinunterzuschlucken, und folgte ihrer Schwester in deren kleine Küche.

»Ich bin froh, dass du hier bist. Ohne Sam und die Kinder, die im Haus herumlärmen, ist es zu still«, plapperte Kate, während sie den Kessel nahm und den Wasserhahn aufdrehte. »Die Leute behaupten, man gewöhnt sich daran, aber es sind jetzt acht Monate, und ich finde, es ist im Lauf der Zeit sogar schlimmer geworden. Mrs. Holland sorgt offenbar dafür, dass sich die Kinder jeden Sonntag hinsetzen und ihre Briefe schreiben, denn ich kann mir nicht vorstellen, dass Colin mir aus eigenem Antrieb schreibt. Du weißt ja, dass er lieber draußen wäre. Ich habe gehört, dass die Landschaft in diesem Teil von Wales schön ist, und Sam kennt sie ein wenig. Er hat mir geschrieben, dass er als Kind in der Gegend von Pwllheli ans Meer gefahren ist. – So«, Kate wandte sich vom Herd ab, nachdem sie den Kessel aufgesetzt hatte, »worüber wolltest du reden? Bringt Mum dich wieder auf die Palme?«

»Nein, es geht nicht um Mum«, erklärte sie.

»Tja, das muss man dann wohl im Kalender rot anstreichen«, meinte Kate.

»Erinnerst du dich noch an die Tage nach Maggies Geburt?«, fragte Viv.

»Wie könnte ich das vergessen? Meine kleine Schwester, die mir eine Nichte geschenkt hat? Ich hätte nicht glücklicher sein können«, sagte Kate.

Viv schluckte. »Ich habe Joshuas Eltern einen Brief geschrieben und ihnen von Maggie erzählt. Du solltest ihn für mich einwerfen. Weißt du noch?«

Kate wandte sich ab, um zwei Steingutbecher von einem hohen Regalbrett zu nehmen. »Kann schon sein.«

»Hast du?«, fragte sie.

»Ob ich was getan habe?«, fragte Kate und gab einen knapp bemessenen Löffel Zucker in eine der Tassen.

»Hast du den Brief an die Levinsons eingeworfen, wie ich dich gebeten hatte?«

Der Löffel schepperte in die Tasse. Kate fuhr schuldbewusst herum. »Es tut mir so leid, Vivie.«

»Du hattest versprochen, ihn abzuschicken!«

»Du warst erschöpft und fast hysterisch. Du hattest gerade eine Geburt hinter dir«, wandte Kate ein. »Ich dachte –«

»Dass du das Beste für mich tust? Oder hast du getan, was Mum und Dad wollten?«

»Ich –«

»Du bist meine Schwester, du solltest auf meiner Seite stehen!«, schrie sie.

»Du hast dich so aufgeregt, nachdem Joshua fortgegangen war. Ich dachte, falls die Levinsons nichts mit Maggie und dir zu tun haben wollen, würde das alles noch schlimmer machen«, erklärte Kate.

»Ich habe mich nicht aufgeregt. Ich war zornig! Ich war wütend auf ihn, weil er weggegangen ist. Auf Mum, weil sie ihn dafür bezahlt hat, und auch auf mich selbst, weil ich so naiv war, daran zu glauben, dass er zu mir halten würde.« Sie schluchzte. »Ich habe geglaubt, du wärst die Einzige, der ich vertrauen kann.«

»Es tut mir schrecklich leid, Vivie«, sagte Kate, stürzte herbei und umklammerte Vivs Hände.

»Jahrelang habe ich geglaubt, die Levinsons hassen mich so sehr, dass sie nicht einmal ihre Enkelin kennenlernen wollen. Und jetzt finde ich heraus, dass sie nicht einmal von ihrer Existenz wussten. Wie konntest du nur, Kate?«

»Ich dachte, es wäre so das Beste«, flüsterte ihre Schwester.

»Und was war mit allem, was seitdem passiert ist? All die Gelegenheiten, bei denen du dich auf Mums und Dads Seite geschlagen hast, zum Beispiel, als sie Maggie wegschicken wollten?«

»Die Evakuierung war das Beste für Maggie«, erklärte Kate. »Das weißt du.«

»Für wen? Für Mum und Dad, die sie sowieso nie um sich haben wollten? Für dich, damit du nicht darüber nachzudenken brauchtest, deine eigenen Kinder fortgeschickt zu haben?«

Kate riss den Kopf zurück, als hätte Viv sie geohrfeigt. »Ich habe sie weggeschickt, weil es am sichersten war. Du hättest selbst entscheiden können.«

»Weil es ja so einfach ist, Mum und Dad zu widersprechen, obwohl ich komplett von ihnen abhängig bin, bis hin zu dem Haus, in dem ich wohne.«

»Ach, hör doch auf!«, explodierte Kate. »Seit fünf Jahren jammerst du nur herum, wie schwer dein Leben ist.«

Viv keuchte auf. »Ich kann nicht glauben, dass du das sagst.«

»Und ich kann nicht fassen, was aus meiner klugen, tapferen, entschlossenen kleinen Schwester geworden ist«, erwiderte Kate heftig. »Schau dich doch an! Du hast schreckliche Furcht vor allem. Seit Jahren machst du genau das, was Mum sagt, weil das einfacher ist, als dich deinen Ängsten zu stellen.«

»Im Gegensatz zu dir habe ich keinen Mann, Kate.«

»Aber du hast doch einen! Du trägst Joshuas Namen, und das ist wichtig, ob du es selbst glaubst oder nicht. Du bist nicht wie diese Mädchen, die in Schwierigkeiten geraten und weggeschickt werden. Dein Kind hat seinen Namen. Er steht auf der Geburtsurkunde. Du hättest so vieles tun können, aber statt-dessen bist du zurück zu Mum und Dad geflüchtet und lässt dich von ihnen wie ein Hausmädchen behandeln. Du hast die-ses Leben gewählt, Viv. Niemand sonst.«

Viv starrte ihre Schwester mit offenem Mund an.

»Du gehörst zu den hartnäckigsten Menschen, die ich kenne. Ich dachte, du wärst endlich aufgewacht, als du dich Mum und Dad widersetzt hast und wieder arbeiten gegangen bist, aber ab-gesehen davon hat sich nichts geändert«, fuhr Kate fort.

»Ich habe also all meine Chancen vergeudet und mein Leben ruiniert, weil ich schwanger geworden bin. Meinst du das?«, fragte sie.

Kate schüttelte energisch den Kopf. »Ich weiß, dass es schwer war, in diesem Haus zu leben, aber jetzt hast du die Gelegenheit, das alles zu ändern. Du kannst dir etwas einfallen lassen. Frauen haben jahrhundertelang von weniger gelebt.«

Viv drehte sich der Magen um, als ihr klar wurde, dass ihre Schwester einige der Gedanken, die sie selbst gehabt hatte, in Worte fasste. Was, wenn sie nicht mehr zu Hause wohnen würde? Was, wenn sie sich ein für alle Mal gegen ihre Mutter auflehnte und auszog? Was, wenn sie Entscheidungen treffen würde, die schwer, aber anders waren?

»Am glücklichsten habe ich dich nicht gesehen, wenn du mit Maggie zusammen warst, Vivie, sondern als du in der Sortieranlage gearbeitet hast«, erklärte Kate, und ihr Ton wurde sanfter.

»Ich liebe meine Tochter«, flüsterte sie.

»Natürlich. Sie ist deine Tochter. Aber reicht das?«

Sie war noch nie auf die Idee gekommen, dass sich ihr Leben um etwas anderes als Maggie drehen könnte.

»Ich dachte, du wolltest genug Geld verdienen, um eine Wahl zu haben, die ich nie hatte. Du würdest ein anderes Leben führen«, sagte Kate.

Hatte sie das nicht geschafft, als sie den Job als Postbotin angenommen hatte? Sie empfand auf ihrem Fahrrad eine solche Freiheit, bei einer Arbeit, die sie lieb gewonnen hatte, und sie wurde sogar noch dafür bezahlt. Manchmal hatte sie beinahe ein schlechtes Gewissen, weil sie den Verdacht hatte, dass sie die Arbeit genauso genoss, wie sie das Geld schätzte, mit dem sie sich die Zug- und Busfahrkarten nach Wootton Green leisten konnte.

»Aber alles, was ich getan habe …«

»Ist nicht das Einzige, was dir je passieren wird. Tut mir leid, dass die letzten Jahre schwer für dich waren, Vivie. Was dir zugestoßen ist, würde ich niemandem wünschen, und an manchen Tagen finde ich, es ist ein Wunder, dass du überhaupt mit unseren Eltern unter einem Dach leben kannst.«

Viv sah zu ihrer Schwester auf. Auf dem Herd begann der Kessel zu pfeifen. »Was soll ich tun?«

»Dein Leben gehört weder mir noch sonst jemandem. Du bist die Einzige, die das entscheiden kann, aber ich weiß, dass es damit anfängt, dass du dir schlüssig darüber werden musst, was du willst.«

Während ihre Schwester den Tee einschenkte, starrte Viv auf den blank geschrubbten Boden in Kates Küche. Ihre Schwester hatte recht. Viv hatte so lange einfach versucht zu überleben, dass sie vergessen hatte, über Maggie und die Bedürfnisse ihrer Tochter hinauszudenken. Aber vielleicht hatte ihre Schwester auch in anderer Hinsicht recht. Viv konnte einen Weg aus ihrer Lage finden.

Als Kate einen Teebecher mit einer knapp bemessenen Menge Milch vor Viv hinstellte, blickte sie auf. »Ich muss bei Mum und Dad ausziehen.«

»Ja«, meinte Kate und nickte.

»Ob jemand eine Frau mit einem Kind aufnehmen wird?«

»Keine Ahnung, aber Fragen schadet nicht«, erklärte sie.

Viv nippte an ihrem Tee und stellte die Tasse dann vorsichtig wieder ab. »Ich verzeihe dir trotzdem nicht, dass du diesen Brief nicht abgeschickt hast.«

Kate seufzte. »Ich weiß nicht, was ich sagen soll, außer, dass ich versucht habe, das zu tun, was ich für das Beste gehalten habe.«

»Mir erzählen schon genug Leute jeden Tag, was das Beste für mich ist. Mum, Dad, Pater Monaghan – sogar Mrs. Lloyd im Lebensmittelladen gibt mir jede Menge ungebetener Ratschläge. Nicht nötig, dass du auch dabei mitmachst«, sagte Viv.

Kate nickte verhalten. »Ich werde mir große Mühe geben, dass das nicht wieder vorkommt.«

»Versprich mir nur, dass du beim nächsten Mal, wenn ich dich um Hilfe bitte, tust, was ich sage.«

»Versprochen«, sagte Kate. »Obwohl, darf ich dir einen Rat geben?«

Viv neigte das Kinn.

»Wenn du entscheidest, dass du ausziehen und allein leben wirst, solltest du vorbereitet sein. Mum wird den Kontakt zu dir abbrechen. Dad wird es Mum gleichtun. Möglich, dass sie sogar versuchen, dir erneut Pater Monaghan auf den Hals zu hetzen.«

»Er wird mich bestimmt an die Pflicht von Töchtern gegenüber ihren Eltern erinnern«, meinte Viv und zog eine Grimasse.

»Es ist mir ernst. Du solltest eingehend darüber nachdenken, denn wenn du dich so entscheidest, wird das einer Menge Leute nicht gefallen«, warnte Kate sie.

»Zum Beispiel den meisten Menschen, die ich in Walton kenne? Zum Beispiel der ganzen Kirchengemeinde? Das ist kein großer Verlust. Als ich das letzte Mal Hilfe brauchte, waren die auch nicht für mich da.«

Kate streckte die Hand über den Tisch aus und umfasste Vivs Arm. »Es ist mein Ernst. Auch wenn du Mrs. Joshua Levinson bist, werden manche Leute nicht glauben, dass du verheiratet bist, oder sie werden erraten, warum du geheiratet hast und nicht mit deinem Mann zusammenlebst. Sie werden dich behandeln, als würdest du in Trennung leben oder wärst geschieden, und wir Byrnes sind nicht vornehm genug, um das einfach abzutun.«

»Du hast mich doch zum Ausziehen ermuntert. Und jetzt sagst du, ich soll es nicht tun?«

Kate schüttelte den Kopf. »Ich sage, dass du das mit offenen Augen angehen sollst. Tu es nicht, weil ich es dir gesagt habe. Tu es, weil du willst.«

»Ich möchte nicht, dass Maggie so aufwächst wie ich. Immer voller Angst und mit schlechtem Gewissen wegen jeder Kleinigkeit.« Sie wollte, dass ihre Tochter die Gewissheit hatte, geliebt zu werden. Sie wollte ihr begreiflich machen, dass sie ein Geschenk und keine Last war.

Kate nickte. »Also gut. Lass uns einen Plan schmieden.«

»Du hilfst mir?«, fragte Viv.

»Du bist meine kleine Schwester. Natürlich will ich dir helfen«, erklärte Kate.

Viv stand auf, trat auf die andere Seite des Tischs und umarmte ihre Schwester. Sie hatte Kate nicht verziehen, aber zum ersten Mal seit sehr langer Zeit hatte sie das Gefühl, vielleicht doch nicht ganz so allein zu sein.

Liebe Mum, Dad und Rebecca,

ihr werdet froh sein zu hören, dass ich mich auf dem Stützpunkt eingelebt habe. Ich bin meine ersten Einsätze noch nicht
geflogen, aber wir haben jeden Tag Testflüge absolviert. Wir
heben tagsüber ab, vergewissern uns, dass alles so funktioniert,
wie es soll, und prüfen die ganze Ausrüstung.
Ich bin zwar neu auf der Basis, aber Russell und Johnny sind
schon so lange hier, dass sie ein festgelegtes Flugzeug haben.
Unser altes Mädchen hat den Buchstaben D wie »Dog«, aber
Johnny nennt sie Dorothy, weil er behauptet, es sei nicht höflich,
eine Dame als Hund zu bezeichnen. Wir haben auch unsere
eigenen Schrauber, die an Dorothy arbeiteten. Ihr würdet nicht
glauben, was alles nötig ist, um die Luftflotte instand zu halten.
Wenn wir nicht in der Luft sind, sitzen wir in Besprechungen,
lernen alles über deutsche Flugzeuge oder arbeiten an unserer
Ausrüstung. Wir haben auch ein wenig Zeit für uns. Wenn wir
keinen Urlaub haben, bleiben wir auf dem Stützpunkt, aber es
gibt einen Laden, in dem wir Essen und heiße Getränke kaufen
können. Gelegentlich hängt jemand ein Bettlaken auf und holt
den Filmprojektor heraus, damit wir uns etwas ansehen können.
Meistens Komödien und Musicals. Jede Menge amerikanische
Filme, aber auch ein paar von unseren.
Freut mich zu hören, dass es im Atelier gut läuft. Ihr habt recht,
die Menschen werden immer Kleidung brauchen, auch im Krieg.
Ich weiß nicht, wann ich das nächste Mal Urlaub bekomme,
aber sobald ich kann, werde ich nach Liverpool fahren.

Euer euch liebender Bruder und Sohn
Joshua

Lieber Joshua,

ich weiß nicht, wie ich es Dir sagen soll, aber es fühlt sich nicht
richtig an, es Dir vorzuenthalten.

Letzte Woche habe ich Vivian getroffen. Es war nicht das erste
Mal. Im Oktober, nicht lange nach deinem Besuch, stand sie
plötzlich vor unserer Tür.

Sie hat einen Job als Postbotin in Wavertree angenommen.
Mum hat gesagt, Viv hätte schockiert gewirkt, als Mum die
Tür aufmachte und sie dort stehen sah. Seit diesem Tag habe
ich viel darüber nachgedacht, und ich glaube nicht, dass ihr
klar war, dass wir hier wohnen, weil sie nie hier gewesen ist.
Nach diesem ersten Mal muss sie einen Zustellerwechsel in die
Wege geleitet haben, weil wir eine Weile eine neue Briefträgerin hatten – eine angenehme, lebhafte junge Frau namens Miss
O'Sullivan. Doch offenbar ist ihr etwas widerfahren, denn Viv
tauchte schließlich erneut mit Briefen in der Hand vor unserer
Tür auf. Sie hat mir erklärt, dass sie die Route wieder über-
nommen hat. Ich glaube nicht, dass sie darüber glücklicher ist
als ich.

Über die Jahre habe ich immer einen Groll gegen sie gehegt,
weil Mum und Dad sich ständig gefragt haben, was mit dem
Enkelkind ist, das sie nicht kennen. Ich fand das schrecklich
grausam, vor allem, weil ihre Familie verantwortlich dafür war,
dass du Liverpool verlassen hast.

Sie hat mir erzählt, sie hätte unseren Eltern kurz nach der
Geburt einen Brief geschrieben. Sie hat ihn an den Laden
adressiert und ihnen mitgeteilt, sie hätte ein kleines Mädchen
bekommen, Margaret Anne Levinson, die sie Maggie nennt.
Sie sagt, es hätte sich nicht richtig angefühlt, dass Mum und

*Dad nicht Bescheid wussten. Sie wollte, dass sie ihre Enkel-
tochter kennenlernen.*

*Der Brief ist nie angekommen. Keine Ahnung, wie oder
warum, aber sie hat fünf Jahre lang geglaubt, wir wollten nichts
mit Deiner Tochter zu tun haben, und wir dachten, sie hielte
Maggie von uns fern.*

*Viv hat uns berichtet, dass Maggie evakuiert wurde und bei
einer Familie in einem Dorf in Warwickshire lebt. Jedes Mal,
wenn die Luftschutzsirene wieder falschen Alarm gibt, bin
ich froh darüber, aber ich glaube, es bricht Mum und Dad ein
wenig das Herz, dass ihre Enkelin so weit weg ist.*

*Seit Tagen denke ich darüber nach, ob ich Dir davon schreiben
soll. Du glaubst vielleicht, der Grund wäre, dass ich zornig auf
Viv bin. Das stimmt nicht. Sosehr ich versuche, es nicht zu
sein, bin ich immer noch wütend auf Dich. Wenn Du geblieben wärst, wäre nichts von alldem passiert. Wir hätten Maggie
gekannt. Ich hätte nicht zusehen müssen, wie Mum jedes Mal
geweint hat, wenn sie auf der Straße einen Kinderwagen gesehen hat, und Dad hätte vielleicht nicht immer länger im Laden
gearbeitet, aber nie über den Grund dafür geredet, obwohl es so
offensichtlich war.*

*Du konntest davonlaufen, Joshua, aber Du hast nie darüber
nachgedacht, was Du uns damit angetan hast. Uns allen, einschließlich Deiner Frau.*

*Ich liebe Dich, weil Du mein Bruder bist. Ich will, dass Du
sicher bist, aber ich will auch, dass Du erfährst, was ich weiß.*

*Deine Schwester
Rebecca*

Joshua

Joshua starrte den Brief in seiner Hand an.

Er hatte eine Tochter.

Ein kleines Mädchen.

Maggie.

Irgendwie fühlte es sich anders an, den Namen seines Kindes zu kennen – realer.

Er las den Brief noch einmal durch, und noch eine andere Wahrheit dämmerte ihm. Seine Schwester hatte den Namen seiner Tochter vor ihm erfahren. Verdammt, seine Schwester hatte eher als er erfahren, dass er eine Tochter hatte!

Vor Scham wäre er am liebsten im Boden versunken.

Er fuhr sich mit der Hand durchs Haar. Er hatte eine Frau, die er seit Jahren nicht gesehen hatte, eine Tochter, die er nie kennengelernt hatte, und was hatte er dafür vorzuweisen? Die Karriere eines umherziehenden Musikers, der, falls er nach New York zurückkehrte, nichts Festes in Aussicht hatte.

»Noch eine Viertelstunde.«

Joshua blickte auf und sah Johnny am Fuß seines Betts stehen, wo er unruhig von einem Fuß auf den anderen trat. Heute Nachmittag waren sie gebrieft worden. Sie würden an diesem Abend um 19 Uhr aufsteigen, Frankreich überqueren und Bombenangriffe auf Ziele in Deutschland durchführen. Sie wussten alle, was das bedeutete. Ein paar der Männer, die heute Nachmittag in dem Besprechungsraum gesessen hatten, würden nicht zurückkommen.

Einige von ihnen waren anspannt, lachten ein wenig zu laut

und summten praktisch von dem Adrenalinstoß, den jeder echte Einsatz auslöste. Andere wirkten bedrückt und verbrachten ihre Zeit damit, Briefe zu schreiben, die mit »Sollte ich nicht zurückkehren …« begannen und an geliebte Menschen verschickt werden würden, wenn es zum Schlimmsten kam.

Joshua hatte sich angewöhnt, in ruhigen Momenten sein Saxofon hervorzuholen und sich zu beruhigen, indem er alte Songs anstimmte, die er in der Swing Street gespielt hatte.

»Gut«, sagte er und faltete Rebeccas Brief zusammen. »Auf geht's.«

Er stand auf und reckte sich, denn er wusste, dass vor ihm lange Stunden lagen, in denen er neben Russell an Dorothys Instrumententafel hocken würde. Dann zog er seine Stiefel aus, schlüpfte in den Fliegeroverall und schnürte sich die Stiefel wieder zu.

Schließlich nickte er Johnny zu, der, den Blick fest auf den Boden gerichtet, an der Tür auf und ab lief. »Gehen wir.«

Sie traten durch die Tür ihrer Baracke und trafen auf halbem Weg zu der Rollbahn, wo Dorothy parkte, auf Russell.

»Sergeants«, sagte Russel und nickte kurz, auf respektvolle, professionelle Art.

Russell kletterte als Erster hinauf, gefolgt von Joshua und dann Johnny, wobei jeder von ihnen den Cartoon von Judy Garland aus dem *Zauberer von Oz* tätschelte, den einer der Mechaniker auf die Backbordseite des Cockpits gezeichnet hatte. Dorothy war ihr Talisman und eine Erinnerung daran, dass der beste Platz zu Hause war, an den sie jedes einzelne Mal zurückkehren sollten.

Joshua quetschte sich neben Russell, der seine Checklisten durchging, während Johnny seinen Platz am Funkgerät einnahm. Wenn sie sich über ihrem Ziel befanden, würde Joshua seinen Gleitsitz einsetzen, mit dessen Hilfe er die Bomben auf ihr Ziel ausrichten konnte. Falls sie auf eine der Messerschmitt-Maschinen der Luftwaffe trafen, würde Johnny sich in den Geschützturm achtern schieben und sein Bestes tun, um sie vor Problemen zu bewahren, während die Spitfires, die ihnen Geleit gaben, versuchen würden, den Feind in Gefechte zu verwickeln.

Die Motoren erwachten dröhnend zum Leben, während Russell für die Startsequenz an seinen Instrumenten schaltete und kurbelte. Joshua setzte den Kopfhörer auf, der ihnen erlauben würde, sich trotz des Röhrens der Maschinen zu verständigen.

»Legen wir zu Ehren von Levinsons Jungfernflug einen sauberen Einsatz hin, Gentlemen«, sagte Russell in sein Headset.

Joshua drehte sich um und sah, dass Johnny auf seiner Station den Daumen reckte. Dann lehnte er sich in seinen Sitz zurück, so gut es ging, und wappnete sich für den Flug.

Maggie

19. Juni 1940

Iss das auf, Margaret«, sagte Mrs. Reed, die Haushälterin der Thompsons und zeigte auf das kleine Stück Hühnchen, das sich noch auf Maggies Teller befand. »Wir haben schließlich Krieg.«

Maggie schnitt eine Grimasse. An dem Hühnchen war noch die Haut. Ihre Mutter wusste, dass sie keine Haut mochte, aber Mrs. Reed nicht, und Maggie hatte nicht vor, es ihr zu verraten.

Sie stach mit der Gabel in das Fleisch und steckte es in den Mund. Maggie zwang sich, es zu kauen und dann zu schlucken, obwohl sie das Gefühl hasste. Brave Mädchen machten das so.

»Ich bin fertig, Mrs. Reed. Darf ich bitte vom Lunch aufstehen?« Maggie hatte gelernt, dass hier in Beam Cottage das Mittagessen Lunch hieß, das Abendessen Dinner und das Tuch, das sich Maggie beim Essen auf den Schoß legte, Serviette.

Die Haushälterin machte ein großes Getue darum, Maggies Teller zu überprüfen. »Nun gut«, erklärte Mrs. Reed schließlich. »Geh schon. Ich muss den Tee machen.«

Maggie hüpfte über die Treppe zu ihrem Zimmer hinauf, ließ jedoch die Tür offen. Wenn Mrs. Thompson Tee anbot, hieß das, dass sie einen Gast erwartete und es Sandwiches und später Süßigkeiten zu essen geben würde.

Manchmal bei diesen Teerunden gab Mrs. Thompson gern vor den anderen Ladys aus dem Dorf mit Maggie an. Maggie trug dann eines ihrer Rüschenkleider mit Schleifen und steifen Röcken, und alle ließen sich darüber aus, wie hübsch und wohlerzogen sie sei.

Doch an diesem Nachmittag klingelte es an der Tür, und niemand kam nach oben, um Maggie zu holen. Sie beschäftigte sich in ihrem Spielzimmer und wartete darauf, gerufen zu werden, doch nach kurzer Zeit langweilte sie sich.

Sie schlich ans obere Ende der Treppe und setzte sich auf eine Stufe, von der aus sie gerade eben durch die offene Tür zum Salon schauen konnte. Sie sah einen großen Mann, der bis auf ein Stück weißen Kragen am Hals ganz in Schwarz gekleidet war und zur Tür gewandt dasaß. Er ähnelte Pater Halson, dem sie jeden Sonntag in der Kirche begegnete.

»Margaret lebt sich trotz einiger Rückschläge sehr gut ein«, hörte sie Mrs. Thompson sagen, obwohl sie ihre Pflegemutter nicht sehen konnte. »Aber was hat sie nach ihrer Ankunft nicht alles erzählt! Sie hat mich doch tatsächlich gefragt, wann Waschtag sei und wer mir bei der Wäsche helfe.«

»Sarah«, hörte Maggie Mr. Thompson in dem Tonfall sagen, den er manchmal gebrauchte, wenn sich Mrs. Thompson über Dinge aufregte, die er für »albern« hielt.

»Wo sie herkommt, ist alles ganz anders als in Wootton Green. Die Gemeindemitglieder sind nicht so wohlhabend«, erklärte der Geistliche.

»Ich habe die Zeitungen gelesen und dachte, ich hätte das verstanden, aber der Zustand ihrer Unterwäsche war schockierend«, erklärte Mrs. Thompson. »Man konnte praktisch hindurchsehen.«

Maggies Wangen glühten.

»Wir waren konsequent und haben versucht, nicht die Geduld mit ihren kleinen Angewohnheiten zu verlieren«, sagte Mr. Thompson.

»Da bin ich mir sicher«, meinte der Geistliche.

»Das einzige Problem ist jetzt eigentlich noch die Mutter«, sagte Mrs. Thompson. »Sie besteht auf regelmäßigen Besuchen.«

»Sie ist ihre Mutter«, erklärte der Geistliche.

»Schatz, darüber haben wir doch geredet. Mrs. Levinson hat jedes Recht, Margaret zu sehen, wann immer sie will«, sagte Mr. Thompson.

»Das sagst du, mein Lieber, aber jedes Mal, wenn sie kommt, weint Margaret und ist fast untröstlich. Wirklich, ich könnte ja noch verstehen, dass Mrs. Levinson einmal zu Besuch kommt, um sich davon zu überzeugen, dass ihre Tochter sich eingelebt hat, aber fast jeden Monat ist lächerlich. Keine der anderen Familien, die evakuierte Kinder aufgenommen haben, hat je Besuch von deren Eltern bekommen«, schloss Mrs. Thompson.

Eine Pause trat ein. »Du weißt aber, dass sie irgendwann wieder nach Hause fahren muss, Sarah«, sagte der Priester dann. »Dieser Krieg kann nicht ewig weitergehen.«

»Ich glaube, wir beide müssen ab und zu daran erinnert werden«, meinte Mr. Thompson.

»Matthew …«

»Maggie ist nicht unser Kind«, erklärte Mr. Thompson mit fester Stimme.

Maggie blinzelte ihre Tränen weg und schlich leise in ihr Zimmer. Sie schloss die Tür und ließ sich zu Boden sinken.

Sie begriff nicht, warum Mrs. Thompson so enttäuscht von ihr zu sein schien und warum Mr. Thompson nicht wollte, dass sie blieb. Sie war ein braves Mädchen gewesen, genau wie ihre Mutter es ihr aufgetragen hatte.

Sie nahm Tig vom Bett und barg ihn an der Brust. Als sie ihn an sich drückte, wurde ihr Atem ruhiger.

Schließlich, nachdem sie nicht mehr von Schluchzern geschüttelt wurde, zog sie ihre Nachttischschublade auf und griff nach dem Foto, das ihre Mutter ihr geschenkt hatte. Sie streckte einen Finger aus und berührte das Gesicht ihrer Mutter. Irgendwie half das, obwohl es nur Papier war.

Joshua

16. August 1940

Als Joshua sich auf seinem Stuhl zurücklehnte, wich die Anspannung aus seinen Schultern.

Noch ein erfolgreicher Einsatz.

Sie hatten einen ruhigen Flug, den sie in Formationen mit den anderen Blenheims und Spitfires, die von der Basis aus gestartet waren, zurückgelegt hatten. Erst fünf Meilen vor ihrem Ziel hatten sie Feindberührung gehabt – zwei Messerschmitt-Jäger. Die Spitfires hatten sich eine Auseinandersetzung mit ihnen geliefert und waren hektisch auf- und abgestiegen, aber Russell hatte sie exakt auf Kurs gehalten.

Joshua hatte die tausend Pfund an Bomben, die sie an Bord hatten, genau ins Ziel abgeworfen. Die Geheimdienstinformationen waren richtig gewesen, und er hatte die dunklen Umrisse des Fabrikgebäudes ausmachen können, das ihr Ziel war.

»Gute Arbeit, Männer«, sagte Russell, als Joshua berichtete, dass sie sämtliche Bomben abgeworfen hatten. »Fliegen wir nach Hause.«

Auf dem Rückweg hatten sie sich nicht entspannen können. Nachdem Joshua jetzt zahlreiche Einsätze mit dieser Crew geflogen war, verstand er, dass jeder Mann zusätzlich zu seinen normalen Aufgaben dafür verantwortlich war, Ausschau nach feindlichen Flugzeugen zu halten. Doch er stellte fest, dass der Adrenalinrausch, den diese erhöhte Wachsamkeit auslöste, sich gar nicht so stark von dem Gefühl unterschied, auf der Bühne zu stehen und ein Solo zu spielen, während ein ganzer Club zusah.

Als sie sich dem Stützpunkt näherten, leitete Russell ihren Landeanflug ein, während die Sonne die ersten Lichtstrahlen über den Horizont warf. Der glühende orangefarbene Schein verblasste zu Rosa und weichem Violett und erhellte die britische Landschaft in all ihrer Herrlichkeit.

»Könnt ihr euch einen schöneren Anblick vorstellen?«, fragte Johnny von seinem Platz aus.

»Nein, Sergeant«, meinte Russell.

Sobald sie am Boden waren und geparkt hatten, schwärmte das Bodenpersonal aus und nahm sich der Maschine an. Um sie herum sah er in der zunehmenden Helligkeit andere Crews der Schwadron, die sich mit Mechanikern darüber unterhielten, was schlecht gelaufen war oder sich auf dem Flug nicht richtig angefühlt hatte. Einige Männer tankten die Maschinen auf, während andere den Zustand der Motoren überprüften.

Aus dem Augenwinkel sah er, wie ein Flugzeug ausrollte und anhielt. Eine Gruppe von Sanitätern rannte mit einer Tragbahre auf die Maschine zu.

»Mist«, murmelte Joshua halblaut. Seine Staffel hatte noch keine Männer oder Maschinen verloren, aber andere auf dem Stützpunkt schon. Von den anderen hatte er gehört, dass im Lauf der letzten paar Missionen die Messerschmitts der Luftwaffe sie mehr und mehr ausmanövrierten. Die deutschen Jagdflugzeuge schienen herausgefunden zu haben, dass man eine Blenheim am besten zum Absturz brachte, indem man das Flugzeug von unten an seiner schwächsten Stelle angriff. Wenn man zu hoch flog, konnte eine Messerschmitt sogar eine Spitfire abhängen, sodass die Blenheims, die sich langsamer bewegten, ungeschützt waren. Tief zu fliegen schien die Lösung zu sein, doch dann waren sie den Flugabwehrgeschossen ausgesetzt, die täglich zielsicherer wurden.

Ein Regentropfen fiel Joshua auf die Nase, und er blickte

auf. Der Horizont, an dem sich der bevorstehende Sonnenaufgang ankündigte, war zwar klar, doch am Himmel über ihnen hingen graue Wolken.

»Typisch unser Glück, was?«, schrie Johnny, der vom Flügel der Maschine zurücktrat.

Joshua brummte etwas und kletterte vorsichtig aus dem Flugzeug, damit er nicht auf der Tragfläche ausrutschte, die im Regen schnell glitschig wurde.

»Ich wünsche mir nichts mehr als eine Tasse Tee«, sagte er, als seine Füße auf dem Boden landeten. In der Messe wurde er heiß und süß serviert, und das reichte, um einen Mann auf den Beinen zu halten, bis er essen, ins Bett fallen und stundenlang schlafen konnte.

»Ich frage mich, wer heute kocht«, meinte Johnny, während hinter ihnen Russell etwas zu einem Mechaniker herunterschrie, das mit den Ruderpedalen zu tun hatte.

»Also, ich merke da nie einen Unterschied«, sagte Joshua.

»Da irrst du dich aber, mein Freund. Wenn Florence in der Küche steht, kannst du dich auf Perfektion freuen«, gab Johnny zurück. Er sprach von der hübschen rothaarigen Luftwaffenhelferin aus Aberdeen, die in der Frühstücksschicht arbeitete.

»Das sagst du nur, weil du für sie schwärmst«, meinte Joshua.

»Und sie gibt mir Extra-Speck, wenn ich nett darum bitte«, erklärte Johnny. »Was für eine Frau!«

Joshua verdrehte die Augen und wollte seinem Freund schon sagen, dass ihm egal war, wer heute in der Küche arbeitete, solange die Person ihm Frühstück hinstellte, als hinter ihnen ein dumpfer Knall zu hören war. Ein grollender, gutturaler Schrei hallte durch die Luft des frühen Morgens.

Er fuhr herum und sah Russell auf dem Boden liegen, das Bein in einer unnatürlichen Haltung abgewinkelt.

Liebe Mum, Dad und Rebecca,

tut mir leid, dass ich eine Weile nicht geschrieben habe. Hier
ist etwas passiert.

Ich habe euch doch von den Männern erzählt, mit denen ich
fliege, Russell und meinem Freund Johnny, oder? Also, ich
fliege nicht mehr mit ihnen. Wir kamen in der Morgendämmerung von einem Einsatz zurück. Wo wir waren und was
wir getan haben, darf ich euch nicht erzählen, aber der Einsatz
war ein Erfolg, und sobald wir gelandet waren, sollten wir die
Maschine an das Bodenpersonal übergeben, frühstücken und
dann schlafen gehen.

Auf der Basis fing es zu regnen an. Ich weiß noch, wie ich
dachte, dass ich vorsichtig von der Tragfläche klettern sollte.
Ich habe es ganz leicht auf den Boden geschafft, aber Russell,
unser Pilot, hatte nicht so viel Glück. Er befand sich im Cockpit, und im nächsten Moment lag er mit einem gebrochenen
Bein auf der Erde. Normalerweise ist er so umsichtig, aber es
braucht nur einen einzigen Fehler.

Ein Pilot mit einem gebrochenen Bein ist in der Luft so gut wie
nutzlos, und Russell ist eines der Asse auf unserem Stützpunkt,
daher bedauern wir sehr, dass er nicht mehr starten kann.

Während derselben Mission hat eine Kugel bei einer anderen
Schwadron die Seite eines der Bomber durchschlagen und den
Navigator getroffen. Er ist durch einen Lungendurchschuss
außer Gefecht gesetzt, und da ich keinen Piloten mehr habe,
bin ich zu dieser Crew versetzt worden, um an seine Stelle
zu treten. (Johnny ist auch zu einer anderen Maschine aus
unserem Geschwader gewechselt, zu einem neuen Piloten und
Navigator.)

Der Wechsel macht mir nichts aus, das Problem ist nur, dass mein neuer Pilot Flight Lieutenant Moss ist. Ihr werdet euch an ihn erinnern, denn ich hatte euch geschrieben, dass ich in der Ausbildung mit ihm aneinandergeraten bin. Ich kann nicht behaupten, dass sich meine Meinung über ihn verbessert hat, da ich jetzt mit ihm fliege. Er scheint wild entschlossen zu sein, ein Kriegsheld zu werden, statt einfach seinen Job zu machen. Das heißt nicht, dass er nachlässig wäre. Im Gegenteil, er arbeitet seine Checklisten vor dem Start sogar noch exakter ab als Russell, obwohl ich fürchte, das liegt vor allem daran, dass er, falls es zu einem technischen Fehler kommt und wir umkehren müssen, womöglich seine Gelegenheit verpasst, sich das Victoria-Kreuz zu verdienen.

Eines weiß ich aber ganz genau: Moss hasst mich. Ich glaube, es liegt daran, dass ich Jude bin, aber vielleicht ist es auch, weil ich aus dem Norden komme und Musiker bin. Ich nehme es nicht so wichtig, dass ich um Aufklärung gebeten hätte. Ich versuche nur, den Kopf einzuziehen, und warte darauf, dass sich eine Gelegenheit ergibt, um bei meinem Staffelkommandanten um eine Versetzung zu einer anderen Crew zu bitten. Gut möglich, dass er mir erklären wird, die Royal Air Force erfülle keine Sonderwünsche, aber den Versuch ist es wert, um nicht mit jemandem zu fliegen, der mir so offensichtlich nicht traut.

Bitte schreibt mir, und lasst mich wissen, wie es euch ergeht. Passt auf euch auf, und spielt nicht die Helden. Überlasst das Flight Lieutenant Moss und seinesgleichen …

Euer euch liebender Sohn und Bruder
Joshua

Viv

28. August 1940

Viv schlief tief und fest, als der erste gellende Alarmton durch die Luft hallte. Sie fuhr aufrecht im Bett hoch, und das Herz hämmerte ihr in der Brust. Diesen Ton kannte sie. Sie hatten genug Übungsalarme hinter sich, um zu wissen, wie er klang und was sie zu tun hatten. Doch es war mitten in der Nacht, und das hieß, dass es keine Übung war.

Sie warf die Bettdecke zurück und fuhr mit den Armen in ihren Morgenmantel. Sie hatte sich angewöhnt, ihre festen Schuhe am Bett stehen zu lassen, weil in den Zeitungen stand, dass sie, wenn eine Bombe fiel, besser gegen Glassplitter und Schutt schützten als Pantoffeln.

Sie stürzte aus der Tür und traf auf ihre Eltern, die gerade ihr Schlafzimmer verließen. Das normalerweise makellos frisierte Haar ihrer Mutter war auf Schaumstoff-Wickler gedreht.

»Es ist so weit! Sie kommen, um uns alle in unseren Betten zu ermorden!«, schrie Mum.

Dad blickte sich panisch um.

»In den Keller«, befahl Viv. »Schnappt euch, was ihr braucht, und dann alle in den Keller!«

Die drei Byrnes stoben auseinander. Viv ergriff die Gasmasken und ihre Handtasche, schlang sich alles über den linken Arm und rannte ins Wohnzimmer, um einen Stapel Bibliotheksbücher mitzunehmen. Dad stürzte mit einer alten Öllaterne vorbei. Mum zerrte ein Bündel Extra-Bettzeug, das sie in einer hölzernen Truhe in der Diele aufbewahrte, hervor.

Dann riss Dad die Kellertür auf und knipste das Licht an,

sodass der Raum von grellem Licht durchflutet wurde. Zu Beginn des Krieges war es ihrem Vater gelungen, zwei Feldbetten aufzutreiben, und er hatte eine lange Bank eingebaut, auf der die Familie sitzen konnte, um nicht auf dem feuchten Kellerboden zu hocken. Alles roch leicht modrig, aber das war nicht so wichtig. Sie waren viel besser dran als manche Familien, die in einem öffentlichen Schutzraum Zuflucht suchen würden.

Während Mum und Viv Bettzeug auf den beiden Klappbetten und der Bank ausbreiteten, überprüfte Dad die Taschenlampen und Batterien, den Erste-Hilfe-Kasten und den Ölvorrat für die Lampe. Schließlich war alles an seinem Platz, und alle machten langsamer. Vivs Puls, der in die Höhe geschossen war, als der Alarm sie geweckt hatte, hämmerte noch immer, als sie sich nun auf die lange Bank setzten.

»Und was machen wir jetzt?«, fragte sie.

Alle sahen einander mit aufgerissenen Augen an und suchten nach einer Antwort. Sie waren so gut vorbereitet, wie es ging … und was jetzt?

»Wir warten«, erklärte Mum bestimmt.

Nach ein paar Minuten sah Dad zur Decke auf. »Hört ihr das?«

Ein tiefes, stetiges Dröhnen – leise zuerst und dann lauter – drang an Vivs Ohren. »Flugzeuge«, sagte sie.

»Das ist kein falscher Alarm«, meinte Dad.

Mum murmelte ein Gebet. »Himmlischer Vater, bitte vergib mir meine Sünden und leite mich auf meinem Weg mit dir. Vater, bitte beschütze mich –«

Die erste Bombe schlug ein – nicht in der Nähe, aber so laut, dass Viv zusammenzuckte, als das Grollen den Boden unter ihr erzittern ließ. Mum schrie auf und betete lauter.

Noch ein Einschlag. Und dann ein weiterer.

»Sie zielen auf die Docks. Das muss es sein«, sagte Dad energisch wie selten. Der Hafen, in dem er als junger Mann gearbeitet hatte, bevor er in der Fabrik angefangen hatte, war sein Fachgebiet.

Die ganze Nacht hindurch fielen Bomben – manche in der Nähe, andere in weiterer Entfernung. Am schlimmsten waren die, die so dicht bei ihnen explodierten, dass der Kellerboden rumpelte und die Vibrationen Vivs Körper durchliefen. Mum betete wieder und wieder den Rosenkranz, und die Bücher, die Viv mit nach unten genommen hatte, blieben unberührt. Irgendwann legten Viv und ihre Mum sich auf die Feldbetten, und ihr Dad streckte sich auf der Bank aus, doch es war hoffnungslos, in den Schlaf zu finden, da Explosionen immer wieder die Nacht erschütterten, die still hätte sein sollen. Viv starrte an die Decke und dachte an Maggie. Sie war froh, dass ihre Tochter das hier nicht miterleben musste. Sie wollte nicht, dass Maggie ihre Mutter derart verängstigt sah, voller Sorge, dass jeden Moment eine Bombe sie treffen und alles vorüber sein könnte.

Kein Kind sollte so etwas durchmachen müssen.

Viv schloss die Augen und dachte zum ersten Mal, seit sie Maggie fortgeschickt hatte, dass sie froh darüber war, ihre Tochter bei den Thompsons zu wissen.

Schließlich wurde Entwarnung gegeben. Viv und ihre Eltern kletterten in der spätsommerlichen Morgendämmerung aus dem Keller und ließen das Bettzeug zurück, um das Viv und ihre Mutter sich später kümmern würden. Im Wohnzimmer schalteten sie das Radio ein und hörten den Bericht.

Dad hatte recht gehabt. Die Luftwaffe hatte die Hafenanlagen angegriffen. Noch wusste niemand, wie viele Bomben gefallen waren oder wie groß der angerichtete Schaden war.

Als Viv an diesem Morgen zur Arbeit ging, sah sie am Horizont über Liverpool riesige schwarze Rauchwolken. Während ihr Bus sich durch die Stadt schlängelte, erhaschte sie Blicke auf die Feuerwehr, die anscheinend ein brennendes Lagerhaus löschte. Flammen tanzten vor dem rosigen Himmel, und der beißende Geruch nach verkohltem Holz hing schwer in der Luft.

Sie sackte auf dem Bussitz zusammen. Es war ein Albtraum. In einer einzigen schrecklichen Nacht war ihre Stadt so zugerichtet worden. Es erschien unbegreiflich, dass dieser Ort – der einzige, den sie kannte – von Flugzeugen und Bomben zerstört worden war.

Als sie in der Zustellhalle eintraf, schwiegen die anderen Postbotinnen und begrüßten sie nur mit einem Nicken. Viv blickte sich um. »Wo steckt Vanessa?«

Betty und Rose wechselten einen besorgten Blick. »Sie ist noch nicht da.«

Viv wurde flau im Magen. Vanessa war immer eine der Ersten in der Halle.

»Macht euch keine Gedanken, sie wird schon kommen«, sagte Mr. Archer, doch er klang, als versuchte er, sich selbst genauso zu beruhigen wie die Frauen.

»Du wohnst doch in Everton, Betty. Sind in eurem Viertel letzte Nacht Bomben gefallen?«, fragte Viv.

Betty schüttelte den Kopf. »Nicht in meinem Teil, aber ich lebe weiter nördlich als Vanessa.«

Viv verabscheute das Gefühl der Hilflosigkeit, das sich in ihr ausbreitete. Es juckte ihr in den Fingern, etwas zu unternehmen. Ihre Freundin zu suchen.

»Wir sollten das ›Was wäre, wenn‹-Spiel spielen«, sagte Rose.

Betty runzelte die Stirn. »Ich finde das keine so gute Idee …«

»Nein, Rose hat recht«, meinte Viv. Vanessa konnte immer noch auftauchen, und bis dahin konnten sie die Ablenkung gut gebrauchen. »Ich fange an. Rose, was wäre, wenn du dir kurz vor einer Verabredung das letzte Paar Strümpfe ruinierst?«

Rose, die die Kette ihres Fahrrads geölt hatte, hielt inne, spielte mit und verzog das Gesicht. »Dann würde ich nicht ausgehen. Ich kann mir nicht vorstellen, das Haus ohne Strümpfe zu verlassen. Das würde sich verkehrt anfühlen.«

»Du bist dran«, forderte Betty sie auf, während sie die Uniformjacke auszog, um ihr Rad zu überprüfen.

»Was wäre, wenn du ein Mann wärst, Betty? In welchem Truppenteil würdest du dienen wollen?«, fragte Rose.

»In der Royal Navy«, antwortete Betty, ohne zu überlegen. »Grandad war Werftarbeiter, und Dad ist das auch. Das Meer liegt uns im Blut.«

»Warum gehst du dann nicht zu den weiblichen Marinehilfstruppen?«, wollte Rose wissen.

Betty zuckte mit den Schultern. »Ich helfe Mum immer noch mit den Kleinen. Als Postbotin komme ich früh genug nach Hause, um ihr abends zur Hand zu gehen.«

»Sie sind nicht evakuiert worden?«, fragte Viv leise.

Betty schüttelte den Kopf. »Zu klein. Es sind zwei Jahre alte Zwillinge. So, jetzt bin ich an der Reihe. Viv, was wäre, wenn du so viel Geld hättest, wie du dir nur wünschen könntest?«

»Ich weiß«, sagte Rose sofort. »Ich hätte eine Garderobe, nach der sich sogar Vivien Leigh die Finger lecken würde.«

Betty verdrehte die Augen. »Ich habe nicht dich gefragt, Rose, sondern Viv.«

»Ich würde mir ein eigenes Haus kaufen«, erklärte Viv sofort. Seit ihrem Gespräch mit Kate im Frühjahr träumte sie von dem Moment, in dem sie bei ihren Eltern ausziehen könnte. Aber ein Haus, in dem Maggie und sie leben könnten, wie sie wollten, essen, wann sie wollten, aus vollem Hals singen und zu jeder Tag- und Nachtzeit durchs Wohnzimmer tanzen könnten? Das war sogar ein noch größerer Traum, als sie zu hoffen wagte.

Betty lachte. »Das ist alles? Wenn du alles Geld auf der Welt hättest, würdest du ein Haus kaufen? Keine Yacht oder einen Palast oder so?«

»Ich glaube, das, was Viv sagt, hat etwas für sich.«

Alle drehten sich um und sahen zu Vanessa, die grinsend in die Halle trat.

»Dir geht's gut!«, schrie Rose.

»Natürlich geht's mir gut«, gab Vanessa lachend zurück.

»Das wussten wir ja nicht. Du warst so spät dran«, sagte Viv.

»Der Bus ist einfach nicht gekommen. Ich musste die Hälfte des Wegs im Laderaum des Lebensmittelhändlers mitfahren und den Rest laufen.«

Während Betty und Rose großes Aufhebens um Vanessa machten, konzentrierte Viv sich darauf, ihre Fahrradkette abzuwischen und neues Schmierfett aufzutragen. Ihre Gedanken überschlugen sich. *Was wäre, wenn du so viel Geld hättest, wie du dir nur wünschen könntest?* Was, wenn sie gar nicht so viel Geld bräuchte, sondern gerade genug hätte? Wie viel würde sie brauchen, um ein Zuhause für Maggie und sich zu finden?

Ein Haus zu kaufen, stand außer Frage. Dazu würde sie die Unterschrift ihres Mannes benötigen, und auf gar keinen Fall würde sie Joshua darum anbetteln – ganz abgesehen davon, was es kosten würde, ein eigenes Haus zu kaufen. Aber sie sparte. In der Zeitung standen immer Anzeigen, in denen Untermieter gesucht wurden. Wenn sie die richtige Person fand – eine Frau, vielleicht ein wenig älter, der es fehlte, Kinder um sich zu haben –, könnte es vielleicht funktionieren.

Kate hatte ihr erklärt, sie habe sie immer für hartnäckig gehalten. Vielleicht war es Zeit, sich selbst zu beweisen, wie hartnäckig sie sein konnte.

In der Nacht nach der ersten Bombardierung des Liverpooler Hafens lag Viv todmüde im Bett. Sie hätte gern geschlafen – Gott, wie sehr sie sich das wünschte –, doch die Angst, heute Abend könnte es einen weiteren Luftangriff geben, hinderte sie daran, sich zu entspannen.

Ihr Instinkt trog sie nicht. Wieder gellte die Sirene grell durch die Nacht. Wieder waren deutsche Bomber im Anflug.

Die Byrnes schlurften alle in den Keller, dieses Mal etwas weniger panisch, machten die Feldbetten und die Bank zurecht, so gut sie konnten, und richteten sich auf eine weitere lange Nacht ein.

Kurz darauf begannen die Einschläge, wieder so weit weg, dass sie den Keller nur gelegentlich erschütterten.

»Ich weiß nicht, wie viele Nächte ich das noch ertrage«, stöhnte Mum.

Viv warf Dad einen verstohlenen Blick zu. Er starrte nur ins Leere. Niemand hatte eine Ahnung, wie lange das noch so weitergehen würde, aber es fühlte sich an, als wäre das erst der Anfang. Sie musste ihren Eltern etwas geben, an das sie sich festhalten konnten.

Viv zerbrach sich den Kopf, was sie sagen könnte, um ihrer Mutter gut zuzureden. »Und was ist mit unserer Katherine?«, krächzte Mum da. »Sie ist ganz allein. Was soll aus meinem Mädchen werden?«

Kate. Ihr Mädchen. Nicht Viv, die Tochter, die hier mit ihrer Mutter im Keller saß.

Viv versuchte, die Kränkung herunterzuschlucken. »Wo hast du deinen Rosenkranz, Mum?«

Ihre Mutter blinzelte. »Mein Rosenkranz. Ach ja.«

Viv nickte aufmunternd, als Mum die Perlenschnur hervorzog, die Augen schloss, während sie die Gebete murmelte, und dabei die Perlen weiterschob.

Eine krachende Explosion ließ alle hochfahren.

Mum jammerte, und Dads Schultern spannten sich an.

»Das war viel näher als die anderen Einschläge«, meinte Viv.

»Wie wär's, wenn du den Platz mit mir tauschst, Vivian, damit du neben deiner Mutter sitzen kannst?«, schlug Dad vor. »Dann könnt ihr zusammen beten.«

Widerstrebend tauschte sie den Platz mit ihm, und Dad hockte sich auf ein Feldbett und schaute starr zur Decke.

Noch ein Krachen, und ein paar Konservendosen, die sie auf einem alten Metallregal gestapelt hatten, fielen zu Boden.

»Warum tun sie das?«, schrie Mum.

»Wieso sollten sie Walton bombardieren? Das ergibt keinen Sinn«, murmelte Dad.

Doch es ist logisch, wurde Viv klar, *wenn die Deutschen nicht nur die Docks zerstören wollen.* Sie waren darauf aus, die Seele von Liverpool selbst zu vernichten – seine Menschen.

In schneller Folge erschütterten drei weitere Detonationen das Haus und übertönten Mums Geschrei beinahe.

Viv schnappte sich hektisch eine der Taschenlampen und drückte sie sich an die Brust. Durch den dünnen Baumwollstoff ihres Sommernachthemds fühlte sich das Metall kühl an.

»Sie werden uns alle umbringen«, heulte Mum.

Dad streckte die Hand über die Lücke zwischen der Bank, auf der er saß, und dem Feldbett, auf dem Mum hockte, aus, als eine heftige Explosion sie alle auf den Boden aus gestampfter Erde schleuderte. Das elektrische Licht im Keller erlosch, und sie hörten lautes Krachen und Knirschen, als wäre das Haus über ihnen entzweigerissen worden.

Maggie

29. August 1940

Ein Aufschrei ließ Maggie verängstigt aus dem Schlaf hochfahren. Sie drückte Tig an sich und blickte sich in ihrem verdunkelten Zimmer um. Es dauerte einen Moment, bis ihr klar wurde, dass das grauenhafte Geräusch nicht von einem Menschen oder Tier erzeugt wurde. Es war die Luftschutzsirene.

Im Flur flog eine Tür auf und krachte gegen die Wand.

»Was ist los? Werden sie uns bombardieren?«, schrie Mrs. Thompson.

»Nicht, wenn wir in den Unterstand gehen«, erklärte Mr. Thompson streng. »Nimm die Notfalltasche.«

Maggies Tür wurde aufgerissen, und im Licht vom Flur sah sie Mr. Thompson auf der Schwelle stehen. Unter dem offenen Morgenmantel trug er einen gestreiften Pyjama.

»Komm, Margaret«, sagte er. »Wir müssen nach draußen in den Garten gehen, so wie besprochen. Weißt du noch?«

Sie nickte und zog den lilafarbenen gesteppten Morgenmantel an, den Mrs. Thompson ihr gekauft hatte. An den Füßen trug sie passende Hausschuhe.

»Beeil dich«, sagte Mr. Thompson ungeduldig.

Maggie zog ihre Nachttischschublade auf, holte das Foto ihrer Mutter hervor und steckte es in die Tasche ihres Morgenmantels. Dann nahm sie Tigs Pfote und glitt vom Bett.

»Fertig«, sagte sie.

Mr. Thompson streckte ihr die Hand entgegen. In seiner großen Pranke wirkten ihre Finger ganz winzig. Sie liefen die Treppe hinunter und trafen Mrs. Thompson vor der Glastür an, die vom Esszimmer nach draußen führte. Mrs. Thompson umklammerte eine Segeltuchtasche vor ihrer Brust, zwei weitere standen neben ihr auf dem Boden.

»Gut, auf geht's«, sagte Mr. Thompson und lud sich je eine Tasche auf die Schultern.

Die Nacht war kühl, obwohl es Sommer war. Maggie zitterte in ihrem Morgenmantel. Sie gingen über den Rasen, der zwischen den Blumenbeeten lag, die Mrs. Thompson stets in einer langen Lederschürze und mit einem breitkrempigen Hut pflegte.

Am hinteren Ende des Gartens lag der Anderson-Unterstand.

Als sie die aus Backstein gemauerten Stufen erreichten, die hinunter zur Tür des Unterstands führten, ging Maggie langsamer.

Mrs. Thompson bemerkte es zuerst. »Komm mit, Margaret. Alles wird gut.«

»Sind da Krabbeltiere drin?«, fragte sie.

Mrs. Thompson fiel auf die Knie. »Nein, Liebes. Keine Insekten.«

»Sieh mal, Margaret«, übertönte Mr. Thompson die Sirene. Er öffnete die Tür, steckte eine Hand hindurch, und Licht erhellte den Anderson-Unterstand. »Ich habe Licht eingebaut, wie ich dir gesagt habe.«

»Der Handwerker hat sie aufgehängt, mein Lieber«, sagte Mrs. Thompson und schob sich mit ihrer Leinentasche an ihrem Mann vorbei.

»Aber wer hat ihn angerufen und ihm gesagt, was er tun soll?«, fragte Mr. Thompson.

Während ihre Pflegeeltern im Unterstand zankten, stand Maggie frierend draußen und drückte Tig an sich. Schließlich blickte Mr. Thompson auf.

»Warum kommst du nicht herein, Margaret? Wir können

die Betten machen, und dann erzähle ich dir eine Geschichte«, erklärte er lächelnd.

Das munterte Maggie ein wenig auf, und sie schob sich vorsichtig die Stufen hinunter, um den Kopf in den Unterstand zu stecken. Auf einer Seite des Raums standen Stockbetten. Auf der anderen befanden sich eine kleine Bank und sogar ein Tischchen, das an der Wand hing und heruntergeklappt werden konnte. Mrs. Thompson hatte einen tragbaren Gaskocher dabei und Teewasser aufgesetzt. Auf dem Tischchen standen drei blau-weiße Emaillebecher.

»So, das ist ein braves Mädchen«, sagte Mrs. Thompson.

Maggie hatte noch nie gesehen, wie Mr. Thompson ein Bett machte. Jetzt kämpfte er damit, die Matratzen der Etagenbetten mit Laken zu beziehen.

»Warum lässt du mich das nicht machen, Matthew?«, versuchte Mrs. Thompson einzugreifen.

»Nein danke, Liebling. Meine Assistentin und ich kommen großartig zurecht«, sagte er, worüber Maggie kicherte.

Sobald endlich die Betten hergerichtet waren, hob Mr. Thompson Maggie hoch und setzte sie in die oberste Koje.

»Ich glaube, jetzt ist es Zeit für eine Geschichte, aber wenn ich fertig bin, musst du sofort schlafen«, sagte er.

»Ja«, versprach sie und zog die Decke bis zu ihrer und Tigs Nase hoch.

»Es war einmal in einem weit entfernten Land eine Kaninchenfamilie. Sie lebten in einem kleinen Haus, ganz ähnlich wie dieser Unterstand. Es lag halb unter und halb über der Erde, und es war ein sehr sicherer Ort …«

Maggie wehrte sich nach Kräften gegen den Schlaf, doch bald schlummerte sie ein.

Viv

Es war vorbei. Das war das Ende.

Viv hätte beinahe darüber gelacht, wie absurd das war. Sie würde sterben, und nicht in den Armen eines liebenden Ehemanns in ihrem gemeinsamen Bett, um das sich ihre Kinder versammelten, sondern in einem Keller neben ihren Eltern, für die sie nur eine Last war. Würde Maggie sich an sie erinnern? War sie alt genug, um noch zu wissen, wie Viv ihr vorzusingen pflegte? Würde sie begreifen, welche Opfer Viv für sie gebracht hatte? Wie stark Vivs Liebe zu ihr gewesen war?

Obwohl Grauen in ihr aufstieg, schüttelte Viv den Kopf. Das war noch nicht das Ende ihrer Geschichte.

»Mum!«, rief sie. »Alles in Ordnung?«

Sie hörte ihre Mutter wimmern. »Ich glaube schon«, sagte sie dann mit schwacher Stimme.

»Dad?«, fragte Viv in die Dunkelheit hinein.

Nur ein Stöhnen antwortete ihr.

Ihr Instinkt übernahm die Kontrolle. Sie brauchten Licht.

Viv umklammerte immer noch die Taschenlampe. Sie tastete daran herum und fand den Knopf. Ein Lichtstrahl fiel durch den Keller.

Dad lag der Länge nach auf dem Boden. Viv hockte sich neben ihn. »Was ist passiert?«

»Ich glaube, ich habe mir den Kopf angeschlagen«, stieß er hervor, während eine weitere Bombe den Boden traf. Diese schien glücklicherweise ein wenig weiter entfernt eingeschlagen zu sein.

Sie berührte seine Stirn, wo Blut zwischen seinen Fingern hervorquoll. Ihr drehte sich der Magen um, doch sie schob die Angst beiseite. »Es sieht aus, als hättest du dir den Kopf angestoßen, als du von der Bank geschleudert worden bist. Was ist mit dem Rest von dir? Glaubst du, du hast dir etwas gebrochen?«

Er schüttelte den Kopf und stöhnte.

»Bleib, wo du bist«, befahl sie in demselben strengen Ton, den sie anschlug, wenn sie wollte, dass Maggie ihr zuhörte. »Ich verarzte dich mit dem Erste-Hilfe-Kasten, aber zuerst muss ich nach der Tür sehen.«

Viv kletterte die kleine Treppe hoch, die zur Kellertür führte. Für den Fall, dass es auf der anderen Seite brannte, tastete sie den Türknauf ab. Als sie fühlte, dass er kühl war, drehte sie ihn und öffnete die Tür, die nach innen aufschwang, weit.

Vor ihr türmte sich eine Wand aus Schutt auf, die so hoch war wie sie groß, doch oben entdeckte sie eine Lücke.

»Das Haus ist getroffen!«, rief sie die Treppe hinunter und hustete von dem Staub, der in der Luft hing. Sie war sich nicht sicher, wie schwer der Schaden war. Mit der Taschenlampe leuchtete sie durch das Loch in den Trümmern und sah, dass wenigstens ein Teil der Dielenwand noch stand, doch als sie den Lichtstrahl in die andere Richtung lenkte, war da, wo sich einmal die gegenüberliegende Wand befunden hatte, nichts mehr.

»Wie schlimm ist es?«, fragte Dad stöhnend.

Sie holte tief Luft. »Ich glaube, wir können uns hinausgraben.«

»Graben!«, schrie Mum.

»Wenn du kommst und mir hilfst, Mum …«

»Die Feuerwehr wird kommen«, sagte Mum mit zittriger Stimme.

»Mum, wenn wir warten und das Haus über uns zusammenfällt, werden wir womöglich lebendig begraben. Ich brauche deine Hilfe.«

»Ich kann nicht. Ich kann nicht. Ich … kann einfach nicht.«

Viv biss die Zähne zusammen. Dad könnte eine Gehirnerschütterung oder Schlimmeres haben. Mum war zu verängstigt, um zu etwas nütze zu sein. Also würde sie das allein tun müssen.

Sie hastete die Kellertreppe hinunter und zog ein Paar von Dads alten Arbeitshandschuhen an.

»Was machst du?«, schrie ihre Mutter.

Was du nicht kannst.

Wieder oben auf der Kellertreppe angekommen, begann Viv, den Schutt von dem Haufen zu zerren.

Zuerst stieß sie größtenteils auf Putz, der feinen Staub in die Luft entließ. Kurz hielt sie inne, um ihr Kopftuch hinunterzuziehen und vor ihr Gesicht zu binden wie eine Maske. Das half ein wenig, und sie arbeitete weiter und zerrte Holzstücke, Backstein, Putz und Metall zur Seite. Sie stieß sogar auf Stein – obwohl sie nicht die blasseste Ahnung hatte, warum, denn ihr Haus war nicht aus Stein erbaut.

Als der Schutthaufen, der die Tür versperrte, endlich niedrig genug war, um darüber zu klettern, zog sie ihren Morgenmantel hoch und trat vorsichtig in die Diele.

Mit der Taschenlampe leuchtete sie um sich und erkannte jetzt, warum sie die gegenüberliegende Wand nicht hatte sehen können. Sie war verschwunden, zusammen mit der kompletten rechten Seite des Hauses.

Beeindruckt von der Zerstörungskraft der Bombe trat sie über knirschendes Glas und Putz hinweg in das, was einmal das Wohnzimmer gewesen war. All das sorgsam gepflegte Mobiliar ihrer Mutter, der Kamin, das Radio, Dads Lieblingssessel – nichts davon existierte mehr.

»Hey! Hey! Da ist ein Licht im Haus der Byrnes!«, schallte

eine Stimme durch die Dunkelheit. Der Lichtstrahl einer Taschenlampe erhellte ihr Blickfeld, und sie hielt einen Arm hoch, um ihn abzuhalten.

»Ich bin's, Viv!«, schrie sie.

»Du lebst!«, ertönte die Stimme wieder. War das Mr. Lloyd, der Ladenbesitzer? »Wie viele sind am Leben?«

»Wir alle, aber Dad ist verletzt. Er und Mum sind im Keller!«, rief sie.

Mr. Lloyd blies eine Trillerpfeife, und eine Gruppe von Nachbarn rannte herbei.

»Ist das Gas abgedreht?«, fragte Mr. Lloyd.

»Ja.«

»Glaubt ihr, ihr schafft es sicher heraus?«, wollte er wissen.

»Ich lasse meine Eltern nicht zurück!«, rief sie.

Der sanfte, freundliche Mann stieß Flüche aus, von denen sie nie gedacht hätte, dass er dazu fähig wäre. »Na gut! Bleibt, wo ihr seid. Wir graben euch aus. Ein Teil des ersten Stocks steht noch, aber wir haben keine Ahnung, wie lange es hält.«

Viv schluckte, als ein Löschfahrzeug mit lauter Sirene die Straße hinaufgefahren kam und vor dem Nachbarhaus hielt. Erst da sah sie hin und erkannte, dass es nicht mehr existierte. Wo einmal Mr. und Mrs. Hecker gewohnt hatten, befand sich nur noch ein Schutthaufen.

Ihr kamen drei grauenhafte Gedanken zugleich.

Das hätte ihre Familie sein können.

Die Heckers könnten noch im Haus sein und unter all den Trümmern begraben liegen.

Niemand war sicher.

Die Feuerwehr und die Freiwilligen, die sich auf der Straße sammelten, setzten sich rasch in Bewegung und teilten sich in drei Gruppen auf, um den Familien in den übernächsten Häusern rechts und links von ihnen zu Hilfe zu kommen, die wie ihr Elternhaus teilweise zerstört waren. Viv eilte zurück zum Keller, kletterte über den Schutt und lief die Treppe hinunter.

»Wir müssen gehen«, erklärte sie ihren Eltern.

Dad, der im Licht der Taschenlampe blass und schwach wirkte, nickte matt.

»Wir dürfen ihn nicht bewegen«, sagte Mum.

»Er muss laufen, und zwar sofort«, erwiderte Viv.

»Vivian, dein Vater –«

»Das Haus ist explodiert, Mum. Das obere Geschoss kann jeden Moment über uns zusammenbrechen. Wir sind noch nicht tot, aber wir könnten es bald sein, wenn wir uns nicht schnell bewegen«, erklärte sie.

Die Unterlippe ihrer Mutter zitterte, und erstaunlicherweise empfand Viv Mitleid mit ihr. Dieses Haus war der ganze Stolz und die ganze Freude ihrer Mutter gewesen. Es war ihr Bereich. Dort fühlte Mum sich sicher. Und jetzt war es nicht mehr da.

Trotzdem mussten sie rasch handeln.

»Hilf mir, ihn die Treppe hinaufzubringen. Das macht es den Rettern leichter«, sagte Viv.

Sie schafften es mit knapper Not, Dad aufzurichten, als eine weitere Detonation das Viertel erschütterte und sie alle ins Straucheln brachte.

»Warum bombardieren sie uns immer noch?«, schluchzte Mum.

»Weil sie diesen verdammten Krieg gewinnen wollen, und sie glauben, das schaffen sie, indem sie uns einen nach dem anderen umbringen. Jetzt fass Dad unter dem Arm«, befahl sie.

Langsam kämpften sie sich zur Kellertreppe vor. In der Nähe wurde geschrien, und Viv betete, dass die Retter einen sicheren Weg ins Haus finden würden. Als sie die Treppe erreichten, übernahm sie das volle Gewicht ihres Vaters und half ihm, mühsam zum Erdgeschoss hinaufzusteigen.

Sie waren auf halbem Weg nach oben, als das Gesicht des ersten Helfers am oberen Ende der Treppe auftauchte. Es wurde angeleuchtet wie das eines Geists im Film.

»Wie viele sind da unten?«, rief er.

»Drei. Ein Mann hat eine Kopfverletzung!«, schrie sie.

»Gut, den holen wir zuerst raus. Rührt euch nicht. Wir kommen runter.«

Zwei Männer mittleren Altern polterten die Stufen hinunter und fassten Dad sofort um die Taille. »Hinauf mit Ihnen, Sir.«

Viv sah zu, wie sie Dad die Treppe hinaufführten, und ein drittes Gesicht tauchte auf. »Wer ist der Nächste?«

Mum schob Viv beiseite und drängte die Treppe hinauf. »Ich. Ich muss bei meinem Mann sein.«

Vivs bereits angeschlagenes und gebrochenes Herz zersprang in eine Million Stücke. Sie hatte immer vermutet, dass Kate Mums Lieblingskind war, und nachdem sie schwanger geworden und Joshua geheiratet hatte, war sie sich sicher gewesen. Aber sie hatte durchgehalten und bereitwillig alle Zeichen dafür ignoriert, solange ihre Eltern für die Sicherheit ihrer Tochter sorgten und ihr zu essen gaben. Doch nach Maggies Evakuierung hatte jeder Umgang mit ihrer Mutter, jede abfällige Bemerkung von ihr mehr an ihr genagt. Als Mum sie nun beiseiteschob, um sich selbst in Sicherheit zu bringen, konnte Viv nicht mehr darüber hinwegsehen.

Ihre Mutter liebte sie nicht.

Es verletzte sie tief, auf eine urtümliche Art, doch darunter lag noch etwas anderes. Freiheit.

Viv blickte sich in dem Keller um. Sie würde nie mehr hierher zurückkehren. Ihr Leben in Walton, unter dem Dach ihrer Eltern, war vorbei.

Sie bückte sich, um ihre Handtasche aufzusammeln, und stieg ein letztes Mal die Kellertreppe hinauf.

Die Ripon Street war ein Bild des kontrollierten Chaos. Ein Kastenwagen mit dem Zeichen des Roten Kreuzes darauf war herangerollt, und Frauen in gestärkten weißen Uniformen verteilten Tassen mit Tee. Jemand drückte Viv eine in die Hände, und sie trank einen Schluck und war verblüfft darüber, wie süß er war.

»Das ist gegen den Schock«, erklärte eine Frau, die ihre Miene gesehen hatte.

»Ich dachte, Zucker ist rationiert«, meinte sie.

»Können Sie sich einen besseren Zeitpunkt für etwas Süßes vorstellen?«, fragte die Frau zurück.

Viv schüttelte den Kopf. Nein, konnte sie nicht.

»Können Sie irgendwo unterkommen?«, fragte die Rotkreuzhelferin.

»Ja«, sagte sie. »Ich weiß, wo ich über Nacht bleiben kann.«

Danach würde sie sich über den Rest ihres Lebens schlüssig werden.

Die Zerstörungen in der ganzen Stadt waren unfassbar.

In ganz Liverpool erwachten die Menschen in einer auf grauenhafte Art veränderten Stadt.

Viv wusste, dass sie und ihre Eltern Glück gehabt hatten. Dad war wegen seiner Gehirnerschütterung und seiner Kopfverletzung ins Krankenhaus gebracht worden, und nachdem Entwarnung gegeben worden war, nahm Viv wortlos Mums Arm und ging mit ihr zu Kate.

Kate hatte, triefäugig und zerzaust, nachdem sie selbst die Nacht in einem öffentlichen Schutzraum verbracht hatte, die Tür geöffnet, einen Blick auf die beiden geworfen und sofort Frühstück gemacht, wobei sie auf einen Schlag all den Speck, den sie noch hatte, und ihre Ration an Eipulver aufgebraucht hatte.

Sie brachten es fertig, Mum, die nur in ihr Essen gestarrt hatte, kurz drauf ins Bett zu legen. Viv und Kate zogen gerade die Bettdecke hoch, als ihre Mutter die Augen aufschlug und Viv direkt ansah. »Es hätte dich treffen sollen«, sagte sie.

»Wovon redest du, Mummy?«, fragte Kate.

»Es hätte dich treffen sollen«, wiederholte Mum. »Du hast seinen Platz eingenommen.«

Viv kniff sich fest in den Nasenrücken. Sie konnte nicht mehr. Nicht bei ihrer Mutter.

»Wovon redet Mum, Vivie?«, fragte Kate.

»Kurz bevor die Bombe eingeschlagen ist, habe ich den Platz mit Dad getauscht. Er hatte mich darum gebeten«, erklärte sie.

Kate starrte mit entsetzter Miene auf ihre Mutter hinunter. »Mummy, Viv hat doch keine Bombe auf euer Haus geworfen! Das waren die elenden, gottverfluchten Deutschen!«

»Du weißt genau, dass du den Namen des Herrn nicht missbrauchen sollst, Katherine«, schalt Mum.

»Es ist mein verdammtes Haus, und darin werde ich verdammt noch mal sagen, was ich will!«, schrie Kate und lief rot an.

Mum drehte das Gesicht zur Wand.

Viv fasste ihre vor Wut kochende Schwester am Ellbogen und manövrierte sie aus dem Zimmer. »Das ist es nicht wert«, meinte sie, sobald die Tür geschlossen war.

»Doch! Sie hat die letzten fünf Jahre damit verbracht, dich für etwas zu strafen, wofür du wieder und wieder bezahlt hast. Wann hört das endlich auf?«, fragte Kate.

»Es war schon immer so. Das weißt du genau.«

Kate schien in sich zusammenzusinken. »Ich hatte keine Ahnung, dass es so schlimm ist. Warum hast du mir nichts gesagt?«

Viv starrte ihre Schwester an. »Ich habe es dir erzählt, Kate. Ich habe es dir an meinem Hochzeitstag gesagt.«

»Ich –«

»Du hast nicht zugehört, weil du immer die brave Tochter warst. Dir ist das leichtgefallen«, erklärte sie.

Kate war die anständige Ehefrau mit einem richtigen Mann, den sie in einer Kirche geheiratet hatte, und mit Kindern, die mehr als neun Monate nach der Hochzeit zur Welt gekommen waren. Kate war respektabel und konnte sich in der Gemeinde zeigen, ohne Angst zu haben, jemand könnte sie vor den Kopf stoßen. Mum brauchte sich nie zu schämen, wenn Kate neben ihr herging.

Kate hatte alles richtig gemacht, und Viv nichts.

Kate ließ den Kopf hängen. »Es tut mir leid.«

Viv drückte den Arm ihrer Schwester. »Kümmere dich um Mum. Ich gehe zur Arbeit.«

Kate hob ruckartig den Kopf. »Was? Du kannst doch heute keine Post ausfahren.«

Viv rollte die Schultern. Sie schmerzten, nachdem Dads ganzes Gewicht darauf gelastet hatte, aber nichts konnte sie heute im Haus halten. »Ich darf meine Schicht nicht verpassen. Ich brauche das Geld.«

»So teuer können die Zugfahrkarten, um Maggie zu besuchen, doch nicht sein«, meinte Kate.

Sie schenkte ihrer Schwester nur ein sanftes Lächeln, denn sie wusste, dass sie jetzt viel größere Pläne hatte.

Viv verpasste die erste Zustellrunde, aber sie hatte vorher angerufen, um Mr. Rowan mitzuteilen, was passiert war, und er hatte sich praktisch überschlagen, um dafür zu sorgen, dass ihre Schicht abgedeckt wurde. Sie packte ihre Tasche, bevor jemand von den anderen zurückkam, und fuhr früh los. Alles fühlte sich noch zu frisch an, und sie ertrug den Gedanken nicht, die gut gemeinten Fragen ihrer Kolleginnen beantworten zu müssen.

Zuerst war es ein gutes Gefühl, auf ihrem Federal-Fahrrad

unterwegs zu sein, obwohl es kein Entkommen vor den Zerstörungen der letzten Nacht gab. Es kostete sie genauso viel Zeit, die Schutthaufen zu umfahren, wie es dauerte, die Post auszuliefern, und die Stellen, an denen sie normalerweise abbog, waren versperrt.

Wegen der ungünstigen Verbindungsstrecken zwischen Pegs alter Runde und ihrer eigenen erreichte Viv ihre Straßen erst, als es fast eins war. Die Sonne brannte vom Himmel herunter, und der schwere Stoff der Uniform, die sie sich aus den Resten in der Kleiderkammer der Zustellhalle zusammengesucht hatte, scheuerte an ihrem Hals. Sie spürte, wie ein Schweißrinnsal zwischen ihren Brüsten hinunterlief und ein weiteres über ihren Rücken rann. Einmal war sie beim Treten abgelenkt und wäre beinahe über den Lenker hinweg gestürzt, als sie einer Katze aus der Nachbarschaft auswich.

Bis Viv das obere Ende der Salisbury Road erreichte, stützte sie sich beim Absteigen vom Rad an den Zäunen und niedrigen Mauern vor den Häusern ab. Trotzdem machte sie weiter. An jedem Haus konzentrierte sie sich auf die Briefe, die sie umklammerte.

Den Weg hinauf, Post für Mr. und Mrs. McGary, zurück, Post für Mr. Sebba, zurück, Post für die Mulleys.

Als sie das Haus der Levinsons erreichte, kostete es sie kaum Überwindung, den Riegel des Gartentors anzuheben und zur Haustür der Familie ihres Mannes zu gehen. Und sie zuckte auch nicht zusammen, als die Gardinen am Wohnzimmerfenster sich bewegten, so wie manchmal. Sollte sie doch sehen, wer immer zu Hause war. Sollten sie doch den Kopf schütteln und von ihr denken, was sie wollten. Seit ihrem letzten Aufeinandertreffen mit Rebecca im Frühjahr hatte niemand mehr den Mut aufgebracht, sie anzusprechen, und an diesem Nachmittag brachte sie keine Kraft auf, sich etwas daraus zu machen.

Sorgfältig zählte sie die fünf Briefe und die einzelne Postkarte ab und schob sie durch den Briefschlitz aus Messing in der Haustür. Ein Schwindelgefühl überkam sie. Während sie sich schwer gegen den Türpfosten lehnte, flatterten drinnen die Briefe zu Boden. Ihr Kopf drehte sich. Mit der anderen Hand zerrte sie an ihrem Kragen, um sich mehr Luft zu verschaffen.

Es half nichts. Ihre Knie zitterten. An die Haustür der Levinsons gelehnt, rutschte sie zu Boden und steckte den Kopf zwischen die Knie.

Sie brauchte nur einen Moment, dann würde sie wieder unterwegs sein.

Hinter ihr wurde die Tür geöffnet. »Alles gut bei dir?«, fragte eine Frauenstimme.

Viv drehte sich, um aufzusehen, und drückte sofort die Finger an die Schläfen, um ihren Schwindel zu vertreiben. Sie hörte Schritte, dann hockte Joshuas Mutter vor ihr.

»Vivian?«, fragte Mrs. Levinson noch einmal mit sichtlich besorgtem Blick.

»Es … es tut mir leid. Mein Kopf …«

Sie spürte, wie sich eine Hand fest, aber behutsam um ihren Ellbogen legte. »Du kommst besser einen Moment herein.«

»Ich kann nicht. Ich muss den Rest der Post austragen«, versuchte sie zu protestieren, doch Mrs. Levinson hatte sie schon halb durch die Tür geschoben.

»Wenn du mitten auf der Straße zusammenbrichst, hat auch niemand etwas davon«, erklärte Mrs. Levinson.

»Ich kann die Posttasche nicht draußen lassen«, sagte Viv, während Mrs. Levinson sie ins Wohnzimmer führte.

»Ich hole sie dir, und dann mache ich dir eine Tasse Tee«, sagte Mrs. Levinson.

Viv sank in den Polstersessel, in den Mrs. Levinson sie sanft geschoben hatte, und zum ersten Mal an diesem Tag entspannten sich ihre schweren Glieder. Sie war müde – so schrecklich müde –, als hätte die Erschöpfung sie getroffen wie eine Wand, gegen die sie gelaufen war. Ganz kurz schloss sie die Augen, und …

Viv fuhr aus ihrem Schlummer hoch und blickte sich hektisch um. Sie saß vor einem Kamin mit einem altmodischen bestickten Ofenschirm und umklammerte die Armlehnen eines Sessels. Auf beiden Seiten des Kamins standen bis zum Überlaufen vollgestopfte Bücherregale – größtenteils mit billigen Taschenbuchausgaben, doch dazwischen erkannte sie auch einige dicke, alte, in Leder gebundene Wälzer.

Das leise Klirren von Metall an Porzellan drang zu ihr. Immer noch benommen strich sie sich mit einer Hand über die Stirn und stellte fest, dass ihr Haar nicht wie üblich ordentlich zu einer Welle gesteckt war. Da fiel ihr wieder ein, was passiert war. Die Bombe. Dads Kopfverletzung. Der lange Fußweg zu Kate. Mums letzte, verletzende Worte. Ihre Arbeit. Die Levinsons.

Ihre Hände krampften sich um die Sessellehne, und sie wollte aufstehen, doch da hörte sie Schuhe über den Hartholzboden klackern, und Mrs. Levinson tauchte mit einem Tablett auf, auf dem eine Teekanne, zwei Tassen und ein Teller mit halbmondförmigen Gebäckstücken standen.

»Es tut mir so leid …«, begann sie.

»Ich sehe, dass du wach bist«, sagte Mrs. Levinson gleichzeitig.

Mrs. Levinson räusperte sich. »Ich dachte, mit einer Tasse Tee und etwas zu essen bekommst du vielleicht wieder Farbe in die Wangen.«

»Das müssen Sie wirklich nicht tun«, sagte Viv.

»Das möchte ich aber«, gab Mrs. Levinson schnell zurück.

»Ich meine, es wäre nicht recht, dich ohne einen Happen fortzuschicken. Du hast ausgesehen, als würdest du in Ohnmacht fallen.«

Viv legte sich eine Hand an die Stirn. »Ich habe heute Nacht nicht geschlafen.«

»Was ist passiert?«, fragte Mrs. Levinson und wies mit einer Kopfbewegung auf Vivs Hände.

Sie schaute auf ihre Finger hinunter und bemerkte zum ersten Mal, dass ihre Vorderseite mit Kratzern und Prellungen übersät war. »Eine Bombe ist auf das Nachbarhaus meiner Eltern gefallen«, erklärte sie.

Abrupt hob Mrs. Levinson den Kopf. »Sind alle …«

Sie nickte. »Wir sind alle relativ unverletzt geblieben.« Sie zögerte. »Obwohl Dad sich den Kopf angeschlagen hat. Sie haben ihn ins Krankenhaus gebracht, weil sie dachten, er hat vielleicht eine Gehirnerschütterung.«

Mrs. Levinson stieß einen langen Atemzug aus. »Ich bin sehr froh zu hören, dass es euch allen gut geht. Ist … ist sonst noch jemand verletzt?«

Die Frage hing schwer in der Luft, aber Viv wusste, worauf Joshuas Mutter hinauswollte.

»Maggie ist noch auf dem Land«, erklärte sie leise.

Mrs. Levinson stellte die Teekanne klappernd auf das Tablett und presste sich eine Hand an die Brust. »Ich hatte mir Sorgen gemacht, du könntest sie zurückgeholt haben. Ich weiß, dass einige Familien sich dazu entschieden haben, als keine Luftangriffe kamen.«

Viv verzog die Lippen. Sie hatte Maggie zurückholen wollen, aber das hätte bedeutet, sich Mums Anordnungen zu widersetzen und ihrer beider Platz im Haus ihrer Eltern zu riskieren.

Mit zitternder Hand reichte Mrs. Levinson ihr eine Tasse

Tee und hielt ihr dann den Teller hin. »Hast du schon einmal Rugelach probiert?«

Viv schüttelte den Kopf.

»Ich backe sie nicht oft, aber ich brauchte nach den Bombenangriffen etwas für meine Nerven. Albern angesichts der Rationierung, aber ich konnte nicht anders.«

Viv nahm eines der Gebäckstücke und biss vorsichtig hinein. Süßer, blättriger Teig und der vertraute Geschmack nach Konfitüre füllten ihren Mund.

»Köstlich«, sagte sie, während sie kaute.

Mrs. Levinson lächelte ihr verhalten zu. »Danke. Ich habe immer schon gern gebacken, obwohl das in diesen Zeiten schwierig ist.«

»Ich habe mit den Rezepten aus diesen Broschüren experimentiert, die uns beibringen wollen, wie man Kartoffelstärke statt Mehl benutzt, aber nichts davon wird je so wie früher«, erklärte Viv.

»Es überrascht mich, wie du so viel arbeiten und dabei noch backen kannst. Du musst ja mit den Milchmännern aufstehen«, meinte Mrs. Levinson.

»Manchmal schon, aber wenn ich nach Hause komme, nachdem ich den ganzen Tag Post ausgetragen habe, muss ich trotzdem noch einkaufen und kochen. An den meisten Tagen helfe ich meiner Mutter«, erklärte sie.

»Verstehe«, sagte Mrs. Levinson und nippte an ihrem Tee.

Viv tat es ihr nach und setzte dann vorsichtig ihre Tasse ab. Sie blickte sich um und sah jetzt die Fotos von Joshua und Rebecca, die einen Ehrenplatz auf einer Anrichte aus poliertem Holz einnahmen. In einem Schränkchen aus poliertem Nussbaum befand sich ein Radio, und an der hinteren Wand stand ein Klavier. In gewisser Weise unterschied sich das Heim der Levinsons nicht sehr vom Haus ihrer Eltern, doch sie konnte das Gefühl nicht abschütteln, dass dies ein Raum war, in dem gelebt und der ganz anders genutzt wurde als die gute Stube ihrer Eltern.

»Jeden Tag, an dem ich nicht im Laden bin, halte ich Ausschau nach dir«, sagte Mrs. Levinson und unterbrach Vivs neugierige Betrachtung.

»Ich habe ab und zu gesehen, wie die Gardinen sich bewegt haben«, gestand sie.

Mrs. Levinson schenkte ihr ein leises Lächeln. »Ich war mir nie sicher, ob du das bemerkt hast. Nachdem du mit Rebecca gesprochen hattest, habe ich mir Sorgen gemacht, sie könnte zu hart gewesen sein.«

»Sie hasst mich, weil ich der Grund dafür bin, dass Joshua fortgegangen ist«, sagte sie leise.

»Sie hasst dich nicht«, gab Mrs. Levinson zu ihrer Verblüffung zurück. »Sie ist ihrem Bruder böse, weil er gegangen ist und sie in der Schneiderei arbeiten musste. Sie findet, dass er egoistisch ist, und sie hat recht. Oh, ich weiß schon, dass ich nicht so über eins meiner Kinder denken sollte – und dann noch über meinen einzigen Sohn –, aber eines der schwierigsten Dinge daran, Eltern zu sein, ist, wenn man erkennen muss, dass die eigenen Kinder Fehler haben.«

»Es tut mir leid, falls der Umstand, dass ich ihm gesagt habe, ich will ihn nicht wiedersehen und nichts mehr von ihm hören, wenn er das Geld meiner Eltern annimmt, dazu geführt hat, dass er sich von Ihnen ferngehalten hat«, sagte Viv leise.

Mrs. Levinson lächelte ihr betrübt zu. »Tja, ich bin mir sicher, dass das nicht hilfreich war, aber es war auch nicht der Grund, der ihn all die Jahre in New York gehalten hat. Das war Joshuas Entscheidung und die Last, die Seth und ich tragen mussten.«

Viv sah in ihre Teetasse hinunter. »Ich schäme mich, das zu

sagen, aber ich hatte nicht erwartet, dass Sie so freundlich zu mir sein würden.«

»Weil ich Jüdin bin?«, fragte Mrs. Levinson.

Viv hob ruckartig den Kopf, doch der Widerspruch erstarrte auf ihren Lippen, als sie das verschmitzte Lächeln ihrer Schwiegermutter sah. »Weil ich dachte, Sie würden mir die Schuld an allem geben, was passiert ist.«

»Also ...« Mrs. Levinson legte den Kopf schief und trank einen Schluck Tee. »Ich kann nicht beschwören, dass ich immer so eine großzügige Haltung hatte. Es gab Zeiten, da habe ich mir gewünscht, dir nie begegnet zu sein. Verstehst du, nach dem jüdischen Gesetz wird die Religion von der Mutter an das Kind weitergegeben. Als ich herausfand, dass mein Sohn ein Kind mit einer nichtjüdischen Frau bekommen würde, war ich niedergeschmettert. Ich hatte schon lange gewusst, dass die Beziehung meines Sohns zu seiner Religion weit distanzierter war als meine, aber ich hätte nie gedacht, dass er ...« Mrs. Levinson räusperte sich. »Rebecca hat Seth und mich dann davon überzeugt, dass es besser wäre, ein glückliches Enkelkind zu haben als gar keins.«

»Das hat Rebecca gesagt?«, fragte Viv.

»Ich glaube, sie hat gehofft, das würde mich davon abhalten, sie dazu zu drängen, zu heiraten und Kinder zu bekommen. Sie möchte zur Universität«, erklärte Mrs. Levinson.

»Joshua hat mir davon erzählt.« Viv holte tief Luft. »Möchten Sie ein Foto von Maggie sehen?«

Mrs. Levinsons Teetasse zitterte auf ihrem Unterteller. »Ja, bitte.«

Viv griff in ihre Uniformjacke und zog das Foto hervor, das sie aus ihrer Handtasche genommen hatte, als sie auf der Arbeit angekommen war. Nachdem sie erlebt hatte, was eine Bombe innerhalb weniger Sekunden aus dem Haus ihrer Eltern gemacht hatte, wollte sie kein Risiko eingehen.

»Das wurde an ihrem vierten Geburtstag aufgenommen. Seit sie fünf geworden ist, konnte ich keins mehr machen lassen«, erklärte sie und reichte ihrer Schwiegermutter das Foto.

Mrs. Levinson starrte das Bild an und hob eine Hand an die Lippen. »Sie ist wunderschön.«

»Ich glaube, sie hat Joshuas Haar«, meinte Viv. »Meins war nie so lockig oder dunkel.«

»Willst du mir von ihr erzählen?«, flüsterte Mrs. Levinson.

»Sie ist ein ganz liebevolles kleines Mädchen. Sie möchte am liebsten alle umarmen, und sie scheint es zu merken, wenn man einen schlechten Tag hat. Momentan ist sie ganz vernarrt in Tig, ihren Stofftiger, und Puffball, das Pony, das sie auf dem Land reitet, aber bevor sie Liverpool verlassen hat, ist sie immer unserer Nachbarskatze hinterhergerannt. Ich glaube, sie könnte stundenlang allein in ihrem Zimmer vor sich hinsingen und wäre glücklich dabei, aber sie rennt und spielt auch sehr gern mit ihren Cousins und ihrer Cousine. Manchmal sehe ich sie an und denke, es ist unglaublich, dass sie mein Kind ist. Dann kommt sie mir fast wie ein Wunder vor«, sagte Viv.

»Du liebst sie sehr«, erwiderte Mrs. Levinson mit feuchten Augen.

»So sehr, dass es manchmal wehtut. Ich versuche, ihr das zu zeigen, da meine Eltern nicht … warmherzig sind. Ich mache mir Sorgen, sie könnte eines Tages erkennen, dass sie sich ihr gegenüber anders verhalten als ihren Cousins und ihrer Cousine gegenüber, und dass sie das verletzen wird.«

»Ein Kind ist kostbar, ganz gleich unter welchen Umständen es zur Welt gekommen ist.«

»Ich wünschte, die beiden würden das auch so sehen.«

Als Mrs. Levinson ein Taschentuch hervorzog und leise hineinweinte, stellte Viv ihre Teetasse weg und wollte schon die Arme nach ihrer Schwiegermutter ausstrecken.

Da klapperte die Haustür. »Ich bin wieder da, Mummy!«, rief Rebecca.

»Ich sollte gehen.« Viv stand hastig auf, doch im nächsten Moment kam Rebecca schon herein, an ihrem Arm baumelte ein Netz mit Einkäufen.

»Was hast du denn hier zu suchen?«, verlangte Rebecca zu wissen.

»Es tut mir sehr leid«, begann sie.

»Warum weint meine Mutter?«, fragte Rebecca und blickte zwischen den beiden hin und her.

»Ich –«

»Es ist nicht ihre Schuld«, erklärte Mrs. Levinson, indem sie Viv unterbrach.

Rebecca ging neben ihrer Mutter in die Hocke und umarmte sie. »Wenn sie etwas gesagt hat, Mummy …«

»Ich habe es nicht böse gemeint«, entgegnete Viv und wich in Richtung Tür zurück.

»Wie kannst du es wagen –«

»Hör auf damit, Rebecca!« Die scharfe Stimme ihrer Mutter hallte durch den Raum und ließ alle erstarren. »Vivian hatte mir gerade … Sie hatte mir von meiner Enkelin erzählt.« Mrs. Levinson schluckte. »Danke, Vivian. Ich hoffe, sie eines Tages kennenlernen zu können, aber etwas über sie zu erfahren hilft auf seine eigene Art.«

Viv nickte. »Danke für Ihre Hilfe heute.«

Mrs. Levinson stand auf. »Fühlst du dich stark genug, um weiter die Post auszutragen?«

Wieder nickte Viv.

»Übernächsten Mittwoch bin ich zu Hause. Ich hoffe, dass du wieder auf eine Tasse Tee hereinkommst, wenn du Zeit hast«, sagte Mrs. Levinson.

»Sehr gern«, gab Viv zurück, und ihr wurde klar, dass sie

die Wahrheit sagte. Nachdem sie sich fünf Jahre lang gesorgt hatte, die Levinsons würden ihr genau wie ihre eigenen Eltern für alles, was passiert war, die Schuld geben, fühlte es sich nun an, als wäre eine schwere Last von ihr genommen worden. Ihre Schwiegermutter unterbreitete ihr sogar ein Friedensangebot. Sie wäre töricht gewesen, die Chance nicht zu ergreifen, und wenn es nur um ihrer Tochter willen war.

»Danke«, sagte sie.

»Nein, ich sollte mich bei dir bedanken«, widersprach Mrs. Levinson und gab ihr das Foto von Maggie zurück. »Würdest du Vivian bitte hinausbegleiten, Rebecca?«

Rebecca starrte ihre Mutter ungläubig an, doch als Mrs. Levinson das Kinn reckte, lenkte sie ein. »Na schön.«

Schweigend gingen sie zur Haustür, doch dort angekommen öffnete Rebecca sie nicht, sondern verschränkte die Arme. »Was willst du hier?«

»Mir ist auf meiner Runde schwindelig geworden. Unser Haus ist gestern bombardiert worden.«

Langsam entflocht Rebecca die Arme. »Oh.«

»Ich habe letzte Nacht nicht geschlafen und heute kaum etwas gegessen. Deine Mutter war so freundlich, mich kurz hineinzubitten, damit ich die Fassung zurückgewinnen konnte. Ich schwöre dir, es war nicht meine Absicht, ins Haus zu kommen, aber ich bin froh darüber.«

»Tut mir leid«, sagte Rebecca. »Ich habe dich im Wohnzimmer gesehen und dachte … keine Ahnung, was ich dachte.«

»Du bist vom Schlimmsten ausgegangen, und ich kann es dir nicht einmal verübeln.«

Rebecca zögerte. »Hast du Mum ein Foto von Maggie gezeigt?«

»Ja.«

»Darf ich es sehen?«

Viv zog das Foto aus ihrer Tasche und gab es Rebecca.

»Sie sieht genau wie Joshua aus.« Rebecca blickte auf. »Aber ich finde, sie hat dein Kinn.«

Sie schnaubte. »Ich weiß nicht, ob das ein Kompliment ist.«

Rebecca lächelte ihr verhalten zu und reichte ihr das Foto zurück. »Wenn Dad zu Hause ist, würdest du ihm das irgendwann zeigen?«

»Ich habe sogar eine noch bessere Idee«, erklärte sie und dachte an die Negative, die sie in der Auslieferungshalle in ihrer Handtasche hatte. »Ich lasse euch ein paar Abzüge machen. Allzu viele Fotos habe ich nicht – ich hatte kaum Geld, um welche anfertigen zu lassen –, aber es gibt ein paar von Maggie, als sie noch ganz klein war.«

Rebecca kniff die Augen zusammen. »Das ist sehr freundlich von dir. Netter, als ich es wahrscheinlich verdient habe.«

»Du brauchst mich nicht zu mögen, Rebecca, aber ich hoffe, du glaubst mir, wenn ich dir sage, dass es nie meine Absicht war, dich oder deine Eltern aus Maggies Leben auszuschließen.«

Viv bückte sich, um ihre Posttasche aufzuheben und über ihre Schulter zu hängen. Ihr Gewicht schien sie auf eigentümliche Art zu erden. Dann griff sie nach der Türklinke und trat wieder auf die Straße, um ihre Runde zu beenden.

Viv blieb nicht lange bei Kate. Dad kam am Tag nach dem Bombenangriff nach Hause, nachdem er die Ärzte im Krankenhaus überzeugt hatte, dass sein Bett für andere, schwerer verletzte Patienten gebraucht wurde. Viel Überredung hatte es anscheinend nicht gebraucht, denn die Luftangriffe auf Liverpool gingen weiter. Kate hatte keinen Keller, daher begaben sich die Byrnes in den öffentlichen Schutzraum zwei Straßen weiter, um dort während der Angriffe mit gefühlt der halben Nachbarschaft zu kampieren. Alle waren mit den Nerven am

Ende, und am Montag konnte Viv es kaum abwarten, ihre Postroute zu beginnen.

Am Montagmorgen fuhr Viv vorsichtig neugierig am Haus der Levinsons vor. Eine einzige Begegnung konnte natürlich nicht fünf Jahre Schmerz und Zorn auslöschen, aber es war gut gewesen, mit jemandem über Maggie zu reden. Doch als sie sich der Tür näherte, wurde ihr klar, dass im Haus kein Licht brannte, obwohl so viele Nachbarn in den frühen Morgenstunden noch den Frühstückstisch abräumten. Als sie die Briefe der Levinsons in der Hand hielt, spürte sie einen merkwürdigen Anflug von Enttäuschung. Sie hatte gehofft … eigentlich war sie sich nicht sicher, worauf. Sie steckte die Briefe durch den Schlitz und wollte sich schon abwenden, als sie es sah. Eine kleine weiße Pappschachtel, die mit einem Stück Bindfaden verschnürt war. Und darauf steckte ein Zettel, auf dem mit Bleistift quer ihr Name geschrieben stand.

Sie nahm die Notiz heraus und schlug sie auseinander, um sie zu lesen.

Danke.

Behutsam steckte sie den Zettel in ihre Jackentasche, löste den Bindfaden und öffnete die Schachtel. Darin befanden sich zwei der süßen Gebäckstücke, die Mrs. Levinson ihr angeboten hatte, als sie fast in Ohnmacht gefallen war. Vivs Lippen zitterten, als Rührung in ihrer Brust aufstieg, und sie drehte sich um und sprang wieder auf ihr Federal-Rad.

Den ganzen Tag begleitete sie der Gedanke an die schlichte Geste, dass jemand Gebäck für sie bereitgelegt hatte. Irgendwie schien es nicht richtig zu sein, es anzunehmen, ohne sich zu revanchieren. An diesem Abend ging sie die wenigen Gegenstände in ihrer Handtasche durch und wählte ein paar Negative aus, und am nächsten Tag suchte sie nach ihrer Schicht bei der Post den Fotoladen auf.

Während sie auf die Abzüge von Maggies Babyfotos wartete, machte Viv sich an ihre andere Aufgabe. Sie nahm eine Zeitung und kreiste mit einem Bleistift alle Zimmervermietungsanzeigen ein, die sie finden konnte.

Am Dienstag ging sie nach der Arbeit durch die Straßen von Liverpool. Wenn sie auf Gruppen von Männern stieß, die Schutt beiseiteräumten, machte sie einen Umweg. Immer noch schwelten und qualmten Gebäude, und ganz gleich, wohin sie sich wandte, hing ein deutlicher Geruch nach beißendem Rauch in der Luft.

Bei ihrem vierten Wohnungsbesuch fand Viv, was sie suchte. Mrs. Shannon, eine ältere Witwe mit einem kleinen Haus in Mossley Hill, hatte ihr Wohnzimmer umgeräumt und zum Schlafzimmer gemacht und vermietete den ersten Stock ihres Hauses. Oben war so viel Platz, dass Viv sich ein Schlafzimmer und ein kleines Wohnzimmer einrichten könnte, die durch die Teilung eines nicht besonders großen Raums entstanden waren.

Als sie Mrs. Shannon erklärte, ihre Tochter sei aufs Land evakuiert worden, hatte die ältere Dame mit der Zunge geschnalzt und vorgeschlagen, Viv könne gern das alte Bett ihrer erwachsenen Tochter nutzen, »wenn dieser abscheuliche Krieg vorbei und Ihre Tochter wieder zu Hause ist«. Dieses Angebot hatte Viv die Tränen in die Augen treten lassen, und am nächsten Tag ging sie zum Postamt, hob die erste Miete von ihrem Sparkonto ab und bezahlte Mrs. Shannon.

An diesem Abend saß Viv an Kates Küchentisch und erklärte ihrer Familie, was sie getan hatte.

»Du kannst nicht allein leben. Du bist eine alleinstehende Frau«, sagte ihre Mutter und verzog missfällig den Mund.

»Ich bin verheiratet«, gab Viv gelassen zurück.

»Wo ist dann dein Mann?«, verlangte Mum zu wissen.

»Sollte ich dich nicht dasselbe fragen, da du ihn dafür bezahlt hast, sich fernzuhalten?«

Mum warf ihre Serviette neben ihr Gedeck. »Bring du sie zur Vernunft, John«, sagte sie.

»Es ist noch nicht beschlossene Sache, Vivian«, erklärte ihr Dad.

Viv zuckte mit den Schultern. »Doch. Ich habe Mrs. Shannon die Miete schon gezahlt.«

»Wie kannst du dir so etwas leisten?«, wollte Mum wissen.

Viv lächelte nur.

»Das kann ich nicht erlauben. Deine Mutter und ich brauchen dich zu Hause, Vivian«, sagte Dad.

»Nein«, widersprach Viv bestimmt.

»Du hast ein Kind, an das du denken musst«, wandte Mum ein.

»Ich denke an Maggie. Sobald ich sie zurück nach Liverpool holen kann, bekommt sie ihr eigenes Zimmer und einen Garten zum Spielen«, sagte sie.

Mum wandte sich aufgebracht an Kate. »Rede du mit deiner Schwester, Katherine.«

Kate zog die Augenbrauen hoch. »Ich?«

»Du bist die Einzige, auf die sie hört«, sagte Mum.

»Oh, ich glaube nicht, dass du das willst«, gab Kate zurück.

»Kate«, warnte ihr Vater.

»Das ist nicht Kates Entscheidung, sondern meine«, erklärte Viv.

»Womit habe ich bloß so ungehorsame Töchter verdient?«, fragte Mum und verdrehte die Augen zum Himmel.

»Du regst deine Mutter auf, Vivian«, sagte Dad warnend.

Sie zuckte mit den Schultern. »Ich habe Mrs. Shannon schon bezahlt. Ich bin volljährig. Ihr könnt nichts tun, um zu verhindern, dass ich ausziehe.«

»Du sollst deinen Vater und deine Mutter ehren«, murmelte Mum.

»Seid aber untereinander freundlich und herzlich und vergebt einer dem andern, wie auch Gott euch vergeben hat in Christus.« Kate übertönte das Stimmengewirr in der Küche. »Unser ganzes Leben lang habt ihr uns gelehrt, auf die Bibel zu hören und zu tun, was uns in der Kirche beigebracht wird, aber ihr selbst habt Christi grundlegende Lehren vergessen. Vivie hat alles getan, was ihr von ihr verlangt habt. Sie hat gekocht, geputzt und euch versorgt. Als sie gearbeitet hat, hat sie euch ihren Lohn gegeben. Das alles hat sie getan, während sie zugleich ihrer eigenen Tochter eine gute Mutter war, und wie habt ihr es ihr gedankt? Indem ihr Viv erzählt habt, sie sei sündig, und sie wieder und wieder dafür bestraft habt. Sollen wir denn nicht vergeben?«

»Rede nicht so mit deiner Mutter, Katherine«, sagte Dad halb flehend, und sein Blick huschte zu seiner Frau.

»Ich habe gesehen, was ein solches Verhalten einer Frau antut. Meine Schwester Flora —«

»Hätte nicht in dieses schreckliche Krankenhaus geschickt werden müssen! Eure Eltern hätten ihr helfen können. Sie zu Hause behalten können«, sagte Kate.

»Das war unmöglich«, entgegnete Mum.

»Warum? Weil euer Geistlicher das missbilligt hat? Weil eure Nachbarn über sie getratscht hätten? Was glaubt ihr denn, was sie für eine Angst hatte, als sie herausfand, dass sie schwanger war, und der Mann, der sie in Schwierigkeiten gebracht hatte, verschwunden war? Was glaubt ihr denn, wie Vivie sich gefürchtet hat?«, schimpfte Kate.

»Das ist nicht dasselbe«, erklärte Mum steif.

»Nein, weil nämlich Joshua, der genauso jung und naiv war wie ich, das Richtige getan und mich geheiratet hat«, warf Viv ein und unterbrach den Streit. »Ich hatte Glück, Mum, aber du weigerst dich, das einzusehen.«

»Was glaubst du denn, wie es mir dabei ging? Oder deinem Vater?«, schrie ihre Mutter und erhob zum ersten Mal, seit Viv sich erinnern konnte, derart laut ihre Stimme. »Wir mussten zur Kirche gehen und unsere Gesichter zeigen, obwohl wir wussten, dass hinter unserem Rücken getuschelt wurde. Du hättest jedem Jungen in Walton nachstellen können, Vivian, und man hätte dir verzeihen können, aber du musstest dir ausgerechnet diesen Mann aussuchen. Das wirst du erst verstehen, wenn deine Tochter dieselbe Schande über dein Haus bringt.«

Viv kniff die Augen zusammen. »Nein, das wird sie nicht, denn ich kann mir nicht vorstellen, dass ich sie so behandeln werde wie du mich.«

»Du warst im Unrecht, Mum, auch wenn du dich weigerst, es zuzugeben«, sagte Kate. »Und du, Dad, hast nur dagesessen und dir von ihr erzählen lassen, was du zu tun und zu denken hast.«

»Katherine!«, versetzte Mum scharf. »Zeig Respekt vor deinem Vater.«

Staunend sah Viv zu, wie ihre Schwester vom Tisch aufstand und mit ihrem gerechten Zorn den ganzen Raum ausfüllte. »Ihr seid hier Gäste. Wenn es euch nicht passt, könnt ihr gehen.«

Mum stieß sich vom Tisch ab. »Pack deine Sachen, John.«

»Wo sollen wir denn hin, Edith?«, fragte Dad leise, obwohl er sich hinter seiner Frau hastig hochrappelte.

Viv und Kate hörten schweigend zu, wie ihre Eltern lautstark die Treppe hinaufstiegen, um das Wenige, was sie aus dem Feuer hatten retten können, zu holen.

»Das ist mein Kampf, nicht deiner«, meinte Viv.

»Ich hätte mich schon vor Jahren auf deine Seite stellen sollen. Ich weiß, du kannst mir nicht für diese ganze Zeit verzeihen, aber jetzt werde ich dich nicht im Stich lassen«, erklärte Kate.

Viv nickte und brachte kein Wort heraus, als Kate sie umarmte.

Schließlich knallte Kates Haustür zu, und es herrschte nur noch Stille.

»Tja«, meinte Kate, löste sich von Viv und wischte sich über die Augen. »Das war mal ein interessantes Abendessen.«

»Ich wollte dir wirklich keine Probleme bereiten«, sagte Viv.

»Wenn du auch nur einen Moment glaubst, ich würde ruhig dasitzen und zusehen, wie sie gemein zu meiner kleinen Schwester sind ...« Kate verstummte, und ihr Lächeln verblasste. »Von jetzt an werde ich es besser machen.«

»Ich weiß.«

»Außerdem«, meinte Kate und lachte zittrig, »war das ein gutes Gefühl. Zu gut vielleicht.«

Viv sah zu, wie ihre Schwester ihren Stuhl an einen hohen Schrank zog, hinaufstieg und das obere Fach öffnete. Sie zog eine Flasche hervor, die verdächtig nach Whisky aussah, und zwei einfache Bechergläser. »Sam glaubt, ich wüsste nichts von seinem Versteck, weil ich zu klein bin. Als würde ich nicht jeden Quadratzentimeter dieser Küche kennen.«

Kate schenkte zwei Fingerbreit Alkohol in jedes Glas, reichte Viv eins und trank dann einen Schluck. »Abscheuliches Zeug, aber es erfüllt seinen Zweck.«

Vorsichtig nippte Viv daran. In dem Moment, in dem der Whisky ihre Kehle benetzte, musste sie husten. Der Alkohol brannte auf dem ganzen Weg nach unten.

Kate warf ihr einen Blick zu. »Alles gut bei dir?«

»Das ist ja, als würde man Benzin trinken«, meinte sie.

»Wie gesagt. Es erfüllt seinen Zweck. Und ich meinte, ob es *dir* gut geht?«

Viv hielt ihr Glas schief und sah zu, wie der Whisky umherwirbelte. »Keine Ahnung, aber zum ersten Mal seit langer Zeit fühlt es sich an, als könnte ich darüber entscheiden.«

Kate nickte und nahm noch einen Schluck. »Ich finde, das ist das beste Gefühl.«

Joshua

9. September 1940

Sobald ihr F-für-Freddie-Mosquitobomber auf der Piste aufsetzte, ausrollte und stehen blieb, riss Moss sich den Helm herunter.

»Mist. Verdammter Scheiß!«, tobte der Mann und schlug heftiger als nötig auf die Knöpfe und Mechanismen der Instrumente ein. *Gleich zerbricht er noch was*, dachte Joshua, doch er wusste, dass es nicht klug wäre, darauf hinzuweisen.

Joshua wechselte einen Blick mit Fortineau, ihrem Funker und Bordschützen. Der zog eine Grimasse, und Joshua wurde noch ein wenig flauer im Magen.

Er hatte es vermasselt.

Er hatte sie zwar nicht ahnungslos in feindliches Territorium geschickt oder versucht, sie gegen eine Bergflanke zu manövrieren, doch er hatte beim Navigieren einen Fehler begangen, der sie kostbare Zeit und Treibstoff gekostet hatte. Sie waren in einer mondlosen Nacht unterwegs gewesen, mit dichter Bewölkung über sich und Nebel unter sich. Das waren elende Bedingungen für einen Bombenangriff, doch der Bomberkommandant hatte es aus Gründen, die nicht einmal ihr Geschwaderleiter hatte erklären können, so angeordnet.

Die Besatzung der *F-Freddie* hätte bei ihrer Schwadron bleiben sollen, und Joshua hatte sie auf Kurs gehalten, bis im Cockpit ein lautes, durchdringendes Piepen ertönt war – kurz bevor er Moss eine wichtige Kursangabe hätte übermitteln sollen. Moss' Gebrüll und die zehn Minuten, die Joshua mit dem hektischen Versuch verbracht hatte, festzustellen, welches Instrument das Warnsystem ausgelöst hatte, hatten Joshua aus der Fassung gebracht. Dann hatte Fortineau über Funk eigenartige Statik empfangen. Moss hatte Joshua nach hinten geschickt, um ihm zu helfen. Es hatte weitere zwanzig Minuten gedauert, bis Joshua klar geworden war, dass er Moss in seiner Hast nicht den richtigen Kurs gegeben hatte. Statt über das Schwarze Meer hinauszufliegen, um einen deutschen Luftstützpunkt zu bombardieren, wie es der Plan gewesen war, flogen sie in Richtung Norden und entfernten sich vom Rest des Geschwaders.

Da Joshua wusste, dass Moss – der selbst in bester Stimmung launisch sein konnte – explosiv reagieren könnte, hatte er tief Luft geholt und ihm die schlechte Nachricht mitgeteilt.

Angesichts der Flut von Flüchen, die aus Moss' Mund drang, hatten Joshua und Fortineau den ehemaligen Eliteschüler und Oxfordabsolventen fassungslos angestarrt – doch dass sie nach Linton-on-Ouse zurückkehren mussten, stand außer Frage. Wenn sie zum Rest der Schwadron aufgeschlossen hätten, wäre ihnen der Treibstoff ausgegangen. Moss war eine scharfe Rechtskurve geflogen, hatte das Flugzeug in die andere Richtung gesteuert und sie vorzeitig nach Hause geflogen.

Jetzt saß Joshua da und wartete darauf, dass Moss ausstieg, bevor er sich rührte. Sobald der Pilot das Cockpit verlassen hatte, hievte Fortineau sich aus seinem Sitz, bückte sich und klopfte Joshua auf die Schulter.

»Hätte jedem von uns passieren können«, meinte der Funker.

Joshua warf seinem Kollegen ein verkrampftes Lächeln zu. »Danke.«

Doch als er aufstand, sich aus dem Cockpit schob und über die Tragfläche hinunterkletterte, stellte er fest, dass Moss mit rot angelaufenem Gesicht und schweißüberströmter Stirn auf ihn wartete.

»Du wertloses Stück Scheiße!«, ereiferte sich Moss so, dass die

Mechaniker und das Bodenpersonal, die ihn umgaben, stutzten. »Du verdammter nutzloser *yid!* Du hast die ganze verdammte Mission in den Sand gesetzt, du leichtsinniger Mistkerl!«

Joshua verhielt sich ganz still. Er war schon früher mit hasserfüllten Worten überhäuft worden, und er wusste, dass er sie am besten ertrug, wenn er sich innerlich distanzierte – so, als wäre eine Glasscheibe zwischen ihm und dem Piloten heruntergefahren. Trotzdem war es unmöglich, nicht zu spüren, wie jedes scharfe Wort ihn traf.

»Vielleicht wäre es eine gute Idee, sich eine Minute Auszeit zu nehmen, Flight Lieutenant«, sagte Fortineau und legte einen Arm um Moss' Bizeps.

Moss schüttelte ihn ab.

»Ich habe dem Wing Commander gesagt, dass du zum Problem werden würdest. Ich habe ihm erklärt, dass ich nicht mit dir fliegen will«, schäumte Moss.

»Ich habe einen Fehler gemacht«, erklärte Joshua. »Ich entschuldige mich.«

Moss trat unangenehm dicht an ihn heran, bis seine Nase vor Joshuas Gesicht schwebte. »Hast du nicht kapiert? Hier geht es um Leben und Tod. Ein einziger Fehler dort oben, und du stirbst. Deine ganze Crew könnte sterben.«

Das heizte Joshuas Zorn an. »Ich habe auf Ihren Befehl gehandelt, *Sir.* Sie haben mir befohlen, mich um den Instrumentenalarm zu kümmern. Haben mir gesagt, ich soll nach hinten gehen und Fortineau mit dem Funkproblem helfen.«

»Du glaubst, es wäre meine Schuld gewesen?«, tobte Moss.

Trotz seiner Wut war Joshua klar, dass er seinen Hauptjob hätte machen sollen. Seine Aufgabe war die Navigation, und sie war der Grund für ihren fehlgeschlagenen Einsatz.

»Nein.« Joshua warf Fortineau einen Blick zu. »Ich gehe in die Messe.«

Er wandte sich ab, als er aus dem Augenwinkel sah, wie Moss die Faust ballte und ausholte. Doch Fortineau tat es ihm gleich, im nächsten Moment stürzte er sich zusammen mit zwei Mechanikern auf den Flight Lieutenant, und die Männer fixierten Moss die Arme hinter dem Rücken.

»Das sollten Sie nicht tun, Sir«, sagte Fortineau. Der Kleinere presste das Gesicht gegen Moss' Schulter, während er ihn zurückhielt.

»Es will doch niemand vors Kriegsgericht kommen«, meinte einer der Mechaniker. »Wir haben schließlich einen Krieg zu führen.«

Diese magischen Worte schienen Moss' Raserei zu durchdringen. Vorsichtig lockerten die drei Männer ihren Griff.

Moss rollte die Schultern und zerrte am Ausschnitt seines Overalls. »Noch ein Fehler, Levinson, und ich melde dich.«

Der Lieutenant stürmte davon, und das Bodenpersonal nahm sein Werkzeug und machte sich erneut an dem Flugzeug an die Arbeit. Alle bis auf einen Mann. Er war klein und schmal, und sein dunkles Haar war mit einer großzügigen Menge Brylcreem-Pomade fixiert, die fast alle Männer auf der Basis benutzten.

»Ich hab's selbst immer gehasst, *yid* genannt zu werden. Kann nicht behaupten, dass es das Übelste ist, was ich je gehört habe, aber das Netteste ist es auch nicht«, erklärte der Mann im derben Akzent des Londoner East Ends.

Joshua schnaubte abfällig. »In Amerika haben sie noch ganz andere Namen für uns.«

Der Mann neigte den Kopf zur Seite. »Was du nicht sagst. Menschen können grausam sein, egal, wo man ist.«

»Allerdings«, meinte Joshua.

Dann nickte er dem anderen zu und ging zum Mannschaftsquartier, um seine Ausrüstung auszuziehen und bei einer Tasse Tee auf Johnny und den Rest der Staffel zu warten.

Viv

4. Januar 1935

Viv stützte sich auf dem Rand der Toilettenschüssel ab und hob den Kopf. Das war jetzt der sechste Tag, an dem sie fluchtartig ihren Platz in der Sortierhalle hatte verlassen müssen. Beim ersten Mal hatte sie sich eingeredet, sich mit etwas, was sie an Weihnachten gegessen hatte, den Magen verdorben zu haben. Am dritten Tag war zum ersten Mal ein unbestimmtes Grauen in ihr aufgestiegen. Doch nun, nach fast einer Woche, musste sie sich eingestehen, dass sie in Schwierigkeiten steckte.

Mit der freien Hand wischte sie sich die Augen trocken. Sie hatte furchtbare Angst. Sie hatte gewusst, dass so etwas passieren konnte, aber sie hatte alle Warnungen ignoriert, die sie ihr ganzes Leben lang gehört hatte, und jetzt erlebte sie die Folgen.

Sie berührte das kleine Goldkreuz, das sie seit ihrer Firmung am Hals trug. Sie war eine Närrin, weil sie sich hatte in Versuchung führen lassen. Weil sie selbst die Versuchung gewesen war.

Seit ihrer zweiten Verabredung hatte sie Joshua nicht wiedergesehen. All die Lust und Aufregung, die sie bei ihren Küssen empfunden hatte, waren in ungeschickte Berührungen und Schmerz umgeschlagen und ihr sofort peinlich gewesen. Sie hatte ihn nicht wiedersehen wollen, obwohl er versucht hatte, sie bei Kate anzurufen.

Sie rappelte sich vom Boden hoch und ging sich die Hände waschen. Dabei spähte sie in den Spiegel. Sie würde nicht verstecken können, wie rot ihre Wangen waren, doch das würde mit der Zeit verblassen. Das Problem allerdings würde sich nicht von selbst erledigen. Sie brauchte einen Plan. Und sie musste Joshua finden.

Viv

11. September 1940

Am zweiten Mittwoch nach ihrem Zusammentreffen mit Mrs. Levinson beendete Viv ihre Runde, so schnell sie konnte, und sparte sich die Salisbury Road bis zum Schluss auf. Nachdem alle Briefe in den entsprechenden Briefschlitzen gelandet waren, schob sie ihr Rad durch das Gartentor der Levinsons. Ihre Schwiegermutter erwartete sie bereits an der Tür.

Es wurde ein kurzer Besuch – ein wenig verlegen, ein wenig hoffnungsvoll. Größtenteils unterhielten sie sich über Maggie. Mrs. Levinson brannte auf jede Information über ihre Enkeltochter und sog alles auf wie ein Schwamm.

»Wann siehst du sie das nächste Mal?«, fragte Mrs. Levinson, als könnte sie ihre Gedanken lesen.

Viv setzte ihre Teetasse ab. »Übernächsten Samstag. Ich hatte gehofft, früher fortzukönnen, aber mein Chef, Mr. Rowan, lässt uns besonders viel arbeiten, weil die Post wegen der Bombenangriffe länger bis in die Zustellhalle braucht als normal.«

Da Viv gearbeitet und sich gleichzeitig in ihrem neuen Heim eingerichtet hatte, hatte sie in letzter Zeit kaum gewusst, wo ihr der Kopf stand. Sie musste dringend an Mrs. Thompson schreiben, um ihr ihre neue Adresse mitzuteilen. Und sie würde auch eine Nachricht an Maggie über ihr neues Zuhause verfassen und ihrer Tochter verkünden, dass sie sich das Haus mit einem Kater namens Walter teilen würden – das würde Maggie sicher entzücken.

»Vielleicht begleite ich dich beim nächsten Mal«, meinte

Mrs. Levinson. »Tut mir leid«, fügte sie schnell hinzu, als Viv nicht sofort reagierte. »Das ist zu viel verlangt.«

Viv lehnte sich auf dem Sofa zu ihr hinüber und legte ihre Hand auf die ihrer Schwiegermutter. »Sehr gern. Vielleicht mag sich Mr. Levinson uns ja anschließen?«

Mrs. Levinson schniefte ein wenig und nickte. »Seth würde sich sehr freuen.«

»Könnten Sie denn an einem Samstag kommen?«, fragte sie und erinnerte sich an die *Geschlossen*-Schilder in den Schaufenstern der von jüdischen Inhabern betriebenen Läden.

Mrs. Levinson seufzte, lächelte aber dabei. »Wir halten den Sabbat nicht mehr so ein wie damals, als ich ein junges Mädchen war. In meiner Kindheit war meine Familie orthodoxer als die von Seth, die fand, dass es ihrem Geschäft zu sehr schadete, am Samstag zu schließen. Es ist aber nett, dass du fragst.«

Mrs. Levinson stand auf und nahm eine weiße Pappschachtel von einem Beistelltisch. »Ich frage mich, ob es dir etwas ausmachen würde, Maggie das hier mitzubringen.«

Viv nahm den Karton von ihrer Schwiegermutter entgegen und legte ihn auf ihren Schoß, um das blaue Nylonband zu lösen, mit dem er verschlossen war.

Als sie sah, was sich darin befand, stieß sie ein leises Keuchen aus. In einfachen weißen Stoff eingeschlagen lag darin ein kleines Kleid aus blauer Wolle – so fein, dass sie auf der empfindlichen Kinderhaut nicht kratzen würde. Es hatte einen abgerundeten Kragen und auf der Vorderseite eine Reihe roter und weißer Knöpfe. Als Viv den Saum hochschlug, sah sie eine zierliche Reihe perfekter Stiche.

»Es ist wunderschön«, brachte sie heraus und ließ sich von der Sehnsucht, ihre Tochter zu umarmen, erfüllen. Der Kummer, den sie über die Trennung von Maggie empfand, kam wie in Wellen – er schwoll an und ab, war aber immer da.

»Mein Mann hat es genäht. Es tut ihm sehr leid, dich heute verpasst zu haben, aber seine Kunden halten ihn im Laden beschäftigt«, erklärte Mrs. Levinson.

»Ich erinnere mich noch, wie freundlich er an meinem Hochzeitstag zu mir war. Sie waren alle so nett, während meine eigene Mutter sich schrecklich benommen hat, und Dad stand daneben und hat sie gewähren lassen.«

Sie spürte, wie Mrs. Levinson die dünnen Arme um sie schlang und Vivs Kopf an ihre Brust drückte. Das Gefühl, von der Wärme dieser Frau umgeben zu sein, verstärkte den Schmerz in Vivs Herz nur, denn von ihrer eigenen Mutter hätte sie diese Geste nie erwartet.

»Wir Eltern geben uns alle sehr große Mühe, das Richtige für unsere Kinder zu tun. Deine Mutter hat sich nicht rechtens verhalten, aber sie hatte Angst um dich. Die Wahrheit ist, dass ich auch um meinen Sohn gefürchtet habe. Als er mir erzählt hat, ein Mädchen sei zu ihm gekommen und habe ihm erklärt, er werde Vater und werde sie heiraten müssen, habe ich nur das Schlimmste gedacht.«

»Joshua hat sofort gesagt, dass er mich heiraten wird. Er hat nicht einmal gezögert.«

Mrs. Levinson drückte sie behutsam wieder aufs Sofa und wischte ihr sanft die Tränen von den Wangen, die Viv selbst gar nicht bemerkt hatte. »Das ist mein Sohn. Er springt immer sofort, ohne eine Ahnung zu haben, wo er landen wird. Ich bin froh, dass er das Richtige getan hat.«

»Fragt er überhaupt nach ihr?« Viv spürte, wie die Frage über ihre Lippen kam, ehe sie sich Einhalt gebieten konnte.

»Seine Schwester schreibt ihm. Sie wird ihm den Namen seiner Tochter mitgeteilt haben.«

Viv würde nie verstehen, warum er nicht beim erstmöglichen Heimaturlaub zurückgeeilt war, um sie nach ihrer Tochter auszufragen. Zu versuchen, sie kennenzulernen. Sie konnte sich nicht vorstellen, dass jemand nichts von Maggie wissen wollte.

»Du darfst nicht vergessen, dass es für ihn etwas anderes ist. Er hat euch beide zurückgelassen.« Mrs. Levinson lachte über Vivs schockierte Miene. »Er ist mein Sohn, aber ich sage ihm trotzdem, wenn er etwas falsch gemacht hat. Vielleicht kann er sich ja eines Tages deine Vergebung verdienen.«

Viv schaute auf das Kleidchen in ihren Händen hinunter. »Vielleicht.«

Doch tief im Herzen bezweifelte sie, dass Joshua, wenn er noch einmal entscheiden müsste, etwas anders machen würde.

Joshua

15. September 1940

Zu behaupten, dass sich die Beziehung zwischen den Crewmitgliedern der *F-Freddie* verbessert hätte, wäre übertrieben gewesen – aber Joshua war Moss' eisiges Schweigen allemal lieber als seine Zornausbrüche. Wenn er allein mit seinen Gedanken war, ließ ihm das die Chance, mehr und mehr seine Liebe zum Fliegen zu entdecken.

Bei jedem Flug kam ein Moment, in dem er beinahe vor Freude übersprudelte, wenn er auf den von Straßen durchschnittenen Flickenteppich aus Feldern und Hecken hinuntersah, aus dem das ländliche England bestand. Er, Joshua Levinson, flog. Der Junge aus Wavertree, der Sohn des Schneiders, hatte mehr aus seinem Leben gemacht, als irgendjemand von ihm erwartet hatte. Zugegeben, er war kein großer Name in der Swing Street, aber der Krieg hatte die Pläne vieler Männer aus der Spur geworfen.

Doch das Schweigen machte ihn auch angreifbar für die anderen Gedanken, die sich manchmal einschlichen. Überlegungen zum Beispiel, ob er seine Chance verspielt hatte, es in eine berühmte Band zu schaffen. Ob er seine Tochter und seine Frau vergeblich aufgegeben und dadurch seine Familie verloren hatte. Ein lückenhafter Lebenslauf, der aus Vertretungen für Säufer und Saxofonunterricht für verwöhnte Studenten bestand.

Joshua schüttelte den Kopf und überprüfte ihren Kompass. Er durfte sich nicht auf diese Gedanken einlassen. Sie würden ihn zerreißen.

Eine mondbeschienene Nacht erstreckte sich vor der *F-Fred-*

die. Das Brummen ihrer Blenheim-Doppelmotoren mischte sich mit dem Sirren der Propeller der anderen Bomber ihrer Schwadron. Sie waren seit Stunden in der Luft, nachdem sie die Basis schon verlassen hatten, als es noch hell gewesen war. Der für die Wetterdaten Zuständige hatte sie darüber informiert, dass sie mit einer klaren, problemlosen Nacht rechnen konnten – perfekt, um den von den Deutschen besetzten Flugplatz von Boulogne-sur-Mer zu bombardieren, eins der Flugfelder, von denen aus die Luftwaffe ihre unbarmherzigen Angriffe auf London und andere Städte führte, die die Zeitungen »The Blitz« nannten. Nicht erwähnt hatte der lebhafte Mann, der eine Brille mit Drahtgestell trug und mit einem melodischen Waliser Akzent sprach, dass sie dadurch auch für die Messerschmitts leichter zu entdecken waren.

»Anzeigewerte?«, blaffte Moss in ihren Kopfhörern.

Joshua übermittelte sie ihm mit knappen, kurzen Sätzen.

»Setz dich lieber ans Geschütz, Fortineau«, sagte Moss. »Gut möglich, dass wir unter Beschuss geraten.«

Und tatsächlich, der Schuss eines deutschen Flugabwehrgeschützes, bei dem einem die Zähne klapperten, übertönte das Brummen der Motoren. Zweifellos hofften sie, eine tief fliegende Blenheim zu erwischen.

»Auf geht's!«, schrie Fortineau, während er in den Geschützturm kletterte. Das drehbare Geschütz, das im Heck der Maschine angebracht war, würde gegen Flugabwehrkanonen nicht viel nützen, aber vielleicht würde er ein paar Schüsse auf näher kommende deutsche Jagdflieger abfeuern können.

Automatisch sprang Joshuas Hirn von seinen Aufgaben als Navigator zu denen als Bombenschütze, als er sich auf dem Klappsitz am Bombenzielgerät niederließ. Es war sein Job, die Bomben reibungslos und gezielt abzuwerfen.

»Annäherung abgeschlossen. Fertig, Sergeant Levinson?«,

fragte Moss und ließ den Blick durchs Fenster des Cockpits schweifen.

»Bringen Sie mich nur nahe genug heran, um zu zielen«, sagte er. Wenn Moss sie nicht sauber und ohne Steilkurven heranflog, sanken Joshuas Chancen, etwas zu treffen, beträchtlich, doch er würde verdammt noch mal sein Bestes geben. Er war entschlossen, Moss keinen Grund zu liefern, an ihm herumzunörgeln.

Das Rattern von Fortineaus Geschütz drang durch den Rumpf des Flugzeugs.

»Was ist da hinten los?«, verlangte Moss zu wissen.

»Wir haben zwei Messerschmitts an Steuerbord. Sie rücken *E-Echo* auf den Pelz«, berichtete Fortineau.

»Wir müssen unseren Auftrag erledigen. Kannst du sie von deiner Position aus sehen?«, fragte Moss.

Wieder war das Geschütz zu hören, zusammen mit etwas, das wie Feuer von drei oder vier weiteren Fliegern klang. »Ich hab das im Griff, Sir.«

»Fertig machen, Levinson«, sagte Moss und hielt das Flugzeug ruhig.

Joshuas Instinkt übernahm die Führung. Er bewegte sich schnell, schätzte die Windgeschwindigkeit und die Strömung ab und musterte dann durch den rückwärtigen Ausguck das Bombenabwurfgebiet. Sobald das Ziel – ein großer Hangar – sich mitten in seinem Blickfeld befand, warf er die Bomben ab.

Neben sich hörte er Moss über die Sprechanlage fluchen. »Drei unbekannte Maschinen direkt vor uns.«

Die Detonation der Bomben über dem Flugplatz unter ihnen wurde vom Rattern von Moss' Vordergeschützen übertönt. Joshua überprüfte seinen Ausblick, während unter ihnen noch mehr Feuer und Rauch waberten.

»Direkter Treffer!«, rief er.

»Ich hab noch einen an Backbord!«, schrie Fortineau.

»Erwischt, du Mistkerl«, brummte Moss, als die Steuerbord-seite einer Messerschmitt in Flammen aufging und ihr Motor verstummte.

Einer nach dem anderen luden die britischen Bomber, die sie umgaben, ihre Bombenlast ab, während sie gleichzeitig ihr Bestes taten, um die deutschen Flugzeuge abzuschießen. Die Briten waren im Vorteil, da sie aufgetaucht waren, als viele der feindlichen Flieger am Boden waren, doch einige der Luftwaf-fenmaschinen hatten trotzdem abheben können.

Joshuas Blut geriet in Wallung, während Moss und Fortineau sich die größte Mühe gaben, dem Feind durch Sturzflüge und Ausweichmanöver zu entkommen und ihn niederzumähen.

»Eine Maschine getroffen!«, schrie Joshua, als er sah, dass eins ihrer eigenen Flugzeuge abstürzte.

»Wer war es?«, fragte Fortineau.

Blinzelnd schaute er nach draußen, und Grauen stieg in ihm auf, als er sah, wie die Propeller mitten in der Luft aussetzten. Die Maschine schien einen Moment lang zu schweben, und der schwarzweiße Kater Felix, der auf ihre Seite gemalt war, schien ihm zuzugrinsen. Er schluckte. *»C-Charlie.«*

McPherson, Hunt und Shelby.

Die drei fielen vom Himmel und rasten auf den Boden zu.

»Hab noch einen erwischt!«, schrie Moss.

Joshua biss die Zähne zusammen und schob seine Trauer beiseite. Nie wieder würde er diese Männer in der Messe sehen oder zuhören, wie Hunt, der in derselben Baracke wie er ge-wohnt hatte, sich in poetischen Ergüssen über sein Mädchen zu Hause erging.

»Scheint sich zu lichten, Sir!«, rief Fortineau.

Joshua musterte den Himmel. Um sie herum drehten die anderen Blenheims ab. Die Messerschmitts hatten sich entfernt und waren nur noch als Punkte in der Nacht zu erkennen.

»Fliegen wir nach Hause, aber behaltet die Augen offen«, sagte Moss warnend.

Joshua ging rasch seine Instrumentenchecks durch, gab Moss ihren Steuercode für den Heimweg.

Nachdem sie eine Weile schweigend geflogen waren, meldete sich Fortineau von seiner Position im Geschützturm über die Gegensprechanlage. »Was glaubt ihr, was es in der Messe wohl zum Frühstück gibt?«

»Denkst du auch mal an etwas anderes als Essen?«, fragte Joshua und nahm dabei ein paar Regulierungen vor.

»Ich hätte gern Würstchen. Ich träume von Würstchen«, erklärte Fortineau. »Hey Levinson, hast du schon mal Würstchen gegessen?«

Joshua warf Moss einen Blick zu, doch dieser hielt den Blick auf den Himmel gerichtet.

»Ich lebe nicht koscher, aber Schweinefleisch esse ich trotzdem nicht«, erklärte Joshua. Er hatte es einmal probiert, eine kleine Rebellion gegen die strengeren Regeln seiner Eltern, weder Krustentiere noch Schwein zu verzehren – genau wie er geraucht und sich aus dem Haus geschlichen hatte, um mit Bands aufzutreten, bis die beiden akzeptiert hatten, dass es besser war, zu wissen, wo er sich abends rumtrieb.

Das hatte ihn allerdings nicht daran gehindert, sich selbst in Schwierigkeiten zu bringen. Er hatte geheiratet und seine schwangere Frau auf der Treppe vor dem Standesamt stehen gelassen. Bei dem Gedanken zuckte er innerlich zusammen, denn er wusste genau, dass er Viv und ihr kleines Mädchen im Stich gelassen hatte.

»Ich hatte mich nur gefragt, weil –«

Joshua hörte den brutal schnell einschlagenden Kugelhagel und einen kehligen Aufschrei. Er fuhr auf seinem Sitz herum und sah, dass Fortineaus Hand aus dem Geschützturm herunterhing.

»Fortineau!«

»Was …?«, begann Moss, doch Joshua schob sich bereits durch den engen Rumpf der Maschine nach hinten, so schnell er konnte. Er sah, dass sich auf dem Boden unter Fortineaus regloser Hand bereits eine Blutlache bildete.

»Er ist getroffen!«, schrie Joshua, während eine neue Garbe von Kugeln in den hinteren Teil des Flugzeugs einschlug und ihn knapp verfehlte. Stöhnend zog er ihren Bordschützen aus dem Turm und verfluchte dabei seinen Flugoverall und den Fallschirm auf seinem Rücken, die ihn dabei behinderten. Fortineau war halb aus dem Sitz des Schützen gerutscht, und Joshua sah den brutalen Umriss eines direkten Kopfschusses und seine geöffneten, erstarrten Augen. Fortineau hatte keine Chance gehabt.

»Sie schießen sie in Stücke!«, brüllte Moss.

Noch eine Salve. Aus der Blenheim, die am nächsten bei ihnen flog, quoll Rauch. Noch ein Treffer. Eine weitere Crew, die vielleicht nicht zur Basis zurückkehren würde.

Wenn ihnen nichts einfiel, um von hier zu verschwinden, würden sie es nicht nach Hause schaffen.

»Wo, zur Hölle, kommt das her?«, schrie Moss.

Joshua riss Fortineau das Headset herunter, klemmte es sich auf den Kopf und kroch in den Geschützturm hinauf, der jetzt vom Einschlag des Geschosses zerfetzt war. Er blickte sich um. Aus dem Augenwinkel nahm er ein Aufblitzen wahr, und dann kam von oben das feindliche Flugzeug in Sicht.

»Da. Hoch oben. Steuerbord!«, schrie Joshua.

»Mistkerl …«, murmelte Moss in sein Headset hinein. »Ich kann die Geschütze nicht ausrichten, ohne uns noch mehr zu exponieren.«

Noch mehr Schüsse schlugen ein – diese rissen ein Loch in die Seite der Maschine, das so groß war, dass Joshua den Mond erkennen konnte. Das Flugzeug sah aus, als hätte ein Betrunkener es mit einem Dosenöffner attackiert.

Mit einem Aufschrei legte Joshua das Gesicht in die dafür vorgesehene Aussparung, stemmte sich gegen das Geschütz und eröffnete das Feuer. Er überzog den Himmel mit Kugeln, so wie es laut Johnny Bordschützen im Training lernten.

Das feindliche Flugzeug drehte ab, doch Joshua behielt seinen Motor auf der Backbordseite im Auge. Mit einem Mal quoll Rauch aus der feindlichen Maschine. Wieder überzog er sie mit Schüssen, wobei er hoch zielte, auf das Fenster des Cockpits, und es zerschoss, bis er kaum noch erkennen konnte, dass sich im Inneren der Schatten eines anderen Menschen befand.

Er sah zu, wie die Propeller des deutschen Flugzeugs stehen blieben, die Maschine abkippte und der Mistkerl, der Fortineau umgebracht hatte, auf den Boden zustürzte.

»Ich hab ihn erwischt!«, brüllte Joshua.

»Gut getroffen, Levinson. Jetzt kommen Sie hier herauf«, befahl Moss.

Er gab noch eine Garbe ab. Den Rest ihrer Schwadron konnte er nicht mehr sehen. Wolken rollten heran, und der erbitterte Kampf schien sie voneinander getrennt zu haben.

»Was, wenn da draußen noch einer ist?«, fragte Joshua.

»In ein paar Minuten kommt es nicht mehr darauf an«, sagte Moss.

Joshuas Nackenhärchen sträubten sich. Von dem aufdringlichen, wichtigtuerischen Ton, in dem Moss normalerweise redete, war nichts mehr zu hören. In seiner Stimme lag stattdessen pure, unverfälschte Angst.

Joshua schob sich wieder in die Kabine, wobei er versuchte, Fortineau nicht anzusehen, und setzte sich neben Moss.

»Was ist das Problem?«, fragte er und klemmte sich das Headset wieder auf den Kopf.

Moss wies auf eine Anzeige, die absank. »Der Mistkerl muss unsere Treibstofftanks getroffen haben. Es ist ein Wunder, dass kein Feuer ausgebrochen ist, aber das hier ist auch nicht besser.«

»Schaffen wir es zurück zum Stützpunkt?«, fragte Joshua.

Die Art, wie Moss grimmig den Mund zusammenpresste, verriet ihm, dass es nicht so war.

»Ich habe keine besondere Lust, über dem besetzten Frankreich abzuspringen und darauf zu warten, dass die Nazis uns einsammeln, nachdem wir gerade freundlicherweise ihren Flughafen in die Luft gejagt haben. Und Sie, Levinson?«, fragte Moss.

»Und über Wasser?«, erkundigte er sich.

»Wenn wir nicht beim Aufschlag bewusstlos werden und unsere Fallschirme uns hinunterziehen, erfrieren wir, während wir darauf warten, herausgezogen zu werden.«

»Und dann wissen wir immer noch nicht, welche Seite uns findet«, schloss Joshua.

Das durfte noch nicht das Ende sein. Er musste noch so vieles in seinem Leben in Ordnung bringen. Sich bei so vielen Menschen entschuldigen.

»Was, wenn ich uns einen Kurs zur nächstgelegenen Basis auf englischem Boden berechnen kann?«, fragte er.

Moss antwortete nicht sofort.

»Ihr Gesicht wird nicht das letzte sein, das ich vor meinem Tod sehe«, setzte Joshua hinzu.

Erstaunlicherweise lachte Moss. »Einverstanden, Sergeant. Berechnen Sie ihn.«

Sie arbeiteten schnell. Moss gab ihre Position durch und stellte fest, dass sie genau wie gedacht vom Rest der Staffel abgeschnitten worden waren – jedenfalls dem, was davon noch übrig war. Sie hatten ein halbes Dutzend Bomber verloren, und noch mehr schleppten sich angeschlagen nach Hause.

»Wir befinden uns über Wasser«, verkündete Moss. »Das sollte lieber funktionieren, Levinson.«

»Das wird es«, erklärte Joshua, obwohl er keine Ahnung hatte, ob er die Wahrheit sagte oder faustdick log.

In der anbrechenden Morgendämmerung wurde die Unheil verheißende dunkle Wasserfläche unter ihnen langsam heller. Sie redeten nicht viel, außer, wenn Joshua die Steuercodes rief, von denen er hoffte, dass sie sie zur Air-Force-Basis Friston führen würden. Im Cockpit war es beinahe unnatürlich still, doch jedes Mal, wenn Moss den Treibstoffstand ansagte, wirkten ihre Chancen, den Ärmelkanal hinter sich zu lassen, geringer.

»Ich weiß nicht, ob wir es schaffen«, meinte Moss, was wenig erstaunlich war, obwohl sie schon das erste Land am Horizont erkennen konnten.

»Wir sind fast da«, gab Joshua zurück, der sich an die Hoffnung klammerte.

»Wir steigen aus«, erklärte Moss und befreite sich mit einer Hand von seinen Sitzgurten, während er mit der anderen die Maschine auf Kurs hielt.

Doch als er aufstand und sich umdrehte, weiteten sich Joshuas Augen. Im unteren Teil seines Rückenpacks klaffte ein Loch von der Größe einer Kugel im Fallschirm.

»Sie werden nicht springen«, meinte Joshua. »Sehen Sie doch.«

Moss drehte sich so, dass er über seine Schulter blicken konnte. »Verdammt. Wieso bin ich nicht tot?«

»Die vielen Stofflagen müssen die Kugel aufgehalten haben«, meinte er.

»Hat mir das Leben gerettet, damit ich bei einem Flugzeugabsturz sterben kann«, sagte Moss erstaunlich ironisch und starrte die Kontrollen an.

»Fortineau«, stieß Joshua hervor.

Er kroch zurück zu seinem toten Crewkollegen und drehte ihn um. Sofort sank sein Mut. Auch Fortineaus Fallschirm war in Fetzen gerissen.

»Die Ersatzfallschirme!«, rief Moss.

Der Spind, in dem das Ersatzmaterial lagerte, war ebenfalls von Kugeln durchsiebt, doch Joshua riss ihn trotzdem auf. Die Fallschirme waren unbrauchbar.

»Nichts«, erklärte er und ließ sich wieder auf den Beobachtersitz fallen.

Moss warf ihm einen durchdringenden Blick zu. »Sie springen. Ich halte die Maschine stabil.«

Joshua schnaubte. »Ich lasse Sie hier nicht sterben.«

Moss runzelte die Stirn. »Sie können mich nicht leiden.«

»Ja, schon – aber dass Sie ein Mistkerl sind, heißt nicht, dass Sie allein sterben sollten.« Er spähte aus dem Fenster. »Wenn wir das Land erreichen, glauben Sie, Sie können die Maschine landen?«

Moss starrte ihn an, schüttelte dann aber den Kopf, als müsste er einen Gedanken vertreiben. »Kann schon sein. Wenn das Fahrgestell nicht vollkommen zerschossen ist.«

Joshua sah zu, wie Moss diverse Schalter umlegte und drehte, und klammerte sich dabei an der Fläche seines Sitzes fest.

»Der Treibstoffstand sinkt schnell. Weiß nicht, ob wir es schaffen«, erklärte Moss.

»Versuchen Sie es.«

Joshua hatte lange nicht mehr gebetet, doch jetzt, als das dunkelblaue Wasser unter ihnen sattgrünem Land wich, tat er es.

»Das Landegestell klemmt. Es lässt sich nur teilweise ausfahren«, sagte Moss.

Plötzlich liefen beide Propeller langsam und kamen dann ruckelnd zum Stehen.

Joshua hörte nur noch den Wind, der an ihnen vorbeipfiff.

»Treibstoff ist aus«, erklärte Moss und stöhnte, als er versuchte, die Nase der Maschine oben zu halten. »Ich versuche, im Gleitflug hinunterzugehen, aber halten Sie sich gut fest.«

Joshua beugte sich über Moss und schnallte ihn wieder an, bevor er sich selbst in seinem Sitz festmachte. Dann stützte er sich an der Wand mit den jetzt nutzlosen Instrumenten neben sich ab.

Der Boden kam schneller auf sie zugerast, als er sich je vorgestellt hatte.

»Festhalten!«, brüllte Moss. »Festhalten!«

Das Flugzeug schlug auf dem Boden auf, und durch das verklemmte Fahrgestell rutschte es nach Steuerbord. Das grauenhafte Knirschen von Metall und Glas und das Kreischen des Fliegers, der beim Aufprall fast auseinandergebrochen war, gellte ihm in den Ohren. Er wurde in seinem Sicherheitsgurt nach vorn geschleudert, was ihm die Luft aus den Lungen presste.

Als sie schließlich knirschend zum Stehen kamen, sah Joshua auf. Schmerz durchschoss sein Bein und seinen Kopf. Er griff sich an die Stirn, und als er die Hand wieder wegzog, klebte Blut daran.

»Wir sind unten«, erklärte er.

Als Moss keine Antwort gab, drehte er sich unter Schmerzen um und sah, dass der Pilot in seinem Gurt nach vorn gesackt war und sein Kopf kraftlos zur Seite hing.

»Nein!«, schrie Joshua, löste seinen Gurt und fiel nach vorn. Er legte eine Hand an Moss' Hals und hielt die Luft an, bis er einen Puls fand.

Moss lebte.

Beim Knistern einer Flamme schaute Joshua ruckartig auf. Furcht und Adrenalin dämpften den brennenden Schmerz in seinem Kopf, seinem Bein. Auch wenn ihnen der Treibstoff ausgegangen war – dieses Flugzeug hatte so viele entzündliche Bestandteile, dass es womöglich Sekunden vor einer Explosion stand.

Joshua bewegte sich, so schnell er konnte, und löste Moss' Gurte. Der Pilot sackte mit seinem ganzen Gewicht gegen seine Schulter, und er zuckte zurück. Trotzdem hebelte er den Notausgang auf, der sich neben seiner Station befand, und trat die Tür auf. Viel Platz hatte er nicht, da die Maschine auf der Steuerbordseite aufgeschlagen war, doch er schob sich nach draußen, drehte sich und schrie auf, als seine Beinwunde über die nackte Erde schabte. Er gab sich die größte Mühe, die Hände unter Moss' Schultern zu schieben, und passte auf, damit sein Kopf nicht auf dem Boden aufschlug.

Joshua zerrte Moss unter der Tragfläche hervor und versuchte fluchend, sie so weit wie möglich von dem Flugzeug wegzubringen.

Hundert Meter entfernt befand sich hinter einem Tor eine Weißdornhecke. Die war sein Ziel. Viel Schutz gegen fliegende Trümmer würde sie nicht bieten, falls die Maschine explodierte, aber es wäre besser als nichts.

Er zerrte Moss weiter und erreichte endlich das grob gehauene Holztor. Er riss es auf, zog seinen Piloten um die Hecke herum und sackte neben Moss' leblosem Körper zusammen.

»Du bist ein schwerer Mistkerl, weißt du –«

Hinter ihm detonierte das Flugzeug, und Joshua warf sich über Moss' Kopf, während er zugleich versuchte, seinen eigenen zu schützen. Etwas Scharfes stach ihm in die Seite, und er keuchte auf. Der Schmerz, den Schock und Hast unterdrückt hatten, überwältigte ihn, und er verlor das Bewusstsein.

Mein liebstes Bärchen,

erinnerst Du Dich noch an die Geschichte von Goldlöckchen und den drei Bären? Also, wenn Du nach Hause, nach Liverpool, zurückkommst, wirst Du sehen, dass wir ein neues Heim haben. Ich habe in der ganzen Stadt nach einem Ort zum Wohnen für uns gesucht. Einige waren zu klein. Andere waren zu groß. Aber dieser ist genau richtig.

Das Haus gehört einer netten Dame namens Mrs. Shannon, die sagt, dass sie es kaum abwarten kann, Dich kennenzulernen. Ich habe ihr erzählt, dass Du ein ganz braves Mädchen bist, das gern singt und spielt, und sie sagt, in der Straße leben noch andere Kinder, die auch evakuiert worden sind und gern Deine Freunde sein werden.

Aber das Beste habe ich mir für zuletzt aufgespart, Bärchen. Mrs. Shannon hat einen Kater! Er heißt Walter, was ich einen ziemlich albernen Namen für ein Kater finde, aber so heißt er nun mal. Mrs. Shannon sagt, dass Walter sehr freundlich ist und gut Türen öffnen kann. Sie erzählt, dass er manchmal nachts auf ihrem Kopf schläft wie eine Pelzmütze!

Ich kann es nicht abwarten, Dich bei meinem nächsten Besuch zu sehen, Bärchen, damit ich Dir alles über unser neues Heim erzählen kann. Es wird Dir ganz bestimmt gefallen.

Mit all meiner Liebe, Umarmungen und Küssen
Deine Mummy

15. September 1940

Liebe Mrs. Thompson,

ich schreibe, um Ihnen mitzuteilen, dass sich meine Adresse geändert hat. Bitte senden Sie alle Briefe an mich an 201 Pitville Avenue, Mossley Hill.

Ich habe Maggie geschrieben, dass ich eine neue Wohnung für uns gefunden habe. Noch nicht erzählt habe ich ihr, dass das Haus meiner Eltern, in dem Maggie und ich vor dem Krieg gelebt haben, bombardiert worden ist. Das Haus ist fast völlig zerstört worden. Gelernte Bauarbeiter sind in Liverpool wegen der Bombenangriffe knapp, und meine Eltern wissen nicht, ob das, was noch steht, gerettet werden kann.

Ich werde Ihnen nicht vormachen, dass mir die Trennung von meiner Tochter leichtfällt. Aber ich danke Ihnen dafür, dass Sie für sie sorgen. Ich würde auf keinen Fall wollen, dass Maggie erlebt, was ich durchgemacht habe.

Ich wollte Ihnen noch mitteilen, dass die Familie meines Mannes mich bei meinem nächsten Besuch begleiten wird. Wie Sie sich vorstellen können, können sie es kaum abwarten, ihre Enkeltochter kennenzulernen.

Hochachtungsvoll
Vivian Levinson

Maggie

17. September 1940

Als Mrs. Thompson sie wachrüttelte, stöhnte Maggie.
»Das ist der Luftschutzalarm, Margaret. Wir müssen in den Unterstand gehen.«

Maggie rieb sich die Augen und ließ sich von ihrer Pflegemutter den Morgenmantel und die Hausschuhe anziehen.

»Kannst du allein laufen?«, fragte Mrs. Thompson.

Maggie schüttelte stur den Kopf und spürte, wie sie hochgehoben und an Mrs. Thompsons Brust gelehnt wurde.

»Du wirst zu schwer dafür, Liebes«, meinte Mrs. Thompson, während sie aus Maggies Zimmertür traten.

»Ich nehme sie«, erklärte Mr. Thompson, warf einen Berg Bettwäsche, den er über dem Arm getragen hatte, aufs Treppengeländer und übernahm das kleine Mädchen.

Maggie schlief noch halb, als die Thompsons mit ihr durchs Haus und zum hinteren Teil des Gartens gingen. Es war jetzt kälter, und sie vergrub die Nase tiefer an Mr. Thompsons warmer Schulter. Sie rutschte ein wenig herum, als er sie auf der oberen Etage des Stockbetts ablegte, und Mrs. Thompson stopfte die Decke um sie herum fest.

Irgendwann später fuhr Maggie aus dem Schlaf hoch und blickte sich panisch um, bis ihr wieder einfiel, wo sie war. Mr. und Mrs. Thompson ließen in dem Unterstand immer ein Licht brennen, weil Mrs. Thompson die Dunkelheit ebenso wenig mochte wie Maggie, und als Maggie sich auf die andere Seite drehte, sah sie, dass die beiden in dem Bett unter ihr nebeneinander schlummerten.

Maggie streckte die Hand nach Tig aus, doch er war nicht da.

Sie setzte sich kerzengerade auf, und ein leises Summen erfüllte den Unterstand, als sie die Hand in die Tasche ihres Morgenmantels steckte. Sie konnte auch das Foto ihrer Mutter nicht finden.

Sie hatte ihre beiden kostbarsten Besitztümer zurückgelassen.

So vorsichtig, wie sie konnte, schwang Maggie ein Bein über den Rand des Etagenbetts und kletterte hinunter. Mr. Thompson bewegte sich im Schlaf ein wenig, und sie erstarrte. Doch er wachte nicht auf, sondern schmiegte sich stattdessen ein wenig enger an Mrs. Thompson und verfiel wieder in leises Schnarchen.

Maggie schlich zur Tür und stieß sie auf. Das Brummen war jetzt lauter. Sie blickte auf und sah den Mond und kleine Punkte.

Flugzeuge.

Sie riss die Augen auf, aber trotzdem nahm sie ihren Mut zusammen und rannte in den Garten.

Hinter ihr schrie Mrs. Thompson auf.

Maggie rannte durchs Haus und hatte die ersten Treppenstufen erreicht, als sie Mr. und Mrs. Thompson hörte, die sie beide schreiend anflehten, das Haus zu verlassen. Keuchend und schnaufend lief sie die Treppe mit dem hohen Geländer hoch. Das Dröhnen der Flugzeugmotoren war jetzt ohrenbetäubend, aber sie stürzte in ihr Zimmer. Tig saß allein auf ihrem Bett.

Sie schnappte sich den Tiger und drückte das Gesicht in sein Fell. »Tut mir leid, ich bin ja da.«

Ein Arm legte sich um Maggie, und sie wurde abrupt hochgehoben.

»Was machst du?«, schrie Mr. Thompson. »Du könntest sterben!«

»Es sind so viele Flugzeuge, Matthew!«, schrie Mrs. Thompson, die aus Maggies Fenster spähte.

»Mein Foto! Das Foto von Mummy!«, kreischte Maggie und streckte die Hand nach ihrer Nachttischschublade aus.

»Wir müssen zurück in den Unterstand!«, brüllte Mr. Thompson.

Heiße Tränen rannen ihr übers Gesicht, und sie trommelte mit ihren kleinen Fäusten auf Mr. Thompsons Rücken.

»Mein Foto!«, jammerte sie, während Mr. Thompson schon mit ihr und Mrs. Thompson, die ihnen dichtauf folgte, die Treppe hinunterrannte.

Sie hatten das Haus fast verlassen, als ein unheilverheißendes Pfeifen Maggies Geschrei übertönte. Alle drei sahen sie auf. Vor dem mondbeschienenen Himmel hob sich ein länglicher, dunkler Gegenstand ab, der direkt auf sie zukam.

»Lauft!«, schrie Mr. Thompson, presste Maggie fest an sich und sprintete los.

Ein lautes Krachen ertönte, und Maggie sah, wie das graueneinflößende Objekt in das Dach von Beam Cottage einschlug. Dann war es bis auf das Keuchen von Mr. und Mrs. Thompson in der kalten Nachtluft still.

»Die Bombe ist nicht explodiert!«, schrie Mrs. Thompson.

»Sie sind nicht so eingestellt, dass sie beim Aufschlag detonieren. Sie –«

Heiße Luft schlug Maggie ins Gesicht, und sie wurde von Mr. Thompsons Arm gerissen, als das Haus hinter ihnen in tausend Stücke gesprengt wurde. Sie prallte hart auf dem Boden auf. Trümmerteile dessen, was einmal Beam Cottage gewesen war, regneten auf sie herab, und dann wurde es schwarz um sie.

Liebe Mum, Dad und Rebecca,

ich schreibe euch aus dem Queen-Victoria-Krankenhaus in East Grinstead. Ich weiß, das wird euch erschrecken, aber dass ich zwei Tage nach dem Flugzeugabsturz schreibe, bei dem ich mir meine Verletzungen zugezogen habe, spricht dafür, dass es mir besser geht, als es hätte sein können.

Viel darf ich euch wegen der Zensur nicht sagen, aber ich kann euch erzählen, dass anscheinend die freiwilligen Helfer in einem Außenposten des hiesigen Zivilschutzes unser rauchendes Flugzeug entdeckt und den Absturz und die Explosion gehört haben. Sie haben uns auf dem Feldweg gefunden und eilig zum Dorfarzt gebracht, der uns zusammengeflickt und dann zur Weiterbehandlung hierhergeschickt hat.

Ich war bewusstlos und habe Schnittwunden am Kopf und am Bein und eine Verletzung, wo ein zehn Zentimeter langer Splitter in meinem Rücken steckte. (Schwester Bishop, die Furcht einflößend ist, meint, die Splitterwunde sei nichts im Vergleich zu dem, was sie schon gesehen hat, und ich solle aufhören, über die Schmerzen zu jammern.) Ich sehe jetzt mit der Naht quer über der Stirn ein wenig wie Frankensteins Monster aus, aber man sagt mir, dass der Arzt, der mich genäht hat, ein Ass mit der Nadel ist, daher werde ich es wohl kaum noch bemerken, sobald alles geheilt ist und die Rötung nachgelassen hat.

Die Splitterwunde schmerzt bei jedem Atemzug, aber der Doktor wirkt unbesorgt. Er versichert mir, dass ich zurück auf die Basis geschickt werde, sobald ich für gesund erklärt worden bin, und wahrscheinlich werde ich zum Bodenpersonal versetzt, bis die Ärzte auf dem Stützpunkt mich wieder für flugtauglich erklären.

Man erzählt mir, dass Moss schlechter dran war als ich, als wir gefunden wurden, und Knochenbrüche und schwere Schnittwunden hatte. Er hat sich bei dem Versuch, die Maschine so sauber wie möglich zu landen, aber gut geschlagen. Ich habe ihn nicht mehr gesehen, seit wir eingeliefert worden sind. Macht euch um mich keine Sorgen. Ich bin noch da. Ich gebe euch Nachricht, sobald ich verlegt worden bin.

Euer euch liebender Sohn und Bruder
Joshua

18. September 1940

Mein bescheuerter Bruder,

wie kannst Du es wagen, verletzt zu werden, und wie können diese Deutschen es wagen, meinen großen Bruder abzu- schießen? Wie bist Du bloß auf die abwegige, dämliche Idee gekommen, Dich freiwillig zu melden und

Lieber Joshua,

ich fange diesen Brief noch einmal an, aber ich fürchte, die Papierrationierung bedeutet, dass Du Dir das oben Ausgestri- chene ansehen musst.

Ich schreibe Dir, weil Mum zu heftig schluchzt, und Dad jedes Mal die Hand zittert, wenn er versucht, zum Stift zu greifen. Ich weiß wirklich nicht, was ich sagen soll. Ich bin froh, dass Du in Sicherheit bist und wieder gesund wirst. Und ich hasse es, dass Dir jemand wehgetan hat.

Meine Güte, Joshua! Ein Teil von mir wünscht, du wärst in New York geblieben, wo es sicher ist. Ein anderer Teil von mir ist unglaublich stolz auf Dich, weil Du Dich zur Armee gemeldet hast. Ich habe keine Ahnung, wie ich mit beiden Gefühlen gleichzeitig leben soll, aber ich vermute mal, dass es im Moment allen Familien so geht. Wenigstens bist Du jetzt in Sicherheit.

Versprich, dass Du uns wieder schreibst, um uns mitzuteilen, wie es mir Deiner Genesung vorangeht.

Werde schnell wieder gesund, Joshua.

Deine Dich liebende Schwester
Rebecca

Viv

Die Luftwaffe ist dabei, diesen Krieg zu gewinnen, wohlgemerkt, weil die Royal Air Force untätig war. Lassen Sie sich sagen, wenn ich zu entscheiden hätte ...«

Viv konnte nicht umhin, ihre Aufmerksamkeit abschweifen zu lassen, während Mr. Campbell in allen Einzelheiten schilderte, wie er das Kommando über die Air-Force-Bomber übernehmen würde, um die Luftschlacht um England zu gewinnen, die momentan am Himmel tobte und die Städte des Landes verheerte.

Dieser Tage schien jeder eine Meinung über den Krieg zu haben, denn er war so nahe gerückt wie noch nie. Deutsche Flugzeuge hatten seit den schrecklichen vier Tagen der Bombardierungen im August so viele Bomben über Liverpool abgeworfen, aber alle redeten von London. »The Blitz«, wie die Zeitungen ihn nannten, war ein nicht enden wollender Ansturm. Tat und Nacht überzog die Luftwaffe die Hauptstadt mit einer scheinbar unendlichen Zahl von Bomben. Je schwerer London getroffen wurde, umso angespannter wurde die Lage in Liverpool. Alle wussten, wie es war, an einem Tag eine Straße entlangzugehen und am nächsten Tag festzustellen, dass die Hälfte der Gebäude dem Erdboden gleichgemacht worden war.

»Entschuldigen Sie, Mr. Campbell, aber ich muss wirklich gehen«, sagte Viv.

Der ältere Herr lachte. »Ich habe Ihnen ein Ohr abgekaut, und dabei müssen Sie arbeiten. Laufen Sie nur zu, junge Frau!«

Viv schwang ihr Bein über die Fahrradstange, strampelte die

kurze Strecke um die Ecke, die zum oberen Ende der Salisbury Road führte, und hielt an. Beim Anblick des in kräftigem Schwarz-Weiß gehaltenen Straßenschilds der Levinsons pochte ihr das Herz nicht mehr bis zum Hals. Sie freute sich sogar darauf, heute Nachmittag wieder mit Mrs. Levinson Tee zu trinken.

Sie hatte Mrs. Thompson geschrieben und ihr mitgeteilt, dass Maggies Großeltern sie bei ihrem nächsten Besuch begleiten würden, aber sie hatte daraufhin nichts aus Wootton Green gehört. Gestern Abend hatte sie in der Telefonzelle an ihrer Straße eine Münze nach der anderen eingeworfen, um die Nummer anzurufen, die Mrs. Thompson ihr gegeben hatte, aber es hatte so lange durchgeklingelt, dass die Frau von der Vermittlung sich eingeschaltet und gefragt hatte, ob Viv es später noch einmal versuchen wolle. Sie hatte abgelehnt, da sie annahm, dass die Thompsons bei einer der unzähligen Partys waren, die ihre Freunde anscheinend gaben. Dann würde es eben eine Überraschung werden, wenn Viv am Samstag mit Mr. und Mrs. Levinson im Schlepptau aufkreuzte.

Viv hielt inne, um die Briefe in ihrer Posttasche zu überprüfen.

»Drei für die McGarys, sechs für die Sebbas, einen für die Mulleys«, murmelte sie und blätterte die Umschläge und Postkarten durch.

Als sie aufblickte, sah sie Mr. Rowan, der mit rotem Gesicht und hektischem Blick hinter dem Steuer eines der Postautos der Zustellhalle hervorkletterte. Auf der Bank neben ihm saß Mum und umklammerte ihre Handtasche mit grimmiger Miene.

Die Post rutschte Viv aus den Händen und flatterte auf den Gehsteig wie Schneeflocken, und sie rannte los und legte die kurze Strecke bis zu dem Lieferwagen zurück, während Mr. Rowan ihrer Mutter vom Beifahrersitz herunterhalf.

»Was macht ihr hier?«, verlangte sie zu wissen. »Ist etwas mit Kate?«

Mr. Rowan zog den Hut. »Mrs. Levinson, sobald mir Mrs. Byrne erzählt hatte, was passiert ist —«

»Was ist denn passiert?«, fragte sie und packte ihre Mutter am Unterarm.

Mum reckte das Kinn. Ihre Miene wirkte schmerzerfüllt. »Ein Telegramm. Einer der Nachbarn konnte den Boten heranwinken, bevor er weggegangen ist, weil er unser ausgebombtes Haus gesehen hat. Er hat es heute Nachmittag vorbeigebracht.«

Vivs Mund wurde vollkommen trocken. »Ein Telegramm?«

Langsam öffnete Mum ihre Handtasche. Viv hätte es ihr am liebsten entrissen und geöffnet, doch stattdessen sah sie zu, wie ihre Mutter mit zitternden Händen den Papierstreifen hervorzog. Sie schickte sich an, Viv das Telegramm zu geben, hielt es aber noch fest. »Denk daran, Vivian, manchmal sind Gottes Wege für uns unergründlich.«

Viv riss ihr das Telegramm aus der Hand und umklammerte es beim Lesen fest.

BEAM COTTAGE AUSGEBOMBT. ANDERSON-
UNTERSTAND LEER. KEINE ÜBERLEBENDEN
GEFUNDEN.

Der Absender war Charles Stourton, der Nachbar der Thompsons.

Um Viv herum verstummte die Welt. Ihre Glieder fühlten sich schwer an. Sie vergaß, wie man atmete. Das war ein Traum – ein grauenhafter Albtraum.

Nur, dass es keiner war.

Vivs Knie gaben nach, und sie sackte mit einem jammervollen Schrei zu Boden.

»Mrs. Levinson. Mrs. Levinson«, hörte sie Mr. Rowan sagen, und jemand legte ihr eine Hand auf den Rücken. Sie konnte den Blick nicht von dem Telegramm losreißen. *Keine Überlebenden.*

Keine.

Überlebenden.

Ihre Tochter. Ihre wunderschöne Tochter, die sie weggeschickt hatte, war genau dort, wo sie am sichersten hätte sein sollen, ums Leben gekommen.

»Wie?«, stieß sie krächzend hervor. »Warum?«

Mr. Rowan kniete neben ihr nieder und stützte jetzt mit beiden Händen ihre Schultern, als wollte er sie aufrecht halten. »Wenn die Deutschen über einem Ziel nicht alle Bomben abwerfen, dann lassen sie sie auf dem Rückflug fallen. Das muss ein Zufallstreffer gewesen sein.«

»Angeblich sollte sie dort sicher sein«, keuchte Viv und sah zu ihrer Mutter hoch, die mit zusammengepressten Lippen dastand, Hut, Handschuhe und Handtasche ordentlich und korrekt wie immer. »Du hast mir versprochen, sie würde sicher sein, wenn ich sie wegschicke. Pater Monaghan hat es mir versprochen. Kate hat es mir versprochen!« Jetzt schrie sie, und der Verrat zerriss sie so heftig, dass sie nicht an sich halten konnte.

»Vivian –« Doch was immer Mum sagen wollte, sie wurde durch das Geräusch rennender Schritte unterbrochen. Viv blickte auf und sah, dass Rebecca in vollem Lauf auf sie zusprintete. Ihre Mutter folgte ihr in wenigen Metern Abstand, und ihre Einkäufe lagen vergessen auf dem Gehweg.

»Was ist passiert?«, stieß Rebecca hastig hervor und kam schlitternd vor Viv zum Stehen.

»Bitte, Miss«, sagte Mr. Rowan. »Lassen Sie Mrs. Levinson etwas Ruhe. Sie hat einen schrecklichen Schock erlitten.«

Ein Schock. So nannten die Leute es, wenn das Schlimmste, was sie sich überhaupt vorstellen konnten, wirklich wahr geworden war. Doch das war kein Schock. Es fühlte sich an, als hätte jemand alle lebenswichtigen Organe in ihrem Inneren zerfetzt.

Vivs Blick huschte über die Menschen, die um sie herumstanden, bis sie Mrs. Levinson entdeckte, die keuchte, als wäre sie gerade herbeigerannt. »Es tut mir so leid«, flüsterte sie.

Ihre Schwiegermutter schlug eine Hand vor den Mund. »Nein.«

Viv begann zu weinen.

Mrs. Levinson sank neben ihr zu Boden, schlang die Arme um Viv und drückte sie an sich. Sie zitterten beide – ihre Körper wanden sich vor Trauer um die Tochter, die Viv fortgeschickt hatte, und die Enkeltochter, die Mrs. Levinson nie kennengelernt hatte.

»Ich verstehe nicht«, hörte sie Rebeccas Stimme.

»Mir war gar nicht klar, dass sie ein Kind hat. Wenn ich das gewusst hätte …« Doch Mr. Rowan hatte den Anstand, nicht weiterzusprechen. Nicht dass es darauf angekommen wäre. Maggie lebte nicht mehr.

»Vivian«, drang die Stimme ihrer Mutter durch ihren Kummer. »Du musst aufstehen.«

Viv hob den Kopf, obwohl Mrs. Levinson an ihrer Schulter weiterschluchzte.

»Du musst aufstehen«, drängte Mum sie und sah sich unbehaglich unter den Umstehenden um. »Du kannst nicht auf dem Bürgersteig sitzen bleiben.«

Verwirrt und vor Trauer ein wenig umnebelt spürte Viv, wie Mrs. Levinson von ihr abrückte. »Deine Mutter hat recht. Hier können wir nicht bleiben.«

»Unser Haus ist gleich dort an der Straße, Mrs. Byrne«, sagte

Rebecca und legte Mum eine Hand auf die Schulter – eine tröstende Geste. Mum fuhr zurück.

»Vivian, es ist Zeit, zu Kate zu gehen«, erklärte Mum.

»Vielleicht wäre es besser, wenn wir Vivian so schnell wie möglich nach drinnen helfen. Meiner Mutter auch«, sagte Rebecca mit heiserer Stimme, und es klang, als kämpfte sie mit den Tränen.

Mum richtete sich auf. »Vivian braucht ihre Familie.«

»Mum –«

Ihre Mutter unterbrach sie mit einem Kopfschütteln. »Dieser ganze Unsinn ist vorbei. Du musst nach Hause kommen.«

Mrs. Levinson trat einen kleinen Schritt vor. »Mrs. Byrne, Sie erinnern sich wahrscheinlich nicht an meine Tochter und mich. Ich bin –«

»Ich weiß, wer Sie sind«, sagte ihre Mutter in messerscharfem Ton. »Zeit zu gehen, Vivian.«

Mit zittrigen Beinen stand Viv auf und hielt sich an Rebeccas Arm fest, als die rasch an ihre Seite trat.

»Nein.«

»Vivian«, schalt Mum sie.

»Meine Tochter ist tot. Es gibt Wichtigeres als den Hass, den du aus irgendeinem Grund für die Levinsons empfindest«, erklärte sie.

»Wir führen dieses Gespräch nicht hier«, flüsterte Mum und blickte hin und her. Ihre Mutter hatte sich schon einmal umgeschaut, um festzustellen, wer ihnen zusah, aber jetzt begriff Viv zum ersten Mal. Ihrer Mutter war es wichtiger, welcher Klatsch sich über Viv und die Byrnes verbreiten könnte, als zu trauern.

Etwas in Vivs Innerem, das schon lange Risse hatte, zerbrach endgültig.

»Die Levinsons sind gute Menschen. Wusstest du das?« Ihre Stimme wurde lauter, und sie wies mit einer Handbewegung auf die beiden Levinson-Frauen, die sich aneinanderschmiegten und einander im Arm hielten. »Sie sind freundlich und fürsorglich, und was am wichtigsten ist, sie *wollten* Maggie kennenlernen.«

»Das ist eine Privatangelegenheit, Vivian. Es gehört sich nicht, auf der Straße zu schreien«, sagte Mum nervös.

»Meine Tochter ist tot, und du machst dir Sorgen darum, was die Leute denken werden?« Ihre Stimme klang so schrill, dass sie sie selbst kaum wiedererkannte, und Zorn und Unglauben tobten in ihr. »Hast du Maggie je geliebt? Macht es dir überhaupt etwas aus, dass sie tot ist?«

Ein Aufkeuchen durchlief die Zuschauer, doch das war ihr gleichgültig, denn in diesem Moment sah sie, wie ihre Mutter das Kinn reckte und ein entschlossener Ausdruck in ihre Augen trat. Viv hielt den Atem an und betete um die Antwort, die sie sich wünschte. Betete um irgendein Zeichen der Zuneigung ihrer Mutter.

»Der Tod eines Kindes ist eine Tragödie, aber es war Gottes Wille, Maggie zu sich zu nehmen«, erklärte Mum.

Gottes Wille. Sie hatte schon oft gehört, wie das zur Erklärung für alles Mögliche dahingesagt wurde, aber nie hatte die Achtlosigkeit, mit der Menschen damit jede Tragödie erklärten, sie so betroffen gemacht.

»Maggie war ein kleines Mädchen. Warum sollte Gott einem unschuldigen Kind das Leben nehmen?«, fragte sie.

»Ein unschuldiges Kind?«, höhnte ihre Mutter ungläubig.

Viv kniff die Augen zusammen. »Ein unschuldiges Kind wie all deine Enkelkinder.«

»Vergleiche bloß meine Enkelkinder nicht mit deiner Tochter.«

Viv stolperte rückwärts und stieß gegen Mrs. Levinson. Die schlang schützend die Arme um ihre Taille. Aus dem Augenwinkel heraus sah Viv etwas Blaues aufblitzen. Das scharfe Klatschen einer Ohrfeige hallte über die Straße. Rebecca stand mit verblüffter Miene vor Mum, und ihre Hand, die aus dem Ärmel ihres blauen Kleids hervorschaute, rötete sich langsam.

»Wie können Sie es wagen?«, flüsterte Mum und presste die Hand an die Wange.

Rebecca ballte eine Faust und fuhr dann zu ihrer Mutter herum. »Ich werde mich nicht bei dieser Frau entschuldigen.«

»Das würde ich auch nie von dir verlangen. Kommt«, sagte Mrs. Levinson.

Vivs Schwiegermutter steuerte sie langsam auf das Haus in der Salisbury Road zu, während Rebecca nach ihren Schlüsseln kramte. Mrs. Levinson half ihr zu dem Sofa im Wohnzimmer, doch als sie danach versuchte, sich wieder aufzurichten, stolperte sie, und erneut traten ihr Tränen in die Augen.

»Setz dich auch, Mum«, sagte Rebecca.

Das Sofapolster senkte sich neben Viv, doch sie bemerkte es kaum. Stattdessen schlang sie die Arme um ihre Mitte und versuchte das aufsteigende Taubheitsgefühl abzuwehren, das ihre abebbende Wut verdrängte.

Maggie lebte nicht mehr. Sie würde ihren Schatz, das liebe Bärchen, nie wiedersehen oder sie lachen oder singen hören. Nie wieder würde sie den pudrigen Duft von Maggies Haut riechen oder Maggies weiches Haar an ihrem Gesicht spüren, wenn sie mitten in der Nacht zu ihr ins Bett kletterte. Jetzt würde sie sie nie morgens zur Schule schicken, nie miterleben, wie sie sich verliebte oder ihre Hochzeit feierte.

Ihre Tochter war um ihr Leben betrogen worden, und es war alles ihre Schuld.

Es fühlte sich zu unfassbar an, um es zu glauben. Sie weigerte sich, es zu glauben.

Vor ihr tauchte ein weißer Becher mit dampfendem Tee auf, und sie blickte auf und sah Rebecca vor sich stehen.

»Ich wusste nicht, was ich sonst machen sollte«, sagte Rebecca.

»Ich muss dorthin«, erklärte sie unvermittelt.

»Was?«, fragte Rebecca.

»Ich muss Beam Cottage mit eigenen Augen sehen«, sagte Viv. Sie konnte nicht glauben, dass Maggie nicht mehr lebte. Sie konnte nicht fassen, dass Maggie tot war. Es fühlte sich unmöglich an.

»Ich könnte den Zug nehmen und –«

»Ich rufe Dad im Laden an. Er wird schon ein Auto auftreiben. Er fährt dich, wenn du das willst.«

Viv holte zittrig Luft und nickte.

Viv saß auf dem Vordersitz des Lieferwagens, den Mr. Levinson sich von einem Großhändler, den er kannte, geborgt hatte, und ballte die Hände zu Fäusten.

»Nur noch ein paar Meilen«, sagte Mr. Levinson.

Sie warf ihrem Schwiegervater einen Blick zu. Seit er im Haus der Levinsons in der Salisbury Street eingetroffen war, hatte er nicht geweint, aber sie zweifelte nicht daran, dass er trauerte. Erschöpft und wie ausgehöhlt starrte er durch die Windschutzscheibe und umklammerte das Steuer des Lieferwagens so fest, dass seine Knöchel weiß hervortragen. Ein Großvater, der um ein Kind trauerte, das er jetzt nie kennenlernen würde.

Als sie dieses Mal zu weinen begann, brachte sie vor Kummer nur noch lange, stille, gequälte Schluchzer heraus.

»Tut mir leid«, sagte Mr. Levinson. »Vielleicht sollten wir anhalten. Du hast nichts gegessen.«

Viv presste eine Hand an die Brust und versuchte verzweifelt, ihre Tränen zurückzuhalten, doch das machte es nur noch schlimmer.

»Es ... es tut mir leid. So schrecklich leid«, stieß sie hervor und legte die Hände an ihre Wangen. Sie spürte das verkrustete Salz dort. Alte Tränen, die vor Stunden gefallen und getrocknet waren.

»Es braucht dir nicht leidzutun.«

»Mr. Levinson«, sagte sie.

»Seth bitte«, sagte er und bog nach rechts ab, wo ein Wegweiser nach Wootton Green aufgetaucht war. »Wir sind doch verwandt.«

Viv vergrub die Fäuste tiefer im Stoff ihrer Postuniform.

»Ich kann nicht glauben, dass du bereit bist, nach allem Schmerz, den meine Familie eurer bereitet hat, mich als Verwandte zu bezeichnen.«

»Der Schmerz war nicht allein deine Schuld«, erklärte er.

»Trotzdem«, meinte sie.

»Du bist meine Schwiegertochter und die Mutter meiner Enkelin. Nichts kann daran etwas ändern.«

Sie krümmte sich auf ihrem Sitz zusammen. Ihr Kummer war fast zu groß für ihren Körper, und es kam ihr vor, als würde er in die ganze Welt hinausströmen.

»Ich habe sie weggeschickt«, sagte sie. Ihre Worte klangen wie eine Beichte.

»Das haben viele Eltern«, erwiderte er.

»Aber manche davon haben ihre Kinder zurückgeholt. Das hätte ich auch tun können. Ich hätte den Thompsons erklären können, dass ich meine Tochter zurückhaben will«, sagte sie.

Joshuas Vater fuhr knapp hinter dem Ortseingangsschild an den Straßenrand. Sein Sitz protestierte knarrend, als er sich zu Viv drehte.

»Warum hast du Maggie nicht vom Land zurückgeholt?«, fragte er.

»Angeblich war sie dort sicherer. Dann habe ich angefangen, bei der Post zu arbeiten. Ich dachte, wenn ich hart genug arbeite, solange sie fort ist, könnte ich ein neues Leben für uns aufbauen, in das ich sie zurückholen könnte. Ich hatte niemanden, der auf sie aufpassen konnte, während ich bei der Arbeit war.«

»Anne und ich hätten uns um sie gekümmert, aber das wusstest du wahrscheinlich nicht.«

»Nein«, sagte sie leise.

In Wavertree bei den Levinsons wäre Maggie sicher gewesen. Maggie wäre nicht in Gefahr geraten, und …

»Hör auf.« Seth schüttelte energisch den Kopf. »Was immer du gerade denkst, es wird dir nichts nützen.«

»Ich weiß nicht, wie ich aufhören soll«, flüsterte sie. »Ich kann nicht aufhören, darüber nachzudenken, dass sie vielleicht tot ist, aber ich kann auch dieses Gefühl nicht abschütteln, dass sie lebt.«

Seth holte tief Luft. »Vivian, du musst dich darauf einstellen. Das Haus – oder das, was von ihm übrig ist – zu sehen wird das Schlimmste sein, was du am schwersten Tag deines Lebens tust. Du wirst an alles denken, was du getan hast, und an alles, was du unterlassen hast. Du wirst dich damit unglücklich machen, aber niemand von uns kann in die Zukunft sehen. Wir können nur Entscheidungen treffen, von denen wir glauben, dass sie richtig sind. Du wusstest doch nicht, was die Deutschen vorhatten. Niemand von uns wusste das.«

Erneut schwammen ihre Augen in Tränen. »Ich weiß nicht einmal, ob ich sie beerdigen kann.«

Seth zögerte und schien dann eine Entscheidung zu treffen. »Weißt du, was die Shiva ist?«

Sie schüttelte den Kopf.

»In jüdischen Haushalten, die jemanden verloren haben, ist es Brauch, eine Trauerzeit einzuhalten«, fuhr er fort. »Man trauert zu Hause, in der Familie, aber Freunde, Verwandte und

Gemeindemitglieder kommen zu Besuch, um Trost zu spenden. Man spricht Gebete. Man trauert. Wenn wir wieder in Wavertree sind, werden wir sieben Tage lang die Shiva für Maggie abhalten. Meine Frau und ich würden uns sehr freuen, wenn du dich als Familienmitglied zu uns gesellst.«

»Ich wüsste gar nicht, was ich tun sollte«, sagte sie.

»Unser Rabbi würde sicher gern mit dir darüber reden, was dich erwartet.«

Sie gab keine Antwort.

»Wenn du dich nicht wohl dabei fühlst, an einer jüdischen Tradition teilzunehmen, verstehen wir das natürlich«, setzte er hinzu. »Wenn du mit deinem Geistlichen sprechen willst –«

»Nein!«, gab sie schnell zurück. »Danke, aber ich will mit keinem Priester reden.«

»Manchmal verstehen wir Gottes Pläne für uns nicht. Ab und zu stellt er uns vor Herausforderungen, von denen wir nicht glauben, dass wir sie ertragen oder überleben können. So wird unser Glaube geprüft«, erklärte Seth.

»Ich begreife nicht, warum Gott den Wunsch haben sollte, einem unschuldigen Kind das Leben zu nehmen.«

Seit Jahren hasste sie es, wie Pater Monaghan und die Kirche ihre Familie beherrschten. Sie war beschämt und wütend gewesen, als die Nachbarn, die sie von Kindheit an kannten, ihr so leicht den Rücken zugekehrt hatten, als sie einen Juden geheiratet und ein Kind von ihm bekommen hatte. Doch bis zum heutigen Nachmittag hatte sie nie wirklich an ihrem Glauben gezweifelt.

»Darauf weiß ich keine Antwort. Ich kann dir nur Trost spenden und hoffen, dass du dich uns anschließt«, sagte Seth.

»Danke«, flüsterte sie.

Seth legte die Hände wieder um das Steuer. »Willst du das immer noch tun?«

Sie kniff die Augen zu, nickte aber.

»Dann fahren wir«, sagte er.

Die kurze Fahrt fühlte sich wie eine Ewigkeit an. Viv konnte nicht sprechen, daher wandte sie den Kopf zum Fenster. Sie erinnerte sich, wie sie diese Straßen entlanggegangen und Maggie fröhlich neben ihr hergehüpft war. Ihre Tochter war so voller Leben und Energie gewesen – es erschien unmöglich, dass dieses Licht ausgelöscht worden sein könnte.

Im letzten Tageslicht des Septemberabends bog Seth auf die Dorfstraße ein, in der Beam Cottage lag.

Mitten in der stillen Straße klaffte eine Lücke. Von dem Cottage waren nur noch schwarz verkohltes Holz und ausgeglühter Stein übrig. Viv konnte von der einzigen Wand auf der Vorderseite, die noch stand, bis hindurch in den zerwühlten Garten sehen.

»Ist es das?«, fragte Seth zittrig, als er den Wagen mitten auf der Straße anhielt.

Viv tastete nach dem Türgriff und stürzte aus dem Auto.

»Vivian!«, schrie Seth, doch sie hörte ihn kaum. Ihre Beine trugen sie bereits durch die Lücke, die zwischen den Mauerresten klaffte, wo einst einmal die Tür des stolzen Hauses gewesen war.

Sie stolperte über Holzstücke und zerbrochene Ziergegenstände. Die wenigen von Mrs. Thompsons wunderschönen Dingen, die noch existierten, waren zerborsten oder durch die Hitze der Explosion verzogen. Mit bebenden Händen bückte sich Viv, um ein mit Ruß überzogenes Stück Metall aufzuheben. Sie konnte gerade noch den Umriss eines Pferdekopfes erkennen, der dem Feuer entkommen war.

Sie spürte, wie Seth neben ihr stehen blieb. Sie wandte sich ihrem Schwiegervater zu, der sie in die Arme zog, und dann weinten sie gemeinsam.

Viv

5. Januar 1935

Viv verkroch sich tiefer in ihren Mantel, um sich vor dem eisigen Wind zu schützen, der durch die Straße fegte. Sie war früh aufgestanden und hatte sich aus dem Haus geschlichen, um den Bus in diesen Stadtteil zu nehmen, da sie nicht wusste, wann Joshua zur Arbeit kommen würde. Glücklicherweise war an jenem Tag ihre Morgenübelkeit nicht so schlimm. Vielleicht lag es an der Kälte oder vielleicht – wie sie inzwischen wusste – daran, dass die Morgenübelkeit sie nicht nur morgens überkam. Mittlerweile war ihr ständig schlecht, obwohl sie das Glück hatte, dass ihr Bauch weiter so flach aussah wie immer.

Aber das würde nicht mehr lange so bleiben.

Sie entdeckte seinen grauen Hut, bevor sie Joshua sah. Er hatte fast die Ladentür der Levinsons erreicht, als sie auf die Straße trat.

»Joshua!«, rief sie.

Seine Miene wirkte verblüfft, doch dann lächelte er. »Viv. Was machst du denn hier?«

Wenigstens schien er nicht verärgert zu sein. Sie musste einfach daran glauben, dass das ein guter Anfang war.

»Ich muss mit dir reden.«

Das ängstliche Aufflackern in seinen Augen war unverkennbar. Er wusste Bescheid.

»Ich wollte gerade für Dad den Laden aufschließen«, erklärte er und wies matt auf die Tür.

»Es kann nicht warten.«

Er zögerte, nickte dann aber. »Ein Stück die Straße hinunter gibt es ein Café.«

Schweigend gingen sie die zwei Straßenecken entlang, und Viv war ein Nervenbündel. Als sie das Café betraten, drehte sich ihr bei dem Geruch von Fett und Rührei der Magen um, doch sie brachte es fertig, die Fassung zu wahren. An einem Tisch im hinteren Teil rückte Joshua einen Stuhl für sie zurecht und ging dann zur Theke, um zwei Tassen Tee für sie zu bestellen.

Viv schlang die Finger um die warme Tasse und gab sich die größte Mühe, das Zittern in ihren Händen zu unterdrücken, als Joshua sich endlich vor sie hinsetzte.

Sie öffnete den Mund, um zu beginnen, doch er ergriff das Wort. »Tut mir leid, dass wir diese nächste Verabredung nicht hatten. Ich … ich wusste nicht, ob du mich wiedersehen wolltest, nachdem —«

»Ich bin schwanger.«

Er machte große Augen wie ein Kind. »Wie ist das denn passiert?«

Er klang so verblüfft, dass sie vielleicht gelacht hätte, wenn sie den Tränen nicht so nahe gewesen wäre.

»Was glaubst du?«, fragte sie.

»Ich meine, es war doch nur das eine Mal«, meinte er. »Ich dachte, ich hätte aufgepasst …«

»Das hat anscheinend nicht gereicht«, sagte sie.

»Bist du dir denn ganz sicher?«

Sie nickte.

Er rieb sich mit einer Hand durchs Gesicht. »Weißt du genau, dass es von mir ist?«

Sie kniff die Augen zusammen. »Was willst du damit sagen?«

»Nein! Es ist …«, er suchte nach Worten, »ich kann nur einfach nicht glauben —«

»Es ist deins. Das war mein erstes Mal, und seitdem habe ich es nicht wieder getan.«

Er sackte auf seinem Stuhl zusammen und wirkte so verwundert, als hätte sie ihm erklärt, die Vögel auf dem Dach des Liver Building wären zum Leben erwacht und flögen über dem Mersey auf und ab.

Sie schaute auf ihre Hände hinunter, die immer noch um ihre allmählich abkühlende Teetasse lagen. »Ich weiß nicht, was ich tun soll«, flüsterte sie. »Ich hatte eine Tante, Flora. Ich habe sie nie kennengelernt. Sie ist in Schwierigkeiten geraten und in eines dieser furchtbaren Heime für ledige Mütter geschickt worden. Mums Familie hat nie wieder von ihr geredet. Ich weiß nur von ihr, weil ich einmal mitgehört habe, wie Mum mit Dad über sie gesprochen hat, als ein Nachbarsmädchen schwanger wurde. Ich kann nicht in eins dieser Heime gehen, Joshua. Und die anderen Methoden … Ich kann das einfach nicht.«

Er starrte die Stelle an, wo der Tisch ihren Bauch verbarg, als rechnete er damit, dass dort ein Baby auftauchte. »Werde meine Frau.«

Er sprach die Worte so ausdruckslos aus, dass sie ein wenig zurückfuhr. »Was?«

»Werde meine Frau. Falls unsere Eltern nichts dagegen haben«, sagte er.

Um sich zu beruhigen, legte sie beide Hände flach auf den Tisch. »Glücklich werden sie nicht sein.«

»Weil ich Jude bin.«

»Weil du nicht katholisch bist«, stellte sie klar. Ihre Eltern würden beide wütend sein, aber damit wurde sie gerade noch fertig. Ihre Mutter würde vor Zorn kochen, weil Viv nicht in einer Kirche heiraten würde. Weil die Nachbarn vielleicht klatschen würden. Weil Pater Monaghan eine schlechtere Meinung von den Byrnes haben könnte. Doch wenn der Staub sich gelegt hatte, würde es schwieriger sein, die Enttäuschung ihrer Eltern – die ein Leben lang währen würde – auszuhalten.

»Ich werde ihnen schon begreiflich machen, dass das der einzige Weg ist. Unser Baby muss ehelich geboren werden. Das ist wichtiger«, erklärte sie entschiedener, als sie sich wirklich fühlte.

»Na schön«, sagte er.

»Was ist mit deiner Familie?«, fragte sie.

Er zuckte mit den Schultern, aber sie nahm seine Anspannung in den feinen Linien wahr, die seine Augen umgaben. »Sie werden es verstehen, wenn ich mit ihnen rede. Mum wird vermutlich entzückt darüber sein, dass du schwanger bist, obwohl das Kind nicht jüdisch sein wird.«

»Das begreife ich nicht.«

»Die jüdischen Religion wird über die mütterliche Linie weitergegeben«, erklärte er.

Viv sank ein wenig tiefer auf ihrem Platz zusammen. Nichts von alldem fühlte sich richtig an. Sie würden nach der zweiten Verabredung heiraten, weil sie in einem leidenschaftlichen Moment einen törichten Fehler begangen hatten.

Sie beide. Das war ihr gemeinsames Kind.

»Ich kann dieses Kind nicht allein großziehen, Joshua«, flüsterte sie.

Er zögerte, doch dann streckte er den Arm über den Tisch aus und nahm ihre Hand. »Das brauchst du nicht. Ich werde das Richtige tun.«

Sie stieß den Atem aus. Sie zweifelte nicht daran, dass zu Hause ein schwerer Weg vor ihr lag, aber wenigstens würde Joshua zu ihr stehen.

Vielleicht würde ja doch noch alles gut werden.

Liebe Mum und Dad,

*ihr werdet euch freuen zu hören, dass der Arzt heute Morgen
meinte, dass sich mein Zustand bessert. Ich soll noch ein paar
Tage im Krankenhaus bleiben, und dann werde ich entlassen
und kann zum Stützpunkt zurückkehren. Ich rechne damit,
eine geisttötende, langweilige, aber ungefährliche Aufgabe zugewiesen zu bekommen, bis sie sicher sind, dass ich wieder alles
tun kann, was ich als Navigator und Bombenschütze können
muss.*

*Ich bedaure, euch nicht versprechen zu können, mich nicht
wieder in Gefahr zu begeben. Die Realität dieses Krieges ist,
dass sie uns wieder einsetzen, sobald sie uns zusammengeflickt
haben. Solange wir kämpfen können, werden wir gebraucht.
Aber es ist nicht nur das. Die Wahrheit ist, dass ich gut in
meinem Job bin. Lange dachte ich, das Einzige, was ich gut
kann, wäre, Saxofon zu spielen. Als Schneider war ich mittel-
mäßig – Du weißt, dass das stimmt, Dad. Jeden Tag habe ich
mich im Laden umgesehen und erkannt, dass ich nie dieselben
Fertigkeiten wie Du haben werde. Ich habe weder die Leidenschaft noch das Geschick dazu. Ich weiß, das ist wahrscheinlich nicht schön zu hören, aber vielleicht hätte ich das schon
vor langer Zeit sagen sollen.*

*Für Dich scheinen Muster, der Fall von Stoffen und Stiche
einfach zu sein, und genauso geht es mir mit der Musik. Ich
dachte, das würde ausreichen. Dass ich mehr aus mir machen
könnte, als in Wavertree, in Liverpool oder sogar England
möglich wäre. Ich hatte keine Ahnung, wie ich Dir das sagen
und es Dir verständlich machen sollte, daher habe ich den einfachen Weg gewählt und bin fortgegangen.*

Ich glaube nicht, dass es einen einzigen Tag gegeben hat, an dem ich nicht über diese Entscheidung nachgedacht habe – aber manchmal war ich in der Lage, meine Schuldgefühle zu verdrängen, weil ich dachte, ich würde zu denen gehören, die Glück haben. Ich war überzeugt davon, es zu schaffen. Ich dachte, das wäre Rechtfertigung genug dafür, euch alle verletzt zu haben. Viv wehgetan zu haben. Ich hätte euch gestehen sollen, dass ich Angst davor hatte, Vater zu sein, Ehemann. Ich wollte euch nicht enttäuschen, aber ich habe genau das getan, was euch am meisten verletzt hat.

Sobald ich meine Freigabe habe, werde ich meinen Flugoverall anziehen und wieder in den Einsatz gehen. Ich will nicht mehr vor schwierigen Dingen weglaufen und mich verstecken. Ich will tun, was richtig ist.

Ich hoffe, ihr könnt mir das von damals und das von heute vergeben.

Euer euch liebender Sohn
Joshua

19. *September 1940*

Liebe Rebecca,

*ich schreibe Dir einen zweiten Brief, den Du zusammen mit
dem an Mum und Dad bekommen wirst. Der Luxus, in
einem Krankenhausbett zu sitzen, ohne etwas anderes zu tun
zu haben, als gebrauchte Bücher aus Rotkreuzpaketen zu
lesen, bedeutet, dass ich Zeit hatte, um nachzudenken und zu
erkennen, dass es einiges gibt, was ich nur Dir sagen möchte.
Du hast mir erzählt, als ich fortgegangen sei, hättest Du für
Mum und Dad alles werden müssen. Ich glaube nicht, dass ich
das wirklich begriffen hatte, bevor ich Zeit hatte, hier zu sitzen
und mich zu zwingen, darüber nachzudenken. Ich weiß, dass
ich fünf verlorene Jahre nicht rückgängig machen kann, aber
Du sollst wissen, dass ich Dir gar nicht sagen kann, wie unendlich leid mir das tut. Ich wäre nie auf die Idee gekommen,
Du würdest nicht zur Universität gehen. Ich habe mir nie
vorgestellt, dass Deine Welt kleiner werden würde, wenn ich in
eine größere aufbreche.*
*Ich weiß, dass ich Dir die Zeit, die ich Dir weggenommen
habe oder die dieser Krieg Dir gestohlen hat, nicht zurückge-
ben kann, aber ich verspreche Dir, wenn all die Kämpfe vorbei
sind, werde ich tun, was ich kann, um es wiedergutzumachen.*

*Dein Dich liebender Bruder
Joshua*

Joshua

Joshua zuckte zusammen, als die Nähte in seinem Rücken unangenehm zogen, weil er versuchte, seine Position im Krankenhausbett zu verändern. In der Hand hielt er ein zerfleddertes Exemplar von *Scoop* von Evelyn Waugh. Der Soldat im Nachbarbett hatte es ihm gestern empfohlen, und er tat sein Bestes, um sich auf William Boots Abenteuer in Ishmaelia zu konzentrieren.

»Gibt es dieses Land überhaupt?«, grummelte er und schlug seine Seite wieder auf. Kam es wirklich darauf an? Das Buch lockerte die Monotonie der Station auf.

»Sergeant Levinson«, ließ sich die befehlsgewohnte Stimme von Schwester Bishop hören.

Er richtete sich ein wenig gerader auf und fuhr noch einmal zusammen, als es an seiner Naht zerrte.

»Sie haben Besuch, aber machen Sie nicht zu lange. Der Arzt kommt in einer halben Stunde zur Visite.«

Besuch?

Schwester Bishop trat beiseite und gab den Blick auf Moss frei, der in einem schwer aussehenden Rollstuhl saß und von einer jüngeren Schwester geschoben wurde.

Joshua wartete, bis die Schwester Moss an seinem Bett abgestellt hatte und Schwester Bishop die Jüngere davonscheuchte.

Moss' Bein war hochgelagert, und unter dem Rand einer grauen Wolldecke schaute sein großer Zeh hervor. Joshua konnte den dicken Gips sehen, mit dem die Ärzte sein Bein ruhiggestellt hatten. Moss' Hand war kaum zu erkennen, so dick war sie bandagiert, und sie hing in einer Stoffschlinge, um sie zu entlasten. Offensichtlich hatte jemand seinen Kopf mit einer Haarschneidemaschine bearbeitet, denn sein Haar war beinahe so kurz geschoren, wie es bei der Armee üblich war.

»Du bist also noch hier«, meinte Joshua.

»Ich werde wohl noch eine Weile bleiben. Sie sagen, sobald die Schwellung abklingt, müssen sie meine Hand operieren, und dann werde ich wahrscheinlich in ein Genesungsheim geschickt«, erklärte Moss und hob den verbundenen Arm.

»Wie schlimm ist es?«, erkundigte sich Joshua.

»Anscheinend habe ich sie mir irgendwann zwischen dem Absturz und der Explosion zerschmettert. Ich habe wirklich keine Erinnerung daran.«

Irgendwo auf der Station ließ eine Schwester scheppernd eine leere Bettpfanne fallen. Moss wandte ein wenig den Kopf, und Joshua sah eine Reihe leuchtend roter Stiche, die hinter seinem rechten Ohr begann und sich quer über seine Kopfhaut fortsetzte.

Das erklärt den Haarschnitt, dachte Joshua.

»Der Beinbruch stammt fast mit Sicherheit vom Aufprall bei dem Absturz«, fuhr Moss fort. »Verdammter Fallschirm.«

»Verdammter Fallschirm«, pflichtete Joshua ihm bei.

Schweigend saßen sie einen Moment lang beisammen. Moss nestelte mit der gesunden Hand an der Stelle, an der die Decke, die auf seinem Schoß lag, begonnen hatte, Knötchen zu bilden.

Schließlich hob der Lieutenant den Kopf. »Warum hast du es getan?«, fragte er.

»Was denn?«, fragte Joshua zurück.

»Mich gerettet.«

Er schnaubte wegwerfend. »Du hast schließlich die Maschine geflogen.«

»Du hast mich herausgezogen«, sagte Moss. »Und vorher hättest du dich verdrücken können.«

»Du hattest keinen funktionierenden Fallschirm.«

»Trotzdem ...«

Joshua starrte ihn an. »Ich habe doch gesagt, ich würde dich nicht allein sterben lassen. Ganz egal, wie wenig ich dich leiden kann oder wie sehr du mich offensichtlich hasst.«

»Ich hasse dich nicht«, erklärte Moss leise.

Das trug ihm ein weiteres hohles Auflachen ein. »Und all die Gelegenheiten, bei denen du mich einen *yid* genannt hast? Du wolltest nie mit mir fliegen, und du hast überdeutlich klargemacht, was du davon hältst, zusammen mit einem Juden zu dienen.«

Moss öffnete den Mund, um etwas zu antworten, doch Joshua hob die Hand. »Meine Religion lehrt uns, dass man tun soll, was man kann, um menschliches Leben zu erhalten, weil es ein Geschenk ist. Als ich vor der Frage stand, mich zu retten und dich sterben zu lassen oder vielleicht uns beide zu retten, hatte ich nicht vor, dich zurückzulassen.«

Moss ließ den Kopf hängen. »Ich weiß nicht, ob ich dasselbe hätte tun können.«

Zorn und Abscheu stiegen in Joshua hoch, doch dann sah er Moss' gequälte Miene und presste die Lippen zusammen, um die Wut, die in ihm aufwallte, für sich zu behalten.

»Meine Schwester Charlotte hat einen Juden geheiratet. Er ist Anwalt, genau wie mein Vater. Charlotte und er wurden einander bei einer Party vorgestellt und haben sich verliebt. Sie hat es vor uns geheim gehalten, bis sie verlobt waren, und dann hat sie es meinen Eltern erzählt. Meine Eltern haben erklärt, wenn sie ihn heiraten würde, würden sie nie wieder mit ihr reden«, erzählte Moss.

»Und du hast dich auf die Seite deiner Eltern geschlagen«,

sagte er. Die Ähnlichkeiten zu der Familie seiner Frau entgingen ihm nicht.

»Ich hätte nie gedacht, dass sie das durchzieht, aber sie hat es getan, und meine Eltern haben den Kontakt zu ihr abgebrochen. Wir haben sie nie wiedergesehen«, erklärte Moss.

»Und deswegen hasst du mich? Weil deine Schwester sich für den Mann entschieden hat, den sie liebt, und nicht für eure Familie?«

»Sie war meine beste Freundin«, gestand Moss, und ihm brach die Stimme.

»War?«, fragte Joshua.

Moss nickte schwach. »Sie ist vor zwei Jahren gestorben. Lungenentzündung.«

Joshua sog scharf den Atem ein. »Sie hat sich verliebt. Das ist alles.«

»Sie hat sich für ihn entschieden!«, brüllte Moss, worauf es auf der Station still wurde.

Joshua blicke sich um und senkte die Stimme. »Sie hätte keine Wahl zu treffen brauchen, wenn ihr sie nicht dazu gezwungen hättet, du und eure Eltern.«

Moss schlug die Hände vor den Mund und versuchte sichtlich, das Schluchzen zu unterdrücken, das seine Schultern beben ließ.

»Jede Entschuldigung von dir bei mir ist etwas anderes als die, die du ihrem Mann und seiner Familie schuldig bist. Ich kann das, was du und deine Eltern getan habt, nicht rückgängig machen.«

Genauso wenig, wie Moss' Rettung Joshua davon freisprechen konnte, was er seiner Frau und seiner Tochter angetan hatte.

Moss richtete sich auf, schniefte und versuchte sichtlich, seine Würde zurückzugewinnen. »Nein. Nein, natürlich nicht.

Trotzdem bin ich dir etwas schuldig. Ich werde dich für eine Belobigung wegen Tapferkeit vorschlagen. Ich weiß, dass das keine Entschuldigung ist. Du hast sie dir verdient, und ich will dafür sorgen, dass du sie erhältst.«

Joshua gab keine Antwort, daher bedeutete Moss Schwester Bishop, ihn wegzubringen.

Später am selben Vormittag starrte Joshua vorwurfsvoll auf sein Notizbuch, während er den Bleistift zwischen seinen Fingern drehte. Er hatte *Scoop* aufgegeben und beschlossen, dass er ausnahmsweise versuchen würde, einen Song zu schreiben.

Nun ja, wenigstens ein Arrangement.

Bisher hatte er immer anderer Leute Arrangements gespielt, nie seine eigenen. Er war eigentlich gar nicht auf die Idee gekommen, da er ständig herumgehetzt war und versucht hatte, Gigs zu ergattern und einen festen Job zu finden. Doch nun, da er gezwungen war, langsamer zu machen und sich zu erholen, juckte es ihn in den Fingern, es zu versuchen.

Zu seiner Rechten wurde eine Tür geöffnet, und Stiefelschritte hasteten eilig über die Linoleumfliesen, mit denen die Station ausgelegt war. Er ignorierte es und spielte immer noch mit der Melodie von *And the Angels Sing* herum, dem Hit von Benny Goodman. Auf der Station gingen den ganzen Tag lang Menschen ein und aus.

Schwester Bishop bemerkte er erst, als sich der weiße Rock ihrer Uniform in sein Blickfeld schob. Er schaute auf und sah sie dort stehen, flankiert von einem jungen Mann in der Uniform der Telegrafengesellschaft.

»Sergeant Joshua Levinson?«, fragte der Mann, und Joshua gefror das Blut.

Er war sich deutlich bewusst, dass die Blicke aller Patienten und Schwestern auf ihm ruhten, als er nickte und das Telegramm entgegennahm. Ihm wurde der Mund trocken, als er es aufriss und sah, dass es von seiner Schwester stammte.

MAGGIE BEI BOMBENANGRIFF UMGEKOMMEN.
SITZEN SHIVA. KOMM NACH HAUSE.

Joshuas Hand zitterte, als er auf das dünne Telegrammpapier starrte. Seine Tochter war tot? Das ergab keinen Sinn. Hatte Rebecca ihm nicht erzählt, dass Viv sie evakuiert hatte, um sicherzugehen, dass sie weit von den Bombenangriffen entfernt war?

»Wann ist das gekommen?«, fragte er den Boten. Oben auf dem Telegramm stand das Datum von gestern und ihm wurde klar, dass er schon die ersten zwei Tage der Shiva verpasst hatte.

»Tut mir sehr leid, Sir. Gestern waren es so viele Nachrichten …« Der junge Mann verstummte.

Er nickte und fühlte sich noch stärker von seiner Familie abgeschnitten als in den letzten Jahren. Sie waren zusammen gewesen und hatten um seine Tochter getrauert, und er hatte nicht einmal davon gewusst.

»Kann ich helfen?«, fragte Schwester Bishop leise. All ihre Furcht einflößende, rabiate Tüchtigkeit war verflogen.

Er schluckte und sah hilflos zu ihr auf. »Ich muss nach Hause. Sofort.«

Viv

Besucher bewegten sich leise durch das Wohnzimmer der Levinsons und hielten die Köpfe gebeugt, um am fünften Tag der Shiva ihren Respekt zu bezeugen. Viv saß auf einem niedrigen Schemel, nachdem man ihr erklärt hatte, das sei für die Familie des Verstorbenen Tradition. Sie registrierte die Menschen, die an ihr vorbeizogen, nur teilweise.

Auf der langen Rückfahrt von Wootton Green hatte Seth ihr erklärt, dass viele der Menschen, die während der siebentägigen Trauerzeit ins Haus kommen würden, aus ihrer Synagoge stammen würden. Andere würden aus Manchester anreisen, wo der größte Teil seiner Familie und der seiner Frau lebte. Zweifellos mussten sie sich über die Frau wundern, die sie noch nie gesehen hatten und die die Mutter von Seths und Annes Enkelin war. Doch jede und jeder Einzelne von ihnen hielt inne und schenkte Viv ein paar aufbauende Worte.

Ihr Schwiegervater nickte einem älteren Mann in einem gut geschnittenen dunklen Anzug grüßend zu. Viv fragte sich zerstreut, ob er ein Schneiderkollege oder vielleicht ein Kunde war.

»HaMakom yenachem etchem b'toch sha'ar avaylei Tzion v'Yerushalayim«, sagte der Mann zu Seth und anschließend zu Anne. Dann ging er zu Rebecca weiter.

»Mr. Chapin«, begrüßte Vivs Schwägerin ihn.

»Möge Gott euch zusammen mit den Trauernden von Zion und Jerusalem Trost schenken«, sagte er und sah zuerst Rebecca und dann Viv an.

Viv nickte, biss sich auf die Unterlippe und kämpfte gegen die Tränen an, die ihr in die Augen zu schießen drohten.

Als der Nachmittag sich in die Länge zog, rutschte Viv auf ihrem Schemel herum. Obwohl die Menschen neugierig reagierten, fand sie die stille Beschaulichkeit der Shiva tröstlich. Sie brauchte sich nicht zu erklären, nichts zu rechtfertigen. Sie war zusammen mit den Levinsons dort, weil das ihr Recht als Maggies Mutter war. Das reichte. Trotzdem dankte ihr Körper ihr die Stunden nicht, die sie in gerader Haltung auf dem Schemel saß. Die Beine schliefen ihr ein, und sie spürte, wie ihr Rücken steif wurde.

Rebecca streckte die Hand aus und drückte Vivs Unterarm, als hätte sie ihre Gedanken gelesen. »Nur noch ein wenig länger.«

»Danke«, sagte Viv tonlos.

Mit dem späten Nachmittag wurde das Licht weicher, und die Besucher wurden weniger. Wieder wurde die Haustür geöffnet. Viv, die sich an das Geräusch gewöhnt hatte, mit dem sie auf- und zuging, bemerkte es kaum, bis Rebecca sie anstieß. Sie blickte auf und entdeckte ihre Schwester, die zögerlich in der Wohnzimmertür stand.

Kate trug ein schwarzes Kleid, einen kleinen schwarzen Hut und schwarze Handschuhe. Verlegen blickte sie sich um und registrierte zweifellos die sitzenden Familienmitglieder und den verhängten Spiegel über dem Kaminsims. Dann fing Viv Kates Blick auf, und sie sah, wie ihre Schwester scharf Luft holte – eine Mischung aus Keuchen und Schluchzen.

Seth hatte Viv um Kates Adresse gebeten, damit er die Byrnes einladen konnte, mit ihnen die Shiva zu begehen. Viv hatte eingewandt, dass ihre Familie auf keinen Fall kommen würde. Sie konnte sich nicht vorstellen, dass ihre katholischen Eltern etwas mit einem jüdischen Trauerritual zu tun haben wollten. Und sie war davon ausgegangen, dass Kate sich der Entscheidung ihrer Eltern beugen würde, um den Frieden zu wahren, denn Mum und Dad wohnten inzwischen bei ihr, obwohl sie nach ihrer Auseinandersetzung wegen Vivs Entscheidung, allein zu leben, gedroht hatten, auszuziehen.

Sie hätte stärker an ihre Schwester glauben sollen.

»Ist das nicht deine Schwester?«, flüsterte Rebecca.

Viv nickte.

»Du solltest zu ihr gehen«, meinte Anne.

Viv stand auf, wobei ihre Knie knackend protestierten. Sie durchquerte das Wohnzimmer und trat zu Kate, die sich die Augen wischte und versuchte, sich zu fassen.

»Du bist gekommen«, sagte Viv leise.

Kate lächelte ihr unter Tränen zu. »Wie hätte ich nicht kommen können? Maggie war meine Nichte.«

»Ich wusste nicht, ob ...« Sie blickte sich im Zimmer um, denn sie wusste, dass es Kate genauso fremdartig vorkommen musste wie ihr vor noch wenigen Tagen. »Ich wusste eben nicht, ob du das verstehen würdest.«

Kate schüttelte den Kopf. »Ich habe gesehen, wie jemand sich die Hände mit einem Wasserkrug gewaschen hat, als er ins Haus gekommen ist, also habe ich es ihm nachgetan. Ich hoffe, das war in Ordnung.«

Sie berührte ihre Schwester am Ellbogen. »Das war es.«

Kate sah sich noch einmal um.

»Du kannst ruhig Fragen stellen, wenn du willst. Vielleicht kann ich sie nicht alle beantworten, aber ich bin dabei, es zu lernen, also kann ich es versuchen«, sagte sie.

»Es ist so ganz anders als eine Totenwache«, meinte Kate.

»Auf einige Arten. Auf andere nicht«, sagte sie.

»Ihr haltet sieben Tage Shiva?«, wollte Kate wissen.

»Wir sitzen Shiva. Die Leute kommen vorbei, um ihren Respekt zu erweisen, obwohl sie erst etwas sagen dürfen, wenn wir sie zuerst ansprechen. Manchen bringen Essen.«

»Warum sind die Spiegel verhängt?«, fragte Kate.

Viv hatte dieselbe Frage gestellt. »Es steht symbolisch für den Verzicht auf Eitelkeit durch die Hinterbliebenen, während sie trauern.«

Kate nickte, und erneut kamen ihr die Tränen. »Es tut mir so leid, Vivie.«

Etwas in Viv zerbrach, und als ihre Tränen wieder flossen, schlang sie die Arme um ihre Schwester.

»Sie sollte angeblich in Sicherheit sein«, schluchzte Viv.

»Es tut mir so leid, dass ich dir zugeredet habe, sie wegzuschicken«, stieß Kate erstickt hervor. »Ich hatte Angst um die Kinder. Um alle.«

»Du konntest es ja nicht ahnen.«

»Ich hätte auf dich hören sollen«, flüsterte Kate, und ihre Schultern bebten, als sie sich weinend aneinanderklammerten.

Viv wünschte, sie hätte in der schützenden Umarmung ihrer Schwester verharren können, doch sie wusste, das war nicht möglich. Sie trat ein wenig zurück, ließ aber die Arme auf Kates Schultern liegen. »Möchtest du mit den Levinsons sprechen?«

Kate zögerte.

»Sie sind immer nur freundlich zu mir gewesen«, sagte Viv.

»Ich würde ihnen gern mein Beileid aussprechen, danke«, gab Kate zurück.

Viv nahm die Hand ihrer Schwester und führte sie durch den Raum zu ihren Schwiegereltern. »Seth, Anne, Rebecca, das ist meine Schwester Kate.«

Seth brachte ein schwaches Lächeln zustande und streckte die Hand aus, um die von Kate zu nehmen. »Es tut mir leid, dass wir uns erst unter so traurigen Umständen wiedersehen, aber du bist herzlich willkommen.«

Viv beobachtete Kate und fragte sich, ob ihrer Schwester klar war, dass sie der Grund dafür war, dass sie einander auf diese Weise begegneten. Hätte Kate diesen Brief abgeschickt …

Aber es war sinnlos, sich über das »Was wäre, wenn?« den Kopf zu zerbrechen wie ihre Freundinnen in der Poststelle. Das hier war kein Spiel.

»Es tut mir sehr leid, Mr. und Mrs. Levinson. Miss Levinson«, sagte Kate. »Bitte lassen Sie mich Ihnen mein Beileid aussprechen.«

»Es ist sehr freundlich von dir, dass du gekommen bist, meine Liebe«, sagte Anne, der die Stimme brach.

»Würdest du dich uns gern anschließen, Kate?«, fragte Seth und wies zu ihren Sitzplätzen.

»Oh, ich möchte mich auf keinen Fall aufdrängen«, protestierte Kate.

»Das wäre kein Aufdrängen«, erwiderte Seth. »Du bist Maggies Tante. Du warst für sie ein besonderer Mensch, so wie sie für dich.«

Kurz dachte Viv, ihre Schwester könnte wieder Einwände erheben, doch Kate nickte kaum wahrnehmbar. »Sehr gern.«

Ein Freund aus der Synagoge der Levinsons holte einen weiteren Schemel, und Kate setzte sich neben ihre Schwester. Viv streckte den Arm aus und drückte ihre Hand, ganz ähnlich wie Rebecca es am frühen Nachmittag bei ihr getan hatte. Nach Kates steifer Haltung zu urteilen, vermutete Viv, dass ihre Schwester unbequem saß.

Viv war das gleichgültig. Die Levinsons hatten sie einbezogen und trauerten um die Enkelin, die sie nie kennengelernt hatten. Eins ihrer eigenen Familienmitglieder konnte ihr ruhig die gleiche Freundlichkeit erweisen wie die Levinsons, selbst wenn das hieß, sich für kurze Zeit mit einer Unannehmlichkeit abzufinden.

»Vielleicht würdest du gern eine Erinnerung an deine Nichte mit uns teilen«, sagte Seth, der sich vorgebeugt hatte, um Kate anzusprechen.

»Oh«, erwiderte die und warf den zwei Personen, die ihr Gespräch mit Anne unterbrochen hatten und jetzt zuhörten, einen Blick zu.

Viv drückte ihre Hand. »Erzähl ihnen doch von dem Tag, an dem Maggie und Cora am Strand waren.«

Das ließ ein Lächeln auf Kates Lippen treten. »Cora ist meine Jüngste. Sie ist zwei Jahre älter als Maggie, und Maggie ist ihr ständig hinterhergelaufen. Einmal im Sommer sind wir mit ihnen nach Southport an den Strand gefahren. Da muss Maggie drei gewesen sein und Cora fünf. Weißt du noch, wie kalt es sogar im Juli war, Vivie?«

»Wir haben Colin und William ihre Pullover anziehen lassen, und die Mädchen trugen über ihren Badeanzügen Strickjacken«, erklärte Viv.

»Sie wollten trotzdem ins Wasser. Die Jungs sind davongerannt und haben sich in die Wellen gestürzt. Ihr hättet ihr Geschrei hören sollen, als sie gemerkt haben, wie kalt es war. Also«, fuhr Kate fort, »niemand kann Cora vorschreiben, was sie tun soll, deswegen ist sie auch hineingegangen und hat die kleine Maggie an der Hand hinter sich her gezerrt, bis sie die Kälte gespürt hat. Die Brandung war nur seicht, aber wir haben uns beide Sorgen gemacht, es könnte zu viel für Maggie werden, nicht wahr?«

»Ja.«

»Cora, die im Winter Regen und Schnee nicht ausstehen kann, fing an zu schreien. Wir haben die Kinder zurückgerufen, aber Cora rührte sich nicht. Und da muss Maggie beschlossen haben, dass es jetzt reichte. Sie hat Cora umgeschubst, direkt ins Wasser. Cora ist spuckend wieder aufgetaucht und hat noch lau-

ter gebrüllt. Wir sind hineingewatet, um die Mädchen heraus-
zuziehen, und was hat Maggie gesagt, als du sie in ein Handtuch
gewickelt hast?«, fragte Kate.

»Cora hat sich wie ein Baby aufgeführt, also habe ich sie zu
ihrem eigenen Besten hineingestoßen««, wiederholte Viv. »Als
ich sie gefragt habe, warum, hat Maggie mir erklärt, sie wollte
Cora beibringen, dass es keinen Grund gibt, Angst zu haben.«

Kate lachte kurz auf. »So ist sie eben. So direkt und nüchtern, wie man es sich nur vorstellen kann, aber trotzdem unglaublich lieb.«

Viv erstarrte, als ihre Schwester »ist« sagte statt »war«. Eine
solche Kleinigkeit, doch sie erinnerte sie dran, dass es keine
neuen Geschichten von Maggie geben würde, die man sich später erzählen könnte. Viv würde sie nie an ihrem ersten Schultag
verabschieden oder ihr bei den Hausaufgaben helfen. Sie würde
nie wieder mit ihr an den Strand fahren oder ihr helfen, für ihre
Klassenarbeiten zu lernen. Sie würde nie ihren ersten Arbeitstag erleben, ihre erste Liebe, nicht ihre Hochzeit oder die Taufe
von Maggies Kindern. Maggie würde für immer ein kleines
Mädchen bleiben.

Rebecca musste Vivs niedergeschlagene Miene bemerkt haben, denn sie schlang einen Arm um sie. »Klingt, als wäre sie ein
wundervolles kleines Mädchen gewesen«, meinte sie.

»Ich glaube, du hättest sie entzückend gefunden«, erklärte
Kate leise.

Viv presste sich eine Hand aufs Herz und versuchte, die
Emotionen zurückzuhalten, die darin aufwallten. Wieder stieg
Kummer in ihr auf und drohte sie entzweizureißen.

Die Haustür wurde geöffnet. Sie hörte Wasser aus der Kanne
in die Waschschüssel spritzen. Erinnerungen an Maggie husch-
ten durch ihren Kopf und überwältigten sie. Sie hatte keine Ahnung, wie viel davon sie heute noch aushalten könnte.

Mrs. Levinson stieß ein Keuchen aus, und ohne nachzudenken blickte Viv auf.

In der Wohnzimmertür stand Joshua Levinson, einen niedergeschmetterten Ausdruck auf seinem verbundenen, von frischen Narben gezeichneten Gesicht.

Joshua

Auf der ganzen Fahrt von Grinstead hierher hatte Joshua seinen Kummer eisern beherrscht. Sobald Schwester Bishop Rebeccas Telegramm gelesen hatte, hatte er ihre ganze Aufmerksamkeit gehabt. Trotzdem hatte der bürokratische Prozess seiner Entlassung wertvolle Zeit gekostet, und dann war es noch notwendig gewesen, Kontakt zu seinem befehlshabenden Offizier aufzunehmen und Urlaub zu beantragen.

Joshua hatte ohnmächtig zugesehen und war von widerstreitenden Gefühlen zerfressen worden – Scham, Zorn und Reue hatten in ihm um die Vorherrschaft gekämpft. Er hatte seine Tochter nie kennengelernt. In New York hatte er sich eingeredet, es wäre das Beste so – schließlich hatte Viv deutlich zum Ausdruck gebracht, dass sie nichts mit ihm zu tun haben wollte. Doch seit er sich wieder auf britischem Boden befand, fiel es ihm schwerer, nicht über das Leben nachzudenken, das er vielleicht hätte haben können. Er hatte sich weder ein Kind noch eine Frau gewünscht, doch als er Maggies Namen erfahren hatte, hatte das ein Saatkorn in ihm gelegt, das seither gekeimt hatte und stetig gewachsen war.

Im Zug hatte Joshua mit sich gerungen und sich gefragt, wie er seinen Eltern gegenübertreten sollte, die Shiva für ein kleines Mädchen saßen, das sie nie hatten kennenlernen dürfen, und alles seinetwegen. Darauf war er vorbereitet. Womit er nicht gerechnet hatte, als er ins vertraute Wohnzimmer seiner Familie trat, war, Viv und ihre Schwester Kate auch dort sitzen zu sehen.

Seine Mutter brach schließlich das angespannte Schweigen.

»Du bist nach Hause gekommen«, sagte sie, erhob sich von ihrem Schemel und stand mit wackeligen Beinen auf.

Er nahm seine Uniformmütze ab und strich sich übers Haar, als seine Mum auf ihn zukam, doch sein Blick blieb auf Viv gerichtet. Sie sah starr und trotzig vor sich hin.

Als Mum noch einen Schritt entfernt war, riss er den Blick von Viv los und umarmte seine Mutter, obwohl dabei seine noch nicht verheilten Wunden heftig protestierten.

»Als wir deinen Brief bekommen haben, dass dein Flugzeug abgestürzt ist … Oh, sieh dir deine Nähte an … Und –«

»Alles gut, Mum. Jetzt bin ich ja hier«, sagte er, während sie in seinen Uniformrock weinte.

Als Mums Tränen versiegt waren, umarmte er zuerst Dad und dann Rebecca. Über die Schulter seiner Schwester hinweg sah er, wie Viv steif aufstand. Ihre Schwester nahm ihre Hand und zupfte sanft daran, als wollte sie ihre Aufmerksamkeit auf sich lenken. Viv schüttelte den Kopf. Vorsichtige Hoffnung machte sich in seiner Brust breit, dass diese Begegnung vielleicht doch nicht so schlimm werden würde. Dass sie ihm verzeihen könnte.

»Begrüße deine Frau, Joshua«, sagte sein Vater leise.

Er trat einen Schritt vor, doch dann traf Vivs Blick seinen, und alles, was er darin sah, war grelles Feuer, purer Zorn, Wut.

»Joshua«, forderte seine Mutter ihn sanft auf.

Hilfesuchend sah er Rebecca an, doch die Miene seiner Schwester war undeutbar.

Er schluckte, trat vorsichtig um das Sofa seiner Mutter mit dem Rosenmuster herum und ging auf seine Frau zu. Als er näher kam, hob Viv den Kopf, doch ihre Miene veränderte sich nicht.

»Viv«, sagte er.

»Joshua«, gab sie zurück.

»Ich …« Doch ihm fehlten die Worte. Er streckte die Hände offen vor sich aus. »Es tut mir leid.«

Sie zog die Augenbrauen hoch. »Es tut dir leid. Mehr hast du nicht zu sagen?«

»Können wir reden?«, fragte er und streckte die Hand nach Vivs Ellbogen aus. Sie fuhr zurück, bevor er sie berühren konnte. »Ich will nur reden.«

»Du brauchst das nicht zu tun, Vivie«, sagte ihre Schwester und trat vor.

»Absolut nicht«, meinte Rebecca.

»Rebecca.« Mums Stimme klang warnend.

»Ist schon gut, Mum«, sagte Joshua.

Viv blickte zwischen ihrer und seiner Schwester hin und her und schüttelte dann mit grimmig zusammengepressten Lippen den Kopf. »Draußen.«

Sie verließ das Zimmer, und er schickte sich an, ihr zu folgen, als seine Mutter ihn am Arm festhielt.

»Geh schonend mit ihr um, Joshua«, sagte Mum. »Sie hat gerade ihre Tochter verloren.«

Er sah auf die Hand seiner Mutter hinunter, die seinen Uniformärmel umklammerte. »Ich habe auch eine Tochter verloren.«

Mum schüttelte langsam und betrübt den Kopf. »Das ist nicht dasselbe.«

Die Worte seiner Mutter verletzten ihn, und sein Zorn flammte auf. Wie konnte sie es wagen, sich auf die Seite seiner von ihm entfremdeten Frau zu schlagen? Er war von ihrem Fleisch und Blut. Viv dagegen war nur ein Mädchen, bei dem er einen Fehler gemacht hatte. Einen Fehler, für den er schon zu lange mit Schuldgefühlen bezahlte.

Er holte Viv in dem kleinen gepflasterten Hinterhof des

355

Hauses ein. Sobald die Tür hinter ihm zugefallen war, stemmte Viv die Hände in die Hüften und starrte ihn mit hartem Blick an. »Was willst du hier, Joshua?«

»Maggie war auch meine Tochter«, erklärte er, indem er wiederholte, was er zu seiner Mutter gesagt hatte.

Sie rollte die Schultern zurück, wie er es bei den Boxern in New York gesehen hatte, die sich auf zwölf Runden im Ring vorbereiteten.

»Du hast nie auch nur das geringste Interesse an Maggie gezeigt. Du hast nie geschrieben oder angerufen. Nichts.«

»Du hast mir gesagt, ich soll mich fernhalten«, gab er zurück.

Er sah, wie ihr Kiefer arbeitete und sie versuchte, ihren Zorn auf ihn mit der Wahrheit zu vereinbaren.

»Du hast mich im Stich gelassen«, erklärte sie.

»Ich wollte dich nachholen. Wir hätten zusammen in New York leben können«, protestierte er.

»Tu doch nicht so, als hätten Maggie und ich je eine Rolle bei deiner Entscheidung gespielt.«

»Ich schwöre —«

»Du hast dich nicht mal damit aufgehalten, mich zu fragen, was ich wollte, Joshua. Du hast eine Gelegenheit gesehen, zu kriegen, was du wolltest, und hast sie genutzt«, erklärte sie.

Er öffnete den Mund und schloss ihn wieder. Sie hatte recht, und die Wahrheit ihrer Worte verschlug ihm die Sprache. »Ich dachte, du würdest es verstehen«, sagte er schließlich. »Du hast dich so für meine Musik begeistert.«

»Ich war achtzehn Jahre alt und habe für einen Jungen geschwärmt, den ich gerade erst kennengelernt hatte!«, schrie sie.

»Und ich war auch ein naiver Junge, aber jetzt versuche ich, das Richtige zu tun.«

»Das Richtige wäre gewesen, zu mir zu halten, bei mir zu bleiben, wie du es versprochen hattest«, stieß sie hervor.

»Ich kann mich nicht genug für das entschuldigen, was ich getan habe«, sagte er.

»Bereust du es?«, fragte sie.

Nein. Er hätte es fast ausgesprochen, doch er bremste sich. Er bereute, dass er ihren Zorn nicht ignoriert und kein Geld geschickt hatte. Er bedauerte, das Kind, um das jetzt seine ganze Familie trauerte, nie kennengelernt zu haben. Es tat ihm leid, sie verletzt zu haben. Aber was er nie bereuen würde, war, fortgegangen zu sein. Er besaß Talent, das unter der Last seiner Verpflichtungen hier verkümmert wäre. Er mochte es nicht geschafft haben, ein berühmter Musiker zu werden und in der Swing Street als Headliner aufzutreten, aber wenn er nie weggegangen wäre, hätte er nie erfahren, was er konnte. Die Reue darüber hätte ihn bei lebendigem Leib aufgefressen.

Die Sekunden vergingen. Schließlich hob Viv die Hände. »Weißt du was, Joshua? Es ist mir eigentlich egal.«

Viv

Viv hätte nie geglaubt, ihren abtrünnigen Ehemann je wiederzusehen. Irgendwann während ihrer Schwangerschaft hatte sie aufgehört, sich zu fragen, ob es anders hätte kommen können, ob sie sich verlieben und ein glückliches Leben hätten führen können, wenn sie nur zusammen gewesen wären. Dann, als Maggie ungefähr ein halbes Jahr alt gewesen war, war sie aufgewacht, und ihr war klar geworden, dass sie seit Tagen nicht an Joshua gedacht hatte.

Als er jetzt vor ihr stand, erkannte sie, dass sie nichts von diesem Mann erwartete. Er war ein Name auf einer Heiratsurkunde. Etwas, das sie an eine Dummheit aus der Vergangenheit fesselte. Nichts weiter.

»Früher war ich wütend auf dich, jeden einzelnen Tag, aber jetzt tust du mir nur leid«, erklärte sie langsam. »Du wirst deine Tochter nie kennenlernen. Nie wirst du ihr Gesicht sehen, wenn sie morgens aufwacht, oder den weichen Duft ihres Haars riechen, wenn sie gebadet hat. Du wirst sie nie singen hören oder spielen sehen. Du wirst sie nie in den Armen halten und sie trösten, wenn sie weint. Du hättest der Vater eines unglaublichen kleinen Mädchens sein können, das zu einer unglaublichen Frau herangewachsen wäre. Unser Leben – *ihr* Leben – hätte anders verlaufen können, und jetzt wirst du den Rest deines Lebens damit zurechtkommen müssen, dass du all das aufgegeben hast.«

»Du hasst mich wirklich, stimmt's?«, fragte er.

Sie gab keine Antwort.

»Ich versuche, Wiedergutmachung zu leisten, Viv. Sobald der Krieg ausbrach, bin ich auf ein Schiff gestiegen. Ich habe mich freiwillig gemeldet. Ich versuche, auf gewisse Weise die Fehler, die ich gemacht habe, wieder auszugleichen. Zählt das nicht auch?«

Sie neigte den Kopf leicht zur Seite und ließ sein Gesicht auf sich wirken. Trotz seiner halb verheilten Verletzungen sah er immer noch gut aus. Es war nicht schwer, zu erkennen, warum sie bei diesem Tanz vor so vielen Jahren auf ihn aufmerksam geworden war und warum sich das so einfach angefühlt hatte. Er war ein attraktiver Mann gewesen, der sie hatte ausführen wollen. Er war anders als all die Jungs aus dem Viertel gewesen, was ihn ein wenig spannender gemacht hatte, und er hatte sich für sie interessiert wie niemand sonst. Und jetzt schaue man sich an, was ihr das eingebracht hatte.

»Wenn du glaubst, ich würde dir verzeihen, weil du versucht hast, dich in einem Flugzeug abschießen zu lassen, dann hast du noch viel zu lernen, Joshua. Sieh zu, dass du diesen Krieg für deine Eltern und Rebecca überlebst. Sie sind gute Menschen. Besser, als du es verdienst.«

»Ich weiß«, flüsterte er.

»Du kannst deiner Mutter dafür danken, dass sie mir erlaubt hat, die letzten Tage hier zu übernachten. Heute Abend gehe ich zurück in meine Wohnung.«

Er wirke verwirrt. »Deine Wohnung? Kommst du wieder?«

Viv stellte fest, dass trotz ihrer Trauer dieselbe Entschlossenheit in ihr aufstieg, die ihr Mut geschenkt hatte, als sie ihren Eltern gesagt hatte, dass es ihr reichte. Sie lernte, ihr Leben in die Hand zu nehmen und ihre eigenen Entscheidungen zu treffen. Auf keinen Fall würde sie sich von diesem Mann verschrecken lassen, der einen so langen Schatten über ihr Leben geworfen hatte.

»Die Shiva dauert noch zwei Tage, oder?«, fragte sie.

»Ja«, entgegnete er.

»Bitte sag deinen Eltern, dass ich morgen um acht wiederkomme.«

»Willst du, dass ich gehe?«, fragte er.

»Du hast immer genau das getan, was du willst. Warum solltest du es jetzt anders machen?«

Ein geschlagener Ausdruck trat in seinen Blick, und ein hässlicher, kleinlicher Teil von ihr freute sich darüber.

»Viv«, krächzte er.

Sie wandte sich zum Haus um, doch ehe sie ging, warf sie noch einen Blick über die Schulter. »Du wolltest wissen, ob ich dich hasse. Nein. Die Wahrheit ist, dass ich gar nichts für dich empfinde – überhaupt nichts –, und genau das hast du verdient.«

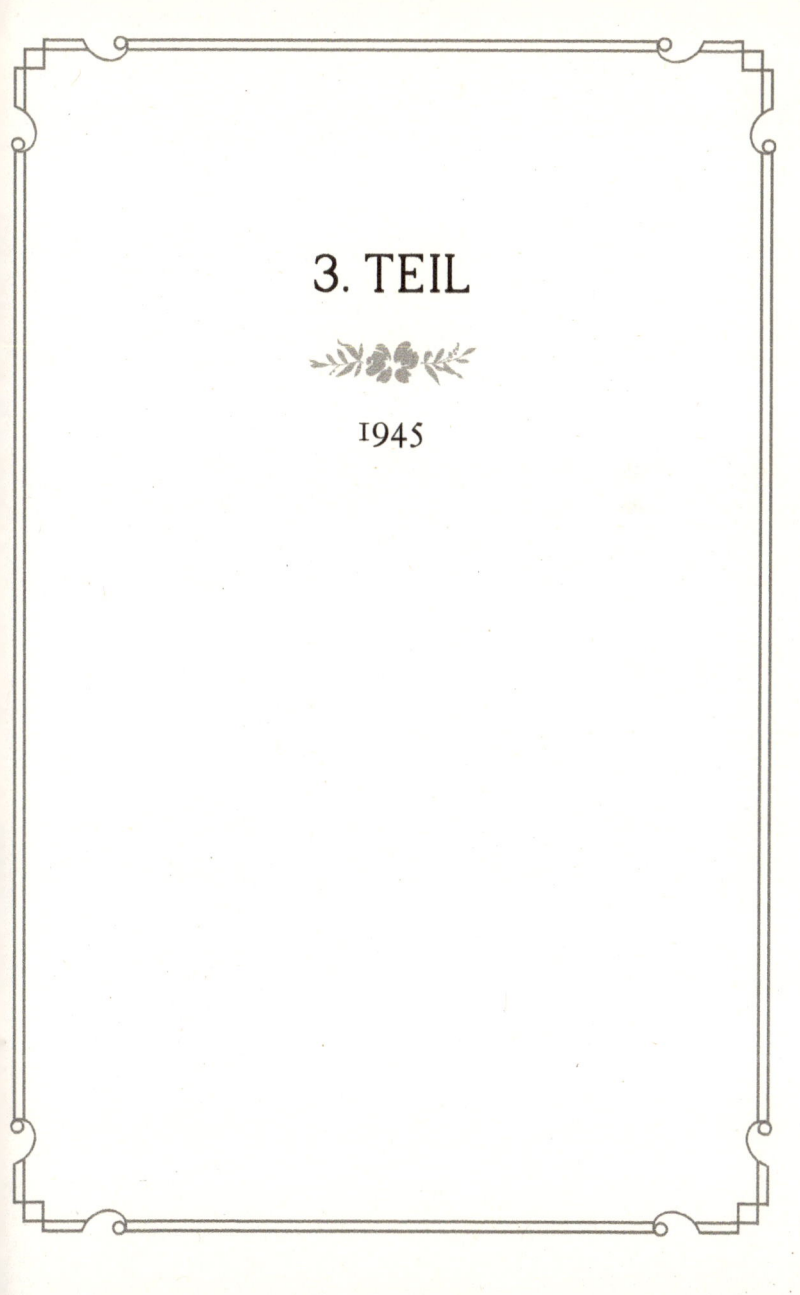

3. TEIL

1945

Viv

8. Mai 1945

Liverpool war wie berauscht vor Freude.

Viv musste unwillkürlich lächeln, als sie sich durch die Menge schob, die die Bar in dem Pub nahe dem Zustellpostamt Südost umgab.

»In dem Tempo kriegen wir nie etwas zu trinken!«, schrie Betty über den Radau der Feiernden und die Kirchenglocken hinweg, die überall in der Stadt den ganzen Tag läuteten.

»Komm!«, rief Vanessa und quetschte sich an Viv vorbei in eine winzige Lücke an der Theke aus poliertem Holz. Dabei rempelte Vanessa einen uniformierten Mann an, der den Streifen eines Lance Corporal am Arm trug. Er grinste und küsste Vanessa dann blitzschnell auf die Wange.

»Hey!« Viv streckte ruckartig den Arm aus, um den Mann aufzuhalten, doch ihre Freundin lachte nur.

»Ich war in Frankreich und Deutschland und habe seit fünf Monaten kein hübsches Gesicht mehr gesehen«, gab der Mann leicht lallend zurück.

»Alles gut, Viv.«, sagte Vanessa und warf dem Lance Corporal ein reizendes Lächeln zu. »Willkommen zu Hause, Soldat.«

Die Männer um sie herum brachen in Jubelschreie aus, und sogar Vivs Lächeln wuchs sich zu einem Grinsen aus. Der Krieg in Europa war vorbei. Im Pazifik wurde zwar noch gekämpft, aber zum ersten Mal hatte man in Großbritannien das Gefühl, wieder durchatmen zu können.

VE-Day nannten sie ihn, den Tag der Befreiung – Sieg in Europa – und was für ein Sieg!

»Was soll es sein, Ladys?«, fragte der Barkeeper, während der Lance Corporal Viv und Vanessa Platz machte.

»Einen Shandy für mich!«, schrie Betty über ihre Schultern hinweg.

»Und für mich auch«, sagte Rose.

Vanessa warf Viv einen Blick zu, die nickte.

»Vier Shandys, bitte«, sagte Vanessa.

Während der Barmann ihre vier Gläser Bier mit Limonade einschenkte und Viv sich umdrehte, um bei ihren Postkolleginnen das Geld einzusammeln, blickte sich Vanessa um.

»So sieht also die Bar in einem Pub aus. Ich war noch nie in einer. Immer nur im Gastraum«, erklärte Vanessa.

»Ich kann mir vorstellen, dass hier heute zehnmal mehr Menschen als sonst sind«, meinte Viv und reichte die Getränke, die der Barmann zubereitet hatte, nach hinten durch.

»Die feuchte Luft ruiniert mir noch die Haare«, jammerte Rose, sobald sie ihr Biergemisch in den Händen hielt.

»Dann gehen wir eben nach draußen!«, schrie Vanessa.

Die Postbotinnen traten hinaus ins Freie und sogen begierig frische Luft und Sonnenschein ein.

»So ist es besser«, seufzte Rose und warf den Kopf zurück.

»Wir sollten einen Toast ausbringen«, meinte Betty.

»Worauf?«, fragte Vanessa.

»Auf die Frauen der Auslieferungsstelle Südost«, sagte Viv.

»Und alle, die wir verloren haben«, ergänzte Vanessa leise und lehnte sich sachte gegen Viv, während sie an ihrem Shandy nippte.

Viv schloss die Augen, nickte aber.

»Kommt schon, ich will herumlaufen«, sagte Rose.

»Du willst flirten«, meinte Betty.

Rose grinste. »Kannst du mir das verübeln? Ich muss einen ganzen Krieg ohne Flirten wettmachen.«

Betty schnaubte. »Als hätte der Krieg dich davon abgehalten.«

Während ihre Freundinnen aufbrachen und dabei wie üblich zankten, gingen Vanessa und Viv im selben Takt einen oder zwei Meter hinter ihnen her.

»Es ist schwer, nicht wahr?«, fragte Vanessa nach kurzem Schweigen.

»Ja«, sagte Viv, die genau wusste, was ihre Freundin meinte.

»Ich wünschte, meine Brüder könnten wieder nach Hause kommen«, meinte Vanessa. »Jedes Mal, wenn an der Haustür ein Geräusch zu hören ist, unterbricht sich Mum bei allem, was sie gerade tut. Ich schwöre, sie lauscht nach ihnen und denkt, dass sie gleich hereinplatzen.«

»Tut mir leid, dass das nicht passieren wird«, sagte Viv und erinnerte sich nur zu gut an die beiden grauenhaften Tage, an denen Vanessa erfahren hatte, dass zwei ihrer Brüder gefallen waren. Zwischen beiden Schreckensnachrichten hatte nur ein Monat Abstand gelegen.

Viv hatte immer geglaubt, das Schwierigste daran, jemanden zu verlieren, würde der brennende Schmerz sein, der die Nachricht von dessen Tod begleitete. Sie hatte sich geirrt. Das Schlimme war die nie versiegende Trauer, die nur in den Hintergrund trat, aber nie verging.

Es gab keinen Tag, an dem Viv nicht an Maggie dachte. Nachdem sie mit den Levinsons Shiva gesessen hatte, war sie wieder zur Arbeit in der Auslieferungsstelle gegangen, weil sie den Gedanken nicht ertrug, allein zu sein. Es half ihr, in ihrer Wohnung im ersten Stock von Mrs. Shannons Haus zu leben und ein paarmal die Woche mit ihr zu Abend zu essen, doch sogar heute noch fürchtete Viv den Moment, in dem sie sich in ihr Schlafzimmer zurückzog. Dann drückten die Stille und die Trauer sie nieder, und sie fragte sich, ob sie den nächsten

Morgen erleben würde. Doch sie wachte jeden Morgen auf und brachte den nächsten Tag hinter sich. Sie wusste sich nicht anders zu helfen. Konnte nur so überleben.

»Was machst du jetzt?«, fragte Vanessa und trat zurück auf die Straße, nachdem Betty und Rose stehen geblieben waren, um mit einer Frau zu plaudern, die auf Roses Route wohnte. »Bleibst du im Zustellpostamt?«

»Ich weiß nicht. Ich habe mir nie wirklich erlaubt, über das Kriegsende nachzudenken«, gestand Viv.

»Selbst nach der Befreiung von Paris nicht?«, fragte Vanessa ungläubig.

Viv lächelte ihr leise zu. »Es kam mir zu schön vor, um wahr zu sein.«

»Du könntest im Zustellpostamt bleiben. Mr. Rowan hat gesagt, er will die Postbotinnen behalten, solange die Post es erlaubt«, erklärte Vanessa.

»Da hat er seine Einstellung aus der Zeit vor dem Krieg aber gründlich verändert.«

»Wir könnten weiter Kolleginnen bleiben. Wäre das nicht toll?«, fragte Vanessa fröhlich.

Viv konnte nicht zustimmen. Nicht, weil ihr die Vorstellung nicht gefallen hätte. Ganz im Gegenteil. Vanessa war ihr inzwischen genauso eine gute Freundin geworden wie Kate oder Rebecca. Ihr Zögern hatte einen anderen Grund.

Vor drei Wochen hatte ihr Schwiegervater sie gefragt, was sie davon halten würde, ins Familiengeschäft einzusteigen.

Viv hätte nicht genau sagen können, an welchem Punkt sie begonnen hatte, sich wirklich als Teil der Familie Levinson zu fühlen, weil es so schleichend passiert war. Nach Maggies Tod hatten die Levinsons sie mit offenen Armen aufgenommen und sie nach ihrer Schicht am Mittwoch und am Shabbat zum Abendessen eingeladen. Bald wurde Viv klar, dass sie mehr

Freitage am Esstisch der Levinsons verbrachte als an dem von Mrs. Shannon. Am ersten Jahrestag von Maggies Tod hatten die Levinsons ihr erklärt, wie würden Maggies *Jahrzeit* begehen, um ihr Andenken zu ehren. Still hatte sie dagesessen, während Seth und Anne eine Kerze anzündeten und das Kaddisch für Maggie sprachen, dessen rhythmische Worte traurig, aber auch beruhigend wirkten. Viv hatte dabei nur einmal gefehlt, und zwar, als Rebecca sie beiseitegenommen und ihr erklärt hatte, dass sie Joshua erwarteten.

Sie hatte ihn seit Maggies Shiva nicht mehr gesehen und wollte auch, dass es dabei blieb. Schwierig war das nicht. Sobald er gesund genug war, um wieder fliegen zu können, hatte die Air Force ihn wieder in den Einsatz geschickt. Soweit sie das beurteilen konnte, bekam er selten genug Urlaub, um nach Wavertree und wieder zurück zur Basis zu fahren. Doch bei den wenigen Gelegenheiten, bei denen ihm das im Lauf der Jahre gelungen war, hatte sie sich höflich entschuldigt und war weggeblieben.

Es war eine gewollte Entfremdung, und glücklicherweise machte niemand eine Bemerkung darüber.

Wenn sie in Seths Laden arbeitete, wie ihr Schwiegervater es wollte, würde sie zugeben müssen, dass sie jetzt ein Teil von Joshuas Familie war, und das hieß, dass sie ihn vielleicht sehen müsste. Auf diese Möglichkeit fühlte sie sich noch nicht richtig vorbereitet, und sie hatte keine Ahnung, ob das irgendwann so sein würde.

»Keine Ahnung, was ich tun werde – ich weiß nur, dass ich es gründlich leid bin, über diesen Krieg nachzudenken«, erklärte Viv.

»Amen«, meinte Vanessa und stieß mit ihrem Glas gegen Vivs, während die Sonne strahlend auf sie herunterschien.

Joshua

24. Juni 1945

Joshua starrte den Demobilisierungsanzug an, der am Fuß-
ende seines Etagenbetts in der Kaserne des RAF-Stützpunkts
Uxbridge hing. Vor ein paar Tagen hatte man ihm für seine
fast sechs Jahre Dienst in der Royal Air Force gedankt und ihm
erklärt, er werde bald in sein Zivilleben zurückkehren. Heute
Morgen war die Entlassung offiziell geworden, und am Nachmittag hatte er Schlange gestanden, um seine Regierungszu-
teilung zu erhalten, die aus einem Anzug, Hemden, Unterwäsche, Regenmantel, Hut und Schuhen bestand. Nach so langer
Zeit in Uniform würde es eigenartig sein, das Air-Force-Blau
hinter sich zu lassen, Zivilkleidung anzuziehen und … was zu
tun?

Nach Jahren, in denen man ihm befohlen hatte, wo er was
zu tun hatte, wann er essen konnte oder wie viel Urlaub er bekommen würde, würde Joshua wieder sein eigener Herr sein.
Ein merkwürdig unbehaglicher Gedanke, bei dem er sich ausgesprochen haltlos fühlte.

Vielleicht sollte er nach New York zurückgehen. Er hatte
keine Ahnung, was ihn erwarten würde, wenn er mit dem Saxofon in der Hand im Famous Door oder im 21 Club auftauchen würde. Gerüchteweise hatte er gehört, dass einige der
Jungs, mit denen er gespielt hatte, in die USO eingetreten waren und als Truppenbetreuer auf Tour gingen. Doch so sehr er
es auch versuchte, er konnte sich nicht vorstellen, dass er sich
wieder in der New Yorker Szene einleben würde.

Vielleicht würde er in den Norden, nach Liverpool gehen

und eine Weile abtauchen. Falls der VE-Day ein Anzeichen gewesen war, dann waren die Menschen verzweifelt auf der Suche nach Unterhaltung, und eine der Tanzbands würde bestimmt in dem Maße, wie Männer vom Militär zurückkehrten, Musiker vorspielen lassen.

Doch wenn er nach Hause fuhr, war die Wahrscheinlichkeit groß, Viv zu begegnen.

Er war erstaunt gewesen, als Rebecca ein paar Monate nach dem Desaster bei Maggies Shiva in einem Brief erwähnt hatte, dass Viv weiter regelmäßig auf einen Tee bei Mum vorbeikam. Er hatte den Abschnitt zweimal gelesen und sich gefragt, ob seine Schwester ihn warnen wollte. Aber in Rebeccas Worten lag keine Kritik. Kein Zorn. Sie erklärte nur schlicht und einfach, dass Viv, seine Frau, jetzt Zeit mit seiner Familie verbrachte.

Er hatte sich innerlich darauf eingestellt, sie bei seinem nächsten Heimaturlaub zu sehen, doch die vier Tage waren vergangen, ohne dass er ihr begegnet war. Er hatte Mum gefragt, ob sie Viv in letzter Zeit gesehen habe. »Ach, Viv kommt vorbei, wenn sie kann«, hatte sie erwidert, aber keine Erklärung für ihre Abwesenheit geliefert.

Bei seinem nächsten Besuch war es genauso gewesen. Und beim übernächsten.

»Zeit für einen alten Freund?«

Joshua blickte auf und grinste. »Adam Schwartz! Wie zum Teufel geht's dir?«

»Besser, jetzt, da ich dich sehe«, sagte Adam und trat von der Tür der Stube weg, um ihm auf den Rücken zu klopfen.

»Ein bisschen später, und du hättest mich verpasst. Ich bin demobilisiert«, erklärte er.

»Zurück ins zivile Leben.«

»Was ist mit dir?«, fragte Joshua.

»Ich bleibe dabei. Alles, was ich von den Männern gehört habe, die Europa befreit haben ...« Adam verstummte.

Sie alle hatten die Geschichten gehört, die von den Truppen, die die Lager befreit hatten, durchgesickert waren. Von den Menschen, die halb tot und halb lebendig gewesen waren. Den Massengräbern. Juden, Slawen, politischen Dissidenten – allen möglichen Menschen, deren Leben die Nazis zerstört hatten.

Nach kurzem Schweigen räusperte sich Adam. »Ich habe eine Versetzung zu einer Ausbildungseinheit beantragt. Ich werde unterrichten. Ich bin nur gerade für ein paar Meetings in London, und um mir Wohnungen anzusehen. Meine Frau kommt zu mir.«

»Großartig«, meinte Joshua.

»Wie geht's Johnny?«, erkundigte sich Adam und strahlte gezwungen.

»Im letzten Brief, den ich von ihm erhalten habe, war er noch draußen in Kanada und hat dort Männer ausgebildet. Noch keine Nachricht, wann er nach Hause kommt«, sagte er.

»Wenn er zurück ist, gehen wir zusammen einen trinken. Egal wo«, meinte Adam.

»Das wird Johnny gern hören.«

»Hey, quakst du noch immer auf dem Saxofon?«, fragte Adam.

Joshua nickte. »Aber nicht mehr für die Kühe auf der Weide, hab mich hochgearbeitet.«

»Wie kommt's?«, fragte Adam.

»Ab und zu spiele ich für die Jungs in der Kaserne. Ich erfülle sogar Musikwünsche.«

Adam schaukelte auf den Hacken. »Sicher, dass das ein Fortschritt ist?«

Er prustete vor Lachen. »Wahrscheinlich nicht. Warum fragst du?«

»Hast du heute Abend etwas vor?«, erkundigte sich Adam und ignorierte seine Frage.

Joshua schüttelte den Kopf. »Ich habe aber einen Passierschein, um die Basis zu verlassen. Ich wollte versuchen, mir ab morgen eine Bleibe zu suchen.«

»Vergiss es. Komm mit mir in den Club auf der Basis«, sagte Adam.

Er lachte. »Ich habe seit Jahren nichts anderes als die Cafeterias auf der Basis gesehen, Kumpel.«

»Komm in den Club auf dem Stützpunkt. Ich möchte dich jemandem vorstellen.«

Joshua runzelte die Stirn. »Wem?«

Adams Lächeln nahm einen listigen Ausdruck an. »Wirst du schon sehen.«

Ein paar Stunden später betrat Joshua den Laden auf dem Stützpunkt. Er war von Luftwaffenhelferinnen eingerichtet worden und wurde von ihnen im Schichtdienst betrieben, und an den Tischen konnten männliche und weibliche Angehörige der Truppen sich bei einem heißen Getränk entspannen. Es war alles andere als ein Pub, aber das Einzige, was einem Soldaten blieb, wenn er auf der Basis festsaß und keinen Ausgang hatte.

Joshua ließ den Blick durch den Raum schweifen und entdeckte Adam auf der anderen Seite der Menge. Er saß mit einem Mann zusammen, der eine Brille mit Drahtgestell trug. Als er den Raum durchquerte, stand Adam halb von seinem Platz auf.

»Joshua, das ist Flight Lieutenant Hal Greene«, erklärte Adam.

Joshua schüttelte dem Mann die Hand und war sich deutlich bewusst, dass Hal ihn musterte, während er sich hinsetzte.

»Schwartz erzählt mir, heute ist dein letzter Abend bei der Air Force«, meinte der Lieutenant.

»Richtig.«

»Wenn das so ist, kannst du mich ruhig Hal nennen. Du bist Musiker?«

»Ich war es, vor dem Krieg«, erklärte er.

»Joshua hat in New York gespielt. Er war bei einigen der besten Bands dort«, sagte Adam.

Hal neigte den Kopf zur Seite, und Joshua straffte fast unmerklich die Schultern. Er konnte das Gefühl nicht abschütteln, in ein Vorstellungsgespräch gestolpert zu sein.

»Bist du dabeigeblieben, während du gedient hast?«, fragte Hal.

Joshua verschränkte die Arme. »Wieso willst du das wissen?«

Aus dem Augenwinkel sah er, wie Adam zwischen Hal und ihm hin- und herblickte. »Hal gehört zu den Squadronaires.«

Bedächtig nickte Joshua. Die Squadronaires waren die Band, die die Air Force aufgestellt hatte, um die Truppen zu unterhalten und die Kampfmoral zu stärken – dieselbe, die der Rekrutierungsoffizier ihm gegenüber erwähnt hatte, als er sich 1939 freiwillig gemeldet hatte.

»Was spielst du?«, erkundigte sich Joshua.

»Trompete«, sagte Hal und verschränkte genau wie er die Arme. »Ich werde bald demobilisiert und stelle gerade etwas zusammen. Eine Combo. Fünfteilig. Trompete, Saxofon, Posaune, Klavier, Schlagzeug. Ich bin noch auf der Suche nach einem Saxofon. Als ich Schwartz davon berichtet habe, hat er von dir erzählt.«

»Joshua wäre perfekt«, meinte Adam.

»Bietest du mir etwa einen Job an?«, fragte Joshua und weigerte sich noch, sich von der Begeisterung seines Freunds anstecken zu lassen.

Zum ersten Mal, seit er sich gesetzt hatte, lächelte Hal. »Ich biete dir eine Gelegenheit zum Vorspielen an, wenn du noch zwei Wochen Zeit hast.«

Joshua dachte daran, wie oft er schon an diesem Punkt gewesen war. Wollte er wirklich ein Risiko bei einem Mann eingehen, der ihn nicht einmal kannte? Er sollte auf ein Schiff steigen und nach New York fahren, wo er wenigstens ein paar Kontakte hatte. Oder nach Liverpool, wo vielleicht einer seiner alten Bandleader noch spielte.

»Was ist der Plan?« Er konnte sich die Frage trotzdem nicht verkneifen.

Hal nickte. »Ich habe Beziehungen zu einem Club in SoHo. Wir würden Ende Juli ein einmonatiges Engagement starten. Vorher proben wir drei Wochen, um sicherzugehen, dass die Chemie stimmt. Gehen ein paar Arrangements durch. So etwas. Im Club wollen wir dann einiges Material austesten, und dann –«, Hals Augen funkelten, »gehen wir ins Studio.«

Das zog Joshuas Aufmerksamkeit auf sich. Er war schon als Backgroundmusiker in einem Studio gewesen, aber bei diesen Jobs war er immer einer von über einem Dutzend gewesen. Wenn die Aufnahme vorbei war, hatte der Manager der Band oder ein Vertreter der Plattenfirma ihn bezahlt und seiner Wege geschickt. Eine Combo wäre etwas ganz anderes. Bei nur fünf Instrumenten könnte er sich abheben. Er würde Solos spielen können. Sein Name würde mit im Plattentext stehen. Er würde sich nirgendwo verstecken können.

Genau das hatte er sich immer gewünscht. Das war der Schritt, den er in New York nie geschafft hatte.

Er holte tief Luft. »Sag mir, wo und wann, und dann sehen wir uns.«

Viv

An einem der seltenen Samstage, an denen sie beim Zustell-postamt freihatte, saß Viv auf dem Sofa und las einen Roman, als es an der Tür klopfte, die ihre Wohnung von Mrs. Shannons Zimmern im Erdgeschoss trennte.

»Telefon für Sie, Mrs. Levinson!«, rief die ältere Dame.

»Danke, Mrs. Shannon!«

Viv legte ihr Buch beiseite und streckte die Beine aus, die sie unter den Körper geschoben hatte. Dann schlüpfte sie in ihre Hauschuhe. Sie zeigten langsam ihr Alter, doch angesichts der Kleidungsrationierung mussten sie mindestens bis zum Ende des Jahres halten.

Sie ging die knarrende Holztreppe hinunter. Viv genoss die Gesellschaft ihrer Vermieterin, doch sie legte auch Wert auf ihre Privatsphäre. Über diesen Luxus hatte sie gar nicht nach-gedacht, als sie aus dem Haus ihrer Eltern ausgezogen war, aber sie konnte es sich kaum noch anders vorstellen.

Im Flur nahm sie den Telefonhörer. »Mrs. Levinson am Ap-parat.«

»Vivie.«

Sie lächelte. »Kate. Ich hätte gedacht, dass du um diese Zeit am Vormittag noch bis zu den Ellbogen im Spülwasser steckst.«

Ihre Schwester lachte. »Ob du es glaubst oder nicht, ich lasse Will und Colin abwaschen.«

»Ein Fünfzehnjähriger und ein Vierzehnjähriger sind verant-wortlich für Dinge, die zerbrechen könnten? Du bist mutiger, als ich dachte«, meinte Viv.

»Wir werden sehen, ob es mir später leidtut«, erwiderte Kate.

»Grüß sie lieb von mir. Cora auch«, sagte Viv.

»Du könntest am Sonntag zum Familienessen vorbeikommen«, schlug Kate vor. Ihre Stimme klang hoffnungsvoll.

»Werden Mum und Dad auch dabei sein?«

Ihre Schwester seufzte. »Das weißt du doch, Vivie.«

»Tut mir leid, Kate. Ich bringe das einfach nicht fertig.«

Seit dem schrecklichen Tag, an dem ihre Mutter in Wavertree aufgetaucht war, hatte Viv ihre Eltern kaum gesehen. Bei den wenigen Gelegenheiten, bei denen sie gezwungen gewesen war, in der Gesellschaft ihrer Eltern zu sein – für gewöhnlich von Kate eingefädelt, die sich trotz ihres Verständnisses immer noch verzweifelt nach familiärer Harmonie zu sehnen schien –, hatte Mum Viv vollständig ignoriert. Dad hatte einfach mit glasigem Blick ins Leere gestarrt – nicht, dass das bei ihm etwas völlig Neues gewesen wäre.

Ihr war das alles nur recht. Sie hatte ihrer Mutter nie verziehen, dass sie Maggies Tod als Gottes Willen abgetan hatte, und ihre Eltern hatten ihr nicht vergeben, dass sie sich von der Kirche abgewandt hatte. Sie steckten in einer Sackgasse, und keine Partei schien zum Nachgeben geneigt zu sein.

»Ich weiß, aber ich muss trotzdem fragen. Hast du heute Morgen schon die Zeitung gesehen?«, fragte Kate.

»Nein.«

»Pater Monaghan ist gestorben«, erklärte Kate.

»Tut mir leid zu hören«, sagte Viv vorsichtig, da sie wusste, wie wichtig der Priester ihrer Schwester war.

»Heute Morgen stand ein Nachruf drin. Hör dir das an.« Am anderen Ende der Leitung hörte sie Zeitungspapier knistern, und Kate begann vorzulesen:

Pater Brian Monaghan von der Gemeinde Our Lady of Angels ist Dienstag im Alter von vierundsechzig Jahren an einem Schlaganfall verstorben.

Pater Monaghan, der in Manchester geboren und am Oscott College ausgebildet wurde, war ein langgedienter Priester und eine Säule des Gemeinwesens von Walton. Viele dort werden sich an sein Mitgefühl und seine Fürsorge für seine Gemeindemitglieder erinnern.

Die Aufbahrung, die gestern begonnen hat, wird heute fortgesetzt. Er wird am Montag, dem 2. Juli, um zehn Uhr, beigesetzt.«

»Da ist Mum sicher am Boden zerstört«, sagte Viv und gab sich große Mühe, nachsichtig zu sein.

»Ja«, erwiderte Kate vorsichtig, wobei sie das Wort in die Länge zog. »Aber deswegen habe ich nicht angerufen. Ich gehe am Montag zur Beerdigung. Ich finde, du solltest mitkommen.«

Viv ließ fast den Hörer fallen. »Machst du Witze?«

»Ich finde, du solltest hingehen. Du musst dich verabschieden«, meinte Kate.

»Warum sollte ich mich von diesem Mann verabschieden? Er hat dazu beigetragen, mich zu überreden, meine Tochter in den Tod zu schicken.«

»Weil du, wenn du Pater Monaghan das immer noch nachträgst, immer noch dir selbst die Schuld gibst.«

Das machte sie sprachlos.

»Es ist Zeit, loszulassen, Vivie«, sagte Kate mit sanfter Stimme.

»Behauptest du, ich soll alles hinter mir lassen?«

»Nein, du wirst Maggie nie vergessen. Aber du musst wieder anfangen zu leben«, sagte Kate.

»Ich lebe. Ich habe meine eigene Wohnung. Ich arbeite. Ich habe Freundinnen«, erklärte sie.

»Du bist nicht glücklich, Vivie.« Kate tat einen tiefen Atemzug, der klang, als müsste sie Mut fassen. »Und ich glaube nicht, dass es nur an Maggie liegt. Seit deiner Hochzeit warst du nicht mehr richtig glücklich.«

Die Worte ihrer Schwester trafen sie mitten ins Herz. Sie hatte für ihre Tochter gelebt und sie mit einer Heftigkeit geliebt, von der Viv nicht einmal geahnt hatte, dass so etwas möglich war. Doch seit sie damals herausgefunden hatte, dass sie schwanger war, waren Sorglosigkeit und Fröhlichkeit vollständig aus ihrem Leben verschwunden. Sie hatte überlebt, nicht gelebt, bis das alles geworden war, was sie kannte.

»Ich höre dich kaum noch lachen, nur noch, wenn du mit meinen Kindern zusammen bist«, sagte Kate. »Du gehst zur Arbeit und kommst nach Hause, aber sonst unternimmst du kaum etwas. Es ist, als würdest du schlafwandeln.«

»Wir hatten Krieg …«

»Und jetzt ist der Krieg vorbei. Du hast keine Ausrede mehr«, hielt Kate dagegen.

»Und du glaubst, es hilft, wenn ich zu Pater Monaghans Beerdigung gehe?«, fragte sie skeptisch.

»Ich finde, es kann nicht schaden.« Viv gab keine Antwort. »Komm wenigstens heute mit mir zur Aufbahrung«, setzte ihre Schwester hinzu. »Nimm Abschied, und schließ mit diesem Kapitel deines Lebens ab.«

Viv kniff sich fest in den Nasenrücken. Sie wollte nicht. Sie wollte nichts mehr mit dem Mann oder mit ihrem alten Leben in Walton zu tun haben, aber sie war auch müde. So furchtbar müde.

»Maggie wird immer dir gehören, Vivie. Nichts wird je etwas daran ändern.«

»Na schön. Ich komme zu der Aufbahrung, aber du musst mir versprechen, dass wir gehen können, wenn ich das Gefühl habe, es wird mir zu viel. Und ich habe nicht vor, für die Seele dieses Mannes zu beten.« Sie hatte seit Jahren nicht gebetet und würde bestimmt nicht für Pater Monaghan wieder damit anfangen.

»Mir reicht es schon, wenn du dich stark genug fühlst, um bis zur Kirchentür zu gehen«, meinte Kate.

»Wenn du es versprichst …«

»Ich verspreche es, Vivie. Ich verspreche es.«

Viv zupfte am Bündchen ihres einfachen schwarzen Baumwollhandschuhs und blickte zu der imposanten Fassade der Kirche auf, in der sie als Kind und Jugendliche jeden Sonntagmorgen verbracht hatte. Sogar im Krieg hatte Our Lady of Angels sich kein bisschen verändert. Gleich weiter unten an der Straße klaffte eine Lücke, wo einst drei Reihenhäuser gestanden hatten, die innerhalb einer Sekunde von einer Bombe vernichtet worden waren. Krankenhäuser, Läden, Schulen – sogar ein Gefängnis – waren den Angriffen der Luftwaffe zum Opfer gefallen. Manchmal hatte man das Gefühl, die halbe Stadt wäre nicht mehr da, doch Our Lady of Angels hatte überdauert. Der Gedanke brachte Viv aus der Fassung.

Ein paar schwarz gekleidete Gemeindemitglieder standen draußen beisammen, und sie musterte die Gesichter, um festzustellen, ob sie jemanden kannte. Jeder würde sie verurteilen, weil sie hergekommen war.

»Es wird alles gut«, sagte Kate und legte ihr eine Hand auf den Arm.

»Ich weiß nicht, ob das so eine gute Idee war«, flüsterte sie.

»Das wird schon werden«, beteuerte ihre Schwester und lächelte ihr verhalten zu, während sie ihren schwarzen Hut zurechtrückte. »Es ist bloß eine Kirche.«

Viv erwiderte nichts und zupfte an dem schmalen Rock

ihres schwarzen Kleids herum. Sie kam sich wie eine Hochstaplerin vor – in Trauerkleidung wegen eines Mannes, den sie geachtet, gefürchtet und dann verabscheut hatte.

»Wir gehen nur hinein, erweisen unseren Respekt und gehen dann wieder. Nichts weiter«, gelobte Kate.

Viv schluckte. »Bringen wir es hinter uns.«

Kate streckte ihr die Hand entgegen, und zusammen gingen die Schwestern hinein.

Leise, gedämpfte Orgelmusik erfüllte das Kirchenschiff und mischte sich mit dem Schniefen einiger Frauen, die Taschentücher umklammerten. Vor dem hoch aufragenden Altar stand ein Sarg auf einem Podest, dessen Sockel von einer weißen Satinrüsche umgeben war. Große Vasen auf beiden Seiten des Altars quollen vor weißen Lilien über. Im linken Gang der Kirche stand eine Schlange von Menschen, die darauf warteten, ihren Respekt zu erweisen, und weitere saßen in den Bänken aus poliertem Holz. Rechts von ihnen sah Viv Anteilnehmende, die die Köpfe beugten, während sie sich ins Kondolenzbuch eintrugen.

»Ich stelle mich in die Schlange«, erklärte Kate.

Vivians Blick huschte wieder zu dem Sarg. Kate ging darauf zu, doch sie selbst blieb wie angewurzelt stehen, wo sie war. Sie konnte sich nicht zwingen, die Füße in Bewegung zu setzen. Sie konnte nicht so tun, als ob.

Kate sah zurück und eilte dann an ihre Seite.

»Tut mir leid, ich kann nicht«, flüsterte Viv hörbar und zog damit die Aufmerksamkeit einer Frau am Ende der Schlange auf sich.

Kate drückte ihre Hand. »Warum setzt du dich nicht? Ich brauche nicht lange.«

Sie schaute zu, wie ihre Schwester sich in der Schlange einreihte. Die Frau, die sie beobachtet hatte, musterte Kate von oben bis unten und sah dann wieder zu Viv. Kate zog eine finstere Miene, und die Frau wandte ruckartig den Kopf ab, während die Schlange langsam vorrückte.

Viv glitt in eine der Bänke und erinnerte sich nur zu gut daran, wie sie einst Trost in diesem lichterfüllten Raum gefunden hatte. Sie wusste noch, wie die weißen Säulen, die den Mittelgang vom Kirchenschiff trennten, während der Weihnachts- und Ostermesse nachts leuchteten. Und wenn sie die Augen schloss, sah sie in ihrer Erinnerung immer noch die Szenen und die Heiligen auf den Buntglasfenstern vor sich, die in die Mauern eingelassen waren. Hier hatte sie Hochzeiten, Beerdigungen und Taufen besucht. Die Kirche war das Zentrum ihres Familienlebens gewesen, das Zentrum ihres Viertels, aber an dem Tag, an dem ihre Tochter gestorben war, hatte sie alldem den Rücken gekehrt.

Doch als sie sich jetzt in der Kirche umschaute, wurde ihr klar, dass ihre Entscheidung vielleicht doch nicht so plötzlich gekommen war. Ihre Frömmigkeit hatte nie in Zweifel gestanden, bis sie schwanger geworden war, doch dann hatte die Scham einen Keil zwischen sie und ihren Glauben getrieben. Ihre Schwangerschaft hatte sie auf eine Art als Sünderin abgestempelt, wovon auch ihre übereilte Hochzeit sie nicht ganz hatte freisprechen können, und tief im Herzen war sie selbst davon überzeugt gewesen, dass sie irgendwie mit einem Makel behaftet war. Dann war Maggie zur Welt gekommen – die wunderschöne, süße Maggie, die alles verändert hatte.

Ihre Tochter war ein entzückendes Kind gewesen, charmant und lebhaft. Sie anzusehen hatte sich jeden Tag angefühlt, als erlebte man ein Wunder. In dieser ersten Zeit hatte Viv begriffen, dass ein Kind ein Segen und keine Sünde war.

Das war der erste Bruch in ihrem Verhältnis zur Kirche gewesen, doch diese Risse hatten sich verbreitert und zu Abgründen aufgetan, als die Bombe auf Beam Cottage gefallen war und ihre Tochter das Leben gekostet hatte. An diesem Tag war Vivs Glaube unwiderruflich in tausend Stücke gebrochen.

Mit einem Mal fühlte es sich verkehrt an, in der Kirche zu sitzen. Sie räusperte sich, stand auf und ging seitwärts die Bank entlang bis zum rechten Gang. Sie würde im Namen ihrer Schwester das Kondolenzbuch unterzeichnen und dann draußen auf sie warten.

Viv griff nach dem Füllfederhalter, der über dem Buch in einem hölzernen Ständer steckte, und kritzelte rasch Kates Namen hinein. Ihren eigenen würde sie nicht hinterlassen. Niemand brauchte zu wissen, dass sie hier gewesen war.

Wenn sie später darüber nachdachte, würde sie nicht erklären können, warum sie auf die Idee kam, in den Seiten zu blättern, statt hinauszugehen. Vielleicht brauchte sie eine Ablenkung. Oder sie wollte sichergehen, keine Aufmerksamkeit auf sich zu ziehen, indem sie zu schnell ging. Was immer der Grund war, Viv blätterte in dem Buch ein paar Seiten zurück.

Die meisten Leute hatten nur einen Namen hinterlassen, doch einige hatten Nachrichten verfasst, in denen sie zum Ausdruck brachten, wie sehr Pater Monaghans Verlust sie berührt hatte. Sie überflog sie und blätterte dabei gedankenverloren immer weiter zurück. Dann hielt sie inne, und ihre Augen weiteten sich. Mitten auf einer der Seiten stand ein Eintrag:

Mr. und Mrs. Matthew Thompson und Miss Margaret Thompson

Viv taumelte rückwärts und stieß gegen eine kleine Frau mit drahtigem grauem Haar und runden Schultern.

»Es … es tut mir sehr leid«, brachte sie heraus.

»Schon gut, meine Liebe. Aufbahrungen sind nicht leicht zu ertragen«, sagte die Frau, in deren Stimme wie bei so vielen Einwohnern von Liverpool immer noch die leise Andeutung eines irischen Akzents durchklang. »Kannten Sie Pater Monaghan gut?«

»Er war mein Gemeindegeistlicher, als ich klein war«, antwortete sie automatisch, denn in ihrem Kopf überschlug sich immer noch alles. Es könnte eine andere Margaret Thompson sein. So ungewöhnlich war der Name nicht. Aber zusammen mit einem Mr. und einer Mrs. Matthew Thompson?

Aber das war verrückt. Die Thompsons waren bei dem Bombenangriff ums Leben gekommen. Sie hatte das Trümmerfeld mit eigenen Augen gesehen. Niemand hätte die Zerstörung von Beam Cottage überleben können, das wusste sie ganz genau.

Aber was, wenn es doch nicht wahr war?

»Fühlen Sie sich nicht wohl, meine Liebe?«, fragte die ältere Frau.

»Sind Sie schon lange hier?«, fragte Viv.

Vivs dringlicher Ton schien die Frau zu alarmieren. »Den ganzen Morgen, und gestern Abend bei der Totenwache, und das gehört sich auch so. Ich war fünf Jahre lang Pater Monaghans Haushälterin. Mrs. O'Leary.«

»Kennen Sie viele der Menschen, die gekommen sind, um ihm ihren Respekt zu erweisen?«

»Die meisten. Ich war nicht so lange im Dienst wie Mrs. Summers, die vor mir für Pater Monaghan und die anderen Geistlichen gearbeitet hat, aber ich habe mich für ihre Gemeindemitglieder interessiert«, erklärte Mrs. O'Leary.

»Erinnern Sie sich an einen Mr. und eine Mrs. Matthew Thompson?«, fragte sie.

»Oh, selbstverständlich. Mrs. Thompson ist Pater Monaghans Schwester.«

Seine Schwester? Er hatte Maggie zu seiner Schwester verschickt?

»Er hat nie von ihr gesprochen«, meinte sie, während sich ihr der Kopf drehte.

»Pater Monaghan war ein sehr zurückhaltender Mann«, erklärte Mrs. O'Leary steif.

Viv fasste die Dame am Arm. »Wissen Sie, wo die Thompsons leben?«

Mrs. O'Leary fuhr zusammen. »Nein. Das heißt, ich erinnere mich nicht.«

Viv zwang sich, ihre Hand zu lösen, und Mrs. O'Leary wich zurück.

»Bitte«, flehte Viv. »Können Sie sich an irgendetwas über die Thompsons erinnern? Ganz gleich, was?«

Sie sah der Haushälterin an, dass sie ihr nicht ganz traute, doch die Art, wie die Frau sich zu ihr beugte, verriet Viv, dass Mrs. O'Leary einen Anlass zum Klatschen sah.

»Sie sind gestern Abend angekommen. Ich habe die Leute, die ich kannte, begrüßt. Als mir klar wurde, wer sie waren, habe ich sie zum Tee ins Pfarrhaus eingeladen. Ich dachte nicht, dass die anderen Priester etwas dagegen hätten, aber die Thompsons haben abgelehnt. Sie wollten nicht bis zum Begräbnis bleiben, verstehen Sie? Was ist das für eine Schwester, die nicht zur Beerdigung ihres Bruders geht, frage ich mich«, meinte Mrs. O'Leary und zog die Augenbrauen hoch.

Viv verließ der Mut.

»Hatten sie ein Mädchen bei sich? Ungefähr zehn Jahre alt?«, fragte Viv. Mehr als alles andere wünschte sie, die Antwort würde Ja lauten, aber dann wusste sie nicht, wie sie damit fertigwerden würde.

»Oh ja, Miss Thompson. Ein sehr hübsches Mädchen, sehr fröhlich. Komisch, man hätte nie erraten, dass sie ihre Tochter ist«, meinte Mrs. O'Leary.

»Wieso dachten Sie das?«, stieß Viv erstickt hervor.

»Tja, sie hat so dunkles Haar, und die beiden sind so vollkommen helle Typen«, erklärte Mrs. O'Leary.

»Vivie?«

Sie drehte sich um und sah Kate ein paar Schritte entfernt stehen. Viv presste eine Hand auf ihren Magen und war sich unsicher, ob sie schreien oder sich erbrechen würde.

»Es tut mir leid. Ich … Danke«, sagte Viv hastig, dann packte sie Kate am Arm und zerrte sie aus der Kirche.

»Was machst du, Vivie?«, flüsterte ihre Schwester hörbar.

»Wir müssen gehen.«

»Warum?«

»Ich erzähl's dir draußen«, sagte sie.

Sobald sie die Türen aufgestoßen hatten und in den hellen Sommertag hinaustraten, blieb Kate wie angewurzelt stehen und versperrte Viv energisch den Weg.

»Was in Gottes Namen ist los? Ich weiß, du hattest etwas gegen den Mann, aber das heißt doch nicht –«

»Ich glaube, Maggie lebt«, schnitt sie ihrer Schwester das Wort ab.

Kate klappte die Kinnlade herunter. »Was?«

»In dem Kondolenzbuch standen drei Namen: Mr. und Mrs. Matthew Thompson und Miss Margaret Thompson.«

Kate riss die Augenbrauen hoch, doch dann schüttelte sie den Kopf. »Das bedeutet noch nicht –«

»Mrs. Thompson war Pater Monaghans Schwester. Die Frau, mit der ich geredet habe, war –«

»Die Haushälterin des Pfarrhauses. Mrs. O'Leary. Ich weiß. Ich habe sie schon bei der Messe gesehen. Und sie hat dir erzählt, dass Sarah Thompson Pater Monaghans Schwester war?«, wollte Kate wissen.

»Also, sie hat nicht gesagt, dass sie mit Vornamen Sarah heißt, aber es wäre ein zu großer Zufall, wenn sie es nicht wäre.«

Kate stemmte die Hände in die Hüften und sah zum Himmel auf, als müsste sie überlegen, wie sie das, was sie als Nächstes sagen musste, zum Ausdruck bringen sollte. »Du hast doch erzählt, du wärst zu dem Haus gefahren. Du hast mir beschrieben, was die Bombe angerichtet hat. Die Vorstellung, dass jemand in dem Haus war und überlebt haben soll ...«

»Aber was, wenn sie es doch geschafft haben? Was, wenn sie nach dem Bombenangriff Beam Cottage hinter sich gelassen und Maggie mitgenommen haben?«, sprudelte sie hervor.

»Und niemandem davon erzählt haben?«, fragte Kate skeptisch.

»Mrs. Thompson hat sich immer zu viel herausgenommen. Sie wollte Maggie alles neu kaufen. Sie in der Schule anmelden. Maggie fing sogar schon an, wie die Thompsons zu reden.«

Kate schüttelte den Kopf.

Viv ballte die Fäuste. »Ich sage dir, Kate, es ist Maggie. Frag mich nicht, warum, aber ich spüre es. Sie lebt noch.«

Sie musste sie finden. Sie musste ihr Mädchen nach Hause holen.

»Wenn sie noch lebt, wo ist sie dann?«, fragte ihre Schwester.

»Ich ... ich weiß es nicht. Mrs. O'Leary hat gesagt, die Thompsons wären gestern gekommen, aber wieder gefahren. Sie wollten nicht zur Beerdigung bleiben. Sie sind weg.«

Es war so grausam. Nachdem sie ihre Tochter fast fünf Jahre lang für tot gehalten hatte, hatte sie jetzt einen Hoffnungsschimmer, aber keinen Anhaltspunkt. Keine Adresse. Keine Informationen. Sie hatte nicht einmal eine Ahnung, ob die Thompsons noch in derselben Grafschaft lebten.

Sie spürte, wie Kate sie umarmte. »Ach, Vivie. Was willst du tun?«

Viv legte das Kinn auf die Schulter ihrer Schwester und sah zu der Kirche hoch, die über ihnen aufragte.

»Ich werde meine Tochter finden.«

Joshua

7. Juli 1945

Joshua versuchte, den Schweißfilm zu ignorieren, der die Hand, in der er seinen Saxofonkoffer trug, schlüpfrig machte, als er sich der Tür des Tonstudios näherte. Er hätte nicht nervös sein sollen. Vor dem Krieg hatte er Dutzende Male vorgespielt. Er wusste, dass er gut war. Und dass er für sich in Anspruch nehmen konnte, in Clubs überall in New York gespielt zu haben, musste doch zu seinen Gunsten sprechen. Doch es war fast sechs Jahre her, dass er vor einem Publikum gespielt hatte, das sich nicht aus seinen Fliegerkollegen zusammensetzte. Fast sechs Jahre, seit er sich mit dem Saxofon seinen Lebensunterhalt verdient hatte.

Er schluckte seine Nervosität herunter und stieß die Tür des Studios auf. Hal saß mit einem schmal gebauten Mann zusammen, dessen Gesicht von alten Aknenarben übersät war. Der Fremde balancierte auf der Kante eines Schemels. In beiden Händen hielt er Schlagzeugstöcke, die wie Verlängerungen seiner langen Arme wirkten, so als wären sie an seinem Körper angewachsen.

»Joshua, schön, dich zu sehen«, sagte Hal, stand auf und streckte ihm zur Begrüßung eine Hand entgegen. »Das ist Artie Worth.«

Joshua schüttelte Artie die Hand und sah sich in dem Studio um. »Nettes Set-up.«

Hal folgte seinem Blick, als sähe er alles zum ersten Mal. »Artie hier hat gute Beziehungen.«

»Vor dem Krieg habe ich als Tontechniker gearbeitet. Hab nebenbei Schlagzeug gespielt.«

»Und du gehörst zur Combo?«, fragte Joshua.

Hal klopfte Artie auf die Schulter. »Artie hat bei den Squadronaires ein paar Monate als Ersatzmann Schlagzeug gespielt, als unser Stammspieler krank war. Wir haben zusammen in SoHo gespielt, vor … was? Acht Jahren?«

»Neun«, sagte Artie.

Joshua nickte. Ihm gefiel die Vorstellung, dass Artie Ersatzmann gewesen war wie er selbst.

»Nun hilft er mir bei ein paar der Vorspieltermine«, erklärte Hal. »Apropos, bist du bereit?«

Joshua nickte knapp.

»Mach dich fertig, und dann lass uns hören, wie du spielst«, sagte Hal.

Joshua stellte seinen Instrumentenkasten auf einen Tisch in der Nähe und öffnete die Verschlussklappen. Vorsichtig setzte er das Tenorsaxofon zusammen, und der Rhythmus der vertrauten Tätigkeit wirkte beruhigend auf ihn. Als er schließlich bereit war, drehte er sich zu Hal um.

»Leg los«, sagte der Bandleader.

Joshua schloss die Augen, holte tief Luft und begann dann mit den Eröffnungstakten von *Oh, Lady Be Good*. Er hatte die Sequenz des Gershwin-Songs und seinen fröhlichen Schwung schon immer geliebt. Er hatte ihn in Kelly's Stables so oft mit Coleman Hawkins Band gespielt, dass er für kurze Zeit so etwas wie sein Markenzeichen geworden war. Doch er hatte keinen festen Job bei der Band landen können, daher war er so wie immer mit seinem Talent anderswo hingegangen.

Doch dieses Mal fühlte es sich anders an. Er hatte keine Band im Hintergrund. Weder ein Schlagzeug noch ein Kontrabass schufen das Gerüst des Songs, kein Klavier, das ihn mit Akkorden unterstützte. Er stand allein in einem Studio und spielte vor zwei anderen Musikern.

Als er fertig war und der letzte Ton verklang, nickte Hal ihm zu. »Sehr gut.«

Joshua ließ sein Saxofon sinken und sah zu, wie Hal und Artie aufstanden. Hal setzte sich an den Flügel des Studios, und Artie ließ sich hinter dem Schlagzeug nieder. Artie zählte vor, und plötzlich spielten Hal und er.

Es war eine einfache Melodie – ein zwölftaktiger Blues, ähnlich dem *St. Louis Blues* –, doch Joshua hatte sie noch nie gehört. Er lehnte sich zurück und lauschte den ersten paar Takten. Dann hob er das Saxofon an die Lippen, und auf ein Nicken von Hal hin improvisierte er.

Es fühlte sich an wie in den alten Zeiten in Sonny Fowlers Apartment in der Lower East Side. Ein Haufen Musiker, die zu einer Jamsession zusammenkamen, hören und gehört werden sozusagen. Diese Sessions tief in der Nacht, umgeben von halb geleerten Bourbongläsern, wenn der Zigarettenrauch dick in der Luft hing, hatten sich immer anders angefühlt, als in einem Club in einer Bigband zu spielen. Das war Musik für Musiker, nicht für ein Publikum, das nur mit halbem Ohr zuhörte, während es sich auf dem Tanzboden drängte, und er liebte sie auf andere Art als seine bezahlten Jobs.

Als der Song zu Ende war, hielt Artie die Hi-Hat fest, und Hal blieb sitzen und ließ die Hände knapp über den Klaviertasten schweben. Joshua wartete, während der Nachhall des letzten Tons eine Ewigkeit anzuhalten schien.

Dann lächelte Hal.

»Wenn ich gewusst hätte, dass du so spielen kannst, Levinson, hätte ich dich nicht zum Vorspielen antanzen lassen«, sagte Hal.

Ein Glücksgefühl explodierte in Joshuas Brust. »Das hätte ich dir sagen können, wenn du gefragt hättest. Du bist selbst übrigens nicht so übel am Klavier.«

»Es war meine erste Liebe, aber die Trompete ist meine Mätresse«, erklärte Hal grinsend.

»Gut gespielt«, meinte Artie und trat um das Schlagzeug herum.

»Danke«, sagte er.

»Hör mal, ich will deine Zeit nicht länger verschwenden. Wir fangen morgen mit den Proben an. Es wird eine Mischung aus Originalkompositionen und Standardnummern, die du schon gespielt hast. Wir sind noch in der Zeit für das Engagement im Club. Sieht aus, als würden wir im September ins Studio gehen«, erklärte Hal.

»Bietet ihr mir etwa einen Job an?«, fragte er.

Hal und Archie wechselten einen Blick. »Wenn du den Gig willst, gehört er dir«, sagte Hal dann.

Viv

Viv trommelte mit ihren kurz gehaltenen Fingernägeln auf der lackierten hölzernen Ablage der Telefonzelle herum, während es am anderen Ende läutete. Nervöse Schauer liefen ihr über den Rücken, und sie musste sich daran erinnern zu atmen. Sie hatte schon Stunden in dieser Telefonzelle verbracht und jeden Moment, in dem sie nicht bei der Arbeit war – und fast das ganze Geld, das sie übrig hatte – genutzt, um nach ihrer Tochter zu suchen.

Als jemand abhob, richtete sie sich auf.

»Hallo?«, fragte die Stimme am anderen Ende der Leitung. Eine Frau, älter, wie es klang.

»Hallo, ich würde gern mit Margaret Thompson sprechen«, erklärte sie.

»Hier ist Mrs. Thompson«, sagte die Frau.

Viv verließ der Mut, doch sie sagte trotzdem den Spruch auf, den sie in den letzten zwei Wochen so oft wiederholt hatte. »Guten Tag. Ich bin auf der Suche nach einer Margaret Thompson, die 1935 in Liverpool geboren ist.«

Die Frau lachte leise. »Das bin dann wohl nicht ich, meine Liebe. Ich bin 1867 in Surrey geboren.«

»Danke, dass Sie sich die Zeit genommen haben.« Viv legte auf und griff dann nach ihrem Bleistift, um die Nummer der Frau von der langen Liste zu streichen, die sie inzwischen ausprobiert hatte. Sie lehnte den Kopf an das kühle Metall des Telefons.

Das war unmöglich.

Sobald Kate und sie Pater Monaghans Aufbahrung verlas-

sen hatten, hatte Viv versucht, bei der Polizei eine Vermissten-
anzeige aufzugeben, doch die Beamten hatten sie skeptisch angesehen, als sie ihnen kaum Informationen über die Thompsons
geben konnte. Frustriert hatte sie als nächsten Anlaufpunkt die
Bibliothek aufgesucht, wo sie jedes Telefonbuch angefordert
hatte, das dort vorhanden war. Dann hatte sie jeden einzelnen
Eintrag unter dem Namen »Thompson« abgeschrieben. Nachdem sie all diese Namen ergebnislos angerufen hatte, war sie in
die Zentralbibliothek von Liverpool gegangen, um ihre Suche
auszuweiten. Doch jetzt gingen ihr die Margaret, Matthew und
Sarah Thompsons aus.

Vielleicht, wenn sie Pfarrhäuser anschrieb oder vielleicht die
Erzdiözese ...

Seufzend stieß sie die Tür der Telefonzelle auf und ging nach
Hause zu Mrs. Shannon. Eigentlich sollte das ein Leichtes sein.
Die Thompsons waren in die Church of Our Lady of Angels
gekommen und hatten das Kondolenzbuch mit ihrem eigenen
Namen unterzeichnet. So verhielt sich niemand, der sich versteckte. Wo waren sie also? Wohin hatten sie ihre Tochter gebracht, und wieso waren sie ohne ein Wort verschwunden?

Warum? Das war die eine Frage, über die Viv nicht nachdachte, denn die Antwort war vollkommen offensichtlich. Die
Thompsons hatten kein Kind, wünschten sich aber eins. Mrs.
Thompson hatte Maggie wie eine Puppe behandelt, sie herausgeputzt und Maggie zu Besuchen bei all ihren Freunden im
Dorf mitgeschleppt. Viv hätte das an all den Kleinigkeiten bemerken sollen, mit denen Mrs. Thompson ihre Autorität unter-
graben hatte. Sie hatte darauf bestanden, Maggie Margaret zu
nennen, ihrer Tochter das Lesen beigebracht und Entscheidungen über ihren Schulbesuch getroffen, ohne Viv zuerst zurate zu
ziehen. Das waren alles Warnzeichen gewesen, von denen Viv
sich wünschte, sie hätte sie eher erkannt.

Doch als sie um die Ecke zu Mrs. Shannons Haus bog, verflogen all ihre argwöhnischen Gedanken. An der Haustür stand ihre Schwägerin und unterhielt sich mit ihrer Vermieterin.

»Rebecca!«, rief sie und rannte los. Ihre Handtasche flatterte im Wind und schlug ihr gegen die Hüfte, und sie war sich sicher, dass ihre Locken durcheinandergerieten, doch das war ihr gleich. Rebecca war wieder zu Hause.

Ein strahlendes Lächeln breitete sich auf dem Gesicht ihrer Schwägerin aus, und dann ließ Rebecca ihre Segeltuchtasche fallen und zog Viv in eine Umarmung, die ihr fast die Knochen brach.

»Es ist so schön, dich zu sehen. Ich wusste gar nicht, dass du wieder da bist«, sagte Viv.

Rebecca drückte sie noch einmal, trat dann zurück und bückte sich, um sich ihre Tasche wieder auf die Schulter zu hieven. »Man hat mich gerade demobilisiert und nach Hause geschickt.«

»Miss Levinson hat mir soeben erzählt, dass sie Radarzeichnerin beim weiblichen Marinedienst war«, erklärte Mrs. Shannon und klang angemessen beeindruckt.

»Ich habe die letzten vier Jahre in einem fensterlosen Raum verbracht«, sagte Rebecca lachend.

Vivs Schwägerin war zum weiblichen Marinedienst gegangen, sobald im Dezember 1940 die Dienstpflicht für Frauen eingeführt worden war. Sie hatte argumentiert, dass sie ihren Einsatz lieber wählen würde, bevor er für sie entschieden würde, doch es war deswegen nicht leichter gewesen, sie ziehen zu lassen.

Viv, die wegen ihrer Arbeit bei der Post von der Dienstpflicht ausgenommen war, hatte sich die ganze Zeit über Sorgen um sie gemacht und auf Briefe und ihre seltenen Heimatbesuche gewartet, die stattfanden, wenn Rebecca genug Ausgang bekam, um ein paar Tage aneinanderzureihen. Sie jetzt wieder zu Hause zu sehen fühlte sich wie ein Segen an.

»Tja, ich lasse Sie beide allein. Sie haben bestimmt viel zu bereden«, meinte Mrs. Shannon.

»Danke«, sagte Viv zu ihrer Vermieterin. Dann winkte sie Rebecca. »Komm mit.«

Sie stiegen die Treppe hinauf, und Viv blieb hinter der Tür stehen, um Schlüssel, Handtasche und das Papierbündel abzulegen, in dem alle Thompsons, die sie hatte finden können, standen.

Rebecca folgte ihr und schaute sich dabei um. »Viel hat sich nicht verändert, seit ich zum letzten Mal hier war.«

»Ich weiß nicht, ob du davon gehört hast, aber wir hatten Krieg«, entgegnete Viv leise lachend.

Ihre Schwägerin boxte sie sanft in die Rippen. »Mir gefällt, dass es sich nicht verändert hat. Fühlt sich vertraut an.«

»Ich mache nur schnell Tee«, erklärte Viv und überschlug automatisch, wie viel von ihrer Ration noch übrig war.

»Lass mich dir helfen«, sagte Rebecca.

Viv nickte, und sie quetschten sich in die kleine Kochnische, die Mrs. Shannons Schwiegersohn geschaffen hatte, indem er einen kleinen Raum im hinteren Teil der Wohnung umgebaut hatte. Groß war es nicht, aber es war genug Platz für ein Spülbecken, zwei Hängeschränke, einen Herd und einen Backofen. Ein winziger Tisch aus Fichtenholz mit zwei Stühlen passte perfekt in eine Ecke.

»Ich hatte ja keine Ahnung, dass du nach Hause kommst«, sagte Viv, während sie Tee und Tassen aus dem Schrank nahm.

»Ich habe niemandem Bescheid gegeben, weil es einmal verschoben wurde und ich mir Sorgen gemacht habe, sie könnten es noch einmal tun«, erklärte Rebecca und setzte sich an den Tisch.

»Warst du denn schon bei deinen Eltern?«, fragte sie.

»Deswegen bin ich hier.« Rebecca griff neben sich zum Boden hinunter und hob die Segeltuchtasche auf den Tisch. »Sobald wir aufgegessen hatten, hat Mum mich hiermit aus dem Haus geschickt.«

»Was ist das?«, fragte Viv und stellte den Kessel zum Kochen auf den kleinen Herd.

»Essen.«

Sie runzelte die Stirn. »Essen?«

»Mum sagte, sie hätten dich seit ein paar Wochen nicht gesehen, und sie macht sich Sorgen, dass du nicht isst«, erklärte Rebecca und zog eine Augenbraue hoch. »Sie hat mir auch ausdrücklich Anweisung gegeben, dass du morgen zum Abendessen kommen sollst. Keine Ausreden.«

»Das ist sehr nett von ihr, aber das hätte sie nicht tun sollen. Das geht doch alles von den Rationen deiner Eltern ab«, murmelte sie.

»Sie machen sich Sorgen um dich. Beide. Was ist los, Viv?«

Sie starrte ihre Freundin an und sah die Sorgenfalten zu beiden Seiten von Rebeccas Mund. Ihre Schwägerin und sie hatten sich ganz unerwartet miteinander angefreundet – zwei Frauen, die tragische Umstände zusammengeführt hatten. Sie war Rebecca die Wahrheit schuldig.

»Ich glaube, Maggie könnte noch am Leben sein.«

Rebecca schlug sich eine Hand vor den Mund. »Was? Wie?«

Rasch erklärte sie, was sie bei Pater Monaghans Aufbahrung entdeckt hatte. »Die Namen standen direkt da, Rebecca. Zweifellos.«

Ihre Schwägerin biss sich auf die Unterlippe. »Es könnte eine andere Familie gewesen sein.«

»Sie müssen es sein«, entgegnete Viv. Sie wusste, wie verzweifelt sie klingen musste, aber es war ihr gleichgültig. »Die Haushälterin hat sie beschrieben. Ich weiß, dass sie es ist.«

Einen Moment lang schwieg Rebecca und sah auf das Linoleum des Küchenbodens hinunter. Dann hob sie den Kopf. »Wenn du glaubst, dass dieses Mädchen Maggie ist, musst du sie finden. Wenn sie noch lebt …«

»Abgesehen von meiner Arbeit habe ich in den letzten zwei Wochen nichts anders getan, als nach Maggie zu suchen. Ich habe bei allen Thompsons angerufen, die ich finden konnte. Ich habe sie bei der Polizei als vermisst gemeldet. Ich weiß nicht, was ich sonst noch tun soll«, erklärte sie und ließ sich von ihrer Frustration überwältigen.

Rebecca sah Viv eindringlich an. »Du musst Joshua davon erzählen.«

Sie fuhr zurück und stieß sich fast den Kopf an einem der Hängeschränke. »Nein.«

»Er hat ein Recht, es zu erfahren.«

»Seit wann verteidigst du denn deinen Bruder?«, fragte sie.

»Ich verteidige ihn nicht, aber Maggie ist auch sein Kind.«

»Er hat nie Interesse an ihr gezeigt«, erklärte Viv hartnäckig.

»Vergiss nicht, dass du ziemlich klar zum Ausdruck gebracht hast, dass du nichts mit ihm zu tun haben willst, wenn er nach Amerika geht.« Rebecca hielt die Hände hoch. »Ich rechtfertige das nicht. Ich stelle nur eine Tatsache fest.«

Viv schürzte die Lippen. Ihre Freundin hatte recht, aber es war ihr jahrelang gelungen, Joshua auf Abstand zu halten. Sie war nicht bereit, ihn mehr an ihrer Hoffnung zu beteiligen als an ihrem Kummer.

»Ich kann nicht, Rebecca. Ich weiß ja nicht einmal, ob ich überhaupt recht habe.«

»Aber du glaubst, dass es so ist?«, fragte Rebecca.

Viv nickte.

»Dann sag es ihm.«

»Nein.«

»Und wenn ich es ihm erzähle? Oder meinen Eltern? So bräuchtest du nicht mit ihm zu reden«, schlug Rebecca vor.

Viv zögerte, schüttelte aber den Kopf. »Nein, Rebecca. Ich möchte den beiden nicht wehtun. Lass mir nur noch ein wenig länger Zeit.«

Sie würde neue Telefonnummern finden, die sie anrufen konnte. Sie würde Maggie finden.

Sie sah zu, wie Rebecca aufstand und in einen Hängeschrank griff, um zwei Teller herauszunehmen. Dann öffnete ihre Freundin die Segeltuchtasche und holte Schachteln mit in Wachspapier gewickeltem Essen heraus. Anne Levinsons Kochkunst erfüllte die Küche mit ihrem Duft. Es wirkte wie eine Umarmung, und Viv vermisste ihre Schwiegereltern noch stärker.

»Hier«, sagte Rebecca und hielt ihr einen Teller hin.

»Du kennst dich in meiner Küche immer noch hervorragend aus«, meinte Viv.

»Wie ich schon sagte, manches ändert sich eben nie. Aber, Viv? Ich hoffe mehr als alles andere, dass Maggie gefunden wird. Tu alles, was dafür nötig ist.«

Viv nickte. Wenn es auch nur eine Chance gab, dass ihre Tochter am Leben war, dann würde sie sie finden. Irgendwie würde es ihr gelingen.

Joshua

Joshua stieß die Tür zu seiner Wohnung auf. Tropfen sprühten von seinem Regenmantel, den er von der Air Force erhalten hatte, und fielen zu Boden. Er hatte das Studio, in dem das Hal-Greene-Quintett geprobt hatte, vor gefühlten Stunden verlassen und, da er kein Geld ausgeben wollte, das er noch nicht hatte, für den Rückweg den Bus nach Stretham genommen. Doch auf dem Weg von der Haltestelle bis zu seiner Haustür hatte der Himmel seine Schleusen geöffnet und ihn auf eine Art durchnässt, die sich fast wie eine persönliche Beleidigung anfühlte.

Er stellte sein Saxofon ab und hängte seinen Regenmantel an die Tür. Dann zog er Anzug, Hemd und Socken aus, die alle klatschnass waren, und schnappte sich das Handtuch, das er ordentlich zusammengelegt auf einer kleinen Kommode aufbewahrte. Er überlegte, ob er ein Bad nehmen sollte, um diese äußerst britische Kälte zu vertreiben, die den Regen sogar im Sommer begleitete, doch das Bad lag am anderen Ende des Flurs, und er hatte keine Lust, einem der anderen Bewohnern des Gebäudes zu begegnen.

Er trocknete sich ab, ging in die Küche und betrachtete den Inhalt seiner größtenteils leeren Speisekammer. Er hätte die Schuld der Rationierung geben können, die weiterhin galt, doch die Wahrheit war, dass er kaum zu Hause war, sodass es sinnlos erschien, großartig Vorräte anzulegen. Schon ehe vor drei Tagen die Proben für die Band begonnen hatten, hatte er die meiste Zeit damit verbracht, durch die Stadt zu laufen. Ehrfürchtig hatte er Londons Schönheit bestaunt und war gleichzeitig niedergeschmettert gewesen, was der »Blitz« und andere Bombenangriffe der Stadt angetan hatten. London war, wie ein so großer Teil Großbritanniens, durch den Krieg stark beschädigt worden, und manchmal fiel es schwer, sich daran zu erinnern, dass sie ihn gewonnen hatten.

Ein Klopfen an der Tür riss ihn aus seinen Überlegungen.

»Wer ist da?«

»Telefon für Sie«, ließ sich die barsche Stimme seines Vermieters hören.

Joshua eilte an seine Kommode und zerrte ein sauberes Hemd und Hosen hervor. Dann schnappte er sich seinen Schlüssel und polterte die Treppe hinunter zum Telefon, das vor der Wohnungstür seines Vermieters stand.

»Hallo?«, fragte er in den Hörer hinein.

»Sitzt du?«

Er grinste. »Rebecca. Bist du zu Hause?«

»Heute angekommen«, lautete die knappe Antwort seiner Schwester. »Sitzt du?«

»Ob ich sitze? Hier kann man sich nirgendwo hinsetzen«, sagte er und blickte sich in der kargen Diele um. »Was ist los?«

»Ich habe Viv heute gesehen«, sagte Rebecca. »Sie glaubt, Maggie könnte noch am Leben sein.«

Joshua ließ den Hörer fallen, und die Sprechmuschel traf ihn schmerzhaft am Schienbein, ehe sie auf den Teppich hinunterpolterte.

»Joshua? Joshua?«, hörte er am anderen Ende die gedämpfte Stimme seiner Schwester.

Hastig hob er den Hörer auf. »Was meinst du damit, Maggie könnte am Leben sein?«

Rasch erzählte Rebecca ihm eine Geschichte von einem toten Geistlichen, einer Unterschrift und einer Haushälterin. Sie lief nur so an ihm vorbei. Er konnte kaum verarbeiten, was er hörte, weil ihm eines immer wieder durch den Kopf ging: *Meine Tochter könnte am Leben sein.*

»Viv macht sich mit der Suche nach Maggie verrückt«, erklärte Rebecca und riss ihn aus seiner Umnebelung. »Sie ruft jeden an, von dem sie meint, er könnte etwas wissen, aber sie erreicht nichts. Ich dachte …«

»Moss«, sagte er, denn er wusste sofort, worauf seine Schwester hinauswollte.

»Er kann uns helfen, und er ist dir etwas schuldig.« Die angespannte Stimme seiner Schwester verriet ihm, dass sie dem Piloten immer noch nicht verziehen hatte, wie er Joshua behandelt hatte, als sie damals zusammen geflogen waren.

»Also, ich weiß nicht«, meinte er und rieb sich den Nacken.

»Du hast ihm das Leben gerettet«, sagte Rebecca.

Kurz schwieg er.

»Willst du nun deine Tochter kennenlernen oder nicht?«, fragte Rebecca.

»Vielleicht ist sie es ja gar nicht. Das hat Viv auch gesagt, stimmt's?«

Doch noch während er die Frage stellte, wurde ihm klar, dass sie es sein musste. Er brauchte eine zweite Chance. Um seine Tochter kennenzulernen.

Im Leben jedes Menschen geschahen Ereignisse, die eine Trennlinie zwischen »Vorher« und »Nachher« zogen. Für ihn bedeutete es den Unterschied zwischen der Zeit, bevor er erfahren hatte, dass er eine Tochter hatte, und danach. Vor Maggie war es einfacher gewesen, die Erinnerung daran, was er in Liverpool zurückgelassen hatte, beiseitezuschieben, und seine Schuldgefühle hatten etwas Nebelhaftes angenommen. Doch seit Rebeccas Brief, indem sie ihm von ihr erzählt hatte, hatte er die Wahrheit nicht mehr ignorieren können. Er hatte ein Kind im Stich gelassen – ein unschuldiges Wesen, das nichts Falsches getan hatte. Der Gedanke hatte ihn während der ganzen ersten Monate, seit er von ihr erfahren hatte, verfolgt, und dann war sie ihm entrissen worden, bevor er sie kennenlernen konnte.

Jetzt hätte er dazu vielleicht die Möglichkeit. Falls sie am Leben war. Wenn sie sie finden konnten.

»Viv ist überzeugt davon, dass Maggie lebt. Das ist deine Gelegenheit, es herauszufinden. Etwas zu tun«, sagte Rebecca.

Das Richtige zu tun *und* sein Leben »nach Maggie« zu ändern.

»Ich muss alles wissen, was sie bisher herausfinden konnte«, erklärte er.

»Da musst du mit ihr reden.«

»Sie nimmt keine Anrufe von mir an. Das weißt du doch.«

»Dann komm her. Sie wird mich dafür hassen – aber sie kommt morgen zum Tee. Wenn du auftauchst, während Mum und Dad dabei sind, wird sie dich wenigstens anhören«, sagte Rebecca.

»Bist du dir da sicher?«

»Sie wird Mum und Dad nicht aufregen wollen. Sie sind ihr zu wichtig. Überzeug sie davon, dass du helfen kannst«, bat Rebecca beinahe flehend.

Er warf einen Blick auf seine Armbanduhr, ein billiges Teil, das er in New York gekauft hatte, als er einen seltenen guten Monat gehabt hatte, in dem er sowohl unterrichtet als auch Arbeit in einem Studio gehabt hatte. Halb zehn. Die Chancen, dass es ihm gelang, zurück auf die andere Seite des Flusses zu gelangen und am Bahnhof den letzten Zug zu erwischen, standen schlecht.

»Ich nehme morgen früh den ersten Zug nach Liverpool«, erklärte er automatisch.

»Versprochen?«, fragte Rebecca.

Er hatte am nächsten Tag Probe, aber Hal würde sicher Verständnis haben, wenn Joshua ihm erklärte, bei seiner Fahrt gehe es um eine Familienangelegenheit.

Er verabschiedete sich von seiner Schwester, legte auf und meldete bei der Vermittlung sofort ein weiteres Gespräch an. Hal Greene nahm nach dem vierten Klingeln ab.

»Hier ist Joshua, Hal.«

»Was? Hast du nach der Probe noch nicht genug von mir?«, fragte der Bandleader glucksend.

»Es ist etwas passiert – ein Notfall in der Familie –, und ich muss mir ein paar Tage freinehmen, um nach Liverpool zu fahren«, erklärte er.

Hal hielt inne. »Zwei Tage?«

Sein Magen flatterte nervös. »Ja.«

»Ich habe Verständnis für Familienangelegenheiten, Levinson, aber ich brauche dich am Wochenende wieder bei der Probe. Wir haben noch viel zu tun, bevor wir im Hidden Room auftreten.«

Der Neunzehnte war der nächste Donnerstag, und es wäre sein erster Gig als reguläres Mitglied einer Band – und nicht nur einer Band, sondern eines Quintetts. Ihr Engagement im Hidden Room war nur der Anfang. Er wünschte sich so sehr, bei der Plattenaufnahme dabei zu sein, die Hal ihm versprochen hatte, dass er schon davon träumte.

»Ich bin am Freitag zurück«, versprach er. »Und wenn nicht am Freitag, dann am Samstag.«

»Nun gut«, sagte Hal.

»Ich rufe dich an, sobald ich mehr weiß«, gab er zurück.

Joshua legte auf und stapfte die Treppe hinauf. Als er die Wohnungstür hinter sich geschlossen hatte, ging er in die Küche und holte eine Flasche Whisky hervor. Er schenkte sich einen Schluck ein und kippte ihn in einem Zug hinunter.

Viv

Zum vierten Mal, seit sie von Mrs. Shannons Haus aufgebrochen war, strich sich Viv übers Haar. Sie wusste, dass es albern war, nervös zu sein, doch als sie mit einem Korb voll Brot vor der Tür ihrer Schwiegereltern stand, fühlte sie sich so hektisch wie beim ersten Mal, als sie ihnen die Post gebracht hatte, nachdem sie erfahren hatte, dass das kleine Haus an der Salisbury Street ihres war.

Sie wusste, dass Rebecca recht hatte. Sie musste Seth und Anne erzählen, dass sie glaubte, Maggie könnte den Bombenangriff überlebt haben, doch sie hatte schreckliche Angst davor, was passieren würde, wenn ihre Theorien sich als falsch erwiesen. Jedes Jahr zu Maggies *Jahrzeit* sah sie den furchtbar offensichtlichen Schmerz in Seths und Annes Gesichtern. Er war noch so frisch wie an dem Tag, an dem sie die Nachricht von der Bombardierung erhalten hatten. Die beiden hatten sie trotz der vielen Fehler, die sie gemacht hatte, wie eine Tochter in ihr Haus aufgenommen. Sie konnte ihnen unmöglich Hoffnung machen und ihnen dann von Neuem das Herz brechen.

Viv straffte die Schultern. Sie würde das schaffen.

Einen Moment nahm sie sich Zeit, um sich zu fassen, und klopfte dann. Von der anderen Seite der Tür hörte sie schwere Schritte, und kurz darauf fand sie sich ihrem Mann gegenüber.

»Was machst du denn hier?«, fragte sie Joshua.

Er sah genauso aus, wie sie ihn zuletzt gesehen hatte, bei der Shiva, nur dass er dieses Mal nicht die blaue Air-Force-Uniform trug und seine Verletzungen verheilt waren, sodass sie kaum noch erkennen konnte, wo einst frische Narben seine Stirn verunziert hatten. Er schlug seine braune Anzugjacke zurück und steckte die Hände in die Hosentaschen.

»Hallo, Viv«, sagte er.

Sie hatte das Gefühl, als würde sie in sich zusammensacken. »Rebecca hat dich angerufen, nicht wahr?«

Er nickte.

»Wissen deine Eltern Bescheid?«

Er presste die Lippen zusammen, und sie wusste, dass sie über alles informiert waren, ohne dass er es auszusprechen brauchte.

»Sind sie wütend?«, flüsterte sie.

Er schüttelte den Kopf. »Nein. Nein, nichts dergleichen. Sie verstehen, warum du nichts gesagt hast. Du wolltest dir sicher sein.«

Viv nickte und wusste nicht, was sie sonst mit ihm bereden sollte.

»Sei nicht böse auf Rebecca. Bitte. Sie versucht nur, das Richtige zu tun«, sagte er.

Viv seufzte. »Ich bin ihr nicht böse.« Sie konnte sich nicht vorstellen, an Rebeccas Stelle zu sein – hin- und hergerissen zwischen ihrer Freundin und ihrem Bruder. In dem Wissen, dass beide ihren Anteil Schuld hatten.

»Komm doch herein«, sagte Joshua und trat zurück, um sie vorbeizulassen.

Viv zerquetschte fast die Griffe ihres Korbs, doch sie zwang sich voranzugehen, vorbei an ihrem Mann. Dabei fing sie den frischen, sauberen Duft seiner Seife auf. Eine merkwürdige Erkenntnis, dass ihn nicht mehr der Duft von Lorbeer und Bergamotte umgab, den sie so stark mit ihm verband.

Sie traf die restlichen Levinsons im Wohnzimmer an. Rebecca schoss sofort von dem Sessel hoch, in dem sie gegenüber von ihren Eltern gesessen hatte.

»Es tut mir leid, Viv, aber –«

»Ist es wahr?«, fragte Anne mit vor Hoffnung strahlenden Augen.

Viv umklammerte ihren Korb noch fester. Genau deswegen hatte sie den Levinsons nichts sagen wollen, bis sie mehr wusste.

»Ich weiß, was ich in der Kirche gesehen habe, aber seitdem habe ich keine Fortschritte machen können«, räumte sie ein.

»Joshua kennt jemanden, der dir vielleicht helfen kann, die Thompsons zu finden«, erklärte Rebecca.

»Erzähl's ihr, Joshua«, drängte Seth seinen Sohn.

Viv drehte sich zu ihrem Mann um, und Joshua zuckte mit den Schultern. »Keine Ahnung, ob das klappen wird, aber es gibt da einen Typen, mit dem ich bei der Air Force geflogen bin. Er schuldet mir noch einen Gefallen.«

»Was für einen Gefallen? Und was für ein Typ?«, fragte sie.

»Er ist am Anfang des Krieges verwundet und an den Schreibtisch versetzt worden. Er ist als einer der Ersten demobilisiert worden, und ein paar Jungs, die ich kenne, haben erzählt, er arbeitet jetzt wieder als Beamter. Im neuen Sozialversicherungsministerium in Newcastle«, erklärte er.

Ihr Magen überschlug sich. »Und du glaubst, dieser Mann kann die Thompsons finden?«

»Ich bin überzeugt davon, wenn irgendjemand das kann, dann er«, sagte er.

»Überleg doch, Viv«, drängte Rebecca. »Hast du nicht erzählt, Mr. Thompson sei irgendeine Art Ingenieur gewesen?«

»Ja«, sagte sie.

»Siehst du«, meinte Seth. »Wenn er Beiträge gezahlt hat, wird es Aufzeichnungen geben.«

»Wann kann ich mit diesem Mann reden?«, fragte sie.

»Ich finde, es wäre das Beste, wenn wir nach Newcastle fahren und ihn selbst fragen«, meinte Joshua.

Ruckartig zog sie die Augenbrauen hoch. »Wir?«

»Das ist ein Gespräch, das von Angesicht zu Angesicht geführt werden muss«, erklärte er.

»Warum?«, wollte sie wissen.

Joshua ließ den Kopf hängen. »Als wir zusammen geflogen sind, wusste er nicht, dass ich eine Frau habe, und schon gar nichts von einer Tochter.«

Sie spürte, wie der Rest der Levinsons kollektiv Luft holte.

»Wer war dieser Mann?«, fragte sie.

»Wir haben zusammen gedient. Er war mein Pilot. Wir sind abgestürzt …«

»Meine Liebe, Joshua kann dir helfen, Maggie zu finden. Bitte lass ihn«, sagte Anne sanft.

Schlussendlich war das alles, was nötig war, um sie zu überreden – denn ganz gleich, wie sie für ihren abtrünnigen Ehemann empfand, sie wünschte sich nichts mehr als ihre Tochter.

»Gut«, sagte sie.

Joshua schaute vorsichtig optimistisch drein. »In Ordnung?«

»Wir reden zusammen mit deinem Freund. Wann können wir aufbrechen?«

»Wann du willst.«

»Sofort«, sagte sie.

»Sofort?«, wiederholte er.

»Gibt es einen besseren Zeitpunkt, um Maggie zu finden?«, fragte sie.

»Nein, natürlich nicht«, erwiderte er und sah ein wenig verlegen drein.

»Ich mache euch etwas für die Zugfahrt zurecht«, erklärte Anne und huschte eilig in die Küche.

»Ich kann mit dir nach Hause gehen und dir beim Packen helfen«, bot Rebecca an.

Viv hätte beinahe protestiert, sie brauche keine Hilfe – sie wollte allein sein, um darüber nachzudenken, was gerade passiert war –, aber sie sah Rebecca, die sie vorsichtig beäugte, an, dass ihre Freundin sich unsicher war, ob Viv ihr wirklich verziehen hatte.

»Dann komm«, sagte sie und stellte ihren Korb ab.

»Wir treffen uns in eineinhalb Stunden am Bahnhof«, sagte Joshua.

Viv nickte ihm zu und ging ohne ein weiteres Wort hinaus.

Viv schloss die Schnappverschlüsse an ihrem verbeulten Koffer, den sie immer mitgenommen hatte, wenn sie als unverheiratete Frau bei Kate übernachtet hatte. So wie auch an dem Abend, als Joshua und sie sich in Schwierigkeiten gebracht hatten. Dem Abend, der alles verändert hatte.

»Ist das dann alles?«, fragte Rebecca.

»Ja. Danke, dass du mir Gesellschaft geleistet hast«, sagte Viv.

»Wahrscheinlich brauchtest du eigentlich keine Hilfe, oder?«, fragte ihre Schwägerin und sah sich in dem karg eingerichteten Schlafzimmer um.

Viv lächelte ihr verhalten zu. »Ist schon gut.«

Rebecca nickte und zog mit den Fingern Linien in den Quilt auf dem Bett. »Es tut mir wirklich leid. Ich weiß, dass du gesagt hast, ich soll Joshua nichts verraten.«

Viv seufzte. »Ich wollte nicht grausam sein, als ich dich gebeten habe, deiner Familie das mit Maggie nicht zu erzählen.«

Ihre Freundin warf ihr einen Blick zu.

»Vielleicht habe ich mir mehr Sorgen um deine Eltern gemacht als um deinen Bruder«, räumte Viv ein.

»Er ist kein schlechter Mensch«, meinte Rebecca.

»Ich weiß, dass er dein Bruder ist und du ihn liebst, aber er hat versprochen, zu mir zu halten, und sich dann bei der ersten

Gelegenheit verdrückt. Ich weiß nicht, ob ich ihm das je verzeihen kann«, erklärte sie.

Rebecca nahm ihre Hand. »Ich bitte dich ja nicht, ihm zu verzeihen. Ich finde, du solltest immer daran denken. Aber Menschen ändern sich. Er ist anders, Viv. Keine Ahnung, wie ich das genau beschreiben soll, aber das ist er.«

»Hör mal, ich weiß, dass er im Krieg gekämpft hat, und das ist bewundernswert, aber –«

»Ich rede nicht vom Krieg. Ich glaube, es hat in New York angefangen. Er war dort nicht glücklich. Er redet nie wirklich darüber, aber ich glaube, das Leben hat sich für ihn nicht so entwickelt, wie er dachte«, sagte Rebecca.

Tja, damit war er nicht allein.

»Ich weiß nicht, was ich sagen soll«, erwiderte Viv und entzog Rebecca ihre Hand.

»Du brauchst gar nichts zu sagen. Ich bitte dich ja nur, ihm eine zweite Chance zu geben – nicht als Ehemann, sondern als Mensch.«

Doch das erschien unmöglich, aber Viv behielt ihre Skepsis für sich. Stattdessen nahm sie ihren Koffer. »Ich glaube, es ist Zeit zu gehen.«

Viv entdeckte Joshua in einem Telefonhäuschen auf der einen Seite der Bahnhofshalle. Die Tür der Zelle war halb geschlossen – sicher, um das Rattern der Züge zu dämpfen.

»Ich weiß das zu schätzen«, hörte sie ihn sagen, als sie näher kam. »Ich verspreche, dass ich komme, sobald ich kann.«

Sie fragte sich, mit wem er telefonierte – mit einer Freundin vielleicht? –, doch sie schob den Gedanken beiseite. Sie interessierte sich nicht für sein Leben. Das Einzige, was sie über ihn zu wissen brauchte, war, was sein Freund tun konnte, um ihr zu helfen, Maggie zu finden.

Zweifel überkamen sie, als sie tief Luft holte und den muffigen Geruch von Kohlen und Zigarettenrauch einsog. Selbst wenn es Joshuas Freund gelang, eine Sarah und einen Matthew Thompson und deren Tochter aufzuspüren, war es immer noch möglich, dass es sich um vollkommen andere Menschen handelte – genau wie bei allen anderen Thompsons, die sie im Telefonbuch gefunden hatte. Doch der Zufall bei der Aufbahrung war einfach zu groß. Es musste sich um dieselben Leute handeln, denen sie kurz vor dem Krieg unter Druck ihre Tochter überlassen hatte.

Die Tür der Telefonzelle öffnete sich, und Viv wandte sich Joshua zu. Er trug ebenfalls einen kleinen Koffer bei sich, und sie fragte sich, ob er beschlossen hatte, nach Newcastle zu fahren, ob sie nun mitkam oder nicht.

»Bist du problemlos hergekommen?«, fragte er.

»Ja«, sagte sie.

»Schön. Gut, gut.« Er schaukelte auf den Hacken, als hätte er keine Ahnung, was er jetzt sagen sollte. »Lass uns schauen, ob sie uns schon in den Zug einsteigen lassen«, setzte er hinzu, als sie ihm nicht auf die Sprünge half.

»Gut.«

Joshua legte ihr eine Hand ins Kreuz, um sie zur Sperre am Bahnsteig zu dirigieren. Sie drückte den Rücken durch, damit ihr seine Finger nicht ihr bestes Kostüm an die Haut pressten.

Sie stiegen in den Zug, und Joshua suchte ihnen Plätze. Viv fragte sich, ob er Karten für die erste statt für die dritte Klasse gekauft hatte, um vor ihr anzugeben.

»Soll ich deinen Koffer auf die Gepäckablage heben?«, fragte er.

»Danke«, sagte sie.

Er stellte Vivs Gepäck auf die Ablage über ihnen und hob dann seinen eigenen verbeulten Koffer hoch.

»Kein Saxofon?«, fragte sie und wusste, dass sie ein wenig hochnäsig und nicht wirklich interessiert klang.

Er lächelte ihr verkniffen zu. »Hab ich in London gelassen.«

»Ich hatte mir immer vorgestellt, dass du es überallhin mitnimmst«, meinte sie.

»Deswegen war ich am Telefon, als du hereingekommen bist. Ich habe meinem Bandleader erklärt, dass ich ein paar Tage unterwegs sein werde.«

»Oh, ich dachte –« Sie unterbrach sich.

»Hast du dich gefragt, mit wem ich telefoniert habe?«, fragte er.

Ihr wurde heiß im Nacken. »Das ist deine Sache.«

Er musterte sie, als überlegte er, ob er ihr glauben sollte. Sie seufzte beinahe vor Erleichterung, als er sich auf dem Platz neben ihr niederließ.

»Brauchst du noch etwas?«, fragte er. »Kaffee? Zigaretten?«

»Nein danke.«

Schweigend saßen sie da, bis der Warnpfiff ertönte und überall auf dem Bahnsteig die Zugwärter begannen, die Türen der Abteile zu schließen.

»Wann treffen wir uns mit deinem Freund?«, fragte Viv.

»Ihn habe ich am Bahnhof zuerst angerufen. Er erwartet uns morgen in aller Frühe bei sich zu Hause«, erklärte er.

Sie nickte. »Danke.«

Als der Pfiff zur Abfahrt gellte, stützte sie das Kinn auf ihre behandschuhte Hand und schaute aus dem Fenster.

Joshua

Auf der gesamten Zugfahrt von Liverpool nach Newcastle redeten sie kaum miteinander. Viv sah die meiste Zeit starr aus dem Fenster und beobachtete, wie die Landschaft vorbeizog und es über Großbritannien Nacht wurde. Joshua sah Viv an.

Er hatte sich darauf eingestellt, dass sie zornig auf ihn sein würde, aber nicht auf ihren Argwohn. Ihr Widerwille gegen die Vorstellung, dass er ihr half, war mit Händen zu greifen gewesen, und er fragte sich, ob sie nur geblieben und ihm zugehört hatte, weil sie wusste, wie sehr es seine Eltern verletzt hätte, wenn sie einfach gegangen wäre.

Zweimal hatte sie jetzt schon deutlich zum Ausdruck gebracht, dass sie nichts mit ihm zu tun haben wollte. Einmal, als er das Geld ihrer Eltern genommen hatte und geflüchtet war. Beim Gedanken an das zweite Mal rutschte er unbehaglich vor Verlegenheit auf seinem Platz herum: bei der Shiva für Maggie.

Er hatte wirklich nicht nachgedacht, als er aus dem Krankenhaus nach Liverpool gehetzt war. Er konnte sich nur noch daran erinnern, dass ein unmissverständlicher Instinkt ihn zu seiner Familie getrieben hatte, um ihnen in ihrer Trauer beizustehen. Dann hatte er Viv gesehen und in seiner Naivität gedacht, die Shiva sei der richtige Zeitpunkt, um sie um Vergebung zu bitten. Zuerst war sie zornig gewesen – damit wäre er noch fertiggeworden –, doch das Schlimmste war, wie ihre Wut dann in Gleichgültigkeit umgeschlagen war.

Du wolltest wissen, ob ich dich hasse. Nein. Die Wahrheit ist, dass ich gar nichts für dich empfinde – überhaupt nichts –, und genau das hast du verdient.

Ihre scharfen Abschiedsworte hatten ihn viel tiefer getroffen, als sie ahnen konnte, denn sie hatte recht gehabt. Er hatte nichts von ihr verdient: keine Sympathie, kein Mitgefühl. Nichts.

Früh am nächsten Morgen war er abgereist und aus seinem Elternhaus geflüchtet, weil Viv recht gehabt hatte. Er hatte kein Recht darauf, an ihrer Trauer teilzuhaben, weil er nichts über seine Tochter wusste. Er hatte keine Erinnerung an sie. Nichts Fassbares. Seine Tochter war von den gleichen Bombern umgebracht worden, gegen die er bei jedem Einsatz kämpfte, und es fiel ihm schwer, etwas Tieferes zu empfinden als die Traurigkeit, die man bewusst heraufbeschwört, wenn man vom Tod eines fremden Kindes hört.

Sogar seine Eltern und Rebecca wussten mehr über Maggie als er. Er war zum Außenseiter in diesem Kapitel seiner Familiengeschichte geworden, weil er es selbst zugelassen hatte.

Erst da begriff er die ganze Tragweite der Entscheidungen, die er getroffen hatte. Die Dinge, die er bereute. Was er anders machen würde, wenn er nur die Chance hätte.

Und so sah er zu, wie seine Frau starr aus dem Fenster blickte, vollkommen abgeschottet von ihm, und wusste, dass es alles wert sein würde, selbst wenn sie auf der ganzen Fahrt von Liverpool nach Newcastle nicht mit ihm redete – denn jetzt hatte er eine Chance. Und er hatte nicht vor, sie zu vergeuden.

Als der Zug endlich in den Hauptbahnhof von Newcastle einfuhr, war es schon so dunkel, dass die Stadt von den glitzernden Lichtern tausender Häuser erhellt wurde, die von sechs Jahren durch die Regierung verordneter Verdunklung befreit waren. Der Zug kam ruckelnd zum Halten, und Viv sammelte ihre Sachen zusammen.

»Also dann«, sagte Joshua und legte die Hände auf die Knie, um aufzustehen. »Geh du vor, und ich komme mit dem Gepäck nach.«

Sie nickte kaum wahrnehmbar.

Sobald sie den Zug verlassen hatten, blieb Viv auf dem Bahnsteig stehen und wirkte ein wenig unsicher.

»Moss hat ein Hotel empfohlen, das nicht sehr weit vom Bahnhof entfernt liegt«, erklärte Joshua, denn er vermutete, dass sie sich fragte, wie es jetzt weitergehen würde.

»Und du bist dir sicher, dass er uns helfen wird?«, fragte sie.

»So sicher, wie man sich überhaupt sein kann.«

Viv musterte den dünner werdenden Strom der Fahrgäste, die zum Ende des Bahnsteigs strebten. »Wegen des Hotels …«

»Wir bitten um getrennte Zimmer, oder du kannst einfach so tun, als würdest du mich nicht kennen«, sagte er.

Angesichts ihrer sichtlich erleichterten Miene wäre er fast zusammengezuckt. Er wusste, damit hätte er rechnen müssen – sie waren nie richtig als Eheleute zusammen gewesen, und nach zehn Jahren Trennung erwartete er nicht, dass sie bereit war, ein Bett mit ihm zu teilen –, aber ihm gefiel die Vorstellung nicht, dass sie seine Nähe abstoßend fand.

»Komm«, sagte er und wies zum Ende des Bahnsteigs.

Sie verließen das aus Eisen und Glas errichtete Bahnhofsgebäude und traten hinaus auf die Neville Street. Obwohl es Sommer war, wehte eine kühlende Brise von der Nordsee den Tyne herauf, und er sah, wie Viv in ihrer Kostümjacke aus dünnem Stoff zitterte. Kurz überlegte er, ihr seine Jacke anzubieten, doch schließlich unterließ er es. Er wollte sie ebenso wenig verschrecken, wie er Lust darauf hatte, dass sie noch einmal zusammenzuckte oder zurückfuhr.

Im Hotel hielt er Viv die Tür zum Foyer auf und ließ sie vorgehen, damit sie als Erste einchecken konnte. Er blieb zurück, hielt den Atem an und hoffte, dass der Portier, der neugierig zwischen ihnen beiden hin- und hersah, ihnen nicht mitteilte, dass nichts mehr frei war oder sie – noch schlimmer – nur noch ein Zimmer hatten. Stattdessen nahm der Mann den Schlüssel zu Zimmer 12 von dem Wandbrett, das sich hinter ihm befand, und reichte ihn Viv.

Mit dem Schlüssel in der Hand drehte sie sich zu Joshua um und griff nach ihrem Koffer, den er ihr vom Bahnhof hierhergetragen hatte. »Danke.«

»Gern geschehen«, sagte er, ließ los und trat zurück, um ihr den Freiraum zu geben, den sie anscheinend unbedingt brauchte.

»Wir sehen uns morgen früh um halb neun im Foyer«, erklärte sie.

Er nickte und wartete ab, ob sie noch etwas sagen würde. Doch stattdessen nahm sie ihren Koffer und stieg langsam die Treppe in den ersten Stock hoch.

»Sir?«

Joshua zuckte zusammen, und ihm wurde klar, dass er dagestanden und seiner Frau nachgeschaut hatte.

»Kann ich Ihnen helfen?«, fragte der Angestellte.

»Ja. Ein Zimmer, bitte. Bis morgen.«

»Genau wie die Dame?«, fragte der Portier und zog leicht die Augenbrauen hoch.

»Wo muss ich unterschreiben?«, erkundigte er sich und überging die Frage.

»Gleich hier, Sir«, sagte der Angestellte und drehte das Buch zu ihm um.

Er schrieb seinen Namen direkt unter Vivs – zwei Levinsons in getrennten Zimmern.

Viv

13. Juli 1945

Viv schaute in den Spiegel, der gegenüber ihrer Zimmertür hing, und rückte ihren Strohhut ein wenig zurecht. Sie hatte keine Ahnung, was man normalerweise anzog, wenn man einen Mann aufsuchte, der vielleicht dabei helfen konnte, herauszufinden, ob ihre lange vermisste Tochter noch lebte. Daher hatte sie das dunkelblaue Sommerkostüm angezogen, das sie gestern getragen hatte, und ihre Bluse gegen ein anderes schlichtes, cremefarbenes Oberteil ausgetauscht.

Sie überprüfte ihr Äußeres ein letztes Mal und ging dann die zwei Treppen ins Hotelfoyer hinunter. Sie traf Joshua genau da an, wo sie ihn gestern Abend zurückgelassen hatte – nur dass er jetzt zwischen zwei Farntöpfen auf und ab schritt, die Hände in die Taschen seines braunen Anzugs gesteckt und mit tief gerunzelter Stirn. Sie erkannte die nervöse Energie, die von ihm ausstrahlte. Das gleiche Gefühl hatte ihr in der Nacht den Schlaf geraubt und sie heute Morgen um fünf das Licht anknipsen lassen.

»Guten Morgen«, sagte sie, während sie auf ihn zutrat.

Joshua nahm die Hände aus den Taschen und wirkte ein wenig verlegen, weil sie ihn beim Herumtigern erwischt hatte. »Guten Morgen. Du siehst sehr hübsch aus.«

Das Kompliment überrumpelte sie, und sie wusste nicht, wie sie darauf reagieren sollte. Das war Neuland für sie.

Schließlich rettete er sie davor, etwas sagen zu müssen, indem er zur Tür wies. »Sollen wir uns auf den Weg machen?«

Im Morgenlicht war Newcastle zum Leben erwacht. Die

Straße vor dem Hotel war bereits voller Lieferwagen. Zugleich sah sie wegen der fortgesetzten Benzinrationierung weniger Privatautos, als sie vor dem Krieg erwartet hätte. Menschen strömten an ihnen vorbei, von denen jeder offenbar seinem Tagwerk nachging. Keiner von ihnen wusste, was heute für ein bedeutsamer Tag war. Dass sie heute vielleicht ihre Tochter finden würde.

»Weißt du, wohin wir müssen?«, fragte sie.

»Ich habe mir im Foyer eine Karte angesehen, während ich auf dich gewartet habe«, erklärte Joshua.

»Ich hätte auch früher herunterkommen können«, schoss sie zurück. Sie war sofort pikiert über alle möglichen Andeutungen, die in seiner Antwort hätten liegen können.

Er seufzte leise. »Das sollte nicht beleidigend sein, Viv, ehrlich. Und es hätte nichts gebracht, wenn wir uns eher getroffen hätten. Moss hat neun Uhr gesagt.«

Viv reckte das Kinn, ließ die Auseinandersetzung aber auf sich beruhen. Wenn sie sich mit Joshua stritt, würde sie das weder näher noch schneller zu Maggie bringen.

Sie gingen gut eine Viertelstunde, bis Joshua sie nach rechts in ein städtisches Gebäude einbiegen ließ. An der Rezeption nannten sie ihre Namen, und die Sekretärin hinter der Theke griff zum Telefon und wählte eine Nummer.

Kurz darauf lächelte die Frau. »Zweiter Stock«, erklärte sie. »Mr. Moss' Sekretärin holt Sie am Aufzug ab.«

Sie durchquerten das Foyer des Gebäudes und nannten dem Fahrstuhlführer die Etage. Auf halbem Weg wurde Viv klar, dass sie die Handtasche verkrampft vor dem Bauch hielt wie einen Schild. Sie zwang sich, die Arme herunterzunehmen und versuchte sich zu entspannen, aber sie fühlte trotzdem, wie ihre Hände in den Handschuhen schwitzten.

Als sie die Etage erreichten, wurden sie von einer Frau in

hellblauem Rock und Jacke begrüßt, die sie mit einer einfachen weißen Bluse kombiniert hatte. »Mr. Levinson?«, fragte die Sekretärin.

Joshua trat vor. »Ja.«

Auf halber Höhe eines grell erleuchteten Korridors stand eine Holztür offen, und die Frau führte sie hinein. »Mr. Levinson für Sie, Sir«, sagte sie.

Mr. Moss, ein rotgesichtiger Mann mit schmalen Schultern, saß hinter einem großen, hölzernen Schreibtisch, der von hohen Fenstern mit Aussicht auf die Tyne Bridge wie eingerahmt wirkte. Jetzt stand er auf, sah neugierig zwischen Viv und Joshua hin und her und streckte dann die Hand aus. »Levinson, komm rein, nur herein.«

Er nahm Moss' ausgestreckte Hand. »Danke, dass du uns so kurzfristig triffst.«

»Ist mir ein Vergnügen. Hab mich über deinen Anruf gefreut«, sagte Mr. Moss.

Viv räusperte sich, und Joshua zuckte zusammen. »Moss, das ist meine Frau. Vivian.«

Mr. Moss gelang es beinahe, seine Verblüffung zu überspielen, während er Viv die Hand reichte. »Wie geht es Ihnen, Mrs. Levinson? Bitte, nehmen Sie doch Platz.«

Sie setzte sich in einen der Ledersessel, die vor seinem Schreibtisch standen.

»So, Levinson hat mir erklärt, Sie suchen nach jemandem. Ist das richtig?«, fragte Moss und faltete die Hände vor dem Körper.

»Ja«, sagte Viv und warf Joshua einen Blick zu, bevor sie weitersprach. »Wir versuchen, unsere Tochter zu finden.«

Mr. Moss hüstelte. »Ihre Tochter?«

»Maggie – Margaret – wurde '39 aus Liverpool evakuiert«, erklärte sie. »Es war eine private, über meine Kirche vermittelte

Evakuierung. Sie wurde bei einem Ehepaar aus Wootton Green untergebracht, den Thompsons.«

»Ihre Kirche?«, fragte Mr. Moss und warf Joshua einen Blick zu. »Aber ich dachte –?«

»Viv ist keine Jüdin«, erklärte Joshua.

»Verstehe«, sagte Mr. Moss und lehnte sich auf seinem Stuhl zurück.

»Im September 1940 erhielt ich ein Telegramm. Ein deutscher Bomber hatte auf dem Rückflug von einem gescheiterten Einsatz seine Bombenladung über Solihull und einigen der umliegenden Dörfer abgeworfen. Das Haus der Thompsons wurde zerstört. Im Unterstand der Andersons wurde niemand gefunden. Alle waren der Überzeugung, die Thompsons wären durch die Bombe umgekommen und Maggie mit ihnen. Doch ich habe Grund zu der Annahme, dass sie noch am Leben sein könnten.«

Sie berichtete ihm alles über die Aufbahrung und das, was Mrs. O'Leary ihr erzählt hatte. Von ihrer Suche und der Frustration, in Aufzeichnungen und Telefonbüchern nach einer Nadel im Heuhaufen zu forschen. Sie wusste, dass inzwischen Verzweiflung in ihrer Stimme lag, aber sie konnte nicht aufhören, bis sie alles erzählt hatte.

»Verstehe«, sagte Mr. Moss wieder. »Und jetzt kommen Sie zu mir.«

»Wenn Sie irgendetwas tun können, um zu helfen …« Viv verstummte.

Er schaute von ihr zu Joshua und nickte dann. »Der Krieg war erwartungsgemäß chaotisch, und viele Aufzeichnungen sind verloren gegangen, aber wenn dieser Mr. Thompson seine Sozialversicherung zahlt, was er sollte, haben wir ihn in den Akten.«

»Was, wenn er seinen Namen geändert hat?«, fragte Viv und

brachte damit eine Befürchtung zum Ausdruck, die ihr Sorgen bereitete, seit sie das erste Telefonbuch konsultiert hatte. Was, wenn all diese Thompsons keine Bedeutung hatten, weil es keinen Matthew Thompson mehr gab?

»Tja, das wäre schwieriger. Um seinen Namen zu ändern, braucht man nur eine Erklärung abzugeben und sie in der *London Gazette* abdrucken zu lassen, einer der offiziellen Regierungszeitungen. Die *Gazette* durchzugehen ist ein mühseliges Prozedere, und das schon, wenn alles nach den Regeln abläuft«, meinte Mr. Moss.

Entsetzen stieg in ihr auf.

»Und wenn diese Leute sich nicht an die Regeln gehalten haben?«, fragte sie.

Seine Augen funkelten. »Einige Zeit kommt man vielleicht damit durch, seinen Namen inoffiziell zu ändern, aber irgendwann landet alles wieder bei unserer Abteilung. Jeder braucht eine Sozialversicherungsnummer. Wer arbeitet, muss einzahlen. Und wenn man seinen Namen ändert, muss man das beim Sozialversicherungsministerium anzeigen. Verstehen Sie, Mrs. Levinson? Daher bin ich mir ziemlich sicher, dass ich Ihnen behilflich sein kann.«

Dafür hatte sie auf der Zugfahrt und den größten Teil der letzten Nacht gebetet. Für einen Rettungsanker, der sie zu ihrer Tochter zurückführen könnte.

»Danke«, hauchte sie.

»Also dann«, sagte Mr. Moss, zog ein Stück Papier auf sich zu und nahm den Stift aus seinem Halter auf dem Schreibtisch, »wie lautet der volle Name Ihrer Tochter?«

»Margaret Anne Levinson«, gab sie zurück.

»Ihr Geburtsdatum?«, fragte er.

»21. Juli 1935«, sagte sie.

»Und die Pflegeeltern?«

»Matthew und Sarah Thompson. Ihre Geburtsdaten weiß ich nicht.«

»Haben Sie eine Vermutung, wie alt die beiden sein könnten?«, wollte Mr. Moss wissen.

»Ich würde sagen, Mr. Thompson ist vielleicht Mitte fünfzig. Seine Frau wahrscheinlich ungefähr fünf Jahre jünger als er«, erklärte sie.

»Was haben die Thompsons beruflich gemacht?«, erkundigte sich Mr. Moss.

»Mr. Thompson war irgendeine Art Ingenieur«, sagte sie und erinnerte sich an ihre kurzen Unterhaltungen mit dem Mann. »Mrs. Thompson war Hausfrau.«

Er nickte beim Schreiben. »Ich mache ein paar Anrufe und sehe, ob ich diese Anfrage beschleunigen kann.«

»Was glaubst du, wie lange das dauern wird?«, erkundigte sich Joshua.

»Könnte ein Tag werden oder eine Woche«, meinte Mr. Moss.

Eine Woche. Sie hatte Mr. Rowan angerufen und ihm erklärt, sie könne heute Morgen ihre Schicht nicht übernehmen. Sie hatte vage von einem Notfall in der Familie gesprochen, doch sie wusste, wenn sie länger als ein paar Tage fehlte, würde sie sich erklären müssen.

Sobald sie zurück im Hotel waren, würde sie ihn noch einmal anrufen und bitten, sich länger freinehmen zu dürfen. Sie bezweifelte, dass er ihre Bitte ablehnen würde, aber damit verlor sie trotzdem die Schichten, die sie normalerweise gearbeitet hätte.

Sie würde sich schon etwas einfallen lassen. Maggie zu finden war so viel wichtiger – ob sie nun ihre Ersparnisse angreifen oder Kate und Sam bitten müsste, ihr ein wenig Geld vorzuschießen.

»Wir sind in dem Hotel abgestiegen, das du vorgeschlagen hast«, sagte Joshua. »Zimmer zwölf und vierzehn.«

Dieses Mal hatte Mr. Moss seine Züge schnell genug im Griff, um seine Reaktion darauf, dass ein Ehepaar sich getrennte Hotelzimmer nahm, zu verbergen. »Ich melde mich, sobald ich etwas weiß.«

Viv nickte ihm dankend zu und wollte aufstehen, doch Joshua lächelte verkrampft. »Wenn ihr mich einen Moment entschuldigen würdet …«

Mr. Moss wies mit einer diskreten Kopfbewegung in Richtung der Toiletten.

Sobald Joshua den Raum verlassen hatte, wandte der Beamte sich an Viv. »Ich hoffe, Sie finden meine Frage nicht unpassend, Mrs. Levinson, aber ich bin im Krieg mit Ihrem Mann geflogen. Männer, die Frauen zu Hause hatten, haben normalerweise von ihnen erzählt.«

Sie schlug die Augen nieder und stellte fest, dass sie am Verschluss ihrer Handtasche nestelte. »Wir leben seit vielen Jahren getrennt.«

»Verstehe«, sagte er. »Dann wissen Sie wahrscheinlich nicht, dass Ihr Mann der Grund dafür ist, dass ich heute vor Ihnen sitze.«

Sie blickte abrupt auf. »Was?«

»Wir waren zusammen am Air-Force-Stützpunkt Linton-on-Ouse stationiert. Levinsons ursprünglicher Pilot war nicht flugtauglich, also wurde er meiner Maschine zugewiesen. Wir wurden während eines Einsatzes über Frankreich beschossen und haben uns über den Ärmelkanal zurückgeschleppt, nur um gezwungen zu sein, mit einem beschädigten Fahrwerk zu landen, sobald wir über englischem Boden waren. Beim Absturz bin ich bewusstlos geworden, und soweit ich weiß, hat Ihr Mann mich in Sicherheit gebracht, kurz bevor das ganze Teil explodiert ist. Hat sich für seine Mühe ein paar Splitter eingefangen.«

Daher musste er die frischen Narben gehabt haben, als er bei der Shiva aufgetaucht war. Sie war so mit ihrer Trauer beschäftigt gewesen, dass sie damals kaum darauf geachtet hatte.

»Ich hatte keine Ahnung«, erklärte sie.

»Manchmal habe ich mich gefragt, warum er das getan hat. Ich war damals ein anderer Mensch – viel zorniger. Als wir zusammen in der Ausbildung waren, habe ich ein paar scheußliche Dinge zu ihm und einem seiner Freunde gesagt, weil sie Juden sind. Ich habe damals niemanden besonders nett behandelt, aber Levinson hat die volle Breitseite abbekommen.« Er räusperte sich. »Jedenfalls bereue ich vieles aus diesem Leben, und das gehört dazu.«

»Haben Sie sich bei ihm entschuldigt?«, fragte sie.

»Ja, direkt nachdem es passiert ist. Ich habe ihm gesagt, wenn ich je etwas tun kann, um ihm auch nur annähernd zu vergelten, dass er mir das Leben gerettet hat, würde ich das nur zu gern tun. Aber er hat mich heute zum ersten Mal um etwas gebeten. So wie ich es sehe, ist er nicht verpflichtet, mir zu vergeben. Ich bin dafür verantwortlich, Wiedergutmachung zu leisten, und wenn ich großes Glück habe, ringt er sich vielleicht dazu durch, das anzunehmen.« Mr. Moss lachte auf. »Jedenfalls erzählt mein Geistlicher mir das.«

Joshua trat wieder in den Raum, und Viv stand auf. »Danke, Mr. Moss.«

Der Mann neigte den Kopf. »Ich hoffe, Sie finden Ihre Tochter, Mrs. Levinson. Ich werde jedenfalls hier meinen Teil dazu beitragen.«

Joshua

Schweigend gingen Joshua und Viv zu ihrem Hotel zurück. Er hätte sie am liebsten gefragt, worüber Moss und sie gesprochen hatten, während er nicht im Raum war, doch er spürte, dass dies nicht der richtige Zeitpunkt war, um sie zu drängen. Sie bewegten sich auf so dünnem Eis, dass ein kleiner Fehltritt sie wieder ins tiefe Wasser stürzen könnte.

»Was hast du mit dem Rest des Tages vor?«, fragte er schließlich, als sie wieder vor dem Hoteleingang standen.

»Keine Ahnung.«

Er hätte beinahe vorgeschlagen, dass sie heute gemeinsam die Stadt erkunden könnten, doch er gebot sich Einhalt. Das wäre viel zu früh.

»Was glaubst du, wann Mr. Moss anrufen wird?«, fragte sie.

Er zuckte mit den Schultern. »Keine Ahnung.«

Als sie ihre großen braunen Augen zu ihm aufschlug, sah er darin die ganze Angst, Sorge und Verzweiflung einer Mutter, die ihr Bestes gab, um einfach nur durchzuhalten.

»Moss wird im Hotel anrufen, sobald er etwas weiß«, versuchte er sie zu beruhigen. »Wir verpassen ihn schon nicht.«

Joshua würde sie nicht im Stich lassen.

Dieses Mal nicht.

Um sechs Uhr an diesem Abend öffnete Joshua die Tür seines Hotelzimmers und ging zwei Türen weiter zu seiner Frau. Nachdem er sich heute Morgen von Viv verabschiedet hatte, hatte er gedacht, er könnte einen Spaziergang durch die Stadt unternehmen, doch er konnte sich nicht dazu überwinden, das Hotel zu verlassen. Stattdessen war er auf sein Zimmer gegangen und hatte versucht zu lesen. Irgendwann hatte er sich hingelegt, um ein wenig zu schlafen. Er war über den Flur gegangen und hatte ein Bad genommen. Alles, um sicherzugehen, dass er in der Nähe war, wenn Moss anrief.

Nachdem sie den ganzen Tag nichts gehört hatten, kam er zu dem Schluss, dass er etwas essen musste. Und er vermutete, dass es Viv genauso ging.

Er hob die Hand und klopfte an die Tür von Zimmer zwölf. Nach einer Weile öffnete Viv. Sie hatte sich umgezogen und trug ein blassgrünes Kleid mit weißen Knöpfen auf der Vorderseite. Es hob ihr hellbraunes, welliges Haar und ihre rosigen Wangen vorteilhaft hervor.

»N'Abend«, sagte er. »Du siehst entzückend aus.«

Als er ihr dieses Mal ein Kompliment machte, strich sie sich übers Haar und wandte den Blick ab. »Danke«, sagte sie trotzdem.

Er entschied sich, das als Fortschritt zu werten – leichtes Tauwetter über dem Gletscher, der zwischen ihnen stand.

»Ich dachte, du möchtest vielleicht einen Happen essen gehen«, sagte er.

Die Art, wie sie sich auf die Unterlippe biss, verriet ihm, dass sie hungrig war, doch sie schüttelte dennoch den Kopf. »Ich will das Hotel nicht verlassen.«

»Der Pub nebenan serviert auch Essen. Ich dachte, wir könnten den Angestellten an der Rezeption bitten, herüberzulaufen und uns Bescheid zu geben, falls Moss anruft«, erklärte er.

Wieder zögerte sie, und er dachte schon, sie würde sein Angebot ausschlagen. »Lass mich nur meine Handtasche holen«, sagte sie stattdessen.

Er wartete vor ihrer Tür, während sie ihre Sachen zusammensuchte, und als sie wieder öffnete, bot er ihr seinen Arm an. Kurz überlegte sie, doch dann nahm sie ihn und erlaubte ihm, sie die Treppen hinunterzuführen.

Nach einem kurzen Gespräch mit dem Hotelangestellten ließen sie sich im Gastraum des Pubs nebenan nieder. Sie zogen ihre Rationierungsbücher hervor und bestellten Pies, die mit Sicherheit mehr Gemüse als Fleisch enthalten würden, und dazu ein helles Bier für Viv und ein Pint Ale für Joshua. Schließlich hatten sie nichts anderes mehr zu tun, als sich zu unterhalten.

»Du wohnst nicht mehr bei deinen Eltern?«, fragte er.

»Nein. Ich habe mir vor ein paar Jahren eine eigene Wohnung genommen.«

Das musste sie teuer zu stehen gekommen sein – Wohnraum war schon für einen Mann, der neu anfing, nicht billig, und mit dem niedrigeren Lohn, den eine Frau verdiente, musste es noch schwieriger sein, die Miete aufzubringen –, doch er spürte, dass sie stolz auf das Erreichte war.

»Du warst während des Krieges Postbotin, oder?«, fragte er.

»Ich bin es noch. Wenigstens war ich es, als ich Liverpool verlassen habe. Ich bin mir nicht sicher, wie lange mein Chef mir meine Stelle freihalten wird. Hat Rebecca dir von mir erzählt?«

»Nur die grundlegenden Fakten. Du kannst ihr vertrauen, weißt du«, sagte er.

»Ich weiß. Deine Schwester ist mir eine gute Freundin geworden«, erklärte sie.

»Warum wolltest du nicht, dass sie mir das mit Maggie erzählt? Wäre es wirklich so schlimm gewesen, mir Bescheid zu geben?«, fragte er.

»Eigentlich hatte ich mir mehr Sorgen um Anne und Seth gemacht. Ich dachte, das würde ihnen viel Schmerz ersparen, falls sich herausstellt, dass ich mich geirrt habe und Maggie doch … nicht mehr bei uns ist«, schloss sie, und ihre Stimme stockte ein wenig.

»Du magst meine Eltern sehr gern, nicht wahr?«, fragte er.

»Sie waren unglaublich freundlich zu mir. Meine eigenen sehe ich nicht mehr besonders oft«, sagte sie.

Er erinnerte sich nur zu gut an ihre Mutter und ihren Vater. Mrs. Byrne war eine eigensinnige, starrköpfige Frau, die bei ihrer Hochzeit dagestanden hatte, als müsste sie aufs Schafott steigen. Mr. Byrne war der Inbegriff eines schwachen Mannes gewesen, der sich hinter der Entschlossenheit seiner Frau versteckte, weil das zweifellos einfacher war, als ihr die Stirn zu bieten.

Viv nippte an ihrem Bier. »Rebecca hat erzählt, dass du vor dem Krieg in New York erfolgreich warst.«

Ihm wurde unangenehm heiß. »Meine Schwester schmeichelt mir. Sie war schon als Kind immer mein größter Fan.«

»Wieso?«

»Ich bin in New York angekommen, und mir wurde sofort klar, dass es dort Hunderte talentierte Musiker gab wie mich, die alle dieselbe Idee gehabt hatten. Zu viele Männer, die alle Ausschau nach denselben Jobs hielten. Ich habe mich treiben lassen und hab in vielen verschiedenen Lokalen mit einer Menge unterschiedlicher Leute gespielt. Eine feste Anstellung konnte ich aber nie finden, und schließlich habe ich mich mit Unterricht und Vertretungen mehr schlecht als recht über Wasser gehalten«, gestand er.

Sie legte den Kopf ein wenig schief. »Aber du bist Musiker geworden.«

»Ja, aber –«

»Nicht jeder wird berühmt, stimmt's?«

Sie sagte das so einfach – fast, als wäre es offensichtlich. Vielleicht hätte es das sein sollen. Bevor er nach New York gegangen war, hätte er sich im Klaren darüber sein müssen, dass er zusammen mit einigen der Besten aus der Branche würde vorspielen müssen. Um sich abzuheben, hätte es mehr als Talent gebraucht. Er hätte Beziehungen haben müssen, die ein junger Mann, der Tausende von Meilen entfernt groß geworden war, einfach nicht besaß.

»Rebecca hat erzählt, du hättest jetzt eine Band, mit der du in London spielst«, sagte Viv und holte ihn zurück in den Pub in Newcastle und zu seinem Ale.

»Eine Combo. Die Gruppe ist kleiner als die Orchester und Bands, mit denen ich früher in Liverpool und New York aufgetreten bin. Wir haben Ende des Monats ein Engagement, und anschließend nehmen wir unsere erste Platte auf. Die Musik ist etwas ganz Neues. Aufs Wesentliche reduziert, aber emotional. Nichts, was man in einem Tanzsaal hören würde –« Abrupt unterbrach er sich, als ihm klar wurde, dass er vom Hundertsten ins Tausendste kam. Sie interessierte sich nicht für seine Musik.

Viv trank noch einen Schluck von ihrem Drink. »Mr. Moss hat erwähnt, dass ihr euch nicht verstanden habt, als ihr zusammen geflogen seid«, erklärte sie schließlich.

»Ach, hat er?« Die Offenheit seines ehemaligen Piloten erstaunte ihn.

»Er hat außerdem das Gefühl, dass er dir etwas schuldet«, sagte sie.

»Er ist mir überhaupt nichts schuldig«, gab er zurück und zerrte an seinem Hemdkragen. Dann wurde ihm klar, was er tat, und er zwang sich, die Hand herunterzunehmen.

»Du hast ihm das Leben gerettet«, sagte Viv.

»Das hätte jeder getan«, erwiderte er.

»Nachdem er dich abscheulich behandelt hat«, fügte sie hinzu.

Joshua wandte den Blick ab. »Er hat nichts gesagt, was ich nicht schon gehört hätte.«

»Wann hast du ihn zuletzt gesehen?«, fragte sie.

»Im Krankenhaus, nach unserem Absturz.«

»War das vor der Shiva?«, wollte sie wissen.

Er räusperte sich. »Ja. Danach wurde ich für die Zeit meiner Genesung an den Schreibtisch verdonnert, aber nach drei Wochen war ich wieder in der Luft. Moss ist nie wieder geflogen.«

Er trank einen Schluck. Ungesagtes hing schwer in der Luft. Gesanken, denen er Ausdruck verleihen musste, bevor ihn der Mut verließ.

»Wenn man zum Bodenpersonal versetzt wird, lässt einem das viel Zeit zum Nachdenken. Viv, ich wollte dir sagen –«

»Bitte nicht«, unterbrach sie ihn.

»Du weiß ja gar nicht, was ich sagen will.«

»Was immer es ist – wenn du diesen Ton anschlägst, bin ich mir sicher, dass es mir nicht gefallen wird.«

Er schluckte. »Es tut mir leid. Mehr wollte ich gar nicht sagen. Ich weiß, dass das nicht genug ist – keine Ahnung, ob es je so sein wird –, aber es ist wahr. Ich war egoistisch. Ich habe mich zu sehr darauf konzentriert, was ich wollte, und ich dachte, das Geld von deinen Eltern zu nehmen und nach New York zu gehen, wäre meine einzige Chance. Ich musste sie ergreifen.«

»Du hättest Nein sagen können«, entgegnete sie mit spröder Stimme.

Er sah auf seine Hände hinunter, die er um das Bierglas gelegt hatte. »Und du hättest mitkommen können. Das war mir ernst.«

Sie schnaubte abfällig. »Nein, war es nicht.«

»Doch«, beharrte er.

Sie beugte sich über den Tisch. »Versuchst du mir wirklich weiszumachen, dass du Frau und Kind mit dir herumschleppen wolltest? Während du versucht hast, als Musiker in einem fremden Land Erfolg zu haben?«

»Ich hätte es schaffen können«, gab er stur zurück.

»Aber hättest du es gewollt? Ich habe mir einen Ehemann gewünscht, Joshua. Jemanden, der zu mir hält, so wie der Mann meiner Schwester für sie da ist. Aber das war nie für uns bestimmt. Wir hätten überhaupt nie aufs Standesamt gehen sollen. Ich hätte nicht zu dieser ersten Verabredung mit dir gehen sollen, und schon gar nicht auf die zweite.«

»Dann ist das jetzt meine Schuld?«, fragte er, und in ihm sträubte sich alles.

Sie schüttelte den Kopf. »Nein, aber ich habe viele Jahre lang die ganze Schuld und Last für das, was uns passiert ist, getragen.«

»Ich hatte auch Belastungen«, protestierte er.

»Welche zum Beispiel?«, erwiderte sie spöttisch.

»Meine Familie …«

»Hätte dich im Handumdrehen wieder aufgenommen, wenn du bloß gefragt hättest. Haben sie es dir schwer gemacht, als du nach England zurückgekehrt bist?«, fragte sie.

Rebecca war nicht gerade glücklich, wollte er schon sagen, gebot sich dann aber Einhalt. Laut ausgesprochen klang es lächerlich. Wie er es auch betrachtete, seine Eltern hatten ihn wieder bei sich aufgenommen und kaum ein tadelndes Wort verloren.

»Sie haben dir alles verziehen. Sogar, mich geheiratet zu haben«, erklärte Viv kopfschüttelnd. »Ich weiß, dass ein katholisches Mädchen aus Walton nicht das ist, was sich deine Mutter tief im Herzen erhofft hatte, aber sie hat mir immer nur das Gefühl vermittelt, willkommen zu sein. Bei meiner Familie habe ich das nicht erlebt. Ich bin schwanger geworden und habe Freunde verloren, obwohl wir geheiratet haben. Menschen, die ich seit Jahren kannte, reden immer noch kaum mit mir, wenn ich Kate in Walton besuche. Ich rede nicht mehr mit meinen Eltern. Also sitz nicht da und erzähl mir, dass es genauso schwer für dich war wie für mich.«

»Ich konnte nicht in Liverpool bleiben. Ich wusste, dass ich Talent habe.« Ihm wurde klar, dass es jetzt klang, als würde er betteln, aber das war ihm gleichgültig. Sie musste ihn wenigstens ein bisschen verstehen – freisprechen.

»Daran zweifelt niemand, Joshua, aber war es das wert?«, fragte sie.

Er schluckte heftig. So hatte er sich diese Mahlzeit nicht vorgestellt. Er hatte das Gefühl, als würde sein Gewissen auseinandergenommen und freigelegt, sodass alle es sehen konnte.

»Eines jedenfalls werde ich nie bereuen: Maggie bekommen zu haben«, fuhr Viv mit hartem Blick fort. »Dafür kann ich mich aufrichtig bei dir bedanken. Aber ich hatte auch viele Jahre Zeit zum Nachdenken, Joshua. Du sagst, du hättest Zeit zum Nachdenken gehabt, als du zum Bodenpersonal versetzt wurdest? Alles allein schaffen zu müssen hat auch bedeutet, dass ich viele, viele Nächte zum Nachdenken hatte. Irgendwann ist mir klar geworden, dass ich dich weder brauche noch Lust habe, dir zu verzeihen.«

»Viv –«

»Danke, dass du zu unserer Hochzeit erschienen bist. Deinen Namen zu tragen hat manches einfacher gemacht. Und danke für Maggie. Sie ist das Beste, was mir je passiert ist. Aber das ist alles, wofür ich dir je danken werde. Sobald Mr. Moss angerufen hat, gehen wir getrennte Wege. Ich habe meine Tochter allein großgezogen. Und so werde ich sie auch finden.« Viv stützte sich auf den Tisch, stand auf und warf ihre Serviette neben ihren Platz. »Ich bin hier fertig. Mach dir nicht die Mühe, an der Rezeption nach Nachrichten zu fragen. Das mache ich selbst.«

Joshua lehnte sich auf seinem Stuhl zurück und stieß einen lang gezogenen Seufzer aus, als seine Frau den Gastraum des Pubs verließ und ihn sitzen ließ, so wie er es bei ihr vor vielen Jahren getan hatte.

Viv

Als Viv zurück in ihrem Zimmer war, kam sie nicht zur Ruhe. Sie hasste es, dass ein einfaches Gespräch mit Joshua über die Vergangenheit sie so schrecklich aufregen konnte. Sie hätte gern geglaubt, dass seine Worte sie nicht mehr treffen könnten. Dass er fest in ihre Vergangenheit gehörte und wieder in den Hintergrund treten würde, wenn das alles vorbei war. Sobald sie ihre Tochter zurückhatte. Doch wie sich herausstellte, war die Realität komplizierter.

Sie hätte nicht fragen sollen, ob er seine Entscheidungen bereute. Dort zu sitzen, darauf zu warten, dass er Ja sagte, und dann nichts als Ausreden über sein Talent und seine Träume zu hören, hatte sie stärker verletzt, als sie geahnt hatte.

Viv schnaubte und sah auf die Uhr. Kurz vor zehn. Sie warf einen Blick zu dem Telefon auf dem Nachttisch und verspürte den drängenden Wunsch, eine vertraute Stimme zu hören. Jemanden, der sie fast so gut kannte wie sie sich selbst.

Ihr erster Gedanke galt Kate, aber ihre Schwester würde die letzten paar wachen Minuten mit Sam verbringen, bevor er zu seiner ersten Schicht als Lieferant ging. Damit blieb nur eine andere Möglichkeit.

Viv streckte die Hand nach dem Telefon aus und nahm den Hörer ab.

»Ja, Madam?«, fragte der Angestellte an der Rezeption.

»Vermittlung bitte«, sagte sie.

Eine kurze Pause trat ein, dann war sie mit der Vermittlung verbunden. »Nummer bitte?«, fragte die Telefonistin.

»Ich würde gern nach Liverpool telefonieren«, sagte sie und versuchte, nicht daran zu denken, wie teuer der Anruf werden würde.

»Bleiben Sie in der Leitung, bitte«, sagte die Frau vom Amt.

Eine Pause trat ein, und dann wiederholte die Liverpooler Vermittlung die Frage. Viv nannte die Nummer.

»Bleiben Sie bitte am Apparat«, leierte die zweite Telefonistin.

Beim vierten Läuten wurde abgehoben.

»Hallo?«

»Rebecca, ich bin's«, sagte Viv.

»Gibt es etwas Neues, Viv? Ist Joshua bei dir?«

»Nein, noch nichts Neues. Mr. Moss war sich nicht sicher, ob er Einzelheiten für uns herausfinden kann, aber er hat versprochen, es zu versuchen.«

Rebecca sog scharf die Luft ein. »Tut mir leid.«

»Wir warten jetzt im Hotel auf Nachricht. Er ruft angeblich an, sobald er etwas weiß.«

»Das muss dich ja ein Vermögen kosten. Brauchst du Geld?«, fragte Rebecca.

Rasch überschlug sie, wie viel Geld sie noch auf ihrem Postsparbuch hatte. Wenn sie nur eine Mahlzeit am Tag aß, konnte sie das Wochenende überstehen. Wie sie danach weitermachen sollte, wusste sie nicht genau. Mrs. Shannon würde Verständnis haben, wenn Viv ihr erklärte, sie müsse die Miete später zahlen, aber sie arbeitete schon jetzt sechs Tage die Woche. Sie hatte keine Ahnung, wie sie das zusätzliche Geld aufbringen sollte, das sie in Newcastle ausgab.

Aber ihr wurde klar, dass das alles nichts bedeutete, wenn diese Suche ihr Maggie zurückbrachte.

»Ich komme zurecht«, erklärte sie mit einer Zuversicht, die sie nicht empfand.

»Ist Joshua bei dir?«, fragte Rebecca noch einmal.

»Er hat sein eigenes Zimmer. Wir waren etwas essen, aber ich bin früh gegangen.«

»Was hat er angestellt?«, fragte Rebecca in einem Ton, der andeutete, dass sie vollständig davon ausging, dass ihr Bruder im Unrecht war.

»Er hat angefangen, über die Vergangenheit zu reden.«

»Ach, nichts weiter?« Rebecca klang ausgesprochen sarkastisch.

»Ich habe ihm erklärt, dass ich ihm unseren Hochzeitstag und alles, was danach passiert ist, nicht verzeihen kann«, erklärte sie.

»Das ist dein gutes Recht, Viv«, meinte ihre Freundin nach kurzem Schweigen.

»Es geht ja nicht nur um mich«, beeilte sie sich zu erklären. »Sondern auch um dich und deine Eltern —«

»Sehr lieb, dass du an uns denkst, aber meine Eltern haben ihm schon lange verziehen«, sagte Rebecca.

»Und du?«, fragte sie.

»Mein Bruder ist auch nur ein Mensch. Er hat Fehler gemacht – katastrophale –, aber er hat auch nie behauptet, vollkommen zu sein. Ich weiß, dass er mich liebt, komme, was da wolle, und das ist das Wichtigste.«

Viv dachte an all ihre Meinungsverschiedenheiten mit Kate im Lauf der Jahre. Damals war sie sich nicht sicher gewesen, ob sie Kate verzeihen könnte, nach Maggies Geburt ihren Brief an die Levinsons nicht abgeschickt zu haben, aber irgendwann war der Zorn verraucht. Ihre Schwester hatte Fehler gemacht, aber sie hatte ihr vergeben.

Aber ihrem Mann gegenüber konnte sie diese Nachsicht nicht aufbringen.

»Nichts davon bedeutet aber, dass ich dir sagen werde, du

solltest meinem Bruder trauen, bevor er sich dein Vertrauen verdient hat«, erklärte Rebecca. »Verzeih ihm nur, wenn es dir wirklich ernst ist, Viv, denn das zurückzunehmen, wäre grausam.«

»Das muss schwierig für dich sein«, meinte Viv leise.

Rebecca lachte. »Was denn? Dass meine beste Freundin die getrennt lebende Frau meines Bruders ist? Ganz und gar nicht.«

»Deine beste Freundin?«, fragte Viv erstickt und lachte unter Tränen.

»Fang mir jetzt bloß nicht an zu heulen.«

»Und wenn man mal daran denkt, dass ich einmal lediglich das Mädchen war, das dein Bruder in Schwierigkeiten gebracht hat«, sagte Viv.

Rebecca kicherte. »Na ja, an eurem Hochzeitstag war ich sechzehn, zornig und entschlossen, dich um meines Bruders willen zu hassen, aber jetzt schau dir an, wie sich Dinge ändern können.«

»Dazu brauchte ich bloß eure Post auszutragen«, sagte sie.

»Und du brauchtest nur nett zu meiner Mutter zu sein. Welches brave Mädchen kann schon jemandem gegenüber nachtragend sein, der nett zu ihrer Mutter ist?«, fragte Rebecca.

»Danke«, flüsterte Viv.

»Ich mache mir Sorgen um dich, Viv«, erklärte Rebecca und seufzte.

»Sorgen um mich?«

»Joshua und du –«

»Nichts wird passieren. Das kann ich dir versprechen«, sagte Viv nachdrücklich.

»Ich hatte mich nur gefragt. Es ist so lange her …«

»Nein«, sagte Viv und schüttelte den Kopf.

»Hast du schon mal daran gedacht, dich scheiden zu lassen?«, fragte Rebecca.

»Ich bin katholisch«, gab Viv zurück.

»Ich weiß, ich dachte nur, weil du jetzt nicht mehr zur Kirche gehst …«

Nicht mehr zur Sonntagsmesse zu gehen war eine Sache, Scheidung eine ganz andere. Vielleicht kam ihrer Freundin, die nicht katholisch war, das merkwürdig vor, aber Viv konnte all die Lehren, die sie von Kindheit an geprägt hatten, nicht ganz hinter sich lassen.

»Was ist mit Annullierung?«, wollte Rebecca wissen.

»Ich wüsste gar nicht, wo ich da anfangen soll«, gestand Viv. Eine Annullierung war ein langer, schwieriger Prozess – aber darauf kam es gar nicht an. Die Byrnes ließen ihre Ehen nicht annullieren.

»Willst du nicht irgendwann jemanden kennenlernen?«, fragte Rebecca.

»Was ich will, ist meine Tochter«, erklärte sie.

»Dann wirst du sie auch finden. Daran habe ich keinen Zweifel«, sagte Rebecca mit der ganzen Überzeugung, die Viv in ihrem angeschlagenen Zustand nur schwer aufbringen konnte. »Du wirst sie finden, Viv. Ich fühle es.«

Schließlich schlummerte Viv gegen vier Uhr morgens ein, nur um von einer plärrenden Hupe auf der Straße geweckt zu werden. Mit bleischweren Gliedern schleppte sie sich aus dem Bett und über den Flur, um zu baden. Sie zog wieder ihr grünweißes Kleid an und kämmte sich das Haar. Heute wusste sie nichts mit sich anzufangen. Den Roman, den sie eingepackt hatte, hatte sie ausgelesen, und sie sollte wahrscheinlich zu WHSmith gehen, um sich einen neuen zu kaufen. Doch sie fühlte sich durch ihre spontane Reise und den Lohn, der ihr dadurch entging, zunehmend unter Druck.

Sie hatte gerade ihren Lippenstift aufgelegt, als es an der Tür klopfte. Schnell steckte sie die Kappe wieder auf den Stift und ging zur Tür, um zu öffnen.

Joshua stand vor ihr auf dem Gang und hielt ein Stück Papier zwischen den Fingern. »Ich habe es.«

Viv bat ihn herein. Ihr Herz raste in ihrer Brust.

»Moss hat in aller Frühe angerufen. Anscheinend war ihm jemand noch einen Gefallen schuldig, und die Person, die die Adresse gefunden hat, hat ihn noch zu Hause beim Frühstück erreicht«, sagte Joshua zur Erklärung.

»Wo ist sie?«, fragte Viv.

»Süd-Devon.«

»Süd-Devon?« Das lag fast so weit südlich, wie man in Großbritannien fahren und sich noch auf festem Land befinden konnte. »Warum Devon?«

»Keine Ahnung«, gab er fröhlich zurück.

Sie streckte die Hand aus. »Darf ich bitte sehen?«

»Ich will mitkommen«, erklärte er, ohne ihr den Zettel zu geben.

»Nein.« Viv brauchte ihre Reaktion nicht abzuwägen. Sie wusste, dass das eine schlechte Idee war.

»Ich habe bewiesen, dass ich helfen kann. Ich kann noch mehr tun.«

»Nein«, wiederholte sie und griff nach dem Papier.

»Ich trage die Koffer. Ich lese die Karten. Ich suche uns eine Unterkunft«, sagte er.

»Das kann ich alles allein.« Sie stand seit Jahren für sich selbst ein und brauchte ihn nicht, damit er wie ein edler Ritter angeritten kam.

»Ich kann dir auch finanziell unter die Arme greifen«, sagte er.

Viv verurteilte sich selbst dafür, dass das Argument sie kurz beinahe umstimmte.

»Ich kann sogar für alles aufkommen. Unsere Zugfahrkarten, Zimmer, Essen«, drängte er, denn er hatte zweifellos ihre Schwäche bemerkt.

»Ich habe dich noch nie um Geld gebeten. Warum sollte ich jetzt damit anfangen? Und außerdem, kannst du dir das überhaupt leisten?«

»Ich habe kaum etwas von meinem Gehalt bei der Air Force ausgegeben, und ich bin für die Bandproben bezahlt worden. Bitte, Viv. Meine Entschuldigung gestern war mein Ernst, auch wenn sie vielleicht grobschlächtig rübergekommen ist. Ich schwöre dir, dass ich kein schlechter Mensch bin, aber das kannst du ja nicht wissen. Wie auch? Wir haben nie Zeit miteinander verbracht.«

Sie suchte in seinem Gesicht nach einem Anzeichen dafür, dass seine Worte boshaft oder sarkastisch sein könnten. Doch sie sah nur Offenheit und Ernsthaftigkeit. Trotzdem konnte sie sich nicht erlauben, ihm zu vertrauen.

»Die Suche nach meiner Tochter ist nicht der Zeitpunkt für eine glückliche Familienzusammenführung«, erklärte sie.

»Nein, aber sie ist auch meine Tochter. Ich weiß, du wirst das nicht glauben, aber ich möchte Maggie kennenlernen. Ich möchte ein Teil ihres Lebens sein. Mir ist klar, dass ich die ersten zehn Jahre ihres Lebens verpasst habe, und ich will nicht noch mehr verpassen.«

Das war alles zu viel. Sie wollte nicht mit ihm reisen, vor allem jedoch wollte sie nicht, dass er sie in dem Moment sah, der der glücklichste oder der schlimmste ihres Lebens werden könnte. Sich so große Hoffnungen zu machen, nur damit sie wieder zerschmettert würden …

»Ich …«

»Bitte erlaube mir, der Vater zu sein, den Maggie verdient.«

Sie presste sich eine Hand an die Stirn, während in ihrem

Bauch Schuldgefühle, Misstrauen und Traurigkeit miteinander rangen. Sie wollte ihn nicht dort haben, aber konnte sie ihrer Tochter wirklich die Chance verwehren, ihren Vater kennenzulernen, wenn sie das wollte? Maggie hatte nie nach ihrem Vater gefragt, aber da war sie auch erst vier gewesen. In nur wenigen Tagen würde sie zehn werden. Sie würde die Welt inzwischen besser verstehen. Bestimmt hatte sie Freundinnen, die Mutter und Vater hatten, und sie fragte sich vielleicht, warum das bei ihr anders war. Konnte Viv ihre Tochter guten Gewissens von ihrem Vater fernhalten, wenn sie sich wünschte, ihn kennenzulernen?

Sie stieß einen tiefen Seufzer aus. »Ich rede als Erstes mit ihr. Sie ist noch ein Kind und weiß nicht, wer du bist.«

Maggie würde sich womöglich nicht einmal richtig an Viv erinnern – ein Gedanke, der sie tiefer traf als alles, was Joshua ihr je antun könnte.

Er blickte abrupt auf. »Du meinst …?«

»Das auf dem Papier könnte ihre Adresse sein, aber wenn nicht, werde ich nicht aufhören, nach ihr zu suchen. In dem Moment, in dem du anfängst, über Langeweile zu jammern, oder keine Lust mehr hast, unterwegs zu sein, kannst du zurück nach London fahren.«

»Das werde ich nicht«, gelobte er.

Sie hätte ihn daran erinnern können, wie genau er sich in der Vergangenheit an seine Versprechungen gehalten hatte, doch sie hielt sich zurück. Vielleicht war es Zeit, Joshua die Chance zu geben, ihr zu zeigen, dass ihm seine Worte ernst waren.

Viv zuckte zusammen, als Joshua die Hotelrechnung für sie beide zahlte, zu der jeweils noch eine zusätzliche Nacht, mit der sie nicht gerechnet hatten, hinzugekommen war. Sie war sich sicher, dass sie es noch bereuen würde, ihm erlaubt zu haben, sie auf der Suche nach Maggie zu begleiten, aber sie konnte nicht abstreiten, dass Geld hilfreich war.

Sie gingen zum Bahnhof, und Joshua, der beide Koffer trug, kaufte zwei Fahrkarten nach Devon über London.

»Brauchst du etwas?«, fragte er, als sie vom Fahrkartenschalter weggingen. »Eine Tasse Tee? Ein Buch? Eine Zeitung?«

»Nein danke«, sagte sie, denn sie wollte nicht noch tiefer in seiner Schuld stehen, als sie das durch diese Fahrt ohnehin tun würde.

Trotz ihrer Proteste ging Joshua zum Kiosk, um eine Ausgabe von *The Journal* und ein Taschenbuch von Ngaio Marsh zu kaufen.

»Die sind für mich, aber ich kann sie nicht beide zugleich lesen«, erklärte er und hielt ihr das Taschenbuch hin, bis sie es schließlich annahm.

Sie setzten sich auf ihre Plätze im Zug nach Birmingham, und Viv versuchte die Nervosität beiseitezuschieben, die an ihr zerrte, während sie Newcastle verließen. Sie schaute zu, wie die Landschaft vorüberzog, und fragte sich, wie es sein würde, ihre Tochter zum ersten Mal seit fünf Jahren wiederzusehen. Sie sehnte sich so schmerzhaft danach, Maggie an sich zu drücken, die Arme um sie zu schlingen. Ihr Tochter würde inzwischen größer sein – das war ihr schon klar –, aber es war schwer, sich das vorzustellen. Vor ihrem inneren Auge sah sie nur ihr kleines Mädchen – genau so, wie sie gewesen war, als Viv sie das letzte Mal in Wootton Green besucht hatte.

In Birmingham verließen sie den Zug, um umzusteigen.

»Sandwich?«, fragte Joshua.

Viv schürzte die Lippen und schüttelte den Kopf.

»Du musst doch etwas essen«, meinte er.

»Ich esse später zu Abend«, erklärte sie.

Joshua nickte knapp und entschuldigte sich dann. Als er ein

paar Minuten später zurückkehrte, hielt er in einer Hand zwei in Wachspapier gewickelte Sandwiches und in der anderen zwei Pappbecher mit Tee.

»Maggie hat nichts davon, wenn du verhungerst, bevor du auch nur die Chance hast, sie zu finden«, sagte er.

Widerstrebend nahm Viv die Erfrischungen an und folgte ihm zu ihrem nächsten Zug.

Sie hielt bis Warwick durch – dann wickelte sie ihr Sandwich aus und nahm einen ersten Bissen von dem mit Kresse und einer dünnen Scheibe Käse belegten Brot.

Joshua lächelte ihr zu, sagte aber nichts.

Sie war ihm dankbar dafür.

Joshua

14. Juli 1945

Joshua stieg aus dem Bus, der sich durch die schmalen Straßen von Totnes geschlängelt hatte, drehte sich um und streckte Viv eine Hand entgegen. Er wusste, dass sie ihn nicht gern bei sich hatte, aber sie fuhr nicht vor ihm zurück, so wie noch vor ein paar Tagen, als sie sich im Haus seiner Eltern begegnet waren.

»Wir sind fast da«, erklärte er, nachdem er die Karte konsultiert hatte, die jetzt in seiner linken Jackentasche steckte. »Anscheinend müssen wir zweimal rechts und einmal links abbiegen.«

»Gut.«

Er konnte nicht umhin, das Zittern in ihrer Stimme zu bemerken.

»Es ist immer möglich, dass Moss' Information falsch war«, sagte er, als sie sich zum ersten Mal nach rechts wandten.

»Ich weiß«, gab sie leise zurück.

»Aber wenn die Adresse nicht stimmt, finden wir die richtige heraus. Wenn sie lebt, finden wir sie auch«, fuhr er fort.

Im Licht des Spätnachmittags warf sie ihm einen scharfen Blick zu. »Musst du nicht zurück zu deinen Proben?«

Oh, wie wahr. Heute Morgen hatte er Hal von dem Hotel in Newcastle aus angerufen und den Jazzmusiker geweckt.

»Weißt du, wie spät es ist, Levinson?«, hatte sein Bandleader gefragt.

»Kurz nach acht«, hatte er erwidert.

»Ich war bis drei bei einer Jamsession«, stöhnte Hal.

»Ich dachte, Air-Force-Männer wären an frühe Anrufe gewöhnt«, meinte er.

»Wir sind demobilisiert«, rief Hal ihm ins Gedächtnis. »Und, warum rufst du an?«

»Die Dinge hier sind kompliziert. Möglich, dass ich länger brauche«, erklärte er.

Hal brummte am anderen Ende der Leitung und gähnte dann. »Bedaure. Du hast bis Montag, aber dann brauche ich dich wirklich wieder hier. Wir müssen an *This Lonely Love* arbeiten, und ich habe neue Arrangements für *What Happened Once* geschrieben.«

Joshua zögerte. »Okay. Montag bin ich zurück«, versprach er, obwohl er nicht zuversichtlich war, dass daraus etwas würde.

»Wir sehen uns bei der Probe«, sagte Hal. »Und, Levinson? Verpass sie nicht. Der Job wartet nicht ewig auf dich.«

Mit der Warnung seines Bandleaders noch im Ohr hatte Joshua in seinem Hotelzimmer gesessen, bis die Vermittlung sich wieder eingeschaltet und gefragt hatte, ob er einen weiteren Anruf anmelden wolle. Das hatte ihn aus seiner Versunkenheit gerissen, und er hatte den Hörer aufgelegt und sich angezogen.

Ihm war klar, dass er, je länger er mit Viv unterwegs war, mehr Gefahr lief, seine Karriere aufs Spiel zu setzen. Er durfte seine Chance auf einen Platz in der Band nicht riskieren – nicht, wenn er so weit gekommen war und so hart darum gekämpft hatte, endlich eine Stelle als festes Bandmitglied zu ergattern.

Als sie in die Lower Collins Road einbogen, versuchte er, den Gedanken aus seinem Kopf zu verbannen. Er musste sich auf die Suche konzentrieren. Das war jetzt das Wichtigste.

»Mach dir keine Gedanken über die Proben. Jetzt halten wir Ausschau nach Nummer siebenundfünfzig«, erklärte er.

Viv reckte den Hals und spähte die Straße hinunter.

»Da«, verkündete sie und wies auf ein großes Zweifamilienhaus, das weiß gestrichen war und ein wenig von der Straße zurück lag. Davor befand sich eine niedrige Steinmauer, und im Vorgarten wuchs ein Obstbaum und schützte mit seinem Schatten einige der Fenster vor der Sommersonne.

Joshua stieß einen leisen Pfiff aus. »Nicht übel.«

»Das Haus der Thompsons in Wootton Green war auch Welten von Walton entfernt«, meinte sie finster.

»Bereit?«, fragte er.

Viv sah lange zu dem Haus auf und nickte dann.

Viv

Vivs Hände zitterten, als sie das Gartentor öffnete, das zur Lower Collins Road 57 führte, aber trotzdem marschierte sie den Pfad hinauf und klingelte. Irgendwo im Haus bellte ein Hund, und der gedämpfte Ruf einer Frau war zu hören. Vivian und Joshua wechselten einen Blick, doch bevor einer von ihnen etwas sagen konnte, schwang die Tür auf, und ein kleines brünettes Mädchen in einem türkisfarbenen Kleid und mit einer rosa Schleife im Haar stand da. Auf dem Arm trug sie eine Puppe mit Porzellankopf.

»Maggie?«, flüsterte Vivian.

»Hallo!«, zwitscherte das Mädchen.

Viv spürte, wie Joshua neben sie trat. »Du heißt nicht zufällig Maggie, oder?«

Hinter dem Mädchen tauchte eine dunkelhaarige Frau auf, die eine geblümte Schürze trug. Die Miene der Frau verfinsterte sich, während sie zwischen den beiden hin- und herblickte. »Wer sind Sie?«

Viv schüttelte den Kopf. »Tut mir leid, wir sind auf der Suche nach einem kleinen Mädchen …«

Die Frau schob das Kind hinter sich.

»Wir führen nichts im Schilde. Aber … heißt sie vielleicht Margaret? Oder Maggie?«, fragte Viv und hielt den Blick auf das Mädchen gerichtet, das den Kopf hinter den Beinen der Frau hervorsteckte.

»Nein, sie heißt Clemmie. Und worum geht es hier?«, fragte die Frau.

Viv sackte gegen Joshuas linken Arm. Das war nicht ihre Tochter. Moss' Information war falsch.

Joshua warf Viv einen Blick zu, ehe er sich wieder an die Frau wandte. »Sind Sie zufällig mit den Thompsons verwandt?«

»Den Thompsons?«, wiederholte die.

»Ja, man hat uns gesagt, sie wohnen hier. Wir sind auf der Suche nach ihnen«, erklärte er.

Nun, da Viv Zeit hatte, sich das Mädchen genauer anzusehen, erkannte sie, dass ihr erster Eindruck ganz falsch gewesen war. Clemmies Augen waren runder als die von Maggie und ihre Lippen weniger voll. Die Kleine hatte auch nicht die wunderschönen Locken ihrer Tochter, obwohl Viv sich schon gefragt hatte, ob Maggies feines Kinderhaar noch glatter werden würde, wenn sie älter wurde, so wie bei ihr.

»Die Thompsons wohnen nicht mehr hier«, erklärte die Frau. »Wir haben das Haus vor ungefähr einem halben Jahr von ihnen gekauft. Und das für ziemlich viel Geld. Ich finde ja, für mehr, als es wert ist, aber mein Mann hatte sein Herz daran gehängt. Er ist hier in der Gegend aufgewachsen.«

»Hatten sie eine Tochter? Sie müsste diesen Monat zehn werden?«, fragte Viv.

»Ich bin ihnen nie begegnet. Das Haus wurde von einem Makler angeboten, und mein Mann hat die Papiere bei einem Anwalt unterschrieben.«

Viv kam eine Idee. »Haben die Thompsons vielleicht eine Nachsendeadresse hinterlassen?«, fragte sie hastig.

Die Frau schüttelte den Kopf. »Sie haben überhaupt nichts zurückgelassen. Nicht mal die Vorhangstangen.«

Vivs Hoffnung war zerschmettert, und sie wandte sich niedergeschlagen wieder dem Pfad zu.

»Danke, Madam«, hörte sie Joshua hinter sich sagen. »Tut uns leid, Sie gestört zu haben.«

Maggie war nicht hier, und jetzt würden sie wieder von vorn anfangen müssen.

»Wir finden sie«, sagte Joshua, während die Frau hinter ihnen energisch die Tür zuknallte.

»Entschuldigen Sie!«, rief ein Mann herüber. Er führte einen kleinen Hund mit blauem Halsband spazieren, der an der schicken, dazu passenden Leine zog, um einer Holztaube nachzujagen. »Suchen Sie vielleicht die Thompsons?«

»Ja, wissen Sie, wo sie geblieben sein könnten?«, fragte Joshua.

Der Mann schlang die Leine um seine Hand und holte das Tier dichter zu sich, damit sie durch das Gartentor passten.

»Ich fürchte, da sind Sie ein wenig spät dran. Sie sind Anfang des Jahres weggezogen«, erklärte der Mann.

»Sie wissen nicht zufällig, wohin? Es ist sehr wichtig, dass wir sie finden«, sagte Viv.

»Sie leben jetzt in Harberton, einem kleinen Dorf nicht weit südwestlich von hier. Die kleine Margaret kommt immer noch her, um Klavierstunden bei meiner Tochter Kayleigh zu nehmen«, erklärte der ältere Herr.

Das musste sie sein. Sie wusste einfach, dass diese Margaret ihre Tochter war.

»Heißen ihre Eltern Matthew und Sarah?«, fragte Joshua.

»Richtig«, sagte der Mann. »Sie finden sie in der Alten Bäckerei, gleich hinter Vicarage Ball.«

Viv hätte den Hundebesitzer küssen können. »Danke«, stieß sie stattdessen hervor. »Vielen Dank.«

»Ich hoffe, Sie finden, was Sie suchen«, sagte der Mann und zog behutsam an der Hundeleine.

Während er davonschlurfte, drehte Viv sich zu Joshua um. »Das muss sie sein. Wir müssen nach Harberton.«

»Warte«, sagte er und zog die Karte aus seiner Jackentasche. Er breitete sie auf der niedrigen Steinmauer aus.

Sie überflog den Plan und fuhr mit dem Finger darauf zu, als sie ein schwarz gedrucktes, winziges *Harberton* darauf entdeckte. »Da!«

»Suchen wir uns einen Bus«, sagte er.

In diesem Moment hätte sie alles für ein Auto gegeben. Doch dann musste eben der Bus herhalten. Sie gingen den Weg, den sie gekommen waren, wieder zurück und traten in einen Eckladen, um sich nach der Verbindung Richtung Harberton zu erkundigen. Der Ladenbesitzer erklärte ihnen, sie müssten den Bus auf der anderen Straßenseite nehmen. Viv musste an sich halten, um nicht von einem Bein aufs andere zu springen, bis er vorfuhr.

»Wir sind fast da«, murmelte Joshua immer wieder, während sie auf ihrem Platz herumzappelte.

Sie warf einen scharfen Blick auf Joshuas Bein, das neben ihrem schnell auf und ab wippte.

Er hielt es still. »Wir sind beinahe da«, wiederholte er trotzdem.

Als der Bus schließlich Harberton erreichte, fuhren sie an einem Wegweiser nach Vicarage Ball vorbei. Kaum hatte der Bus gehalten, schoss Viv hinaus und rannte so schnell, wie ihre Schuhe mit den flachen Absätzen sie trugen.

»Halt Ausschau nach der Alten Bäckerei!«, rief sie.

»Es muss hier irgendwo sein«, murmelte er.

»Da! Auf der rechten Seite!« Mit ausgestrecktem Finger zeigte sie auf das schwarze Schild mit den weißen Buchstaben, auf dem »Alte Bäckerei« stand.

Sie rannte los. Hier waren sie richtig. Das fühlte sie.

»Viv!«, rief Joshua, aber sie war schon durch den schmiedeeisernen Bogen gestürmt, der von einer Backsteinmauer eingerahmt wurde. Sie stürzte den Gartenweg entlang und bemerkte die üppig blühenden Rosen rechts und links von ihr kaum. Mit zitternder Hand drückte sie die Türklingel aus poliertem Messing.

Keuchend holte Joshua sie ein. »Weißt du, wir sollten wirklich vorsichtig –«

Die Tür schwang auf, und Viv fand sich der hübschen, zierlichen Sarah Thompson gegenüber.

»Nein!«, schrie Mrs. Thompson und versuchte, die Tür zu schließen, doch Viv war zu schnell. Sie streckte den Arm aus und stemmte die flache Hand gegen das Hartholz.

»Wir haben nach Ihnen gesucht, Mrs. Thompson«, sagte Viv mit unnatürlich ruhiger Stimme.

»Nein, nein, nein, Sie dürften gar nicht hier sein.« Mrs. Thompson drückte weiter gegen die Tür.

»Ist sie das?«, fragte Joshua hinter Viv.

»Wo ist Maggie? Wo ist meine Tochter?«, verlangte sie zu wissen und versetzte der Tür einen Stoß, sodass sie Mrs. Thompson aus den Händen rutschte und gegen die Dielenwand knallte.

In dem Moment schien die Frau ihr ganzer Kampfgeist zu verlassen. »Sie ist nicht hier.«

Grauen stieg in Viv auf. Maggie war in der Bombennacht doch etwas zugestoßen. Etwas Furchtbares, und …

»Mr. Thompson holt sie gerade mit dem Auto von ihrer Reitstunde ab«, fuhr Mrs. Thompson fort.

Viv wurde die Luft aus den Lungen gepresst. »Dann ist sie nicht …«

»Ihr geht es gut«, erklärte Mrs. Thompson. Tränen sammelten sich in ihren Augenwinkeln und drohten über den feinen Puder zu rinnen, mit dem ihre cremefarbene Haut geschminkt war. »Ihr geht es sogar mehr als gut. Sie ist ein wunderschönes, gesundes, glückliches Mädchen!«

In der Art, wie sie das aussprach – beinahe besitzergreifend –, lag etwas, das Vivs Stimmung von Erleichterung zu Zorn umschlagen ließ. »Dann warten wir drinnen auf sie.«

Mrs. Thompson nickte kläglich und trat endlich aus dem Weg.

Viv schob sich an ihr vorbei in die Diele. Sie war anders eingerichtet als die in Beam Cottage. Während das Haus dort voll mit dunklem antiken Holz und Ölgemälden von Pferden und Jagdszenen gewesen war, war dieses überaus hell und luftig. An einer weißen Wand hing gegenüber einem goldgerahmten Spiegel ein Stillleben mit Blumen, die aus ihrer Vase quollen. Die Möbel waren zierlich und aus glatt poliertem Kirschholz und sahen aus, als würden sie nicht einmal einen zufälligen Zusammenstoß mit einem Zeh überstehen, ganz zu schweigen von einem Kind im Wachstum, das um Ecken schlitterte.

Joshua folgte Viv auf dem Fuß. Sie trat durch die erste Tür, die von der Diele abging, da sie richtig vermutete, dass sich dort der Salon befinden würde. Dieser Raum war genau wie die Diele wunderschön und feminin eingerichtet – in zarten Pastelltönen –, und das Licht strömte durch die außen von Rosen umrahmten Fenster hinein.

Viv marschierte schnurgerade auf einen von zwei Polstersesseln aus geschnitztem Holz zu, die zu beiden Seiten eines Couchtisches und gegenüber einem Sofa standen, und ließ sich hineinfallen. Dann fixierte sie Mrs. Thompson mit hartem Blick.

»Ich will wissen, was Sie sich dabei gedacht haben, Maggie fünf Jahre lang vor mir zu verstecken«, fuhr Viv fort. »Ich will alles wissen.«

Mrs. Thompson fischte eines dieser spitzenbesetzten Taschentücher, die Viv damals in Wootton Green gehasst hatte, aus dem linken Bündchen ihrer weißen Bluse und weinte leise hinein. »Wir dachten, Sie wären tot«, schluchzte sie.

»Tot?«, fragte Viv und hätte fast gelacht. Ein Teil von ihr

hatte sich in den letzten paar Jahren allerdings wie tot gefühlt. Monatelang hatte sie sich nur durch die Welt bewegt, weil sie musste. Sie hatte eine Wohnung, für die sie Miete bezahlen musste, und dazu brauchte sie ihren Job. Die anderen Postbotinnen – und sogar die Männer – waren ihr voller Mitgefühl und Verständnis begegnet und hatten ihr in allem viel Freiraum gelassen. Kate sah bei Mrs. Shannon nach ihr. Rebecca kam, um sie zum Essen zu den Levinsons zu schleppen, wenn sie Viv auf ihrer Route sah und fand, dass sie zu blass wirkte.

Langsam war es leichter geworden – nicht die Trauer, aber das Leben. Sie konnte einen Tag überstehen, ohne das Gefühl zu haben, dass die Last ihres Kummers sie zerdrücken könnte, doch sie vergaß nie, was sie mit sich herumtrug. Wenn sie auf der Straße ein Kind sah, das neben seiner Mutter herging, brauchte sie nicht anzuhalten, um zu weinen, sondern hielt durch, bis sie in ihrer Wohnung allein war.

Aber ganz verschwand es nie.

»Ich habe einen Brief geschrieben«, erklärte Mrs. Thompson kleinlaut.

»Was für einen Brief?«, verlangte Viv zu wissen.

»Darin habe ich Ihnen mitgeteilt, dass das Haus von einer Bombe getroffen wurde und wir weggezogen sind«, sagte Mrs. Thompson. »Als ich keine Antwort von Ihnen erhielt, bin ich davon ausgegangen, dass Sie nicht kontaktiert werden wollten.«

»Wohin haben Sie diesen Brief geschickt?«, fragte Viv.

»An die Adresse, die Sie mir gegeben hatten. Die, die als Absender auf all den Briefen aus der ersten Zeit stand, in der Margaret bei uns war«, erklärte Mrs. Thompson.

»Mein Elternhaus. Dieses Haus wurde ausgebombt. Ich habe *Ihnen* geschrieben.«

»Tja, das erklärt ja alles«, versetzte Mrs. Thompson hastig. »Die Korrespondenz muss verlorengegangen sein.«

»Das erklärt überhaupt nichts. Sie sind mit meiner Tochter untergetaucht«, sagte Viv.

»Das stimmt nicht!«, rief Mrs. Thompson.

»Eine Bombe hat Beam Cottage zerstört, und Sie haben beschlossen, dass das Ihre Chance ist, mit ihr wegzugehen. Wissen Sie, wer mir erzählt hat, was passiert ist? Ihr ehemaliger Nachbar, mit dem Sie angeblich so gut befreundet waren. Er hat ein Telegramm geschickt, weil er glaubte, alle wären tot«, sagte Viv.

»Warum hätten Sie Ihr Zuhause zurücklassen und die Leute glauben lassen sollen, Sie wären tot, wenn Sie nicht vorhatten zu verschwinden?«, fragte Joshua.

Mrs. Thompson presste die Lippen zu einem verkniffenen Strich zusammen.

»Ich glaube, dass es sich folgendermaßen abgespielt hat«, sagte Viv. »Die Bombe hat das Haus getroffen, und Sie haben Ihre Gelegenheit gesehen, mit Maggie fortzugehen. Sie haben niemandem erzählt, was Sie getan haben, nur Ihrem Bruder, Pater Monaghan.«

Als Mrs. Thompson den Namen ihres verstorbenen Bruders hörte, wurde sie blass.

»Ja, wir wissen über die Verbindung zwischen Ihnen Bescheid. Ich habe bei seiner Aufbahrung Ihren Namen im Kondolenzbuch gelesen«, fuhr sie fort.

Mrs. Thompson wandte das Gesicht ab und murmelte etwas, und Viv hätte schwören können, dass sie sagte: »Wir hätten nie hingehen sollen. Matthew hatte recht.«

»Sie wussten durch Pater Monaghan von Maggie, nicht wahr? Sie wollten eine Tochter, und Ihr Bruder hat Ihnen unter dem Vorwand der Evakuierung eine besorgt«, sagte sie.

»Mein Bruder war ein guter Mensch und ein ausgezeichneter Geistlicher. Er wusste, dass Margaret in einem anständigen katholischen Zuhause aufwachsen musste«, erklärte Mrs.

Thompson und zeigte zum ersten Mal, seit Viv durch ihre Tür getreten war, ein wenig Widerstandsgeist.

»Wenn Ihr Bruder so ein guter Mann war, warum hat er mir dann nicht erzählt, dass meine Tochter noch lebt, sobald er es herausfand?«, fauchte Viv.

»Wir haben Sie für tot gehalten«, beharrte Mrs. Thompson.

»Das Haus war zerstört, aber Pater Monaghan muss gewusst haben, dass meine Eltern überlebt haben. Sie haben nie aufgehört, zur Kirche zu gehen. Er hätte es ihnen sagen können.« Viv kam ein Gedanke. »Aber Sie haben es ihm bei der Beichte erzählt.«

Mrs. Thompson ließ den Kopf hängen.

»Wieso kommt es darauf an, ob sie es ihm bei der Beichte gestanden hat?«, fragte Joshua.

»Weil ein Priester das Beichtgeheimnis nicht brechen darf. Es ist ein Sakrament«, erklärte sie und verabscheute im selben Moment, dass sie von Grund auf begriff, warum Pater Monaghan ihr nicht die Wahrheit über ihre Tochter gesagt hatte. Die Macht des Glaubens und die Stärke des kanonischen Rechts waren Fesseln, die nicht zu brechen waren.

»Ich habe getan, was ich für das Beste für Margaret gehalten habe«, sagte Mrs. Thompson.

»Sie sind nicht ihre Mutter. Es steht Ihnen nicht zu, das zu entscheiden«, sagte Viv, deren glühender Zorn mit ihrer versagenden Selbstbeherrschung rang.

»Sehen Sie sich dieses Haus an!« Mit einer Handbewegung umfasste Mrs. Thompson ihre Umgebung. »Schauen Sie doch, was wir Margaret alles bieten können. Sie besucht die beste Mädchenschule der Grafschaft. Sie hat Klavier- und Reitunterricht. Sie hat wunderschöne Kleider. Trotz der Rationierung fehlt es ihr nie an Nahrung. Sie ist hier glücklich, sicher und gesund. Bei uns.«

»Das alles war sie bei mir auch«, stieß Viv hervor.

Mrs. Thompson lachte kurz auf. »Können Sie mir ehrlich versichern, dass Sie Margaret *das* bieten können?«

»Ich bin ihre Mutter. Ich bin diejenige, die sie zur Welt gebracht hat. Ich habe ihr Essen, Kleidung und Obdach gegeben. Ich habe sie großgezogen und sie gelehrt, was auf der Welt richtig und falsch ist. Ich liebe sie so sehr, dass es körperlich schmerzt. Darauf kommt es an. Sie haben mir meine Tochter genommen, ohne einen einzigen Gedanken daran, was das für sie oder für mich bedeuten würde.«

»Nein! Das ist nicht wahr!«, beharrte Mrs. Thompson, doch das Geräusch der Eingangstür, die geöffnet wurde, unterbrach sie.

»Wir sind zu Hause, Schatz!«, rief Mr. Thompson.

Viv erhob sich langsam, während Mrs. Thompson aufsprang und einen Schritt in Richtung Zimmertür tat. Doch bevor sie die Tür erreichen konnte, wurde sie aufgestoßen. »Mutter! Mutter!«

Viv und Mrs. Thompson schrien gleichzeitig auf, und einen Sekundenbruchteil später trat Maggie zwei Schritte in den Raum hinein und blieb dann wie angewurzelt stehen. Ihr Blick huschte zwischen den beiden Frauen hin und her.

Du bist so groß geworden, dachte Viv und sog den Anblick ihrer Tochter in sich auf. Sie trug Reithosen und eine adrette schwarze Reitjacke und steckte noch in ihren Stiefeln. Maggies lockiges Haar war über die Jahre wellig geworden und gewachsen. Vivs kleines Mädchen wirkte beinahe wie eine junge Frau.

»Maggie …« Ihr brach die Stimme. »Erinnerst du dich noch an mich?«

Einen qualvollen Moment lang sagte ihre Tochter nichts. »Mummy?«, flüsterte sie dann.

»Oh!«, schrie Viv auf, stürzte auf Maggie zu und schlang die

Arme um sie. Das Gefühl, ihr Kind wieder in den Armen zu halten, war unbeschreiblich. In den letzten zehn Jahren war ihr Glaube bis in seine Grundfesten erschüttert worden, doch als sie jetzt erneut die Nase im Haar ihrer Tochter vergrub und den schwachen Duft wahrnahm, der ganz allein Maggie gehörte, hätte sie am liebsten laut gejubelt.

Doch nach ein paar Sekunden wurde Viv klar, dass Maggie sich nicht rührte. Das Mädchen hatte sie nicht umschlungen wie früher, als sie an Vivs Hals zu hängen pflegte.

Viv lockerte ihre Arme kaum wahrnehmbar und lehnte sich zurück, um Maggie ins Gesicht zu sehen. Und sah nichts darin. Kein freudiges Strahlen, keine Glückstränen. Ihre Tochter wirkte eher verwirrt.

»Freust du dich denn nicht, mich zu sehen, Maggie?«, fragte sie und war sich dabei der anderen Menschen im Raum nur verschwommen bewusst.

Maggie öffnete den Mund, als wollte sie etwas sagen, doch dann klappte sie ihn wieder zu und rannte aus dem Zimmer.

Joshua

Als ihre gemeinsame Tochter sich losmachte und aus dem Raum flüchtete, sah Joshua, wie seiner Frau das Herz brach.

»Maggie!«, schrie Viv.

Sie wollte ihrer Tochter nachlaufen, doch Joshua hielt sie am Arm fest. »Lass sie. Gib ihr Zeit.« Doch Viv wehrte sich immer noch. »Denk doch, was für ein Schock das für sie sein muss«, setzte er hinzu.

Er dachte schon, sie würde scharf erwidern, dass er ja wohl nicht die geringste Ahnung von Maggies Bedürfnissen hätte, doch stattdessen sackten ihre Schultern nach vorn, und sie nickte.

Die Enttäuschung strahlte in so starken Wellen von Viv ab, dass er sie praktisch sehen konnte. Doch Joshua fühlte sich merkwürdig ... losgelöst.

Was stimmte mit ihm nicht?

Er hatte gerade zum ersten Mal seine Tochter gesehen, und alles, was er empfand, war Mitgefühl für seine ihm entfremdete Frau. Er war sich sicher gewesen, dass er, sobald er Maggie begegnete, irgendwie wissen würde, dass sie sein Kind war. Eine tiefe, innere Verbindung zu ihr spüren würde. Doch sie sah bloß aus wie ein kleines Mädchen, das die Augen und die Haut- und Haarfarbe seiner Mutter hatte.

Ein Schlurfen war an der Tür des Salons zu hören, und als er aufblickte, sah er einen Mann mittleren Alters, der ein Tweedjackett trug, im Rahmen stehen. Die Augen des Mannes weiteten sich, dann nahm seine Miene einen resignierten Ausdruck an. »Mrs. Levinson.«

»Matthew«, keuchte Mrs. Thompson auf und stürzte zu dem Fremden, in dem Joshua jetzt ihren Ehemann erkannte. »Sie standen auf einmal vor der Tür und haben sich den Zutritt zum Haus erzwungen.«

»Margaret ist gerade an mir vorbeigerannt. Ich gehe mal davon aus, dass sie Sie gesehen hat«, sagte Mr. Thompson zu Viv und schlang automatisch schützend einen Arm um seine Frau.

»Ja«, erwiderte Viv.

»Warum setzen wir uns nicht alle?«, schlug Mr. Thompson vor, als wären sie Gäste und nicht Eltern, die gekommen waren, um ihre vermisste Tochter heimzuholen.

»Nein, ich nehme meine Tochter und gehe«, erklärte Viv und setzte sich in Richtung Salontür in Bewegung.

»Das würde ich an Ihrer Stelle nicht tun«, meinte Mr. Thompson. »Soweit ich gesehen habe, ist Margaret bestürzt. Lassen Sie ihr ein paar Minuten Zeit, sich zu beruhigen, und Sie werden feststellen, dass sie die vernünftigste Zehnjährige der Welt ist.«

Joshua beobachtete, wie Viv nun wieder niedergeschmettert dreinsah. Zorn stieg in ihm auf. Sie sollte diejenige sein, die das über ihre Tochter wusste. Nicht dieser Fremde.

»Sie ist noch keine zehn«, murmelte Viv.

»Sie hat in einer Woche Geburtstag«, gab Mrs. Thompson trotzig zurück. »Wir haben eine Party für sie vorbereitet. All ihre Schulfreundinnen kommen. Es gibt sogar einen Kuchen. Wir planen seit Wochen und sparen Rationierungsmarken. Sie freut sich darauf mehr auf als alles andere auf der Welt.«

Joshuas Wut brach sich Bahn. »Hören Sie auf! Hören Sie sofort damit auf!«

Mrs. Thompson keuchte, als hätte er sie geohrfeigt. »Wie

können Sie es wagen, in meinem eigenen Haus so mit mir zu reden. Matthew –«

»Sie haben Viv jahrelang in dem Glauben gelassen, ihre Tochter wäre tot. Begreifen Sie denn nicht, was sie Ihretwegen durchgemacht hat? Und jetzt versuchen Sie noch mehr Salz in die Wunde zu streuen, indem Sie ihr ein schlechtes Gewissen einreden?«

»Wie kannst du zulassen, dass er so mit mir spricht, Matthew?«, drängte Mrs. Thompson. »Ich will, dass diese Menschen mein Haus verlassen.«

Seufzend nahm Mr. Thompson seine Brille ab und knetete seinen Nasenrücken. »Sei doch vernünftig, Sarah. Es ist vorbei.«

»Sag mir nicht, ich soll vernünftig sein! Nach allem, was ich in den letzten fünf Jahren für dich – für diese Familie – getan habe.« Mrs. Thompson drehte sich zu ihrem Mann um und krallte die Finger in die Aufschläge seines Jacketts. »Du kannst mir nicht erzählen, du hättest nicht jeden Moment genossen, in dem du diesem Kind ein Vater warst.«

Mr. Thompson hob den Blick, um Joshua in die Augen zu sehen. »Sie ist ein ganz wunderbares kleines Mädchen. Es war ein Privileg, für sie zu sorgen.«

»Warum haben Sie das getan?«, fragte Viv und starrte Mr. Thompson unumwunden an.

»Nicht, Matthew …«, warnte seine Frau.

»Ich muss es wissen«, beharrte Viv.

Mr. Thompson warf seiner Frau einen Blick zu, und Joshua erkannte instinktiv, dass Mr. Thompson ein schwacher Mann war. Er hatte das schon einmal erlebt – bei Vivs Eltern. Doch während Mrs. Byrne ihm immer vorgekommen war, als führte sie ihren Mann am Gängelband, schien Mrs. Thompson von einer anderen Sorte zu sein. Hübsch, schmeichlerisch, launisch, schwierig. Er vermutete, dass sie über alle möglichen Methoden verfügte, um ihren Mann mürbe zu machen, bis er tat, was sie wollte.

»Als die Bombe Beam Cottage traf, herrschte blankes Chaos«, erklärte Mr. Thompson. »Margaret war zurück ins Haus gerannt, um Tig zu holen, und wir haben es nur mit knapper Not ins Freie geschafft. Die Druckwelle hat uns umgeworfen, und wir konnten nicht klar denken. Ich habe mir Sarah und Margaret geschnappt, und wir sind geflüchtet. Damals pflegte ich meinen Wagen am Bahnhof stehen zu lassen, damit ich mit dem Zug zur Arbeit fahren konnte. Ich dachte überhaupt nicht daran, dass nachher niemand auf die Idee kommen würde, danach zu suchen – das schwöre ich. Wir sind eingestiegen und nach Totnes gefahren. Ich bin nicht weit entfernt aufs Internat gegangen und kannte die Gegend aus meiner Kindheit. Ich konnte nur daran denken, Margaret in Sicherheit zu bringen. Totnes ist solch eine kleine Stadt, dass es der sicherste Ort war, den ich mir vorstellen konnte.

Nachdem wir uns eingelebt hatten, mieteten wir ein Haus. Ich habe versucht anzurufen, aber Ihre Nummer war tot. Wir haben versucht, Ihnen einen Brief zu schicken, doch der kam als unzustellbar wegen Bombenschadens zurück. Wir erfuhren, dass Ihr Haus zerstört worden war. Daher haben wir Sie für tot gehalten. Erst als Sarah mit ihrem Bruder gesprochen hat, erfuhren wir, dass Ihre Eltern und Sie überlebt hatten. Aber dann haben wir unsere alten Freunde in Wootton Green informiert, wo wir waren. Wir haben uns gesagt, dass Sie schon dorthin fahren und sie suchen würden, und das ausreichte, aber Sie sind nie gekommen.«

»Ich habe aber nach ihr gesucht. An dem Tag, an dem ich die Nachricht bekommen hatte, bin ich nach Beam Cottage gefahren. Es war nichts mehr davon übrig«, sagte Viv, und ihre Stimme brach. »Ich dachte, sie wäre tot.«

Mr. Thompson breitete die flachen Hände vor sich aus. »Es tut mir leid. Ich weiß nicht, was ich sonst sagen soll.«

»Das ist alles?«, fragte Joshua ungläubig. »Es tut Ihnen leid? Sie hätten mehr unternehmen müssen. Sie wussten, dass Viv lebt, aber Sie haben nichts getan. Wie können Sie bloß mit sich selbst leben?«

Die Thompsons blieben stumm.

Joshua schüttelte den Kopf. »Sie haben Viv fünf Jahre ihres Lebens mit ihrer Tochter gestohlen. Sie haben Maggie glauben gemacht, ihre Mutter wäre tot.«

»Ich bitte um Verzeihung, aber wer sind Sie?«, fragte Mrs. Thompson, an ihn gerichtet.

»Ich bin Maggies Vater.«

Mr. Thompson warf seiner Frau einen Blick zu. »Man hat uns erzählt, das Kind habe keinen Vater.«

»Natürlich hat es einen Vater. Ich bin verheiratet und habe nie etwas anderes behauptet«, erklärte Viv.

»Aber wir dachten –« Die Art, wie Mrs. Thompson verstummte, verriet Joshua alles, was er wissen musste. Sie waren davon ausgegangen, dass Viv über ihre Heirat gelogen hatte. Sie hatten vermutet, dass er ein Tunichtgut war, der sie in Schwierigkeiten gebracht hatte und dann davongelaufen war, als sie ihn am meisten brauchte.

Und hatte er sich nicht genau so verhalten?

»Wo ist Maggies Zimmer?«, fragte Viv und straffte die Schultern.

»Ich halte das wirklich nicht für eine gute Idee. Das Mädchen ist durcheinander«, versuchte Mrs. Thompson Zeit zu schinden.

»Ich will meine Tochter sehen«, beharrte Viv.

»Die Treppe hinauf und die zweite Tür rechts von Ihnen«, sagte Mr. Thompson.

»Matthew!«, schrie seine Frau.

»Sarah, es ist vorbei«, entgegnete er.

»Aber sie werden sie uns wegnehmen!« Mrs. Thompson brach in hefiges Schluchzen aus.

Mr. Thompson schloss seine Frau in die Arme, doch er biss weiter grimmig die Zähne zusammen. »Wir wussten, dass das passieren könnte, Schatz. Es ist Zeit, dass Margaret nach Hause geht.«

Maggie

Maggie saß auf ihrem Bett und drückte Tig an sich. Der Stofftiger war inzwischen schmutzig und um mehrere Schattierungen dunkler als bei ihrer Ankunft bei den Thompsons, und all seine Gliedmaßen wirkten langsam fadenscheinig. Doch sie erlaubte niemandem, ihn zu waschen – zu sehr sorgte sie sich, er könnte auseinanderfallen und sie würde ihren besten Freund verlieren.

Sie vergrub das Gesicht in dem verfilzten Fell des Spielzeugs und versuchte zu begreifen, was da gerade unten im Salon passiert war.

Ihre Mutter war noch am Leben.

Ihre Mutter.

An ihr Leben vor den Thompsons erinnerte sie sich nur noch bruchstückhaft. Doch die Besuche ihrer Mutter in Beam Cottage standen ihr noch lebhaft vor Augen. Ihre Mum pflegte aufzutauchen wie ein Sonnenstrahl, lächelnd und glücklich. Maggie zeigte ihr dann ihre Zeichnungen, ihre Puppen, ihre Kleider. Sie gingen gemeinsam in den Stall und sie ritt ihr Pony Puffball, und wenn ihre Mutter abreiste, saß Maggie immer in ihrem Zimmer, wartete und fragte sich, wann sie sie wiedersehen würde.

All das war zu Ende gewesen, als die Bombe fiel und Mr. und Mrs. Thompson sie ins Auto gesetzt hatten und die ganze Nacht gefahren waren. Sie waren in einem Gasthaus untergekommen und dann schließlich in ein neues Haus gezogen. An diesem Punkt hatte Mrs. Thompson sich mit ihr zusammengesetzt und ihr erklärt, ihre Mutter könne sich nicht mehr um sie kümmern. Maggie sollte Mrs. Thompson »Mutter« und Mr. Thompson »Vater« nennen, und sie würden eine Familie sein.

Nach diesem Tag hatte niemand sie mehr Maggie genannt.

Als Maggie älter geworden war, hatte sie begriffen, was die Thompsons aus Freundlichkeit nicht laut aussprachen – so wie manche Leute sagten, der Vater ihrer Schulfreundin Jacqueline sei »jetzt bei den Engeln«. Und das war die einzige vernünftige Erklärung. Ihre Mutter war tot.

Jetzt saß Maggie auf ihrem Bett, hielt Tig umklammert und begriff einfach nicht, wie ihre Mutter am Leben sein konnte. Denn wenn das stimmte, warum war sie dann nicht eher gekommen, um sie zu holen?

Viv

Viv sprang die Treppe hinauf und brannte darauf, zu ihrer Tochter zu kommen. Solange sie Maggie wieder in den Armen halten konnte, konnte sie all die schrecklichen Dinge hinter sich lassen, die die Thompsons über sie gedacht hatten, um das, was sie getan hatten, zu rechtfertigen. Einstweilen würde das reichen.

Doch als sie vor der zweiten Tür nach dem Treppenabsatz stand, die Mr. Thompson ihr ausgewiesen hatte, zögerte sie. Sie wusste nicht, welcher Anblick entsetzlicher gewesen war: die ausdruckslose Miene ihrer Tochter, bevor Maggie sie erkannt hatte, oder die Art, wie Maggie herumgefahren und vor ihr geflüchtet war.

Sie holte tief Luft. Sie schaffte das. Maggie war ihr Kind. Sie konnten wieder zueinanderfinden.

Sie hob die Hand, um leise zu klopfen, und schob dann die Tür auf. Genau wie damals in Wootton Green wirkte Maggies Zimmer wie ein rosafarbenes und weißes, mit Lockstickerei und Rüschen bekröntes Zuckerwerk, und mitten auf dem Bett saß ihre Tochter, die ihre Reitstiefel noch nicht ausgezogen hatte.

Maggie entflocht ihre Beine und blickte zu Viv auf. Dabei kam der abgewetzte Tig zutage, den sie in den Armen hielt.

»Ich sehe, dass unser alter Freund noch bei dir ist«, sagte Viv und zwang die Tränen zurück, die in ihr aufstiegen. Sie würde nicht weinen und ihre Tochter noch stärker verwirren, als sie schon war. Gelassen und herzlich würde sie bleiben, so wie die

Mummy, an die sich Maggie erinnerte. Für ihre Tochter konnte sie das.

»Hast du etwas dagegen, wenn ich hereinkomme und Tig begrüße?«, fragte Viv, als Maggie nichts sagte.

Ihre Tochter nickte kaum wahrnehmbar, und Viv trat langsam auf das Bett zu. Vorsichtig setzte sie sich auf die Daunendecke und sank tief in die dicken, flaumigen Federn ein.

»Ich weiß noch, wie Tante Kate und Onkel Sam dir Tig geschenkt haben. Du warst noch so winzig, dass er größer war als du«, sagte sie.

Maggie strich dem Spielzeug über den Kopf. »Manche Mädchen in der Schule sagen, dass nur Babys noch mit Stofftieren spielen.«

»Ich glaube das nicht. Du?«

»Nee«, sagte Maggie und zog den Vokal so in die Länge, dass er ihr Zögern verriet. »Aber ich verstecke ihn, wenn sie zum Spielen kommen.«

Das brach Viv auf eine ganz neue Art das Herz. Maggie stand an der Grenze zu einer neuen Lebensphase – irgendwo zwischen einem kleinen Mädchen und einer jungen Frau. Sie würde sich so vielen Prüfungen stellen müssen, so vielen Fragen darüber, was für ein Mensch sie werden würde. Viv wollte sie dabei auf jedem Schritt begleiten und ihr die Richtung weisen, anders als ihre eigenen Eltern, die sie nie unterstützt hatten.

»Tig kann unser Geheimnis bleiben, wenn du magst, aber ich persönlich finde immer noch, dass er ein wunderbarer Begleiter ist«, meinte sie.

Maggie nickte, sah aber starr auf das Stück Teppich, das sich vor ihr befand.

»Maggie«, begann sie langsam. »Ich weiß, dass es ein Schock für dich sein muss, mich zu sehen.«

Das brachte ihre Tochter dazu, den Kopf zu heben. »Ich dachte, du bist tot.«

Viv schluckte heftig. »Es tut mir so leid«, flüsterte sie.

»Ich …« Wie sollte sie das einem Kind erklären? »Eine Zeit lang wusste ich nicht, wo du warst. Sonst wäre ich sofort gekommen. Das weißt du doch, oder?«

Maggie nickte, doch sie sah, wie skeptisch ihre Tochter dreinschaute.

Schweigend saßen sie da. Viv gab sich die größte Mühe, einen Weg zu finden, ihrer Tochter alles, was passiert war, zu erklären. Am liebsten hätte sie ihr alles auf einmal und zugleich nichts erzählt. Ihr jeden Grund auf der Welt genannt, aus dem sie ihre Entscheidungen getroffen hatte, und gleichzeitig keinen davon erklärt, weil das zu schwierig, zu peinlich oder zu schrecklich gewesen wäre.

»Verstehst du, was es bedeutet, dass ich dich jetzt wiedergefunden habe?«, fragte sie schließlich.

Maggie schüttelte den Kopf.

»Es heißt, dass ich dich nach Hause bringe.«

Maggie fuhr zusammen und sah aus großen Augen zu ihr auf.

»Wir fahren mit dem Zug zurück nach Liverpool, aber wir kehren nicht in die Ripon Street zurück, wo wir früher gelebt haben. Dieses Haus ist bei einem Luftangriff zerstört worden, so wie Beam Cottage«, erklärte sie.

»Wohnen wir dann wieder bei Nan und Grandad?«, fragte Maggie.

Sie schüttelte den Kopf. »Wir leben jetzt in einer Wohnung über einer netten Dame namens Mrs. Shannon. Sie hat sieben Enkeltöchter und vier Enkelsöhne, und sie wird sich bestimmt sehr freuen, dich kennenzulernen. Wäre das in Ordnung für dich?«

Maggie runzelte die Stirn. »Wir wohnen nicht mit Nan und Grandad zusammen?«

»Nein. Würdest du dir das wünschen?« Auch wenn sie sich selbst von ihren Eltern entfremdet hatte, würde sie das ihrer Tochter nicht aufdrängen. In Vivs Leben hatten genug Menschen an ihrer Stelle entschieden, wer Platz in ihrem Leben hatte und wer nicht, dass sie sich geschworen hatte, nicht dasselbe zu tun.

Trotzdem musste sie sich eingestehen, dass sie erleichtert war, als Maggie zögerte und dann den Kopf schüttelte. Kein Kind sollte gezwungen sein, Mums und Dads Kälte zu ertragen, und sie hätte sich dafür selbst ohrfeigen können, dass sie ihrer Tochter das angetan hatte.

»Ich muss mit dir noch über etwas anderes reden, Maggie«, sagte sie und nahm die Hand ihrer Tochter. »Dieser Mann unten im Salon – er heißt Joshua Levinson, und er ist dein Vater.«

»Mein Vater?«, fragte Maggie und zog die Nase kraus.

»Wir haben geheiratet, bevor du zur Welt gekommen bist, aber er war nicht bei uns, als du kleiner warst, weil er in einem anderen Land gelebt hat. Er ist Jazzmusiker«, erklärte sie.

Zum ersten Mal, seit Viv das Zimmer betreten hatte, hellte sich Maggies Miene auf. »Spielt er Klavier?«

»Nein, Saxofon.«

»Glaubst du, er würde mit mir zusammen spielen?«

Viv biss sich auf die Unterlippe und versuchte, ihre Eifersucht zu unterdrücken. Sie wollte keinen Groll gegen Joshua entwickeln, weil Maggie mehr Interesse an ihm zeigte als an ihr. Maggie war schließlich noch ein Kind.

»Bestimmt, wenn du ihn darum bittest«, meinte Viv. »So, wie wäre es, wenn du mir hilfst, deine Sachen zusammenzusuchen? Und dann gehen wir hinunter, und du kannst ihn richtig kennenlernen. Wir fahren nach Hause.«

Viv half ihrer Tochter, Kleidungsstücke, die sie noch nie gesehen hatte, in einen Koffer zu packen, den sie ihr nicht gekauft hatte.

Mr. Thompson klopfte einmal an, um sich zu erkundigen, wie sie vorankämen. Viv versuchte so zu tun, als hätte sie das Stocken in seiner Stimme nicht wahrgenommen. Sie wollte kein Mitleid für diesen Mann oder seine erbärmliche Frau empfinden. Nicht nach allem, was sie getan hatten.

Schließlich nahm Viv Maggie an der Hand und führte sie nach unten. Mit ihrer anderen Hand hielt Maggie Tig umklammert. Sie traten in den Salon, wo sie Joshua antrafen, der schweigend mit den Thompsons zusammensaß.

»Bist du bereit für dein Abenteuer?«, fragte Mr. Thompson und ließ sich nichts anmerken, während Mrs. Thompson sich erneut in Tränen auflöste.

Maggie wirkte ein wenig verloren und sah zu Viv auf. Vivs Magen überschlug sich. Sie hatte sich so viele verschiedene Szenarien vorgestellt – angefangen damit, dass sie einfach hineinstürmen und eine dankbare Maggie davontragen würde, bis dahin, dass sie mit einem Bataillon Polizeibeamter im Rücken ins Haus der Thompsons marschieren würde. Doch sie wäre nie auf die Idee gekommen, Mitleid mit den Menschen zu empfinden, die ihr ihre Tochter weggenommen hatten.

Was sie getan hatten, konnte sie ihnen nie verzeihen. Sie hatten Maggie verschwinden lassen und dann die Trennung von ihr aufrechterhalten, weil sie geglaubt hatten, es besser zu wissen. Doch es bestand kein Zweifel daran, wie sehr Maggie hier geliebt worden war. Ihre Tochter war gut versorgt und sogar ein wenig verwöhnt worden, und das war mehr, als manchen Kindern zuteilwurde. Sie hatten Maggie vor einem Bombenangriff in Sicherheit gebracht, sie gut erzogen und sie geliebt. In einem Teil ihres Herzens würde sie ihnen für immer widerwillig und auf merkwürdige Art dankbar sein.

»Ach, Margaret«, schluchzte Mrs. Thompson und schlang die Arme um Maggie. »Was sollen wir bloß ohne dich anfangen?«

Viv sah zu, wie Maggie sich an die Frau klammerte, die sie Mutter nannte.

Schließlich gab Mrs. Thompson Maggie frei und stand auf. Zum ersten Mal sah Viv die stets wie aus dem Ei gepellte Frau niedergeschmettert, mit verschmiertem Lippenstift und verlaufener Wimperntusche.

»Bitte, können wir ihr wenigstens schreiben?«, fragte Mrs. Thompson.

Das Nein lag Viv schon auf den Lippen, doch dann schaute sie zu Maggie hinunter, die mit hoffnungsvoll strahlenden Augen zu ihr aufsah.

»Wenn Maggie Ihnen schreiben will, können Sie antworten«, lautete ihr Zugeständnis, obwohl es ihr schwer zu schaffen machte.

»Danke«, flüsterte Mrs. Thompson.

»Danke«, wiederholte ihr Mann.

Mr. Thompson ging vor Maggie in die Hocke und zog sie in eine kurze Umarmung. »Du wirst immer einen Platz in unseren Herzen haben, Margaret. Vergiss das nicht«, sagte er.

»Danke, Vater«, murmelte Maggie.

Schnell sah Viv zu Joshua. Er wirkte ein wenig benommen, als er hörte, wie seine Tochter einen anderen Mann »Vater« nannte. Als sie seinen Blick auffing, lächelte sie ihm leise zu und schien ihm damit mitzuteilen, dass sie volles Verständnis dafür hatte, wie verletzt er sich fühlen musste.

»Komm, Maggie. Wir müssen den Bus zum Bahnhof erwischen«, sagte er und streckte ihr die Hand entgegen, damit sie sie nahm.

»Ich könnte Sie nach Totnes fahren«, erbot sich Mr. Thompson.

Viv schüttelte den Kopf. »Wir verabschieden uns hier. Es wird leichter sein, es hinter uns zu haben.«

Mr. Thompson nickte und räusperte sich. »Ja. Ganz richtig.«

Viv straffte die Schultern und wandte sich zur Tür. Sie setzte einen Fuß vor den anderen und trat mit ihrer Tochter an ihrer Seite ihre lange Heimreise an.

Joshua

Nachdem sie gestern Abend die Thompsons verlassen hatten, war es zu spät für ihren Aufbruch gewesen, daher hatte Joshua ihnen zwei Zimmer über einem Pub in Totnes gemietet. Maggie schlief in Vivs Zimmer auf einem Beistellbett, das der Wirt gern zur Verfügung gestellt hatte, und Joshua übernachtete im Zimmer gegenüber.

»Ich klopfe um sechs an, dann können wir sehen, wo wir etwas zum Abendessen finden«, hatte Viv zu ihm gesagt, sobald Maggie sicher in ihrem Zimmer war. Dann schloss sie die Tür, und er stand auf der anderen Seite und fühlte sich ein weiteres Mal abgeschnitten.

Sofort überkam ihn Besorgnis. Etwas war mit ihm passiert, als Mr. Thompson ihn angesehen hatte und nicht glauben konnte, dass er Maggies Vater war. Er empfand das Bedürfnis, dieses Kind zu beschützen, dem er gerade zum ersten Mal in seinem Leben begegnet war. Doch er hatte erst hören müssen, wie Maggie einen anderen Mann »Vater« nannte, um sich dieser Gefühle gewahr zu sein. Das war falsch – vollkommen verkehrt –, und er wünschte sich mehr als alles andere, das zu bereinigen. Er wollte, dass seine Tochter ihn kannte, dass sie sich an ihn wandte, wenn sie Kummer hatte. Mit ihm lachte, wenn sie glücklich war.

Als er so in seinem Zimmer saß und sich endlich als Vater fühlte, obwohl er keine Ahnung davon hatte, wie es wäre, einer zu sein, wurde ihm klar, dass er sich jetzt nicht mehr vorstellen konnte, seine Tochter zu verlassen.

Am nächsten Morgen stand Joshua früh auf, lange, bevor über Totnes die Kirchenglocken läuteten und die Menschen zum Sonntagsgottesdienst riefen. Viv klopfte zur verabredeten Zeit bei ihm, und er half ihnen, all ihr Gepäck zu dem kleinen Pult hinunterzutragen, das dem Pub als Rezeption diente.

»Gehen wir in die Kirche?«, hörte er Maggie Viv fragen, während er zahlte.

Aus dem Augenwinkel sah er, wie seine Frau sich vor ihre Tochter kniete. »Heute nicht, aber wenn du zur Kirche gehen willst, gehe ich mit dir.«

Darüber runzelte Maggie die Stirn. »Mutter sagt, wir müssen immer in die Kirche gehen – außer, wir sind krank.«

Unmöglich, den scharfen Schmerz zu ignorieren, der Vivs Gesicht überlief, als ihre Tochter eine andere Frau »Mutter« nannte.

»Das war auch ganz richtig, als du bei Mr. und Mrs. Thompson gewohnt hast, aber jetzt fahren wir nach Hause, und da kannst du selbst entscheiden, was du willst«, erklärte Viv.

Maggie drückte das Stofftier – Joshua hatte gehört, dass sie es »Tig« nannte – ein wenig fester an sich.

»So, alles bezahlt. Jetzt können wir los«, verkündete er und setzte ein Lächeln auf.

Viv richtete sich auf, und Maggie nickte.

»Könntest du mir mit der Tür behilflich sein?«, bat Joshua Maggie und nahm alle drei Koffer.

Er blieb zurück, während die Kleine gehorsam vorging, um die Tür aufzuhalten. Sie war so weit vor ihr, dass er Gelegenheit hatte, sich zu Viv hinüberzubeugen. »Alles gut bei dir?«

Viv schniefte und reckte das Kinn. »Ich habe meine Tochter zurück. Natürlich geht es mir gut.«

Er fand, dass er am besten daran tat, das Zittern in ihrer Stimme zu ignorieren.

Als sie sicher im Erste-Klasse-Abteil des zweiten Zugs saßen, der sie nach Hause brachte, konnte Joshua nicht anders, als seiner Tochter immer wieder verstohlene Blicke zuzuwerfen. Diese Reise zog ihm jeden Shilling, den er besaß, aus der Tasche, aber er konnte sich deswegen nicht aufregen. Das Wichtigste war, Maggie nach Hause zu holen, und wenn die erste Klasse ihnen dabei ein wenig mehr Komfort bot, dann sollte seine Tochter ihn haben.

Seine Tochter. Immer noch ein so merkwürdiger, fremdartiger Gedanke. So viele Jahre hatte er zwar mit dem Wissen gelebt, dass er ein Kind hatte, aber nicht die einfachsten Kleinigkeiten über sie gewusst. Selbst jetzt noch wäre er am liebsten auf dem Gang auf und ab gerannt und hätte jedem, der ihn hören konnte, zugerufen, dass dies seine Tochter war. Seine Familie.

Sein Blick huschte zu Viv. Sie hatte die Stirn in tiefe Falten gelegt, während sie zusah, wie Maggie starr aus dem Fenster schaute – ganz ähnlich wie Viv selbst auf der Zugfahrt nach Devon. Joshua wünschte, er könnte die Hand ausstrecken und sie beruhigend auf ihren Arm legen, doch er wusste nicht, wie sie reagieren würde, daher wagte er es nicht.

Er hasste diese verlegene Stimmung zwischen ihnen. Er hasste es, das Gefühl zu haben, seine eigene Familie von außen zu beobachten.

Das musste er in Ordnung bringen. Ihm war schon klar, dass er sich auf die Band konzentrieren sollte, zu der er morgen zurückkehren musste, doch er fand es unmöglich, jetzt über London und das Hal-Greene-Quintett nachzudenken. Nur Viv und Maggie zählten.

Als der Zug in den Bahnhof Lime Street einfuhr, erstickte das Grauen, das sich seit Wolverhampton bei Joshua eingeschlichen hatte, ihn beinahe. Der Bahnhof war das Ende. Der Ort, an dem er sich am Tag, nachdem er sie kennengelernt hatte, wieder von seiner Tochter verabschieden musste. Doch er hatte ein letztes Ass im Ärmel, und er war sich sicher, dass er es einsetzen konnte.

Sie stiegen aus dem Zug. Viv nahm Maggie an die Hand, und sie gingen zum Ende des Bahnsteigs. Für einen Sonntagabend war der Zug erstaunlich voll gewesen, doch das machte ihm nichts aus. Es schob ihren Abschied noch ein wenig hinaus und bedeutete, dass Joshua sich einbilden konnte, sie seien wie die anderen Familien, die er an ihnen vorübergehen sah – Kinder und ihre Eltern, die ungezwungen miteinander umgingen.

Schließlich blieb Viv in der Nähe des Informationsschalters stehen und drehte sich zu ihm um. »Wir sollten uns verabschieden.«

Er biss sich von innen auf die Wange, nickte aber. »Wie kommt ihr nach Hause?«

»Wir nehmen den Bus, der vor dem Bahnhof fährt.« Viv wandte sich mit einem zärtlichen Blick an ihre Tochter. »Dann kannst du dein nagelneues Zimmer sehen. Das wird dir gefallen, oder? Ein Zimmer ganz für dich?«

Maggie sah zu ihr auf. Sie wirkte immer noch ein wenig schüchtern und vielleicht auf der Hut gegenüber allem, was um sie herum passierte. Joshua konnte es ihr nicht verübeln.

Er lächelte seiner Tochter zu. »Wusstest du, dass deine Nan Anne und dein Grandad Seth ein Klavier haben?«

Sofort hellte sich Maggies Miene auf. »Ja?«

»Keine Ahnung, wie lange schon niemand mehr darauf gespielt hat, aber sie würden sich bestimmt geehrt fühlen, wenn du es mal ausprobieren würdest.« Er blickte zu Viv auf. »Wenn das deiner Mutter recht ist.«

Viv nickte. »Wir können morgen hingehen. Ich weiß, sie

werden dich unbedingt kennenlernen wollen, und wenn du höflich fragst, lassen sie dich bestimmt spielen.«

Zum ersten Mal, seit sie sich mit Maggie in den Bus gesetzt und das Haus der Thompsons hinter sich gelassen hatten, lächelte die Kleine. Joshua stockte der Atem. So war das also, wenn man wusste, dass man sein Kind glücklich gemacht hatte. Es fühlte sich besser an als jedes Solo, das er je gespielt hatte. Vielleicht war es sogar besser als Fliegen.

Über den Kopf ihrer gemeinsamen Tochter hinweg fing er Vivs Blick auf, und seine Ehefrau verblüffte ihn ein weiteres Mal. »*Danke*«, formte sie tonlos mit den Lippen.

»Morgen früh rufen wir als Erstes deine Großeltern an und finden heraus, wann wir sie besuchen sollen«, erklärte Viv.

Er wusste, wenn es nach Mum und Dad ginge, würden sie sie sofort sehen wollen, aber er spürte, dass Viv ein wenig mit ihrer Tochter allein sein musste, um sich von den letzten zwei Tagen zu erholen.

Morgen würden sie alle genug Zeit haben, zu lernen, wie es sein würde, eine Familie für dieses kleine Mädchen zu sein.

Viv

Und das ist dein Zimmer«, sagte Viv und öffnete die Tür zu dem kleinen Raum neben der Küche, den sie für Maggie frei gehalten hatte. Sie hatte die Wohnung in Mrs. Shannons Haus wegen der netten Vermieterin, wegen des umgebenden Viertels und wegen dieses Zimmers gemietet. Als sie damals eingezogen war, war es solch ein abwegiger Gedanke gewesen, ihrer Tochter ein eigenes Zimmer zu geben, aber sie hatte hartnäckig daran festgehalten.

Doch als sie jetzt in der Tür stand, sah sie nur, was das Zimmer zu wünschen übrigließ. Bevor sie geglaubt hatte, ihre Tochter verloren zu haben, hatte sie keine Gelegenheit gehabt, es für Maggie einzurichten, und im Lauf der Jahre war es so etwas wie eine Abstellkammer mit einem schmalen Bett geworden, in dem Rebecca oder eine ihrer Postfreundinnen übernachteten, wenn sie spätabends nicht die unangenehme Busfahrt nach Hause auf sich nehmen wollten. Verglichen mit dem, was die Thompsons Maggie hatten bieten können …

Sie schüttelte den Kopf. Die Thompsons mochten zwar so wohlhabend gewesen sein, wie Viv wahrscheinlich im Leben nicht werden würde, aber sie waren nicht Maggies Eltern. Sie war ihre Mutter.

»Ich werde sehen, was ich an Stoff finden kann, um dir neue Vorhänge und eine neue Tagesdecke zu nähen«, versprach sie, obwohl sie sich nicht ganz sicher war, ob ihr Rationierungsbuch das hergeben würde. Aber sie wollte ihrer Tochter etwas schenken, das in dieser Wohnung ganz allein ihr gehörte.

»Wieso packst du nicht deine Sachen aus, und dann können wir zu Abend essen«, schlug Viv vor.

Maggie nickte, legte ihren Koffer aufs Bett und ließ die Verschlüsse aufschnappen. Viv wartete auf ein Zeichen – ganz gleich, welches – von ihrer Tochter, doch Maggie war, seit sie den Bahnhof verlassen hatten, bis auf ein höfliches Hallo zu der entzückten Mrs. Shannon, praktisch stumm geblieben. Ihre Tochter war so verschlossen, so still, dass Viv sich fragte, wo das übersprudelnde kleine Mädchen, das sie bei der Evakuierung in den Zug gesetzt hatte, geblieben war.

Schnell zog sich Viv zurück, lehnte die Tür hinter sich nur an und legte den kurzen Weg in die Küche zurück. Doch als sie vor den halbleeren Regalen der Speisekammer stand, kamen ihr die Tränen und ließen ihren Blick verschwimmen. Sie waren wieder eine Familie – warum fühlte sie sich also so tiefunglücklich?

Sie zog ihr einfaches Baumwolltaschentuch aus der Tasche und wischte sich die Augen. Dann schloss sie die Tür der Speisekammer und huschte aus der Wohnung und nach unten zu Mrs. Shannons Telefon.

Kate nahm schon beim zweiten Klingeln ab. »Habt ihr sie gefunden?«, war ihre erste Frage.

Viv brach in Tränen aus.

»Ach, Vivie. Ach, es tut mir so leid. Ich habe mich so gesorgt, du könntest dir zu große Hoffnungen gemacht haben«, redete Kate ihr durch die Leitung gut zu.

»Ich habe sie doch gefunden, Kate. Ich habe sie gefunden«, stieß sie unter Schluchzen hervor.

»Aber das ist doch wundervoll!«, rief Kate aus.

»Sie ist jetzt oben in der Wohnung. Ich habe ihr das zweite Zimmer gegeben, aber ich habe sie allein gelassen, damit sie auspackt, weil … weil …«

»Erzähl mir, was los ist«, sagte Kate in dem aufmunternden, bestimmten Ton, den große Schwestern an sich haben.

»Sie redet nicht. Es ist, als würde sie durch mich hindurchsehen. Sie ist so anders«, erklärte sie und hatte das Gefühl, Verrat an ihrer Tochter zu begehen, indem sie über sie redete, doch sie konnte nicht anders.

»Sie ist inzwischen fast zehn«, meinte Kate behutsam.

»Ich weiß, dass ich albern bin, aber etwas stimmt nicht. Ich … ich glaube nicht, dass sie hier sein will«, flüsterte sie.

»Du bist ihre Mutter. Sie will bei dir sein«, sagte Kate.

»Ich weiß nicht.«

»Hast du schon mit ihr geredet?«, fragte ihre Schwester.

»Natürlich habe ich mit ihr geredet.«

»Nein, hast du mit ihr darüber gesprochen, was passiert ist? Darüber, warum sie evakuiert worden ist?«

»Sie ist erst neun«, gab sie zurück.

»Neunjährige sind viel scharfsinniger, als man meinen würde.« Eine lange Pause trat ein. »Ich habe dir nie erzählt, was passiert ist, als Cora nach Hause kam, oder?«, fragte Kate dann.

»Was meinst du?«, erwiderte sie.

»Nachdem sie aus Nordwales zurückgekehrt ist, war Cora gut zwei Wochen lang ein Albtraum«, erklärte Kate.

»Aber sie war so lieb, als ich sie gesehen habe«, wandte Viv ein.

Ihre Schwester lachte. »Ja, zu allen anderen schon. Zu mir nicht. Sie war das Grauen in Person und hat mich wegen jeder Kleinigkeit zusammengebrüllt. Nichts war ihr gut genug. Das Essen, das ich ihr gekocht habe, war ekelhaft. Ihre Kleider juckten. Sie wollte nicht wieder zur Schule.«

»Das wusste ich nicht. Wieso hast du nichts gesagt?«, fragte sie.

»Es kam mir ein wenig absurd vor, mich über die Rückkehr

meiner Tochter zu beklagen, während wir dachten, du hättest deine verloren«, erklärte Kate.

»Was hat du gemacht?«, wollte Viv wissen.

»Colin hat mir schließlich erzählt, was los war. Cora hat geglaubt, ich hätte sie weggeschickt, weil ich sie nicht mehr liebe. Er sagte, sie hätte in ihrem Zimmer bei ihren Pflegeeltern immer auf dem Boden gesessen und geweint. Den ersten Monat in Wales wollte sie mit niemandem reden, bis sie endlich aus ihrem Schneckenhaus herausgekommen ist. Sie hat sich eingelebt, aber es hat gedauert.

Das zu hören, hat mir das Herz zerrissen, aber Colin hatte recht. William und er waren acht und neun, als sie evakuiert wurden. Sie haben zumindest teilweise verstanden, was los war. Cora war sechs. Sie hat sich in den Kopf gesetzt, dass ich sie nicht wollte und sie deswegen fortgebracht wurde.« Kate brach die Stimme. »Ich glaube, ich werde mir das nie verzeihen. Ich habe mich mit ihr hingesetzt und mit ihr gesprochen. Ich habe mir die größte Mühe gegeben, ihr zu erklären, warum sie evakuiert worden ist. Ich habe ihr gesagt, dass ich sie lieb habe – dass ihr Dad sie lieb hat – und dass wir nie wieder getrennt sein wollen. Und da fing sie an, mit mir zu reden.

Sie hat erzählt, sie hätte eine Freundin im Dorf gehabt, die auch evakuiert worden war. Sie sind zusammen zur Schule gegangen, aber nach einem halben Jahr kam ihre Mutter und hat sie und ihre Brüder abgeholt. Cora sagte, sie hätte wochenlang am Fenster gesessen und darauf gewartet, dass ich den Gartenweg entlangkomme und sie alle mit nach Hause nehme.«

»Ach, Kate. Das tut mir so leid.«

»Ich glaube, es gibt keine Familie in diesem Land, die ihre Kinder weggeschickt hat und jetzt nicht darum kämpft, wieder eine Familie zu sein. Rede mit Maggie. Sag ihr, dass du nirgendwo hingehst, und sie auch nicht. Erinnere sie daran, dass du sie liebst, und versuch ihr zu erklären, dass du alles aus dieser Liebe heraus getan hast. Vielleicht braucht es Zeit, aber ihr werdet wieder einen Weg zueinander finden«, sagte Kate.

»Du hast recht«, entgegnete Viv schniefend.

»Natürlich. Ich bin deine große Schwester, oder?« Kate lachte. »Also, wann kann ich meine Nichte sehen? Ich will sie nicht verschrecken.«

»Ich gehe morgen früh mit ihr die Levinsons besuchen. Sie haben bestimmt nichts dagegen, wenn du dazukommst«, sagte sie und schob den Gedanken beiseite, dass morgen Montag war und sie irgendwann Mr. Rowan anrufen und hoffen musste, dass sie noch einen Job hatte.

»Joshua war dabei, als ich sie gefunden habe«, setzte sie vorsichtig hinzu.

Am anderen Ende der Leitung sog ihre Schwester scharf die Luft ein. »Joshua?«

»Er hatte einen Freund, der in der Lage war, die Thompsons aufzuspüren. Er … er war sehr hilfreich.«

»Du denkst aber nicht daran, ihn zurückzunehmen, oder, Vivie?«, fragte Kate. Ihr kritischer Ton war nur allzu deutlich zu hören.

»Nein«, erklärte Viv energisch. »Dieser Teil unseres Lebens ist vorbei. Aber er ist Maggies Vater.«

»Ich hätte nie gedacht, dass ich den Tag erleben würde, an dem du diesem Mann gegenüber nachsichtig bist«, meinte Kate.

Viv hätte nicht genau benennen können, wann die Stimmung zwischen ihnen sich geändert hatte, doch ihr war nicht entgangen, wie Joshua ihrer Tochter ständig verstohlene Blicke zugeworfen hatte. Und sie hatte auch seine niedergeschmetterte Miene bemerkt, als Mrs. Thompson ihn gefragt hatte, wer er sei.

»Ich rufe dich morgen an und gebe dir Bescheid, wann du uns treffen kannst«, sagte Viv.

»Danke, Vivie. Und denk daran, lass ihr Zeit.«

Viv legte auf und nahm ihren ganzen Mut zusammen, um die Treppe hinaufzusteigen und für ihre Tochter zu kochen.

Als Viv mit Maggie im Schlepptau das Gartentor des Hauses in der Salisbury Road öffnete, flog die Tür der Levinsons auf. Anne kam herausgestürzt, rasch gefolgt von Seth und Rebecca.

»Oh, schau dich nur an!«, rief Anne, blieb dann stehen und schlug die Hände vor den Mund.

Maggie klammerte sich fester an Vivs Hand, und Viv spürte, wie ihre Tochter näher an sie heranrückte. Sie legte Maggie eine Hand auf die Schuler und beugte sich zu ihr hinunter.

»Maggie, das ist deine Nan Anne. Sie wünscht sich schon sehr lange, dich kennenzulernen.« Sie blickte auf und lächelte Seth zu. »Und das sind dein Grandad Seth und deine Tante Rebecca.«

»Hallo«, sagte Maggie verschüchtert.

»Es ist sehr schön, dich endlich kennenzulernen, Maggie«, sagte Anne, in deren Augen Tränen schimmerten.

Rebecca lächelte. »Maggie, dein Vater hat mir erzählt, dass du eine bemerkenswerte Pianistin bist.«

Viv blickte auf und sah Joshua am Türrahmen lehnen. Er hatte die Arme vor der Brust verschränkt und betrachtete seine Familie, die sich um seine Tochter geschart hatte.

»Möchtest du unser Klavier ausprobieren?«, fragte Seth.

»Ja bitte«, sagte Maggie, dieses Mal ein wenig lauter.

»Wie wäre es, wenn Rebecca und dein Vater es dir zeigen und ich währenddessen Tee koche?«, schlug Anne vor.

Während sie zusammen aufs Haus zugingen, hakte Seth Viv bei sich unter. »Sie sieht gesund aus.«

»Ja. Aber sie ist ein wenig still«, erklärte sie warnend.

»Das Ganze überfordert sie wahrscheinlich viel mehr, als wir alle uns vorstellen können. Wir werden versuchen, nicht allzu aufgeregt alle auf einmal über sie herzufallen«, sagte er.

»Danke.«

»Und was ist mit dir?«, fragte ihr Schwiegervater.

Sie erlaubte sich, sich ein wenig an ihn sinken zu lassen. »Einigermaßen.«

»Du kannst dich auf uns verlassen. Vergiss das nicht«, sagte er.

Sie drückte seine Hand.

»Kate wollte Maggie gern sehen. Ich habe ihr gesagt, sie kann heute ebenfalls vorbeikommen«, erklärte sie.

»Deine Schwester ist uns immer willkommen«, sagte er.

Sie ließen sich im Wohnzimmer nieder. Maggie setzte sich glücklich ans Klavier, und ihr Vater neben sie. Rebecca tat ihr Bestes, um die Lieder mitzusingen, die Maggie spielte. Anne reichte Teetassen herum und konnte den Blick kaum von ihrer Enkelin losreißen, und Seth schaute sich alles zufrieden lächelnd an.

Eine halbe Stunde später klopfte es an der Tür. Viv stand auf. »Das wird Kate sein.«

Sie ging zur Haustür und öffnete, doch statt ihrer Schwester stellte sie fest, dass ihre Eltern auf der Schwelle der Levinsons standen.

»Mum, Dad, was macht ihr denn hier?«, fragte sie.

»Wir wollen unsere Enkelin sehen«, sagte ihre Mutter und hielt ihre Handtasche vor dem Körper hoch wie einen Schild.

»Kate hat uns das von Maggie erzählt«, erklärte Dad.

»Du hättest sie zuerst zu uns bringen sollen, Vivian«, fügte Mum hinzu.

Viv stemmte die Arme gegen den Türrahmen und versperrte ihnen den Weg. »Ihr habt nie irgendein Interesse an Maggie gezeigt, als wir bei euch gelebt haben.«

»Das ist nicht wahr«, beharrte ihre Mum.

»Ihr habt kaum mit ihr gesprochen, außer, um sie zu schelten«, sagte sie.

»Sie war aufsässig«, gab Mum zurück.

»Sie war nur ein kleines Mädchen.«

»Wo ist sie?«, verlangte ihre Mutter zu wissen und reckte den Hals.

»Du hast mir erzählt, es sei Gottes Wille gewesen, sie mir zu nehmen, Mum. Sie war dir gleichgültig«, sagte sie.

»Erzähl mir nicht, dass sie mir egal war. So hartherzig bin ich nicht«, erwiderte Mum.

»Viv?«

Sie spürte, dass Joshua hinter sie getreten war.

»Sie!«, sagte ihre Mutter.

Viv drehte sich um und sah gerade noch, wie Joshua ihre Eltern musterte und sich dann aufrichtete, um eine zusätzliche Barriere zwischen ihnen und allen anderen, die zum Haushalt der Levinsons gehörten, zu schaffen.

»Sie dürften gar nicht hier sein«, erklärte Mum.

»Bin ich aber«, erwiderte Joshua.

»Joshua hat mir geholfen, Maggie zu finden und sie zurück nach Liverpool zu bringen. Das hier ist sein Elternhaus. Er hat jedes Recht, hier zu sein«, sagte Viv.

Auf der Straße erklang ein Aufschrei, und Viv sah Kate, die vom Vordersitz von Sams Lieferwagen kletterte und dabei fast hinfiel. »Mum! Dad! Was macht ihr? Es tut mir so leid, Vivie. Mum war gerade da, als du angerufen hast, und ich habe angefangen zu weinen. Ich war so glücklich.«

»Ist schon gut. Verstehe«, sagte Viv.

»Wo ist das Mädchen?«, beharrte Mum.

»Bei seinen Großeltern«, erklärte Joshua.

»Vivian, du kannst doch nicht ernsthaft in Betracht ziehen, diese Menschen –«

»Diese Menschen ... *was* tun zu lassen, Mum? Glücklich zu sein, weil sie endlich ihre Enkelin zum ersten Mal sehen?«

»Joshua?«

Sie drehten sich um und stellten fest, dass Anne, Seth und Rebecca jetzt hinter ihnen in der Diele standen.

»Gesellen Sie sich doch bitte zu uns, Mr. und Mrs. Byrne. Wir haben genug Tee für alle«, sagte Anne. Trotz ihres höflichen Angebots klang ihre Stimme unverkennbar steif.

»Danke, Anne, aber nein«, wandte Viv ein. »Meine Eltern gehen, weil ich nicht glaube, dass sie aus Liebe zu Maggie oder aus purer Herzensgüte hier sind. Sie wollen etwas anderes.«

Mum kniff die Augen zusammen. »Nachdem das Mädchen jetzt wieder da ist, ist es Zeit, dass ihr nach Hause kommt.«

»Ich habe bereits ein Zuhause«, erklärte Viv.

»Du willst allein leben? Wer hat so etwas gehört? Und wie willst du gleichzeitig arbeiten und für ein Kind sorgen?«, schoss Mum zurück. »Das Mädchen sollte zu Hause bei uns sein. Sie geht wieder zur Kirche und –«

»Aha, darum geht es also«, unterbrach Viv ihre Mutter lachend.

»Vivie ...«, begann Kate.

»Nein, Kate. Ich muss mich ganz deutlich ausdrücken, damit Mum und Dad mich ein für alle Mal verstehen. Ich werde arbeiten. Ich werde meine Tochter großziehen. Ich werde sie vor Menschen beschützen, die unfreundlich zu ihr sind, selbst wenn diese Menschen Mitglieder ihrer eigenen Familie sind. Ich habe nicht vor, sie so zu kritisieren, dass sie Angst hat, einen falschen Schritt zu tun. Ich werde sie nicht in einem Haushalt großziehen, in dem man sich mehr darum sorgt, was der Gemeindepriester und die Nachbarn denken, als darum, was das Beste für ihre Familie ist.

Kate ausgenommen sind die Levinsons mir in den letzten

fünf Jahren eine bessere Familie gewesen als ihr. Wenn ihr eine Beziehung zu meiner Tochter oder zu mir wollt, könnt ihr mir beweisen, dass ihr sie euch verdient habt. Bis dahin werde ich mich mit allem Respekt verabschieden«, erklärte Viv.

Sie drehte sich um und drängte sich an Joshua und den Levinsons vorbei.

Im Wohnzimmer traf sie auf ihre Tochter, die auf der Klavierbank saß und die Tasten anstarrte. Sie setzte sich neben Maggie.

»Hast du das alles gehört?«, fragte sie.

»Ja«, sagte Maggie.

»Tut mir leid. Manchmal kann es zwischen Erwachsenen schwierig sein.« Viv schaute auf ihre Tochter hinunter, und ihr Herz zog sich zusammen, als sie sah, wie Maggie die Lippen zusammenpresste. Sie dachte daran, was Kate von Cora erzählt hatte, und ihr wurde klar, dass sie mit ihrer Tochter reden musste.

»Bist du unglücklich, wieder zu Hause zu sein?«, fragte Viv und sprach damit ihre schlimmste Befürchtung aus.

Maggie brach in Tränen aus.

»Ach, Bärchen«, beruhigte Viv sie, zog ihre Tochter in eine Umarmung und ließ zu, dass Maggies Tränen ihre Bluse durchweichten. »Ach, Bärchen, es tut mir so leid!«

»Warum hast du nicht nach mir gesucht?«, jammerte Maggie.

»Ich wusste es doch nicht«, flüsterte Viv, und die aufwallenden Emotionen schnürten ihr die Kehle zu. »Ich dachte, du wärst tot.«

»Ich habe auf dich gewartet. Ich habe darauf gewartet, dass du zurückkommst und mich zurück nach Hause bringst«, schluchzte Maggie.

»Das wusste ich doch nicht«, erklärte Viv. »Ich dachte, die Bombe ... Das war das schrecklichste Gefühl auf der Welt.«

»Warum hast du mich dann weggeschickt?«, fragte Maggie unter Tränen.

Sie ließ den Kopf hängen. »Ich wünschte, ich hätte es nicht getan.«

»Warum hast du es dann gemacht?«, beharrte Maggie und rührte damit an Vivs tiefste Wunde.

»Ich dachte, wenn du evakuiert bist und bei den Thompsons lebst, könnte dir nichts passieren. Ich habe dich nicht weggeschickt, weil du böse gewesen wärst oder weil ich dich nicht lieb hatte. Das schwöre ich. Ich liebe dich von ganzem Herzen, Maggie. Als du klein warst, waren wir immer nur zu zweit. Wir haben bei deiner Nan und bei Grandad gelebt, aber eigentlich waren wir nur unter uns. Wir haben alles zusammen gemacht. Ich habe dich überallhin mitgenommen, weil du mir so kostbar warst.«

Viv holte tief Luft und fragte sich, wie man einem Kind am besten erklären sollte, was sie zu sagen hatte. »Es war schwierig, weil dein Vater und ich nicht zusammengelebt haben.«

»Warum nicht?«, fragte Maggie.

»Weil er weit weg war, in Amerika. Deshalb waren wir zwei von Anfang an allein.« Eines Tages, wenn Maggie ein wenig älter war, würde sie ihr Joshuas und ihre ganze Geschichte erzählen. Das war sie ihrer Tochter schuldig.

»Zieht er jetzt zu uns?«, fragte Maggie.

Viv schüttelte den Kopf. »Dein Vater hat einen Job in London, aber er kommt dich bestimmt besuchen, sooft er kann. Das klingt doch nett, oder? Wir beide werden zusammen in unserer kleinen Wohnung leben, und du kannst Nan Anne und Grandad Seth besuchen, sooft du willst.«

Maggie sah zu ihr auf. »Kann ich Cora sehen?«

Viv lächelte. »Du erinnerst dich noch an deine Cousine?«

Maggie nickte.

»Cora würde sich bestimmt sehr freuen, dich zu treffen. Tante Kate und Onkel Sam sind auch hier. Erinnerst du dich an die beiden?«

Wieder nickte sie.

Viv legte ihrer Tochter einen Arm um die Schultern. »Begrüß sie doch. Ich bin mir sicher, dass Nan Anne und Grandad Seth nichts dagegen haben, dass du dann noch einmal auf dem Klavier spielst.«

Als Maggie ihre Umarmung erwiderte, hatte Viv zum ersten Mal, seit sie in Totnes in den Zug gestiegen waren, das Gefühl, dass vielleicht alles auf dem richtigen Weg war.

»Geh schon«, sagte sie und ließ Maggie los, die im Laufschritt den Raum verließ. Ein kleiner Teil ihres kindlichen Enthusiasmus, an den Viv sich erinnerte, war wiederhergestellt.

Als sie aufblickte, sah sie Joshua in der Tür stehen und sie beide beobachten.

»Ich möchte Maggie wirklich besuchen«, erklärte er. »Ganz ehrlich.«

Viv musterte ihn. Trotz allem, was sie zusammen durchgemacht hatten, um Maggie zu finden, traute sie ihm noch nicht. »Dann hoffe ich, du hältst dein Wort, denn ich weiß nicht, ob ich dir verzeihen kann, wenn du ihr das Herz brichst.«

Joshua

Später am Montagnachmittag, nachdem Viv und Maggie sich verabschiedet hatten und in seinem Elternhaus eine angenehme Ruhe einkehrte, küsste Joshua seine Mutter auf die Wange, nahm Hut und Koffer und ging zum Bahnhof.

Er hatte nicht lauschen wollen, als Viv mit ihrer Tochter geredet hatte, doch ihre Worte hallten immer noch in seinem Kopf wider.

Dein Vater hat einen Job in London, aber er kommt dich bestimmt besuchen, sooft er kann.

Er wusste, dass das äußerst freundlich von ihr war und dass sie ihm eine Tür offen hielt, damit er ein Teil von ihrem und Maggies Leben werden konnte – doch als er seine Tochter und seine Frau auf dieser Klavierbank gesehen hatte, hatte er sich so allein und haltlos gefühlt wie noch nie. Er konnte nicht so weitermachen und so tun, als wäre das ein Leben. Er musste eine Entscheidung treffen.

Am späten Abend fuhr der Zug im Londoner Bahnhof King's Cross ein. Bis er die Stadt durchquert hatte und auf sein Bett sank, war er erschöpft. Als er sich am nächsten Morgen hochhievte, um zu baden und sich zu rasieren, hatte er das Gefühl, kaum geschlafen zu haben. Mit schweren Beinen steckte er sich ein paar Shilling in die Tasche und ging zur Telefonzelle in seiner Straße, damit sein Vermieter nicht mithören konnte.

Vivs Vermieterin nahm ab, und er versuchte, sich nichts daraus zu machen, dass er gut fünf Minuten lang eine Münze nach der anderen ins Telefon warf, bis Viv sich meldete.

»Hallo?«, erklang ihre Stimme an seinem Ohr.

»Viv, hier ist Joshua.«

»Ja?«

Er fand, dass ihre Stimme herzlicher wirkte als noch vor einer Woche, bei ihrem ersten Aufeinandertreffen nach so langer Zeit. Aber hatten sie auch gemeinsam genug durchgemacht?

»Wie geht's Maggie?«, fragte er.

»Sie lebt sich langsam ein. Ich habe heute Morgen meinen Chef angerufen und ihn gebeten, meine Rückkehr noch ein wenig hinauszuschieben. Ich konnte sie nicht einfach allein lassen«, gestand Viv.

»Nein«, pflichtete er ihr bei und konnte ihre instinktive Reaktion verstehen.

»In ein paar Stunden besuchen wir deine Eltern noch einmal, damit sie Klavier spielen kann. Sehen wir dich dort?«, fragte sie.

»Ähm, nein«, gab er zurück und rieb sich den Nacken. »Ich bin in London.«

»Oh. Natürlich. Du hättest gestern schon zurück sein müssen, stimmt's?«, fragte sie und klang sofort distanziert.

»Ich möchte bei meinen Eltern sein, wirklich, aber ich habe hier noch ein paar Dinge zu erledigen«, sagte er.

Er hörte Vivs Seufzer.

»Was soll ich Maggie sagen, falls sie nach dir fragt?«, wollte sie wissen.

»*Falls*«, nicht »*wenn*«. Als müsste er noch einmal daran erinnert werden, dass er, wenn er an diesem Tag fortging, nicht sicher sein konnte, ob seine eigene Tochter ihn vermissen würde.

»Sag ihr, ich besuche sie so bald wie möglich. Versprochen.«

»Joshua –«

»Ich schwöre es, aber ich muss hier ein paar Dinge erledigen«, erklärte er.

Er spürte die Anspannung durch die Leitung.

»Tu ihr das nicht an, Joshua. Wenn du ein Teil ihres Lebens sein willst, sei es auch. Wenn nicht, dann lass sie nicht zappeln und hoffen, dass du vielleicht irgendwann Lust hast, für sie da zu sein«, sagte Viv schließlich.

Er hatte es verdient, jedes Körnchen ihrer ungläubigen Reaktion.

»Ich werde sie nicht enttäuschen. Wirklich nicht«, erklärte er und legte so viel Überzeugung in seine Worte, wie er konnte.

»Du wirst mir verzeihen, dass ich das erst glaube, wenn ich es sehe.« Damit legte sie auf.

Joshua starrte den Hörer an und hängte ihn dann behutsam wieder ein. Anschließend verließ er die Telefonzelle und ging in seine Wohnung zurück.

Kurz nach drei schob sich Joshua ins Studio. Der Hut in seiner Hand war nass vom Regen, der schon den ganzen Nachmittag auf London herunterprasselte. Hal und Artie plauderten mit Jimmy, dem Pianisten. Tommy, der Posaunist, nestelte an den Ventilen seines Horns. Ein anderer Mann, den Joshua noch nie gesehen hatte, beugte sich über einen Instrumentenkasten. Er schluckte heftig, als der Unbekannte sich aufrichtete und ein Saxofon herausnahm.

Artie bemerkte ihn als Erster. Der schweigsame Drummer wies mit einer Kopfbewegung in Joshuas Richtung, und Hal blickte auf. Der Bandleader presste die Lippen zusammen, doch er stand vom Klavier auf und kam auf ihn zu.

»Schön, dich zu sehen, Joshua«, sagte Hal und streckte die Hand aus.

»Hi, Hal«, sagte er.

»Du hast dein Saxofon nicht dabei«, bemerkte Hal.

»Sieht aus, als bräuchtest du es nicht«, erwiderte er und wies auf den neuen Saxofonisten.

Hal sah über seine Schulter. »Als du gestern weder aufgetaucht bist noch angerufen hast, habe ich beschlossen, dass wir kein Risiko eingehen können. Keith ist eingesprungen.«

»Ist er gut?«, fragte Joshua und nickte dem Unbekannten zu.

»Er ist gut«, sagte Hal.

Joshua holte tief Luft. Er hatte sich schon einmal für einen Weg entschieden, und der hatte ihn hierhergebracht. Jetzt war es Zeit, es mit einem neuen zu versuchen und zu sehen, wohin sein Leben ihn führen würde.

»Tut mir leid, dass ich nicht angerufen habe. Ich hatte einen guten Grund«, erklärte er.

»Lass hören«, sagte Hal.

»Meine Frau, von der ich getrennt lebe, hatte herausgefunden, dass unsere Tochter, von der sie glaubte, sie wäre bei einem Luftangriff umgekommen, noch lebt. Wir mussten sie finden. Da war ich.«

Langsam breitet Hal die Arme aus. »Das ist eine ziemlich wilde Geschichte.«

»Sie ist wahr. Ich würde ja sagen, dass du Adam fragen kannst, aber ich habe nie mit ihm darüber gesprochen. Ich bin nicht gerade stolz darauf, aber nachdem Viv und ich geheiratet hatten, habe ich nicht mit ihnen zusammengelebt.«

»Eine Ehe ist nicht immer einfach«, meinte Hal, als wüsste er das nur zu gut.

Joshua schüttelte den Kopf. »Nein, es war meine Schuld.«

»Kannst du es in Ordnung bringen?«, fragte Hal.

»Ich weiß nicht.« Er wusste nur, dass er es versuchen musste.

»Keith ist bloß eingesprungen. Er wusste, dass du zurückkommen solltest«, erklärte Hal und klang milder. »Er kann dich in der ersten Woche im Hidden Door vertreten, solange du dich um alles kümmerst. Du kannst den Job immer noch haben, wenn du willst.«

Alte Instinkte meldeten sich lautstark zu Wort. Nach all diesen Jahren, in denen er es immer nur beinahe geschafft hatte, verdiente er diese Chance. Doch obwohl der Wunsch, in London zu bleiben und in Hals Quintett zu spielen, stark war, wurde ihm, als er sich in dem Probenraum umsah, klar, dass er sich in Wahrheit wünschte, seine Tochter kennenzulernen. Klavier mit ihr zu spielen. Mitzuerleben, wie sie aufwuchs.

Er hatte keinen Plan, aber er wusste, dass das Hal-Greene-Quintett, das Engagement im Hidden Door Club und ihre Plattenaufnahme nicht das Richtige für ihn waren. Nicht jetzt.

»Danke, aber ich muss nach Hause, nach Liverpool«, erklärte er.

Hal nickte knapp. »Ich kenne nicht viele Musiker, die sich diese Chance entgehen lassen würden, aber ich achte dich dafür umso mehr. Falls die Umstände sich ändern: Ich kann immer einen guten Saxofonisten gebrauchen.«

»Danke«, sagte Joshua.

Als er wieder auf der Straße stand, sah er zum Himmel hinauf. Die Wolken waren aufgerissen, und die Sonne schien wieder.

Viv

21. Juli 1945

Viv hatte sich eine Halbschürze umgebunden und stand am Herd. Maggie saß am Küchentisch und steckte die Nase in ein Buch, das sie sich von Kates Kindern geliehen hatte. Viv lächelte, während sie zusah, wie ihre Tochter die Seiten umblätterte, und staunte darüber, dass Maggie schon so groß war, dass sie richtige Bücher las.

Heute hatte Maggie Geburtstag, daher gab Viv ihr Bestes, um aus dem, was sie für ihre Essensmarken kaufen konnte, ein besonderes Frühstück für sie zu zaubern. Das, so wurde ihr klar, gehörte zu den einfachen Freuden, die es ihr bereitete, wieder mit ihrer Tochter vereint zu sein. Zeit miteinander zu verbringen.

Die Woche war alles andere als perfekt verlaufen. Als Maggie gefragt hatte, ob sie Mr. und Mrs. Thompson schreiben dürfe, hatte Viv die Eifersucht wie einen unvermeidlichen Stich gespürt. Doch sobald sie den hoffnungsvollen Blick ihrer Tochter sah, hatte sie nachgegeben. Die Thompsons waren fast sechs Jahre Maggies Pflegeeltern gewesen. Viv konnte entweder schimpfen und schreien und damit riskieren, das zarte Band zu zerreißen, das zwischen ihr und ihrer Tochter wuchs, oder sie konnte sich eingestehen, dass das Ehepaar auf eine Art, die Viv nie gefallen und die sie nie verstehen würde, immer ein Teil von Maggies Kindheit bleiben würde.

Zusätzlich stellte sich noch das Problem mit ihrem Job. Nach Joshuas Anruf hatte sie Maggie zu ihren Schwiegereltern gebracht und war dann zum Zustellpostamt Südost gefahren, um mit Mr. Rowan zu reden. Er hatte ruhig dagesessen, während sie ihm ihre Lage erklärte, und dann versucht, eine Möglichkeit zu finden, ihren Schichtdienst als Postbotin mit ihren veränderten Umständen in Übereinstimmung zu bringen. Doch nachdem sie eine Stunde lang alles hin und her gewälzt hatten, waren beide übereingekommen, dass es unmöglich war. Ihr Arbeitsbeginn am frühen Morgen passte nicht zum Stundenplan eines Schulkinds, und Viv wollte auf keinen Fall, dass ihre Tochter jeden Morgen allein aufstand, nachdem sie schon fort war.

Am nächsten Tag hatte sie Maggie mit ins Postamt genommen, um Vanessa, Betty, Rose und Mr. Rowan ihre Tochter vorzustellen und sich zu verabschieden. Dann war sie in Seths Laden gegangen und hatte ihn gefragt, ob sein Angebot noch stand. Er hatte sofort Ja gesagt.

Viv schaute ihre Tochter an. Es kam ihr immer noch wie ein Wunder vor, dass Maggie dort still am Küchentisch saß. Viv war entschlossen, keinen Tag vergehen zu lassen, ohne dankbar für diese zweite Chance zu sein. »Zeit, dir die Hände zu waschen, Bärchen«, sagte sie.

Maggie rümpfte die Nase. »Du kannst mich nicht mehr Bärchen nennen, Mummy. Das ist ein Name für ein Baby.«

Viv stemmte eine Hand in die Hüfte. »Wie soll ich dich denn sonst ansprechen?«

Ihre Tochter neigte zutiefst nachdenklich den Kopf zur Seite. »Einfach nur Maggie, finde ich.«

»Dann also einfach Maggie«, gab Viv lächelnd zurück.

An der Wohnungstür klopfte es. »Vielleicht hat Mrs. Shannon sich ja doch entschieden, uns Gesellschaft zu leisten. Könnest du aufmachen?«

Maggie legte ihr Buch zur Seite und sprang von ihrem Stuhl auf. Kaum polterten ihre Schuhe eilig über den Boden, musste Viv grinsen. »Nicht rennen, Maggie!«, rief sie trotzdem.

Sie hörte, wie ihre Tochter abbremste und dann die Treppe

hinunterging. Viv hob den Rand eines der kostbaren Spiegeleier an und prüfte, ob es fertig gebraten war. Die Eier dafür hatte sie gestern im Laden aufgetrieben. Verglichen mit dem abscheulichen Eipulver in Dosen, das die Regierung ganz Großbritannien als guten Ersatz für frische Ware aufzudrängen versuchte, würde ihnen das wie ein Festmahl vorkommen.

Zwei Paar Schritte erklangen auf der Treppe und kündigten das Eintreffen ihres Gasts an.

»Mrs. Shannon, freut mich, dass Sie −«

Sie drehte sich um und sah, dass hinter ihrer Tochter nicht Mrs. Shannon auftauchte, sondern Joshua.

»Daddy ist vorbeigekommen!«, jubelte Maggie.

»Hallo, Viv«, sagte Joshua.

Sie legte den Pfannenwender weg und wischte sich die Hände an ihrer Schürze ab. »Joshua. Ich dachte, du bist in London.«

Er hatte diese Woche zweimal angerufen. Doch sie hatten kaum miteinander geredet, denn er hatte seine ganze Zeit Maggie gewidmet, und das war auch richtig so. Nach dem zweiten Anruf war Maggie mit Tig in der Hand die Treppe heraufgesprungen und hatte berichtet, ihr »Daddy« habe ihr gesagt, er habe ein Geburtstagsgeschenk für sie. Viv war davon ausgegangen, dass es mit der Post aus London kommen würde, weil sein Leben dort ihn so in Anspruch nahm.

So wird es von jetzt an immer sein, hatte Viv bei sich gedacht und sich mit der Realität abgefunden. Gegen Ende ihrer Reise hatte sie nicht mehr daran gezweifelt, dass Joshua sich ehrlich für ihre Tochter interessierte, obwohl sie es zuerst nicht recht glauben wollte. Kurz hatte sie sich gefragt, ob er in Liverpool bleiben würde, um die verlorene Zeit aufzuholen. Und es hatte sie überrascht, dass ihr diese Vorstellung nicht so sehr missfiel, wie das früher vielleicht der Fall gewesen wäre. Denn wie konnte jemand, nachdem er Maggie kennengelernt hatte, sich nicht in sie verlieben?

Sie war selbst verblüfft darüber gewesen, wie enttäuscht sie war, als sie herausfand, dass er nur einen Tag nach ihrer Ankunft in Liverpool schon wieder zurück nach London gefahren war.

Jetzt stand er hier in ihrer Küche.

»Ich bin gestern Abend aus London zurückgekommen, aber es war so spät, dass ich euch nicht stören wollte«, erklärte er.

»Das verstehe ich nicht. Du solltest doch bei deinen Proben sein«, meinte sie.

Er schüttelte den Kopf. »Ich habe bei der Band aufgehört.«

»Was? Warum?«

»Ich konnte mir nicht vorstellen, in London zu bleiben, während ihr beide hier seid«, sagte er.

Viv riss die Augen auf.

»Ich weiß, dass ich Fehler begangen habe, aber das hier möchte ich richtig machen«, erklärte er. »Ich musste zurück nach London, weil ich dort einiges regeln musste. Ich habe meine Wohnung gekündigt und mit meinem Bandleader geredet. Die Branche ist klein, und ein guter Ruf ist wichtig. Ich wollte das mit der Kündigung anständig machen. Aber jetzt bin ich zurück.«

»Was ist mit dem Club, in dem du spielen solltest? Und der Plattenaufnahme? War es nicht das, was du wolltest?«, fragte Viv.

»Das dachte ich, und es bedeutet mir immer noch etwas, aber ich habe etwas Wichtigeres gefunden.« Behutsam legte er Maggie eine Hand auf die Schulter. »Ich wünsche mir eine zweite Chance.«

Viv hätte es gern geglaubt – von Herzen –, aber der alte Argwohn meldete sich wieder zu Wort. »Könntest du zum Spielen in dein Zimmer gehen, Maggie?«

»Was ist mit dem Frühstück?«, fragte ihre Tochter.

»Oh!« Rasch schaufelte Viv die Spiegeleier aus der Pfanne und gab eins davon auf den Teller, der vor Maggie stand. Dann drückte sie ihn ihrer Tochter in die Hand. »Du darfst in deinem Zimmer essen. Ich muss mit deinem Vater reden.«

Maggie nahm fröhlich ihren Teller und ihr Buch und hüpfte hinaus.

»Sie wirkt munterer, nicht wahr?«, fragte Joshua amüsiert.

»Was meinst du mit ›zweiter Chance‹?«, verlangte Viv zu wissen und ignorierte seine Frage.

Seine Miene wurde wieder ernst. »Ich habe es ehrlich gemeint, als ich gesagt habe, dass es mir leidtut, Viv. Ich bin bereit, mich ein Leben lang zu entschuldigen. Wir waren noch so jung, als wir geheiratet haben. Ich hatte Angst und bin davongelaufen. Keine Ahnung, was ich sonst noch sagen soll – nur, dass ich damals aufrichtig geglaubt habe, das Beste für uns beide zu tun. Jetzt begreife ich, wie egoistisch das war.«

»Es war nicht richtig, dass wir heiraten mussten«, sagte sie leise. »Wir kannten einander ja kaum.«

Er lächelte verhalten. »Zwei Verabredungen. Bereust du es?«

Die Frage hatte sie sich im Lauf der Jahre selbst so oft gestellt. Ihre Erfahrungen und die Entscheidungen, die sie getroffen hatte, hatten bei Menschen wie Kate und den Levinsons deren beste Seite ans Licht gebracht, und bei anderen wie ihren Eltern die schlechteste. Sie hatte deswegen Schmerz und Unglück erlebt. Aber auch die größte Freude.

Niemand konnte wissen, wie ihr Leben ohne die beiden Verabredungen verlaufen wäre – ohne eine törichte Entscheidung in einem Auto an einem einsamen Strand, ohne eine Hochzeit, die mit Tränen begonnen und auch geendet hatte.

Bedächtig schüttelte sie den Kopf. »Wenn es nicht passiert wäre, gäbe es Maggie nicht. Sie zurückzuhaben fühlt sich an, wie wenn nach dem Winter die Sonne wieder herauskommt.«

»Ich hasse es, dass ich dieses Gefühl nicht kenne, aber ich will es lernen. Ich möchte ein Teil ihres Lebens sein, und nicht nur ab und zu, wenn ich es schaffe, nach Liverpool zu kommen. Ich möchte sie sehen, so oft ich kann. Wenn dir das recht ist.«

Ihr war klar, dass diese Entscheidung nicht ihr zustand. »Da musst du Maggie fragen, aber ich vermute mal, dass sie überglücklich wäre.«

»Darf ich gestehen, dass ich nicht mal eine Ahnung habe, womit ich anfangen soll?«, fragte er und schaute ein wenig verlegen drein.

»Fang mit Musik an. Das habt ihr beide gemeinsam. Der Rest kommt von allein«, meinte sie.

Er fing ihren Blick auf. »Und was ist mit dir?«

»Was soll mit mir sein?«

»Wir hatten nie richtig eine Chance, uns kennenzulernen, bevor wir geheiratet haben. Wir könnten –«

»Nein.« Das Wort war schneller heraus, als sie es denken konnte, doch in dem Moment, in dem sie es aussprach, wusste sie, dass es die richtige Entscheidung war.

»Nein?«, fragte er und lachte leise.

»Stell mir keine Fragen, die uns beide in Verlegenheit bringen könnten«, sagte sie.

»Wir sind Mann und Frau«, argumentierte er.

Sie stemmte eine Hand in die Hüfte. »Und was, wenn nicht? Erzählst du mir, dass du wirklich mit mir zusammen sein willst? Nicht, weil wir sowieso verheiratet sind und die Leute das erwarten? Willst du wirklich mit mir zusammen sein?«

Als er nicht sofort antwortete, wusste sie, dass sie recht hatte.

»Wir waren zu jung, Joshua, und wir hatten keine andere Wahl. Jetzt haben wir eine. Ich will, dass Maggie glücklich ist. Das ist das Wichtigste.«

»Und das heißt, dass nie etwas zwischen uns sein darf?«

»Wenn wir uns streiten oder trennen … das wäre ihr gegen-über nicht fair.«

Darüber schien er kurz nachzudenken. »Die Leute werden reden.«

Sie platzte vor Lachen heraus. »Die Leute reden seit Jahren über mich. Früher hat mir das etwas ausgemacht, aber weißt du, was wichtiger ist? Meine Tochter. Alles andere ist bedeu-tungslos. Es ist besser, zufrieden mit dem Leben zu sein, das ich mit ihr habe, als mir Gedanken darüber zu machen, was andere denken. Vier Jahre lang war ich Maggies Mutter. Dann habe ich sie fortgeschickt. Jetzt gebe ich mein Bestes, um zu lernen, wie ich einer Zehnjährigen, die eine Vorliebe für den Reitsport und Kleider mit Spitzenkragen entwickelt hat, eine Mutter sein soll. Und du musst schneller als die meisten Menschen lernen, was es heißt, ein Vater zu sein.«

Joshua rieb sich mit einer Hand durchs Gesicht. »Ich habe keine Ahnung, was ich tue.«

»Ich auch nicht«, gab Viv fröhlich zurück. »Wir finden schon gemeinsam unseren Weg.«

Der Gedanke, das zusammen mit jemandem an ihrer Seite anzugehen – mit Joshua –, munterte sie auf. Maggie nannte ihn schon Daddy und hatte offensichtlich nichts dagegen, ihn um sich zu haben. Vielleicht konnte er ihr Vater sein, obwohl Viv nie gedacht hätte, dass er ein Interesse daran hätte.

Sie wünschte sich, er würde beweisen, dass alles, was sie in der Vergangenheit über ihn gedacht hatte, falsch war.

»Möchtest du zum Frühstück bleiben?«, fragte sie.

»Ist das ein Geburtstagsfrühstück?«

»Ja«, sagte sie.

»Gut«, erklärte er und zog etwas aus seiner Jackentasche. »Ich habe nämlich etwas für Maggie.«

»Ein Geschenk?«, fragte Maggie aus der Ferne durch die Tür.

»Ich dachte, du bist in deinem Zimmer«, meinte Viv, stieß die Tür auf und sah ihre Tochter mit einem halb gegessenen Spiegelei auf ihrem Teller im Flur sitzen.

»Es klang, als würdet ihr ein ernsthaftes Gespräch führen, und niemand lässt mich je zuhören, wenn es ernst wird«, sagte Maggie.

Sie lachte. »Na gut. Setz dich, und wir frühstücken zu Ende.«

Viv schaffte es, das restliche Frühstück auf drei Teller zu strecken, und dann setzte sie sich zum Essen zwischen Joshua und Maggie.

Doch bevor sie anfangen konnte, schob Joshua Maggie über den Tisch hinweg das kleine Geschenk zu. »Bitte.«

Ihre Tochter riss das braune Einwickelpapier ab und hielt eine kleine Schachtel hoch. Sie öffnete sie und zog einen kleinen, länglichen, beigefarbenen Gegenstand hervor.

»Was ist das?«, fragte Maggie stirnrunzelnd.

»Ein Mundstück. Ich dachte, vielleicht möchtest du es einmal mit dem Saxofon versuchen. Ich kenne jemanden, der mir ein gebrauchtes Instrument besorgen kann. Du kannst es ausprobieren und mir sagen, wie du es findest«, erklärte er.

»Danke!«, rief Maggie und schlang die Arme um Joshuas Hals.

»Dann habe ich jetzt zwei von euch?«, erkundigte sich Viv in gespielter Empörung.

»Es kann nie genug Musiker in einer Familie geben«, gab er zurück. »Ich habe mich bei einem meiner alten Bandleader gemeldet. Er will, dass ich das Erste Saxofon übernehme. Wir spielen am Mittwoch im Locarno.«

Dem Lokal, in dem sie einander begegnet waren. Dem Tanzsaal, in dem alles begonnen hatte.

Viv musste lachen. Zum ersten Mal seit langer Zeit fühlte ihr Herz sich erfüllt an.

Viv

Juli 1952

Ist es angekommen?«, fragte Joshua. Sobald er durch die Tür getreten war, nahm er den Hut ab und hängte ihn an seinen üblichen Haken in der Diele.

»Ja. Sie wartet in der Küche auf dich. Sie wollte den Brief erst öffnen, wenn du da bist«, sagte Viv und ließ sich von ihrem Mann einen Kuss auf die Wange geben.

Den meisten neutralen Zuschauern wäre ihr Arrangement merkwürdig vorgekommen. Viv und Joshua waren all die Jahre verheiratet geblieben, obwohl er allein in einer Wohnung in der Nähe des Stadtzentrums lebte und sie das Haus hatte. An einem Abend im letzten Jahr, während sie zu später Stunde darauf gewartet hatten, dass Maggie von ihrem ersten Tanz mit Schulfreundinnen nach Hause kam, hatte Joshua bei einem Glas Whisky eine Annullierung oder Scheidung in den Raum gestellt. Zu ihrer eigenen Überraschung war Viv nicht davor zurückgeschreckt, wie sie es früher vielleicht getan hätte. Nachdem sie seit über einem Jahrzehnt nichts mehr mit der Kirche zu tun gehabt hatte, waren ihre Ansichten milder geworden. Doch wenn die beiden es recht bedachten, hatte keiner von ihnen einen Partner in seinem Leben, was eine Scheidung notwendig gemacht hätte, und ihre Ehe funktionierte auf ihre ganz eigene Art.

Was Viv betraf – sie hatte gelernt, ihre Unabhängigkeit zu lieben. Als Mrs. Shannon vor vier Jahren gestorben war, hatte es ihr das Herz gebrochen. Doch ihre freundliche Vermieterin hatte eine letzte Überraschung für sie gehabt: Sie hatte Viv das

Haus mit allem, was darin war, hinterlassen. Der Umbau hatte fast ein Jahr gedauert und beinahe Vivs gesamte Ersparnisse verschlungen, aber mit der Hilfe einiger Freunde von Sam war es gelungen, es wieder in seinen ursprünglichen Zustand zu versetzen. Endlich hatte Viv das Zuhause, von dem sie immer geträumt hatte und in dem genug Platz war für Maggie, sie und ihre Katze Milly. Ihr Leben sah aus, wie sie es sich ausgemalt hatte, als sie am Anfang des Krieges auf ihrem Federal-Rad durch die Straßen von Wavertree gestrampelt war.

»Dad?«, rief Maggie aus der Küche.

»Sie ist nervös«, warnte Viv ihn leise. »Ich wäre heute fast nicht zu deinem Dad in den Laden gegangen, um mit ihr zu Hause zu bleiben.«

»Sie hat keinen Grund, sich Sorgen zu machen«, meinte Joshua, doch daran, wie er in die Küche eilte, sah sie ihm an, dass er genauso angespannt war wie seine Tochter.

Viv folgte Joshua in die Küche, wo Maggie bereits am Esstisch saß. Vor ihr lag ein Briefumschlag.

»Bereit, Liebling?«, fragte Viv und strich ihrer Tochter über das kurze, lockige Haar, das so geschnitten war, dass sie Liz Taylor ähnlich sah.

»Ja, ich glaube schon«, sagte Maggie und atmete hörbar ein.

»Denk nur daran, ganz egal, ob du bestanden hast oder nicht, du hast hart dafür gearbeitet«, meinte Joshua und umarmte seine Tochter.

»Danke, Dad«, sagte Maggie leise.

Viv sah zu, wie Maggie tief Luft holte, dann den Umschlag aufriss und die Ergebnisse ihrer Abschlussprüfung hervorzog. Das neue Prüfungssystem war erst im vergangenen Jahr eingeführt worden, aber es war schon jetzt der Goldstandard dafür, ob eifrige, ehrgeizige junge Schüler wie Maggie zum Studium zugelassen wurden.

Viv hielt den Atem an, als Maggie das Blatt auseinanderfaltete.

Ein Grinsen breitete sich auf dem Gesicht ihrer Tochter aus. »Alles bestanden.«

Viv stieß einen Jubelschrei aus und stürzte zu ihr, um sie zu umarmen. »Mein geniales Mädchen!«

Maggie brach in Gelächter aus, als Joshua sie hochhob und im Kreis drehte. »Deine Tante Rebecca wird so stolz auf dich sein!«

»Sie redet schon seit Jahren davon, dass du die Uni in Liverpool besuchen wirst«, meinte Viv lachend.

Rebecca hatte ihre Marineuniform an den Nagel gehängt und war im Herbst darauf an die University of Liverpool gegangen. Nach ihrer Promotion hatte man sie als Mathematik-Dozentin an die Fakultät berufen. Seit sie Wind davon bekommen hatte, dass Maggie sich inzwischen mehr für die Schule interessierte als für Musik, hatte sie sich dafür eingesetzt, dass ihre Nichte studierte.

»Herzlichen Glückwunsch, Liebes«, sagte Viv und umarmte ihre Tochter.

»Danke, Mum«, erwiderte Maggie.

Viv drückte sie noch einmal und holte dann den Pie, den sie zu Abend essen würden, aus dem Backofen.

Nach dem Essen holte Maggies Freundin Sheila sie ab, um gemeinsam mit ihr ins Kino zu gehen, sodass der Abwasch Viv und Joshua überlassen blieb. Viv steckte gerade bis zu den Ellbogen im Spülwasser, und Joshua trocknete ab, als er fragte: »Geht's dir auch gut?«

Sie warf ihm einen Blick zu. »Warum sollte es nicht?«

Er zuckte mit den Schultern. »Sie geht aus dem Haus. Ich weiß, wie sehr dir der Gedanke zuwider ist.«

Viv hörte auf zu schrubben. »Du hast recht. Mir gefällt die Vorstellung nicht, dass sie auszieht.«

»Sie könnte weiter hier wohnen, während sie studiert.«

Sie schüttelte den Kopf. »Maggie will auf eigenen Beinen stehen und sich zusammen mit ihren Freundinnen ein Zimmer mieten. Ich weiß, dass sie es mir übelnehmen würde, wenn ich sie nicht gehen ließe.«

Joshua legte ihr eine Hand auf die Schulter, und sie schmiegte kurz die Wange daran, ehe sie sich wieder aufrichtete.

»Es war immer klar, dass sie erwachsen werden wird. Eine Zeit lang dachte ich nicht, dass ich das erleben würde.«

»Ich auch«, murmelte Joshua.

Viv lächelte leise, denn ihr war klar, dass sie auf so viele Arten mehr Glück gehabt hatte, als sie je für möglich gehalten hatte.

Für sie war das genug.

Nachbemerkung der Autorin

Die Idee zu *Weil du meine Tochter bist* entstammt einer dieser alten Familienlegenden, die faszinierend sind, aber mit Details geizen.

Mit einundzwanzig studierte ich sieben Monate im Ausland, an der University of Manchester im Nordwesten Englands. Ich hatte diese Hochschule bewusst wegen ihrer Nähe zu Liverpool gewählt, der Heimatstadt meiner Mutter, in der immer noch viele Mitglieder meiner Familie leben. Ich wurde mit offenen Armen und einer guten Geschichte aufgenommen, wie es die Art meiner Liverpooler Familie ist, aber niemand hat mich so in seinem Heim willkommen geheißen wie meine Tante Anne.

Ich hatte den Eindruck, Anne sei unter den drei Schwestern meiner Mutter diejenige, die die Familienfotos, Geschichten und vielleicht auch ein paar Geheimnisse hütete. Durch sie habe ich bruchstückhaft von der Geschichte des Cousins meiner Mutter gehört.

Dieser Cousin hatte einen Familiennamen, der traditionell mit aschkenasischen jüdischen Familien in Verbindung gebracht wird und sich vom Rest meiner irisch-katholischen Familie abhob. Die Geschichte, die man mir erzählte, ging folgendermaßen: Seine katholische Mutter, meine Großtante, hatte sich in einer Zeit, in der eine Schwangerschaft als unverheiratete Frau unvorstellbare Bedrängnis für Mutter und Kind bedeuten konnte, »in Schwierigkeiten gebracht«. Zu ihrer Zeit waren die gesellschaftlich akzeptablen Optionen für ein Mädchen aus der Arbeiterklasse begrenzt: in ein Krankenhaus oder ein

Heim für unverheiratete Frauen zu gehen und das Baby zur Adoption freizugeben oder noch vor der Geburt den Kindesvater zu heiraten, um das Kind zu legitimieren. In diesem Fall wurden meine Großtante und der jüdische Vater ihres Kindes von ihren Familien zur Heirat gezwungen und dann an ihrem Hochzeitstag getrennt. Wir glauben, dass das damalige Motiv hinter der Trennung war, dass eine Ehe zwischen einem katholischen Mädchen und einem jüdischen Jungen tabu gewesen wäre. Die Familienlegende will wissen, dass der Vater des Kindes nach Amerika ging, während meine Großtante in Liverpool blieb, bei ihrer Mutter lebte und den Cousin meiner Mutter allein großzog.

Ich wollte mehr wissen. Hatte das junge Paar einander geliebt? Was hielten die Familien voneinander? Wie war es für meine Großtante, ihr Kind praktisch allein aufzuziehen und sich darüber klar zu sein, dass die Leute gewusst haben mussten, dass sie einen Mann, der nicht ihrer eigenen Religion angehörte, nur geheiratet hatte, damit ihr Kind ehelich geboren wurde? Wie haben ihr Mann und seine Familie die Geschichte gesehen?

Jahre später begann ich eine Kurzgeschichte über eine Frau zu schreiben, die den Vater ihres Kindes heiratet und an ihrem Hochzeitstag von ihm getrennt wird. Da ich Romanautorin bin, war die Kurzgeschichte bald auf fünfzig Seiten angewachsen und wurde schließlich zu dem Buch, das ihr gerade gelesen habt.

Religionen in Liverpool

Während ich die Charaktere von Viv, Joshua und ihren Familien ausarbeitete, begann ich mich für die Beziehungen zwischen Katholiken, Juden und anderen Religionsgemeinschaften in der Zwischenkriegszeit und während des Krieges zu interessieren.

Liverpool ist seit Jahrhunderten eine pulsierende Hafenstadt und hat den Zuzug vieler unterschiedlicher Gruppen von Menschen erlebt, die heute ihre unverwechselbare Identität ausmachen. Zu Beginn des 20. Jahrhunderts hatte Liverpool einen sehr hohen irisch-katholischen Bevölkerungsanteil, eine Identität, die es immer noch wahrt, wenn auch heute in geringerem Maß. Liverpools jüdische Gemeinde, deren Ursprünge bis auf das 18. Jahrhundert zurückgehen, ist ebenfalls eine der ältesten in Großbritannien. Als ich für dieses Buch recherchierte, fand ich heraus, dass in den 1930er- und 1940er-Jahren katholische und jüdische Familien eher Seite an Seite lebten als in stark abgetrennten Gemeinwesen einer einzigen Religion. Das hieß, dass es Gelegenheiten für Menschen mit unterschiedlicher religiöser Herkunft gab, sich zu begegnen und Umgang miteinander zu pflegen.

Dr. Tony Kushner, Professor für die Geschichte der Beziehungen zwischen Juden und Nichtjuden an der Southampton University, war unglaublich großzügig mit seiner Zeit und hat mir die Grundlagen dessen vermittelt, was die kollektiven und persönlichen Erfahrungen der jüdischen Gemeinde während der Zwischenkriegsjahre in Liverpool gewesen sein mögen. Außerdem war es unermesslich wertvoll, mich mit Dr. Tereza Ward über ihre Arbeit in Bezug auf Mischehen und darüber auszutauschen, wie Joshuas Familie seine Heirat mit einer Katholikin betrachtet haben mag.

Evakuierungen während des Zweiten Weltkriegs

Einige Geschwister meiner Mutter wurden als Kinder am Vorabend des Zweiten Weltkriegs aus Liverpool evakuiert. Die Operation *Pied Piper* (= »Operation Rattenfänger«), die am 1. September 1939 startete, siedelte offiziell ungefähr 1,5 Millionen Kinder und vulnerable Personen aus städtischen Wohngebieten in London, Liverpool und anderen Großstädten, die nach Regierungseinschätzung durch Luftangriffe stark gefährdet waren, aufs Land um. Die Vorsichtsmaßnahme erwies sich als klug. Liverpool erlebte zahlreiche Bombennächte, darunter die Angriffe im August 1940, die in *Weil du meine Tochter bist* geschildert werden, den Weihnachtsangriff von 1940, bei dem 365 Menschen ums Leben kamen, und die Angriffe zwischen dem 1. und 7. Mai 1941, die fast dreitausend Opfer forderten und ganze Stadtteile dem Erdboden gleichmachten. Die Zentralbibliothek von Liverpool besitzt eine ausgezeichnete Sammlung von erschütternden Fotos und Augenzeugenberichten über die Bombenangriffe und ihre Folgen.

Während des Krieges fanden noch weitere Evakuierungen statt, doch die Operation *Pied Piper* hat sich wegen ihres gewaltigen Ausmaßes und der unvergesslichen Bilder – kleine Kinder mit Namensschildern an den Mänteln und kleinen Koffern in der Hand, die von ihren Eltern in Evakuierungszüge gesetzt und in die Obhut von Lehrern, Nonnen oder anderen Erwachsenen gegeben wurden – unauslöschlich ins kollektive Gedächtnis Großbritanniens eingeprägt. Diese Bilder wurden 2022 wieder heraufbeschworen, als Menschen vor der russischen Invasion in der Ukraine flohen und in manchen Fällen vor der unmöglichen Entscheidung standen, ihre Kinder allein auf die Flucht zu schicken, um bleiben und kämpfen zu können.

Dem Anschein nach machten die britischen Kinder, die während des Zweiten Weltkriegs evakuiert wurden, in ihren Pflegefamilien sehr unterschiedliche Erfahrungen. Julie Summers greift in ihrem Buch *When the Children Came Home: Stories of Wartime Evacuees* auf Interviews und Erinnerungen vieler Menschen zurück, die als Kinder aus ihrem Zuhause verschickt wurden. Für manche Stadtkinder war ihr neues Heim auf dem Land ein seltsamer Ort, an dem sie sich nie ganz wohlfühlten. Andere dagegen entwickelten während ihrer Evakuierung eine lebenslange Liebe zum ländlichen Großbritannien. Einige Pflegefamilien waren herzlich und gastfreundlich, doch man findet auch Geschichten von Missbrauch oder Vernachlässigung.

Die Thompsons und ihr Umgang mit Maggie nach der Bombardierung von Beam Cottage sind reine Fiktion. Doch einmal mehr lieferte die Familienlegende einen Teil der frühen Struktur für diesen Handlungsfaden. Während des Krieges wurden die ältesten Geschwister meiner Mutter evakuiert und wie viele andere Kinder aus Liverpool bei Familien im Norden von Wales untergebracht. Man erzählt sich, gegen Ende des Krieges habe das kinderlose ältere Ehepaar, das meine Tante aufgenommen hatte, meine Großmutter angerufen und gefragt, ob sie meine Tante adoptieren dürften. Meine Großmutter wollte nichts davon hören, und meine Tante kehrte nach Hause zurück.

Die Heimkehr

Weil du meine Tochter bist hatte nicht immer das vorliegende Ende. Im ersten Entwurf wurde Maggie viel kürzer vor Schluss wiedergefunden. Ihre Rückkehr und die Kapitel, die die Suche nach ihr und ihre Entdeckung behandeln, waren außerdem 1961 angesiedelt, sodass Maggie beim Wiedersehen mit ihrer Mutter eine junge Frau und kein kleines Mädchen gewesen wäre – ein interessantes, aber ganz anderes Szenario. Doch bei der Überarbeitung beschloss ich, Maggie und Viv unmittelbar nach dem Krieg wieder zusammenzuführen und in einigen Kapiteln zu behandeln, was nach der Rückkehr der beiden nach Liverpool geschah.

Es hatte mich erstaunt, dass der Großteil von Summers' Buch sich stärker mit den psychologischen Folgen der Evakuierung auf Kinder und ihre Familien auseinandersetzt als mit der Logistik der Operation *Pied Piper* und darauffolgender Evakuierungswellen während des Krieges. Bevor ich es las, hatte ich gar nicht darüber nachgedacht, was es für Kinder dieses Alter bedeutet, wegen eines großen Weltereignisses wie eines Krieges von zu Hause fortgeschickt zu werden. Manche Kinder entwickelten das Gefühl, verlassen worden zu sein, und viele Eltern und Kinder hatten mit ihrer Trennung voneinander zu kämpfen – manchmal für den Rest ihres Lebens.

Die Wiedervereinigung von Familien konnte sich unglaublich schwierig gestalten. Einige Kinder kehrten nach ihrer Evakuierung in andere Landesteile oder sogar in ferne Weltregionen wie Kanada oder Australien zurück und stellten fest, dass ihre Eltern ihnen beinahe völlig fremd geworden waren. Angesichts des Umstands, dass der Krieg in Europa von September 1939 bis Mai 1945 dauerte, hätte ein Kind, das zu dem Zeitpunkt fünf war – das Mindestalter für das Evakuierungsprogramm der Regierung –, bei seiner Rückkehr nach Hause elf und damit weit erwachsener als bei seiner Abreise gewesen sein können. Ein mit zwölf evakuiertes Kind wäre am VE-Day achtzehn und wehrpflichtig gewesen.

Einige Familien, die damit zu kämpfen hatten, konnten die tiefen Gräben überwinden, die durch die Evakuierung aufgerissen worden waren, während andere nicht in der Lage waren, den Zorn, das Gefühl von Zurückweisung und die Enttäuschung zu überwinden.

Wenn ich Romane schreibe, die während des Zweiten Weltkrieges spielen, frage ich mich oft, was ich getan hätte, wenn ich vor denselben schweren Entscheidungen gestanden hätte wie meine Charaktere. Es war unmöglich, dieses Buch zu schreiben, ohne darüber zu spekulieren, wie es gewesen wäre, wie Viv und Millionen anderer Familien ein Kind fortzuschicken. Sicher bin ich mir nicht, da ich selbst keine Mutter bin und nie vor dieser Wahl gestanden habe. Doch ich glaube, dass viele Männer und

Frauen gezwungen waren, mit dem wenigen Wissen, über das sie verfügten, das Beste aus unfassbar schmerzhaften Situationen zu machen, und ich hoffe, dass Bücher wie *Weil du meine Tochter bist* den Lesern größeres Mitgefühl und Verständnis für das Leben derer, die uns vorangegangen sind, verschaffen können.

Dank

Ohne die Unterstützung und die Großzügigkeit vieler Menschen hätte ich dieses Buch nicht schreiben können. Insbesondere möchte ich Dr. Tony Kushner und Dr. Tereza Ward danken, die Zeit von ihrer Forschung abgezweigt haben, um Fragen zu beantworten, die bei den Recherchen für dieses Buch auftraten. Mein Dank gilt auch Marla Daniels für ihre wertvollen Einblicke und ihr Feedback als Sensitivity-Leserin dieses Buchs. (Es war mir eine Freude, wieder mit dir zusammenzuarbeiten, Marla!) Ich danke auch dem Personal des Rechercheraums in der Zentralbibliothek von Liverpool und in der London Library.

Mein Dank geht an Dr. Mary Shannon, Alexis Anne und Lindsay Emory für ihre Unterstützung beim Schreiben dieses Buchs, und an Susan Seligman, die eine der ersten Leserinnen war – und ihrem Mann dafür, das Hebräische überprüft zu haben!

Ich bedanke mich bei Emily Sylvan Kim, der besten Agentin, die sich eine Autorin nur wünschen kann, und meiner wunderbaren Lektorin Hannah Braaten. Unendlich dankbar bin ich allen Personen bei Gallery Books, die an diesem Buch gearbeitet haben, darunter Jennifer Bergstrom, Aimée Bell, Jennifer Long, Sally Marvin, Mackenzie Hickey, Jessica Roth, Gaitana Jaramillo, Emily Arzeno, Caroline Pallotta, Lisa Litwack, John Vairo, Pamela Grant, Brigid Black, Christine Masters, Jaime Putorti, Paul O'Halloran, Fiona Sharp und Andrew Nguyễn. Dank auch an Kristin Dwyer and Jessica Brock von Leo PR und Danielle Noe von Ward Consulting Co.

Ich danke allen Leser:innen, die es möglich gemacht haben, dass *Weil du meine Tochter bist* mein erstes Buch ist, das ich als Autorin in Vollzeit geschrieben habe, aber ganz besonders den treuen Zuschauern von *Ask an Author with Julia Kelly*.

Mum, Dad, Justine und Mark – ihr wart wundervolle Unterstützer und habt mich auf jedem Schritt des Weges angefeuert. Ich kann euch nicht genug danken.

Schließlich gilt mein größter Dank meinem Partner Arthur, der bei jedem Wort dieses Buchs an meiner Seite war und mich freundlicherweise mit zahllosen Tassen Tee, Umarmungen und aufmunternden Worten motiviert hat. Ohne all deine Liebe und Unterstützung kann ich mir nicht vorstellen, wie ich dieses verrückte, aufregende erste Jahr als Vollzeitautorin überstanden hätte.